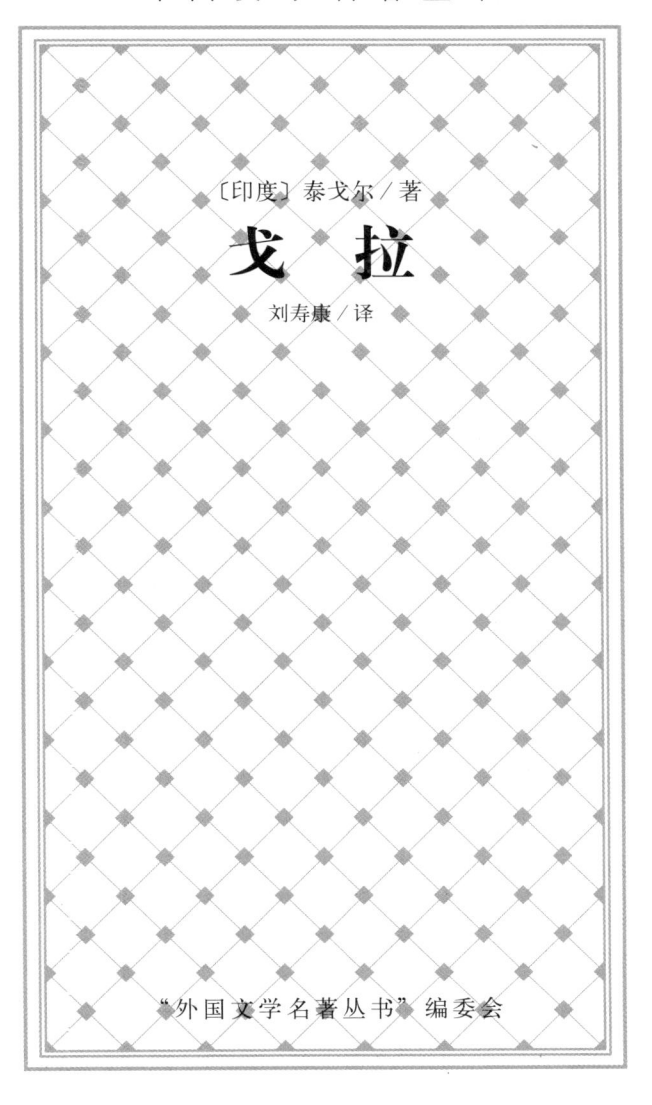

外国文学名著丛书

〔印度〕泰戈尔／著

戈 拉

刘寿康／译

"外国文学名著丛书"编委会

人民文学出版社

Rabindranath Tagore
GORA
据 Indian Edition, Macmillan and Co., Ltd., 1952 年伦敦版译出。

图书在版编目(CIP)数据

戈拉/(印)泰戈尔著;刘寿康译. —北京:人民文学出版社,2022
(外国文学名著丛书)
ISBN 978-7-02-016530-8

Ⅰ.①戈… Ⅱ.①泰…②刘… Ⅲ.①长篇小说—印度—现代 Ⅳ.①I351.45

中国版本图书馆 CIP 数据核字(2021)第 241439 号

责任编辑　张欣宜
装帧设计　刘　静
责任印制　王重艺

出版发行　人民文学出版社
社　　址　北京市朝内大街 166 号
邮政编码　100705

印　　刷　河北新华第一印刷有限责任公司
经　　销　全国新华书店等

字　　数　370 千字
开　　本　850 毫米×1168 毫米　1/32
印　　张　17.5　插页 3
印　　数　1—4000
版　　次　1984 年 1 月北京第 1 版
印　　次　2022 年 2 月第 1 次印刷

书　　号　978-7-02-016530-8
定　　价　89.00 元

如有印装质量问题,请与本社图书销售中心调换。电话:010-65233595

泰戈尔

出 版 说 明

人民文学出版社自一九五一年成立起,就承担起向中国读者介绍优秀外国文学作品的重任。一九五八年,中宣部指示中国科学院文学研究所筹组编委会,组织朱光潜、冯至、戈宝权、叶水夫等三十余位外国文学权威专家,编选三套丛书——"马克思主义文艺理论丛书""外国古典文艺理论丛书""外国古典文学名著丛书"。

人民文学出版社与中国科学院文学研究所,根据"一流的原著、一流的译本、一流的译者"的原则进行翻译和出版工作。一九六四年,中国社会科学院外国文学研究所成立,是中国外国文学的最高研究机构。一九七八年,"外国古典文学名著丛书"更名为"外国文学名著丛书",至二○○○年完成。这是新中国第一套系统介绍外国文学作品的大型丛书,是外国文学名著翻译的奠基性工程,其作品之多、质量之精、跨度之大,至今仍是中国外国文学出版史上之最,体现了中国外国文学研究界、翻译界和出版界的最高水平。

历经半个多世纪,"外国文学名著丛书"在中国读者中依然以系统性、权威性与普及性著称,但由于时代久远,许多图书在市场上已难见踪影,甚至成为收藏对象,稀缺品种更是一书难求。在中国读者阅读力持续增强的二十一世纪,在世界文明交流互鉴空前频繁的新时代,为满足人民日益增长的美好生活的需要，人民文学出版社决定再度与中国社会科学院外国文学研究所合作，以"网罗经典，格高意远，本色传承"为出发点，优中选优，推陈出新，出版新版"外国文学名著丛书"。

值此新版"外国文学名著丛书"面世之际，人民文学出版社与中国社会科学院外国文学研究所谨向为本丛书做出卓越贡献的翻译家们和热爱外国文学名著的广大读者致以崇高敬意！

"外国文学名著丛书"编委会
二〇一九年三月

编委会名单
（以姓氏笔画为序）

1958—1966

卞之琳	戈宝权	叶水夫	包文棣	冯　至	田德望
朱光潜	孙家晋	孙绳武	陈占元	杨季康	杨周翰
杨宪益	李健吾	罗大冈	金克木	郑效洵	季羡林
闻家驷	钱学熙	钱锺书	楼适夷	蒯斯曛	蔡　仪

1978—2001

卞之琳	巴　金	戈宝权	叶水夫	包文棣	卢永福
冯　至	田德望	叶麟鎏	朱光潜	朱　虹	孙家晋
孙绳武	陈占元	张　羽	陈冰夷	杨季康	杨周翰
杨宪益	李健吾	陈　燊	罗大冈	金克木	郑效洵
季羡林	姚　见	骆兆添	闻家驷	赵家璧	秦顺新
钱锺书	绿　原	蒋　路	董衡巽	楼适夷	蒯斯曛
蔡　仪

2019—

王焕生	刘文飞	任吉生	刘　建	许金龙	李永平
陈众议	肖丽媛	吴岳添	陆建德	赵白生	高　兴
秦顺新	聂震宁	臧永清

译 本 序

　　罗宾德拉纳特·泰戈尔（1861—1941）是我国读者比较熟悉的印度作家。他在一生漫长的八十年中，辛勤地从事文学艺术的创作活动，直到逝世前不久，还在孜孜不倦地写作。他写了五十多部诗集，一百多篇短篇小说，十二部中、长篇小说，二十多个剧本，还有许多游记、书简、回忆录以及有关文学、哲学、教育、宗教、社会方面的论文和专著。此外，他还谱写了两千多首歌曲，画了近两千幅画。

　　他那些内容深刻、具有高度艺术价值的文学作品对印度近代文学产生了深远的影响，丰富了世界文学的宝库。

　　泰戈尔从十多岁起就写诗，他的诗集《吉檀迦利》荣获一九一三年诺贝尔文学奖。印度人民称他为"诗圣""印度的良心"。他不仅是一个杰出的诗人，也是一个反帝、反封建的战士。鲁迅先生说："泰戈尔富有民族思想，是个爱国诗人。"一九〇五年，英国殖民地总督寇松在印度公布一项法令，阴谋将孟加拉分割为两个部分，推行"分而治之"的政策。这种政策遭到了印度人民强烈的反对，掀起了轰轰烈烈的民族解放运动。泰戈尔热情地投身于这个运动之中。他登台演说，挥笔赋诗，鼓舞印度人民的斗志。后来，由于他反对暴力行动，主张多做些"建设性的"工作，比如消灭愚昧与贫困等,于是专门从事创作和教育工作,不再直接参加民族解放运动。一九〇一年他在圣谛尼克坦办了一所学校,一九二一年改建为著名的国际大学。但在一九一九年,英国殖民政府为了镇压印度的民族解放运动,命令军队在阿姆利则开枪打死打伤了一千多名印度人,制造了"阿姆利则惨案"。泰戈尔拍案而起,给印度总督写了一封义正词严的信,提出强烈的抗议,并声明放弃英国政府授予他的"爵士"称号。从那时起,他再度参加了炽热的反帝斗争。他不仅关心印度的命运,也很关心世界各国人民。一九三四年,意大利侵略阿比西尼亚(今埃塞俄比亚),他愤怒地谴责了意大利侵略者;一九三八年,捷克受到德国法西斯的蹂躏,他坚决支持捷克人民反法西斯的斗争。

泰戈尔是中国人民的朋友,早在一八八一年他二十岁时,就写了《死亡的贸易》,谴责英国帝国主义向中国倾销鸦片、毒害中国人民的罪行。当日本帝国主义的铁蹄踏进中国神圣的领土时,他以古稀之年,抱病参加印度人民声援中国人民的斗争,并且发宣言、写文章、演说、赋诗,用各种方式给中国人民以巨大支持。他曾预言:"中国这种巨大的力量,一旦能让她在现代化的道路上运行,那就是掌握现代科学,那时世界上恐怕没有力量能阻挡她向前迈进。"

泰戈尔重视并热爱中国文化。他喜爱屈原、白居易、苏轼的诗和老子的哲学。他曾两度访问中国,宣传印中人民友好。他提倡研究中国文化,并在他创办的国际大学开设中国语言和文化的课程,使印度人民加深了对中国人民和中国文化的了解。

周恩来总理生前访问国际大学时,曾称赞:"泰戈尔不仅是对世界文学做出了卓越贡献的天才诗人,还是憎恨黑暗、争取光明的伟大印度人民的杰出代表。中国人民对泰戈尔抱着深厚的感情。中国人民永远不能忘记泰戈尔对他们的热爱。中国人民也不能忘记泰戈尔对他们艰苦的民族独立斗争所给予的支持。"

* * *

泰戈尔以他的浪漫主义的诗歌扬名于世。然而在他六十余年的创作活动中,对当时印度现实生活反映得最深刻和广泛的,还是他的小说。他的批判现实主义作品提出了许多重大的社会问题,反映了那个时代印度人民的生活与斗争,表达了人民的心声。

泰戈尔生活的时代正是印度人民遭受帝国主义和封建主义双重压迫的时代,在他的心灵上深深地刻下了祖国沦亡、民族屈辱、人民生活极端困苦的烙印。因此,他的作品大多具有反帝、反封建和要求民族独立的鲜明色彩。

他的短篇小说揭露了地主、高利贷者对农民残酷的剥削和压迫,刻画了英国殖民主义者骑在印度人民头上作威作福的丑恶嘴脸,反映了种姓制度、包办婚姻和妇女殉葬等封建迷信的习俗给人民,特别是妇女带来的极大危害。这些短篇小说的情节和布局、人物塑造、景物描写都达到了很高的艺术水平。

泰戈尔的十二部中、长篇小说是他丰富多彩的作品的重要组成部分。它们当中,除了取材于莫卧儿王朝历史事件的两部历史题材的作品之外,其他十部,如描写妇女悲惨命运的《小沙子》(1903)、表现封建道德和民主思潮冲突的《沉船》

（1905）等都是以社会现实生活为题材的。在他的长篇小说中，最杰出的是洋溢着爱国主义激情的《戈拉》。这部长篇小说从一九〇七年到一九〇九年一直在《布拉巴西》杂志上连载，一九一〇年印成单行本，后来翻译成多种语言，受到印度国内外人士热烈的欢迎，成为印度现代文学史上批判现实主义重要的作品之一。孟加拉著名文学评论家苏库马尔·森说："在情节展开的广度和艺术手法表现的深度方面，完全有理由称《戈拉》为现代印度的《摩诃婆罗多》①。"

这部作品以十九世纪七十至八十年代的民族解放运动为背景，反映了印度人民反帝反封建的斗争、梵教徒和新印度教徒之间的矛盾以及印度近代先进人物摸索民族解放道路的艰苦历程。

英国殖民主义者在镇压了一八五七年的印度民族起义之后，巩固了它在印度的殖民统治，但印度的民族资产阶级和无产阶级两个新兴的阶级也开始出现并逐渐成长。到了十九世纪七十年代，阶级矛盾和民族矛盾都日趋尖锐，被压榨得走投无路的农民纷纷自发起义，人数众多的小资产阶级知识分子阶层业已形成，其中不少人已经认识到英国殖民统治给印度带来的灾难，于是民族解放的要求越来越强烈。在他们当中，思想上主要分为两派。一派主张改革印度教，吸收欧洲文化，争取较大的政治权利。参加这一派活动的有梵社。但到了六十年代，这个团体的部分教徒，过多地吸收了基督教的观点，轻视本国文化。一八六五年它分裂为两派，一派是印度梵社，一派是元始梵社。泰戈尔在《戈拉》里没有涉及元始梵社的

---

① 《摩诃婆罗多》，印度两大史诗之一。

活动,提到的是印度梵社,并且恰如其分地批判了它轻视本国文化的缺点。

在印度的民族解放运动中,代表知识分子另一种思潮的是新印度教。这一派主张发展民族文化,恢复民族自尊心,反对崇洋媚外,反对殖民主义者对印度人民的残酷压迫。但他们认为要恢复民族自尊心就得严格遵守印度教的一切传统,甚至是腐朽的传统。泰戈尔通过《戈拉》这部作品歌颂了新印度教徒反对殖民主义压迫、热爱祖国的思想,同时也批判了他们维护种姓制度、遵守印度教各种腐朽传统的错误做法。

《戈拉》是泰戈尔的长篇小说的代表作。它之所以获得巨大成功,是因为它表达了印度人民渴望独立与自由的愿望,揭发了殖民主义的罪行,激发起人民的爱国热情。同时,它还批判了那些崇洋媚外的洋奴和不肯脚踏实地、切实做点工作的知识分子,批判了种族主义、复古主义和歧视妇女的错误思想,而且深刻、全面地反映了一个重要的历史时代孟加拉社会的风貌。而作者高超的艺术技巧显然也是使作品得到成功的一个重要因素。首先,他塑造了各种类型知识分子的动人的形象。在这里,我们只提出六个典型人物——两个青年、两个姑娘和两位老人。他们全都是热爱祖国、反帝反封建的知识分子,然而他们有着不同的世界观和鲜明的个性。这部作品的中心人物戈拉是泰戈尔塑造的一个印度民主主义者的典型。他从小就是学校和附近一带孩子的头头。后来成为印度爱国者协会的主席。他生活唯一的目标就是要解放祖国。他坚信祖国一定会得到独立和自由。他是一个宁死也不向殖民统治者低头的硬汉,是一个路见不平、挺身而出的英雄。他曾三次面对面地和英国殖民者进行斗争,并且被捕入狱。他这

5

种没有丝毫奴颜婢膝的品质是殖民地人民最可贵的品质。印度评论家 S.K. 班纳吉说:"戈拉就像是渴望自由、愤怒地为反抗自己的社会和政治上处于奴隶地位而斗争的印度心灵的化身。"

　　但戈拉认为造成印度一切灾难的根源是人民群众愚昧无知、知识分子脱离群众以及忘记了印度的光荣历史。因此,当前的任务是唤醒人民,使他们相信自己的力量,恢复对祖国的信仰,尊敬和热爱自己的国家。但要达到这个目的,必须无条件地遵守印度教的一切传统,因为只有这样,群众才不会忘记印度光荣的过去,才不会崇洋媚外,对自己失去信心。他认为只有祖国独立自由了,才能着手改革宗教。因此,他为印度教的一切传统,包括种姓制度、偶像崇拜、妇女无权等落后反动的传统辩护,并且身体力行,严格遵守印度教一切教规。这当然是行不通的,首先就造成了自己内心的矛盾,造成了和自己亲人之间的矛盾。在他爱上了信奉梵教的苏查丽妲之后,内心的矛盾就更加尖锐了。他在农村的经历使他清楚地认识到印度教传统的危害性。但只有在他知道自己不是婆罗门的后代之后,他才彻底地摆脱了印度教传统的束缚,才感到自己是一个真正的印度人,没有种姓,没有教派,可以一心一意地为三亿印度人民服务了。经过艰苦的斗争实践,戈拉终于认识到:印度人民要独立,就要同时反封建,就要冲破种姓制度的束缚,不分宗教信仰,团结一致,才能战胜敌人。泰戈尔通过戈拉,明确地说明了他反对帝国主义、反对复古主义和种姓制度的主张。

　　戈拉是一个意志坚强、行动果断的人,他的同窗好友毕诺业却比较软弱。他是一个有教养的孟加拉名门子弟,他聪明好学,克己谦让,尊重妇女,不迷信宗教。泰戈尔常常利用他和戈拉的辩论来阐明自己对妇女、宗教、爱情等问题的看法。毕诺业的缺点是犹豫不决,遇事迁就,虽然终于冲破了封建枷锁,和罗丽妲结了婚,但比起勇敢坚强的罗丽妲,就显得逊色多了。

罗丽妲是一个有理想、有抱负的印度新型妇女。她对殖民统治者无比憎恨,她反抗社会上一切邪恶势力,疾恶如仇,勇敢果断;虽然受到哈兰的迫害,但寸步不让,和他进行针锋相对的斗争。她那宁死不屈的精神,给读者留下深刻的印象。

苏查丽妲是另一种类型的妇女。她温柔娴静、喜欢深思,虽然不像罗丽妲那样无所畏惧、勇于斗争,但一旦下了决心,也能坚持到底。她热爱祖国,想做一些有利于祖国的事,但却找不到可以为祖国出力的工作,就连她和罗丽妲创办的女子学校也被哈兰所破坏。罗丽妲和苏查丽妲的遭遇,说明了十九世纪七十年代印度妇女的艰难处境。不经过艰苦的斗争,是争取不到自由和幸福的。

在年青的一代遇到困难、无法解决的时候,他们就去找帕瑞什先生。帕瑞什先生是一个什么样的人呢?帕瑞什先生是一个心胸开阔、从容恬静的人。他反对种姓制度,反对印度教腐朽的传统,也反对梵社的宗派主义。他不重视梵教与非梵教之分,只是追求与真神结合,追求永恒的真理。他尊重别人的信仰,尊重个人自由,鼓励年轻人独立思考。认为有勇气在生活中解决新问题的人才能使社会进步。因此,当他的女儿爱上了一个不同教派的青年时,他不顾亲友反对、社会非难、教社惩罚,仍然坚决地支持女儿的"叛逆"行动。他的思想在很大的程度上代表了泰戈尔的思想。但在这部作品里,泰戈尔多方面肯定的人物恐怕是戈拉的母亲安楠达摩依。她虽然是一个印度教徒,但并不遵守教规,不尊重封建落后的风俗习惯。她心地善良,温柔体贴;她头脑清醒,镇静坚定。在毕诺业犹豫不决的时候,她开导他;在罗丽妲陷于孤立的时候,她不怕别人议论,不顾家人吵闹,给她具体帮助,为她安排婚事。她认为结婚就是两颗心结合在一起,不同宗教的人照样可以结合。她有帕瑞什先生的开明思想,但比他果断坚强。她是泰戈尔心目中理想的印度妇女。在小说结尾的时候,戈拉情不自禁地喊出了"您是我的妈妈!……我到处寻找的妈妈原来一直坐在我的屋子里"。

此外,作者还成功地塑造了几个反面人物的形象,通过他们,尖锐地讽刺了崇洋媚外的"高等印人"、渺小可笑的贪财讼棍和只会夸夸其谈、不能切切实实地做点有益工作的大学生。这样,泰戈尔就从各种类型的知识分子的活动中,反映出当时孟加拉复杂的社会生活。

在这部长篇小说中,泰戈尔不但塑造了形形色色的动人的形象,在情节、布局、心理刻画和景物描写上也很有他的特色。

《戈拉》的故事情节是在尖锐的矛盾冲突中展开的。戈拉的爱国激情促使他和殖民主义者、洋奴买办不断发生冲突,他的宗教信仰也使他和他的家属、他的内心、他的爱情不断发生矛盾。这些矛盾冲突推动着故事向前发展。

在戈拉入狱之后,作者安排了女主人公苏查丽妲的姨妈寄住在帕瑞什先生家,为帕瑞什太太所不容,苏查丽妲只好跟她和弟弟一起搬出去另立门户。这就为戈拉出狱后提供了和苏查丽妲单独见面、交流思想的场所,为两个人的爱情奠定了基础。最后,正当戈拉决心牺牲爱情、为印度教和为民族解放斗争献身的时候,情况起了突然的变化,戈拉发现他根本不是印度人,不受印度教规的约束,他可以全心全意地为三亿印度人民工作,把整颗心交给苏查丽妲了;错综复杂的情节至此发展到最高潮。起伏的情节、谨严的布局使小说充满悬念,扣人心弦。

其次,这部小说的心理描写也是很成功的。泰戈尔利用心理描写巧妙地暗示戈拉和苏查丽妲、毕诺业和罗丽妲之间爱情的萌芽和发展,他们的矛盾和痛苦。戈拉深深地爱上了苏查丽妲,但两个人的宗教信仰不同,不能结婚。在苏查丽妲的姨妈要求他劝苏查丽妲遵守印度教规,嫁给她为她选择的对象时,戈拉心如刀割,但他还是用理智压住感情,写下了古圣梵典里训诫妇女的一段话。作者对他那时的心情和苏查丽妲见到这张纸条后的心理都有十分动人的描绘。另外,毕诺业第一次看到苏查丽妲、第一次到她家时的内心活动,罗丽妲盼毕诺业来、又怕他来的矛盾心理都写得深刻而细腻。

泰戈尔是一个诗人。他的散文也充满了诗情画意。他对大自然的描写,不是单纯的描写,而是为了衬托人物的心境。例如:戈拉和苏查丽妲长谈之后,一个人在河边漫步,作者对他那时的心境有这样一段描写:"河上水波不兴。系在码头上的船只发出闪烁的灯火。黑暗的夜色似乎全部集中在对岸树林浓密的簇叶丛中。这一带的上空,木星就像黑夜的警觉的良心,一直守望着大地……在这个秋天的夜晚,他站在河边,看着朦胧的星光,听着模糊的市声,面对着充塞整个宇宙的难以捉摸的奥秘,仿佛进入了忘我的境界。"

读完了这部作品,作者强烈的爱国心、高超的艺术技巧和诗一般的文学语言都给我们留下深刻的印象。

泰戈尔的这部作品为世界文学的宝库增添了一颗明珠。

刘 寿 康

一九八二年十一月

第 一 章

那时正是加尔各答的雨季。早晨的云彩已经消散,天空洒满了灿烂的阳光。

毕诺业-普山一个人站在他家二楼的阳台上,悠闲地望着川流不息的来往行人。不久以前,他已经读完了大学,但还没有正式开始工作。不错,他给报纸写过一些文章,也组织过一些集会,但他并没有因此满足。今天早晨,由于无事可做,心里感到百无聊赖。

对过店铺门前站着一个游方僧,身上穿了一件江湖卖唱的五颜六色的长袍,正在那里高声歌唱:

笼中飞进一只无名小鸟,
不知道它来自何方。
我的心拴不住它的双脚,
它飞走了,飘然不知去向。

毕诺业想把游方僧请上楼来,记下这首无名小鸟之歌,但正像半夜里天气突然变冷而又不愿起来加盖毯子那样,他没有下楼去把游方僧请上来,自然也就没有记下这首歌,只有它的旋律不断地在他的心中回荡。

正在这时,他家的门前发生了一起事故:一辆两匹马的大马车撞上了一辆出租小马车,几乎把它撞翻,但大马车上的人竟然不闻不问,加鞭催马,扬长而去。

毕诺业跑到街上,看见一个年轻姑娘正从马车里出来,一位老先生也想要下车。他急忙跑过去搀扶他们。看见老人面色苍白,便问道:"先生,您没受伤吧?"

"没有,没事儿。"老先生很想笑笑,把病痛掩饰过去,但没能笑出来,很显然,他快要晕倒了。

毕诺业扶着他的胳膊,转过脸对焦急的姑娘说:"我家就在这儿,请进去歇歇吧。"

他们把老先生扶上了床,姑娘朝四下看了看,想找点水。她拿起一个水罐,洒了点水在老人脸上,然后一边给他扇扇子,一边对毕诺业说:"你能派人去请个大夫吗?"

附近就有一个医生,毕诺业立刻吩咐用人去把他请来。

屋子里有一面镜子,毕诺业站在姑娘后边,呆呆地看着镜子里面的姑娘的脸。从童年时代起,他就住在加尔各答,一天到晚在家里埋头读书,仅有的一点处世知识都是从书本上得来的。除了家里人,他从来没有接触过一个女性;而现在,镜子里姑娘的形象却深深地迷住了他。他不擅长评论女人的容貌,但在那个亲切、焦急、低垂的少女脸上,他仿佛看到了一个温柔幸福的新天地。

过了一会儿,老人睁开眼睛,叹了口气,姑娘向他弯下身子,用颤抖的声音轻轻问道:"爹,您受伤了吗?"

"我这是在哪儿?"老人问,一边想坐起来。

但毕诺业赶紧走到他身旁说:"请您暂时不要动,等大夫来了再说吧。"

话音没落,就听到医生的脚步声,紧接着医生进来了。但给病人做了检查之后,没有发现什么严重的病情,于是给病人开了一个白兰地掺热牛奶的处方,就告辞走了。

医生辞别的时候,老人显得有些局促不安,姑娘明白他的心意,安慰他说:回家之后,她就立刻把诊费和药费送来,说完,她转过身子望着毕诺业。

多么迷人的眼睛啊!他根本没有注意到它们是大是小,黑色还是棕色,只觉得第一眼就给人一个真挚的印象。它们没有流露出一丝害羞或迟疑的神色,而是十分沉着和坚强。

毕诺业鼓起勇气吞吞吐吐地说:"噢!医药费算不了什么……你们请不必费心……我……我会……"

但姑娘的眼神不但止住了他的话,而且明白地表示,他非收下医药费不可。

老人说,不必派人去买白兰地了,但女儿却坚持说:"爹,是大夫要您喝的呀!"

老人回答说:"大夫都有一个通病,喜欢找个借口叫人喝白兰地。我这点小病喝点牛奶就够了。"喝完牛奶,他对毕诺业说:"现在我们该走了。恐怕已经给你添了不少麻烦。"

姑娘想叫辆马车,但她的父亲不同意,他大声说:"何必再给他添麻烦呢?我们家离这儿那么近,我很容易就走回去了。"

但姑娘不答应,因为父亲没有再坚持,毕诺业就亲自去雇马车了。

在告别之前,老先生请教了主人的姓名,主人叫"毕诺业-普山·查特吉"。老先生也通报了自己的姓名"帕瑞什-昌德拉·帕塔查里雅",并且说他就住在附近,就在这条街七十八号。他还说:"有空的时候,如果愿意到我家玩玩,我们十分欢迎。"对这个邀请,姑娘的眼睛也默默地表示了欢迎的意思。

毕诺业想送他们回家,但不知这样做是否合乎礼节,只好犹豫不决地站在那里。马车就要走动时,姑娘对他欠了欠身,他万万想不到她会这样,一时手足无措,连回礼都忘记了。

毕诺业回到家里,一再责备自己不该粗心大意。他仔细回忆从遇见他们到分手为止做过的每一件事,觉得从头到尾,自己的举动都是很鲁莽的。他反复思忖:在各种不同的情况下,他该做什么,不该做什么;该说什么,不该说什么;但总不得要领。突然,他看见姑娘忘在床上的那块用过的手绢儿,便连忙把它捡起。这时,游方僧唱的重复句忽然又涌上心头:

笼中飞进一只无名小鸟,
不知道它来自何方。

时间不知不觉地过去了。天气越来越热,马车开始一辆跟着一辆飞快地朝各个办公楼驶去,但那一天,毕诺业却静不下来做任何工作。他觉得他那小小的家和这丑陋的城市突然全都变了,变成了美丽的仙境。火焰般的七月骄阳在他脑子里燃烧,在他血管里奔流——用耀眼的光幕遮住他的内心,把他和生活中的一切琐事分隔开了。

正在这时,他看见一个七八岁的男孩儿在街上仔细看各家的门牌。不知道为什么,他认准这个孩子是来找他的,因此他对孩子高声喊道:"你要找的人家就在这儿。"说完,他飞快地跑到街上,几乎是像拖一样把小家伙拉到家里。在孩子交给他一封信的时候,他热切地端详着孩子的面孔。信封上用英文写着他的姓名,字迹秀丽,显然是女人的手笔。男孩儿说:"这信是我姐姐叫我送来的。"信封里没有信,只有一些钱。

男孩儿说完,转身想走,但毕诺业一定让他上楼,到他屋里坐坐。孩子比他姐姐稍黑一些,但两个人长得十分相像。毕诺业满心高兴,他很喜欢这个孩子。

小家伙显然是很沉着的。因为一进门,就指着一幅挂在墙上的相片问:"这是谁?"

"我的一个朋友。"毕诺业回答。

"一个朋友!"男孩儿大声说,"他是谁?"

"噢,你不会认识他的,"毕诺业笑着说,"他名叫戈尔默罕。不过我管他叫戈拉。我们从小就在一起读书。"

"你现在还在上学吗?"

"不,我已经毕业了。"

"真的吗? 你已经毕……"

毕诺业忍不住要想赢得这位小信使的钦佩,于是说:"不错,我什么都学完了。"

男孩儿睁圆了眼睛,惊奇地看着他,接着又叹了一口气。无疑,他一定在想:总有一天他也会这样有学问的。

问到他的姓名时,男孩儿回答:"我叫萨迪什-昌德拉·穆克吉。"

"穆克吉?"毕诺业茫然地重复这个名字。

很快,他俩就成了好朋友。很快,毕诺业就弄清楚帕瑞什先生不是他们的生父,而是把他们从小抚养大的。他姐姐正式的名字原叫拉姐腊妮,但帕瑞什太太把它改为不那么带正统印度教色彩的名字——苏查丽姐。

萨迪什告别时,毕诺业问他:"你能一个人回家吗?"这话伤了男孩儿的自尊心,他说:"我总是一个人上街的!"毕诺业说:"我送你回家吧。"孩子觉得他的男子汉大丈夫气概受到轻视,不高兴地说:"你何必送我呢?我满可以照顾自己。"于是他举出各种各样的例子来证明他经常一个人来来往往。

为什么毕诺业还要坚持送他回家,其中的道理,就不是男孩儿可以理解的了。

后来,萨迪什请他进去,毕诺业却坚决不肯,他说:"不,现在不去了,我改天再去吧。"

回到家里,毕诺业拿出信封,一遍一遍地仔细看信封上的字迹。不久,他就把每一个字的笔画和花体字上的花饰都牢记在心头。然后他把信封连同信封里的东西小心翼翼地放进箱子——你可以相信,即使在迫切需要的时候,他也不会动用这笔钱的。

第 二 章

　　雨季里的一个黄昏,暮色朦胧,夜幕低垂,天空饱含着水汽。加尔各答在默默飘浮着的、大片乌云的笼罩下,像一只巨大的丧家犬,蜷着身体,把头枕在尾巴上,一动不动地趴在那里。从昨天晚上起,雨就没有停过,细雨霏霏,弄得满街泥泞,但雨势却又不足以把泥泞冲掉。那天下午四点,雨终于停了,但天空依然乌云密布。在这种待在家里嫌烦、上街走走怕下雨的令人沮丧的天气里,在一幢三层楼房潮湿的屋顶平台上,有两个青年坐在藤凳上谈天。

　　这两个朋友,还在童年时代,从学校回来,就在平台上玩耍;考试之前,在这里发疯似的走来走去,高声背诵功课;天气热了,从大学回来,也经常在这里吃晚饭,然后争论到深夜两点,直到朝阳升起,惊醒过来,这才发现自己在草席上睡了一夜;大学毕业之后,屋顶平台就变成了印度爱国者协会每月一次的集会地点。这两个朋友,一个是协会的主席,一个是秘书。

　　主席名叫戈尔默罕,他的亲戚朋友都叫他戈拉。他比周围的人长得都魁梧,大学里有个教授经常管他叫雪山,因为他白得出奇,皮肤里没有一点别的色素。他几乎有六英尺高,骨骼粗大,两手像虎掌。他的声音是这般深沉粗犷,要是他突然问一声"谁在那儿?",准得把你吓一跳。他的脸盘长得大了些,而且过于刚强,他的腭骨和下巴像堡垒大门上巨大的U字形插销。他的眉毛很淡,额头宽阔,嘴唇很薄,闭得很紧,鼻子悬在嘴巴上面像一把宝剑,眼睛小而锐利,像箭头那样瞄准远方一个看不见的目标,然而却能以闪电般的速度转过来射向附近的物体。戈尔默罕不能说很漂亮,但却不容忽视,因为不论和谁在一起,他都显得与众不同。

他的朋友毕诺业和一般受过良好教育的孟加拉绅士一样,为人谦虚,也很聪明。他那柔和的性格和敏锐的才智结合起来使得他脸上的表情具有一种特殊的光彩。在大学读书时,他总是得到很高的分数而且荣获奖学金。戈拉不像他那样爱读书,成绩不如他。戈拉既没有他那样敏锐的理解力,也没有他那样好的记性。因此,作为戈拉的忠实战马,毕诺业就得驮着他闯过大学所有的考试关。

在上面提到的那个潮湿的八月黄昏,两个朋友做了这样热烈的谈话:

"你听我说,"戈拉说道,"那天,阿比纳什痛骂梵社①,这只能说明他有很强的是非观念。你为什么要对他那样大发雷霆?"

"这是什么话!"毕诺业回答,"关于他的是非观念,无论什么人都只能有一种看法。"

"你要是这样想,那么毛病一定出在你自己身上。社会上有些背叛印度教的人,他们一意孤行,一心要推翻社会,你

---

① 梵社,印度的一个教派,一八二八年由罗姆·摩罕·罗易(1772—1833)创立。它反对种姓制度、偶像崇拜、寡妇殉葬等封建落后的风俗习惯。一八六五年分裂为元始梵社和印度梵社。

怎能指望社会袖手旁观、客客气气、不闻不问呢！对这种人，社会自然要产生误解，纵然他们是诚心诚意的，也会觉得他们在骗人。对那些有意侮辱社会的人，如果社会不得不把他们的善举当作恶行，那也不过是他们应得的惩罚罢了。"

"这也许是很自然的，"毕诺业说，"但我不能同意一切自然的事都是好事。"

"好不好我才不管呢！"戈拉不禁大声嚷道，"社会上可能有几个真正的好人，他们是欢迎这个社会的，其余的人，我看，他们只要合乎自然就可以了！否则工作无法进行，活下去也没有意思。如果人们愿意像梵教徒那样装出一副神圣的样子，他们就得准备忍受一点小麻烦，受到梵社以外的人误解和辱骂。你要像孔雀那样竖起尾巴走来走去，又要对手向你鼓掌喝彩，那你对这个世界也未免过分苛求了——情况果真这样，这个世界也就不堪设想了。"

"骂教派或党派我都没有意见，"毕诺业解释说，"但进行人身攻击……"

"骂教派有什么用呢？不过是批评批评他们的主张罢了。我可是要揭发个人。至于你，我的圣人，难道你就从来没有攻击过个人吗？"

"我的确攻击过，"毕诺业承认，"而且恐怕经常都在攻击，我觉得十分惭愧。"

"不，毕诺业，"戈拉突然激动起来大声说，"这可不行，绝对不行！"

毕诺业沉默了一会儿。"怎么啦？"他终于问道，"你为什么那样大惊小怪呢？"

"我看得很清楚，你在沿着软弱的道路滑下去。"

"软弱!"毕诺业生气地大声说,"你知道得很清楚,只要我愿意,我现在就可以到他们家去——他们还请过我呢——可是你看,我并没有去。"

"这我知道。不过你好像总忘不了你是故意躲开他们的。一天到晚,你反反复复地跟自己讲:'我不去。我不去!'最好还是到他们家去算了。"

"那么你真的劝我去吗?"毕诺业问道。

戈拉朝大腿砰地捶了一拳说:"不,我才不劝你去呢。我可以白纸黑字地写下来,哪一天你到他们家,当天你就会倒到他们那边,第二天你就会和他们一同吃饭,以后就会变成梵社的一个卖力的传教士了。"

"真的吗?请问,以后呢?"毕诺业微笑地问。

"以后?"戈拉讽刺地回答,"以后你就死了,从自己的世界中消失了,还有什么以后!你,一个婆罗门的子孙,到那时就会失掉一切节制和纯洁的观念,最后被人像一条死狗那样扔进垃圾堆。你会像一个用失灵的罗盘来导航的领航员那样迷失方向,而且渐渐会认为顺着正确的航线把船引进港口的做法只不过是迷信和偏见——你会认为最好的导航方法是顺水漂流。不过我可没有耐心跟你斗嘴。所以我只说:如果一定要去,你就去吧,只是不要继续犹犹豫豫地站在地狱的边缘,弄得我们心神不安。"

毕诺业禁不住大笑起来:"大夫宣判死刑的人不一定会死,我看不出我有任何死到临头的征兆。"

"你看不出来?"戈拉冷笑地问。

"看不出。"

"你没有觉察你的脉搏已经很微弱了?"

"一点也不。它正跳得挺起劲呢!"

"如果一双美丽的纤手给你端来一餐贱民的饭菜,你也会觉得它跟神仙的宴席差不多,不是吗?"

"够了,戈拉!"毕诺业满脸通红地说,"住嘴!"

"怎么啦?"戈拉抗议说,"我并没有侮辱你呀。我们涉及的这位美丽的姑娘并不以'不见阳光'①为荣,她那双花瓣般柔软的手,任何男人都可以握,要是我提一下,你都认为是亵渎神圣,你可就真的无可救药了。"

"你听着,戈拉,我尊敬妇女,我们的古圣梵典也说……"

"不要引用古圣梵典来为你的那种感情辩护了。那不叫尊敬,它有一个别的叫法,要是我说出来,你会更生气的。"

"你就是喜欢教条。"毕诺业耸了耸肩说。

"古圣梵典告诉我们,"戈拉继续说,"妇女受到尊敬,因为她给家庭带来光明——但照英国人的习惯,妇女受到赞美,却是由于她在男人心里点燃了情火,这种赞美最好不要称为尊敬。"

"你就这样轻蔑地否定一个伟大的思想,只因为它偶尔被人玷污了吗?"毕诺业问道。

"毕努②,"戈拉不耐烦地回答,"现在很明显,你已经丧失判断能力,你得听从我的指引。我可以这样说,你在英文书里看到的一切形容英国妇女的夸张言辞,骨子里都只不过是'情欲'二字。礼拜妇女的圣坛究竟应该设在什么地方?妇女只有作为母亲、作为贞洁诚实的主妇才真正值得人们礼拜。

---

① 这是一句梵文成语,用以形容那些严格遵守深闺制度的上层印度妇女。——英译本注
② 毕努,毕诺业的简称。

有些人让她们离开那里,他们的赞美就多少隐藏着一点侮辱的成分。你的心像灯蛾围着蜡烛那样,在帕瑞什先生家上空翱翔,其原因,说得明白点,就是英国人所说的'爱情';不过看在老天爷的分上,不要学英国人的样儿,把'爱情'置于一切之上,作为男人崇拜的对象吧。"

毕诺业像一匹精力充沛的马挨了一鞭子那样跳起来喊道:"够了,够了!戈拉,你太过分了!"

"太过分了吗?"戈拉反驳说,"我还没有谈到正题呢。只是因为我们对男女正当关系的正确认识被热情模糊了,我们才有必要用诗歌来美化它。"

"就算是热情模糊了我们对男女正当关系的认识,那么只有外国人才该受到责难吗?难道在我们的道学家大谈女人祸水、应当避开的时候,使他们慷慨激昂的不也正是这种热情吗?这只不过是同一种心理,在不同的两种人身上做出的两种相反的表现罢了。你谴责了这一个,就不该原谅那一个。"

"我看我误解你了。"戈拉微笑着说,"你的情况并没有我所想象的那样严重。只要你脑子里还有哲理,你就不妨放心大胆地去恋爱。不过但愿你在陷得太深之前,设法救出自己——这是希望你幸福的朋友们对你的祝愿。"

"亲爱的朋友,你有点发疯了!"毕诺业说,"我谈恋爱干什么?你放心,坦白告诉你,在我听到和见到帕瑞什先生和他一家的情况之后,我对他们产生了极大的敬意。也许由于这个缘故,我觉得有一种力量吸引着我,使我想去见识见识他们的家庭生活。"

"你愿意说它是'吸引'就算是'吸引'吧,不过你对这种'吸引'可得当心。不能完成你的动物学研究,有什么关系呢？有一点至少是可以肯定的：她们属于食肉兽这一类。要是你的研究工作使你太接近她们，你就会走得太远，恐怕到头来连尾巴尖儿都剩不下了。"

"你有一个大毛病，戈拉，"毕诺业反驳说，"总认为天神把一切力量都赐给了你一个人，我们芸芸众生只不过是一些意志薄弱的废物。"

这句话好像说出了一个新的想法，它有力地打动了戈拉的心。"对呀！"他大声喊道，同时在毕诺业背上热情地捶了一拳，"对极了，这是我的一个大缺点。"

"老天爷！"毕诺业呻吟说，"你还有一个更大的缺点，戈拉，那就是连一根普通的脊椎骨能承受多大力量都不知道。"

这时，戈拉同父异母的哥哥、矮胖的摩希姆上楼来了，他气喘吁吁地喊道："戈拉！"

戈拉立刻离开座位，恭敬地站起身来说："什么事，先生？"

"我来看看，"摩希姆说，"咱们家的屋顶是不是给雷劈了。今天又有什么惊人的消息啦？你们大概已经把英国人赶出半个印度洋了吧？我看不出英国人有多大损失，倒是你的嫂嫂在楼下闹头疼，正在床上躺着，你那狮子般的吼声，她可真受不了。"

说完，摩希姆就离开他们，回到楼下去了。

第 三 章

戈拉和毕诺业正要从屋顶平台上走下来,戈拉的母亲就来了。毕诺业恭恭敬敬地给她行了个触脚礼。

看见安楠达摩依的人没有一个相信她是戈拉的母亲。她身材苗条,但很结实;头发有些地方已经花白,但并不显著。乍一看,你会觉得她只有三十多岁。她脸上的线条十分柔和,像是由一位大师精心雕刻出来的。她的清瘦的轮廓十分匀称,脸上流露出纯洁和智慧的光芒。她的皮肤是浅黑的,和戈拉的很不一样。她有一个使亲友觉得十分惊奇的习惯,那就是,除了纱丽之外,她还穿一件紧身胸衣。在我们谈到的这个时代,虽然有些时髦的年轻妇女已经开始穿紧身胸衣,但旧派的妇女还是对它斜目而视,认为它大有基督教的味道。安楠达摩依的丈夫克里什纳达雅尔先生曾在军粮部工作,安楠达摩依从小跟着他离开孟加拉,在外省待了很久,因此她再也想不到把身体适当地遮盖起来,竟是一件可耻或可笑的事。尽管她一天到晚辛勤地操持家务:洗洗刷刷,缝缝补补,管理账目,照顾家人和邻居,但她还是显得从容不迫。

安楠达摩依向毕诺业还礼之后说:"只要我们在楼下能够听到戈拉的声音,便知道毕努来了。孩子,这一阵子我们家总是静悄悄的,我不知道你出了什么事,为什么这么久没有来呀？病了吗？"

"没有，"毕诺业吞吞吐吐地回答，"没有，妈妈，我没有生病，不过请您想想，雨下得多大啊！"

"下雨，真是笑话！"戈拉插进来说，"雨季过去之后，毕诺业就会拿太阳做借口了。如果你把责任推给外界因素，它们当然无法替自己辩护，不过真正的原因你自己心里明白。"

"你在胡说些什么，戈拉！"毕诺业抗议说。

"不错，孩子，"安楠达摩依表示同意地说，"戈拉不该那样讲。一个人的心情经常在变，有时爱交际，有时变得消沉，不可能老是一个样儿。不应该拿这个来责备别人。来，毕诺业，到我房间去吃点东西，我给你留了些你爱吃的甜食。"

戈拉用力地摇着头说："不，不，妈妈，请您不要这样，我不能让毕诺业在您房里吃东西。"

"别胡闹啦，戈拉，"安楠达摩依说，"我可没有这样要求过你。至于你爹，他信奉正统印度教信得入迷，不是自己亲手烧的东西，一口也不肯吃。但毕努是我的好孩子，他不像你那样顽固，他认为正确的事，你总不会横加阻拦，不让他去做吧？"

"我要阻拦，"戈拉回答，"这件事我一定要坚持，只要您让那个信奉基督教的女仆拉契米侍候您，我就不能让毕诺业在您的房间里吃饭。"

"噢，亲爱的戈拉，你怎么能说出这样的话呢？"安楠达摩依十分苦恼地大声说，"你是她带大的，从前你不是一直吃她做的饭菜吗？不久以前，没有她做的酸辣酱你还吃不下饭呢。除此之外，我怎能忘记她救过你的命呢？那时你出天花，她日日夜夜照顾你。"

"那么,您就给她一笔钱,让她去养老吧。"戈拉不耐烦地说,"给她买一块地,盖一所房子,只是不要把她留在家里,妈妈。"

"戈拉,你以为什么债都可以用钱来还吗?"安楠达摩依说,"她既不要地,也不要钱,她只要看见你,要不她就活不下去了。"

"好吧,如果您喜欢,您就把她留下吧,"戈拉顺从地说,"不过毕诺业不能在您屋里吃饭。古圣梵典是非遵守不可的,妈妈,您是一位那么伟大的梵学家的孙女儿,我不明白您怎么能不遵守我们正统印度教的习惯?这太……"

"噢,戈拉,你这个傻孩子,"安楠达摩依微笑着说,"你妈从前也十分注意遵守一切风俗习惯,而且为这些事流过不少眼泪——那时还不知道你在哪儿呢。每天我都在礼拜湿婆神像,那是我亲手画的,你爹大发雷霆地跑过来把它扔掉。那些日子,我就是吃婆罗门煮的饭,都会觉得不舒服。当时铁路还很少,每逢乘坐牛车、骆驼或轿子出门,就得整天绝食,经常挨饿。你爹不尊重正统印度教的习惯,不论到哪儿都带着妻子,因而得到他的英国主子的赏识,升了官,留在总部工作,不必经常出差了。但即使是这样,你以为他能轻易改变我那些正统印度教的习惯吗?如今他退休了,攒下一大笔钱,突然信奉起正统印度教来了,而且偏狭固执——可是我不能跟着他变来变去。祖宗七代的传统已经一一连根拔掉,你以为一声令下,它们就可以马上重新树立起来吗?"

"好啦,好啦,"戈拉回答,"先不要管祖宗七代啦——祖宗并没有提出抗议。不过您是爱我们的,有些事您一定得答应我们。即使您不尊重古圣梵典,您也得尊重以爱的名义提出的要求呀。"

"你需要用这样强烈的措辞来提出要求吗?"安楠达摩依疲倦地问,"难道我对这些要求的含义还不明白吗?如果我事事都和丈夫、儿子发生冲突,那还有什么幸福可言?不过你可知道我和旧习惯分手是从抱你的那一天开始的?只要你怀里抱住一个孩子,你就会确信世界上没有一个人是生来就有种姓的。从那一天起,我领悟到假如我看不起一个基督徒或低种姓的人,老天爷就会把你从我手里夺走。我祷告上天,只要你躺在我怀里,成为我家的光,那么,不管什么人给我水,我都愿意接受!"

听了安楠达摩依这些话,一丝隐隐约约的忧虑第一次掠过了毕诺业的心,他很快地看了看母子二人的脸。不过他马上就把一切疑虑的阴影从心里排除了。

戈拉仿佛也觉得有些迷惑不解。"妈妈,"他说,"您的话我听不大懂。孩子们在遵守古圣梵典的家庭里发育成长并没有困难——您从谁那里得到启示,觉得神对您另有特殊的安排呢?"

"把你交给我的那一位给我的启示,"安楠达摩依回答,"我能怎么样呢?我做不了主。啊,我的傻孩子,你这么傻,真让我哭笑不得。不过不要紧,随它去吧。那么,毕诺业不能在我屋里吃东西啦——决定啦?"

"一有机会,他就会像箭一样飞去的,"戈拉大笑说,"而且胃口好得出奇。不过,妈妈,我不让他去。他是婆罗门的子孙。不能让他为了几块甜食忘记了他的责任。他得做许多牺牲,刻苦修行,才能不辜负他的光荣出身。不过,妈妈,请您不要生气,我给您行触脚礼啦。"

"多古怪的念头呀,"安楠达摩依大声说,"我为什么要生气呢？我只想告诉你,你不知道自己在做些什么。遗憾的是我把你抚养大了。不过,不管怎么样,要我接受你的所谓信仰是不可能的。你不在我房里吃饭,这有什么,只要早晨和晚上我都看得见你,我就心满意足了。——毕诺业,亲爱的,不要那样难过。你太敏感了;你以为我伤心了,其实并不然。孩子,不要担心,过些日子我再请你到我屋里吃一顿由一个地地道道的婆罗门烧的饭。至于我自己,我郑重通知你们:我打算继续让拉契米给我打水。"说完之后,她就下楼去了。

毕诺业默默地站了一会儿,转过身子慢慢地说:"戈拉,你是不是有点儿太过分了？"

"谁太过分了？"

"你！"

"一点也不！"戈拉加重语气说,"我主张每一个人都要严守本分;你只要退后一步,前途如何,就很难说了。"

"可她是你的母亲呀！"毕诺业抗议说。

"我知道什么是母亲,"戈拉回答,"你用不着提醒我。有我这样母亲的人,世上能有几个？不过一旦我开始不尊重习惯,说不定有一天我也会不尊重母亲的。听着,毕诺业,我有一句话要跟你说:感情固然可贵,但世界上还有更可贵的东西。"

过了一会儿,毕诺业犹犹豫豫地说:"很奇怪,戈拉,今天我听了你母亲的一番话之后,心里感到有些不安,我觉得你母亲有些事不好和我们讲,而这使她很痛苦。"

"啊,毕诺业！"戈拉不耐烦地说,"不要胡思乱想啦——这没有好处,只能浪费你的时间。"

"周围发生了什么事,你从来都不注意,"毕诺业回答,"你看不见的,就认为是胡思乱想。不过我向你保证,我常常发觉你母亲心里好像有什么秘密似的——一个和她周围环境格格不入、使她的家庭生活很不愉快的秘密。戈拉,她说的话,你应该仔细听听。"

"她说的话我够仔细听的了。"戈拉回答说,"我不去仔细琢磨,是因为我怕琢磨错了。"

第 四 章

　　抽象概念作为一种见解倒是挺不错的,但应用到人们身上,就不那么行得通了——至少在毕诺业身上是这样,因为他的行动多半是听凭心灵指引的。因此,在辩论中,不管他用多高的嗓门来维护一个原则,但当他和人打交道的时候,他还是首先要考虑到人情。因此,他接受戈拉提出的那些原则,究竟有几分由于它们本身正确,有几分出于对戈拉的伟大友谊,这就很难说了。

　　在下雨的那天晚上,他从戈拉家里出来,沿着泥泞的街道,慢慢走回家去,一路上心中不停地在斗争:是应该坚持原则呢,还是听从心灵的召唤?

　　戈拉提出这样一个论点:目前,为了使印度社会不受各种各样公开和隐蔽的攻击,就有必要对饮食和种姓的问题经常保持警惕。毕诺业对这个论点很容易就接受了,他甚至和不同观点的人热烈争论。他说,敌人从各个方面来攻击你们的堡垒时,如果你用生命去保卫通向堡垒的每一条大街小巷,每一扇门窗,甚至墙缝,别人都不能说你为人固执。

　　不过戈拉不让他在他母亲的房间里吃东西,对他却是一个打击,使他非常伤心。

　　毕诺业从小没有父亲,在童年时代,母亲也去世了。乡下有他一个伯父,但从小他就孤单单地一个人在加尔各答读书。从他的朋友戈拉把他介绍给安楠达摩依的那一天起,他就一直管她叫"妈妈"。

他常常到她屋里,缠着她给他做些好吃的点心。他还常常做出嫉妒戈拉的样子,说妈妈在分东西吃的时候不公平。毕诺业心里十分清楚,只要他三两天不去看她,她就会盼着他来尝一尝她做的美味糕点——这时,她是多么焦急地等着他们散会啊。而今天,为了印度社会,他竟不能和她在一起吃东西。这样的事,她接受得了吗?他自己能容忍吗?

她倒是微笑着说:"从此以后,要是请你来吃饭,我就再不碰你吃的东西了,我要请一个地地道道的婆罗门来给你烧饭。"不过她心里一定是非常难过的——毕诺业到家的时候,心里禁不住这样想。

他那间没有什么陈设的屋子又黑又乱,到处堆满了书籍和纸张。他划了一根火柴,点着了灯,灯上净是用人的脏手印。写字台的白桌布上面布满了墨水印和油迹。待在这里简直让他透不过气。这里没有人陪伴他,关心他。他情绪十分低沉。现在拯救祖国、保卫社会,诸如此类的责任仿佛都是那么模糊和虚假了。在七月的一个明亮美丽的早晨飞进他笼子又飞走了的那只"无名小鸟"倒显得真实得多。不过毕诺业已经下定决心不再去想那只"无名小鸟"了;为了把心平静下来,他就去回忆戈拉现在不让他在那儿吃东西的安楠达摩依的房间。

水泥地板擦得锃亮——房间的一边有一张很软和的床,上面铺着一条白得像天鹅翅膀似的床单,床边有一张小凳子,上面点着一盏灯。安楠达摩依正在低着头做活,她一定是在那儿用五色线缝她那条五色被面了。女仆拉契米坐在她脚边,用怪腔怪调的孟加拉话唠唠叨叨地和她闲扯。每逢安楠达摩依心里有事,她就会拿起这条被面来缝的。毕诺业聚精会神地回忆她专心做活的那副平静的面容。他自言自语地说:"愿她脸上慈爱的光辉保护我的心灵,免除一切烦恼。愿她作为祖国的象征鞭策我,坚定地尽我的责任。"他心里暗暗地叫了一声"妈妈",他说:"您亲手给我做的饮食,全都是玉液琼浆,没有一部古圣梵典能否定这一点。"

在这静静的房间里,只听见大钟平稳的嘀嗒声,毕诺业觉得实在待不下去了。一只壁虎在靠近油灯的墙上捉小虫。毕诺业看了一会儿,站起身,拿了把雨伞,到街上去了。

他拿不定主意到什么地方去。起先也许他想回到安楠达摩依身边,但他突然想起那天是星期日,便决定去参加梵社的礼拜,听凯舒布①先生布道。他知道礼拜这时快要结束了,但他还是决定要去。

毕诺业到达时,正好碰到散会,他打着伞站在路边,看见帕瑞什先生正从里边走出来,脸上闪耀着仁慈宁静的光辉。他身旁有四五个亲属,但毕诺业的眼睛只盯着其中一张年轻的面孔,他们经过路灯时,这张脸被路灯照亮了一刹那——接着便是一阵辚辚的马车声,这张脸就像一个泡沫,在茫茫的黑色海洋中消失了。

毕诺业那天晚上没有到戈拉家去,而是心事重重地回到自己的住处。第二天下午,他又离开了家,在绕了一个大圈子

---

① 凯舒布·昌德拉·森(1838—1884),社会改革家。一八六五年梵社分裂为两派,一派是元始梵社,一派是印度梵社。凯舒布·森是印度梵社的领导人。

之后,终于来到了戈拉家,这时已是阴云密布、夜幕低垂了。

毕诺业走进来时,戈拉刚刚点上灯,坐在那里写文章。他抬起头来问道:"毕诺业,今天刮的什么风呀?"

毕诺业没有理会他的问话,说:"我想问你一个问题。戈拉,告诉我,印度在你心目中是十分真实而且清清楚楚的吗?你日日夜夜地想着她,但你是怎么想的呢?"

戈拉停下笔,用锐利的目光盯着毕诺业看了一会儿。然后放下笔,靠在椅背上说:"轮船在大洋上航行,船长不论是在工作或休息的时候,心里总是想着对岸的港口,我也是这样无时无刻地不在想着印度。"

"你的印度在哪里?"毕诺业追问道。

"在我的这个罗盘日日夜夜指着的地方。"戈拉把手按在心上大声说,"在这儿,——不在你那位马什曼①写的《印度史》里。"

"你有一个用罗盘对准的特定的港口吗?"毕诺业继续问。

"怎么没有!"戈拉充满了信心地说,"我的事业可能失败,我可能淹死,但那个'伟大的命运之港'是永世长存的。它就是我那十全十美的印度——它有着极其丰富的知识、道德和财富。你敢说这样的印度不存在吗?难道除了撒谎欺骗之外,就没有别的了吗?只有你这个加尔各答和它的办公楼、高等法院和气泡一样靠不住的砖头房子吗?哼!"

说到这里,他停了下来,注视着毕诺业。毕诺业默默无言

---

① 马什曼(1768—1837),英国传教士,他在一八三一年用孟加拉文写了一部《印度史》。

地想出了神。

戈拉接着说:"我们在这儿学习,到处找工作,毫无道理地像牛马一样从上午十点干到下午五点——只因为我们把这个恶魔的假象当作印度,三亿五千万人民就该尊敬虚假的东西、把虚假的世界说成是真实的、自我陶醉地走来走去吗?尽管我们竭尽全力,我们能从这个虚假的海市蜃楼里得到生命力吗?这就是我们逐渐虚弱、逐渐死亡的原因。但那边有一个真正的印度,富裕美好的印度,除非我们把脚跟站在那边,我们的头脑和心灵都不可能从它那里吸取生命的源泉。因此,我说,忘掉一切吧——忘掉书本知识、虚假的头衔、买办生活的诱惑;让我们顶住这一切,把船驶向那个港口。如果我们的船一定要沉没,我们一定要淹死,那么就死吧。因为对我们来说,这样做是至关重要的,至少它可以使我永远不会忘记印度的真实而又完整的形象!"

"这只是慷慨陈词,还是真理?"毕诺业问道。

"当然是真理啰!"戈拉雷鸣般地回答。

"那些不能像你这样看清问题的人又怎么办呢?"毕诺业温和地问。

"我们必须使他们看清楚,"戈拉攥紧一只拳头说,"这是我们的工作。要是人们不能清清楚楚地看见真理,他们就会被任何假象所蒙蔽,在众人面前高高地树立起印度完美的形象,就会逐渐取得人们的信赖,到那时,你就不用挨门串户去点点滴滴地求人布施——人们自会争先恐后地献出他们的生命了。"

"那么,让我看看这个形象吧,要么就让我成为一个无知的群众。"

"你得自己去体会。"戈拉回答,"有了信心,你就会在你严肃的献身生活中找到乐趣。我们的时髦的爱国者对真理没有信心,因此,他们不论对自己还是对别人都不能提出有力的要求。即使财神要亲自赐给他们一个恩惠,我敢担保他们也只敢要求一枚总督的勤务兵的镀金徽章。他们没有信心,因此,他们也没有希望。"

"戈拉,"毕诺业抗议说,"每一个人的性格都不同。你有信心,而且有力量保护自己,所以你不能十分了解别人的精神状态。我坦率地跟你说:给我工作吧,不管什么都行。让我日日夜夜地工作,否则我就会觉得只有和你在一起,才能抓住一些实实在在的东西;一旦离开你,我就什么也抓不住了。"

"工作吗?"戈拉回答,"我们对祖国的一切都有坚定不移的信心,目前,我们唯一的工作就是把这种信心灌输给那些没有信心的人。由于我们习惯于以祖国为耻,我们的心灵被奴隶的劣根性毒害了。如果我们每一个人都能以身作则,抵制这种毒素,那么,我们很快就会找到可做的事。到现在为止,我们无论做什么,都只不过是把历史教科书上提到的、别人做过的事重做一遍。我们能全心全意去做前人做过的事吗?这样下去,我们就只能走下坡路。"

正在这个时候,摩希姆手里拿着水烟筒,慢悠悠地走了进来。往常这个时候,他办完公回来,吃过点心,就手里拿着水烟筒,嘴里嚼着蒟酱,坐在大门口。附近的朋友就会一个接一个地来找他,然后他们到客厅去打牌。

他一进门,戈拉就站了起来。摩希姆抽着水烟说:"你一天到晚忙忙碌碌,想拯救印度,我倒希望你救救你的哥哥。"

戈拉诧异地望着摩希姆,他接着说:"我们办公室新来的布拉先生是一个地地道道的恶棍。他长了一副狗脸,把我们印度先生叫'狒狒'①,有人死了娘,他也不给假,说那是撒谎。到了月底,没有一个孟加拉职员能拿到全薪,他们的工资被罚款扣得所剩无几。最近报纸上发表了一篇批评他的匿名信,那个恶棍认定是我写的。说实在的,他倒也没有完全猜错。他威胁说要把我辞退,除非我用自己的名义写封信去痛加反驳。你们这两位大学的尖子,一定要帮助我编造一封很好的信,里面写满了'大公无私''大慈大悲''温文尔雅'诸如此类的话。"

戈拉一声不响,但毕诺业大笑着说:"达达②,一个人怎么能一口气说出那么多的谎话呢?"

"一个人得以眼还眼,以牙还牙。"摩希姆回答,"我和这些先生相处很久了,他们的事我没有不知道的。他们撒谎的本事可以说是高明到家了。只要他们感到必要,谁也挡不住他们。如果他们当中有一个人撒谎,整群人就像豺狼那样跟着他齐声嗥叫——他们跟我们不一样,不以随声附和为耻。相信我,只要不被发觉,骗骗他们也算不了什么罪过。"

摩希姆说完之后,高声地哈哈大笑了半天,毕诺业也禁不住微笑起来。

"你们想当面摆出事实来羞辱他们?"摩希姆继续说,"老天爷要是没有赋予你们这种智慧,祖国还不至于这般多灾多难。真的,你们一定要明白,从大海对岸来的那个强悍的家伙,即使在撬门撬锁时被你抓住,也决不会低头认罪。相反,

---

① 孟加拉语的"先生"(babu)和英语的"狒狒"(baboon)读音相近。
② 孟加拉语译音,意思是哥哥。

他会装出一副全然无辜的样子,向你举起撬棍,难道不是这样的吗?"

"一点不错。"毕诺业回答。

"既然如此,"摩希姆继续说,"如果我们从谎话制造所里挑拣出几句来奉承他们:'噢,大公无私的人,噢,圣人,发发慈悲吧,从您的小皮包里掏出点什么扔给我们吧,哪怕是残渣也好。'这样,本来是我们的东西,也许会有一小部分退还给我们。同时,我们还可以避免一切破坏和平的行动。如果你们这样考虑,这才是真正的爱国主义。但戈拉却生了我的气。在他信奉正统印度教之后,他对我——他的哥哥,倒是毕恭毕敬的了。不过,今天我的话,他并没有当作兄长的话来听。我的老弟,你说我该怎么办?即使谈到撒谎骗人的事,我也得说真话呀。不管怎么说,毕诺业,你一定得写那封信。等一等,我去把我写的大纲拿来。"摩希姆一边狠狠地吸着水烟,一边走了。

戈拉转过身对毕诺业说:"毕努,到哥哥的房间去吧,这才够朋友,在我写完这篇东西之前,想法让他保持安静。"

第 五 章

安楠达摩依敲了敲她丈夫祈祷室的门。"我说话你听得见吗?"她对他大声说,"你不用担心,我并不想进去,不过等你做完祷告,我想和你说几句话。现在你和一个新来的托钵僧一天到晚在一起,我知道会有很长一段时间见不到你,所以只好来找你。你祷告完了,不要忘记到我那边去一下。"说完这几句话,她又继续忙她的家务事去了。

克里什纳达雅尔是一个皮肤黝黑的人。个子不太高,有点儿发胖的趋势。脸上最引人注目的是他那双大眼睛,其余部分几乎全都被毛烘烘的灰色胡须遮住了。他总是穿一件赭色的长丝袍,一双木拖鞋,而且像苦行僧那样手里托着一个黄铜钵。他的额顶已经光秃,但后边留着长发,盘在头上。

有一个时期,他在内地工作,和团里的士兵一起随心所欲地吃喝犯禁的酒肉。在那些日子里,他认为故意辱骂祭司、托钵僧和任何一个担任教职的人都是勇敢的表现。而今天,任何东西,只要带一点儿正统印度教的味道就会得到他的尊重。他只要看到一个托钵僧,就会拜他为师,希望从他那里学到一些新奇的修行方法。他以无比贪婪的心情寻求一条得救的秘密捷径,寻求一种获得神秘力量的秘密方法。最近,在他忙着学习檀多罗①修行仪式的时候,又来了一个和尚,这使他的心情重新波动起来。

在他只有二十三岁时,第一个妻子就因难产死了。儿子是母亲致死的原因,看见儿子就难过,克里什纳达雅尔把婴儿交托给岳父,自己怀着绝望的心情,跑到西部去了。不到六个月,他就娶了安楠达摩依。她是贝拿勒斯一个伟大的梵学家的孙女,父亲已经故去。

在内地时,他在军粮部找到一个差事。他用各种手段赢得上司的欢心。后来,他妻子的祖父一死,她变得无依无靠,克里什纳达雅尔只好把她带在身边。

这时候,爆发了印度民族大起义②,他抓住机会,设法救出几个身居高位的英国人,因而获得了褒奖和土地。大起义遭到镇压之后,过不多久,他就辞掉差事,带着生下来不久的戈拉回到贝拿勒斯。戈拉五岁时,克里什纳达雅尔搬到加尔各答去住,把大儿子摩希姆从他岳父家接出来,让他去读书。如今摩希姆得到他父亲的恩主的帮助,在财政部工作,我们已经看到他干得正起劲呢。

在附近一带和在学校里,戈拉从小就是孩子们的头头。他主要的工作和娱乐就是让老师们日子不好过。稍长之后,他在学生俱乐部领唱国歌,用英语发表演说,被公认为一群小革命的领袖。最后,锻炼得羽毛丰满了,他离开了学生俱乐部,在成年人的集会上高谈阔论,这使克里什纳达雅尔感到相当有趣。

① 檀多罗,又被称为檀多罗密教,重视宗教仪式与冥想。
② 一八五七年,印度士兵举行了反抗英国统治的大起义。地区主要在德里、坎普尔和勒克瑙。

戈拉在外边开始有点名气了,但家里的人并不十分重视他。摩希姆觉得自己在政府机关工作,当然有权管教戈拉,于是他尽力嘲笑他弟弟,管他叫"爱国的道学先生""哈瑞什·穆克吉①第二"等等,为此,两个人几乎动起拳头。安楠达摩依看见戈拉对一切英国的东西都一反到底,心里感到十分不安,她千方百计地设法让他平静下来,但始终没有见效。如果有机会在街上和一个英国人干架,戈拉一定会十分高兴。与此同时,他受到雄辩家凯舒布·昌德拉·森的吸引,对梵社很感兴趣。

就在这个时候,克里什纳达雅尔突然非常严格地信奉起正统印度教来了,他虔诚到如此地步,就连戈拉走进他的屋子,他也会感到十分生气。他把一部分房屋划归己用,名之曰"隐居地",甚至把这个名字写在一块牌子上。戈拉从心里不赞成父亲的所作所为。"我实在看不惯这些愚蠢的行为,"他说,"我简直不能容忍。"戈拉实际上几乎和他父亲割断了一切联系,幸亏安楠达摩依从中调停,设法使他们和解。

一有机会,戈拉就和他父亲身边的婆罗门梵学家热烈争论。不过,与其说是争论,不如说不断地打对方耳光。这些梵学家,大多不学无术,但却贪得无厌。他们拿戈拉毫无办法,对他那猛虎般的攻击怕得要死。

但其中也有一个人开始得到戈拉的尊敬。他名叫维迪雅瓦吉什,是克里什纳达雅尔请来讲吠檀多②哲学的。起先,戈拉也用傲慢的态度对待他,但很快就被解除了武装。他发现

---

① 哈瑞什·穆克吉(1824—1861),印度杰出的演说家和记者。
② 吠檀多,印度教哲学的一派,它所依据的是印度教的古代经典——吠陀经典,但注重的却是它的义理方面;它所奉的经典称为《吠檀多经》。

这个人不但学识渊博,而且心胸开阔,令人佩服。他从来没有想到一个只读梵文经典的人能有如此敏锐的头脑、渊博的知识,而性格又是这般宁静坚强,这般深沉忍让;站在他面前,戈拉不由得深自收敛,他开始跟他学习吠檀多哲学。无论做什么事,戈拉都是全心全意的,于是就一头扎进去,苦苦地钻研起来。

这时,碰巧报纸上正在进行一场论战:有一个英国传教士攻击印度宗教和印度社会,并且欢迎别人和他辩论。戈拉心中立刻燃起熊熊怒火,他本来打算一有机会就去驳斥古圣梵典上的教条和社会上流行的风俗习惯来使他的对手头痛,但如今一个外国人竟敢轻视印度社会,这使他极其愤慨,因此他立即挺身而出,为印度辩护。对方指责印度人的任何一条罪状,哪怕是微不足道的缺点,他也不肯承认。报馆编辑在发表了许多来信之后,终于停止了这场论战。

但戈拉的怒火已经点燃,他的心情平静不下去了,于是他着手用英文撰写一本论印度教的书。在这本书里,他从人的理性和古圣梵典里尽力寻找根据,用以证明印度宗教和印度社会的无可指摘和无比优越。最后,连他自己也相信起这种说法了。他说:"我们绝不允许我们的祖国站在外国法庭的被告席上受外国法律的审判。我们对羞耻或荣誉的概念绝不能用外国的标准来逐点衡量。无论是祖国的传统、信仰还是古圣梵典,我们对别人,甚至对自己都不能说它不好。我们必须拿出全部力量,充满自豪感,勇敢地担负起祖国的重担,使祖国和自己免受屈辱。"

戈拉的头脑里充满了这些想法,便开始虔诚地到恒河去沐浴,每天早晚都做礼拜,而且对他所接触的和吃的东西特别小心,甚至还留起梯吉①。每天早晨,他去给父母行触脚礼。至于摩希姆,戈拉原先管他叫"无赖"和"势利小人",觉得并没有什么不应该;而现在,每当摩希姆走进他房间,他都站起身,像对待长者那样对他行礼。摩希姆并没有因他的突然转变而对他停止嘲笑,但戈拉从不回嘴。

由于他大力宣传和以身作则,戈拉在他身旁聚集了一群狂热的青年,组成了一个宗教团体。他们好像从他的教导里获得了解脱,良心上不再因听到相反的说法而感到不安了。"我们不必辩解了,"他们暗自思忖,大大地松了一口气,"我们只要保持本来面目,是好是坏,是文明是野蛮,全都没有关系。"

但奇怪的是:戈拉的突然变化并没有使克里什纳达雅尔感到高兴。正相反,有一天他把戈拉叫去对他说:"我的孩子,你好好听着,印度教是一种很深奥的宗教,先哲创立了这种宗教,不是任何人和每一个人都能够探测它的深度的。对它没有完全了解的人,最好还是不要去碰它。你的心灵还没有成熟,况且你一直受的是英国教育。你原来向往梵社,我看像你这种类型的人,梵社似乎更合适,因此那时我一点也不担心,反而觉得挺高兴。不过你现在走的可不是你应该走的道路,我怕它会行不通。"

"您说的什么呀,爹?"戈拉抗议说,"难道我不是一个印度教徒吗?如果今天我不能明白印度教较深的含义,以后我会明白的。即使我永远不能抓住它的全部哲理,它的道路也

---

① 梯吉,孟加拉的婆罗门在脑后留一簇头发,表明他是正统印度教徒。——英译本注

是我要探索的唯一的道路。我几次投生在信奉印度教的家庭里,今生才能成为一个婆罗门的儿子。像这样再投生几次,通过印度教和印度教社会,我就会到达目的地。如果我犯了错误,偏离了正确的方向,那只能意味着我得加倍努力,回到正路上来。"

克里什纳达雅尔听了,不停地摇着头说:"不过我的孩子,自称为印度教徒并不能成为印度教徒。想当一个穆斯林不难,想当基督徒更容易——但想当一个印度教徒,老天爷,这可是另一码事了。"

"一点也不错,"戈拉回答,"不过我生下来就是一个印度教徒,我至少已经迈进了门槛。只要我沿着正确的道路走下去,我会逐渐取得进展的。"

"我的孩子,"克里什纳达雅尔回答,"我怕很难说服你,你说得也很在理。什么宗教对你真正合适,要看你的因果,早晚你要信奉你该信的宗教的。没有人能阻挡你。一切都是神的意志。我们算得了什么,我们只不过是他的工具罢了。"

克里什纳达雅尔能够以同样的热情同时接受神的意志和因果报应、梵我一体和崇拜真神。他甚至觉得没有必要把这些对立面调和起来。

第 六 章

克里什纳达雅尔没有忘记他妻子的要求。洗完澡、吃过饭之后,就到她屋里去了。他已经有许多天没有去那儿了。他把自己带去的席子铺在地上,笔直地坐在上面,好像有意把自己和周围小心地隔离开来。

安楠达摩依先打破了沉默:"你正在一心修行,不愿过问家事,可是我都快要为戈拉急死了。"

"怎么啦,有什么可着急的?"克里什纳达雅尔问道。

"我也说不清楚,"安楠达摩依回答,"不过我想,要是戈拉这样狂热地信奉印度教,那是不行的,早晚一定会出事。我从前劝你不要给他戴圣线①,不过那些日子你不像现在这样严格,你说:'一根线有什么要紧?'可是现在远远不是一根线的问题了,你准备让他狂热到什么地步呢?"

"这可倒好,"克里什纳达雅尔嘟囔说,"你当然要把一切过错都推到我头上啰。当初难道不是你开的头吗?你不肯丢掉他。那些日子,我也是一时头脑发热,没有想到教规。要是在今天,我做梦也不会干出这种事儿!"

---

① 印度的婆罗门,在八岁至十二岁之间,要举行仪式表示已经成年,他们把一条线套在左肩上和右腋下,这条线称为圣线。

"你爱怎么说就怎么说吧,"安楠达摩依回答,"反正我不会承认我做了错事。你记得吗,为了要个孩子,我什么没有试过。别人不论提出什么,我都照办了——我念过多少经咒戴过多少灵符呀!有一天,我做了一个梦,梦见我献给天神一篮白花……过了一会儿,白花不见了,我看见就在那个地方躺着一个婴儿,白得像那些白花一样。我无法形容那时的感情——我的眼睛充满了泪水。正想把他抱在怀里,我却醒了。十天之后,我得到了戈拉——神赐给我的礼物。我怎能把他送给别人呢?我一定在哪一世怀过他,受过极大的痛苦,他现在才管我叫'妈妈'。你想想他来得多么奇怪,那天半夜里,周围一带都在杀人,我们自己也怕性命难保,那位英国夫人来我们家避难;你不敢留她,但我瞒着你把她藏在牛棚里。当天晚上,她因难产死了,留下一个孤儿。如果我不照顾他,他早就死了。你关心过他吗?你要把他交给一个神父,凭什么?凭什么我要把他交给神父?神父跟他有什么关系?他救过他吗?我这样得到一个孩子,难道就比亲生的差吗?不管你怎么说,除非把孩子赐给我的那位天神把他收回去,我是永远不会舍弃他的。"

"这难道我不明白吗?"克里什纳达雅尔说,"反正你爱对你的戈拉怎么样,你就怎么样好了,我从来也没有想过要干预。因为我们跟别人说他是我们的儿子,我就一定得给他戴圣线,对外只能这样,别无他法。剩下的只有两个问题需要解决。根据法律,摩希姆有权继承我的全部财产……因此……"

"谁要分你的财产?"安楠达摩依打断他说,"你可以把一切都留给摩希姆——戈拉不要你一个派斯①。他是个男子汉,又受过很好的教育,可以自己谋生,何必贪图别人的财富呢?至于我,只要他活着就够了——我别无他求。"

"不,我并不是什么都不给他,"克里什纳达雅尔反驳说,"我那块地……一年总可以有一千卢比的收入。更难处理的是他的婚姻问题。做过的事,已经做了……但我不能再错下去,我不能让他按照印度教的仪式去和一个婆罗门姑娘结婚……不管你会不会生气,我也只能这样。"

"你以为我不像你那样到处洒恒河圣水,就没有心肝了吗?我干吗要他跟一个婆罗门姑娘结婚?又干吗要为这事生气?"

"什么!难道你自己不是一个婆罗门的女儿吗?"

"我是又怎么样?"安楠达摩依回答,"我早就不觉得我的种姓有什么可骄傲的了。摩希姆结婚的时候,由于我没有按照正统印度教的规矩办事,咱们的亲戚就议论纷纷,我只是一声不响地躲在一边。几乎所有的人都管我叫基督徒或者想到什么就叫我什么。他们无论说什么我都没有见怪,我用这样的回答来安慰自己:'难道基督徒就不是人吗?如果只有你们才是神的选民,那么,为什么神让你们先在帕坦人、后在莫卧儿人、如今又在基督徒面前受到凌辱呢?'"

"啊,这话说来长了,"克里什纳达雅尔有点不耐烦地说,"你是个女流之辈,说了你也不懂,但社会这个东西你是无法躲避的。你至少懂得这一点。"

"我才不愿意为这些事伤脑筋呢,"安楠达摩依说,"但这

---

① 派斯,印度货币,一个卢比等于十六个安那,一个安那等于四个派斯。

一点我是清楚的:把戈拉当作儿子养大之后,要是我现在开始信奉起正统印度教,那么,不但会得罪社会,也会得罪自己的良心。我只是因为害怕达磨①,才什么都不隐瞒,让每一个人都知道我不遵守正统印度教教规,耐心忍受为此招来的一切责骂。不过,我还是隐瞒了一件事,我经常担心天神会为此惩罚我——你听我说,我想我们应该把一切都告诉戈拉了,不管这样做会带来什么后果。"

"不,不!"克里什纳达雅尔听了惊慌失措地大声说,"只要我活着,就不能这样做。你是了解戈拉的。他一旦明白真相,谁也不知道他会干出什么事,接着,社会上就会议论纷纷。不仅是这样,连政府都可能出来给我们找麻烦,虽然戈拉的父亲在大起义的时候被杀,我们知道他的母亲也死了,不过事情平息之后,我们应该向地方长官报告。要是我们现在捅这个马蜂窝,我的修行就要前功尽弃,而且说不定还会大祸临头呢。"

安楠达摩依没有回答。过了一会儿,克里什纳达雅尔接着说:"关于戈拉的婚事,我倒有一个想法,帕瑞什·帕塔查里雅是我的一个老同学。他刚刚辞掉了督学的职务,领退休金在加尔各答养老。他是一个很有修养的梵教徒。我听说他家里有不少待字的姑娘。我们只要能说服戈拉,让他到他们家去,那么,去过几次之后,他就会很容易看中他们的一个姑娘。以后我们就可以放心大胆地把一切交托给爱神了。"

"什么!要戈拉去拜访一个梵社的家庭?那种日子早已

---

① 这个词意思很多,归纳起来,可分为两类:一类指"一切存在的事物",一类指"万事万物的内在法则"。

过去了。"安楠达摩依大声说。

正说到这里,戈拉走进了屋子,用他那雷鸣般的声音喊了声"妈妈",但看见他父亲坐在那里,就吃惊地闭上了嘴。安楠达摩依脸上闪耀着慈爱的光辉,很快地走过来问道:"有什么事吗,我的孩子?你找我干什么?"

"没有什么要紧的事,我可以等一等。"说完,戈拉转身要走,但克里什纳达雅尔叫住他说:"戈拉,等一等,我有话跟你说。我有一个梵社的朋友,新近来到加尔各答,住在比顿街附近。"

"是帕瑞什先生吗?"戈拉问道。

"你怎么会认识他的?"克里什纳达雅尔惊讶地问。

"我是听毕诺业说的,他就住在帕瑞什先生家附近。"戈拉解释道。

"嗯,"克里什纳达雅尔接着说,"我要你去拜望他,向他问好。"

戈拉犹豫了一会儿,显然内心在做斗争,然后说:"好吧,我明天第一件事就去那儿。"

安楠达摩依对戈拉这样听话感到很奇怪,但紧接着又听见他说:"不,我忘记了,我明天不能去。"

"为什么不能去?"克里什纳达雅尔问道。

"明天我得到特里比尼去。"

"这么多地方,为什么偏要到特里比尼去呢?"克里什纳达雅尔大声说。

"明天日食,那里要举行沐浴礼。"戈拉解释说。

"戈拉,我真不明白,"安楠达摩依说,"加尔各答难道没有恒河?你非得一直跑到特里比尼去洗澡吗?——你奉行正统印度教教规,也做得太过分了!"

可是戈拉没有回答就离开了屋子。

为什么戈拉要决定去特里比尼沐浴呢?因为明天那边会有大群的香客。戈拉要抓住每一个机会来消除自己的一切疑虑、一切往日的偏见,而且要和祖国的老百姓站在一起,全心全意地对他们说:"我是你们的,你们是我的。"

第 七 章

毕诺业早晨醒来,看见曙光就像新生婴儿的笑脸那样纯洁。天上飘浮着几朵白云。

他站在阳台上,正在回忆另一个这样快乐的早晨,忽然看见帕瑞什先生慢慢地沿着大街走了过来。他一只手拿着手杖,另一只手拉着萨迪什。

萨迪什一看见毕诺业就拍着手喊道:"毕诺业先生!"这时,帕瑞什先生也抬起头了。毕诺业快步跑下楼去迎接他们,正好碰见他们走进门来。

萨迪什握住毕诺业的手说:"毕诺业先生,为什么你没有到我们家玩?那天你答应来的呀。"

毕诺业亲热地把手放在孩子的肩上对他微笑。帕瑞什先生把他的手杖小心地靠在桌子上,坐下来说:"那天如果没有你,我们真不知道怎样才好。你对我们真是太好了。"

"噢,这没有什么,请不要再提它了。"毕诺业恳切地说。

"我说,毕诺业先生,你没有养狗吗?"萨迪什突然问道。

"狗?"毕诺业微笑着回答,"不,我没有养狗。"

"你为什么不养狗?"萨迪什问道。

"嗯——我从来没有想过要养狗。"

"我听说,"帕瑞什先生出来解围,"萨迪什那天到你这儿来了。我想他一定让你烦透了。他姐姐管他叫话匣子先生,因为他的话实在太多了。"

毕诺业说:"我愿意聊天的时候,也挺能聊的,所以我们俩相处得很好——不是吗,萨迪什先生?"

萨迪什继续问下去,毕诺业继续回答,但帕瑞什先生很少说话,只是不时带着安详的微笑插进一两句。快要告别时,他说:"我们家是七十八号,从这里沿着大街朝右边照直走就到了。"

"他知道我们家在哪儿,"萨迪什插嘴说,"那天他一直送我到家门口。"

这件事本来没有什么可惭愧的,但毕诺业还是感到十分难为情,就像干了什么坏事,突然被人抓住似的。

"那么你知道我们家在哪儿了,"老绅士说,"如果你什么时候……"

"这还用说……只要我……"毕诺业结结巴巴地说。

"我们住得这样近,"帕瑞什先生站起来说,"只是因为住在加尔各答,我们才长久互不相识。"

毕诺业把客人送到大街上,在门口站了一会儿,看着帕瑞什先生挂着手杖慢慢地朝前走,萨迪什在他身旁不停地说话。

毕诺业心想:"我从来没有看见一个像帕瑞什先生这样的老人。我真想向他顶礼膜拜。而萨迪什是一个多么活泼的孩子呀,长大之后,一定会成为一个真正的人,既聪明又坦率。"

不管老人和孩子有多好,也不足以说明为什么毕诺业会爆发出这样的热情和敬意,不过就他的心情而论,他已经不需要比这更长的相识过程了。

"在这之后,"毕诺业心想,"要是我不想失礼,我就必须到帕瑞什先生的家去了。"

但戈拉一伙的那个印度告诫他说:"注意!你不能到那儿去。"

毕诺业过去每一步都遵守那个充满了教派性的印度的禁令。有时他也产生怀疑,不过还是服从了。现在他产生了反抗精神,因为在今天,那个教派性的印度,看起来只不过是虚无的化身。

用人进来请他吃中饭,但毕诺业还没有洗澡。现在已经过了中午,他坚决地摇了摇头,把用人打发走说:"今天我不在家吃饭,你不必留在这儿了。"他甚至没有戴围巾,拿起一把雨伞就上街去了。

他一直朝着戈拉家走去,因为他知道每天中午,戈拉都要到安赫斯特大街的印度爱国者协会去给孟加拉各地的会员写信,鼓舞他们。整个下午他都要在那里工作。他的崇拜者经常聚集在那里听他讲话,他那些忠实的助手由于能够在那儿侍候他而感到十分光荣。

果然不出所料,戈拉像往常一样到协会去了。毕诺业几乎是跑着进了内宅的,他冲进安楠达摩依的屋子。她刚刚开始吃中饭,拉契米在旁边给她打扇。

"妈妈,我饿了。"毕诺业坐在她面前说,"给我点吃的吧。"

"多糟糕!"安楠达摩依感到很为难,"那个婆罗门厨子刚走,而你……"

"你以为我是来吃婆罗门烧的饭菜吗?"毕诺业大声说,"我自己那个婆罗门厨子有什么不好吗?妈妈,把您的饭菜分给我一点吧。拉契米,给我倒一杯水好吗?"

毕诺业几口就喝干了那杯水,安楠达摩依给他拿来一个盘子,极其高兴和无比慈爱地从自己的碟子里把东西分给他。毕诺业狼吞虎咽,像一个好多天没有吃饭的人。

安楠达摩依今天解除了使她痛苦的一个主要原因,毕诺业看见她快乐,心里一块石头也落了地。

安楠达摩依坐下来做针线活,房间里充满了凯雅花的香味。毕诺业躺在她脚旁,头枕在胳膊上,就像过去那样和她闲谈,世上其他的一切,他全抛在脑后了。

第 八 章

毕诺业冲破了最后的一层障碍之后,心里涌现出一股反抗的新浪潮,他离开戈拉家时,脚步如此轻盈,就像腾云驾雾一般。他要向所有遇到的人大声宣布:他终于从长期束缚他的镣铐中挣扎出来了。

他走到七十八号门口时,刚好帕瑞什先生迎面走来。

"请进,请进!"帕瑞什先生说,"看见你,我很高兴,毕诺业先生。"他把他带进面对大街的一间会客室。屋子里有一张小桌子,桌子一边有一把木背椅子,另一边有两把藤椅。墙上挂着一幅基督的彩色像,另一面墙挂着凯舒布·昌德拉·森的照片。桌子上整整齐齐地放着一摞报纸,上面用一个铅镇纸压着。墙角那边放了一个书橱,上层排列了西阿多·派克①的全集。书橱上面摆着一个地球仪,上面盖了一块布。

毕诺业坐了下来,但一想起那个人可能从背后那扇门进来,心里就不由得一阵狂跳。

不过帕瑞什先生说:"苏查丽姐每逢星期一都要到我朋友家去给他的女儿上课。因为他家有一个和萨迪什同年的男

---

① 西阿多·派克(1810—1860),美国牧师。他的十四卷集从一八六三年到一八七〇年陆续在伦敦出版。

孩,萨迪什也跟他姐姐一块儿去了。我把他们送到那儿去,刚刚回来。要是我来晚一步,就碰不到你了。"

毕诺业听了之后,觉得松了口气,同时也感到一阵失望。

不过和帕瑞什先生谈天,一点儿也不会感到拘束,毕诺业很快就把自己的身世全都告诉了他:毕诺业是一个孤儿,伯父和伯母住在乡下照顾田产。他和伯父的两个儿子一起读书,后来大儿子在地方法院当上见习辩护律师,二儿子得了伤寒病死了。他伯父原来打算把他培养成为副县长,但毕诺业无意于此,把他的时间花费在一些无利可图的事上。

这样谈了大约一个钟点。要是没有明显的理由,继续待下来就不大礼貌了。因此,毕诺业站起来告辞说:"很遗憾,我没能看见我的朋友萨迪什。请告诉他我来过了。"

"如果你稍等他一会儿,你就会看到他们了,"帕瑞什先生回答,"他们很快就要回来了。"

老先生轻描淡写地这样说了一句,毕诺业不好意思就此留下来。如果老先生稍稍坚持一下,他就会留下来了。但帕瑞什先生是一个沉默寡言的人,不愿意强人所难,毕诺业只好向他告辞。帕瑞什先生只说了一句:"要是你愿意到这儿来玩,我很愿意常常见到你。"

毕诺业并没有什么急事要他马上回家。不错,他给报纸用英文写文章,而且大家都赞美他文章的风格,不过近几天他静不下心来写作,一坐在桌子旁边,就会遐想联翩,不知想到哪里去了。因此,说不清为什么,他竟朝着相反的方向信步走去。

他还没走几步,就听见一个清脆的童音高声喊道:"毕诺业先生!毕诺业先生!"他抬起头来,只见萨迪什从一辆出租马车里探出身子向他招手,同时还看见一件纱丽和一只女上衣的白袖子在车子里闪了一下,另外一个人是谁就不难猜出来了。

按照孟加拉的礼节,毕诺业是不能朝车内看的,不过刹那间,萨迪什已经从车上跳了下来,拉着他的手说:"到我们家去,毕诺业先生。"

"我刚从里面出来。"毕诺业解释说。

"可是我没有在家,所以你一定得再进去。"萨迪什坚持说。

毕诺业无法拒绝萨迪什的要求。萨迪什一边拉着他的俘虏走进屋,一边大声嚷道:"爹,我把毕诺业先生又带回来了。"

老绅士从他的屋子走出来微笑着说:"毕诺业先生,你被一双铁手抓住,这回可轻易逃不掉了。萨迪什,去把你姐姐叫来。"

毕诺业走进屋子,心里猛烈地跳动。帕瑞什先生说:"我看得出,你气都喘不过来了,这个萨迪什,你可真惹他不起。"

萨迪什把他姐姐带进屋来,毕诺业首先闻到一阵幽香,接着听到帕瑞什先生说:"拉姐,毕诺业先生来了。你当然记得他。"

毕诺业腼腆地抬起头来,看见苏查丽姐向他鞠了一躬,并且在他对面坐下,这一次他没有忘记还礼。

"记得,"苏查丽姐说,"毕诺业先生经过这儿,萨迪什一看见他,就跳出马车把他抓住了。毕诺业先生,也许你正要去办事——希望他没有妨碍你。"

毕诺业原不敢奢望苏查丽姐会给他讲话,冷不防吃了一惊,只好连忙回答说:"不,不,我没有事,他一点儿也没有妨碍我。"

萨迪什拉了拉他姐姐的衣服说:"把钥匙给我吧。我要让毕诺业先生听听我们的八音盒。"

苏查丽姐笑着说:"什么!已经开始啦?话匣子先生的朋友就甭想得到安宁。开头总得听听八音盒,别的折磨和灾难就更不用说了。毕诺业先生,我得警告你:你这位小朋友的无理要求是没完没了的。我怀疑你是不是受得了。"

要了他的命,毕诺业也无法说得和苏查丽姐一样自然。他发誓不要流露出丝毫害羞的样子,不过他只能结结巴巴地说出几句不连贯的话:"不,不……一点也不……请不要……我真的很高兴。"

萨迪什从他姐姐手里接过钥匙,把八音盒取来。它是一个玻璃盒子,里面有海浪形的丝垫,垫子上安放着一条模型船。上了发条之后,它就会奏起乐曲来,那条船也随着乐声摇摆。萨迪什发光的眼睛看看八音盒,又看看毕诺业的脸——他兴奋得几乎控制不住自己了。

萨迪什就这样帮助毕诺业度过了害羞的难关,并且渐渐能够在说话时看着苏查丽姐的脸了。

过了不久,帕瑞什先生的亲生女儿丽拉走进来说:"妈妈请你们全都到楼上阳台去坐。"

第 九 章

门廊上面的平台上摆了一张铺着白台布的桌子,四周放了几把椅子。在平台栏杆外面的檐板上摆了一排盆花。朝楼下看,可以看见街道两旁西里什树和克里什纳秋拉树一簇簇的叶子,它们被雨水冲洗得又干净,又光滑。

太阳还没有西下,暗淡的阳光斜射着平台的一角。

帕瑞什先生把毕诺业带到楼上时,屋子里还没有人,但过了一会儿,萨迪什就来了,手里牵着一条毛烘烘的、黑白两色的小狗。它名叫库得(小不点儿),萨迪什让它表演了全副本领。它会用一只前爪行礼,会叩头,用这些招儿讨饼干吃。萨迪什得到库得赢得的全部荣誉,但库得并不在乎——对它来说,饼干更加实惠。

隔壁房间时不时传来阵阵姑娘们的闲谈声,里面掺杂着欢笑,间或还听到一个男人的声音。毕诺业的心在这条欢乐的河上漂流,产生了一种从未有过的甜蜜的感觉,但其中也不无忌妒的苦味。他以前没有听见过闺房中姑娘们涟漪般的笑声,如今音乐离他这么近,却又这么远。可怜的毕诺业被弄得心烦意乱,实在很难听清楚萨迪什在他旁边唠叨了些什么。

帕瑞什先生的妻子带着三个女儿和一个年轻的男人(一个远亲)来了。她名叫芭萝达,年纪不轻了,但显而易见,对衣着十分讲究。早年,她的生活十分朴素,但突然之间却赶起时髦来了。因此,我们可以听到绸纱丽清楚的瑟瑟声和高跟皮鞋响亮的咯咯声。她一直把梵社和非梵社的东西划分得清清楚楚。由于这个缘故,她把拉妲腊妮这个正统印度教的名字改为苏查丽妲。

芭萝达的大女儿名叫拉布雅,她身体肥壮,性格活泼,爱好交际,喜欢和人聊天。她长了一副圆圆的脸,一双大眼睛,皮肤黑而光滑。她本人对衣着倒不注意,可是她的母亲管得很严。她讨厌高跟鞋,可是不得不穿;下午出门去,她母亲一定要她涂脂抹粉。因为长得丰满,她的紧身胸衣就做得特别小,每次她母亲把她打扮好,让她走出更衣室时,她看上去就像一个用压榨机刚刚压出来的包裹。

第二个女儿名叫罗丽妲。她和姐姐形成鲜明的对照。她长得比较高,比较黑,身段苗条,个性坚强。话虽不多,有时却很尖刻。她母亲在心的深处有点儿怕她,留心不要把她惹恼。

最小的女儿丽拉只有十岁。她是一个典型的顽皮姑娘,一天到晚和萨迪什吵吵闹闹,争论不休。特别是在库得应该属于谁这个问题上,两人有严重分歧。如果去征求小狗的意见,恐怕两个人它都不会满意,不过,如果一定要叫它选择,它宁可选择萨迪什,他的训练方法虽然严格,但总比丽拉突然爆发的热情稍为容易忍受。

芭萝达太太一到平台,毕诺业就站起来给她深深地鞠了一躬。帕瑞什先生介绍说:"这位朋友就是那天我们在他家……"

"噢。"芭萝达热情洋溢地大声说,"你太好啦,我们非常感谢你。"毕诺业听到这话,羞得不知道怎样回答才好。

他们也把跟姑娘一起来的那个年轻人介绍给毕诺业。他名叫苏梯尔,还在大学读书。他皮肤白净,戴眼镜,留了一撮小胡子,长得挺讨人喜欢的。他好像是一个坐不住的人,总是一刻不停地走来走去,和姑娘们耍贫嘴、开玩笑,使她们快活。姑娘们老是骂他,不过要是没有她们的苏梯尔,日子就过不下去。他随时都愿意替她们去采购,陪她们去看马戏,逛动物园。苏梯尔毫不拘束地和这些女孩子说说笑笑,使毕诺业感到新奇,事实上还有点吃惊。他的第一个反应是觉得这太不像话,但这种感情很快就渗进了一丝忌妒的味道。

"我好像在梵社做礼拜的时候遇见过你一两次。"芭萝达这样开了个头。

毕诺业就像在犯罪时被人抓到那样,用不必要的辩解口吻说他去听过一两次凯舒布先生的布道。

"我想你大概是在上大学吧?"芭萝达接着问。

"不,我已经毕业了。"

"你取得了什么学位?"

"我已经得到硕士学位了。"

这句话似乎使芭萝达对这个一脸孩子气的青年产生了应有的尊敬。她长叹了一声,看着帕瑞什先生说:"如果我们的马努还活着,现在也会得到硕士学位了。"

她的长子,马诺兰延,在九岁时死了,以后只要她听见有个青年考试考得好,或者找到一个好差事,或者写了一本好书,芭萝达太太都会立刻想到:如果她儿子还活着,他一定也会这样。

她儿子死后,不论花什么代价,她也得把三个女儿的长处公之于众,认为这是她义不容辞的责任。现在她也没有忘记告诉毕诺业她的女儿有多用功,也没有隐瞒那位英国家庭女教师对她们的赞美,说她们聪明伶俐,品德高尚。在女子学校发奖的那一天,副省长和他的夫人都出席了,在全校的姑娘当中,特别选出拉布雅给他们戴花环。毕诺业甚至得到特殊的光荣,逐字听到了副省长夫人夸奖拉布雅的话。

最后,芭萝达终于结束了她的谈话,她对拉布雅说:"亲爱的,去把你得奖的那块刺绣拿来。"

他们所有的亲戚朋友都早就熟悉这幅用羊毛绣的鹦鹉像了。那是拉布雅费了很大的力气,还经常得到家庭女教师的帮助,历时好几个月才完成的,里面并没有多少拉布雅自己的手工,但向每一位新来的客人展览一番,这已经成为必不可少的仪式了。

起先,帕瑞什先生总是提出抗议,后来也就算了,因为抗议也毫无用处。

毕诺业正在对这件艺术品表示必要的惊叹和欣赏时,仆人给帕瑞什先生送来了一封信。他看完之后,高兴得容光焕发。他对仆人说:"把那位绅士请上来。"

"谁来了?"芭萝达太太问。

"我的老朋友克里什纳达雅尔的儿子看望我来了。"帕瑞什先生回答。

毕诺业脸色苍白,心脏突然停止了跳动。他坐在那儿攥紧拳头,好像要站稳脚跟,准备挨打似的。他相信戈拉对这些人的举止行为一定会很看不惯,一定会做出严厉的批评,因此,他事先就准备好为他们辩护。

第 十 章

苏查丽妲在走廊里把茶点装进托盘,让仆人给大家送去,自己走到平台上坐下。仆人进来时,戈拉跟在他后面。大家看见他身材高大、肤色雪白,都感到惊奇。他在额头上用恒河泥土点上了种姓的印记,上身穿了一件老式的短上衣,下身裹着一条粗布拖地①,腰间扎了一条带子,脚上穿的是乡下人的翘头鞋,活像一个反对现代文明的化身。就是毕诺业,以前也从来没有见过他这全副武装的打扮。

真的,今天戈拉确实对他碰到的一些事感到义愤填膺,而他之所以这样,是有他的道理的。

前天他乘轮船到特里比尼去参加沐浴礼。在沿途的码头上有成群的女香客,她们由一两个男人陪伴着拥上船来。大家急于要找到一个立足之地,就不免推推搡搡。由于脚上沾满烂泥,跳板又只是一块滑溜的木板,不免有些人失足落水,但有些人事实上是被船上的水手推下河去的。不少人挤到船上却又和同伴失散了。特别倒霉的是,老天爷时不时下一阵暴雨,把他们淋得全身湿透,他们不得不坐在甲板上休息,而上面却又沾满了泥泞。他们脸上显现出绝望的苦恼表情,他

---

① 指印度男人裹在身上的腰布。

们的眼睛流露出可怜的忧虑神色。他们知道得太清楚了,像自己这样卑贱弱小的人是不能指望从船长或船员那里得到任何帮助的。因此,他们一举一动都充满了胆怯和不安。香客们陷入这种苦难的境界,船上只有戈拉一个人尽力帮助他们。

头等舱上甲板的栏杆上倚着一个英国人和一个欧化的孟加拉绅士,他们一边看热闹,一边抽着雪茄谈笑。每当看到一个不幸的香客遇到特别为难的事,英国人就哈哈大笑,那个孟加拉人也跟着大笑。

这样过了两三个小码头,戈拉再也忍不住了。他跑到上甲板用雷鸣般的声音吼道:"够了!你们不害臊吗?"

英国人只是凶狠地瞪圆眼睛把戈拉从头到脚打量了一番,但孟加拉人却轻蔑地回答说:"害臊?看到这些畜生蠢到如此地步,我当然感到害臊!"

"世上有比无知的人更加不如的畜生,"戈拉涨红了脸大声骂道,"那就是没有心肝的人。"

"滚开!"孟加拉人生气地反骂道,"你没有资格到头等舱来。"

"不错,"戈拉回答,"真的,我真不该和你这种人在一起,我应该待在那些可怜的香客当中。不过我警告你,不要逼我再到你们头等舱来!"说完这话,他就迈开大步回到下甲板去了。

这事发生之后,英国人就躺在甲板的躺椅里,把脚架在栏杆上,埋头看小说。他的孟加拉旅伴做了一两次尝试,想拾起话头,但都没有成功。后来,为了证明他和普通的印度同胞不一样,他把侍者叫来,问船上卖不卖烧鸡。侍者回答说,只有面包、奶油和茶,于是为了让那位英国先生听见,他就用英语大声说道:"船上为乘客准备的饮食实在太差劲了!"不过他的旅伴并没有搭腔;过了一会儿,英国人放在桌子上的报纸被风吹掉,孟加拉人立刻从椅子上跳起来,捡起报纸放回原处,英国人甚至连谢都没有谢一声。

在昌德纳哥尔下船的时候,那位英国老板突然走到戈拉跟前,微微举起帽子说:"刚才我错了,请您原谅,我感到很惭愧。"说完就匆匆地走了。

不过戈拉还是止不住怒火中烧:一个受过教育的印度人居然能和外国人一起欣赏自己同胞悲惨的处境,并且自以为高人一等,站在旁边嘲笑他们。而他的同胞却任人欺压凌辱,竟然认为替比较幸运的同胞做牛做马是不可避免的,是理所当然的。戈拉知道这一切的根源,在于全国人民长期以来普遍存在着愚昧无知,想到这一点,他的心几乎要碎了。但最让他伤心的是受过教育的人,不但不肯担负起这副无比耻辱的重担,反而因为自己处境好一些而感到沾沾自喜。因此,为了对一切书本知识和这类知识分子奴性十足的习惯表示轻蔑,戈拉这才用恒河的泥土在额头点上印记,穿上这种古怪的乡下人鞋子到这个梵社人家来做客。

"老天爷!"毕诺业暗自思忖,"戈拉全副武装地跑来了。"一想到戈拉下一步会说些什么或做些什么,他的心立刻沉了下来,他觉得必须做好准备,起来应战。

芭萝达太太和毕诺业谈天时,萨迪什不得不满足于在平台的一角玩陀螺;但他一看见戈拉,就对这个玩意儿不感兴趣了,他慢慢地蹭到毕诺业的椅子旁边,一边看着这位新来的客人,一边悄悄地问道:"他就是你的那位朋友吗?"

"是的。"毕诺业回答。

戈拉只看了毕诺业一眼便再也不去理会他了。他按照礼节给帕瑞什先生行过礼,便无拘无束地把桌子旁边的一把椅子稍稍拉开,坐了下来。至于妇女呢,正统印度教的礼节要求他连看都不看一眼,只当她们没有在场。

芭萝达太太刚刚决定把女儿们带走,让她们离开这个粗野的乡下佬,帕瑞什先生就把戈拉介绍给她说,这是他一个老朋友的儿子。戈拉转过身去,向她鞠了一躬。

苏查丽姐曾经听毕诺业提起过戈拉,但不知道他就是这位客人。初见面时,他并没有给她什么好感,因为一个受过教育的人居然继续严格遵守正统印度教教规,这真让她受不了;她既没有这种修养,也没有这份耐心。

帕瑞什先生开始询问他的童年朋友克里什纳达雅尔的情况,并且详细描述他们学生时代的一些往事。"那些日子,在大学生当中,"他说,"我们是你想象不到的一对最彻底的离经叛道的人——我们对一切传统都不尊重,认为在那个时候,吃正统印度教禁吃的东西是我们的责任。不知道有多少个夜晚,我们在大学广场附近一家穆斯林饭馆里吃禁食,然后就在那儿讨论如何改革印度社会,一直谈到半夜。"

说到这儿,芭萝达插进来问:"你的童年朋友现在是怎样看待这个问题的呢?"

"现在他严格遵守正统印度教的一切风俗习惯。"戈拉回答。

"他不觉得羞耻吗?"芭萝达非常慷慨激昂地问道。

"羞耻是一种软弱的表现,"戈拉笑道,"有些人甚至连承认自己的父亲都会感到羞耻。"

"他从前不是一个梵社社员吗?"芭萝达问道。

"我从前也是一个梵社社员。"戈拉回答。

"而你现在竟去信奉一个有形的神灵?"芭萝达问道。

"我还不至于这样偏激,没有任何理由就去轻视有形的神灵。"戈拉回答,"用辱骂的方法就能贬低它吗?有人能看透它的奥妙吗?"

"不过形体总是有限的。"帕瑞什先生温和地插进来说。

"有限的东西才能显示自己,"戈拉坚持说,"无限的神灵为了显示自己,也要借助于形体,否则怎样让我们看见他呢?看不见的东西是不能达到完美的境界的。无形的东西必须用形体来表现,就像思想必须用语言来表达一样。"

"你是说有形的东西比无形的东西更完美吗?"芭萝达不服地摇着头大声说。

"我怎样说都无关紧要,"戈拉回答,"世界有没有形体并不取决于我怎么说。如果无形的东西是完美无瑕的,那么,有形的东西在世界上就根本不会存在了。"

苏查丽妲满心希望有人出来和这个傲慢的青年进行辩论,把他驳倒,让他丢脸。看见毕诺业坐在那儿一声不响,感到十分气愤。戈拉说话时偏激的语气仿佛使她产生一股力量,她恨不得亲自出马,把他驳得体无完肤。不过,正在这个时候,仆人送来一壶开水,苏查丽妲只好先去沏茶。毕诺业不时朝她那边投过去探询的眼光。

虽然在用什么方式礼拜神灵这一类问题上毕诺业和戈拉的看法并没有多大的分歧,但戈拉贸然闯进这个梵教家庭,并且针锋相对地和人家展开争论,却使毕诺业感到十分痛苦。帕瑞什先生慈祥宁静,超然于争论之外,毕诺业拿他这种态度和戈拉的盛气凌人一比,就不由得对他充满了钦佩。他暗暗地想:见解本身并不重要,重要的是能够真正做到宁静克己。谁的论点正确,谁的不正确,这有什么关系呢,内心的收获才是最重要的。

在讨论的过程中,帕瑞什先生不时闭上眼睛沉思默想,这是他的一种习惯。在他凝神沉思的时候,脸上流露出一种恬静的神采,毕诺业简直看呆了。戈拉对这位可敬的人并没有表示敬意,说话也没有注意分寸,这也使毕诺业感到失望。

苏查丽妲倒了几杯茶之后,就用探询的眼光望着帕瑞什先生。她不知道应该把茶送给哪几位客人。

这时,芭萝达太太忽然看着戈拉大声说:"我想你是不会碰这些东西的。"

"不。"戈拉坚定地回答。

"为什么?"芭萝达问,"你怕失掉你的种姓吗?"

"不错。"戈拉回答。

"那么你相信种姓啰?"

"难道种姓是我创造的,我可以不相信它吗?我要对社会表示忠诚,就得尊重种姓。"

"那么社会上的一切你都要服从吗?"芭萝达问。

"不服从社会就是毁灭社会。"戈拉回答。

"毁灭社会又怎么样?"

"你还不如问,一个人坐在树枝上面,把树枝砍断又怎么样呢?"

"妈妈,这样无聊地争论有什么好处呢?"苏查丽妲恼火地大声说,"他不和我们一道喝茶,这不就完了嘛。"

戈拉注意地看了苏查丽妲一眼,她转过身子望着毕诺业有点犹豫地问道:"你要不要?"

毕诺业从来不喝茶,他早就不再吃穆斯林做的面包或饼干了,不过今天他觉得无论人家请他吃什么、喝什么,他都不能拒绝,于是他努力抬起头望着前面说:"我当然喝。"接着他朝戈拉那边瞥了一眼,戈拉的脸上微微露出了讽刺的微笑。

虽然茶味苦涩,不合他的口味,毕诺业却勇敢地一口气把它喝光了。

"这个毕诺业是多好的一个孩子啊。"芭萝达心想,于是她把背对着戈拉,一心一意地招待毕诺业。帕瑞什先生看到这种情景,便悄悄地把椅子拉到戈拉跟前,和他一个人低声交谈。

这时,仆人进来,通报又来了一位客人。此人大家都称他为帕努先生,虽然他的真实姓名是哈兰-昌德拉·纳格。他在他那个圈子里,一向是以机智博学闻名的。虽然双方都还没有说定,但已经盛传他将来会和苏查丽妲结婚。毫无疑问,他希望婚事能够成功,而苏查丽妲的女朋友们也总拿这件事和她开玩笑。

哈兰在学校里教书,只不过是一个教师,芭萝达太太不大看得起这种人,她曾经明白表示:哈兰没有敢向她自己的几个女儿献殷勤,倒是一件大好事,她梦想的女婿是那些以副县长为奋斗目标的、具有雄心壮志的青年。

苏查丽妲给哈兰送茶时,拉布雅在远处含有深意地看了她一眼,抿起嘴微微一笑。

这没有逃过毕诺业的眼睛。虽然他的观察力过去并不出名,但此刻他对某些事情却十分敏感,看得也很清楚。哈兰和苏梯尔这两个人和这家的关系如此密切,竟然成为姑娘们使眼色的对象,毕诺业觉得老天爷实在太不公平了。

另一方面,哈兰的出现,却给苏查丽姐带来一线希望。如果她这位新来的战士能把那个傲慢的征服者彻底打垮,她就可以出口气。哈兰喜欢争论的脾气在别的时候只会让她讨厌,可是今天,她却愉快地欢迎这位善辩的骑士,毫不吝惜地给他提供茶点作为炮弹。

"帕努先生,这位是我们的朋友……"帕瑞什先生介绍说。

但哈兰打断了他的话:"噢,我很熟悉他。过去有一阵子,他还是我们梵社的积极分子呢。"说完这话,他转过身子,专心喝他的茶,再也不理戈拉了。

那个时候,只有一两个孟加拉人通过了文官考试,苏梯尔正在描述一个考上文官的人从英国回来受到热烈欢迎的情景。

"那有什么了不起,"哈兰突然厉声说,"尽管孟加拉人考得多么好,他们也当不好行政官。"为了说明孟加拉人管不好地方行政,他滔滔不绝夸大地谈了孟加拉人的种种弱点和缺点。

戈拉听了他的长篇大论后,不由得脸涨得通红,但他终于极力压低了狮子般的吼声,插进来说:"如果你心里真的这样想,那么,你舒舒服服地坐在这儿吃面包和奶油,不觉得羞耻吗?"

"你想要我干什么?"哈兰抬起眉毛惊奇地问。

"要么设法洗掉孟加拉人身上的这些污点,要么就去上吊!"戈拉回答,"我们能随便就说我们的民族永远不会做出一点成绩吗?面包没有把你噎死真叫我奇怪!"

"我就不能说实话吗?"哈兰问道。

"对不起,"戈拉激昂地接着说,"你要是真的相信你说的话,就不会说得那么轻快了。正因为你知道它是假的,才能说得这般流畅。让我告诉你,哈兰先生,撒谎是一种罪愆,诋毁是更大的罪愆,但只有很少的几种罪愆能和造谣诽谤自己的同胞相比!"

哈兰越听越生气,直气得浑身发抖。戈拉又说:"你以为你在同胞当中高人一等吗?你以为你有资格向他们乱发脾气而我们其余的人只好代表我们的祖宗默默地听你训斥吗?"听到戈拉这些话,哈兰就更不能改口了,他对孟加拉人辱骂的调子更加提高了。他指出孟加拉社会流行的许许多多恶习,他说,只要它们继续存在,这个民族就毫无希望。

"你所说的恶习,"戈拉嘲笑说,"只不过是从英文书上背下来的罢了——你对这些事并没有掌握第一手材料。在你能够以同样愤怒的心情去谴责英国人一切恶习的时候,你才有发言权。"

帕瑞什想努力改变话题,但抑制不了激怒的哈兰。这时,太阳已经西下,云边射出万道霞光,天空变得十分灿烂。虽然哈兰他们唇枪舌剑,争论不休,但毕诺业心里仿佛还是充满了音乐的旋律。

帕瑞什晚祷的时间到了,他离开了平台,下楼走到花园里,坐在一棵金香木树下面。

芭萝达很不喜欢戈拉,也不喜欢哈兰;因此,在对他们的争论再也听不下去的时候,就对毕诺业说:"毕诺业先生,咱们到里屋去吧。"毕诺业为了对芭萝达太太特殊的恩宠表示感激,只好柔顺地跟着她走进里屋。

芭萝达太太叫她的几个女儿跟他们一起走,而萨迪什看到争论没有结束的希望,也带着狗走了。

芭萝达太太抓住机会在毕诺业面前显示一下女儿们的才能,她对拉布雅说:"亲爱的,把你的手抄簿拿来给毕诺业先生看看好吗?"

这件事,拉布雅早就习惯了,她随时都做好准备。事实上,这场争论拖得这样长,已经使她感到有点儿失望了。

毕诺业打开手抄簿,看见上面抄录了穆尔和朗费罗[①]的一些诗篇。诗的题目和诗中的大写字母都是用花体字写的,字迹秀丽端正。他从心里感到佩服,因为在那个年代,一个姑娘抄英文诗能抄得这样好是一件很光荣的事。

芭萝达太太认为毕诺业已经充分欣赏了手抄簿之后,便转过脸对二女儿说:"罗丽妲,亲爱的,你背诵的那篇诗……"

不料,罗丽妲却很坚决地回答:"不,妈妈,我真的不能,我背得不熟。"说完便转过身子望着窗外的景色。

芭萝达给毕诺业解释说,罗丽妲其实背得很熟,只是过分谦虚,不愿意卖弄罢了。她说,罗丽妲从小就是这样,她详细地描述了一两件她女儿惊人的成就来证实她的话,还说,她非常勇敢,受了伤也不哭,又说,这些方面,她很像她父亲。

现在轮到丽拉了。她母亲叫她背诵,起先她咯咯地笑个不停,不过一旦开始了,就像一个上足了发条的唱机,滔滔不绝地把"眨眼睛,眨眼睛,小星星"一口气背诵出来,可是看得出,对这首诗的含义却一窍不通。

罗丽妲知道下一个节目是表演唱歌,便走出了屋子。

---

① 穆尔(1779—1852),爱尔兰著名诗人。朗费罗(1807—1882),美国杰出的诗人。

外面平台上的争论现在达到了白热化的程度。哈兰已经不是在辩论,而是用最肮脏的语言进行漫骂。苏查丽妲对哈兰这般没有修养,觉得又羞又恼,反过来站在戈拉一边,这当然不会使哈兰心平气和,更不会给他安慰了。

乌云满天,天色逐渐黑下来了。街上传来了小贩叫卖素馨花环的独特的吆喝声。路边树木的叶丛中时隐时现地闪耀出萤火虫的点点亮光,一片重重的黑影遮暗了附近池塘的水面。

毕诺业走到平台上来和大家告别,帕瑞什先生对戈拉说:"随便什么时候,只要你高兴,就请过来玩玩。克里什纳达雅尔就像我的亲兄弟,虽然现在两个人观点不同,不再见面,也不通信,不过童年的友谊却永远深深地铭刻在我们的心里。因为过去和你父亲关系这样亲密,我觉得和你也很亲近。"

帕瑞什先生平静慈祥的声音就像一道灵符,把戈拉因争论引起的怒火平息下去了。戈拉第一次向老人行礼时,心里并没有存着多少敬意,而现在,在辞别的时候,却恭恭敬敬地向他鞠了一躬。戈拉一点儿也没有理会苏查丽妲,因为即使在言行之间稍稍流露出注意到她的存在,在他看来,也是十分失礼的。毕诺业向帕瑞什先生深深地鞠了一躬,向苏查丽妲微微地欠了欠身,接着,像是对自己的行为感到有些害臊,跟在戈拉后边匆匆地走了。

哈兰不想和戈拉他们道别,便走到里屋翻阅放在桌子上的一本梵教赞美诗集,但那两位客人一走,他就立刻回到平台上对帕瑞什先生说:"老先生,把姑娘们介绍给随便什么人,介绍给每一个人,恐怕不大合适吧?"

苏查丽妲气极了,再也控制不住自己的感情,她大声说:

"如果我爹照你的话办,我们就不会认识你了。"

"要是只结交自己教社的人,那倒是可以的。"哈兰解释说。

帕瑞什先生笑了起来:"你叫我们把社交范围限制在自己的教社之内,是想让我们恢复闺阃制度。可是我认为姑娘们应该接触各种不同见解的人,否则她们就会永远那么心胸狭窄了。对这种事,我们何必这样大惊小怪呢?"

"我并不是说姑娘们不该接触不同见解的人,"哈兰回答,"不过这两个家伙连对待夫人小姐的礼貌都不懂。"

"不然,不然,"帕瑞什先生劝告他说,"你认为他们不懂礼貌,其实只不过是害羞罢了——不走进女人的圈子,这种病是永远治不好的。"

第 十 一 章

那天哈兰特别希望能够狠狠地教训戈拉一顿,好在苏查丽姐面前漂漂亮亮地打它一个大胜仗。开头的时候,苏查丽姐也希望这样。不过结果却恰恰相反。在社会问题和宗教信仰方面,苏查丽姐不能同意戈拉的见解,但她一向是关心自己的民族,同情自己的同胞的。虽然她以前从未和人谈论过国家大事,但看到戈拉一听见有人辱骂自己的同胞便愤怒地发出抗议的吼声,她整个心灵都起了共鸣。她以前从未听到过任何人以这般有力的言辞、这样坚定的信心谈论过祖国。

后来,哈兰在戈拉和毕诺业的背后恶意中伤他们,骂他们是粗野的乡下佬,苏查丽姐对这种卑鄙的行为十分愤慨,便再次站到他们那一边。

这并不是说她对戈拉的反感完全消失了。即使到现在,一想起他那刺眼的、乡下人的服装,心里还有点儿不舒服。不知怎么的,她感到在戈拉这种带有抗议性质的正统印度教的做法里,含有一种挑战的味道——不像具有真正信仰的人那么自然。她感到戈拉对自己的信仰也并不完全满意,事实上,他装出一副愤怒和傲慢的样子只不过是为了刺痛别人罢了。

那天晚上,苏查丽姐不管在做什么,不管是吃晚饭或者跟丽拉讲故事,都感到心的深处有一种难以忍受的痛苦在不停地折磨着她。一个人只有知道刺在什么地方,才能把它拔掉,苏查丽姐独自坐在平台上想把那根使她这样痛苦的刺找出来。她想在凉快的黑夜里设法减轻心中莫名其妙的烦躁,但毫无用处。她背上的那个无形的重担压得她直想哭,却又欲哭无泪。

如果有人认为苏查丽姐之所以这样痛苦,是由于家里来了一个陌生的青年,额头上触目地涂上一颗挑衅的种族印记,或者由于没有能够把他驳倒,压下他的气焰,那就未免太荒唐了。她排除了这种想法,认为这是完全不可能的。后来她终于找到了真正的原因,不禁羞得两颊飞红。她和这个青年面对面地坐了两三个钟点,而且在他们辩论当中,还时常支持他的论点,而他却没有理睬她,在辞别时,甚至好像她并不存在。事情很清楚,正是这种把她不放在眼里的态度,深深地伤了她的心。毕诺业也显得十分尴尬,和妇女不常打交道的人都会这样的,可是他这种尴尬完全是出于谦恭、畏缩和羞怯,这些,在戈拉的身上连影子都没有。

苏查丽姐对戈拉这种冷漠的态度为什么这样不能容忍,不能轻蔑地把它丢在一边呢?她一想起受到如此的冷遇,还禁不住要去参加论战,就恨不得一头撞死。的确,有过这么一次,她对哈兰的胡搅蛮缠表示愤怒时,戈拉抬起头看了她一眼。在他的眼光里,找不出一线羞怯的表情,但它究竟包含着什么意思,却也看不清楚。她这样不请自来地参加男人的论战,戈拉会不会认为她太逞能或太喜欢出风头呢?他怎么想有什么关系?当然毫无关系。不过苏查丽姐还是感到痛苦。她努力去忘掉一切,把这件事忘个干净,但她办不到。于是她生起戈拉的气,尽力去蔑视他,把他看成一个傲慢和迷信的年轻人。然而当她想起那个吼声如雷的巨人勇敢的凝视,她就觉得自己很渺小,很难保持尊严了。

这样,苏查丽姐的内心在矛盾中挣扎,一直坐到深夜。灯全熄了,所有的人都睡了。她听见关大门的声音,知道仆人们已经干完活,准备去睡觉了。

就在这个时候,罗丽姐穿着睡衣走了出来,她走到栏杆旁边一语不发地站在那里。苏查丽姐心里暗自好笑,她知道罗丽姐在生她的气,因为她答应过那天晚上要和她一起睡,如今竟忘个干净。不过仅仅承认自己没有记性,还不足以使罗丽姐消气,因为真正的过错在于竟然连她都能忘记。罗丽姐可不是那种人,她不会提醒别人答应过她的事。她本来决定静静地躺在床上,装出一副毫不在乎的样子,但随着时间流逝,她越来越感到失望,后来实在忍不住了,这才从床上下来,默默地表示她还没有睡着。

苏查丽姐离开椅子,慢慢地走到罗丽姐身旁,搂着她说:"亲爱的罗丽姐,别生我的气。"

但罗丽姐却躲开了,嘴里喃喃地说:"生气?我为什么要生气?你去坐你的吧。"

"来,亲爱的,咱们去睡吧。"苏查丽姐拉住她的手恳求说。

但罗丽姐仍然一声不响、一动不动地站在那里。最后,苏查丽姐只好把她拖进寝室。

后来,罗丽姐终于哽咽地问:"你怎么这么晚还不睡?你不知道已经十一点了吗?我一直听着报时的钟声,现在你一定困得不能和我谈心了。"

"真对不起,亲爱的。"苏查丽姐说完,把她拉得更近了。

苏查丽妲既然承认了错误,罗丽妲的气也就消了,态度也立刻变得温和了。

"姐姐,你一个人在那儿坐了那么半天,在想谁呢?是帕努先生吗?"她问。

"噢,去你的!"苏查丽妲做了一个责备的手势喊道。

罗丽妲最讨厌帕努先生。实际上,让她像别的姐妹那样拿帕努先生跟苏查丽妲开玩笑,她都不愿意。一想到哈兰想娶苏查丽妲,她就禁不住心头火起。

沉默了一会儿,罗丽妲又开始说:"毕诺业先生有多好呀,不是吗,姐姐?"不能说这句问话里没有试探苏查丽妲心事的意思。

回答是:"是的,亲爱的,毕诺业先生看来是一个挺不错的人。"

不过这个回答一点儿也不是罗丽妲所期待的,因此她接着说:"不管你怎么说,姐姐,那位戈尔默罕先生实在令人难以忍受。他的肤色多讨厌,相貌多刚强呀。而且,又是那么一个可怕的道学先生。他给你留下了什么印象?"

"我不喜欢他,他的正统印度教的味道太浓了。"苏查丽妲回答。

"不对,不对!这不是理由。"罗丽妲大声说,"叔叔的正统印度教味道也是很浓的……但那根本不一样……我……我也说不清楚。"

"不错,的确很不一样。"苏查丽妲笑着说,想起戈拉那个点上种姓印记的又高又白的额头,她对他的反感又重新强烈起来了。戈拉这样做,岂不是等于在额头上写着"我跟你们不一样"几个大字吗?只有把他这种高高在上的傲气打掉,才能平息她心中的怒火。

渐渐地她们停止了谈话,睡着了。深夜两点的时候,苏查丽姐醒了,听到了哗哗的雨声;大雨倾盆,屋角的油灯已经熄灭,电光不时闪过她们的蚊帐。在这个寂静幽暗的夜晚,耳边不停地传来雨声,苏查丽姐感到十分烦闷。她翻来覆去地极力想睡,羡慕不已地看着罗丽姐熟睡的脸,但怎么都睡不着。

她心里感到十分苦恼,只好离开床,走到门前。她打开门,站在那里望着屋顶,阵阵晚风把雨点潲起来洒在她身上。那天晚上发生的事又一件件在她心里重演了:戈拉那张激动得通红的、被夕阳照得发光的脸,突然又出现在她眼前。她听过的一切争论,本来已经忘记,现在又跟着戈拉深沉有力的声音,全部回到她记忆中来了。

他的声音在她耳边回响:"我属于你认为没有受过教育的那一伙。我信仰的正是你认为是迷信的东西。只要你不热爱祖国,不站在同胞一边,我就不许你吐出一句辱骂祖国的话。"哈兰回答说:"你抱这种态度,怎能使国家得到改革呢?"戈拉怒吼道:"改革?它可以再等一等。目前更重要的是热爱和尊重别人。在我们成为一个团结的民族之后,就会自然而然地进行改革。你们的分裂政策只能使国家四分五裂。因为事实上我们的国家充满了迷信,你,不迷信的人,就得保持高人一等的姿态,和人民分开。我是说,我最大的愿望是:即使比别人高明,我也永远不脱离群众。当我们真正成为一体时,正统印度教规里哪些该保留,哪些该取消,我们的国家、国家的神自会做出决定。"

哈兰反驳说:"我们的国家正因为到处都存在着这些教规和习惯,才团结不起来。"戈拉说:"如果你认为必须先根除一切陋规恶习,国家才能团结,那么,每次你想渡过大海,就得先舀干海水。把你那骄傲和轻视别人的心理统统扔掉,真正谦虚地在精神上和大家结成一体,这样,即使有成千的缺点和罪恶,你的爱心都能克服。每一个社会都有过失和弱点,但只要人民互相友爱,团结一致,他们就可以抵消一切毒素。空气中总是存在着致腐的因素的,不过只要你不死,它就起不了作用,只有死尸才会腐烂。让我告诉你:外面的人想来改变我们,不管是你,还是外国传教士,我们都决不答应。"

"为什么?"哈兰问。戈拉回答说:"理由很充分。父母改正我们的错误,我们可以接受。但如果是警察来干预,那么给我们带来的侮辱就多于好处。要是容忍警察干预,我们就不成其为男子汉了。先成为一家人,再来谈改革,否则,即使是很好的意见,也只会伤害我们。"

苏查丽妲这样仔细地回想戈拉说的每一句话,越想心里越难过。后来实在累得不行了,只好回到床上,双手按着眼睛,希望能够摆脱这些思想,快些成眠。但她的脸和耳朵烧得滚烫,矛盾的思想在脑子里翻滚沸腾。

第十二章

毕诺业离开了帕瑞什先生的家,到了大街之后就说:"请你走慢一点,戈拉老兄——你的腿比我的长,如果你不走慢一点儿,我就要赶得喘不出气了。"

"今天晚上我要一个人走走,"戈拉粗声粗气地回答,"我有很多事情需要仔细想一想。"说完他用平时走路的速度,快步走了。

毕诺业感到很不自在。今天,他一反往常的习惯,没有服从戈拉。如果戈拉今天骂他一顿,他倒会感到宽慰一些。一场暴风雨可以把笼罩在生死之交头上的闷热空气驱散,使他能够重新自由呼吸。

戈拉发着脾气走了,毕诺业并不怪他;不过他们做了许多年的朋友,这还是第一次发生了真正的不和。天空布满了乌云,不时传来隆隆的雷声,毕诺业在这凄凉的雨夜里走着,心里感到十分沉重。他的生活仿佛突然离开了正道,朝着一个新的方向走去。在黑暗中,戈拉走的是一条路,他走的是另一条。

第二天早晨起床之后,他心里感到好了一些,觉得昨天晚上,他那样折磨自己,实在很不必要。现在,到了早晨,他觉得他和戈拉之间的友谊、他和帕瑞什先生相识,两者之间并不存在不可调和的矛盾。想起昨天晚上他把这事看得那么严重，感到那么苦恼，他甚至微微地笑了。

于是，他披上披巾①，迈着轻快矫健的步子向着戈拉的家走去。戈拉正坐在楼下看报。毕诺业在街上走的时候，他就已经看见了，但今天他并没有放下报纸。毕诺业什么都没有说，就把报纸从戈拉手里抢走了。

"我想你认错人了，"戈拉冷冷地说，"我是戈尔默罕——一个迷信的印度教徒。"

"也许认错人的是你，"毕诺业回答，"我是毕诺业-普山，那位戈尔默罕的迷信的朋友。"

"不过戈尔默罕是这样一个不可救药的人，他从来不为他的迷信向任何人道歉。"

"毕诺业也是这样。不过他不强迫别人跟着他迷信罢了。"

不一会儿，两个朋友又热烈地争论起来，邻居们很快就知道戈拉和毕诺业又在一起了。

"那天你有什么必要否认到帕瑞什先生家去了呢？"戈拉终于问道。

"根本不存在必要不必要的问题，"毕诺业笑着说，"我否认，只是因为那天我没有到那儿去。昨天我才是第一次到他们家去的。"

"在我看来，你倒是找到进去的路了，不过我怀疑来的路会不会那么容易找到。"戈拉嘲笑他说。

---

① 孟加拉人平日在家时，上身穿一件紧身短外衣，下身围一条腰布，上街时，加上一条围巾或披巾。——英译本注

"也许是这样,"毕诺业说,"也许我生来就是这个脾气。我尊敬或爱上一个人,就不容易离开他。我的这种性格,你自己就可以做证。"

"那么,从现在起,你就会不断地到那儿去了?"

"我为什么要一个人来来去去呢?你也能走动呀,你又不是被人钉死了,对吗?"

"我也许去,但我还回来,"戈拉说,"不过照我的观察,你可是不会再回来了。你觉得茶的味道如何?"

"相当苦。"

"那么,为什么……"

"如果我拒绝喝茶,味道就会更苦。"

"那么,要保护社会只要彬彬有礼就行了?"戈拉问道。

"并非永远如此。不过戈拉,你听我说,当社会习俗和内心的意愿发生矛盾时……"

戈拉不耐烦地打断他的话,他吼道:"好一个内心!只是因为社会在你心里毫不重要,因此,在每一个紧要关头,你都发现它和你的心发生矛盾。要是你认识到打击社会会使它多么痛苦,你就会对你的多愁善感感到羞耻了。对帕瑞什先生的女儿们有一点点触犯就会使你心碎,而你以小小的借口,就能这样轻易地伤害社会,我的心倒真的碎了。"

"可是说真的,戈拉,"毕诺业劝他说,"如果喝一杯茶就会给社会打击,那么我只能说这种打击对国家很有好处。如果我们要保护国家,不让它受到这种打击,我们只能使它软弱无力。"

"亲爱的先生,"戈拉回答,"这些老一套的论点我全知道——不要拿我当作一个地道的傻瓜。不过就目前的情况而论,问题不在这里。一个生病的孩子不肯吃药,母亲虽然没有病,为了表示和他同甘共苦,为了安慰他,自己也喝一点。这不是医药上的需要,而是出于母爱。如果缺乏这种爱,不管母亲做得多么合乎情理,母子之间的关系也会受到损害,治疗也将得不到预期的效果。我不想跟你争论喝茶的问题——使我痛心的是你和国家关系的破裂。比较起来,我看还是拒绝喝茶要容易得多——即使这样会得罪帕瑞什先生的女儿。在祖国目前的情况下,我们主要的任务是在精神上和全国人民取得一致。如果做到这一点,喝不喝茶的问题自会迎刃而解。"

"那么,在我喝第二杯茶之前要等待好长一段时间啰。"毕诺业说。

"不,没有理由要等那么久,"戈拉回答,"不过,毕诺业,为什么你一定要跟我在一起呢?现在是时候了,你可以把我和印度教其他令你不快的东西一齐扔掉。否则帕瑞什先生的几位小姐会不高兴的。"

正在这个时候,阿比纳什走了进来。他是戈拉的信徒,只要听到戈拉说了些什么,拿出去到处传播,就会被他弄得琐碎无聊、庸俗不堪。不过,奇怪的是,那些人不能理解戈拉的言论,倒能彻底理解阿比纳什的话;因而十分赞赏他的言谈。阿比纳什特别忌妒毕诺业,一有机会,他就提出一些极蠢的问题来和他争论,要和他一决胜负。毕诺业没有耐心和这个蠢货纠缠,大多打断他的话,于是戈拉便接过话题,亲自出马;阿比纳什这时就会吹牛说,戈拉是在阐述他的见解。

毕诺业知道阿比纳什一来,眼前跟戈拉和解的一切希望都化为乌有了,于是便走上楼到安楠达摩依那儿去,她正坐在储藏室的门前替厨子切菜。

"我听见你的声音有好一会儿了，"安楠达摩依说，"今天怎么来得那么早？出门之前吃过早餐了吗？"

在任何别的日子，毕诺业都会说"不，我没有吃"，而且会立刻坐下来饱餐一顿，不辜负安楠达摩依的盛情。但今天他却回答："谢谢，妈妈，我在出门之前已经吃过早餐了。"

今天他不想再惹戈拉生气了，他知道戈拉还没有完全原谅他，仍然对他保持一定的距离，所以心里感到闷闷不乐。

毕诺业从口袋里掏出一把小刀，开始替安楠达摩依削土豆。过了一刻钟，再走到楼下去，发现戈拉和阿比纳什一起出去了。他默默地在戈拉的屋子里坐了一会儿，然后拿起报纸，心不在焉地看了看广告。最后，他深深地叹了一口气，离开了戈拉的家。

吃过中饭之后，他又感到心神不定，坐立不安，想去看看戈拉。他随时都可以向他的朋友低头，但即使他的自尊心不会阻止他这样做，他也不能不考虑他对戈拉的友谊应当保持一定的尊严。不错，他对戈拉的一片忠心受到了损害，因为他把心分了一些给帕瑞什先生，为此，他准备承受戈拉的嘲笑和责骂，但他万万没有想到会遭到这样的冷遇。离开家不多远，毕诺业便折回去了——他不敢冒险再到戈拉家去，生怕自己的友谊会再次遭受侮辱。

第十三章

几天就这样过去了,一天下午,吃过中饭之后,毕诺业坐下来拿起笔给戈拉写信。但总是写不好,他怪笔尖太粗,便花了许多时间十分仔细地用刀子修理笔尖。正在这个时候,毕诺业听见下面有人喊他的名字。他把笔往桌上一扔,一边飞快地跑下楼去,一边喊道:"摩希姆大哥,请上楼来。"

摩希姆到了楼上,在毕诺业的床上舒舒服服地坐了下来。他花了一些时间仔细地观察了房间的摆设之后说:"你听我说,毕诺业,我不是不知道你的地址,也不是不关心你,事实上,在你们这一代模范青年家里,是找不到蒟酱和烟草的,因此,除非我有特别任务,我是永远不会……"说到这儿,他停住了,但看到毕诺业露出十分狼狈的样子,便接着说:"如果你现在想出去买一个水烟筒,我倒要请你可怜可怜我啦。你不请我抽烟,我倒可以原谅你,可是一个笨手笨脚的新手,用一个新水烟筒给我装烟,可真要我的命了。"摩希姆拿起手边的一把扇子,扇了一会儿,这才转入正题:"事实上,我牺牲了星期天的午睡来看你,不是没有原因的。我想请你帮个忙。"

"帮什么忙呢?"毕诺业问道。

"你先答应,我再告诉你。"摩希姆回答。

"要是我能帮忙,当然……"

"这事只有你一个人能办到,你只要说一声'行'就万事大吉了。"

"你今天怎么这样客气呀?"毕诺业问,"你知道我们就像是一家人,只要帮得上忙,我当然会帮忙的。"

摩希姆从口袋里拿出一包蒟酱叶,给了毕诺业一些,把其余的塞进自己的嘴里。他一边嚼,一边说:"你认识我的女儿萨茜,她长得还不错,因为这方面她不像爸爸。她一天天长大了,我得给她找个婆家了。想到她可能落到一个饭桶手里,我便整晚整晚地睡不着觉。"

"你何必这么着急呢?"毕诺业安慰他说,"她离结婚的年龄还远呢。"

"如果你有一个女儿,你就会理解我的心情了,"摩希姆叹了一口气说,"一年年过去,她的年龄自己往上长,可是新郎却不会自己找上门来。因此,随着时间过去,我的心就越来越苦恼。不过,如果你能给我点希望,等些时候当然也不要紧。"

毕诺业觉得很为难。"合适的人,恐怕我认识不多,"他含含糊糊地说,"事实上,你可以说,除了你们家,我在加尔各答一个人都不认识——不过,我一定替你留意。"

"不管怎么说,你了解萨茜,你知道她是一个什么样的姑娘,等等,等等,不是吗?"摩希姆问道。

"我当然知道。"毕诺业笑了,"怎么,她还是一个小娃娃的时候,我就认识她了——她是一个好姑娘。"

"这样,你就不必到远处去找了,我的孩子。我把她许给你了。"摩希姆发出胜利的微笑。

"什么!"毕诺业大声喊道,现在他完全慌了手脚。

"如果我说得不对,那就请你原谅,"摩希姆说,"当然,你的门第比我们的高,不过你是受过新式教育的人,这一点不会成为障碍吧?"

"不,不!"毕诺业大声说,"这和家庭没有关系——可是你只要想一想她才有多大……"

"你这是什么意思呀?"摩希姆抗议说,"萨茜够大的了。印度教人家的姑娘又不是外国小姐——不遵守我们自己的风俗习惯是不行的。"

摩希姆可不是肯轻易放弃猎物的那种人,毕诺业落在他的手里,简直不知道怎么才好。最后他只好说:"好吧,我花点时间好好地想一想再说吧。"

"你当然可以从容地想一想,不要以为我今天马上就要决定婚期。"

"我需要和家里的人商量商量……"

"当然,当然,"摩希姆打断他说,"当然要和他们商量。只要你伯父还活着,我们决不能违反他的意愿。"他一边从口袋里拿出一点蒟酱,一边走了出去,仿佛事情已经决定了。

不久以前,安楠达摩依曾经暗示过,毕诺业也许有可能和萨茜结婚,但当时毕诺业并没有把这事放在心上。今天他也没有觉得这门亲事变得合适,但现在他已经把这事放在心上了。他想,要是娶了萨茜,他就成为戈拉家真正的一员,不那么容易被甩掉了。他一直认为英国人把结婚当作爱情的归宿是很可笑的。因此,对他说来,和萨茜结婚并不是不可能的事。实际上,当时他还觉得特别高兴呢,因为摩希姆的建议给了他一个借口去征求戈拉的意见。他甚至有点希望他的朋友会逼他答应这门亲事,因为他相信,如果他不立刻答应,摩希姆是会要求戈拉出来说情的。

这些想法渐渐把毕诺业忧郁的心情驱散了。由于他很想马上见到戈拉,便立刻动身到他家去。他还没有走多远,就听见萨迪什在后边喊他。

他和这个男孩子回到住处,孩子从口袋里掏出一个手绢包说:"你猜猜里面是什么?!"

毕诺业提了许多不可能的东西,诸如"一个骷髅""一只小狗",但萨迪什都说不对。

最后,萨迪什打开手绢包,拿出几个黑色果子问道:"你能告诉我这些是什么吗?"

毕诺业乱猜了一阵,在他认输之后,萨迪什解释说,他们一个住在仰光的姑母给他们寄来了一包这样的水果。他妈叫他给毕诺业先生送一些来。

那些日子,缅甸山竹果在加尔各答还不多见,于是毕诺业把它们拿起来摇了摇,捏了捏,然后问道:"这玩意儿怎么个吃法呀,萨迪什先生?"

萨迪什笑话毕诺业不会吃这种果子,他说:"你听好了,你可不能张口就咬——你得用刀子把它们剖开,吃里边的肉。"

萨迪什刚才在家里还用嘴去咬,没能咬动,引起哄堂大笑,现在因为笑话毕诺业,倒把自己当时的狼狈相忘掉了。

两个忘年之交开了一阵玩笑之后,萨迪什说:"毕诺业先生,妈妈说要是你有空,你一定得跟我回家去。今天是丽拉的生日。"

"我很抱歉,今天我没空,"毕诺业说,"我正要到一个别的地方去。"

"你要到哪儿去呀?"萨迪什问道。

"到我朋友家去。"

"什么,就是那个朋友吗?"

"是的。"

萨迪什想不通为什么毕诺业不到他们家,而非要到别的朋友家去不可——而且还是这样的一个朋友,在他看来,这个人简直叫人无法忍受。萨迪什想到毕诺业竟要去看一个样子比他校长还要严厉也绝不会欣赏他的八音盒的人,心里就不痛快。于是他坚持说:"不行,毕诺业先生,你一定得跟我回家去。"

没有多久,毕诺业就只好投降了。尽管两种想法发生矛盾,尽管他心里有些不愿意,但最后还是拉住"猎人"的手,动身到七十八号去了。人家请他一起尝尝从缅甸带来的稀罕果子,毕诺业不能不感到高兴,也不能忽视其中所暗示的亲密的表示。

快到帕瑞什先生家的时候,毕诺业看见哈兰和几个他不认识的人正好从家里出来,他们是应邀来参加丽拉的生日宴会的。不过哈兰先生装作没有看见他,仰起脸走了。

毕诺业一进大门,就听见欢笑和追逐的声音。原来苏梯尔偷走了拉布雅收藏手抄簿那个抽屉的钥匙。这位在文学上抱负不凡的年轻姑娘所选的诗歌,有一些是可以拿来开玩笑的,苏梯尔威胁说他要当众朗诵这些诗歌。双方的战斗正趋于白热化时,毕诺业来到了战场。他一出现,拉布雅一伙转眼就不见了,萨迪什也跟在他们后面去看热闹。苏查丽姐很快走进屋来说:"妈妈请你等一等,她马上就来。爹去看阿纳斯先生去了,不久也会回来的。"

为了让毕诺业比较自在一些,苏查丽妲和他谈起戈拉。她笑了笑说:"我相信他再不会到我们家来了。"

"你怎么会有这样的想法呢?"毕诺业问道。

"他看见我们女孩子在男人面前抛头露面,一定大吃一惊。"苏查丽妲解释说,"除了那些全心全意操持家务的妇女之外,我想他对别的女人是全都不会尊敬的。"

毕诺业觉得这句话很难回答。如果能够否认,那该多好;但他怎能撒谎呢?所以他只好说:"我想戈拉的意思是:除非姑娘们把全部精神放在家务上,不然她们便没有尽到责任。"

苏查丽妲回答说:"那么,男人和女人有一个明确的分工不是更好吗?如果让男人干预家务,同样也会影响他们在外面的工作。你的看法也和你的朋友一样吗?"

妇女应该遵守什么礼教,这个问题,到现在为止,毕诺业的看法和戈拉是一致的;他甚至还在报纸上发表过文章,阐述他们的观点。但现在,他很难承认这种看法了。"你不认为,"他说,"有关这一类事情,我们实际上都是习俗的奴隶吗?我们看见妇女走出家庭,首先是大吃一惊,因为我们很看不惯;接着便为自己的这种心情辩护,硬把这种事说成是不正当和不体面的。其实都是风俗习惯在作怪,各种说法只不过是借口罢了。"

苏查丽妲提出一些问题和暗示使谈话始终围绕着戈拉进行,毕诺业真诚而又雄辩地把必须说的有关他朋友的话都说到了。他以前从来没有把他的例证和论点阐述得这样完美。真的,戈拉本人都未必能把他的信念说得如此明确和精辟。毕诺业突然变得这样聪明和健谈,心里着实受到鼓舞,感到又快乐又兴奋,不由得容光焕发起来。他说:"古圣梵典教导我们:'认识你自己'——因为认识就是解放。我可以告诉你,我的朋友戈拉就是有自知之明的印度的化身。我从来不认为他是一个凡人。我们被各种微不足道的东西所吸引或受到新奇事物的诱惑时,我们的心都不免分散,这时,只有他一个人坚定地站立在纷纷扰扰的人群当中,用雷鸣般的声音道出《曼陀罗经》的警句:'认识你自己。'"

谈话说不定会这样一直谈下去,因为苏查丽姐一直很感兴趣地在聆听,但隔壁房间突然传来萨迪什尖细的童音:

不要用忧伤的调子对我说,
"人生只不过是一场幻梦!"①

可怜的萨迪什总也没有机会在客人面前卖弄他的学问。客人们经常被请去听丽拉朗诵英诗,听得头昏脑涨,但芭萝达从来不让萨迪什表演,虽然两个人之间存在着尖锐的竞争。萨迪什生平最大的快乐便是打掉丽拉的傲气,只要有机会,他绝不放过。前天,丽拉已经在毕诺业先生面前考验过了,萨迪什没有受到邀请,无法显出他比丽拉高明。如果他自告奋勇,那就只会挨骂。因此,现在他就在隔壁的屋子里朗诵,仿佛是念给自己听的,苏查丽姐听了,禁不住大笑起来。

正在这个时候,丽拉冲进了屋子,她的两条小辫在空中晃动。她跑到苏查丽姐身边,在她的耳边悄悄地说了几句话。

这时,时钟敲了四下。毕诺业在到帕瑞什先生家的路上,心里原已决定,早一点离开那里,去看看戈拉。而且越谈他的朋友,就越想去见他。钟声提醒他时间已经不早,于是他便很

---

① 美国诗人朗费罗的《生之礼赞》一诗的头两句。

快地站了起来。

"你这么早就得走吗?"苏查丽妲大声问道,"妈妈在给你准备茶点。稍晚一点走不行吗?"

对毕诺业来说,这不是问话而是命令,于是他又立刻坐下了。这时,拉布雅穿着一件漂亮的绸衣走进来告诉他们,茶点已经准备好了,妈妈请他们到屋顶平台上去。

在毕诺业喝茶时,芭萝达太太把每个孩子都详细地给他介绍了一番。罗丽妲把苏查丽妲拉了出去,拉布雅低下头坐在那儿织东西,因为有一次,一位客人赞美过她那娇嫩的手指头织起东西十分灵巧,从此,她就养成一个习惯,只要家里有客人,不管有没有必要,她都坐在那儿织东西。

傍晚时分,帕瑞什先生回来了,因为今天是星期日,他建议大家到梵社去做礼拜。芭萝达太太转过身对毕诺业说,如果他不反对,欢迎他一起去。这样一来,毕诺业就不好再推托了。

他们分乘两辆马车到梵社去。做完礼拜之后,大家正要上车,苏查丽妲有点儿吃惊地喊道:"那不是戈拉先生吗!"

戈拉一定也看见他们,不过他装作没有看见,匆匆地走了。毕诺业看见他的朋友这样失礼,心里觉得很难为情,不过他立刻明白戈拉为什么突然走掉,那是因为他看见自己和这群人在一起。一直照亮着他心田的那盏幸福的明灯突然熄灭了。苏查丽妲立即看出毕诺业的心事,猜出了原因。因为戈拉这样不公平地对待像毕诺业这么好的朋友,更因为他对梵社有着这样深的偏见,她对他的怒火又一次熊熊地燃烧起来,比什么时候都更盼望能够把他打垮,不论使用什么手段都行。

第十四章

戈拉坐下来吃中饭的时候,安楠达摩依想跟他谈谈她最最关心的那件事。"毕诺业今天早晨来了,你没有看见他吗?"她这样开了个头。

戈拉看着盘子,头也不抬,简短地回答说:"看见了。"

"我请他坐下,"静默了好半天,安楠达摩依才又继续说,"可是他心不在焉地走掉了。"

戈拉没有回答,安楠达摩依接着说道:"戈拉,我相信他心里有事,以前我从来没有见过他这个样子,我心里很不安。"

戈拉一声不响地吃他的饭。安楠达摩依有点儿怕他,因为她太爱他了。只要他不肯透露心思,一般说来,她总是不愿意强迫他的。别的时候,她就不会再说下去了,可是今天,她是这样担心毕诺业,只好又接着说:"你听我说,戈拉,要是我照直讲,你可不要生气。天神创造了许多种类型的人,但他并不打算让他们全都走同一条路。毕诺业爱你就像爱自己的生命,所以无论你怎样对待他,他都心甘情愿——不过如果你想强迫他接受你的思想,那是不会有什么好处的。"

"妈妈,请您再给我一点牛奶,好吗?"这是戈拉唯一的回答。

话就谈到这里了。安楠达摩依吃完了饭,坐在床上一边做针线活儿,一边沉思。拉契米想引她谈谈一个仆人的恶作剧,但没有成功,便躺在地板上睡午觉去了。

戈拉花了许多时间写他的通信。今天早晨他有多恼火,毕诺业是看得清清楚楚的,戈拉以为毕诺业一定会来赔不是,因此,他一边做事,一边留神听有没有毕诺业的脚步声。时间慢慢地过去了,但毕诺业始终没有来。

戈拉刚刚决定不再写下去,摩希姆就走进了房间。他一屁股坐在椅子上,开门见山地问道:"关于萨茜的婚事,你是怎么想的?"

戈拉从来就没有想过这件事,只好负疚似的一声不响。

摩希姆详细地描述了婚姻市场上新郎多么值钱,目前家里置备必不可少的嫁妆又是多么困难,用这些话来让戈拉意识到当叔叔的应有的责任。在把戈拉逼得不得不承认他无法解决这个难题之后,便把毕诺业提出作为解决问题的办法,来让他摆脱困境。摩希姆本来没有必要这样大绕弯子。不过不管他嘴里怎么说,心里却总有点儿怕戈拉。

戈拉做梦也没有想到毕诺业的名字可以和这样的事联系起来,尤其是他俩已经决定不结婚,把心献给祖国,为她服务,所以更为意外。因此,他只是简单地问:"可是,毕诺业到底赞不赞成结婚呢?"

"你竟是这样的印度教徒吗?"摩希姆叫嚷起来,"尽管你点上种姓标志,留了梯吉,但英国教育还是深深地钻进了你的骨髓。古圣梵典规定娶妻是每一个婆罗门男子的责任,这你当然知道。"

摩希姆既不像新派的年轻人那样忽略传统的习惯,也不特别喜欢引用古圣梵典。他认为跑到饭店去吃顿饭,以此炫耀自己,是很荒唐的,但也认为一个朴素而又理智的人没有必要一天到晚像戈拉那样引经据典。他的政策是"入乡随俗",因此,对待戈拉,他就没有忘记引用一下古圣梵典。

如果这个建议是两天以前提出来的,干脆,戈拉会连听都不要听。不过今天他觉得这个建议未始不可以考虑,无论如何,它给他一个立刻去看毕诺业的借口,因此,他终于说:"好吧,我去看看毕诺业对这件事有什么想法。"

"这你倒不必费心,"摩希姆回答,"你叫他怎么想,他就会怎么想,只要你美言几句,问题就可以迎刃而解,所以我们可以认为事情已经谈妥了。"

当天晚上,戈拉去到毕诺业的家,一阵风似的冲进他的屋子,可是里面空无一人。他把小男仆叫来,才知道毕诺业到七十八号去了。

戈拉心里对帕瑞什先生、他的一家和整个梵社充满了反感,带着这种强烈的情绪,他跑到帕瑞什先生家去。他打算痛痛快快地把心里话全说出来,让那个梵社人家受不了,也让毕诺业不太舒服。但到那边一问,他们全都出去做晚祷了。

起先,他还怀疑毕诺业会不会跟他们一起去——说不定这会儿他正在自己的家里呢。戈拉按捺不住自己的好奇心,脾气又急,便立刻跑到梵社那儿去了。他来到梵社门前,正好看见毕诺业跟在芭萝达太太后面上马车。这个不要脸的东西,居然在可以看得清清楚楚的大街上和一堆陌生的姑娘坐在一起。这个蠢货,完完全全地掉进圈套——这样快而且这样容易。那么,友谊不再有什么魅力了。戈拉一阵风似的走了。毕诺业坐在马车阴暗的一角,默默地望着窗外的大街。

　　芭萝达太太以为他是被刚才的布道所感动，不愿去打断他的沉思。

第十五章

那天晚上戈拉一回到家,便径直走到屋顶平台上,在那儿走来走去。

过了一会儿,摩希姆气喘吁吁地上来了。"人类并没有长翅膀,"他抱怨地嘟囔,"为什么要盖三层楼房?天上的神仙绝不会原谅这些想爬上青天的地上动物的!你去看过毕诺业了吗?"

戈拉没有直接回答他的问题,而是说:"萨茜不能嫁给毕诺业。"

"为什么,毕诺业不同意吗?"

"我不同意!"

"什么!"摩希姆绝望地举起双手大声嚷道,"你脑子里现在又想些什么怪念头了?——我可以知道为什么你不同意吗?"

"我看得出,"戈拉解释道,"要毕诺业长期信仰正统印度教是几乎不可能的,所以不能把他引进我们家。"

"我真没有见过这样的事!"摩希姆大声嚷道,"我这一辈子见过不少迷信透顶的人,可是都比不上你。你快要比贝拿勒斯或纳迪亚的梵学家都高明了。他们看见别人信奉正统印度教便满意了,你却要他保证信到底。下一步,你就要给一个人洗涤罪孽了,因为你梦见他们改信了基督教。"

他们又谈了一阵子之后,摩希姆说:"可是我不能把女儿交给一个偶然碰到的、大字不识的乡巴佬。受过教育的人有时总会忽略这条或那条古圣梵典的——遇到这种人,你尽可以和他们辩论,甚至嘲笑他们,但是为什么要惩罚我那可怜的女儿,不让他们娶她呢?你这个人,把什么都弄颠倒了。"

摩希姆回到楼下之后,便立刻走到安楠达摩依跟前说:"妈妈,请您管一管戈拉吧。"

"怎么啦,他做了什么错事了?"安楠达摩依问。

摩希姆解释说:"我差不多已经安排好毕诺业和萨茜的婚事了,而且得到戈拉的同意;可是现在他突然发现毕诺业还够不上他心目中的印度教徒的标准——在他看来,毕诺业的见解并不是每一点都和古代立法者完全一致的。于是戈拉就别扭起来了——您知道戈拉闹别扭意味着什么。除了那些立法者,全世界只有您的话他还肯听一听。只要您说句话,我女儿的前途就有保障了。要给她另外找一个这样的丈夫是不可能的。"

接着,摩希姆把刚才和戈拉的谈话原原本本地复述了一遍。安楠达摩依心里非常难过,她比往常更加清楚地感觉到戈拉和毕诺业之间存在的分歧正在扩大为一个真正的鸿沟。

她走上楼,看见戈拉已经不在屋顶平台上踱步,而是架起二郎腿,坐在屋里一张椅子上看书。她拉过一张椅子在他旁边坐下,戈拉放下腿,坐直身子,望着她的脸。

"戈拉,亲爱的孩子,"安楠达摩依说,"听我的话,不要和毕诺业吵架。对我来说,你们就像两兄弟,你们之间要是闹意见,我可受不了。"

"如果我的朋友要离开我，"戈拉说，"我才不愿意浪费时间去追他呢。"

"亲爱的，我不知道你们之间出了什么事儿，不过，要是你相信毕诺业要和你割断联系，那么你们的友谊又有什么力量呢？"

"妈妈，"戈拉回答，"您知道我这个人喜欢痛快，如果有人想要骑墙，我就要请他把腿从我这边拿开，不管他还是我会受到伤害。"

"到底出了什么事啦？他到一个梵社的人家去做客，这就是他全部的过错了，不是吗？"安楠达摩依规劝他说。

"说来话长，妈妈。"

"话有多长都不要紧，不过我倒要插进一句，你吹嘘自己是意志坚强的人———一旦你抓住什么，你决不放手。那么为什么你对毕诺业又抓得这么松呢？要是阿比纳什想退出你们的教派，你会这样轻易地让他走吗？难道只因为毕诺业是一个真诚的朋友，有他没他你反倒觉得无所谓吗？"

戈拉在默默沉思，因为安楠达摩依的话使他认清了自己。这一阵子，他以为他是为了责任牺牲友谊，现在他明白事实并非如此。他准备让毕诺业受到友谊的严厉惩罚，只不过因为他没有顺从自己在友谊上提出的过分要求罢了。他认为他们之间的牢固友谊应该能够使毕诺业牢牢地接受他的意志的束缚，因为没能做到，他便生气了。

安楠达摩依看到自己的话起了作用，便不再多说，站起身走了。戈拉也一跃而起，从衣架上抓起围巾。

"你上哪儿去？"安楠达摩依问道。

"到毕诺业家去。"

"你不吃过饭再去吗?饭已经好了。"

"我去把毕诺业带回家来,我们一起吃。"

安楠达摩依转过身子朝楼下走,但停下了脚步,因为她听见有人正在上楼,她说:"毕诺业自己来了。"过了一会儿,毕诺业果真出现了。

安楠达摩依一看见他,眼睛就充满了泪水。"你还没有吃过饭吧?毕诺业,我的孩子。"她深情地问。

"没有,妈妈。"他回答。

"那你就在这儿吃吧。"

毕诺业看着戈拉,戈拉说:"毕诺业,你一定会长命百岁,我正要去找你呢。"

安楠达摩依觉得心上的一块石头落了地,她快步走了出去,让两个朋友待在一起。

两个人坐下之后,谁都没有勇气提出最关心的话题。戈拉先谈了些无关紧要的话。"你认识那位我们给俱乐部的男孩儿新请来的体育教师吗?"他开始说,"他是一个了不起的教师。"他们这样闲谈下去,一直谈到有人请他们到楼下去吃饭。

他们坐下来吃饭的时候,安楠达摩依从他们的言谈当中,听得出横在他们之间的布幕还没有揭开,因此在他们吃完饭之后,她便说:"毕诺业,现在已经很晚了,今天晚上你一定得住在这儿,我派人给你家送个信儿。"

毕诺业朝戈拉的脸上询问地看了一眼,然后说:"有一句梵语格言说得好:'吃了人家饭,举止要大方。'——因此,今天晚上我不走了,就睡在这儿了。"

这两个朋友走到屋顶,在露天的平台上铺了一张席子,躺在上面。秋月的光辉洒满天空,一朵朵薄薄的白云,像一个个睡眼惺忪的短期值班人,在月亮面前走过之后,渐渐四散了。高高低低、大大小小的一排排屋顶向四面八方伸延出去,一直伸到远方,屋顶不时和树梢混在一起,构成了光和影的、毫无意义的、虚幻离奇的图案。

附近教堂的大钟,响了十一下。卖冰的小贩已经停止叫卖,来往的车辆也逐渐稀少了。邻近的那条小巷,除了偶尔传来一声狗吠或隔壁人家的马匹踢马厩地板的声音之外,再也听不到别的声音了。

很久很久,他们两个人都没有说话,后来毕诺业终于把他心里想的统统说了出来,起先还有点儿犹豫,但情感逐渐奔放:"戈拉,我的心充满了激情,我实在控制不住了。我知道你对我的想法并不感兴趣,不过我不把事情全都告诉你,我是安静不下来的。我说不清它是好是坏,不过有一点我是很清楚的:这件事不能等闲视之。这方面的书我读过不少,到现在为止,我一直以为该知道的,我全都知道了——就像一个人望着画上的一池清水,享受游泳的乐趣一样。可是现在我跳进水里,才知道游泳并不是一件那么容易的事儿。"

说完这个引子,毕诺业就把闯进他生活里的美妙的经历用最美的语言向戈拉倾诉。他相当肯定地说,他觉得这些日子,不分日夜,他都被紧紧地包围着;连天空仿佛都没有一点儿空隙,就像一个装满了蜂蜜的春天的蜂房,到处都充满了甜蜜的芳香。他说,这些日子,世上的一切和他都很亲近,使他很感动,并且具有一种新的意义。以前他并不知道他是这样深深地爱着这个世界,不知道天空这般美丽,阳光这般灿烂,就连街上不认识的来往行人也如此真诚。他真想替碰见的每一个人做点好事,像太阳一样,永远把他的力量贡献给全世界。

从他说话的口气里,你听不出他心里特别想着什么人。他好像不愿意提任何人的名字——甚至连暗示一下有这么一个名字都不愿意。就是像现在这样谈谈,他几乎都认为是有罪的,是失礼,是大不敬——但是这样一个夜晚,在寂静的天空下,坐在朋友的身旁,诱惑力实在太大了,很难忍住不说。

多么美妙的面孔呀!她那娇嫩的前额多么微妙地流露出生命的光辉呀!多么惊人的智慧,多么深沉的眉目,她一微笑,她的心思便花朵似的在眼中粲然开放——而隐藏在睫毛阴影下的心思又是多么难以形容。还有那一双手!它们好像在说话,好像急于用美妙的服务来表达出对别人的亲切关怀。毕诺业感觉到他的生命和青春都可以从这个幻景里得到充实——一阵阵快乐的浪涛不断地涌进他的心田,冲击他的胸膛。

有些事许多人一辈子连见都没有见过,还有比经历这些事更快乐的吗?这里面有点不正常吗?什么地方出毛病了吗?即使是,那又怎么样——现在改正已经来不及了。如果潮水把他冲到某个海岸,那当然很好;但如果把他冲进大海,或者把他淹死,这也是没有办法的事。麻烦的是他甚至不想得救——仿佛他一生的真正目标就是要借此摆脱一切风俗习惯的束缚。

戈拉默默地倾听着。过去,在许多个这样的月夜,四面静悄悄的,两个朋友单独坐在一起讨论各式各样的问题——文学、人民、社会福利、两个人将来怎样生活……但从来没有这样亲密地交谈过。戈拉也不曾见过别人这样坦率地暴露自己,这样生动地表达自己的内心。他一向看不起这种事情,把它看作毫无价值的、诗意的感情流露,但今天它却深深地打动了他,他再不能置之不理了。不仅如此,这种强烈的感情爆发,也敲响了他心灵的大门,它的魔力像闪电一样穿过他全身。刹那间,他心房的帘幕揭开了,露出一片从不为人所知的天地,神秘的秋月照亮了那颗原是朦朦胧胧的心。

他们一直谈下去,没有注意到月亮已经落到屋顶下面,东方隐隐约约地露出一线曙光,就像一个孩子梦中的微笑。最后,压在毕诺业心上的担子卸掉一些,反倒觉得有点儿不好意思了。停了一会儿,他接着说:"发生在我身上的这件事,在你看来,一定是觉得微不足道的。说不定,你还会看不起我——不过,你叫我怎么办呢?无论什么事,我都从来没有瞒过你。现在我把一切全都告诉你了,不管你能不能理解。"

戈拉回答道:"毕诺业,老实说,我不太理解这类事情,几天以前,你也不太理解。我甚至不能否认,在广阔的人生领域里,我觉得这方面的事,尽管热情奔放,但实在无足轻重。不过也许事实上并非如此——这一点我也可以坦白承认。以前我一直觉得它是浅薄的、不现实的,因为我从来没有感受过它的力量或深度。可是现在我不能把你领悟得如此深刻的东西说成是虚幻的而不加理睬。事实上,如果一个人不把本职工作以外的事摆在次要的位置,他决不能做好他的工作。因此神就不让人把一切事情都看得同样清楚,免得他无所适从。我们必须给自己限制一个范围,把注意力集中在它身上,其他一切都不贪求,否则就根本找不到真理。我不能在你看见真理的那个神殿朝拜,如果这样做,我就要失掉自己生命的内在真理。我们必须在这两者之间选择一个。"

"我明白了。"毕诺业大声说,"不是毕诺业的道路,就是戈拉的道路。我去满足自己的愿望——你去献身。"

戈拉不耐烦地打断了他的话说:"毕诺业,不要讽刺人!我看得很清楚,今天你面对着一个伟大的真理,我们绝不能小看它。如果你想认识真理,你就得把整个心都放进去,别无他法。但愿有一天我的真理也会同样清楚地显示在我眼前,这是我平生的愿望。过去你一直满足于书本上的爱情知识。热爱祖国的知识,我也只是从书本上得来的。现在你经历了真正的爱情,知道它比书本上写的不知要真挚多少倍,它要求占有整个你,无论走到哪儿,你也躲不开它。一旦我对祖国的热爱变得无比强烈,我也就无从逃避了——它将要吸尽我的财富和生命,鲜血和骨髓,天空和光明;事实上,我的一切。祖国的形象将是多么奇妙美好、多么清晰明澈呀——它的痛苦与欢乐将是多么强烈和无法抗拒呀!转瞬之间,它那汹涌的激流就会冲破生死的界限。这些在我听你讲话的时候,隐隐约约地感觉到了。你生活中的这种经验也会给我带来新的生活。我不知道能否理解你所感觉到的东西,不过我好像能够通过你,体会到一点我一直渴望得到的感受。"

戈拉说话的时候,离开了席子,在地上走来走去。东方的曙光像是一个信息,他的灵魂万分激动,就像听到了从一座印度古老的静修林里传出来的《吠陀经》①的吟诵声一样。刹那

---

① 《吠陀经》,印度古代书名,共四部,即《梨俱吠陀》《娑摩吠陀》《耶柔吠陀》和《阿闼婆吠陀》。

间,他一动不动地站在那里,浑身不停地颤抖,同时他仿佛觉得头顶上长出一株莲梗,上面开了一朵绚丽的莲花,花瓣越开越大,把他头上的天空都遮住了。他整个生命、生命的意识、生命的力量似乎全都为它自己无比的美丽沉醉在狂喜之中了。

戈拉清醒过来之后,突然说道:"即使是你的这种爱,你也不能留恋。我告诉你,停留在那里是不行的。有一天我要让你看见以非凡的力量召唤我的那位神有多么伟大,多么真实。今天我的心充满了喜悦——我知道我永远不会把你交给一个不如我的人了。"

毕诺业从席子上站立起来,走到戈拉跟前,戈拉怀着少有的热情紧紧地拥抱着他说:"兄弟,我们不能同生,但愿同死。我们就像一个人,没有人能把我们分开,也没有人能阻挡我们前进。"

戈拉的感情的激流,冲击着毕诺业的心,毕诺业没有说一句话,便把自己完完全全地交给了他的朋友。他们默默地在屋顶平台上踱步,东方出现了满天的红霞。

戈拉又说:"兄弟,我所崇拜的女神不是乘坐华丽的神龛来的。她出现在贫困、饥饿、痛苦和屈辱的地方,在那里,人们不用颂歌和香花来供奉她,而是用人的鲜血。不过,对我来说,最大的乐趣是:那里边没有诱人享乐的因素;在那里,人们必须奋发图强,使出全部精力,准备献出一切。这样做,你不会感到轻快;这是一种不可抗拒的、极其苦痛的觉醒,既残酷又可怕。觉醒的时候,生命的琴弦被极其粗暴地拨动,全部的音阶一起发出轰鸣,全部的琴弦一起绷断。想到这里,我的心就狂跳起来——我觉得这才是大丈夫的欢乐,是湿婆创造之舞①。一个人所追求的是希望看见在烧毁'旧事物'的火焰顶上出现光辉灿烂的'新事物'。我可以从这个血红的天空中看到摆脱了一切束缚的、无比美好的'未来'——我可以在今天即将来临的黎明里看到它——听呀! 你可以听见它的鼓声正在我的胸膛里敲响!"戈拉把毕诺业的一只手按在自己的胸膛上。

"戈拉,我的哥哥,"毕诺业极其激动地说,"我要永远做你的同志。不过我警告你,千万不要让我犹豫不决。你一定要像残酷的命运那样毫不容情地拉着我一起走。我们走的是一条路,只是力量有大有小罢了。"

"我们的性格不同,这是真的。"戈拉回答,"不过一种无比的欢乐将会把我们不同的性格变得相同。一种比现在把我们连在一起的友谊更伟大的爱将会把我们团结起来。我们俩在没有得到这种伟大的爱之前,每走一步都会发生矛盾和争吵。然后,有那么一天,我们将会忘掉一切分歧,甚至忘掉友谊,这样,我们就可以怀着一种忘我的激情毫不动摇地站在一起了。我们在那种朴素的欢乐之中将会发现我们的友谊达到最完美的境界。"

"但愿如此。"毕诺业回答,一面紧握着戈拉的手。

"不过,在此期间,我将要给你很多的痛苦,"戈拉继续说,"你得忍受我一切专横的做法——因为不能把我们的友谊本身作为目的,我们不应该不惜任何代价地去保持友谊,从

---

① 湿婆是印度教三大神之一。他是毁灭之神、创造之神、舞蹈之神。传说有一天,湿婆和他妻子难近母翩翩起舞,使流动的空气凝固起来,形成了日月天地,并创造了生命。

而使它受到玷污。如果为了那更伟大的爱,必须牺牲友谊,那也是没有办法的事;不过如果能够保持下去,那么,它就能真的达到完美的境界了。"

这时,身后突然传来了脚步声,把他们吓了一跳。两个人回过头去,看见安楠达摩依走上楼来。她拉住每人一只手,把他们拉到卧室去说:"来,快睡觉去!"

"不,妈妈,我们现在睡不着。"两个人一起大声说。

"噢,你们能睡着的。"安楠达摩依一边说,一边让他们躺下。她关上门,坐在枕头旁边给他们扇扇子。

"扇扇子也没有用,妈妈,"毕诺业说,"睡神现在不来光顾。"

"是吗?我们且来看看,"安楠达摩依回答,"不管怎么样,我待在这儿,你们就甭想再谈话了。"

两个人熟睡之后,安楠达摩依轻轻地走出屋子,在下楼时,正好碰见摩希姆上楼。"现在别去,"她警告他说,"他们通宵没睡,我刚刚才哄他们睡着了。"

"我的老天爷——这两个人未免太要好了,"摩希姆说,"您知道他们到底有没有谈到结婚的事?"

"我不知道。"安楠达摩依回答。

"他们一定已经做出决定了。"摩希姆自言自语地说,"他们什么时候才能睡醒呢?除非很快举行婚礼,不然就有可能发生各式各样的麻烦事。"

"让他们多睡一会儿,就不会有什么麻烦事了。"安楠达摩依笑着说,"反正今天他们总是会醒过来的。"

第十六章

"你到底想不想把苏查丽妲嫁出去?"芭萝达太太大声问道。

帕瑞什先生像往常一样安详地捋着胡子,用温和的声音问:"新郎在哪儿呢?"

他妻子回答:"怎么,她和帕努先生的亲事不是早就定了吗?——至少,我们是这样看的——苏查丽妲自己也是知道的呀。"

"我看苏查丽妲未必喜欢帕努先生。"帕瑞什先生坦率地说。

"你听我说,"他的老伴嚷道,"这种事真叫人受不了。我们一直把她当作亲生女儿看待,结果又怎么样——她为什么要那样神气?一个像帕努先生那样又虔诚又有学问的人对她发生好感,这事是能小看的吗?随你怎么说,虽然我的拉布雅长得比她漂亮得多,但我可以担保,只要我们给她挑中一个人,她绝不会说一个'不'字。要是你继续鼓励苏查丽妲孤芳自赏,将来要给她找个新郎可就不容易了。"

帕瑞什先生从来不和妻子争论,特别是有关苏查丽妲的事,因此他一声不响。

苏查丽妲的母亲生完萨迪什就去世了,小姑娘那时只有七岁。她的父亲,罗摩-夏兰·哈尔达在丧妻之后加入了梵社,为了逃避邻居的迫害,他迁居到达卡,在邮局工作时,成了帕瑞什先生的密友。因为双方过从甚密,从那时起,苏查丽妲也就像爱她父亲那样爱帕瑞什先生。后来罗摩-夏兰先生突然去世了,把全部的家产留给了两个孩子,并且委托帕瑞什先生照顾他们。从此,两个孤儿就住到帕瑞什先生家去了。

读者已经知道哈兰是一个多么热心的梵教徒,他参与一切梵社的活动——他是夜校的教员座、杂志的编辑、女子学校的秘书。总而言之,他是一个不知疲倦的人。谁都认为这个年轻人总有一天会在梵社里身居高位的。经过学生们的宣传,甚至梵社以外的人也渐渐知道他擅长英语,还精通哲学。

由于这些原因,苏查丽妲就像对待所有杰出的梵教徒那样对哈兰特别尊敬,她从达卡来到加尔各答之后,甚至很想认识他。

后来,苏查丽妲不但认识了这位著名的人物,而且这位名人也立刻表示很喜欢她。哈兰并没有公开地向苏查丽妲表示爱慕,只是一心一意地帮助她去掉缺点,改正错误,培养她的热情,全面地帮助她提高。所有的人都很清楚,他想把这个姑娘培养成为自己得力的助手。当苏查丽妲发现自己赢得了这位名人的心时,在尊敬的心情里,也禁不住掺上了一点得意之情。

虽然双方都没有明确地提过亲,但大家都认为哈兰和苏查丽妲的婚事已经定下了,苏查丽妲也承认这是一个既成事实。因此,她特别关心的只是怎样通过学习和实践,使自己配得上这位为梵社的事业牺牲一切的人。在她看来,这个婚姻好比一座由庄严、恐怖和责任筑成的石头堡垒——不是一个愉快生活的地方而是一个努力奋斗的场所——这个婚姻不是一件家庭小事,而是一桩具有历史意义的大事。

如果就在这个时候举行婚礼,女方家一定会认为这是一件幸运的事。然而,很不幸,哈兰觉得他自己显赫的一生负有如此重大的责任,仅仅为了爱情便去结婚是不足取的。他觉得在结婚之前,首先要从各个方面考虑这桩婚事会给梵社带来多少好处。有了这样的想法,他便开始考验苏查丽妲。

然而,当你这样考验别人时,你自己也同样会受到别人的考验。因此,在这家人都把哈兰比较亲密地称为"帕努先生"的时候,大家就不可能只把他当作英国学问和抽象知识的宝库、一切有利于梵社事业的力量的化身了。他是一个人,这个事实当然也得考虑在内;作为一个人,他就不仅仅是敬畏的对象,同时也是爱憎的对象了。

奇怪的是,同一个人,在不熟悉的时候,曾经引起苏查丽妲的尊敬,比较熟悉之后,却引起她的反感。哈兰自封为梵社一切真善美事物的监护人,这种做法使他显得渺小可笑。人和真理之间的真正关系是信徒和宗教的关系——因为在那种精神状态之下,人的性格才会变得谦卑。一个人骄傲自满,专横跋扈,就十分清楚地表现出他那相对渺小的一面。在这方面,苏查丽妲不能不注意到帕瑞什先生和哈兰之间的差别。你可以从帕瑞什先生宁静的脸上清楚地看出他那崇高的精神境界。哈兰却恰恰相反,因为他张口就是那一套老气横秋、傲慢自大的梵教教条,它们压倒一切,结果不论他说什么,做什么,那些教条都会极其庸俗地流露出来。

对于梵社的事情,哈兰往往固执己见,甚至肆意攻击帕瑞什先生的见解。这时,苏查丽妲就会像一条受了伤的蛇那样辗转不安。在那个时代,孟加拉那些受过英国教育的人都不读《薄伽梵歌》①,但帕瑞什先生却常常给苏查丽妲读这本书,而且几乎把全部《摩诃婆罗多》都读给她听了。哈兰不同意这种做法,他希望梵教家庭把这一类的书统统扔出去。他自己从来不读这些书,对正统印度教赞赏的这一类文学作品敬而远之。在世界各种宗教的经典著作中,他只赞成基督教的《圣经》。帕瑞什先生在研究宗教经典和别的他认为次要的问题时,心中并没有梵教和非梵教之分,这简直使哈兰如芒在背。但对苏查丽妲来说,谁要是狂妄到竟敢向帕瑞什先生所作所为进行挑衅,即使偷偷这样干,她也不能容忍。哈兰公然表现出这种狂妄的态度就降低了他在她的心目中的地位。

由于哈兰强烈的宗派主义和为人心胸狭窄,苏查丽妲感觉到他们之间的关系一天比一天疏远了。但尽管如此,双方对这门亲事始终都没有产生过怀疑。在一个宗教团体里,如果有人给自己大肆吹嘘,慢慢地别人也就会信以为真。哈兰对自己的估价,甚至连帕瑞什先生也没有提出过异议,又因为每一个人都把他当作梵社未来的一根支柱,帕瑞什先生对这种看法也就默认了。不仅如此,唯一使他担心的倒是苏查丽妲能否配得上哈兰,他从来没有想过要去问一问苏查丽妲喜欢哈兰到什么程度。

对这件婚事,没有人觉得有必要和苏查丽妲商量,听听她的意见。于是她也就不再考虑个人的看法了。和梵社别的人一样,她也理所当然地认为只要哈兰说一声他可以娶她了,她

---

① 《薄伽梵歌》,大史诗《摩诃婆罗多》中插在大战开始时的长篇宗教哲学诗。

就得把这门亲事作为自己一生中主要的责任承担下来。

情况一直就是这样,直到有一天,帕瑞什先生听到苏查丽姐为了替戈拉辩护,对哈兰说了几句难听的话,他这才开始怀疑她对他究竟有没有足够的尊敬。他想,说不定他们之间的意见分歧是有更深刻的原因的,只是现在才暴露出来罢了。因此,在芭萝达又提出苏查丽姐的婚姻问题时,他就没有回答得像以前那样痛快了。

就在那一天,芭萝达太太把苏查丽姐拉到一边对她说:"这一阵子,你把你爹弄得心神不定了。"

苏查丽姐吓了一大跳——即使无意中使帕瑞什先生为她操心,她也会十分不安的。她脸色苍白地问道:"怎么啦,我做什么错事了吗?"

"我怎么能知道,亲爱的?"芭萝达回答,"他以为你不喜欢帕努先生了。实际上梵社的每一个人都认为你们俩的婚事已经定了……要是你现在……"

"可是,妈妈,"苏查丽姐惊奇地打断她说,"我从来没有和一个人谈过这件事呀。"

她感到惊奇是有道理的。哈兰所作所为常常使她不快,但她从来没有,就是心里也没有反对过和他结婚,因为,我们知道她已经牢牢记住她个人的幸福和这事是不相干的。

后来她想起那天一时大意让帕瑞什先生看出她不喜欢哈兰。看来这就是引起他不安的原因,这使她十分后悔。以前她从来没有让自己这样失去控制,她发誓以后也决不会再犯这种错误了。

正好哈兰那天下午来了。芭萝达太太把他带到她房间里说:"帕努先生,谁都说你要娶我家的苏查丽姐,可是我从来没有从你的嘴里听说过。如果你真的这样想,为什么你不明说呢?"

哈兰现在不能不公开表态了。他觉得必须稳扎稳打,先把苏查丽姐牢牢抓住,变成他的俘虏才行。她是否适合帮助他为梵社工作,是否忠于他,这些问题可以放到以后再说。因此,他回答道:"这还用说吗?我只是等她长到十八岁就是了。"

"你太严格了,"芭萝达说,"她已经超过十四岁①,这就够了。"

帕瑞什先生看见苏查丽姐那天下午喝茶时的举动,觉得十分惊讶,因为她已经很久没有这样热情地接待过哈兰了。事实上,在他要走的时候,她还恳求他再坐下看一看拉布雅的一件新刺绣呢。

帕瑞什先生放心了,他笑了起来,心想自己一定是误会了,这一对情人准是私下闹了点别扭,现在已经和好了。

当天晚上,哈兰在告别之前,正式地要求帕瑞什先生答应把苏查丽姐嫁给他,而且说,他希望婚礼不要拖得太久。

帕瑞什先生感到有点迷惑不解。"可是你经常表示,"他不赞成地说,"娶一个不到十八岁的姑娘是不对的。你甚至在报纸上发表过这样的文章。"

"这个说法对苏查丽姐不能适用,"哈兰解释说,"因为她的智力远远超过她的年龄。"

"也许是这样,"帕瑞什先生语气虽然温和,但态度却十分坚决,"不过,帕努先生,除非有非常特殊的理由,你应该按

---

① 印度的法定结婚年龄。——英译本注

照自己的信念等她长满十八岁。"

哈兰被人抓住把柄觉得很难为情,于是赶快改口说:"当然要这样,这是我的责任,我的意思只是我们应该早一些在朋友和上帝面前,举行订婚仪式。"

"当然可以,这主意不错。"帕瑞什先生表示同意。

第十七章

睡了两三个钟点之后,戈拉醒了,看见毕诺业睡在他身旁,不由得心中充满了喜悦,就像一个人梦见他失去一件非常宝贵的东西,醒来却发现原来只不过是一个梦那样感到十分宽慰。毕诺业在他身边,使他认识到,如果他失去了这个朋友,他的生活该有多大的缺陷呀。戈拉心里着实高兴,他把毕诺业推醒,一边大声喊道:"起来,我们有工作要做。"

每天早晨,戈拉都要去做一件固定的社会工作:访问附近的穷人。他并不是去给他们讲道,也不是去做好事,只是为了去和他们做伴。事实上,他对他们要比他对那些受过教育的朋友亲密得多。他们经常叫他"大叔",并且把专门给高等人准备的那一支水烟筒拿出来请他抽烟。为了接近他们,戈拉只好勉为其难地抽上两口。

在他们当中,有一个最崇拜戈拉的人。他名叫南达,是一个木匠的儿子,二十二岁,在他父亲的铺子里做木头箱子。他是第一流的运动员,是当地板球队最好的投球手。戈拉创立了一个"户外运动与板球俱乐部",把木匠和铁匠的儿子也都请来参加,他们和有钱人的子弟受到同等待遇。在这个贫富混杂的团体里,无论是哪一项运动,南达都能轻而易举地获得冠军。因此,有些门第比较高的学生就很嫉妒他,只是因为戈拉纪律严明,这才勉勉强强地同意选他当队长。

前几天,南达的一只脚被凿刀凿伤了,有好几天没有来打板球,而戈拉,这一阵子都忙着毕诺业的事,没有能去看他,所以今天两个人一起去木匠区探望南达。

他们走到南达家的大门口,便听到里面有女人的哭声。南达的父亲和家里别的男人全都出去了,住在旁边的一个店老板告诉戈拉说,南达今天早晨死了,他们刚刚把他的尸体送到火葬场去。

南达死了!他是这样健康,强壮,善良,朝气蓬勃,而且这般年轻——他死了,就在今天早上死了。戈拉像木头一样呆呆地站在那里。南达是一个普通木匠的儿子。戈拉的圈子少了他,不会引起多少人注意,而且人们很快就会把他遗忘;但在戈拉看来,南达的死好像是不可思议和绝不可能的。南达具有无比旺盛的生命力——活着的人很多,但到哪儿去找这样精力充沛的人呢?

打听他致死的原因之后,他们才知道他得了破伤风,南达的父亲要去请医生,但他的母亲硬说他中了邪,于是请来了一个驱邪的人,这人整夜念着咒语,用烧红的铁丝烙南达的身体,不停地折磨他。刚得病的时候,南达曾要求通知戈拉,但他的母亲怕戈拉坚持要请医生,没有去通知。

"多么愚蠢,多么可怕的惩罚呀!"他们离开那里时,毕诺业呻吟着说。

"毕诺业,不要用一声'愚蠢'来安慰自己,然后想法躲到一边去。"戈拉尖刻地说,"要是你真的看清楚这种愚蠢究竟有多严重,这种惩罚的影响究竟有多深远,你就不能只表示一下遗憾便把事情丢开了。"

戈拉越来越激动,步子也越走越快,毕诺业尽力跟上他的步伐,没有答话。

戈拉沉默了一会儿之后,突然接着说:"毕诺业,我不能让这件事这样轻易地过去。那个骗子给我的南达带来的种种苦难,也在折磨着我,折磨着整个国家,我不能把它当作一件小事或一件孤立的事件。"

戈拉看见毕诺业还是一声不响,便大声吼道:"毕诺业,我知道你心里在想什么,你在想,这是毫无办法的事,即使有办法,也是在遥远的将来。可是这种想法,我接受不了,要是我接受,我就活不下去了。不管祖国受到什么创伤,不管它有多么严重,都有医治的办法;而且办法就操在我自己的手里。因为我相信这一点,我才能忍受我周围的烦恼、忧伤和侮辱。"

"在这么广泛而又可怕的灾难面前,"毕诺业说,"我没有勇气保持信心。"

"我绝不相信苦难是永恒的,"戈拉回答,"全世界的意志力量和思想力量,都朝着它的内部和外部同时开火。毕诺业,我要再三向你提出一个强烈的要求:千万不要,即使在梦中也不要认为我们的祖国不能获得自由。我们要怀着祖国必将获得自由的信念,时刻做好准备。你想满足于这样一个模糊的想法:到了适当的时候,印度就会开始为自由而战。我说,战斗已经开始了,而且无时无刻不在进行。如果我们还是闭上眼睛,对它漠不关心,那就再没有比这个更怯懦的了。"

"戈拉,你听我说,"毕诺业回答,"你和我们其余的人有着这样的区别:日常发生的事,即使延续了很久,每一次你遇到它们,都会给你新的动力。可是对于我们,这些事就好像呼吸一样习以为常了。对它们,我们既不寄托希望,也不会失望;既不会欢欣鼓舞,也不会垂头丧气。日子稀里糊涂地过去了,我们处身在周围事物之中,既不了解我们的国家,也不了解我们自己。"

戈拉突然满面通红,额上青筋暴露;他紧握双拳,拼命去追赶一辆两匹马拉的马车,同时用一种震动全街的声音喊道:"站住!站住!"这个驾车的服装华丽的孟加拉矮胖绅士回过头看了一眼,在精力充沛的马身上挥了一鞭,便消失得无影无踪了。

一个年老体衰的穆斯林厨子,头上顶着一篮给英国人买的食物正在横过马路。那位傲慢的先生大喝一声,叫他让开,但老汉耳朵不灵,险些被马车轧死。他好不容易闪开,但跌倒了,篮子里的东西——水果、蔬菜、奶油和鸡蛋——滚了一地。怒气冲冲的绅士在车上转过身大骂一声:"你这条该死的猪猡!"狠狠地抽了老汉一鞭,打得他立时见了血。

"安拉!安拉!"老汉一边叹气,一边温顺地把没有摔烂的东西捡回来放进篮子。戈拉回到原来的地方,帮助他收拾。可怜的厨子看见这位衣冠楚楚的绅士这样辛苦,觉得很过意不去,便说:"先生,何必麻烦您呢?这些东西已经没有什么用了。"

戈拉知道得很清楚,他实在帮不了什么忙,只能让那个表面上受到帮助的人为难——但他觉得不能不做点什么来向过往行人表示,至少有一个绅士愿意受别人轻视,来抵消另一个绅士的暴行,并且用这种方式来维护遭到蹂躏的人权。

篮子重新装好之后,戈拉说:"损失太大了,恐怕你负担不起,你到我们家去,我赔偿你的损失。不过让我跟你说一句话:你受到这样的侮辱,连句抗议的话都没有,安拉是不会原谅你的。"

"安拉要惩罚的是那个作恶的人,"穆斯林说,"他为什么要惩罚我?"

"容忍罪恶的人,"戈拉说,"本身就是罪人,因为他是世上一切罪恶的根源。你也许不了解我的话,不过请你记住,宗教并不是仅仅教人温顺,因为这样只能鼓励作恶。你们的穆罕默德很懂得这个道理,所以他没有到处去宣传谦让和顺从。"

戈拉的家离那儿相当远,他便把老汉带到毕诺业家。他站在一张写字台前面说:"把钱拿出来。"

"等一等,"毕诺业回答,"我去拿钥匙。"

但小锁禁不住性急的戈拉猛力一拉,抽屉拉开了,第一眼见到的就是帕瑞什先生的全家照,这张大照片是毕诺业设法从他的小朋友萨迪什那里弄来的。戈拉给了老汉足够的钱,让他走了,但他没有提到照片一个字;看到戈拉不提这事,毕诺业也不便提起,虽然只要两个人就这件事谈上几句,毕诺业就可以放心了。

"我走了。"戈拉突然说。

"你可倒好,"毕诺业大声说,"想一个人走掉。妈妈请我和你一起回家吃饭,你不知道吗?我跟你一起走。"

他们一起离开毕诺业的家。在回去的路上,戈拉一语不发。毕诺业感情上的主流正在带着他沿着一条和他的生活毫不相干的小路向前奔驰。

毕诺业心里十分清楚戈拉沉默的原因,但他不敢打破他的沉默,因为他觉得戈拉的思想已经接触到那个真正妨碍他们交往的问题了。

他们到家时,发现摩希姆站在大门口,正朝着街上看。他一看见这两个朋友,便大声问道:"这是怎么一回事?你们昨天晚上谈了一宿,我还以为你们正在舒舒服服地躺在什么人行道上睡觉呢。天不早了。毕诺业,洗澡去吧。"

摩希姆这样把毕诺业支使开了之后,便转过身来对戈拉说:"听着,戈拉,我给你谈的那件事,你可得认真地想一想。即使你觉得毕诺业信奉正统印度教还不够虔诚,可是我到哪儿去找一个更好的人呢?一个人只信奉正统印度教还不够——还得有学问。我承认,一般说来,有学问的人并不一定严格按照古圣梵典的要求来信奉正统印度教,不过,尽管如此,学问和正统印度教也不是水火不相容的。如果你有一个女儿,你就会像我这样想了。"

"你放心,大哥,"戈拉回答,"我想毕诺业是不会反对的。"

"听他说的,"摩希姆大声说道,"谁担心毕诺业会不会反对?我担心的是你会反对。只要你亲口跟他说一声,我就十分满意了。要是说了也没有用,那也就算了。"

"我去跟他说就是。"戈拉说道。

于是,摩希姆认为剩下的只是去订结婚筵席了。

戈拉找到机会就对毕诺业说:"大哥已经开始催问你和萨茜的婚事了。对于这件事,你有什么想法?"

"你先告诉我,你希望怎么样?"

"我觉得这事倒也不错。"

"不过以前你可不是这样想的。我们不是说好两个人都不结婚的吗?我以为那是决定了的。"

"好吧,现在咱们决定你结婚,我独身。"

"为什么?为什么同去朝圣,却有不同的目标呢?"

"正因为怕目标不同,我才要做出这样的安排。天神把一些人送到世上来承受重担,另一些人却让他们过着轻松愉快的生活——如果你把这两种人拴在一起,让他们去拉车,后者就要压上担子,才能和前者并肩前进。只有在你经过一段结婚生活、肩上加上担子之后,我们才能迈着同样的步伐向前走。"

"好吧,"毕诺业微笑着说,"把担子尽量往这边压吧。"

"不过,你对那个特殊的担子,没有什么意见吗?"

"既然目的在加重量,加什么都一样——砖头或石头——那有什么不同?"

毕诺业可能已经猜出戈拉对这件婚事如此热心的真正原因:他急于要拯救他的朋友,免得他被帕瑞什先生的一个女儿缠住,他的这种心情太明显了,毕诺业觉得很好笑。

吃过午饭之后,他们睡了整整一个下午,用来补足昨晚所缺的睡眠。在夜幕垂下之前,两个朋友再也没有交谈。天黑之后,他们走上屋顶平台。

毕诺业抬头望着天空说:"戈拉,你听着,我要跟你谈一件事:我觉得我们对祖国的热爱,里面有一个很大的缺陷。我们只想到半个印度。"

"怎么会呢?你这是什么意思?"戈拉问道。

"我们把印度只看成是一个男人的国家,我们完全忽略了妇女。"毕诺业解释说。

"你简直和英国人一样,"戈拉说,"希望到处看见妇女——在家里,在外边;在陆地、水上和空中,在我们用餐、娱乐和工作的时候——结果是,妇女遮住了男人,这样,你看到的同样不全面。"

"不,不!"毕诺业回答,"你这样回避我的论点可不行。为什么要提出我的看法像不像英国人这样的问题呢?我说的是我们没有把祖国的妇女摆在适当的位置。拿你自己做例,我能够有把握地说,你从来没有想过妇女的问题——对你来说,我们的国家并不包括妇女在内,这样的想法是绝对不会正确的。"

"我看见并了解我的母亲,"戈拉说,"我从她的身上看到了祖国全体妇女,也知道她们应处的地位。"

"你只是说一些空话来欺骗自己,"毕诺业说,"一个人在家里熟悉做家务事的妇女并不就是真正了解妇女。要是我敢拿我们的社会和英国的比较,我知道你一定会大发雷霆——我不想这样做,也不想假装说我准确地知道我们的妇女能够以什么方式走出家庭和走出多远才不算越轨——不过,我是说,只要我们的妇女继续藏在深闺里,我们对祖国的认识就只能是片面的,我们就不能全心全意地去爱她,为她献身。"

"就像时间分为白天和黑夜那样,社会也分为男人和女人两个部分,"戈拉争辩说,"在正常的社会里,妇人像黑夜一样看不见——她在幕后工作,不为人所注意。社会出现反常现象的地方,黑夜侵占了白天的地盘,正常的工作和家庭琐事都在灯光之下进行。结果怎么样呢?黑夜的神秘作用消失了。疲劳不断增加,精神无法恢复,男人只有求助于烟酒。同样地,如果我们把妇女拉出家庭,在外面工作,她们的静悄悄的工作就要受到干扰,社会的安宁与幸福就要受到破坏,社会就会出现动乱。乍一看,这种动乱可能会被错认为力量,但这只是一种导致毁灭的力量。在社会的两个部分里,男人本来就喜欢创新,但太多的创新是不必要的。如果你把妇女的内在的力量提到表面上来,社会就要被迫坐吃山空,不久就会破产了。我认为,假如我们男人在外面照管筵席,女人在里边看好仓库,那么即使看不见妇女,喜事也会办得很好。只有喝醉的人才会以同一方式,在一个地方,朝着一个方向使用一切力量。"

"戈拉,"毕诺业说,"我不愿意对你说的话提出怀疑——但你也没有驳倒我的论点。真正的问题在……"

"请你注意,毕诺业,"戈拉打断了他的话,"这个问题我们要是这样辩论下去,只会引起一场争论。我承认女人没有闯进我的意识,像最近闯进了你的意识那样。因此,你不能希望我对她们产生你那样的感情。目前,让我们同意存在分歧吧。"

戈拉撇开这个问题。但一颗扔掉的种子却可能落在土地上,在那里等待时机,生根发芽。到现在为止,戈拉一直把女人完全排除在他的视野之外,并且从来没有想过他的生活里因而缺少什么或者有什么损失。今天毕诺业的激情使他感觉到她们的存在以及她们在社会中的力量。但由于他弄不清她们应该处在什么地位,她们起到什么特殊的作用,他不愿意和毕诺业讨论这个问题。他既不能掌握这个题目,又不能说它一文不值而置之不理,所以他觉得不如干脆不谈为好。

毕诺业那天晚上离开时,安楠达摩依把他叫到身边问他:"你和萨茜的婚事决定了吗?"

毕诺业有点儿不好意思地笑着回答:"决定了,妈妈——戈拉当的媒人。"

"萨茜是一个好姑娘,"安楠达摩依说,"毕诺业,不过不要做任何蠢事。我的孩子,我很了解你。你匆匆忙忙地做出决定,只因你知道自己下不了决心。还有足够的时间,可以从容地想一想。你已经长大了,可以自己拿主意了:在弄清楚你的真实情感之前,不要对这样一个严重的问题做出决定。"

她说话的时候,轻轻地拍了拍毕诺业的肩膀;毕诺业默默地离开了她,慢慢地走了。

第十八章

毕诺业在回家的路上一直想着安楠达摩依的话。他从来也没有忽视过她的任何劝告,那天晚上,他觉得整夜心上都压了一块大石头。

第二天早上,毕诺业醒过来的时候,觉得已经完全摆脱了一切负担,因为他终于为戈拉的友谊付出了相当的代价。他觉得答应了萨茜的婚事,就是接受了终身的束缚,这样,他就有权放松来自其他方面的约束。这个婚姻是一个永久的保证,它可以使戈拉不再毫无根据地怀疑他会受一个梵社家庭的诱惑,脱离正统印度教,去和他们攀亲。于是,毕诺业开始毫无顾虑地经常到帕瑞什先生家去;而在他自己喜欢的人的家里,他从来是不难变得自由自在的。因为戈拉的缘故,他曾经犹豫不决,一旦消除了顾虑,他在帕瑞什先生家里,很快就被他们当作自己人接待了。

罗丽妲原先以为苏查丽妲喜欢毕诺业,所以跟他作对。后来弄清楚苏查丽妲对他并没有什么特殊的感情,她也就不再敌视他,痛痛快快地承认他是一个少有的好人了。

就连哈兰也没有表示敌对的态度;恰恰相反,他倒好像愿意强调毕诺业多少有点礼貌,来暗示戈拉没有礼貌。又因为毕诺业采取了苏查丽妲的策略,不跟哈兰吵架,所以在喝茶的时候,他从来没有引起过冲突。

然而,只要哈兰不在,苏查丽妲就会鼓励毕诺业发表他对社会的看法。她实在无法克制自己的好奇心:像戈拉和毕诺业这样两个受过教育的人怎能为祖国古老的迷信辩护呢?假如她不认识他们,她根本就不会考虑他们的论点,认为不值一提。但她第一次遇见戈拉,就无法把他轻蔑地从心里抹掉。因此,一有机会,她便把谈话的内容引到讨论戈拉的生活方式和他的想法上来,她提出各种各样的问题和反对意见来使讨论逐步深入。帕瑞什先生一直认为听听各种教派的意见可以使苏查丽妲受到丰富的教育,所以他从不阻拦这种讨论,从不担心这样会把她引入歧途。

有一天,苏查丽妲问毕诺业:"现在请你告诉我,戈尔默罕先生是不是真的相信种姓差别,还是仅仅为了表示他对祖国无限忠诚所采取的夸张手法?"

"你承认楼梯有梯级,对吗?"毕诺业回答,"你不否认有些梯级一定要比别的高吧?"

"我不否认,只是因为我必须踩着梯级上楼。在平地上行走,我就不认为有这种需要。"

"一点不错,"毕诺业说,"楼梯好比社会,它的作用在于使人能够从低处爬到高处——一直爬到人生的终点。如果我们把社会或世界本身作为终点,那么就没有必要承认这些差别,那么,欧洲那种不断地互相争夺,扩大地盘的社会环境,对我们来说,也就挺合适了。"

"你的话我恐怕不能十分了解,"苏查丽妲不赞成地说,"我的问题是:你说我们的社会创造种姓差别是有目的的,现在你是不是想告诉我,这个目的已经达到了?"

"在这个世界上,明显的成绩是不容易看出来的,"毕诺业回答,"印度对社会问题提供了一个伟大的解决办法,那就是种姓制度——它现在仍然在全世界的注视下实行着,欧洲还没有能提出更满意的办法,因为那边的社会一直是充满了矛盾和斗争。人类社会还在等待着印度的办法最后获得成功呢。"

"请你不要生我的气,"苏查丽妲羞怯地说,"不过,请告诉我,你仅仅是在重复戈拉先生的见解,还是自己也真的相信这些说法呢?"

"跟你说实话吧,"毕诺业笑着说,"我没有戈拉那样坚定不移的信心。我一看见我们社会的缺点,看见种姓制度的弊病,就不能不产生怀疑;可是戈拉告诉我只注意伟大事物琐碎细微的地方,你就会产生怀疑——轻易下结论,就会把枯叶残枝当作大树。戈拉说,他并不要求我们赞美正在腐朽的残枝,只要求我们仔细看一看整棵大树,弄清楚它的意图。"

"好吧,我们且把残枝丢在一边,"苏查丽妲说,"可是我们总有权仔细想一想果实吧。种姓给我们国家结出了什么样的果实呢?"

"你称它为种姓果实的并不仅仅是种姓果实,而是我们国家各种情况合起来产生的结果。假如你用一颗松动的牙齿去咬东西,你会感到疼痛——可是你不会去责怪满口的牙齿,只怪那颗牙齿松了。因为,出于各种原因,我们生病了,身体衰弱了,所以我们只能歪曲印度的思想,而不能使它实现。所以戈拉不断告诫我们:要健康,要强壮!"

"好极了,那么你认为婆罗门是一种神人吗?"苏查丽妲追问说,"你真的相信婆罗门脚上的尘土能使人净化吗?"

"在我们自己创造的这个世界里,我们尊重的东西反正是很多的,不是吗？如果我们能创造一些真正的婆罗门,这对我们的社会能说是一件小事吗？我们需要神人——超人,而且只要我们全心全意地希望得到他们,我们就会得到。不过要是用愚蠢的方式去祈求,我们就只好眼睁睁地看着我们的世界出现无恶不作的魔鬼,我们供养它们,并且容许它们把脚上的尘土抖搂在我们头上。"

"你们的这些超人曾经存在过吗？"苏查丽姐问道。

"存在过,他们存在于印度的内在需要和意志之中,就像树木隐藏在种子里一样。别的国家需要像威灵顿那样的将军,牛顿那样的科学家,罗斯柴尔德那样的百万富翁；但我们的国家需要婆罗门,无所畏惧、憎恨贪婪、战胜忧虑、不计得失的婆罗门——身心和上帝连在一起的婆罗门。印度需要坚定、宁静、思想解放的婆罗门,一旦得到他,印度就会得到自由。我们不向帝王低头,不受压迫者奴役。不,只是由于自己感到恐惧,我们才低头；我们陷在自己贪婪的罗网里,成为自己愚昧的奴隶。但愿真正的婆罗门用他艰苦的修行把我们从恐惧、贪婪和愚昧中拯救出来——我们不需要他们为我们战斗,替我们做生意或为我们谋求任何别的尘世利益。"

帕瑞什先生原来一直坐在旁边静听,但现在他却插进来用柔和的声音说:"我不敢说我了解印度；我确实不知道印度需要什么,得到了没有——不过你能回到过去的日子里去吗？我们应该为今天能够实现的目标奋斗——徒劳地伸出双手去向过去求助,又有什么好处呢？"

"我经常也是这样想、这样说的,"毕诺业说,"不过就像戈拉所说的那样,我们说过去的已经死亡了,消失了,我们就可以把它抹杀掉吗？过去永远跟我们连在一起,因为确实存在过的东西是永远不会消失的。"

"你的朋友对这些问题的说法跟普通人的很不一样,"苏查丽妲反驳说,"那么,我们怎能知道你们是不是代表整个国家说话呢？"

"请你不要认为我的朋友戈拉是一个以严格遵守印度教规而自傲的普通人,"毕诺业坚决地说,"他着眼于印度教的内在含义,而且态度十分严肃认真,他从不认为一个真正的印度教徒的生活会是舒适的,会是一碰就枯萎,一挤就破碎的。"

"不过照我看来,他倒好像十分小心,避免和别人接触。"苏查丽妲微笑地说。

"他的警惕心和别人的不一样,"毕诺业解释说,"如果你问他,他会立刻回答:'不错,我完全相信——我相信不适当的接触会丧失种姓,不适当的食物会使种姓受到玷污——这一切都是真的。'不过我明白这只不过是教条主义的表现,听众越觉得他的意见稀奇古怪,他就说得越坚决。他严格遵守一切严峻的教规,唯恐他在小的地方有失检点,蠢人就会对重要的教规也不尊重,对立的教派也会借此宣传他们打了一个胜仗。因此他不敢稍有松懈,甚至对我也是这样。"

"这样的人,梵社里也有不少,"帕瑞什先生说,"他们要不加区别地和印度教割断一切联系,生怕外人错误地认为他们把印度教的一切陈规陋习也都宽恕了。这样的人不大容易过正常的生活,因为他们不是装模作样,就是言过其实;他们认为真理是这般虚弱,有责任用武力或诡计来保护它。那些认为'真理得靠我,我不靠真理'的人其实是一些又顽固又迷信的人。至于我自己,我祈祷天神让我不管是在梵社的神殿还是印度教的神龛面前,都永远当一个纯朴、谦虚的真理崇拜者——不要让任何外界的障碍阻止或妨碍我做礼拜。"

说完了这些话,帕瑞什先生沉默了一会儿,好像是让他的心在灵魂深处休息一下。他这几句话好像把这场讨论的整个意境提高了——并不是这几句话本身有什么了不起,而是由于帕瑞什先生的生活经历散发出一种宁静的气息。罗丽姐和苏查丽姐脸上焕发出虔诚的光辉。毕诺业也不想再说话了。他看出戈拉实在太专横了——他缺乏掌握真理的人那种思想、语言和行为上表现出来的纯朴自信的宁静风度——听了帕瑞什先生的讲话之后,毕诺业对戈拉的这个缺点就感到更加痛心了。

那天晚上,苏查丽姐躺下之后,罗丽姐走过来坐在她的床边。她很清楚罗丽姐心里在想些什么问题,也知道这些问题一定和毕诺业有关。于是就替她开了一个头说:"真的,我非常喜欢毕诺业先生。"

"那是因为他一直在谈戈尔默罕先生。"

虽然苏查丽姐心里明白这句话的含意,但她装作听不懂,天真地说:"我非常喜欢从他的嘴里听到戈尔先生的意见,听他说话,几乎就像看到戈尔先生本人一样。"

"我可一点儿不喜欢!"罗丽姐气冲冲地说,"听了让我生气!"

"为什么?"苏查丽姐惊讶地问道。

"除了戈拉还是戈拉,没完没了的戈拉,"罗丽姐回答,"他的朋友戈拉可能是一个伟大的人物,不过他自己不也是一个人吗?"

"一点不错,可是他对朋友的忠诚怎么会妨碍他做人呢?"苏查丽姐笑着问。

"他的朋友把他遮得这样严实,毕诺业先生简直没有机会表现自己,就像一只被蟑螂吞下肚子的蚊虫。蚊虫听任自己给蟑螂抓去,我固然看不惯,可是这也不会让我对蟑螂增加一分敬意。"

罗丽姐说话的声调是这样气愤,苏查丽姐听了觉得很好玩,她只笑了笑,没有回答;于是罗丽姐又接着说:"姐姐,你要笑就笑吧,不过我可以告诉你,如果有人想照那个样子把我遮盖起来,我可一天也受不了。就拿你来说吧——不管别人怎么想,你可从来没有把我挡在身后;你不是那种人,所以我才这样爱你。事实上,你这是从爹那儿学来的——他对谁都很尊重。"

这一家子,数这两个姑娘最爱帕瑞什先生了。一提到"爹",她们的心就充满了温情。

"居然拿别人和爹相比,真是不可思议。"苏查丽姐抗议说,"不过,亲爱的,不管你怎么说,毕诺业先生可真会说话。"

"不过,亲爱的姑娘,你看不出来吗,正因为他谈的不是自己的见解,这才说得这样流畅。如果他说的是出自内心的话,那么他的话就会说得既简单朴素又合情合理,不会像一些雕琢的词句了。如果他这样,我倒会喜欢得多。"

"何必为它生气呢,好妹妹?"苏查丽姐问道,"这只是说戈尔默罕先生的意见已经变成他的意见罢了。"

"要是这样,那就太可怕了,"罗丽姐说,"不管说得多么美妙,难道天神给我们头脑,就是为了陈述别人的见解,给我们嘴,就是为了重复别人的话吗?照我看,这种美妙的言谈只能让我讨厌!"

"可是你怎么看不出来,因为毕诺业先生爱戈尔默罕先生爱得这样深,他们两个人的想法变得完全一样了呢?"

"不,不,不!"罗丽姐嚷嚷起来,"根本不是那么一回事。毕诺业先生是养成了一种习惯:凡是戈尔默罕先生说的,他都全盘接受——这不是爱,是甘心当奴隶。他想欺骗自己,让自己相信他的意见和他朋友的一样,不过,为什么要这样呢?即使不同意,一个人也可以跟着他所爱的人走嘛——睁大眼睛也可以投降嘛。他为什么不坦率地承认,因为他爱戈尔默罕先生,所以接受他的意见呢?他的心情还不够明显吗?姐姐,请你老实告诉我,我说的是不是实情?"

苏查丽姐没有从这个角度想过这个问题——她的好奇心一向集中在戈拉的身上;她从来没有想过要把毕诺业作为一个单独的问题来研究。因此,她没有直接回答罗丽姐的问题,而是说:"好吧,就算你说得对,你打算怎么办?"

"我很愿意帮助他摆脱束缚,把他从他的朋友那里解放出来。"罗丽姐回答。

"亲爱的,为什么不试一试?"

"我来试没有多大用处,不过要是你把心思放在这上边,一定会起一点作用。"

在她的心的深处,苏查丽姐不是不知道她能够影响毕诺业,但她只笑了笑,企图避开这个问题。罗丽姐接着说:"在他受到你的影响之后,努力想从戈尔默罕先生的束缚下挣扎出来,我喜欢他这一点。换了别人,准会写一个剧本把梵社的姑娘们痛骂一顿——但他还是不抱任何成见,这从他对你的尊重和对爹的尊敬可以看出来。我们一定要帮助毕诺业先生独立自主。如果他活着就是为了宣传戈尔默罕先生的见解,这真令人受不了。"

正在这个时候,萨迪什一边喊着"姐姐!姐姐!"一边跑进了屋子。毕诺业带他去看了马戏,虽然现在已经很晚了,可是今天萨迪什第一次看马戏,太兴奋了,不能不和别人说说他的感受。他把有趣的节目描述一番之后说:"我想把毕诺业先生带到家里来和我过夜,但他把我送回家之后,又走掉了,说他明天再来。姐姐,我跟他说,改天他得把你们全都带去看马戏。"

"他怎么回答的?"罗丽姐问道。

"他说如果姑娘们看见老虎,她们会害怕的。可是我一点也不怕。"萨迪什说完这话,挺起胸脯,摆出一副男子汉大丈夫的架势。

"哼,"罗丽姐说,"我很了解你的朋友毕诺业先生是哪一类英雄好汉——我说,姐姐,我们真得强迫他陪我们去看马戏。"

"明天下午就有一场。"萨迪什说。

"那好,我们明天就去。"罗丽姐做出决定。第二天,毕诺业一到,罗丽姐就大声说:"我看你来得正是时候,毕诺业先生。咱们走吧。"

"上哪儿去呀?"毕诺业惊奇地问。

"当然是去看马戏啰。"罗丽姐一本正经地说。

去看马戏!大白天的,在帐篷里,在大庭广众之间,和几个姑娘坐在一起!毕诺业简直是吓呆了。

"我想戈尔默罕先生会生气的,是不是?"罗丽姐紧跟着说。

这句话使毕诺业警惕起来了。所以罗丽姐再问"戈尔默罕先生对带姑娘去看马戏一定有他的看法吧"时,毕诺业便坚决地回答:"他当然有他的看法。"

"请给我们说一说吧,"罗丽姐要求他说,"我去叫姐姐来,让她也听一听。"

毕诺业心里明白她话中有刺,但只是笑了笑,于是罗丽姐接着说:"你笑什么,毕诺业先生?昨天,你跟萨迪什说,女孩子怕老虎——你从来不曾怕过谁吗?"

这么一来,毕诺业只好陪姑娘们去看马戏了。不仅如此,一路上,他有充分的时间去想一个问题:在他和他朋友的关系上,他究竟给了罗丽姐还有这一家别的姑娘什么印象?

后来,罗丽姐在看见毕诺业的时候,装出一副天真的样子问:"我们那天去看马戏,你告诉戈尔默罕先生了吗?"

这一次,刺儿刺得很深,毕诺业红着脸胆怯地回答:"没有,还没有告诉他。"

第十九章

一天早晨,戈拉正在工作,毕诺业突然来了,他出其不意地说:"前几天我把帕瑞什先生的几个女儿带去看马戏了。"

戈拉一边写,一边说:"我听说了。"

"你听谁说的?"毕诺业惊讶地问。

"阿比纳什,那天他碰巧也去了。"戈拉继续写他的文章,不再说下去了。

戈拉已经知道这件事,而且在那么多人里边,偏偏又是阿比纳什告诉他的,阿比纳什对这件事还能不添油添醋吗?想到这里,毕诺业感到羞愧难当。同时,他记得昨天晚上,直到深夜,他还没有成眠,因为他一直在心里和罗丽妲吵架。"罗丽妲以为我怕戈拉,就像小学生怕老师那样。人们对别人的看法可以多么不公平呀!我尊重戈拉,这是真的,因为他具有非凡的才能,但并不像罗丽妲想的那样,她的想法对我和对戈拉都不公平。想想看,把我当作小孩儿,把戈拉当作我的保护人!"这种想法,整夜都压在他心上。

戈拉继续写他的东西,毕诺业又想起了罗丽妲向他提出的那两三个尖锐的问题。他觉得很不容易忘掉它们。突然之间,他的心生起一股反抗的怒潮。"我就是去看马戏了,又怎么样?"——他心里愤怒地想,"阿比纳什算老几,他有什么权利跟戈拉谈我的事?——为什么戈拉允许这个白痴和他谈论我?难道戈拉是我的保护人、我必须向他报告我和什么人一起到过什么地方吗?这对于我们的友谊简直是一种侮辱!"

如果毕诺业没有突然发现自己很怯懦,恐怕也不会对戈拉和阿比纳什生这么大的气。他把这事隐瞒了那么久,心里感到有罪,今天只不过是想把罪过推到他的朋友身上罢了。只要戈拉就这事骂他几句,两个人就可以扯平,毕诺业的心里也就可以得到安慰了。但戈拉庄严地一声不响,好像坐在审判席上,这样一来,罗丽妲尖锐的讽刺就更加刺痛他了。

这时候,摩希姆手里拿着水烟筒走了进来。他从盒子里拿出蒟酱向大家让了让,然后说:"毕诺业,我的孩子,我们这边什么都安排好了。现在只要你伯父同意,我们就可以放心了。你给他写信了吗?"

今天在婚姻问题上,对他施加压力,毕诺业感到特别生气。当然,他知道这不能怪摩希姆——戈拉跟他说过毕诺业已经答应了——可是他答应了婚事却感到很羞耻。事实上,安楠达摩依曾经劝阻过他,他自己也从来没有爱过这位未来的新娘子。那么,怎么会一下子就从这一团乱麻里得出一个清楚的结论了呢?很难说戈拉采取过什么方式强迫过他,因为如果他认真地稍加反对,戈拉就决不会强迫他,不过,为什么……?一想到"不过",他又感觉到罗丽妲话中的刺了。因为事实上当时戈拉并没有采取任何行动,而是由于在他们交往的这许多年里,戈拉一直处于支配地位。毕诺业容忍这种状态,只是因为他十分爱戈拉,而且他的性格又是那么温柔谦虚的。结果,主从关系便超过了友谊本身。以前,这一点毕诺业一直没有发觉,可是现在,再也不能否认了。因此,他就不能不和萨茜结婚了。

"没有,我还没有给我伯父写信。"他这样回答摩希姆的问题。

"这完全是我的错。"摩希姆说,"何必要你写信呢,这是我的责任。我的孩子,他的全名叫什么?"

"你何必这样急呢?"毕诺业回答,"阿斯万月和加尔底各月都不能举行婚礼。阿格兰月呢——我忘了,这个月也有困难①。在我们的家史里,这是一个不吉利的月份,我们从来不在这个月办喜事。"

摩希姆把他的水烟筒靠在墙角上说:"你听我说,毕诺业,要是你相信这些迷信的说法,那么,你受到的一切现代教育岂不是一些死记硬背下来的条文吗?在这个倒霉的国家里,能够在历书上找到好日子已经是不容易了,如果各个人家再去查自己的家史,那么还能办什么事呢?"

"那么你为什么要相信阿斯万月和加尔底各月不吉利呢?"毕诺业问道。

"我吗?"摩希姆喊道,"我才不相信呢。可是我能怎么样——我们这个国家,你尽可以不相信神,但如果你不尊重有关帕德拉月②、阿斯万月和加尔底各月的规矩,不管星期四和星期六的禁忌,不注意月亮的盈亏,你就甭想待在家里。我必须承认,虽然我说不相信这些说法,可是要是我在实践上不照历书办事,我也会感到心里不踏实——我们的空气制造恐怖

---

① 阿斯万月是孟加拉历六月,相当于公历九月、十月之间。加尔底各月是孟加拉历七月,相当于公历十月、十一月之间。阿格兰月是孟加拉历八月,相当于公历十一月、十二月之间。
② 帕德拉月,孟加拉历五月,相当于公历八月、九月之间。

就像制造疟疾一样,因此,我摆脱不掉那种不安的感觉。"

"同样,在我们家里,"毕诺业说,"他们却摆脱不掉对阿格兰月的恐惧。至少我伯母决不会同意我在那个月结婚。"

这样他设法暂时避开了这个问题,摩希姆不知道下一步怎么办才好,便转身走了。

戈拉从毕诺业的话音里听出他的朋友对婚事开始犹豫了。毕诺业有好几天没有来了,戈拉估计他到帕瑞什先生家去的次数比往常更多了。现在他想避开结婚的问题,戈拉感到十分担心,于是他放下笔,转过身子说:"毕诺业,你既然答应了我哥哥,有什么必要让他提心吊胆呢?"

毕诺业突然不耐烦起来,脱口说道:"是我答应的,还是别人逼我答应的?"

戈拉被这种突然反抗的迹象吓了一跳,他硬了心肠犀利地说:"谁逼你答应的?"

"你!"

"我?怎么,对这件事我总共没说过几句话,而你竟敢说我逼你答应!"

事实上,毕诺业对戈拉提出指责是没有多少根据的——戈拉说得不错,他没有和毕诺业谈过几句话,而且他的话也没有坚决到足以构成压力。不过,从某种意义上来说,戈拉硬逼毕诺业表示同意,这也是实情。眼前证据越少,控诉人越会抓住不放,于是毕诺业用一种过分激动的声音说:"逼人家答应用不着说多少话!"

"收回你的话!"戈拉大声喝道,从桌旁站了起来,"你答应不答应并没有什么了不起,不值得我去求你或逼你!大哥!"接着他向摩希姆大吼了一声,摩希姆这时正在隔壁房间,立刻慌慌张张地跑了过来。"大哥,"戈拉大声说,"一开头,我不就告诉过你,毕诺业不会娶萨茜的吗?这门亲事我不是不赞成的吗?"

"你当然说过。除了你,谁也不会说这种话。别人的叔叔对侄女的婚姻多少总得操点心。"

"你为什么要利用我来取得毕诺业的同意?"戈拉粗声地问。

"没有别的,只是我认为这是取得他同意的最好的方法罢了。"摩希姆愁眉苦脸地回答。

戈拉脸都气红了。"请你别再让我管这事了,"他大声喊道,"我不是媒婆,我还有别的事情要做。"说完这几句话,他就离开了屋子。

在可怜的摩希姆能够追问这件事之前,毕诺业也早已走到街上了。现在他唯一的安慰只剩下他的水烟筒了。于是他拿起原先放在墙角上的水烟筒猛抽起来。

毕诺业以前和戈拉吵过不少次,但像今天这样激烈的争吵,以前还没有发生过。起初,他被自己的行为吓呆了。他回到家里,感到万箭穿心般的难过,想起他在那短短的几分钟里,给了戈拉多大的一个打击,便饭也吃不下,觉也睡不着。他感到特别后悔的是不该那样反常地、不讲道理地把一切罪过都推到戈拉头上。"我错了,错了,错了。"他不断地对自己说。

那天下午,安楠达摩依吃过中饭,正坐在那儿做针线活,毕诺业来了,他走过去坐在她身边。今天早晨发生的事她原来已经从摩希姆那里听到一些,但在吃中饭时,一看戈拉的脸色,便知道大风暴已经掀起了。

"妈妈,"毕诺业说,"我错了。今天早晨我和戈拉谈到和萨茜的婚事时,我说的全是废话。"

"那又怎么样呢,毕诺业?你想把心上的痛苦强压下去,就会出现那种情况。说出来也有好处。你们俩很快就会忘掉这场争吵的。"

"可是妈妈,我要您知道我并不反对和萨茜结婚。"

"我的孩子,不要因为急于要把争吵压下去,反而把事情弄得更糟。婚姻是终身大事,而争吵,一下子就过去了。"

不过毕诺业没有能够接受这个劝告。他觉得不便直接去找戈拉提出自己的建议,便到摩希姆那儿去告诉他婚事已经没有问题,他们可以在四个月之内举行婚礼了,他自己想办法让他伯父同意这门亲事。

"我们立刻举行订婚仪式好吗?"摩希姆怂恿说。

"好,你和戈拉商量过后就可以把日子定下来。"毕诺业回答。

"什么,又要和戈拉商量?"摩希姆生气地抱怨说。

"不错,不错,这是绝对必要的。"

"好吧,如果一定要这样,我想也只好这样,不过……"说到这儿摩希姆往嘴里塞满了蒟酱。

当天,摩希姆没有说什么。但在第二天,他来到戈拉的房间,担心要经过一场艰苦的斗争,才能重新得到他的同意。但他一提起毕诺业昨天下午去找他表示愿意和萨茜结婚,并且让他来征求戈拉关于订婚的意见,戈拉便立刻表示赞成说:"很好,举行订婚仪式好了。"

"我看现在你倒是很好说话,不过看在老天爷的分上,下一次可别又提出反对。"

"当初引起麻烦,不是由于我反对,而是因为我求了他。"戈拉说。

"那么,好吧,"摩希姆说,"我谦卑地请求你:以后既不反对又不去求他。让我一个人去干吧,能干到什么样就什么样。我怎么知道你去求他,反而会得到恰恰相反的结果呢?我现在只想知道,你真的希望这个婚姻能够成功吗?"

"不错,我希望它成功。"

"那么,你只要希望就行了,不要再干预这件事了。"

第二十章

戈拉现在得到一个结论:从远处抓毕诺业很不容易,必须在危险地区看住他。他觉得要使毕诺业不出问题,最好的办法是自己去和帕瑞什先生多多接触。因此,在吵过架的第二天下午,他来到毕诺业的住处。

毕诺业没有想到戈拉会这样快就来看他,这使他又惊奇又快乐。但让他更为惊奇的是:戈拉在谈起帕瑞什先生的几个女儿时,居然毫无敌意。要引起毕诺业对这个话题的兴趣,并不费什么事,于是两个朋友便从各个角度来探讨这个问题,一直谈到深夜。

那天晚上,即使在回家的途中,戈拉也丢不开这件事,而且上床之后,也一直在想。他长了这么大,心里还从来没有这样激动过——事实上,他从来就没有想过妇女问题。毕诺业现在向他证明了妇女问题是世界问题的一部分,必须找到解决问题或妥协的办法,但决不能丢开不管。

因此,第二天毕诺业说:"跟我一起到帕瑞什先生家去吧,他常常问起你。"戈拉立刻就答应了。他不但答应去,而且不像从前那样无动于衷了。原先,他对苏查丽妲和帕瑞什先生的几个女儿丝毫不感兴趣,后来还对她们采取过一种轻蔑和敌视的态度,可是现在他真诚地希望较多地了解她们。

他很想知道这到底是一股什么力量如此强烈地吸引着毕诺业的心。

他们到达的时候天已经黑了。哈兰正在楼上客厅的台灯旁给帕瑞什先生读他用英文写的一篇文章。说是读给帕瑞什先生听,只不过是一个幌子,他的真正目的是要给苏查丽妲留下一个深刻的印象。她在桌边静静地听着,用一把棕叶扇挡着晃眼的灯光。她生性柔顺,尽量要求自己耐心地听着,不过有时也不免心不在焉。

仆人进来通报戈拉和毕诺业来了,这把她吓了一跳。她站起身,想离开屋子,帕瑞什先生拦住她说:"拉妲,你上哪儿去?来的只不过是我们的毕诺业和戈尔罢了。"

苏查丽妲有点心慌意乱地坐了下来,不过哈兰沉闷乏味的文章被打断了,心里倒也松了一口气。

能够再看见戈拉,她当然觉得很激动,但想到哈兰也在场,便又不免有些害羞和不安。是怕他们又吵起来,还是怕别的,这就很难说了。

一听到戈拉的名字,哈兰就感到浑身不自在。他勉勉强强地给戈拉还了一个礼,便满面怒容地坐在那里闷声不响。至于戈拉,一看见哈兰,便立刻精神抖擞,斗志昂扬了。

芭萝达太太带了她三个女儿出门做客,帕瑞什先生说好晚上要去接她们。他正准备走,戈拉和毕诺业便来了,他只好留下。等到不能再拖延的时候,他小声地告诉哈兰和苏查丽妲,他将尽快回来,嘱咐他们好好招待客人。

"招待"很快就开始了,因为没有多一会儿,就爆发了一场激烈的舌战。引起争论的原因是:在加尔各答附近有一个县,县长名叫布朗罗,在达卡的时候,帕瑞什先生和他关系不错。他和他的妻子很尊重帕瑞什先生,因为他没有把老婆和女儿们关在家里。每年在他生日那天,这位洋大人总要举办一次农业展览会以示庆祝。芭萝达太太最近去看过布朗罗太太,照例吹嘘了一通她几个女儿在英国文学和诗歌方面的才能。于是这位洋太太热情地建议说,副省长和他的夫人今年要来参加农展会,如果帕瑞什先生的几个姑娘能为他们演一出英国短剧,那就再好不过了。芭萝达欣然答应,今天就是带着女儿到一个朋友家排演去的。他们问戈拉有没有可能去参加这个展览会,戈拉用不必要的粗暴态度回答说——"不去!"接着便就英国人和孟加拉人的关系以及他们在社交方面存在的困难等问题展开了一场激烈的争论。

哈兰说:"过错在我们自己这一边。我们不配和英国人交朋友,因为我们有这么多的坏习惯,而且十分迷信。"

戈拉回答说:"如果这是真的,那么,不管我们多么卑贱,只要到处活动想钻进英国人的圈子,就应该感到羞耻。"

"不过,"哈兰反击说,"真正值得尊敬的人,英国人接待他们的时候,是会尊敬他们的——比方说,对我们这一家朋友就是这样。"

"尊敬一些人,只能使其余的人更加难堪,照我看来,这只能说是一种侮辱。"戈拉说。

哈兰不久就气得失去了理智,戈拉不断地刺激他,很快就使他听任自己的摆布。

争论这样进行着的时候,苏查丽妲一直藏在扇子后面,两眼注视着戈拉——他们的话在她的脑子里并没有留下什么印象。如果她知道自己一直看着戈拉,她一定会觉得羞愧,但她完全忘掉了自己。戈拉坐在她对面向前探出身子,伸出有力的双臂。灯光照在他那宽阔白皙的额头上,只见他有时发出傲慢的笑声,有时又生气地皱紧眉头。然而在他所有的面部表情里,都显出一种庄严的神态,说明他不是在夸夸其谈,他的见解都是从多年的深思熟虑和实践中得来的。不仅是他的语言,就是他的面部表情和身体动作仿佛也都显示出坚定的信心。苏查丽姐看着他,心里感到十分惊奇,她长了这么大,仿佛第一次看见一个真正的男人,他和普通男人很不一样。相形之下,在他旁边的哈兰先生就显得这般无能,他的面貌、姿势,甚至服装都变得滑稽可笑了。她曾多次和毕诺业讨论过戈拉,觉得他只不过是一个有着自己明确主张的特殊教派的领袖,顶多可以为国家做点事罢了。现在,看着他的脸,她可以超出一切教派利益和偏见,看见戈拉本人。她生平第一次看清了一个男人是什么样的,他的灵魂是什么样的,这种难得的经验给她带来了无上的快乐,她甚至完全忘掉了自己。

苏查丽姐全神贯注的表情没有逃过哈兰的眼睛,因此他无法集中精神来进行辩论。最后,他终于烦躁地站了起来,用对亲人说话那种口气对她说:"苏查丽姐,你到隔壁来一趟好吗?我有话跟你说。"

苏查丽姐像挨了一拳似的向后缩了一下,因为哈兰虽然和她很熟,可以那样和她说话,而且在别的时候她也不会在意;可是今天,在戈拉和毕诺业面前,这样做就等于侮辱她,特别是戈拉那样地瞥了她一眼,使她更加不能原谅哈兰对她的冒犯。起先,她装作没有听见,但当哈兰有点生气地重复:"苏查丽姐,你没听见吗?我有话要跟你说,请务必到隔壁来一趟。"可是她连看都没有看他一眼就说:"有话等父亲回来再说吧。"

这时,毕诺业站起身来:"我想你们可能有事,我们走了。"苏查丽姐听了连忙说:"不,毕诺业先生,你千万不要忙着走。父亲请你们等他回来,他马上就要来了。"她的声音里带着恳求,就像一只小鹿就要被人交给猎户似的。

哈兰大踏步走出房门说:"我不能等他回来,现在就得走。"但一出房门,他立刻就后悔不该这样莽撞,却又想不出什么再转回去的借口。

他走了之后,苏查丽姐羞得满面通红。她低下头坐在那里,不知道该说些什么,也不知道该怎么办。

现在戈拉有机会来端详她的面貌了。他一向认为受过教育的姑娘都是傲慢偏激的,然而在她身上为什么一点儿也找不到这种痕迹呢?无疑,她长了一副聪明的面孔,但谦虚和害羞的性格却巧妙地把脸上的表情变得那么柔和。她的前额有如秋日蓝天那样洁白无瑕。她默默不语,但那欲言还休的嘴唇形成的柔和的曲线,多么像一朵娇嫩的蓓蕾呀。戈拉从来没有仔细观察过一个新式妇女的服装,连看都不看便嗤之以鼻,不过今天裹在苏查丽姐身上的这件新式的纱丽却显得十分美妙。

她把一只手放在桌子上,当它悄悄地从上衣的褶袖里伸出来的时候,戈拉觉得它就像是从一颗真挚的心里吐露出来的美好的信息。在苏查丽姐周围恬静的傍晚的灯光下,整个房间、房间里的阴影、墙上的画以及全部整洁的家具构成了一幅完美的图画;其中引人注目的并不是这些实物,而是经过一个女人灵巧的双手接触之后所形成的家。这一切,刹那间都展现在戈拉的眼前。

戈拉望着她,渐渐地觉得她的每一部分,从垂在耳旁的头发到纱丽的边缘都变得十分真实和具体。在同一时间,他可以看见她的全身,也可以看见她细微的部分。

在这一段短暂的时间里,他们全都默默不语,感到有些尴尬,毕诺业抬起头望着苏查丽姐,重新提起几天以前他们讨论过的问题。他说:"那天我说,我一度相信我们的国家或社会全都毫无希望,我们总是被人当作小孩,永远需要英国人监护,我们的同胞现在多半仍然抱这种看法。在这种心情的支配下,人们只顾自己的利益或听凭命运摆布。有个时期,我也很想通过戈拉的父亲,在政府机关里谋个一官半职。但戈拉坚决反对,这才使我醒悟过来。"

戈拉看见苏查丽姐听了这话,脸上微微露出惊讶的神色,于是说:"请不要认为我生政府的气,才说那样的话。在政府里当官的人往往认为政府的权力就是他们的权力,觉得自己很了不起,于是逐渐形成一个脱离群众的阶层。这一点我看得越来越清楚了。我有一个亲戚,当过副县长,他现在已经退休了。他在职的时候,县长常常训斥他说:'先生,为什么你判了那么多的人无罪?'他听了回答说:'大人,这道理很简单。被你关进牢房的人,在你看来,只不过是些猫狗,但我不得不送去坐牢的人却是我的兄弟。'那些日子,有这种崇高思想的不乏其人,肯听这种话的英国人也不在少数。但今天,当官的把驯服作为美德,而那些副县长也逐渐地把同胞看成和狗差不多。根据经验,他们爬得越高,就越腐化堕落。只要你踩着同胞的肩膀爬了上去,你就一定会看不起自己的同胞;你觉得他们不如你,就必然会对他们不公平。这样做是绝对不会有好结果的。"他说着说着,重重地捶了桌子一下,把桌子上的油灯震得摇晃起来。

"戈拉,"毕诺业笑着说,"那张桌子不是政府的财产,而油灯也是帕瑞什先生的。"

戈拉听了,立刻哈哈大笑,整栋房子都充满了他的爽朗的笑声。苏查丽姐发现戈拉听到别人取笑自己,竟能像孩子一样哈哈大笑,不由得又惊奇又高兴。显然,她不知道一个具有伟大思想的人同时也是能开怀大笑的。

那天晚上,戈拉谈到许多问题。苏查丽姐虽然一言不发,但脸上显然流露出赞同的意思,这使戈拉心里充满了热情。最后,他特别对苏查丽姐说:"我希望你记住一点:如果我们错误地认为:因为英国人强大,我们要想强盛,就得学他们,和他们一模一样,那么我们就永远不会成功了;因为单靠模仿,我们只能变得什么也不是。对你,我只提出一个要求:到印度里边来,把她的一切东西,不论是好是坏,都全盘接受。看到缺点,你就尽力从内部给她医治,不过你要用自己的眼睛去观察她,了解她,分析她,面对着她,和她连成一体。要是你满脑袋基督教思想,并且和她对立,从外面来看她,你就永远不会理解她。那样,你只能给她伤害,对她没有半点好处。"

戈拉说是要求,其实不如说是命令。他的话这样有力,根本就不容人反驳。

苏查丽姐低下头注意聆听,她发现戈拉非常热心地专门对她一个人说话,心中不由得突突乱跳。她丢开一切羞怯心理,朴实谦虚地说:"我从来没有这样真诚和崇敬地想过我的祖国。不过我想问你一个问题:国家和宗教之间有些什么关系?宗教是否超越国界?"

戈拉觉得这个问题用她那轻柔的声音说出,听起来十分悦耳,加上她对他说话时眼睛的表情,听起来就更加迷人了。

他回答说:"超越国界、比国家更伟大的东西,只能通过国家来显示自己。神就是以多种多样的方式来显示他那永恒单一的本性的。但那些认为真理是单一的,因而只有一种宗教是正确的人,只接受一个真理,即真理是单一的;但不肯接受另一个真理,即真理是无限的。无限的单一在无限的众多之中显示出来,我可以向你保证:在印度广阔的天空中你可以看见太阳——因此,没有必要远渡重洋,跑到基督教堂的窗前去看。"

"你的意思是说,有一条特殊的途径可以把印度引到神的跟前。那么,这个特殊的途径又是怎么样的呢?"苏查丽姐问道。

"这条特殊的途径是这样的,"戈拉回答,"我们都知道无所不在的神是在一定的范围之内显现的——显现时变化无穷,有时小,有时大;有时精细有时粗犷。他同时既有无穷的特征,又毫无特征;既有无穷的形象,又并无形象。在别的国家,人们想把神局限在某一个界说之内。在印度,无疑,也有人想从神的这个或那个特征来认识他,但这些学说全都没有作为定论,其中的任何一种也没有成为独一无二的学说。印度的信徒一直认为神变化无穷,个人见到的只是他的某一特征而已。"

"聪明的信徒也许会这样想,但其余的人会怎么样想呢?"

"我一向认为,不论在哪一个国家,无知的人总是会曲解真理的。"戈拉回答。

"可是这样的曲解,在我们国家不是比别的国家更严重吗?"苏查丽姐紧接着问。

"也许是这样,"戈拉回答,"那只是因为印度希望对精细和粗犷——内和外、精神和肉体——正反两方面都能充分认识。那些抓不住精的一面的人,碰巧抓住了粗的一面,加上愚昧无知,便造成这些极其严重的曲解。印度试图从各个不同的观点,凭借外在感官和内心直觉,通过身、心和行动去认识神,不管他是有形还是无形,是通过物质还是通过精神来显现都好。我们绝不能舍弃这种伟大、多样、美妙的做法,反而去做蠢事,把十八世纪在欧洲形成的枯燥、狭窄、虚幻的有神论和无神论的结合体当作唯一的宗教。"

苏查丽妲一时想出了神。戈拉看她不出声,便继续往下说:"请不要以为我是一个顽固的人,更不要以为我是突然改信正统印度教的——我的意思和他们的不一样。我发现印度形形色色的表现和各式各样的斗争都贯穿着深刻与崇高的一致性,我感到欣喜若狂,心甘情愿和那些最穷苦最无知的同胞并肩站在尘埃里。印度的这个启示,有些人也许能够理解,有些人也许不能——这都没关系,我总觉得我和整个印度是一体,所有的印度人都是我的同胞;我毫不怀疑,印度的精神一直在通过全体同胞,秘密起着作用。"

戈拉的洪亮的声音仿佛使墙壁和家具都颤动起来。他的话,苏查丽妲未必全能听懂,但在似懂非懂的时候,知识的浪潮来得特别猛烈,现在她认识到除了家庭和教派的小天地之外,还有别的生活,这使她感到十分苦恼。

他们没有再谈下去了,因为这时从楼梯上传来奔跑的脚步声和姑娘们的笑声。帕瑞什先生和他的几个女儿回来了,苏梯尔和往常一样在和姑娘们开玩笑。

大家走进屋子。看见了戈拉,罗丽妲和萨迪什立刻变得庄重起来。他们留在屋子里,可是拉布雅快步走了出去。萨迪什羞怯地侧着身子挨到毕诺业的椅旁,悄悄地和他说话。罗丽姐拉过一张椅子,藏起半个身子,坐在苏查丽姐背后。

帕瑞什先生跟着进来了,他说:"我回来晚了。帕努先生已经走了吧?"

苏查丽姐没有回答,毕诺业说:"是的,他没能等您回来。"戈拉站起身,恭敬地向帕瑞什先生行了一个礼,说:"我们也该走了。"

"今天晚上,我没有机会和你们畅谈,"帕瑞什先生说,"希望你们有空常到我家来玩。"

戈拉和毕诺业正在走出房门,迎面碰见芭萝达太太。他俩一起向她行礼,她大声说:"什么,现在就走了?"

"是的。"戈拉生硬地回答。芭萝达转过脸对毕诺业说:"可是,毕诺业先生,我不能让你走,你一定得留下来和我们一起吃晚饭。另外,我有话要跟你说。"

萨迪什听到这个邀请,高兴得跳起来拉着毕诺业的手说:"对,对,妈妈,别让毕诺业先生走,他今天晚上一定得跟我睡。"

芭萝达看见毕诺业犹犹豫豫,便转过脸对戈拉说:"你必须把毕诺业先生带走吗?你特别需要他吗?"

"不,不,一点也不,"戈拉赶快回答,"毕诺业,你留下,我走了。"他快步走了出去。

芭萝达太太要求戈拉同意毕诺业留下的时候,毕诺业偷偷地看了罗丽姐一眼,她笑着把脸转过去了。毕诺业虽然不会因为罗丽姐喜欢挖苦他而生气,但它们却像刺一样刺痛他的心。他重新坐下之后,罗丽姐说:"毕诺业先生,今天你要

141

是逃掉,倒比较聪明。"

"为什么?"毕诺业问道。

"我妈有意让你为难,"罗丽姐解释说,"我们准备在县长举办的农展会上演出的戏里少一个男演员,妈妈决定请你来补这个缺。"

"老天爷,"毕诺业大声说,"我可干不了。"

"我一开头就告诉过我妈妈了,"罗丽姐笑着说,"我说,这出戏你的朋友绝不会让你参加演出的。"

毕诺业对她的讽刺感到很不舒服,他说:"我们用不着讨论我朋友的意见。不过我一辈子也没有演过戏,为什么偏偏要找我呢?"

"我们呢?"罗丽姐抱怨说,"你以为我们一辈子都在演戏吗?"

说到这儿,芭萝达太太回来了,罗丽姐对她说:"妈妈,除非您能让他的朋友同意,不然毕诺业先生是不会参加演出的。"

"这和我朋友同意不同意毫不相干,"毕诺业烦恼地说,"只是我压根儿不会演戏。"

"你不必为这发愁,"芭萝达大声说,"我们很快就会让你学会的。你是不是想说:姑娘们能做的,你却不能?这怎么能说得通?"这样一来,毕诺业就再也没有退路了。

第二十一章

戈拉离开帕瑞什先生家之后,走得没有往常快,也没有直接回家,而是心不在焉地漫步向着河边走去。那些日子,恒河及其两岸还没有那么丑陋,贪婪的商业还没有给它带来严重的污染。那时河边没有铁路,河上没有桥梁;寒冬的夜晚,天空上没有被拥挤的城市吐出来的煤烟所笼罩。那时,恒河经常从遥远的喜马拉雅山一尘不染的诸峰,把和平的信息带到灰蒙蒙的、喧闹的加尔各答。

大自然从来找不到机会吸引戈拉的注意,因为他的心总忙着想自己的艰难的工作。周围的一切,凡是和他的工作没有直接关系的,他连看都不看。

不过,今天晚上,从满天星斗的夜空传来的信息,却以各种方式轻轻地触动他的心弦。河上水波不兴。系在码头上的船只发出闪烁的灯火。黑暗的夜色似乎全部集中在对岸树林浓密的簇叶丛中。这一带的上空,木星就像黑夜的警觉的良心,一直守望着大地。

戈拉原来总是孤零零地生活在自己思想和行动的小天地里——现在究竟发生了什么变化了呢?现在他忽然和大自然有了一些接触,因此,黑色的河水、漆黑的河岸、头上无边无际黑暗的天空都向他表示欢迎。戈拉觉得今天晚上他把自己完全交托给大自然了。

从路边一家公司的花园里,盛开的外国爬藤散放出阵阵异香,使戈拉那颗不平静的心得到一些安慰,河水向他发出召唤,让他离开孜孜不倦的劳动场地走向一个扑朔迷离、荒无人烟的地方。那里,树木开着奇异的花朵,在不知名的河流的两岸投下神秘的阴影;那里,在明净开阔的天空下,白昼就像从一只睁得大大的眼睛里发出来的坦率的凝视,黑夜就像在下垂的眼睫毛下颤动着的含羞的阴影。

一阵甜蜜的奇异的旋风包围着戈拉,仿佛要把他卷到一个他从来没有到过的原始深渊里去。他整个心灵似乎同时受到痛苦和快乐的冲击。在这个秋天的夜晚,他站在河边,看着朦胧的星光,听着模糊的市声,面对着充塞整个宇宙的难以捉摸的奥秘,仿佛进入了忘我的境界。因为这样长的时间,他一直不肯承认大自然的威力,现在她对他进行了报复:让他陷进她的魔网,用土地、河流和天空把他紧紧绑住,使他远离日常生活。

戈拉对自己的心境茫然不解,昏昏沉沉地坐在荒凉的码头台阶上。他坐在那里一再地问自己:这个突如其来的经历究竟是怎么回事,意味着什么,在他一生的计划里,占据什么位置?是不是有必要和它进行斗争,把它克服?

戈拉用力握紧双拳,但突然之间,他想起了从那双明亮懂事、羞怯温柔的迷人的眼睛里发出的疑问目光,并且在想象中觉得那柔软的双手的纤纤十指碰到了自己。一阵阵说不出的欢乐使他一再颤抖,一切疑虑和不安,全被黑暗中的这种深刻的感受消除了,他真不愿意离开这个地方,失去这种感受。

那天晚上,他回家之后,安楠达摩依问他:"孩子,你为什么回来得那么晚?你的晚饭全都凉了。"

"妈妈,我不知道;我在河边坐了很久。"

"毕诺业没有和你在一起吗?"

"没有,只有我一个人。"

安楠达摩依感到相当吃惊,因为以前戈拉从来没有做过这样的事:一个人在恒河边沉思默想直到深夜。他没有静坐沉思的习惯。他心不在焉地吃着饭,安楠达摩依在旁边仔细观察,发现他脸上有一种新的激动不安的表情。过了一会儿,她安详地问道:"你今天到毕诺业家去了吗?"

"没有,我们两个人今天下午全都在帕瑞什先生家。"

这句话使安楠达摩依产生了一种新的想法,又过了一会儿,她再试探着提出一个问题:"他们全家你都见到了吗?"

"是的,全都见到了。"戈拉回答。

"我想他们家的姑娘不怕见生人吧?"

"一点儿也不怕。"戈拉说。

在别的时候,戈拉对这个问题的回答准会带点儿强调的语气,现在说得那么平静,就更令安楠达摩依迷惑不解了。

第二天早晨,戈拉没有像往常那样干脆利落地做好一天的准备工作。他站在寝室朝东的窗户前面,心不在焉地朝外看了很久。小巷的尽头是一条大街,大街对过是一所学校。校园里有一棵苍老的詹宝兰树,树叶上飘浮着一层薄薄的晨雾,朝阳的红光朦胧地从中穿过。戈拉站在那儿呆呆地看着它。晨雾逐渐消失了,灿烂的光束像一把把闪闪发光的刺刀穿透了簇叶的密网。大街上因为有了来往行人和辚辚的马车声变得越来越热闹了。

戈拉忽然看见阿比纳什和几个同学正在沿着小巷朝他家

走来。他用极大的意志力挣脱了那使他着魔的沉思之网。"不,这可不行!"他大声对自己说,用力之猛,就像朝自己心窝上打了一拳,说完他就冲出去了。

他严厉地责备自己没有在同事到达之前及时做好准备——这事以前是从来没有过的。他决心不再到帕瑞什先生家去,而且要想办法忘掉这一家人,甚至要暂时避开毕诺业。

他和他的朋友们在谈话当中商量好要沿着大干线做一次徒步旅行。他们决定不带一文钱,路上能讨到什么就吃什么。

这个决定使戈拉无比兴奋。他一想到可以用这种办法摆脱一切束缚,到开阔的原野去走一趟便感到十分快乐。他觉得单单这个冒险的设想就已经把他那颗陷入罗网的心解放出来了。戈拉像一个放了学的孩子,几乎是跑着离开家去为这次旅行做好准备的。他心里反复地重复一个论点:只有工作是真实的,使他这般神魂颠倒的缕缕柔情,只不过是些错觉。

克里什纳达雅尔手里提着一罐恒河圣水,肩上披着一条写上神名的披巾,口里念着神圣的曼陀罗经,正在往屋里走,戈拉匆匆忙忙地走出门去,正好和他撞个满怀。戈拉吓了一跳,连忙弯下身向他行触脚礼表示歉意;但克里什纳达雅尔慌忙把脚缩回去说"没事儿,没事儿",侧着身子,走过去了,心想戈拉这一撞,他在恒河的这次晨浴就算前功尽弃了。

戈拉从来没有想到克里什纳达雅尔如此小心谨慎,都是为了避免和他接触;只认为他的过分拘谨不过是他那狂热的欲望的一部分——跟任何人都不接触,免得被人玷污——他不是和安楠达摩依,自己的妻子,都保持着一段距离,仿佛她是一个被遗弃的人吗?他和忙忙碌碌的摩希姆不也是几乎不接触吗?在家里,他只和他的孙女萨茜有点来往,教她怎样正确地拜神和让她背诵梵文经典著作。

因此,在克里什纳达雅尔躲开他的时候,戈拉对父亲的这种做法只是笑了笑。但事实上这种做法已经使他逐渐乃至完全跟父亲疏远了;虽然他不赞成母亲的一些非正统印度教的习惯,但他还是把全部的热爱献给这位离经叛道的母亲。

戈拉在吃过早点之后,把换洗的衣服打成一个小包,像英国旅行家那样背在身上。他走到安楠达摩依跟前说:"妈妈,我想到外面去几天,请您答应我吧。"

"你到哪儿去,我的孩子?"她问。

"我自己也不大清楚。"他回答。

"去办什么事情吗?"

"不是什么正经事,只不过想到外面去走走。"

戈拉看见安楠达摩依一声不响,便焦急地恳求她说:"妈妈,请千万不要说不行。您是了解我的,用不着担心我会变成一个苦行僧,从此流浪在外。我不能长久离开您,这您也知道,不是吗?"

戈拉对他妈妈从来不曾这样清楚地流露过自己的情感,这话一出口,便觉得很难为情。

安楠达摩依虽然心里暗暗高兴,但看见戈拉不好意思,为了使他安心,便说道:"毕诺业当然跟你一块儿去啰,不是吗?"

"妈妈,您老是这样。您以为没有毕诺业保镖,您的戈拉就会让人绑走了。毕诺业不去。我要治好您对他的这种迷信,虽然没有他保护,我也要平安健康地回来。"

"可是你久不久总会给我来封信吧?"安楠达摩依问道。

"您最好先假定收不到信。这样,如果收到了,您就会更加高兴了。没有人要偷走您的戈拉,您不用害怕。他不是您想象的无价之宝。如果有人看上了我的这个小包袱,我就双手奉送,只身回家——我可以向您保证,决不会为了它去跟别人拼命。"

戈拉弯下身子给安楠达摩依行触脚礼。她用手摸摸他的头,然后吻自己的手指,为他祝福,并没有劝阻他。决定了的事情,她从不因为它会使自己痛苦或担心它会带来灾难而横加阻挠。她一生经历过不少艰难和危险,对外面世道也并不陌生。她从来不知道害怕。今天她感到很不安,并非怕戈拉会遇到危险,而是因为从昨天晚上起,她就猜出他心里很不舒服,现在她相信,这正是他突然要出去旅行的原因。

戈拉背着包袱刚刚走到街上,就看见毕诺业小心翼翼地捧着两朵深红色的玫瑰花走过来。"毕诺业,"戈拉说,"你给我带来的是祸是福,不久便会见分晓。"

"你是去旅行吗?"毕诺业问。

"不错。"

"到哪儿去?"

"只有天知道。"戈拉笑着说。

"不能说得清楚些吗?"

"不能。去找妈妈吧,她会把一切全告诉你的。我现在得走了。"说完,戈拉便迈开大步走了。

毕诺业走进安楠达摩依的房间向她行礼,把两朵玫瑰花放在她脚前。她捡起花朵问道:"你在哪儿采来的,毕诺业?"

毕诺业没有明确回答这个问题,而是说:"每逢我得到一样好东西,我就要先献在您脚前。不过,妈妈,您一定有什么心事,是不是呀?"

"你为什么这样想呢?"安楠达摩依问道。

"因为您忘记像往常那样给我吃蒟酱叶了。"毕诺业回答。

安楠达摩依请他吃了之后,两个人一直谈到中午。毕诺业也说不出为什么戈拉要去做这样漫无目的的旅行;但在谈话中,安楠达摩依问他昨天有没有把戈拉带到帕瑞什先生家里去,毕诺业便把一切经过详详细细地告诉了她,她仔细地听了他每一句话。

告别的时候,毕诺业说:"妈妈,您接受了我的敬意了吗?花儿已经受到您的祝福,现在我可以拿走了吧?"

安楠达摩依把玫瑰花交给毕诺业时不禁笑了。她可以看出来这两朵花受到如此重视,绝不会仅仅是由于好看,无疑,除此之外,一定还有更深的原因。

毕诺业走了之后,她把听到的话想了很久,并且祷告上苍,不要让戈拉痛苦,也不要让他和毕诺业之间的友谊受到损害。

第二十二章

这两朵玫瑰花是有一段来历的。

昨天晚上,戈拉一个人先离开了帕瑞什先生家,把可怜的毕诺业留下来,被邀参加县长举办的农展会上的演出,弄得他狼狈不堪。

罗丽妲对演出并没有多大兴趣,相反地,倒是对整个这件事感到十分厌烦;但她有一个强烈的愿望,要把毕诺业卷进去。她讨厌戈拉,总想千方百计怂恿毕诺业做一些违反戈拉意愿的事。她自己也弄不清楚,为什么一想起毕诺业要服从戈拉,就这样受不了。不管怎么样,她觉得只有使毕诺业摆脱戈拉的束缚,她才能自由自在地呼吸。

因此,她调皮地摇着头说:"怎么啦,先生,那出戏有什么问题吗?"

"戏本身也许没有问题,"毕诺业回答,"我反对的是在县长的家里演戏。"

"这是你的意见,还是别人的?"

"我没有义务去替别人发表意见,"毕诺业说,"再说,别人的意见也不容易说清楚。也许你不相信,不过我跟你说的都是自己的看法,有时候用自己的话;有时候,也许借用别人的话。"

罗丽姐笑而不答,但过了一会儿,她说:"我想,你的朋友戈拉先生一定认为蔑视县长的邀请是一种伟大的英雄主义、一种和英国人斗争的方式吧?"

"我的朋友也许这样想,也许不,不过我个人倒确实是这样想的,"毕诺业有点激动地说,"难道这不是一种斗争的方法吗?有些人以为动一动小指头,叫我们过去,便给了我们莫大光荣,如果向这种人谄媚,我们怎么能保持自己的尊严呢?"

罗丽姐生性高傲,听到毕诺业说做人要保持自己的尊严,她是高兴的;但觉得自己说他不过,便继续用不必要的嘲笑来刺伤他。

"你听我说,"毕诺业终于说道,"你有什么必要争辩下去呢?你为什么不说'我希望你参加演出'呢?那样,为了满足你的要求,我放弃自己的意见,还能从中得到一点安慰。"

"呸!"罗丽姐大声嚷道,"我凭什么要那样说?要是你相信自己是对的,那么,即使我提出要求,你又何必做违反自己心意的事呢?不过,那一定要的的确确是你自己的见解才行。"

"你要那样想就那样想好了,"毕诺业说,"就算我没有自己的见解——要是你不让我按照你的要求放弃自己的看法,至少让我认输,同意参加演出吧。"

这时,芭萝达正好走进屋子,毕诺业立刻站起来说:"请您告诉我,我演的角色需要做些什么好吗?"

"你不必担心,"芭萝达得意地回答,"我们会教会你的。你只要经常来参加排演就行了。"

"好吧,那么我走了。"

"不,不,你得在这儿吃晚饭。"芭萝达太太恳切地说。

"今天晚上请您原谅我,可以吗?"

"不,毕诺业先生,你绝不能走。"芭萝达坚持说。

于是毕诺业只好留下来,但他不像往常那样感到自由自在。今天晚上,就连苏查丽妲也静静地坐在那里想自己的心事。她没有参加罗丽妲和毕诺业的辩论,一个人在阳台上走来走去。他们谈话的线索好像已经断了。

和罗丽妲分别的时候,毕诺业看着她那张严肃的脸说:"我认输了,可你还是不高兴,我够多倒霉呀。"

罗丽妲没有回答,扭过头就走了。

她不是一个爱哭的姑娘,但今天晚上,热泪却不停地涌上来。这是怎么回事?为什么她要不断地刺痛毕诺业,而结果受到伤害的却是她自己?

毕诺业不愿参加演出时,罗丽妲硬逼着要他参加,可是一旦他同意了,她就立刻觉得无聊了。事实上,他不该参加演出的那些理由一直在她心里翻腾,他不该只因为她提出要求便答应演出,想到这一点,她就更加痛苦了。她的要求对他有什么重要呢?他答应了,难道只是为了表示礼貌吗?——好像她要的只是他的礼貌似的。

为什么她现在又要持相反的态度呢?她不曾竭尽全力把可怜的毕诺业拉出来演戏吗?由于她一再坚持,他让步了,即使是出于礼貌,她又有什么权利生他的气呢?罗丽妲深深地责备自己,在这件事情上,显然她是想得太多了。

在别的时候,她遇到烦恼,准会去找苏查丽妲,从她那里寻求安慰,可是今天她没有去。因为她不太明白为什么她的心怦怦地跳动,她的眼睛充满了泪水。

第二天早晨,苏梯尔给拉布雅送来一束花,里边有两朵红玫瑰。罗丽姐立刻把它们抽出来。别人问她为什么要这样,她回答说:"我看不惯美丽的花朵挤在花束中间,像这样把花朵绑在一起是很野蛮的。"她打开花束,把花朵插在屋子各处。

萨迪什跑到她跟前,喊道:"姐姐,这些花朵你是从哪儿弄来的?"

罗丽姐没有回答他的问题,反而问他:"你今天不去看你的朋友吗?"

萨迪什心里本来没有想到毕诺业,但一听她提起他,便蹦起来说:"我当然要去。"说完就准备动身了。

"你们在那边干些什么?"罗丽姐拦住他问道。萨迪什非常简单地回答:"聊天。"

"他给了你那么多的图画,你不打算送他点东西吗?"罗丽姐继续说。

毕诺业从英文杂志上剪下各种各样的图画,萨迪什把它们贴在剪贴簿上。他一心想把它贴满,只要看见图画,即使是在一本贵重的书上,他的手指头也直痒痒,恨不得把它剪下来。他的这种贪欲使他到处闯祸,挨了姐姐们不少骂。

这个世界,收到礼物还得要还礼,这大大出乎萨迪什的意料,使他十分不安。要他放弃老洋铁盒里任何一件这样经心保管的宝贝,都是不可思议的。他的脸上露出惊惶的神色。罗丽姐捏了他的脸蛋一下,笑着说:"不要紧,你不用担心,只要送他这两朵玫瑰花就行了。"

问题这样容易就解决了,萨迪什满心高兴地拿着花到他朋友那儿还债去了。他在路上遇到了毕诺业,便大声喊道:

"毕诺业先生,毕诺业先生!"他把玫瑰花藏在上衣里边说:"你能猜出我给你带来的是什么吗?"

在毕诺业像往常那样认输了之后,萨迪什拿出那两朵红玫瑰,毕诺业赞叹地说:"噢,多美呀!不过,萨迪什先生,它们不是你的吧,不是吧?希望我不会因为收下赃物,被警察抓走。"

萨迪什突然怀疑起来,这两朵花究竟能不能说是自己的,想了一会儿,他说:"当然不会。这花是我姐姐罗丽姐交给我,叫我送给你的。"

现在问题搞清楚了。毕诺业向萨迪什告了别,答应下午到他家去。

毕诺业忘记不了昨天晚上罗丽姐给他吃的苦头。他很少和别人吵架,从来没有想到别人会跟他说这样刺耳的话。起先,他认为罗丽姐只不过是苏查丽姐的追随者,但最近,他却时时刻刻都忘记不了她,就像大象忘不了手持刺棒的主人一样。他最关心的是千方百计地去讨罗丽姐喜欢,好图个太平。但晚上回家之后,她的那些辛辣的嘲讽又重新一件件地在脑海里出现,弄得他难以成眠。

"罗丽姐认为我只不过是戈拉的影子,没有自己的见解,因此,她看不起我,不过这绝不是事实。"他心里一边这样想,一边举出许多理由来反驳这种看法。但这有什么用呢?罗丽姐从来没有明确地给他定过任何罪名,从来不给他任何机会来替自己辩护。毕诺业对她的攻击准备了这么多的答辩理由,不过没有机会申述——这就是使他最伤脑筋的地方。更糟糕的是即使他认输,罗丽姐也没有一点高兴的样子。这使他十分烦恼,他痛苦地自问:"难道我真的这样不值一文吗?"

因此,他听到萨迪什说罗丽姐派他来送花,简直高兴极了。他把它们作为罗丽姐愿意和解的表示,愿意接受他降服的象征。起先他想把它们带回家去,后来决定还是先献到安楠达摩依脚前,把它们圣化一下。

当天晚上,毕诺业来到帕瑞什先生家的时候,罗丽姐正在听萨迪什背诵功课。

毕诺业第一句话就是:"红色是战争的颜色;表示和解的花朵应该是白的。"

罗丽姐茫然不解地看着他,不明白他说些什么。毕诺业从披巾底下拿出一束白夹竹桃,送到她面前说:"不管你的玫瑰有多美,它们还是带着点儿怒气。我的花儿虽然不能和它们媲美,但它们裹上了谦卑的白色外衣,还是值得你收下的。"

"你把什么花说成是我的了?"罗丽姐羞得满脸通红地问。

"难道是我弄错了?"毕诺业狼狈不堪地、结结巴巴地说,"萨迪什先生,你给我的花到底是谁的?"

"怎么,不是罗丽姐姐姐叫我送去的吗?"萨迪什委屈地说。

"她叫你送给谁的?"毕诺业问道。

"当然是送给你的呀。"

罗丽姐的脸羞得更红了,她推了萨迪什一把说:"我从来没有见过这么蠢的小傻瓜!你不是要用那些花去换毕诺业先生的图画吗?"

"是呀。不过不是你叫我去送花的吗?"萨迪什大声嚷道,他简直闹糊涂了。

罗丽妲明白和萨迪什对吵下去只有使自己愈陷愈深,因为现在毕诺业已经看得很清楚,罗丽妲送了他玫瑰花,可是又不愿意让他知道。

毕诺业说:"没关系。就算你没有送给我玫瑰花好了。不过请你听我说,我的这些花儿可没有送错地方。这是我求和的礼物,让我们和解吧。"

罗丽妲把头一抬,打断了他的话:"我们什么时候吵架了?你说和解是什么意思?"

"那么,难道从头到尾,一切都是幻觉吗?"毕诺业大声说,"没有争吵,没有花朵,也谈不到和解!看来,我不但把闪光的东西当作金子,而且根本就没有闪光的东西。关于演戏的建议,难道……?"

"演戏倒是真的。"罗丽妲打断他说,"不过谁为这件事吵架了?你怎么会认为我和别人合谋来骗取你的同意呢?你同意了,我感到满意,这就完了。不过要是你真的反对参加演出,不管谁对你提出要求,为什么你要答应呢?"说完她就离开了屋子。

什么都颠倒过来了。今天早晨,本来罗丽妲决定向毕诺业认输,并且要求他不要参加演出了。可是结果却恰恰相反。

毕诺业心想,他以前反对过演出,罗丽妲一定认为现在他虽然表面上投降了,但心里仍然在反对,因而还在生他的气。罗丽妲对这件事如此认真,使他感到很苦恼,他下定决心,即使开玩笑,也不再提出反对了,而且要全力以赴地去演好他的角色,让谁也不能责备他漠不关心。

苏查丽妲从清早起就一个人坐在卧室里,努力读《以基督为榜样》。今天早晨她没有做每天要做的事,脑子不时地开小差,书上的字变得模糊起来了。她不愿承认自己的弱点,便加倍努力学习,强迫自己把心放在书上。

有一次,她好像听见了毕诺业的声音,她一时冲动,把书放在桌上,站起来想到客厅去。但想到自己对这本书所触及的问题这样不感兴趣,觉得很不应该,于是便重新拿起书坐了下来,用手把耳朵捂上,生怕听到什么声音,让自己分心。

以前毕诺业来做客,戈拉往往也一起来,她禁不住想知道他今天来了没有。她怕戈拉来,但又担心他不来。

她正在心烦意乱的时候,罗丽姐进来了。"怎么啦,亲爱的?"苏查丽姐看见她的脸色,便大声问道。

"没什么。"罗丽姐摇着头回答。

"这些时候你一直在哪儿?"苏查丽姐问。

"毕诺业先生来了,"罗丽姐说,"我想他要和你谈谈。"

苏查丽姐不敢问罗丽姐有没有别人和毕诺业一块儿来。她想,如果有,罗丽姐自己一定会说出来的;不过,她仍然很想知道,最后,终于决定不再约束自己,到客厅去尽地主之谊。她先问罗丽姐:"你也来吗?"

"你先走吧,我等一会儿就去。"罗丽姐有些不耐烦地回答。

苏查丽姐走进客厅,看见里边只有毕诺业和萨迪什,他们正在那儿谈天,她说:"爹出去了,不过他一会儿就回来。妈妈带着拉布雅和丽拉到老师家去学怎样扮演她们的角色。她留下话,要是你来了,请你等她回来。"

"你也参加演出吗?"毕诺业问道。

"如果每一个人都参加,那么谁来当观众呢?"苏查丽姐回答。

平常的时候,毕诺业和苏查丽姐碰到一起,总有好多话可说,但今天,似乎双方心里都有些别扭事儿,妨碍他们畅谈。苏查丽姐来的时候就已经下定决心,不要像往常那样拿戈拉作为话题;毕诺业也感到不大好提戈拉,心想,罗丽姐,也许这一家其余的人也一样,一直把他当作他朋友的随从。

苏查丽姐和毕诺业胡乱谈了几句,觉得谈不下去了,便和萨迪什讨论他的剪贴簿的优缺点。她对那些图画的排列方法百般挑剔,故意惹他生气,萨迪什认真起来,尖起嗓子和她争论。

这时候,毕诺业郁郁不乐地看着桌子上那束被人拒绝了的白夹竹桃,自尊心受到了打击,心想:"就算是为了礼貌,罗丽姐也应该接受我的这束花呀。"

突然之间,门外传来了脚步声,苏查丽姐看见哈兰走进屋,吓了一大跳,她那吃惊的表情这样明显,哈兰看了她一眼,她的脸就唰地红了。

哈兰一边坐下,一边对毕诺业说:"喂,你的戈拉先生今天没有来吗?"

"你问这个干什么?"毕诺业对这句多余的问话很不高兴,便反问道,"你找他有事吗?"

"看见你而看不见他,倒是少有的事,"哈兰回答,"所以我要问问。"

毕诺业感到非常恼火,他怕流露出来,便生硬地说:"他不在加尔各答。"

"我想是讲道去了吧。"哈兰嘲笑说。

毕诺业更加生气了,坐在那里一声不响。

苏查丽姐默默地离开了屋子。哈兰立刻站起来跟在后边,但她走得太快了,追不上,便在后边喊道:"苏查丽姐,我要和你说句话。"

"今天我不舒服。"苏查丽姐回答,说完便走进她的寝室,把门关上了。

芭萝达太太现在回来了,把毕诺业带到另一间屋子,教他怎么演那出戏。过了一会儿,在他回来的时候,发现桌子上的花儿已经不见了。

罗丽姐没有参加那天晚上的排演。

苏查丽姐呢,一个人在寝室里一直坐到深夜,腿上放着没有打开的《以基督为榜样》,从屋子的一角呆呆地望着漆黑的天空。

在她眼前,幻景般出现了一片不知名的、奇妙的景色,她在那儿看到的,在某些方面,和她过去经历过的一切迥然不同。那边的灯光,就像黑夜里的星星珠串,她仿佛置身在一个神秘的、无法描绘的远方,不由得产生了一种敬畏的感觉。

"我的生活过得多么没有意义呀,"她心里想,"我一直认为确凿无疑的事,现在却变得十分可疑了。我每天做的,似乎都毫无意义。在那个神秘的王国里,说不定一切知识都会变得完美,一切工作都会变得高尚,人生的真谛也终于会显示出来。这个奇妙、陌生、可怕的王国,是谁把我带到它的门前来的呢?我的心儿为什么这般颤抖?我想前进,我的腿为什么抬不起来?"

第二十三章

接连好几天,苏查丽妲花了许多时间去做祷告,而且好像越来越需要帕瑞什先生的支持了。有一天,帕瑞什先生一个人在屋里看书,苏查丽妲走进来静静地坐在他身旁,帕瑞什先生放下书问道:"亲爱的拉妲,有什么事吗?"

"没事儿,爹,"苏查丽妲回答,开始整理他写字台上的书籍和纸张,虽然原先一切都已经是够整齐的了。过了一会儿,她说:"爹,为什么您不像从前那样让我和您一起看书呢?"

"我的学生已经从我的学校毕业了,"帕瑞什先生充满了深情地微笑说,"现在你可以自己理解事物了。"

"不,我什么都不懂。"苏查丽妲不同意地说,"我要像从前那样跟您一起读书。"

"好的,就这样吧,"帕瑞什先生表示同意,"我们从明天开始吧。"

"爹,"苏查丽妲沉默了一会儿,突然说道,"那天毕诺业先生谈到种姓,您为什么不把这个问题给我解释一下呢?"

"你知道,亲爱的孩子,"帕瑞什先生回答,"我总是希望你们几个姑娘独立思考,而不只是间接地接受我或任何人的意见。在别人心里还没有真正产生疑问之前,便给予教导,就像肚子还没有饿便给他饮食一样——它会使人倒胃口,并且引起消化不良。不过无论什么时候,只要你提出问题,我随时都可以把我所知道的告诉你。"

"那么,好,"苏查丽姐说,"我现在就想问您一个问题:我们为什么要谴责种姓差别?"

"你在吃饭的时候,如果有一只猫在你身旁吃东西,那倒没有关系,"帕瑞什先生解释说,"但如果某些人一走进屋子,你就得把吃的东西扔掉。种姓制度使一个人如此轻视和侮辱另一个人,我们怎么能不谴责它呢?要是这还不算罪过,我不知道什么才算。这样看不起他们同胞的人是永远不会成为伟大的人物的;反过来,他们也会受到别人的轻视。"

"现在我们的社会道德败坏,产生了许多罪恶,"苏查丽姐重复着戈拉说过的话,"而那些罪恶侵入了我们生活中各个领域,可是我们因此就有权责备那些本质的东西吗?"

"如果我知道在什么地方可以找到那些本质的东西,"帕瑞什先生像往常一样温和地说,"我就可以回答你的问题了。不过在我们的国家里,实际上我看到的只是人与人之间的互相憎恶——而这种现象使我们的人民一再分裂。在这种情况下,我们去仔细研究某些虚构的'本质'的东西,能够得到什么安慰吗?"

"不过,"苏查丽姐问道,又一次重复戈拉的话,"用公正的眼光看待一切人,难道不是我们国家一个主要的真实情况吗?"

"公正的眼光,"帕瑞什先生说,"是一种理智方面的成就——它和心灵毫无关系。那里既没有爱也没有恨,它超越了好恶的范畴。然而人的心灵绝不可能在不能满足心灵渴望的抽象概念里得到安宁。因此,尽管我们的国家有这种哲理上的平等,但我们还是看见低种姓的人连神庙也进不去。如果在自己的殿堂里也没有平等,那么,我们哲学中有没有平等的概念又有什么关系呢?"

苏查丽妲在心里默默地思考着帕瑞什先生的话,努力去理解它们,最后她问道:"爹,为什么您不把这些道理给毕诺业先生和他的朋友讲讲呢?"

帕瑞什先生微微一笑说:"他们不理解,并非由于没有这份聪明,他们倒是太聪明了,不想去理解;他们喜欢的是给别人讲解! 一旦他们有了这个欲望:从最高的真理——也就是正义——的观点去理解事物,他们是用不着依靠你爹的智慧来给他们解释的。目前,他们从一个完全不同的立场看问题,我的话对他们不会起什么作用的。"

苏查丽妲过去虽然怀着尊敬的心情仔细听戈拉讲话,但他用不同的标准看问题,这使她十分苦恼,也使她不能从他的结论中寻求安慰。帕瑞什先生给她谈话的时候,她觉得内心的矛盾暂时是解决了。随便什么时候,如果有人认为戈拉、毕诺业或任何人对某一个问题能比帕瑞什先生懂得更透彻,她是绝不会同意的。要是有人和帕瑞什先生的见解不一致,她就要生他的气。不过最近,她不能像从前那样随便蔑视戈拉的看法了。为此,她感到烦躁不安,恨不得像小时候那样,经常藏在帕瑞什先生的翅膀底下。

她站起来,走到门前,又转回来,用手扶着帕瑞什先生的椅背说:"爹,今天让我和您一起做晚祷好吗?"

"当然好,亲爱的。"帕瑞什先生说。

晚祷之后,苏查丽妲回到自己的寝室,关上门,坐下来尽力反驳戈拉说过的那些话。

但戈拉容光焕发、充满自信的面孔立刻浮现在她面前。戈拉的话并不只是话,而是他本人。他的话有形象,有动作,有生命。他的话充满了力量,充满了痛苦;力量来自信仰,痛苦出于对祖国的热爱。反对他的见解解决不了问题,你要反对,就得反对他这个人——而且不是一个普普通通的人。

她怎能忍心用手把他推开呢?苏查丽姐觉得心里面进行着一场非常激烈的斗争,她不由得哭了。他竟能使她陷入如此狼狈的境界,而又这样无动于衷地离开了她,这使她感到痛心,因为痛心,又感到十分羞愧。

第二十四章

他们决定让毕诺业用演戏的调子朗诵一首德莱顿①论《音乐的力量》的诗,姑娘们穿上有关的戏装,用舞台造型来表现诗的主题。与此同时,她们还要唱歌和朗诵英文诗。

芭萝达太太一再向毕诺业保证,她们会及时教会他的。虽然她自己只懂很少几句英语,但她可以请她圈子里一两个精通英语的人出来帮忙。可是在排演的时候,毕诺业的朗诵诗使她那几位朋友大吃一惊,芭萝达原想好好地把这位新手培养起来,显显本领,现在只好空欢喜一场。就连那些原先并不重视毕诺业的人,发现他这样精通英语,也不由得对他产生敬意。哈兰亲自请毕诺业为他的报纸不时写篇文章,苏梯尔再三要求他到他们的学生会去用英语演讲。

罗丽姐呢,她心里却十分矛盾。毕诺业用不着别人帮忙,固然让她高兴,但同时也让她恼火。他现在知道自己有了本事,也许不愿再向她们请教了,想到这里,心里便感到不舒服。

罗丽姐到底要毕诺业做什么,她怎样才能恢复原来平静的心境,她自己也搞不清楚。到后来,不论碰到什么事,她都

---

① 德莱顿(1631—1700),英国诗人。著有《对抗的夫人们》《印度皇后》和《一切都为了爱情》等。

要发脾气,而且每一次毕诺业都首当其冲。罗丽妲很清楚这对毕诺业既不公平,也不礼貌;她觉得过意不去,尽力克制自己,但一有机会,满肚子的怨气就会冲破她的堤防,莫名其妙地突然爆发,为什么会这样,她自己也不知道。

当初她缠着毕诺业,要他参加,现在又难为他,要他退出。可是到了这个阶段,毕诺业要是当逃兵,怎能不影响整个计划呢?除此以外,也许他发现自己有这种才能,说不定他对这事还相当起劲呢。

最后,有一天,罗丽妲跟她母亲说:"这出戏我实在演不下去了。"

芭萝达太了解她这位二姑娘的脾气了,她沮丧地问道:"怎么啦,出了什么事啦?"

"我就是干不了。"罗丽妲重复地说。

事实上,从再也不能把毕诺业当作新手的那天起,罗丽妲就不愿当着他的面背诵台词或排演她的角色。她自己一个人练习,使得大伙儿感到很不便,但大家对她毫无办法,最后也只好迁就她,缺她这一个角色继续排演下去。

但在紧要关头,罗丽妲竟要宣布退出,这就让芭萝达陷入了绝境。她很清楚,无论她说什么、做什么,都不会起什么作用,于是只好去向帕瑞什先生求援。

帕瑞什先生在小事情上对女儿们的好恶从来是不过问的,不过她们已经答应县长,而现在又没有时间另做安排,他只得把罗丽妲叫到跟前,用手摸着她的头说:"罗丽妲,如果你现在退出,这样做对吗?"

"爹,我演不了,"罗丽妲忍着泪水,带着哭声说,"我没有这个能力。"

"要是演不好,那不是你的错,"帕瑞什先生说,"但如果你干脆不演,那就是你的不是了。"

罗丽妲低着头听她爹说下去:"亲爱的,你一旦负起什么责任,就一定要负责到底。现在可不能因为仅仅怕丢脸,便想当逃兵。即使真的丢脸,那又有什么?为了尽到责任,你就不能忍一忍吗?好孩子,你不愿意试一试吗?"

"愿意。"罗丽妲抬起头望着她父亲的脸说。

当天晚上,她演得特别卖力,摆脱了因毕诺业在场而引起的一切犹豫心理,几乎是挑战式地、热情地扮演她的角色。毕诺业第一次听见她朗诵诗句,她的声音清楚有力,把诗的含意明晰准确地表达出来,这使他惊讶不已,也使他喜出望外,听完朗诵之后,她的声音仍然久久地在他耳边回响。一个优秀的朗诵家对听众会产生特殊的魅力,诗歌把自己的魅力注入朗诵家的心灵,就像花朵把自己的魅力分给枝叶一样。从那时起,罗丽妲在毕诺业眼里就蒙上一层诗意。

到现在为止,毕诺业听到的只有罗丽妲的冷嘲热讽。正像一个人往往喜欢用手去触摸痛处一样,毕诺业想到的只有罗丽妲尖酸的话语和嘲讽的微笑。他只希望弄清楚为什么她这样说或那样做,她越是莫名其妙地发脾气,他就越是发愁。每天醒来,首先想到的往往就是这件事。每一次动身到帕瑞什先生家,也总要担心罗丽妲今天的心情如何。要是看到她态度温和,毕诺业心里就好像卸下了一副重担,接着,就是考虑用什么办法来让她保持这种心情——不过很明显,这个问题不是他所能解决的。

因此,经历过这许多令人焦心的日子之后,罗丽妲的诗歌朗诵就使他特别激动,简直找不到适当的语言来表达他欢乐的心情。不过他不敢妄加评论,因为他不知道他的赞美会不会让她高兴,不知道一般的因果关系能不能用在她身上——看来很可能行不通,因为这只是一般的规律呀。于是毕诺业跑到芭萝达那里,向她倾诉他对罗丽妲的表演无比钦佩的心情。为此,芭萝达对毕诺业的聪明才智就比任何时候估价都高了。

这事对另一方产生的效果也是同样奇妙的。罗丽妲一旦意识到她的朗诵已经获得成功,知道自己像一艘经得起风浪的小船,已经冲破了惊涛骇浪之后,她对毕诺业的一切不满就全都烟消云散,再也不想去和他作对了。从那时起,她对排演也热心起来,而且在排演的过程中,对毕诺业也越来越接近,甚至就是去征求他的意见,也并不在乎了。

罗丽妲对他改变了态度,使他如释重负。他感到这般轻松愉快,很想到安楠达摩依那里去撒撒娇,开开玩笑。他心里涌现出很多想法,很想去跟苏查丽妲谈谈,但最近简直看不到她。

只要有机会和罗丽妲谈天,毕诺业绝不放过。但他觉得仍然要十分小心。他知道她对自己和戈拉很挑剔,因此,他说话就不像往常那样流利。

罗丽妲有时会对他说:"你说话怎么像背书似的?"毕诺业就会回答:"我一天到晚读书,我想我的脑子也一定变成书本了。"

接着,罗丽妲又会说:"请你不要这样字斟句酌的——你心里想什么就说什么好了。你说得这样漂亮,不免让人怀疑你只不过在陈述别人的意见。"

由于这个原因,每逢毕诺业那很有条理的头脑有了什么新的想法，本来要用漂亮而恰当的词句表达出来的，现在却先要把它压缩和简化，要是偶尔露出个把隐喻之类的话，就会感到羞愧难当。

遮住罗丽妲的那片莫名其妙的乌云好像已经过去了，她发出了夺目的光彩。看到她的转变，就连芭萝达太太也大吃一惊。罗丽妲不再像从前那样爱闹别扭，遇事就反对，而是热心地参加活动，对即将演出的那出戏，想法和建议之多，弄得她们有点儿招架不住。芭萝达太太喜欢节约，所以在办这件事的时候，就不免受到些影响，因此，女儿现在的热心和以前的冷漠一样使她大伤脑筋。

罗丽妲心中充满了新的热情，往往满怀希望地去找苏查丽妲，不过尽管苏查丽妲有说有笑，罗丽妲却总觉得在她面前受到压抑，每一次离开她的时候都感到十分失望。

有一天，她跑到帕瑞什先生那里说："我们为演出忙得要死，而姊姊却一个人坐在那里看书，这太不公平了。她为什么不参加呢？"

帕瑞什先生注意到苏查丽妲好像有意避开她的同伴，担心她这样郁郁不乐会伤身体。现在罗丽妲提出这个问题，他觉得要是不劝她参加别人的娱乐，久而久之，就会变成习惯。于是他对罗丽妲说："你为什么不去跟你妈妈谈谈这个问题呢？"

"我去跟妈妈说，"罗丽妲说道，"不过您得去做说服工作，要不然，姊姊永远不会参加的。"

帕瑞什先生终于和苏查丽妲谈了。使他惊奇的是：她丝毫也没有推辞，立刻出来担起了分派给她的工作。

苏查丽妲一脱离了隐居的生活，毕诺业就想和她恢复以前那种亲密的关系,但在她隐居的这段时间里,似乎发生了什么事,使她难以接近。她的眼睛里有一种恍惚的神色,脸上的表情又是那么疏远,弄得他简直不敢接近她。过去,在言谈之间,她和别人原来就保持着一段距离,现在虽然参加了排演,这个距离却变得更加明显了。她演完她的角色,便离开屋子,这样,她和毕诺业就越来越疏远了。

现在戈拉走了,毕诺业可以毫无顾虑地和帕瑞什先生一家来往了。他越恢复他的本性,他们就越被他吸引;他自己也就越高兴,因为他从来没有享受过这种自由自在的生活。就在这个时候,他发现苏查丽姐逐渐和他疏远,换了别的时候,他会觉得这种损失难以忍受,但现在他很容易就想通了。

奇怪的是,罗丽姐虽然看到苏查丽姐的这种变化,也并没有抱怨;要在以前,她早就生气了。是因为热心演戏,完全沉醉在朗诵之中吗?

至于哈兰,他看见苏查丽姐参加演出,也渐渐热心起来。他毛遂自荐,要朗诵一段《失乐园》,还要在朗诵德莱顿的诗歌之前,对《音乐的魅力》发表一篇简短的评论作为序幕。这个建议使芭萝达太太十分为难,罗丽姐也很不高兴,但哈兰已经给县长写了信,把这事定下来了。所以在罗丽姐暗示县长也许会觉得节目太长时,哈兰得意地从口袋里拿出县长表示感谢的来信,使得罗丽姐哑口无言。

没有人知道戈拉出去旅行什么时候才能回来。虽然苏查丽姐下定决心,不再想这事,但每天她心里都在盼望,也许今天他就会回来了。正当她一方面强烈地感到戈拉对她很冷淡,一方面又控制不住自己的感情,急于寻求一个能够使自己摆脱困境的办法时,哈兰来了,并且又一次要求帕瑞什先生允许他和苏查丽妲以神的名义举行订婚典礼。

"现在离结婚的日子还远,"帕瑞什先生反对说,"这么早就把你们自己约束起来,你觉得这样好吗?"

"我认为在结婚之前,经过这样一个互相约束的阶段,对我们双方都很有必要。"哈兰回答,"从初次见面到结婚之前有这样一种精神上的联系作为桥梁,对我们的灵魂大有好处——这是一种没有责任的约束。"

"你最好先听听苏查丽妲的意见。"帕瑞什先生建议说。

"可是她已经答应了。"哈兰催促说。

不过帕瑞什先生还是拿不准苏查丽妲对哈兰到底有没有真感情,于是把她叫来,把哈兰的建议告诉她。

苏查丽妲为了让她那颗烦恼的心安静下来,已经到了遇到什么都抓住不放的地步,所以就毫不犹豫地、痛痛快快地答应了。这样一来,帕瑞什先生的顾虑也就消除了。但他还是要求苏查丽妲好好考虑长期订婚所要承担的责任;即使提出这个问题,她也没有异议,于是决定在布朗罗先生开过晚会之后,就定一个日子,举行订婚典礼。

在这以后,有一阵子,苏查丽妲觉得她好像已经把她的心从吃人的龙嘴里抢救出来了。她下定决心,要严格地做好准备,为梵社服务。她决定每天和哈兰一起读些有关宗教的英文著作,以便根据他的意思来安排自己的生活。她觉得这样担起一个艰巨的,甚至是痛苦的重担,精神反而会好一些。

最近,她一直没有看过哈兰主编的报纸。在做出决定的第二天,她收到了一份刚刚出版的报纸,说不定就是编辑自己寄来的。苏查丽妲把报纸拿回房间,作为一种宗教义务,坐下来从头到尾细读一遍,并且准备像一个好学生那样,把里边一切的教导牢牢记在心间。

可是,她竟像一艘扬着满帆的船一头撞在礁石上。报上有一篇《向后看狂热症》的文章,对那些虽然活在当代,却固执地怀念过去的人进行辛辣的讽刺。文章并非没有道理——事实上苏查丽妲过去也一直在探索这种论据,但她读了这篇文章,立刻就明白戈拉是它攻击的对象。文章的确没有提到他的名字,也没有提到他的著作,但这篇文章明确地流露出一种恶毒的快感,因为它每一句话都伤着一个活人。作者的心就像一个士兵看见自己弹无虚发,每一颗子弹都消灭了一个敌人那样高兴。

报纸的整个精神着实让苏查丽妲无法忍受,恨不得把它的所有论点都一一驳倒,她心想:"戈尔默罕先生一定可以把这篇文章的论点彻底粉碎的。"在她这样想的时候,她眼前出现了戈拉容光焕发的面孔,耳边响起了他雷鸣般的声音。在这个形象的面前,这篇文章以及它的作者,和戈拉的精彩议论一比,就显得如此卑鄙浅薄。她愤怒地把它扔在地上。

许多天来,这是苏查丽妲第一次来到毕诺业跟前,坐在他身旁。在闲谈当中她说:"你和你的好朋友在上面发表文章的那些报纸哪儿去了?你不是答应给我看的吗?"

毕诺业没有告诉她,他不敢给她送报纸,因为他发现她变了,他只是说:"我都准备好了,明天就给你带来。"

第二天毕诺业给苏查丽妲带来了一捆报纸和杂志。但她收到之后,并没有立刻读它们,而是把它们收藏在一个箱子里。她没有看,只是因为她太想看了。她不允许她那颗叛逆的心胡思乱想,强迫它接受哈兰无可争辩的统治,想再一次让它安静下来。

第二十五章

一个星期天的早晨,安楠达摩依正在收拾蒟酱叶,萨茜坐在她身旁切一堆堆的槟榔,这时毕诺业走进来了。萨茜立刻涨红脸跑了出去,把膝上的槟榔撒了一地。安楠达摩依不由得笑了起来。

毕诺业一向喜欢和所有的人交朋友。他和萨茜一直特别友好。他们总是互相开玩笑。萨茜想办法把毕诺业的鞋子藏起来,只有在他答应给她讲故事之后,才还给他。毕诺业为了报复她,就拿她生活中的一些琐事,添油添醋乱编一些故事讲给她听。这个惩罚倒真见效,因为她先是谴责讲故事的人撒谎,接着用比他大的嗓门来反驳他,最后彻底垮台,逃出屋子。有时她也给毕诺业编类似的故事,但她不如她的对手善于编造。

不管怎么样,只要毕诺业来到她家,她就放下手边的事,跑来和他玩耍。有时她和毕诺业纠缠不清,安楠达摩依不得不出来制止她,不过,错不在她一个人身上,因为毕诺业经常巧妙地挑起纠纷,惹得她控制不住自己。

现在,同一个萨茜,在毕诺业进来时,竟害羞地从屋里跑了出去。不错,安楠达摩依是笑了,但不是愉快的笑。

毕诺业被这件小事弄得心里很不舒服,坐在那里半天不响。他突然发现他和萨茜之间的这种新关系有多不自然。

他同意婚事时,只想到他和戈拉的友谊,他从来没有认真地想过这事对别人会产生什么影响。除此之外,毕诺业经常在他们的报纸上发表文章说:在我们的国家里,结婚只是一种社会责任,不是个人的私事。他对自己的婚姻也不考虑个人的好恶。如今看见萨茜碰到未婚夫便羞得赶快逃跑,他觉得,他们未来的关系会是什么样子,也多少可以看出点端倪了。

在他发现戈拉违反他的本性,把他拖着走了多远之后,毕诺业既生他朋友的气,也责怪他自己。他想起安楠达摩依一开头就不赞成这门亲事,不由得一方面对她非常佩服,一方面对她那敏锐的观察力惊讶不已。

安楠达摩依知道毕诺业心里在想什么,为了把他的思想引到别处,便说:"毕诺业,我昨天收到戈拉一封信。"

"信上说了些什么?"毕诺业有点儿心不在焉地问。

"信上很少提到他自己,"安楠达摩依回答,"不过他悲痛地描绘了农村中穷苦人民的艰难处境,对一个名叫戈斯帕拉村的村长犯下的罪行倒写得很详细。"

毕诺业对戈拉正生着满肚子怨气,便有点儿不耐烦地说:"戈拉的眼睛总在盯着别人的错,对我们自己每天加在同胞身上的暴行倒可以宽恕,还说它们合乎道德标准。"

安楠达摩依看见毕诺业成了对方的一个战士,对戈拉进行攻击,忍不住笑了,但她没有说什么。

毕诺业接着说:"妈妈,您笑了,心里一定奇怪我为什么会变得突然愤怒起来吧?让我告诉您为什么我这样生气。前几天,苏梯尔把我带到他乡下的一个朋友家里去。我们从加尔各答动身的时候,下起雨来了,火车停在联轨站时,我看见一个身穿西服的孟加拉绅士,手里拿着一把雨伞,把自己遮得严严实实的,在看他妻子下火车。那位妇女手里抱着孩子,勉勉强强地用头巾把婴儿遮住,自己站在露天的站台上,又冷又怕,缩成一团。我看见那个做丈夫的站在雨伞底下,一点儿也不觉得羞耻,而那位浑身湿透的妻子并不抱怨,认为这是理所当然的——车站上也好像没有一个人认为这事有什么不对——这就使我觉得全孟加拉的女人,不管是贫是富,没有一个不受日晒雨淋的。从那时起,我就发誓,永远不再说我们十分尊敬妇女,把她们当作我们的天使、女神,诸如此类的谎话了。"

毕诺业发现自己动了感情,提高了声音,便不再说下去了。他最后用平时说话的声音说:"妈妈,也许您认为我在给您演讲,就像我有时在别处演讲那样。也许我已经养成习惯,说话就像演说。从前我从来没有认识到我们的妇女对国家有多重要,我甚至连想都没有想过她们——不过我不再多说了,妈妈。因为我说得太多,别人就会不相信我说的是自己的看法。这方面,以后我要更加注意。"毕诺业心里充满了新生的感情,就像来时那样,突然地走了。

安楠达摩依把摩希姆叫来,对他说:"毕诺业和萨茜的婚事是永远不会成功的。"

"为什么?"摩希姆问道,"您反对吗?"

"是的,我反对,因为我知道它不会成功,否则我何必反对呢?"

"戈拉已经同意,毕诺业也同意了,为什么不会成功?不过当然,我知道,如果您不同意,毕诺业是绝不会娶她的。"

"我比你了解毕诺业。"

"甚至比戈拉更了解吗?"

"是的,比戈拉了解得更深。各个方面考虑以后,我觉得我不应该同意。"

"好吧,等戈拉回来再说吧。"

"摩希姆,你听我说。我可以向你担保,如果你做得太过火,这事会发生麻烦的。我不希望戈拉和毕诺业再谈这件事了。"

"好吧,我们再考虑考虑吧。"摩希姆说完,塞了些蒟酱叶到嘴里,便走出了房间。

第二十六章

戈拉开始长途旅行的时候,有四个人跟他一起去——阿比纳什、摩梯拉尔、巴山塔和罗摩帕梯。但要他们像戈拉那样苦干下去,那可不大容易。阿比纳什和巴山塔不几天就借口身体不好折回加尔各答去了。其他两个人也只是出于对戈拉的忠心,不愿扔下他们的领袖,才没有这样做。摩梯拉尔和罗摩帕梯确实为他们的忠诚付出了不小的代价,因为不管走多远,戈拉好像都不会感到疲倦;不管在路上耽搁多久,他也不会感到厌烦。不管那个地方生活多么艰苦,只要人家热情接待他们这些徒步旅行的婆罗门,他就会一天接一天地在人家家里待下去。村民们围着戈拉听他讲话,也舍不得离开他。

戈拉第一次看见除了加尔各答有文化的富裕阶层以外,祖国究竟是个什么样子。这片广阔的印度农村是多么分散,多么狭隘,多么脆弱呀——它因循苟安,不认识自己的力量;它愚昧无知,对自己的幸福漠不关心。相距不过几英里的村子就隔着非常深的社会隔离的鸿沟。有很多人为的、虚构的障碍阻止他们和外面世界交往。他们把丁不点小事儿看得那么重大;最小的习惯也难以改变。如果没有机会亲自看一看,戈拉做梦也不会想到他们的头脑有多么迟钝,生活有多么贫乏,力量是多么微弱。

有一天,戈拉所在的村子着了火,让他非常吃惊的是,即使在这样严重的灾祸面前,他们也不能团结一致,到处是一片混乱,每一个人都漫无目的地跑来跑去,又哭又喊,拿不出一点办法。附近没有饮用水源,这一带的妇女要到很远的地方去打日常用水。就连那些条件比较好的人家,也不想去挖一个蓄水池来减轻自己日常生活上的困难。这个地方从前就着过火,但人们只认为这是老天爷对他们的惩罚,从来没有想过在比较近的地方设法开辟一个新的水源。

戈拉开始觉得给这些由于盲目遵守旧习惯、连自己村子最迫切的需要都不理解的人去讲国家大事,未免太滑稽了。不过最使他惊奇的是,不论摩梯拉尔或罗摩帕梯,对他们看到的一切似乎都无动于衷——他们反倒觉得戈拉为之不安,实在没有必要。"穷人一向就是这样生活的,"他们心里想,"我们觉得很辛苦的事,穷人却不以为苦。"他们甚至认为这样热衷于改善穷人生活只不过是多愁善感的一种表现。但戈拉面对这种无知、冷漠和苦恼的重担,一直感到十分痛苦,而这种担子却普遍地压在每一个人的身上,不论他是贫是富,有学问还是愚昧无知,而且妨碍他们前进,使他们寸步难行。

后来,摩梯拉尔接到家信,有一个亲戚病了,他立刻赶回家去,现在只剩罗摩帕梯一个人给戈拉做伴了。

他们来到了一个坐落在河边的穆斯林村子。找了很久,终于找到一个可以在那儿接受主人款待的人家,主人是一个理发师。他按照礼节对这两个婆罗门客人表示了欢迎。

在走进屋内时,他们看见屋子里有一个穆斯林男孩儿,理发师说这是他和他女人收养的孩子。信奉正统印度教的罗摩帕梯对这事感到十分恼火。戈拉责备理发师不该做违反印度教规的事,他说:"先生,这里边有什么不同呢? 我们管神叫诃利,他们叫安拉,如此而已。"

这时,太阳已经升得很高,晒得很厉害了。小河离这里很远,当中隔着一片沙地。罗摩帕梯渴得要命,可是不知道在哪儿可以找到印度教徒可以喝的水。理发师家附近有一口小井,但井水已经被这个叛教的人玷污,不能喝了。

"这孩子没有父母吗?"戈拉问道。

"他父母双全,不过他还是一个孤儿。"理发师回答。

"你这话是什么意思?"

于是理发师叙述了男孩儿的身世。

他们住的这片地方已经被地主租给靛青种植园主。园主们一直不同意那些农民佃户有权耕种河边的肥沃的冲积地。所有的佃户全都向洋大人屈服了,只有戈斯帕拉村的人不肯搬走。他们是穆斯林,他们的领袖法鲁·沙达尔是天不怕地不怕的一条好汉。在双方争执期间,他因为和警察打架,曾两次被捕入狱,最后竟落到几乎要饿死的地步,但他从不屈服。

今年,农民好不容易在河边新冲积地上收割了早稻,但大约在一个月以前,种植园主带着一群打手来了。他们把稻子全部抢光。在这样的情况下,法鲁·沙达尔为了保护他的乡亲,朝洋大人的右手狠狠地打了一下,弄得他不得不把右手锯掉。这样胆大包天的行为,在这一带,以前是从来没有发生过的。

从此,警察就像大火一样蹂躏着这个地区。没有一家能逃过他们的搜查和抢劫,没有一个妇女能保住名声。除了法鲁,还有不少人被捕入狱,不少人逃亡在外。法鲁家里揭不开锅,他的老婆只有一块布,当作纱丽披在身上,实在难以出来见人。他们的独子,也就是这个男孩儿,名叫塔米兹,原来管理发师的老婆叫"婶婶",这个好心的女人看见他快要饿死了,就把他收养在自己家里。

靛青工厂的办事处离这儿只有两三英里,巡官和他的部下就驻扎在那里。他们下一次在什么时候袭击这个村子,他们以检查为名,会干出什么勾当,没有一个人可以预料。就在前天,他们突然闯进理发师的老邻居纳吉姆家。纳吉姆有个小舅子,从别的地区到这儿来探望他的姐姐。巡官看见他,不分青红皂白便说:"哈哈,这儿还有一只好斗的公鸡,他挺胸腆肚地站在那儿是不是?"说完,挥起警棍朝着他的脸打去,打落了他两个门牙,打得他口吐鲜血。这个人的姐姐看见巡官行凶,跑过来保护她弟弟,也被巡官一拳打倒在地。从前,警察不敢在这个地区胡作非为,可是现在所有身强力壮的人或者被捕,或者逃亡了,他们可以在村民的头上出气而不受任何惩罚。他们的黑影笼罩着这个地区,谁也不知道这种情况会延续多久。

戈拉被理发师的故事深深地吸引住了,但罗摩帕梯渴得要死,没等理发师把话说完,便又问道:"最近的印度教徒住宅区离这儿有多远?"

"靛青工厂的收租人是一个婆罗门,名叫马哈夫·查特吉,"理发师说,"他是离这儿最近的印度教徒,住在办公楼里,离这儿有两三英里。"

"他这人怎么样?"戈拉问道。

"他是一个地地道道的狗腿子,"理发师回答,"你再也找不到第二个为人这样残酷、说话这样动听的恶棍了。这些日子,他一直在款待那位巡官,不过招待费得由我们出,他还要从中捞点儿油水。"

"戈拉先生,咱们走吧,"罗摩帕梯不耐烦地插进来说,"我实在受不了啦。"他看见理发师的老婆从院子的水井里打上水,整罐整罐泼在那个穆斯林小坏蛋的身上,给他洗澡。他看了觉得实在无法忍受,他的神经十分紧张,觉得一刻也不能在那儿待下去了。

戈拉在离开的时候问理发师:"你在这儿挨打受气,为什么还舍不得走呢?别的地方你没有可以投靠的亲戚吗?"

"我一辈子都住在这儿,"理发师解释说,"和所有的邻居都有了感情。附近只有我这么一个信奉印度教的理发师。我和土地没有牵连,工厂的人不来找我麻烦。再说,全村除了我,几乎没有什么男人了,要是我离开这儿,妇女们会吓死的。"

"好啦,我们走了,"戈拉说,"不过在我们吃过一点东西之后,我还会回来看你的。"

又饥又渴的罗摩帕梯听了这个沉闷冗长的故事之后,把一肚子怨气都转移到这些倔强的乡下人身上,他们实在是咎由自取。在他看来,在强者面前昂首挺胸,只能说明这些粗野的穆斯林顽固不化、愚蠢透顶而已。他觉得警察这样做是对的,可以给他们一个教训,杀杀他们的傲气。他想,老是和警察打架的就是这些人,他们自己该负主要的责任。他们为什么不能向他们的主人和地主屈服呢?这种要求独立自主的表演有什么用呢——现在他们还敢蛮干,还敢逞强吗?总之,罗摩帕梯的心里是向着那些洋大人的。

烈日当空,他们穿过烫脚的沙地朝前赶路,一路上戈拉始终沉默不语。最后,透过树丛,靛青工厂办公楼的屋顶终于在望了,这时,戈拉却突然停下来说:"罗摩帕梯,你去找点东西吃吧,我要回到理发师那边去。"

"你这是什么意思?"罗摩帕梯大声说,"你自己什么都不吃吗?为什么不在这个婆罗门家里吃点东西再回去呢?"

"我会照顾自己的,你不必担心。"戈拉答道,"你去吃点东西,然后回加尔各答去,我大概要在戈斯帕拉村住上几天——这,你可办不到。"

罗摩帕梯出了一头冷汗,他简直不敢相信自己的耳朵。像戈拉这样一个虔诚的印度教徒,竟然会说出这样的话,要和那些不洁净的人住在一起,这可能吗?他疯了,还是打算把自己饿死呢?不过现在可不是三思而后行的时候,每一秒钟都像一百年;这是一个逃回加尔各答的绝好机会,用不了几句话,戈拉就把他说服了。不过,在他走进办公楼之前,还是回过头去看了戈拉一眼,只见一个高高的身影在这火热的不毛之地大踏步朝前走去。

看起来,他有多孤单呀。

戈拉又渴又饿,几乎支持不住了,但一想到必须在那个无耻的恶棍马哈夫·查特吉家吃饭才能保持他的种姓,就浑身不自在;他越想这个问题,就越觉得难堪。他满脸通红,眼睛充血,脑子里燃烧着反抗的怒火。"我们一直把纯洁当作外在的东西,"他自言自语地说,"这多么荒谬呀!我在那个欺侮可怜的穆斯林的人家里吃东西就能保持种姓的纯洁,要是到一个不但和穆斯林共患难而且冒着被剥夺种姓的危险、收容一个穆斯林孩子的人家去做客就会失掉种姓,这可能吗?不管最后的答案是什么,反正现在我不能同意这种结论。"

理发师看见戈拉一个人回来觉得很奇怪。戈拉做的第一件事便是把理发师的水桶仔细刷洗干净,从井里打上水。喝完之后,他说:"如果你家里还有米和豆子,请给我一点吧。"主人忙做好一切准备。戈拉烧好饭,吃完之后说:"我想在你家住几天。"

理发师一听,简直急得要发疯,他双手合十地请求说:"您肯这样屈尊,实在是我的光荣,不过这个家是受警察监视的,要是他们发现您在这儿,就可能招来麻烦。"

"我在这儿,警察不敢欺侮你——要是他们敢这样做,我会保护你的。"

"不,不,"理发师苦苦哀求说,"请您千万别这样想。要是您想保护我,我可就要倒霉了。这些家伙就会认为我从外边找一个人来证明他们胡作非为,想给他们找麻烦。到现在为止,我总算能躲过他们,可是一旦我受到注意,我就得离开这儿,我走了,村子就会给他们毁了。"

戈拉一直住在城里,很难理解这个人为什么这样害怕。他一直以为只要你坚定地站在正义一边,就会战胜邪恶。他的责任感不允许他离开这些受苦受难的乡下人,让他们听凭命运摆布。但理发师跪下来抱着他的腿说:"先生,您,一个婆罗门,屈尊到我家做客——请您走,对我来说,简直就是犯罪,不过我觉得您真心可怜我们,才敢冒昧地跟您说,要是您住在我家,不让警察欺侮我,那只有给我带来灾难。"

戈拉觉得理发师过于胆小怕事,很不以为然,当天下午就离开了那个地方。他甚至后悔不该在这个没有用的教徒家里吃饭。傍晚时分,他又累又气地到达工厂办公楼。罗摩帕梯一吃完饭就动身到加尔各答去,早就不在那儿了。

马哈夫·查特吉对戈拉表示了最大的敬意,请他在家做客,但戈拉对他一肚子不满,发火地说:"我一口水也不喝你的!"

马哈夫吃惊地问他为什么这样,戈拉便严厉地指责他不该残酷地欺压老百姓,而且他不肯坐下来。

巡官正好斜靠在一张放着大垫枕的躺椅上抽水烟,听见戈拉发脾气,便坐起来粗野地问:"你他妈的是什么人?是从哪儿来的?"

"啊!你就是那个巡官吧?"戈拉不理会他的问话,反而说,"让我告诉你,你们在戈斯帕拉村的所作所为我都知道了,如果直到现在你们还不肯改过自新,那么……"

"那么你就把我们统统吊死,是不是?"巡官讥笑地说,然后转过脸对着他的朋友,"我看我们抓到了一个狂妄自大的浑人了。我本来以为他是一个乞丐,可是你看看他的眼睛!——中士,过来!"他大声对一个部下喊道。

马哈夫不安地拉着巡官的手央求说:"啊,我说巡官,慢来,慢来——不要侮辱一个绅士!"

"好一个绅士!"巡官粗声骂道,"他是什么人,胆敢这样辱骂你——难道那不叫侮辱吗?"

"他说的也不是完全不对,不是吗?那么我们又何必生气呢?"马哈夫甜言蜜语地回答,"我有罪,我是靛青种植园主的代理人——还能骂我什么别的?老朋友,请不要误会,如果有人把巡官叫魔鬼,难道骂得太狠了吗?老虎就是要吃人,你管它叫温柔的动物有什么意思呢?——好啦,好啦,你看,我们总得想办法活下去嘛!"

除非发脾气会得到好处,马哈夫是从来不发脾气的。事先谁能知道什么人有用,什么人有害呢?因此,在他决定伤害或侮辱一个人之前,他总得再三考虑一番。他绝不赞成无谓地浪费精力。

"你听清楚,先生,"巡官于是对戈拉说,"我们到这儿来执行政府的命令,如果你想插手,我向你保证,你就会泡在热汤里。"

戈拉没有搭理他,转身走了。马哈夫追了出去说:"先生,你说得对,我们干的是刽子手的勾当;至于那个流氓巡官,连跟他坐在一起都是罪过。我没法说清楚我不得不通过那个家伙干的一切坏事。不过日子不会很长了。再过几年我就可以赚够嫁女儿的钱,夫妻俩就可以到贝拿勒斯去修行,我对这种事已经越来越厌倦了——有的时候,我真想去上吊,一了百了。不过,今天晚上你要到哪儿去过夜呀?为什么不和我一起吃晚饭,在我家过夜呢?我要另外给你做好安排,让你连那个坏蛋的影子都看不见。"

戈拉本来就比一般人吃得多——加之,那一天很不愉快,白天吃得很少;可是现在他全身都点燃了熊熊怒火,说什么也不能在那个地方待下去,于是他借口别处有事,告辞走了。

"至少让我给你一个灯笼吧。"马哈夫说。

不过戈拉没有回答,很快地转身走掉了。马哈夫走进屋子对巡官说:"老朋友,那个家伙一定是给我们告状去了。如果我是你,我就会先派人到县长那边去!"

"去干什么?"巡官问。

"只要先让他知道,"马哈夫给他出主意说,"不知从什么地方来了一个年轻人,到处搜集证据,想诬告你呢。"

第二十七章

在傍晚时分,县长布朗罗先生由哈兰陪同沿着河边散步。他的妻子和帕瑞什先生的女儿在离他不远的地方乘马车兜风。

布朗罗先生喜欢偶尔在家里开个游园会,请几位体面的孟加拉朋友来参加;也喜欢在当地中学的授奖大会上给学生发奖。要是受到哪一个有钱的人家恳切邀请,他也会很有礼貌地答应去参加婚礼;甚至有人请他参观流动剧团的演出,给演出增光,他也会在一把大扶手椅子上坐一会儿,耐心地听完几支歌。前年,他在一个辩护律师家里观看了贾特拉表演,对两个男孩儿的演技十分欣赏,还特别要求他们在他面前把对白重演了一遍。

他的妻子是一个传教士的女儿,她经常把当地传教士的夫人请到家里参加茶会。她为本区创建了一个女子学校,并且想方设法保持学生的人数。看见帕瑞什先生的几个女儿用功读书,就不断鼓励她们。现在她们虽然住得很远,却仍然经常给她们通信,而且每逢圣诞节,总要送她们一些宗教方面的书籍作为礼物。

展览会已经开始了,芭萝达太太带着几个女儿和哈兰、苏梯尔和毕诺业来了。他们被安排在有游廊的政府平房里膳宿。帕瑞什先生受不了这些喧嚣吵闹,一个人留在加尔各答。苏查丽妲千方百计想留下来和他做伴,但帕瑞什先生把接受县长的邀请看成是一种义务,坚持要她也一道去。

他们已经决定两天之后,在县长家的一个晚会上演出戏剧和朗诵。到时候,区长和副省长夫妇都要来。县长还请了不少英国朋友,不但邀请邻近地区的人,而且把加尔各答的朋友也请来了。此外,还请了几个经过挑选的孟加拉人,据说给他们在花园里单独搭了一个帐篷,还准备了正统印度教的各式点心。

哈兰以他高深的谈吐在很短的时间里就赢得了县长的欢心。他对基督教经典著作如此熟悉,令这位洋大人十分吃惊,甚至问他既然对基督教这样有研究,为什么竟然没有入教。

今天傍晚,他们一边沿着河边散步,一边严肃地讨论梵社所采取的种种措施以及改革印度社会制度最好的方法。他们正在谈着,戈拉突然走上前去跟县长打招呼:"晚上好,先生。"

前天他曾打算去见县长,但很快就发现要想请求洋大人接见,就得先贿赂他的仆人。戈拉不愿意助长这种歪风,便决定乘洋大人在傍晚散步的时候,拦路求见。这次相会,戈拉和哈兰都没有露出本来就认识的样子。

戈拉的突然出现使县长大吃一惊。这个身高六英尺、骨骼粗大、身体健壮的青年,他想不起以前在省里什么地方遇见过,他皮肤的颜色也和一般孟加拉人不同。他穿了一件卡其布的衬衣,裹了一块有些肮脏的腰布,手里拿着一条竹棍,把披巾当作头巾缠在头上。

"我刚从戈斯帕拉回来。"戈拉开始叙述。

对此县长压低了声音吹了一声口哨。前几天他刚刚接到报告,说有一个陌生人想要干预戈斯帕拉村的调查工作。啊,这就是那个家伙!他用锐利的探索目光把戈拉上上下下打量了一遍,然后问道:"你是什么地方人?"

"我是一个孟加拉婆罗门。"戈拉说。

"噢,大概和什么报馆有关系吧?"

"没有。"

"那么,你在戈斯帕拉干什么?"

"我正在长途旅行,碰巧经过那个地方,看见警察欺侮老百姓。我怕这种事还会发生,所以到你这儿来,希望你能够纠正他们。"

"你知道戈斯帕拉人是一群流氓吗?"县长说。

"他们不是流氓,不过他们喜欢独立自主,谁也不怕,遇到不公平的事,不能一声不响地默默地忍受。"戈拉回答。

这话惹恼了县长。站在他面前的就是一个受了教育、变了脑筋的摩登青年。"简直不能容忍,"他喃喃地说,然后又大声加上一句,"这一带的情况你一无所知。"说这句话时声音很严厉,希望谈话就此结束。

可是戈拉扯开大嗓门回答说:"你知道的比我少得多!"

"你听着,"县长说,"我警告你,要是你干预戈斯帕拉村的事,你就不能轻易脱身。"

"既然你对乡下人抱有成见,而且决心不给他们申冤,"戈拉说,"我没有别的办法,只好回到戈斯帕拉去,竭尽全力鼓励他们站起来反对警察的压迫。"

县长突然停下步,闪电般转过身子对着戈拉大声说:"简直是蛮横无理!"

戈拉慢慢地走了,没有再回答他的话。

"近来,你们同胞的这种态度意味着什么?"县长轻蔑地问哈兰。

"这不过说明他们受的教育不够高深罢了。"哈兰以高人一等的腔调说,"这些家伙没有受过一点儿精神教育和道德教育,他们不能吸收英国文化的精髓。因为他们只会死读书,没有受过道德训练,所以这些忘恩负义的人不肯承认大英帝国统治印度乃是上天的安排。"

"除非他们信仰基督教,否则就永远得不到这种讲道德的文化。"县长说教式地评论道。

"从某一方面来讲这是对的,"哈兰表示同意,接着便详细分析哪一点他同意、哪一点不同意基督教的观点。

县长深深地被这次谈话吸引住了,一直到他的妻子把帕瑞什的女儿们送回家,乘马车回来,大声喊他:"哈利,你还不回家吗?"这才突然发现时间有多晚了。

"哎呀,"他看了看手表之后大声说,"已经八点二十了。"他一边坐进马车,一边亲热地握住哈兰的手说:"今天我过得愉快极了,我们的谈话很有趣。"

哈兰回到平房之后,把他和县长的谈话详细地向大家复述了一遍,但对戈拉的突然出现却只字未提。

第二十八章

为了杀鸡吓猴,四十七个不幸的村民,没有经过正式的审讯,就被关进了监牢。

戈拉离开了县长,便去找律师。有人告诉他,萨科利·哈达尔是当地最能干的律师。戈拉到他家一看,原来是自己的老同学。

"嗨,我敢说这准是戈拉。"他大声嚷道,"你在这儿干什么?"

戈拉说他要向法庭申请保释戈斯帕拉的犯人。

"谁当保人?"萨科利问。

"当然是我啦。"

"你能保释四十七个人吗?"

"如果有法定的保人出来担保,我愿按照规定交纳保金。"

"那可要花很多钱哪。"

第二天,他们把一份正式的保释申请书递到县法庭。县长一见昨天那个衣服和头巾都布满尘土的高个子,便粗暴地拒绝接受。于是十四岁的孩子和八十岁的老头也只好和别的人一起在监牢里伤心落泪了。

戈拉要求萨科利担任这个案件的律师,但他说:"你到哪儿去找证人呢？当时在场的人现在全都关在牢里。除此以外，打伤洋大人以后进行的一连串搜查，早已把那一带的老百姓吓坏了。县长已经开始怀疑有些好闹事的知识分子在搞阴谋叛乱。要是我表现得过分积极，他甚至连我也会怀疑起来的。英国人在印度办的报纸一直在抱怨，如果允许印度人过分神气，那么住在乡下的英国人，生命就没有保障了。与此同时，本地人在他们自己的家乡，几乎活不下去了。我知道他们受到的压迫是极其严重的，但有什么办法起来反抗呢？"

"没有办法？"戈拉喊道，"我们为什么不能……"

"我看你半点也没有改变，还是和在学校的时候一模一样。"萨科利笑着说，"我们没有办法，只是因为我们要养活妻子儿女——除非能够每天给他们弄到点吃的，否则他们就会挨饿。有多少人愿意拼着一家子的性命去替别人担风险呢？特别是在我们的国家里，每一家人口都少不了。已经担负起十几口人生活的人是没有力量再去照顾十几口人的。"

"这样，你就不管这些可怜的人了吗？"戈拉追问道，"你不能向高等法院上诉，或者……"

"你对情况好像并不了解，"萨科利不耐烦地打断他说，"受伤的是一个英国人，每一个英国人都和英王同一个血统——伤害一个最最卑微的白种人，也是对大英帝国一个小小的叛乱。我才不去攻击这个制度，跟县长发生冲突呢，这是不会有什么好处的。"

第二天，戈拉决定乘十点三十分的火车去加尔各答，看看能不能在那儿找个律师帮帮忙，但在他到火车站的途中，突然停下来了。

农展会最后的一天原来安排加尔各答板球队和本地的板

球队进行一场比赛。客队在练习的时候,有一个队员腿部被球击中,受了重伤。球场旁边有一个大贮水池,两个学生把受伤的人抬到池边,把一块布浸湿,绑在他的腿上。这时不知从什么地方钻出一个警察,一边用不堪入耳的话骂人,一边挥起警棍朝学生身上乱打。

加尔各答的学生不知道这是一个备用水池,它是不准使用的。即使知道,他们也不能受警察无端侮辱。这些人都是棒小伙子,当然要动手还击。听到吵闹声,又跑来了许多警察,这时戈拉也赶到了。

戈拉和这帮学生很熟,因为他经常带他们出去比赛。现在看见他们受人欺侮,免不了出来支援。"当心点,"他冲着警察大声喝道,"不许碰这些孩子!"警察转过来向戈拉破口大骂,不久双方就大打出手,人越聚越多,不久就来了好几十个学生。他们受到戈拉的鼓舞,在他的指挥下,很快就把警察打得落花流水。这场战斗,旁观者当然觉得很热闹,但不用说,对戈拉可不是一场儿戏。

大约在三四点钟的时候,毕诺业、哈兰和姑娘们正在平房里排演那出戏,这时,两个认识毕诺业的学生跑来告诉他,戈拉和几个孩子已经被捕,现在关在警察局里,等候县长明天审判。

戈拉被捕了!这个消息使他们大吃一惊,只有哈兰除外。毕诺业立刻跑到老同学萨科利·哈达尔那里,拉着他一起到警察局去。

萨科利建议设法把戈拉保释起来,但戈拉坚决反对聘请辩护律师,也不肯接受保释。

"什么!"萨科利看着毕诺业大声说,"谁能相信戈拉已经离开学校了？他还是和在学校的时候一样不通情理。"

"我不能因为碰巧有钱或有朋友便不去坐牢，"戈拉说，"我们的古圣梵典说，主持正义是国王的职责。惩罚罪恶也是他的任务。但如果在这个政府统治下，人们必须花钱才能出狱，必须为那个起码的权利倾家荡产，那么，拿我来说，就绝不会为这种法律花一个派斯。"

"在伊斯兰国家，为了行贿，你得把脑袋都当掉呢。"萨科利说。

"这是执法者的过错，与国王无关。即使在今天，不好的法官依然可能受贿。但在目前的制度下，那些不幸的人，不管他是原告还是被告，有罪还是无罪，只要他一上衙门，就得倾家荡产。此外，如果政府是原告，我这种人是被告，那么所有的检察官和律师都会站在帝国政府一边，没有一个人替我说一句话，只有听凭命运摆布。要是有理就可以打赢官司，那么何必要设律师为帝国政府辩护呢？反过来，如果这种制度必须有律师代为辩护，那么为什么不给对方也提供一个律师呢？这是政府的一种政策，还是与人民为敌的一种策略？"

"你何必这样激动呢，老伙计？"萨科利笑着说，"文明不是一种廉价的商品。如果人们要求你做细致的审判，你就得制定精细的法律；如果制定了精细的法律，那么法律就会成为一种职业；既然是职业，就会发生买卖的事情。因此，文明的法庭自然会变成正义交易所，穷人十之八九会受到欺诈。让我来问问你，如果你是国王，你怎么办？"

"假如我制定了这种非常精细的法律，"戈拉回答，"精细到连高薪的法官都不能明白其中奥妙，那么不管怎样，我都会由政府出钱给他们双方提供最好的律师。而且无论如何，我绝不会自夸比莫卧儿王朝或帕坦王朝的统治者高明,因为我把取得公平审判的一切费用全都让可怜的臣民来负担了。"

"啊,我明白了。"萨科利说,"不过,那个幸福的日子还没有到来,你也不是国王,只不过是一位文明的皇帝法庭上的一个被告,因此,你就得或者出钱,或者找一个免费的律师朋友帮帮忙。除此之外,只剩下一条路,这条路是不会有什么好结果的。"

"我不愿采取什么行动,就让我得到那个坏结果好了。"戈拉强调说,"我要和这个帝国那些穷人共命运。"

毕诺业恳求他理智一些,但戈拉不听,反而问毕诺业:"你怎么会到这儿来的?"

毕诺业的脸上稍稍红了一下,要是戈拉没有被捕,他也许会用挑战的腔调叙述到这儿来的原因,不过在目前的情况下,他不可能给他一个直截了当的回答,所以他只是说:"我的事以后再谈——现在先谈你的事……"

"今天,我是国王的一个客人,"戈拉打断他说,"有国王亲自招待,你们不必担心。"

毕诺业知道戈拉这个决心是不可能改变的了,所以放弃了聘请律师给他辩护的打算。不过他说:"我知道你不能吃监牢里的伙食,因此我要在外边安排人给你送饭。"

"毕诺业,"戈拉不耐烦地说,"你何必费事呢?我不要从外边送饭。别的犯人吃什么我就吃什么。"

毕诺业焦虑不安地回到住处。苏查丽妲正在她寝室敞开的窗前朝外看,盼着他回来。她把自己关在屋里,因为她不愿和别人谈话,也不愿和别人在一起。

当她看见毕诺业满面愁容、心神不安地走过来时,她的心剧烈地跳动起来,但她努力控制住自己的感情,拿起一本书,走出屋子。罗丽姐坐在寝室的一个角落里做她一向厌恶的针线活;拉布雅和苏梯尔玩联字游戏,丽拉在旁边观看。哈兰和芭萝达太太在讨论即将演出的节目。

毕诺业叙述今天早晨戈拉和警察冲突的经过时,苏查丽姐听得像着了魔似的,罗丽姐满脸通红,放在腿上的东西也掉在地上了。

"你不必着急,毕诺业先生,"芭萝达太太说,"今天晚上,我一定亲自把戈尔默罕先生的事和县长夫人谈谈。"

"请千万不要这样,"毕诺业恳求说,"要是戈拉知道了,他一辈子都不会原谅我的。"

"可是我们总得想个什么办法把他救出来啊。"苏梯尔说。

毕诺业把他们打算把戈拉保释出来,而戈拉却反对聘请律师的经过详细地告诉了他们。

"真是装模作样,愚蠢透顶!"哈兰听了,再也忍耐不住,于是嘲讽地说。

到现在为止,罗丽姐不管心里怎么想,至少外表上对哈兰是尊敬的,从不和他争吵,但她现在却使劲地摇着头,大声说:"这绝不是装模作样——戈拉先生做得对。难道派县长到这儿来是为了欺侮我们,我们还得想办法自卫才行吗?难道我们必须付给他们高薪,然后再请律师来保护自己,免遭他们的毒手吗?如果一定要接受这种审判,倒真不如坐牢好。"

哈兰惊奇地望着罗丽姐。他一直把她当作一个小孩,从没想到她已经有了自己的见解。他严厉地训斥她不应该随便发脾气:"这种事你懂什么?你好像被那些刚从大学出来的年轻人不负责任的胡言乱语搞昏了头,他们死记硬背了几本书,可是既没有修养,又没有主见!"

接着,他进一步描述昨天傍晚戈拉和县长见面的情形和事后县长向他发表的议论。毕诺业第一次听到戈斯帕拉事件,这使他更加担心,因为现在他知道县长是不会轻易放过戈拉的了。

哈兰先生讲这件事情的目的丝毫没有达到,他一直把这事隐瞒起来,用意之恶毒深深地伤了苏查丽妲的心。现在哈兰对戈拉这种卑鄙的用心暴露出来了,每一个人都开始看不起他了。

苏查丽妲从头到尾一言不发,有时看起来她好像也想起来说几句话,不过她控制住自己,拿起书,用颤抖的手翻书页。

罗丽妲挑战似的说:"我不管哈兰先生是不是站在县长一边。我认为整个事件只能说明戈拉先生心地确实高尚!"

第二十九章

因为副省长那天要来,县长在十点半准时到达法庭,希望早一点结束审判工作。

替学生辩护的萨科利先生想利用这个机会来帮助他的朋友。他根据当前的情况,经过全面的考虑,认为最好还是认罪;他这样做了,并且以当事人年幼无知为理由,请求宽恕。

县长判了他们笞刑,根据学生的年龄和罪行的轻重,分别抽了他们五至二十五皮鞭。戈拉没有请律师替他辩护,他在自己的辩护词里力图说明警察的残暴行为是多么不可原谅,但县长厉声训斥他,不让他申诉,说他妨碍警察执行任务,判他一个月的监禁,还说判得这样轻,他应该知道感恩才是。

苏梯尔和毕诺业出庭旁听了,不过毕诺业不忍看见戈拉的脸,他匆匆地离开法庭时,感到简直喘不出气。苏梯尔恳求他一起回政府平房,洗个澡,吃点东西。但毕诺业没有听他的话,只是穿过法庭的院子,坐在一棵树的下面,对苏梯尔说:"你先回去,我马上就来。"

苏梯尔走后,毕诺业又坐了多久,自己也不知道。可是,过了中午,来了一辆马车,停在他前边。毕诺业抬起头,看见苏梯尔和苏查丽妲下了马车,向他走过来。在他们临近的时候,他连忙站起身,只听见苏查丽妲用充满感情的声音对他说:"毕诺业先生,你不跟我们一道走吗?"

毕诺业突然发现行人都好奇地注视着他们,于是立刻和他们一起走到马车那边,不过在回去的路上,谁也说不出一句话。

他们一回到平房,毕诺业马上发现那里正在吵翻了天。罗丽妲声明那天晚上她绝不到县长家里去,芭萝达太太弄得非常为难。哈兰简直气得要发疯,像罗丽妲这样一个黄毛丫头居然也敢造反。他一再为这股袭击男女青年、使他们不肯循规蹈矩的歪风叹息。这是允许他们接触各式各样的人、跟他们一起胡说八道的结果。

毕诺业刚走进来,罗丽妲就说:"毕诺业先生,请你原谅我。我以前不明白你经常反对的一些事情是正确的,因而冤枉了你。这是由于我们对小圈子以外的事情一无所知,因而对一些事完全误解的缘故。帕努先生在这儿说县长的统治是上天对印度的安排。果真如此,那我只能说我们从心里诅咒这种统治也是一种天意。"

哈兰生气地插嘴说:"罗丽妲,你……"

但罗丽妲转过身子,用背对着他大声说:"请你闭上嘴,我没有跟你讲话!——毕诺业先生,不要被任何人说服。不管怎么样,今天晚上绝不能让那出戏上演!"

"罗丽妲!"芭萝达太太喊道,想拦着不让她说下去,"你可真是一个好姑娘!你不让毕诺业先生去洗个澡,吃点东西吗?你不知道现在已经是一点半了吗?你看他有多苍白,多疲倦呀!"

"在这儿我吃不下去,"毕诺业说,"在这儿,我们是县长的客人。"

芭萝达太太先是想把事情平息下去,低声下气地请求毕诺业留下来,后来看见她的几个女儿一个都不响,她便生气地大声说:"你们全都怎么啦? 苏绨①,请你跟毕诺业先生说,我们已经把话说出去,人家把客人都请下了,所以无论如何,我们总得把今天对付过去,否则别人会怎样想呢? 我以后还有脸再见他们吗?"

但苏查丽妲垂下眼睛,一声不响。

毕诺业离开平房,到附近的轮船码头去,发现有一艘开往加尔各答的轮船,大约在两小时之内启航,第二天上午八点左右到达。

哈兰破口大骂,用最肮脏的语言把一腔愤怒发泄在毕诺业和戈拉身上。苏查丽妲听了,站起身,离开那儿,把自己关在隔壁房间里。罗丽妲立刻跟着走进来,她看见苏查丽妲躺在床上,用手捂着脸。

罗丽妲从里面把门锁上,轻轻地走到苏查丽妲跟前,坐在她身旁,用手指梳她的头发。过了一会儿,苏查丽妲恢复了镇定。罗丽妲把她蒙住脸的手轻轻挪开,到可以看清她的时候,便在她耳边悄声说:"姐姐,咱们离开这个地方,回加尔各答去吧。今天晚上我们无论如何不能到县长家去。"

苏查丽妲许久都没有回答,不过在罗丽妲再三地重复之后,她坐起来说:"亲爱的,我们怎么能这么办呢? 我本来不想来,可是爹叫我来了,在没有完成他交给我的任务之前,我怎么能离开这儿呢?"

"可是最近发生的事,爹什么都不知道,"罗丽妲争辩说,

---

① 苏绨,苏查丽妲的简称。

"如果他知道,他绝不会叫我们待在这儿的。"

"亲爱的,我们怎么能这样有把握呢?"苏查丽姐疲倦地说。

"可是姐姐,请你告诉我,"罗丽姐说,"你果真演得下去吗?你怎么能到县长家里去呢?还要穿上戏装,站在台上朗诵诗歌,我即使把舌头咬出血,也说不出一个字!"

"这我知道,亲爱的,"苏查丽姐说,"不过即使是地狱的苦难,一个人也得忍受。我们现在已经无法脱身,你以为我这一辈子能忘掉今天吗?"

罗丽姐对苏查丽姐这种软弱柔顺的态度很生气,她回去跟她妈妈说:"妈妈,您不走吗?"

"这个姑娘怎么啦?"芭萝达太太迷惑不解地大声说,"今天晚上九点钟,我们才要到那边去呀。"

"我是说到加尔各答去。"罗丽姐说。

"听她说的!"芭萝达嚷了起来。

"苏梯尔哥哥,"罗丽姐转过脸对他说,"你也待在这儿吗?"

苏梯尔对戈拉被判坐牢很不高兴,可是要他拒绝在这一群显赫的洋大人面前显露本领,他可没有这么强的意志。他喃喃地说了几句不清不楚的话,大意是,他不想去,可是又不能不去。

"我们只不过在浪费时间,"芭萝达太太说,"大家都去歇一歇,要不然今天晚上就会疲倦不堪,没法见人了。五点半以前,谁也不准起床。"说完,她就把所有的人都赶到寝室去了。

他们全都入睡了,只有苏查丽姐睡不着,罗丽姐一直笔直地坐在床上。

轮船的汽笛声一再响起,催促乘客上船,最后到了起航的时间,水手们正要收起跳板,毕诺业在上甲板看见一个孟加拉妇女匆匆忙忙地朝着轮船跑过来。她的衣服和体形很像罗丽姐,不过起先毕诺业简直不能相信自己的眼睛,可是等她走近了以后,就再没有什么可怀疑的了。他脑子里闪过一个念头:她是来叫他回去的,但后来他想起罗丽姐也是反对在今天晚上到县长家去的。

罗丽姐刚刚赶上开船,水手们正忙着起锚,毕诺业紧张地跑下来迎接她。

"我们到上甲板去吧。"她说。

"可是船就要开了。"毕诺业惊愕地大声说。

"这我知道。"罗丽姐说完,也没有等毕诺业,自己就到上甲板去了。

轮船响着汽笛启程了,毕诺业在上甲板给罗丽姐找了一张椅子,默默地用疑问的眼光看着她。

"我要到加尔各答去,"罗丽姐解释说,"我觉得我实在待不下去了。"

"别人对这件事怎么说?"毕诺业问。

"到现在为止,还没有人知道,"罗丽姐说,"我留下了一张纸条,他们看了之后就会知道了。"

毕诺业被罗丽姐这种任性的举动吓了一跳,他犹犹豫豫地说:"可是……"

罗丽姐打断他说道:"现在船都开了,说'可是'有什么用呢?我不明白为什么生来碰巧是个姑娘,就得忍受一切,不能提出抗议。我们也有可能与不可能,对与错。我觉得自杀要比演出还容易些。"

毕诺业看出事已至此,再去考虑它是好是坏,也毫无用处了。

罗丽姐停了一会儿便接着说:"我过去对你的朋友戈尔默罕先生一直很不公平。我不知道为什么,但自从我第一次看见他,听见他谈话,我便决心跟他作对。他说话总是这么激烈,而不管他说什么,你们好像全都说'是,是',这让我很生气。要强迫我干什么,不管用语言还是行动,我都接受不了。不过现在我知道戈尔默罕先生不但强迫别人,也同样强迫自己——这是真正的力量——我从来没有见过第二个像他这样的人。"

罗丽姐这样不停地谈下去,不仅因为过去她对戈拉估计错了,觉得很后悔,还因为她在内心深处一直担忧自己此刻的所作所为会不会不正确:她原来没有想到船上只有毕诺业一个人陪伴她,会多么尴尬,可是她非常清楚,你越觉得羞耻,事情就会显得越丢脸,于是她就拼命地说个不停。

毕诺业却说不出话。一方面,他在想县长加在戈拉身上的侮辱和折磨,另一方面想到自己竟准备到同一个县长的家里去演出,这多么可耻。除此之外,还有和罗丽姐之间的尴尬关系。这些加在一起,使得他默默无言。

罗丽姐这样莽撞从事,在以前,一定会受到他的批评,不过今天他却没有一点点这样的想法。实际上,对她的越轨行为,他在惊奇中还掺杂着一些敬佩之情,佩服她很有勇气。而且他想到在所有人当中,只有他和罗丽姐对戈拉受辱真正感到气愤,还禁不住有些得意呢。

他们这次对社会公开挑战,两人之中只有毕诺业不会遭到任何不愉快的后果,但罗丽姐却不免会在未来漫长的日子里尝到苦果。毕诺业认为罗丽妲一向反对戈拉,这种想法有多奇怪呀。他越想,就对罗丽妲疾恶如仇、坚持自己的信仰、并且很有胆略的性格越加敬佩——到后来,连自己的感情都控制不住了。

他觉得罗丽妲过去看不起他,认为他缺乏坚持信念的勇气和力量,这是对的。他不能为了追求自己认为正确的道路,果断地把亲友的赞美和责备一概置之不理。为了怕得罪戈拉,或者怕戈拉说他软弱,他完全隐瞒了自己真实的看法,然后用巧妙的论据欺骗自己,使自己相信戈拉的观点就是自己的观点。

他认识到罗丽妲的独立思考能力比自己高得多,因此对她十分尊敬。过去,他经常对她发生误解,心里埋怨她,现在迫切希望得到她的谅解——但无法用言语表达出来。今天,罗丽妲的勇敢行为在她周围发出一片光辉,他在这片光辉中看到女人美妙的形象,使他感到确实没有虚度此生。

第三十章

他们一到加尔各答,毕诺业就把罗丽妲送到帕瑞什先生家。

在他俩这次同乘一条轮船之前,毕诺业弄不清他对罗丽妲的真正感情。他心里充满了和她不同的见解。每天看见她,心里琢磨的主要是怎样和这个野姑娘和平共处。苏查丽妲像金星一样在毕诺业生命的地平线上升起,放射出女人纯洁温柔的光辉,他意识到他的天性怎样在这种美妙的现象所带来的欢乐中得到发展,趋于完善。可是别的星星也升起来了。他已经记不清楚宣告光明即将到来的第一颗星星是什么时候重又消失在地平线下的。

从叛逆的罗丽妲踏上船的那一刹那,毕诺业就对自己说:"现在罗丽妲和我两个人肩并肩地站在一起反抗整个社会了。"他忘不了这个事实:罗丽妲遇到困难,便离开了一切人,前来找他,和他在一起。不管她有什么理由,什么目的,反正毕诺业在罗丽妲心目中不再是一般的人了,这是十分明显的。他一个人在她身边,事实上也是唯一的一个。她所有的家人全都离得很远,而他却在她身旁,这种亲密的感觉使他心房颤动,就像充满雷电的乌云在雷鸣前颤动一样。

罗丽妲晚上回船舱睡觉去了,毕诺业觉得难以成眠,便脱下鞋子,很轻地在甲板上来回踱步。在旅途中实在没有必要守卫着罗丽妲,但落在他头上的新奇而又意想不到的责任所带来的任何快乐,毕诺业都不愿放弃,于是便主动地担负起这个不必要的守夜任务。

无比深沉、漆黑一片的夜晚,万里无云,天空星光灿烂。岸边树丛连在一起像一个坚固的黑色柱础支撑着头上的天空。下面,湍急的河水在宽阔的河中默默地流淌。罗丽妲在这一切景物当中酣然入睡。事情——只不过是罗丽妲无比信赖地把她美丽宁静的睡眠交托给他——再没有别的了,毕诺业把这个托付作为一切礼物中最贵重的来接受,经心地守卫着她。

身旁没有父亲、母亲,也没有什么亲戚,可是罗丽妲能够把她美丽的身体交给这张陌生的床,无忧无虑地安睡;她的胸脯随着睡眠的诗一般的节奏上下起伏。梳得很整齐的头发没有一点点散乱。充分表达出女性温柔的一双柔软的纤手,毫无顾虑地、懒洋洋地放在床单上,她那双不知疲倦的轻快的脚终于像节日的音乐刚刚奏完尾声一样静止下来了——这就是毕诺业心里的一幅图画。

天上繁星点点,罗丽妲藏在寂静的黑夜里,就像一颗藏在贝壳里的珍珠。这无比完美的休憩,今天晚上在毕诺业看来,全世界再没有比这更重要的事了。"我醒着哪!我醒着哪!"这些话,有如胜利的号角,从毕诺业觉醒了的男性心中涌现出来,当中还掺杂着守望宇宙的、永世不眠的新郎星无声的叮嘱。

然而还有一个念头:"今天晚上,戈拉被关在牢里!"毕诺业一向是和他的朋友同甘苦共患难的——今天这还是第一次例外。他知道得很清楚,像戈拉这样一个男子汉,坐牢不算什么真正的苦难。不过从头到尾,在戈拉生活的这个重要的插曲里,毕诺业始终没有在他的朋友身旁,没有参与这件事。由此产生的空隙,在他们这两条分开的生活河流重新汇合的时候,能够填满吗?这意味着他们珍贵而永恒的友谊宣告结束了吗?

这样,黑夜慢慢消逝了,毕诺业感到既满足又空虚,他无可奈何地站在创造与毁灭的交叉点,呆呆地凝视着茫茫的黑夜。

出租马车在帕瑞什先生家门口停下、罗丽妲下车的时候,毕诺业看见她微微颤抖,费了很大的气力才控制住自己。实际上,直到现在,她对自己所做的这件大胆反抗社会的事,性质有多严重,还没有足够的估计。她很清楚父亲是不会骂她的,正因为这样,他的沉默就比什么都可怕。

毕诺业不知道在这种情况下怎样做才对,为了试探一下,如果留在那儿,她会不会更不舒服,便迟疑地说:"我想,我最好还是走吧。"

"不,不,请进来见见我爹。"罗丽妲连忙回答。

她的话包含着热切的希望,这使毕诺业心里感到很高兴。那么,仅仅把她送回家,他的任务还没有完成。由于这一次突然发生的事情,他的一生已经被一条特殊的带子和罗丽妲的连在一起了,他觉得现在他必须更坚定地站在她身旁。毕诺业想到罗丽妲认为他可以依靠,心里十分感动,他觉得仿佛她已经拉住他的手,要求他支持。要是帕瑞什先生因为罗丽妲做了鲁莽的、不合规格的事而发了火,他就应该把责任揽在自己身上,一个人承担所有的责备,像一副盔甲那样把她保护起来,不让她受到责骂。

不过毕诺业并不知道罗丽姐心里是怎么想的。她并不要毕诺业做她的盔甲。为什么要挽留他,真正的原因是她一向不喜欢隐瞒,现在她要帕瑞什先生详详细细地了解她到底干了些什么。不管她父亲做出什么判决,她都愿意一个人担当。

从清晨起,她便生了毕诺业的气。她知道这毫无道理,但奇怪的是,这更使她生气。

在船上的时候,她的心境是不一样的。她从小就爱发脾气,因而往往会做出一些蠢事。但这一次的越轨行动,确实是十分严重的,里边牵连着毕诺业,事情就更难办了。可是,另一方面,她心中也暗暗得意,就像做了一件违禁的淘气事。

这样和一个相当陌生的人一起出走,彼此之间又没有隔着家庭和社会的屏幕,两个人这样接近,的确会造成一个令人担忧的严重局面;不过毕诺业审慎的天性给这事盖上了一层纯洁的保护面纱,罗丽姐看到他如此稳重,心里觉得很快乐。现在的这个人很难说是以前的毕诺业了。从前,他和他们一起嬉笑玩乐,有说有笑,甚至对仆人也是很随便的。现在他可以借口照顾她,很容易跟她接近,却小心翼翼地和她保持一段距离,结果他倒反而更加贴近她的心了。

那天晚上,这些想法使她在船舱里辗转反侧,久久不能入睡,最后,她仿佛觉得黑夜已经过去,黎明即将到来了,便轻轻地打开船舱的门,悄悄地往外看。曙光是快要来临了,但露水很重的黑夜依然笼罩着河岸和岸边的两行树木。清风徐来,吹皱了平静的河水,下面机器房里传来隆隆的机声,预示着第二天的工作就要开始了。

罗丽姐从船舱出来,正要朝前甲板走去,突然,发现毕诺业裹着披巾,在一张甲板躺椅上睡着了。她想他一定整夜地守卫着她,心里不由得怦怦跳动——他离她这么近,却又这么远!她连忙跟跟跄跄地溜回船舱,站在门口,凝视着毕诺业;只见他在朦胧陌生的景色中酣睡——他的形象在她眼里逐渐变成了守望世界的群星的中心了。

看着,看着,她的心感到难以形容的甜蜜,她的眼睛充满了泪水。仿佛她爹教她礼拜的天神今天降临了,伸开双臂为她祝福。在这个神圣的时刻,即将来临的曙光和渐渐离去的黑暗在寂静的河岸上、密林的浓荫里第一次秘密相会。神妙的迷人的七弦琴的乐声响彻了这个广阔无边、星光闪烁的宇宙大厅。

毕诺业的手在梦中突然动了一下,罗丽妲立刻缩到房里,关上门,躺在床上。她手脚冰凉,很久很久她的心都还在狂跳。

黑暗逐渐消失,轮船开动了。罗丽妲梳妆之后,走出船舱,站在甲板的栏杆前面。毕诺业被轮船的汽笛声吵醒,两眼望着东方,等待着黎明出现的第一道霞光。

他看见罗丽妲走到甲板上来,便站起来想回到船舱里去。这时罗丽妲向他问好,并且说:"昨天晚上你恐怕没有睡好吧?"

"噢,睡得还可以。"毕诺业回答。

在这以后,两个人都感到无话可说了。

曙光把河岸竹丛上的露珠照得闪闪发光。他俩从前都没有看到过这样的黎明景色。曙光也从来没有让他们这样感动。他们第一次认识到天空并不是空空洞洞的,而是充满了无声的喜悦,凝视着每一件新生事物。他们的意识受到了这样深的激励,甚至感到自己和激励宇宙的伟大意识有了密切的接触。因此,两个人都说不出一句话。

轮船到达加尔各答了。毕诺业雇了一辆出租马车,让罗丽妲坐在车里,自己坐在车夫旁边。马车在加尔各答的街上行驶时,罗丽妲的心情突然变了,变得不高兴了,谁说得清这是怎么回事呢?在十分困难的情况下,毕诺业竟和她同乘一条船,而且深深地卷入她的生活里,现在却又把她送回家,就像是她的监护人;这些都沉重地压在她的心上。如果由于形势,毕诺业得到了支配她的权利,在她看来,这是无法忍受的。情况为什么会变成这个样子呢?为什么她一回到日常生活,昨天晚上的音乐就马上停在一个这样刺耳的音符上呢?

因此,在他们到达她家门口,毕诺业说"我想,我最好还是走吧"的时候,她就感到更加生气了。他以为她怕和他一起去见父亲吗?她要非常明白地表示她一点儿也不觉得羞耻,而且随时都可以把一切全都告诉她父亲。所以她不能让毕诺业到了家又溜走,仿佛她真犯了罪似的。她希望把自己和毕诺业的关系弄得像以前一样清清楚楚;她不愿意让昨天晚上的幻象和犹豫心理在光天化日之下继续存在,让毕诺业看不起她。

第三十一章

萨迪什一看见毕诺业和罗丽姐便跑到他们当中,一手拉着一个说:"苏查丽姐到哪儿去了?她没有回来吗?"

毕诺业用手摸摸口袋,又四面看看,"苏查丽姐,"他大声喊道,"是呀,她上哪去了?天呀,她丢了!"

"别瞎说了,"萨迪什喊道,推了毕诺业一下,"罗丽姐姐姐,请你告诉我她在哪儿?"

"苏查丽姐明天回来。"罗丽姐回答,说完她就要到帕瑞什先生屋去。

萨迪什想把他们拉走,说:"来,你们看看谁来了。"

但罗丽姐把手抽开说:"别给我们捣乱,我要去找爹。"

"爹出去了,"萨迪什告诉她,"要很晚才回来。"

毕诺业和罗丽姐听了都松了一口气。

"你刚才说谁来了?"罗丽姐说道。

"我才不告诉你呢!"萨迪什说,"毕诺业先生,你猜猜看,看你能不能猜着。你永远猜不着的,我敢说,永远猜不着!"

毕诺业提出各种各样不可能猜着的名字,比如纳瓦布·苏拉玖道拉①、纳巴克里什纳国王甚至南达库玛

---

① 纳瓦布·苏拉玖道拉(1733—1757),孟加拉的一个藩王,曾反抗英国的统治,收复加尔各答,一七五七年被害。

尔①等等。毕诺业每说一个名字,萨迪什就用尖嗓子说"不对",还提出无可争辩的证据说明这样的客人不可能到他们家来。毕诺业虚心承认失败,说:"不错,不错,我忘记纳瓦布·苏拉玖道拉在这个家里会觉得很不方便。不过,让你姐姐先去探探险,然后,如果有必要,你再来叫我。"

"不,你们俩得一起来!"萨迪什坚持说。

"我们到哪一间屋子去?"罗丽妲问道。

"顶楼。"萨迪什说。

在屋顶平台的一个角落里,有一间小屋子,屋子南边有一个用来挡风雨和遮阳光的斜阳台。他们顺从地跟着萨迪什上楼,看见在斜阳台下面,有一个戴眼镜的中年妇女坐在一张小草席上看《罗摩衍那》②,眼镜架子有一边断了,用绳子代替,挂在耳朵上。她看起来有四十五岁左右。她前面的头发已经相当稀薄,可是脸色红润,面孔仍然丰满得像一个熟透了的水果。在她两眉之间点了一个永不褪色的种姓印记,但她没有戴任何首饰,还穿了一身寡妇的衣裳。

她一看见罗丽妲,便很快地摘下眼镜,放下书,相当热切地看着她。后来看见毕诺业站在后边,便连忙站起来,把纱丽拉上来盖着后脑,好像准备走进屋里去似的。但萨迪什拉牢她说:"姨妈,您为什么要走开呢?她是我姐姐罗丽妲,那位是毕诺业先生。我大姐明天回来。"这样简单的介绍似乎已经够了,毫无疑问,萨迪什事先一定已经全面而又细致地谈过他的朋友,因为只要萨迪什有机会谈到他感兴趣的事,他是不

---

① 南达库玛尔,苏拉玖道拉手下的一个将领,于一七七五年在反英斗争中被害。
② 《罗摩衍那》,印度两大史诗之一。

会有任何保留的。

罗丽妲搞不清萨迪什这位"姨妈"是谁,只好一声不响地站在那里,但是看见毕诺业立刻弯下腰给她行触脚礼,便也跟着他那样做了。

姨妈这时从屋子里拿出一张大草席,把它铺在地上说:"请坐,我的孩子,请坐,小母亲①。"在他们坐下之后,她也坐了下来,萨迪什靠在她身旁。她一手搂着萨迪什,对新来的人说:"你们大概不认识我。我是萨迪什的姨妈——他的母亲是我的妹妹。"

这个自我介绍,话虽然不多,但在她的脸色和说话的声调里仿佛有些东西暗示她有过一段用泪水洗脸的悲惨的生活。

她说"我是萨迪什的姨妈"时,把萨迪什搂在怀里,毕诺业对她的身世虽然了解得不多,但立刻对她产生了深切的同情。他说:"您单单做萨迪什的姨妈可不行。要是他一个人这样霸占您,我可要跟他吵架。他一直叫我毕诺业先生,不肯叫我哥哥,这已经是够不对的了——除此之外,还要抢走我一个姨妈,这我可不答应!"

毕诺业是用不了多久就可以赢得别人欢心的。这个谈笑风生、外貌聪明的年轻人没花多少时间就在姨妈的心中占了一席地。

"孩子,我那姊妹、你的妈妈在哪儿呀?"她问道。

"我很早就失掉妈妈了,"毕诺业说,"不过我实在很难说我没有母亲。"他想起安楠达摩依对他有多好,眼睛就禁不住湿润了。

---

① 这是印度人对姑娘的爱称。

不久他们就谈得很投机了,谁都看不出他们才刚刚认识。萨迪什不时搭上几句不相干的话,可是罗丽妲却一声不响。

罗丽妲一向很腼腆,在生人面前,要经过相当长一段时间才能熟悉起来。再说,现在她心中也有事,所以她不大喜欢毕诺业和这个陌生人一见如故。她暗暗埋怨他不该这样轻松愉快,对她狼狈的处境漠不关心。这并不是说如果毕诺业拉长脸一声不响地坐在那儿,她就会高兴一些。要是他敢这样做,罗丽妲也会生气的,因为她会认为他想承担责任,而这本来只是她和她爹之间的事儿。

实际的情况是:昨天晚上听来像是音乐的声音,现在只能刺激她的神经,使她心烦意乱。因此,无论毕诺业做什么,都不能让她称心,也不能对事情有所补救。只有老天爷才知道怎样去掉这个烦恼的根源。女人的生活本来就充满了感情,她们的心把她们引导到稀奇古怪的地方,我们何必为此责备她们不通情理呢?如果爱情的基础是健康的,心的指引就会变得十分单纯,十分美妙,理智就只好难为情地低下头,如果基础有问题,那么理智也就无能为力。不管情感是哭是笑,是爱是憎,你想去问个明白,那实在是徒劳无益的。

天色越来越晚了,可是帕瑞什先生仍旧没有回来。毕诺业越来越想站起身回家去,他一刻不停地和萨迪什的姨妈谈下去,用这个办法来控制住自己。最后,罗丽妲实在忍不住了,突然打断了他的话说:"你在等谁呀?谁也不知道爹什么时候回来。你不想去看看戈尔默罕先生的母亲吗?"

毕诺业像挨了一拳似的缩了一下——罗丽妲这种生气的口吻他太熟悉了。他朝她的脸看了一眼,像断了弦的弓一样突然跳了起来。说真的,他在等谁呢?他并没有认为在这种时刻,这儿少不了他——事实上,在大门口的时候,他本来就要告辞的,只是因为罗丽妲留他,才没有走,而现在她竟说出这样的话。

毕诺业立刻跳了起来,倒把罗丽妲吓了一跳。她可以看见毕诺业脸上的笑容像灯火被吹灭了似的一下子完全消失了。以前她从来没有见过他这样垂头丧气,这样痛苦;她看着他,感到万分后悔,心痛得就像挨了一鞭似的。

萨迪什跳了起来,拉住毕诺业的胳膊恳求说:"毕诺业先生,请你坐下来,先不要走——姨妈,请您留毕诺业先生在这儿吃早餐好吗?——罗丽妲,你为什么要叫毕诺业先生走呢?"

"不,萨迪什,好孩子,今天不了。"毕诺业说,"如果姨妈把我放在心上,我改天再来和你们一起吃点什么。今天太晚了。"

甚至萨迪什的姨妈也听出他的声音里含着痛苦,心里很同情他。她偷偷地看了看毕诺业,又看了看罗丽妲,预感到一出命运的戏剧已经在幕后开演了。

罗丽妲找了一个借口,和大家告别之后,回到自己的房间,像从前发生过多次的那样,哭了一场。

第三十二章

毕诺业怀着悔恨羞辱的心情,立刻到安楠达摩依家去了。他为什么没有直接到母亲这儿来呢? 他以为罗丽姐特别需要他,这有多傻呀。他没有丢开别的事,一到加尔各答就立刻跑到安楠达摩依身边,所以老天爷惩罚了他,让罗丽姐发出了这样的问话:"你不想去看看戈尔默罕先生的母亲吗?"罗丽姐比毕诺业更关心戈拉的母亲,哪怕是一刹那,这可能吗? 罗丽姐只知道她是戈拉的母亲,可是对毕诺业来说,她却是全世界母亲的化身。

安楠达摩依刚洗完澡,一个人坐在屋子里,似乎正在那儿沉思。毕诺业走进来匍匐在她脚前,喊了一声"妈妈!"

"毕诺业!"她一边说,一边用双手抚摸他那低垂的头。

谁的声音能和母亲的相比呢? 从安楠达摩依嘴里喊一声他的名字,仿佛就把他整个人都抚慰了。他努力控制住自己的感情,轻轻地说:"妈妈,我,我来得太晚了。"

"我都听说了,毕诺业。"安楠达摩依慈祥地说。

"您已经听到消息了。"吃惊的毕诺业大声说。

原来戈拉已经从警察局写了一封信,通过律师交给他母亲,让她知道他有可能要坐牢。他在信尾写道:

"监牢不能伤害你的戈拉,但如果它给您带来哪怕是一点点痛苦,他就会受不了。您的忧愁是他唯一的惩罚。除了这一点,县长再没有别的办法惩罚他了。不过,妈妈,请您不要只想到自己的儿子。监牢里还有许多母亲的儿子——虽然他们一无过错——我要和他们站在一起,分担他们的苦难。要是这一次我的愿望得以实现,请不要为我忧伤。

"妈妈,您也许已经记不得了,在闹饥荒的那一年,我有一次把钱包放在临街屋子的桌子上。过了几分钟,我回到屋里,发现钱包被人偷走了。钱包里放着我五十卢比的奖学金,是我攒起来准备给您买一个银洗脚盆的。在我毫无用处地大骂那个小偷的时候,神突然使我恢复了理智,我对自己说:'那笔钱是我送给那个拿走它的灾民的。'刚说完这话,我那无益的懊恼心情立刻消失了,我的心重新获得了安宁。因此,今天我对自己说:'我是根据自己的意志自愿入狱的,既不后悔,也不生气,只不过想在里面住上一阵子罢了。'监牢里的伙食和别的条件会给我带来一些不方便,不过在我最近的长途旅行中,我接受各式各样、各种地位的人们的接待,在他们的家里,我不是经常能够得到我享受惯了的舒适的东西的,有时甚至连必需品都得不到。但只要我们是自愿的,就不会觉得艰苦。所以您尽可以放心,不是什么人强迫我去坐牢——我是心甘情愿去的。

"我们在家里过着舒适的生活时,不大能体会自由自在地在外面享受阳光与空气是一个多么大的特权——我们一直忘记了广大的群众,他们有的犯了法,有的并无过错,全都受到监禁和侮辱,被剥夺了神赋予他们的这个特权。我们丝毫不关心他们,对他们毫无感情。现在我要和他一起蒙受耻辱,决不去依附那些衣冠楚楚的伪君子来保持自己的清白。

"在这一次游历之后,我得到不少人生经验。那些像法官那样装腔作势、自鸣得意的人,其实多半是很可怜的。那些关在监牢里的人,本身并没有过错,他们是在替代那些审判别人的人受过。一件罪行本来是由许多人造成的,可是受到惩罚的只有那些倒霉的人。那些在监狱围墙外面过着舒适、体面生活的人,他们犯下的罪行,在什么时候、什么地方,怎么样受到惩罚,我们不得而知,不过我要大声指责那些自命不凡的体面人厚颜无耻,我情愿在胸前打上犯罪的烙印。请您为我祝福,妈妈,不要为我哭泣,斯里·克里希纳的胸前,终生都带着布里古的脚印①,同样地,我们那些傲慢自大的对神的攻击在神的胸前留下的脚印也越来越深。要是他把这个脚印接受下来作为装饰,那么您何必为我着急,为我悲伤呢?"

接到这封信之后,安楠达摩依想叫摩希姆去看看戈拉,但摩希姆说:"我还得上班,老板绝不会准假的。"接着,便对戈拉大肆责骂,说他又鲁莽,又愚蠢,最后还说:"由于我和他的关系,总有一天我会丢掉差事的。"

安楠达摩依一点也不想去找克里什纳达雅尔,因为只要牵扯到戈拉,她对丈夫就特别敏感。她知道得很清楚,她丈夫心里从来就没有拿戈拉当作儿子,反过来,倒对他有点敌视。戈拉一向就和文底耶山一样站在他们当中,使他们产生隔阂。一边是克里什纳达雅尔和他严格信奉的正统印度教的一切规矩,一边是安楠达摩依和她的不可接触的戈拉。世界上只有他们两个人知道戈拉的历史,但这两个人之间的一切来往,好

---

① 仙人布里古访问各大神,看谁值得祭奉。他来到克里希纳那里,看见他正在睡觉,嫌他懒,踢了他一脚,但克里希纳并没有生气,反而表示了感谢。

像都已经中断了。

这样,安楠达摩依对戈拉的爱就完全变成她个人的珍宝,她用尽方法使他在这个勉强收容他的家里过得比较舒服。她一直关心的是不让有人说出这样的话:这是你的戈拉惹出来的事儿;或者说:我们是为了你的戈拉才受到这种诬蔑的;或者说:你的戈拉使我们受到这样的损失。她觉得照顾戈拉的整个担子都落在她一个人身上了。可是不幸,她的这个戈拉却又偏偏倔强得出奇。要想让他不去打抱不平,可真不容易。

到现在为止,在这样敌对的环境中,经过小心翼翼地日夜提防,她总算把她这个古怪的戈拉带大了。在这个怀着敌意的家庭里,她听过不少辱骂,受过不少委屈,没有一个人可以替她分忧。

安楠达摩依遭到摩希姆拒绝之后,继续默默地坐在窗前。她看见克里什纳达雅尔洗完晨浴,双眉之间、胸前和臂上都涂了恒河的圣泥,嘴里喃喃地念着神圣的经咒,正在往家里走。每次他这样净化之后,是没有一个人,包括安楠达摩依在内,能够走到他跟前的。禁忌,除了禁忌还是禁忌!

她叹了一口气,离开窗户走进摩希姆的房间,看见他坐在地板上,让仆人用油替他擦胸,准备去洗澡。安楠达摩依对他说:"摩希姆,我要去看戈拉,你一定得找个人陪我去。他好像下定决心要去坐牢,不过我想,在他判决之前,他们会让我见见他的吧?"

摩希姆虽然外表粗暴,心里对戈拉也并非没有真的感情。"该死的家伙!"他大声嚷道,"让他去坐牢好了——他没有在很早以前就坐牢,倒是一个奇迹!"说是这样说,但还是立刻把他的心腹人戈萨尔叫来,让他马上带着钱去打官司,同时决定,只要上司准假,老婆同意,他自己也随后就去。

安楠达摩依知道戈拉出了事,摩希姆是不会袖手旁观的,现在看见他准备做力所能及的事,也就不再说什么了。她也知道这个正统印度教家庭不会有人肯陪她——家里的主妇,到戈拉的监牢去接受众人好奇的眼光和窃窃私议的。因此,她不再提出要求,只是紧紧地闭上嘴,眼中带着抑制的悲伤,走回自己的房间去了。拉契米大哭起来的时候,她还责备她,把她打发走。她已经习惯于把忧虑默默地藏在心里,喜怒哀乐不形于色了。她心里的痛苦只有神知道。

毕诺业不知道怎么样才能安慰安楠达摩依,没说几句话,他就说不下去了。其实,她也不是别人可以用话来安慰得了的;对于无法补救的事情,她宁可不谈。因此,她不再提起这件事,只是说:"毕努,我看你还没有洗澡吧。你的早餐已经有点晚了,快去做好准备吧。"

他洗过澡,坐下来吃早餐时,他座位旁边的空位子让她想起戈拉;一想起另一个孩子吃的是监牢的粗食,没有经过母亲的调理,安楠达摩依就再也忍不住了,只好找一个借口,离开了屋子。

第三十三章

帕瑞什先生回到家,十分意外地发现罗丽妲在家里,他知道他这个任性的女儿一定卷进了不是一般的纠纷里去了。看见他询问的眼光,她说:"爹,我实在没法再住下去了,只好离开那儿。"问她出了什么事,她说:"县长把戈尔先生关进监牢了。"

帕瑞什先生起初不明白戈拉怎么会搅进那件事情里,但在听了罗丽妲详细的报道之后,一时说不出话,陷入了沉思。他第一个担心的是戈拉的母亲。他想,县长给戈拉判刑,就像给一个小偷判刑那样容易,因为他已经习惯于不讲道理,因而也就没有同情心。人欺压人比起世上一切残酷行为不知要可怕多少倍,这种残酷行为,受到社会和政府力量的联合支持,变得多么普通和无法忍受呀!在他听戈拉被捕入狱的故事时,心里清楚地出现了这些想法。

罗丽妲看见帕瑞什先生在默默沉思,便着急地问道:"爹,这种不公平的事不是太可怕了吗?"

他像往常一样沉着地回答:"我们不知道戈拉究竟走得多远,不过至少我们可以这样说:即使戈拉出于信仰,一时失去了自制力,做了超出合法权利的事,无疑他也不可能犯下英国人所谓的罪行。不过我们怎么办呢,我的孩子?我们这个时代,公正的概念还不十分完美。轻微的过错和犯了大罪都要受到同样的惩罚,都要在同一个牢里踩同一个踏车。这不能由某一个人负责——这要怪大伙儿一起犯下的罪行。"

帕瑞什先生突然改变了话题,问道:"你跟谁一起回来的?"

罗丽妲挺直了身体,比平时加强了语气回答:"毕诺业先生。"不过,尽管她加强了语气,背后仍不免带点心虚的味道。她不能泰然自若地说这句话,除了心慌意乱之外,脸上还不断地升起羞愧的红晕。

帕瑞什先生对这个倔强任性的女儿比其余的孩子疼爱得多,并且对她那大无畏的实话实说的精神特别尊重,虽然这经常使她和家里别的人发生冲突。罗丽妲的缺点是非常明显的,他可以看得出这些缺点怎样妨碍了别人对她的特殊品质的赏识——因此他就更加小心地照顾她,免得在约束她的时候,毁掉她内在的高贵品质。

他别的几个女儿的美貌,别人一看便知,因为她们五官端正,皮肤白嫩。可是罗丽妲比她们黑一些,她那比较复杂的脸形引起不同的看法。因为这个缘故,芭萝达太太总是向丈夫表示,她担心,要给她找一个合适的丈夫,恐怕不太容易。然而帕瑞什先生在她脸上看到的不是皮肤或五官方面的美,而是脸上表现出来的灵魂的美——不仅仅是看上去令人愉快的完美无瑕的外形,而是坚韧不拔的力量和独立鲜明的性格——这种性格只能使有见识的少数人赞赏,大多数人是不会喜欢的。

帕瑞什先生觉得罗丽妲虽然不会得到一般人的喜爱,但永远会保持真诚坦率,所以几乎是带着痛苦的心情去关怀她,尽力和她接近,对她所犯的错误也比较宽容,因为他知道除了他以外,别人是不会原谅她的。这次罗丽妲一说她是和毕诺业一个人回来的,他马上就意识到她将来会遇到的一切困难——社会会对她小小的过失给予重得多的惩罚。

他在心里反复考虑这种情况的时候,罗丽妲接着说:"爹,我知道我错了,不过现在我弄清楚了一件事,那就是县长和我们老百姓之间的关系。我明白他那赏恩似的款待对我们并不是一种光荣。在我认识到这一点之后,难道还该留下来接受款待吗?"

这可不是一个容易回答的问题,因此,帕瑞什先生不打算回答,只是在这个鲁莽的女儿头上开玩笑似的轻轻地拍了一下。

当天下午,帕瑞什先生在花园里走来走去,把这事从头到尾仔细考虑一番,这时,毕诺业来了,走到他跟前向他行礼。帕瑞什先生花了不少时间和他讨论戈拉入狱的事以及它可能产生的后果,但始终没有提到毕诺业和罗丽妲乘船出走的事。天黑之后,他说:"毕诺业,来,我们进屋去吧。"

可是毕诺业却推辞说:"现在我得回家了。"

帕瑞什先生没有重复他的邀请,毕诺业朝着二楼阳台的方向很快地看了一眼,便拖着慢慢的步子走掉了。

罗丽妲从阳台上看见了毕诺业,当她父亲一个人走进屋里时,她走下来到他屋里去,心想毕诺业一定会跟在后边。但毕诺业没有进来,罗丽妲坐立不安地摆弄了一阵图书和纸张之后,正准备离开,帕瑞什先生把她叫回来,慈爱地朝她垂头丧气的面孔看了一眼说:"罗丽妲,给我唱一首圣歌好吗?"说完,他把灯挪开,免得灯光照在她脸上。

第三十四章

第二天,芭萝达太太和其余的人一起回来了。

哈兰对罗丽姐所作所为恼火到无法控制的地步,在回家之前,便先来找帕瑞什先生。

芭萝达太太气得在经过罗丽姐身边时,连看都不看她一眼,也不跟她说话,便直接回到自己的屋子去了。

拉布雅和丽拉也很生罗丽姐的气,因为她和毕诺业一走,戏就要大大地压缩,使她们感到十分丢脸。

至于苏查丽姐,她既不像哈兰那样大嚷大叫,不像芭萝达那样含着眼泪哀叹,也不像拉布雅和丽拉那样感到丢脸,她只是冷冰冰的,像架机器,一声不响地去做她分内的工作。今天,她是最后进屋的一个,动作活像一个机器人。

苏梯尔对自己做过的事十分羞惭,他根本就不肯和他们一起进屋。拉布雅请他进来,没有成功,一气之下,发誓再也不理他了。

"这简直太不像话了!"哈兰在走进帕瑞什先生的屋子时大声嚷道。

罗丽姐在隔壁听到他的声音,立刻走过来,站在她父亲背后,两手扶着椅背,双目圆睁,直视哈兰。

"罗丽姐已经亲自把经过全都告诉我了,"帕瑞什先生说,"我认为进一步讨论这件事不会有什么好处。"

帕瑞什先生为人一向平静,哈兰以为这是他性格软弱的一种表现,因此少许带着点傲慢地说:"当然,事情是已经过去了,但促使这件事发生的、性格上的缺点仍然存在,因此还有必要谈谈。要不是你一直放纵她,罗丽姐是不会干出这种事情来的。你在听了这件丑事的细节之后,就会知道你已经造成多大的危害了。"

帕瑞什先生感到椅子背后正在酝酿着暴风雨,便把罗丽姐拉到他身旁,握着她的手,对哈兰温和地笑着说:"帕努先生,等你有了孩子之后,就会理解带大一个孩子,也是需要慈爱的了。"

罗丽姐弯下腰,一只手搂着她父亲的脖子,贴着他的耳朵轻声说:"爹,水都快凉了,洗澡去吧。"

"我过一会儿就去,"帕瑞什先生因为哈兰在场,所以这样说,"现在时间还不太晚。"

"您不用担心,爹,"罗丽姐温和地坚持说,"您在洗澡的时候,我们会招待帕努先生的。"

帕瑞什先生走了之后,罗丽姐稳稳当当地坐在他的椅子上,两眼盯着哈兰说:"你好像认为在这儿你有权跟每一个人爱说什么就说什么。"

苏查丽姐很了解罗丽姐,要在从前,看见她这副模样,一定会感到不安,可是现在她只是静静地坐在窗下,安详地阅读一本打开的书。苏查丽姐性情温和,一向很有节制,过去几天一再受到的创伤使她比往常更加沉默了。但这种沉默终于接近了转折点,她欢迎罗丽姐对哈兰的挑战,使自己压抑的情感能够有一个发泄的机会。

"我想你认为,"罗丽姐继续说,"你比我父亲更明白对自己儿女的责任吧,你真要成为整个梵社的领袖啦!"

罗丽姐胆敢这样跟他讲话,把哈兰吓了一大跳,他正要给她一顿教训,但罗丽姐却抢先说下去:"我们对你这种高人一等的态度已经容忍得够久的了,不过让我告诉你,要是你想对父亲指手画脚,这一家子没有一个人会答应的——连仆人都不答应!"

"罗丽姐,"哈兰气呼呼地说,"你……"

可是罗丽姐不让他说下去。"请听我说,"她打断他的话,"你的话我们听够了,这一次你得听我把话说完。如果你不相信我的话,就去问问苏绨姐姐:无论你把自己想得多伟大,我们的父亲都要比你伟大得多——这一点,我们要明明白白地告诉你。现在如果你有什么意见,你就提吧。"

"苏查丽姐!"哈兰脸都气青了,他站起身来大声喊道,"你想让罗丽姐当着你的面侮辱我吗?"

"她并没有想侮辱你,"苏查丽姐将眼睛离开书本,抬起头来,慢吞吞地说,"罗丽姐只不过希望你对父亲表示应有的尊重。我告诉你,我们实在想不出还有谁比他更值得尊敬的。"

有那么一刹那,哈兰站起来像是要走的样子,可是他没有走。他非常庄重地重新坐在椅子上。他越觉得他在渐渐地失去这一家人的尊敬,就越要拼命挣扎,想保持他的地位。他忘记了,对一根快要倒塌的柱子,你抓得越紧,它就倒得越快。

罗丽姐看见哈兰气冲冲地闷声不响,便走到苏查丽姐身旁,和她闲谈,就像没有发生过什么事一样。

后来,萨迪什跑进屋子,抓着苏查丽姐的手,拉她起来说:

"姐姐,来,跟我来!"

"到哪儿去呀?"苏查丽姐问道。

"噢,来吧,"萨迪什坚持说,"我给你看样东西——罗丽姐,你没有告诉她吧,是不是?"

"没有。"罗丽姐说。她答应过不向苏查丽姐泄露新来了一个姨妈的秘密,而且遵守了诺言。

不过苏查丽姐不能离开他们的客人,于是说:"好吧,话匣子先生,过一会儿我就去。先让爹洗完澡。"

萨迪什急得要命。只要能躲开哈兰,他没有不想尽办法的;只是因为很怕他,不敢当着他的面催得太急罢了。至于哈兰,除了偶尔训他两句之外,对萨迪什从来没有发生过多大兴趣。不管怎么样,萨迪什还是在旁边等着,等到帕瑞什先生一洗完澡,他就把两个姐姐拉走了。

哈兰说:"我以前提出过要和苏查丽姐正式订婚,希望不要再拖延了,就把它定在下星期天吧。"

"我个人并不反对,"帕瑞什先生回答,"不过这要由苏查丽姐来决定。"

"可是你已经征得她同意了。"哈兰逼紧一步说。

"那么,就照你的意思办吧。"帕瑞什先生说。

第三十五章

毕诺业没有勇气再到帕瑞什先生家去,而他自己的家又冷清得令人无法忍受,所以第二天一清早,他就跑到安楠达摩依那里去说:"妈妈,我想在这儿和您一起待几天。"

毕诺业心里也想到:戈拉被迫离开家,安楠达摩依一定很难过,他在这儿可以给她一些安慰。她明白他的心意,很受感动,慈爱地把手放在他的肩上,但什么都没有说。

他一安顿好,便提出各种各样小孩子的要求,甚至假装和安楠达摩依吵闹,说她没有好好照顾他。他这样做,为的是要分她和自己的心,不去再想那些令人发愁的事。到了暮色苍茫的傍晚,毕诺业心潮澎湃,难以控制,便缠着安楠达摩依,要她丢开家务事,到他卧室前面阳台那里,坐在草席上,给他讲她娘家和她小时候的故事——讲她婚前的生活,那时,她是一个校长的孙女,是学校里所有学生的宠儿。由于每一个人对这个没有父亲的姑娘过分纵容,弄得她的寡母非常担心。

"妈妈!"听完之后毕诺业喊道,"我简直不能想象有一个时期您会不是我们的母亲!我相信您祖父那所学校的学生准是一直把您看成是他们的小母亲,而且实际上,那时倒是您在照顾您的祖父。"

第二天傍晚,毕诺业躺在草席上,把头枕在安楠达摩依的怀里说:"妈妈,有时我希望能够把一切从书本里学来的知识统统还给老天爷,再一次像孩子那样藏在您的怀里——全世界只有您和我,再没有别的人。"

毕诺业说话的声调显得十分疲倦,仿佛心事重重,不胜忧伤的样子,这使安楠达摩依又吃惊又担心。她更靠近他一点,温柔地抚摸他的头,过了很久才问道:"毕努,帕瑞什先生家里一切都好吗?"

毕诺业听了这话,不由得吓了一跳,脸都羞红了。"什么事都瞒不过母亲,"他心想,"她能看透一个人的内心!"他有些迟疑地说:"是的,他们全都很好。"

"我很想认识帕瑞什先生的几个女儿。"安楠达摩依接着说,"戈拉原先对她们并没有很好的印象,不过后来她们赢得了他的尊敬。由此看来,她们绝不会是平平常常的人。"

"我也常常希望,"毕诺业热烈地说,"可以把她们介绍给您。可是我怕戈拉不愿意,所以一直没敢提出来。"

"最大的姑娘叫什么名字?"安楠达摩依追问。

这样,一问一答地谈了几句话,可是问到罗丽妲时,毕诺业含糊其词地想把话题岔开。不过安楠达摩依对他采取的策略只是笑了笑,不肯让他支吾过去。

"我听说罗丽妲是一个非常聪明的姑娘。"她接着说。

"谁告诉您的?"毕诺业问道。

"怎么,当然是你啰!"安楠达摩依回答。

从前有一阵子,毕诺业谈到罗丽妲时并不特别觉得难为情。他在没有精神负担的那个阶段,曾经怎样热情地给安楠达摩依报道过罗丽妲这人的聪明才智,现在已经完全忘记了。

安楠达摩依像一个优秀的船长驾着船绕过重重障碍那

样,巧妙地推动着谈话,很快便把罗丽妲和毕诺业之间的关系弄得一清二楚了。毕诺业甚至把罗丽妲因为戈拉突然被捕入狱、感到十分痛苦、和他一起乘船逃走的事告诉了安楠达摩依。他越谈越兴奋,原先的疲惫神态全都一扫而空,他觉得能够这样无拘无束地谈论一个如此出色的姑娘,实在是幸运极了!

最后,用人来请他们去吃晚饭,谈话被打断了,毕诺业好像突然从梦中惊醒,意识到他已经把心里所有的事毫无保留地全部告诉安楠达摩依了。她对一切都那样注意地倾听、透彻地理解,因此,他在叙述的时候,丝毫也不觉得拘束或羞惭。

毕诺业以前从没有遇到过什么事需要瞒着他这位母亲的,他已经养成这样的习惯:即使是件小事,也要跑来告诉她。但自从他认识了帕瑞什先生一家人,竟不知不觉地产生了一种犹豫的心理,这对毕诺业的心灵可没有好处。现在他又把一切烦恼全都向这位又同情又理解别人的母亲倾诉了,心里觉得无比安慰。他深信,如果他不能把最近的这段经历献在安楠达摩依妈妈脚前,它的纯洁性就会受到损伤——那样,就会留下可耻的污点,玷污他的爱情。

安楠达摩依那天晚上在心里反复地盘算。她觉得戈拉的生活之谜越来越难解了,不过也许可以在帕瑞什先生家里找到答案。最后,她决定,不管会带来什么后果,她都要认识这几位姑娘。

第三十六章

摩希姆和他那一房的人都认为萨茜和毕诺业的婚事已经是成为定局的了。萨茜最近变得很害羞,不肯到毕诺业跟前来。至于她的母亲拉克什米,毕诺业几乎连见都见不到她。

拉克什米太太并不是怕羞,但她天生过于拘谨,她的房门总是关得紧紧的,她家里每一个人都给她管得很严,只有丈夫是个例外;不过即使是他,在他妻子的严密统治下,也不能随心所欲,为所欲为——他的朋友圈子和活动范围也都受到限制。拉克什米牢牢地统治着她那小小的王国,外边的人想闯进去固然不容易,里面人想走出来也同样困难。家里她这片领地甚至连戈拉都不受欢迎。

拉克什米太太的这个王国永远不会因为立法、司法和行政三个部门之间发生内部矛盾而导致分裂,因为她执行自己制定的法律,而且初审和终审都由她一个人判决。摩希姆和外边打交道时颇有意志坚强的名声,但他的意志在拉克什米管辖区内无法表现,哪怕是一件很小的事情,他也做不了主。

拉克什米在帘子后边观察毕诺业,并且看中了他。摩希姆从毕诺业很小的时候就认识他了,一直只把他当作戈拉的朋友。首先引起他的注意、提出毕诺业有可能成为他们家女婿的,倒是他这位太太。她极力劝她丈夫说,毕诺业有一个最大的优点:他绝不会要嫁妆。

现在,虽然毕诺业住在他们家,但由于戈拉遭到不幸,他情绪低落,无法和他谈女儿的婚事,只好瞪着眼睛干着急。

不过,到了星期天,他们家那位恼火的女主人亲自来抓这件事了。她把摩希姆从安息日午睡的美梦中吵醒,把他连人带蒟酱盒子一起赶到毕诺业那边去,毕诺业正在把班金·昌德拉①不久前创办的《邦加达山》杂志最近一期的文章读给安楠达摩依听。

摩希姆在请毕诺业吃过蒟酱之后,就开始把戈拉骂了一通,说他控制不住自己,做下了蠢事;然后屈指计算离他期满出狱还有多少天。他很自然地——也是很随便地——提起阿克朗月已经几乎过去一半;说到这儿,他觉得可以言归正传了。

"你听我说,毕诺业,"他接着说,"你认为阿克朗月不宜举行婚礼,那真是胡说八道,就像我以前说的,要是你在我们别的规矩和禁忌之外,再加上一本家族历书,那么,在我们这个国家里,就甭想结婚了。"

安楠达摩依看见毕诺业很为难,便出来解围说:"萨茜还是个小不点儿的时候,毕诺业就认识她了,他实在很难认为她是一个合适的对象,所以才拿阿克朗月来推托。"

"那么,一开头他就该坦率地说他不情愿呀。"摩希姆说。

"就是自己的思想,一个人也需要一些时间才能认识清楚,"安楠达摩依回答,"不过,摩希姆,你何必这么着急呢?

---

① 班金·昌德拉(1838—1894),即班金·昌德拉·查特吉,印度小说家,最著名的作品是《阿难陀·马斯》。他努力提高孟加拉文学的水平,对后来的孟加拉作家,如本书作者泰戈尔,产生过巨大的影响。

毫无疑问,新郎是不会没有的。等戈拉回来——他认识不少适龄的年轻人,一定可以在他们当中给萨茜找一个合适的对象。"

"嗯。"摩希姆拉长脸唔了一声。沉默了一会儿,他突然说:"妈妈,如果您不出来阻挠,毕诺业是绝不会反对这门亲事的。"

毕诺业慌慌张张地正要提出抗议,可是安楠达摩依不让他说话:"你说得倒也对,摩希姆,这件事我不能给毕诺业任何鼓励,他还年轻,一时冲动,可能就会答应下来,可是绝不会有什么好结果的。"

这样,安楠达摩依把摩希姆的怒火引到自己身上,掩护了毕诺业,免得他受摩希姆攻击。毕诺业对自己的软弱感到很羞愧。不过摩希姆没有给毕诺业改口的机会,没等他表示不愿意,就气冲冲地走出屋子,一边心里暗骂:"继母绝不会有生母那样的感情。"

安楠达摩依非常清楚摩希姆一定会毫不迟疑地这样谴责她。她知道按照社会的准则,家里一切争吵都会归罪于继母。可是她从来没有根据别人对她的看法来改变自己行为的习惯。从她收养戈拉那天起,她就和风俗习惯决裂了,而且实际上走上了经常要受社会指责的道路。

因为她不得不和别人一起隐瞒了一件事情的真相,经常感到内疚,因而对别人苛刻的批评也就觉得无所谓了。别人骂她是基督徒时,她把戈拉搂在怀里说:"老天爷知道,管我叫基督徒并不是骂我!"这样,她逐渐习惯于不理睬她那个社会圈子的清规戒律,只是按照自己的天性行事。因此,不管摩希姆是在嘴上,还是在心里骂她,都不可能阻止她做她认为应该做的事。

"毕努,"安楠达摩依突然说,"你已经有许多天没有上帕瑞什先生家里去了,不是吗?"

"没有很多天,妈妈。"毕诺业回答。

"你自从乘船回来的那天去过之后,肯定没有再去了。"安楠达摩依说。

日子倒真没几天,不过毕诺业知道,在那之前,他经常到帕瑞什先生家里去,那些日子,安楠达摩依很少能看见他。从那个角度来看,他倒是容易承认最近是有相当长的一段时间没有去了——对他来说,确实是相当长了。

他从腰布边抽出一根线,但依然一声不响。

正在这个时候,仆人进来通报有两位姑娘来拜访夫人。毕诺业怕自己碍事,忙站起身来,但他们还在猜测来客是谁的时候,苏查丽姐和罗丽姐已经走进了屋子,这样,他就再也没有机会退出去了。他只好留下来,难为情地默默不语。

两个姑娘向安楠达摩依行了触脚礼。罗丽姐没有特别招呼毕诺业,但苏查丽姐给他鞠了一躬,道了一声"你好",然后转过身向安楠达摩依做自我介绍:"我们是从帕瑞什先生家来的。"

安楠达摩依亲热地欢迎她们,同时表示:"亲爱的姑娘,你们用不着介绍自己。我没有见过你们,这是事实,可是我觉得咱们早就是一家人了。"她很快就使她们感到像在家里一样自由自在。

苏查丽姐看见毕诺业默默地坐在一边,想拉他一起谈谈,便说:"你有一阵子没有来看我们啦。"

毕诺业回答时看了罗丽姐一眼:"因为我怕滥用你们对

我的感情,去得太勤,就会不受欢迎了。"

"难道你不知道感情总是会被人滥用的吗?"苏查丽妲笑着说。

"他能不知道吗?"安楠达摩依说,"如果你们明白他一天到晚怎样支使我就好了——我给他那些怪念头弄得一刻也不得安宁。"她慈爱地看着毕诺业。

"老天爷就是用我来考验他赐给您的耐性的。"毕诺业反驳说。

听到这话,苏查丽妲用胳膊肘轻轻地碰了一下罗丽妲说:"你听到了没有,罗丽妲?我怀疑我们是不是也受过考验,而且被认为没有耐性。"

安楠达摩依看到罗丽妲没有反应,便笑着说:"这一次可是毕诺业自己在经受考验了。你们不知道在他心里,你们占了多么重要的位置。每天晚上,他只谈你们。只要提到帕瑞什先生的名字,就足以让他高兴了。"安楠达摩依一边说,一边看罗丽妲。她尽了最大的努力想装得自然一些,但一抬起头,就羞得满脸通红。

"你们决想不到,为了替帕瑞什先生辩护,他和多少人吵过架。"安楠达摩依接着说,"他那些正统印度教的朋友都挖苦他,说他正在变成一个梵教徒,有些人甚至想剥夺他的种姓——亲爱的毕努,你用不着这么难为情,你没有什么可羞耻的——你说呢,我的小母亲?"

这一次罗丽妲抬起头来了,不过安楠达摩依转过脸看着她的时候,她垂下了眼睛。苏查丽妲替她回答说:"毕诺业先生一直对我们很好,拿我们当朋友——这并不完全因为我们有什么过人的地方,而是由于他心胸开阔。"

"这我可不能同意。"安楠达摩依笑着说,"毕诺业很小的时候,我就认识他了,这许多年,除了我的戈拉,他没有交过什么朋友,甚至和他类似的人,他也合不来。可是自从他认识了你们,就很少看见他了。为了这个,我本来还想找你们去吵架呢,不过现在我知道我也和他完全一样了——亲爱的,你们实在太可爱了。"安楠达摩依说到这里,便依次摸了摸她们的下巴,然后吻了吻自己的手指头。

毕诺业越来越显得难为情。苏查丽妲觉得他很可怜,于是说:"毕诺业先生,我爹和我们一道来了,正在楼下和克里什纳达雅尔先生谈天呢。"

这样,给毕诺业一个逃避的机会,让女士们自己谈下去。他走了之后,安楠达摩依接着给两个姑娘讲戈拉和毕诺业之间不寻常的友谊,不久就发现两个听众都听得入迷了。

对安楠达摩依来说,全世界再没有比这两个人更亲的了,从他们的童年时代起,她便把一颗母亲的爱慕之心整个地献给他们。她像姑娘们自己塑造湿婆像来膜拜那样,亲手塑造了他们,而他们也把她的爱全部接受下来。

她这两个偶像的故事,从她自己的嘴里说出来,显得那么甜蜜生动,苏查丽妲和罗丽妲觉得永远都听不够。她们对戈拉和毕诺业,本来就很关心,但现在仿佛是通过母爱的不可思议的光辉,从一个新的角度来看他们。

罗丽妲认识了安楠达摩依,对县长的怒火又重新燃烧起来了。但安楠达摩依听了她的辛辣的评论之后,却笑着说:"亲爱的,戈拉坐牢,我的心情只有神才知道,不过我不能生那个洋大人的气。我了解戈拉。只要他认为是对的,他就要这样做,决不许任何人造的法律来阻挠他。戈拉尽了他的责任。官方也在尽他们的责任。受到损害的人只好耐心忍受。小母亲，只要你读一读戈拉的信，你就知道他没有逃避痛苦，也没有对任何人发孩子脾气。他已经考虑过一切后果了。"她从箱子里把仔细收好的戈拉的信拿出来交给苏查丽妲说："亲爱的，请你把它大声念一念好吗？我很想再听一遍。"

念完了戈拉这封美妙的信之后，有好一会儿，三个人都没有说话。安楠达摩依擦掉了几滴眼泪。她流泪，并不单纯出于母亲的悲伤，同时也是出于母亲的喜悦和骄傲。她这个戈拉是一个什么样的戈拉呀！他不是一个向县长屈膝求情的懦夫。他明知坐牢十分艰苦，但仍然承担了全部责任，难道不是这样吗？他没有为此和任何人吵过架，如果他能毫不畏缩地忍受一切，那么，他的母亲也能这样。

罗丽妲敬佩地注视着安楠达摩依的脸。在她脑子里，原已根深蒂固地刻下了梵教家庭的一切偏见。对那些她认为相信正统印度教种种迷信的女人，她一向是不大尊敬的。从她小的时候起，每逢她犯了错误，如果芭萝达太太想特别严厉地申斥她，就会说，这种事只有印度教家庭的女孩子才干得出来，罗丽妲听了，总会觉得十分丢脸。

安楠达摩依今天的谈话，一再使她感到很惊讶。这样沉着有力，这样合情合理，这样洞察秋毫！罗丽妲站在她旁边，感到十分渺小，因为她意识到自己不能控制自己的感情。她是多么激动不安呀。她不愿和毕诺业讲话，甚至不愿朝他那边看一眼。不过现在安楠达摩依平静、同情的面容给她骚动的心带来了和平，她和周围环境的关系也变得简单自然了。"现在我看见了您，"她大声说，"我清楚地知道戈尔先生的力量是从什么地方来的了。"

"我想,"安楠达摩依笑着说,"你对这件事恐怕还不大清楚。如果戈拉只是一个普普通通的孩子,我自己又能从哪儿得到力量呢?我能这样平静地对待他的不幸吗?"

第三十七章

要想弄清楚为什么罗丽姐去拜访安楠达摩依的时候心里特别不安,就要从前几天说起。

过去有好几天,罗丽姐早晨醒来想的第一件事便是:"毕诺业先生今天不会来的。"然而这一整天,她却不能放弃他终究会来的念头。隔一会儿,她就会幻想他也许已经来了,只是没有到楼上的客厅,而是在楼下跟帕瑞什先生在一起罢了。在她这样想的时候,她就会从一间屋子走到另一间,不停地来回踱步。最后,一天终于过去了,她躺在床上,心绪万千,不知怎么样才好。她一会儿想大哭一场,一会儿又不知道在生谁的气——也许在生自己的气吧!她只能对自己大声说:"这是怎么回事呀?我怎么啦?哪儿都找不到出路。这样下去,我还能支持多久呢?"

罗丽姐知道毕诺业是正统印度教教徒,不可能跟她结婚——但还是这样一点儿不能控制自己的心!这够多丢人,够多狼狈呀!她看得出毕诺业也不是不喜欢她,正因为如此,她才这样难以控制自己。也正因为如此,她一方面热情地等待他来,一方面又怕他真的会来。

经过这几天的挣扎,那天早晨,她再也忍不下去了,心里想,如果这一切痛苦是由于毕诺业没有来而引起的,那么见到他也许就可以好一些。于是她把萨迪什拉到她屋子里对他说:"我看你准是跟毕诺业先生吵架了。"

萨迪什生气地矢口否认,虽然他有了姨妈之后,有好几天忘记了自己和毕诺业的交情。

"那么,我得说,他可真不够朋友!"罗丽姐接着说,"你一天到晚喊毕诺业先生,毕诺业先生,而他却连看都不看你一眼!"

"他不看我一眼吗?"萨迪什嚷道,"你知道什么?他当然想看我!"

萨迪什常常只用充满信心、加强语气的话来维持他认为家里最小的一员应有的尊严。这一次,他觉得有必要拿出点有力的证据,于是他立刻就跑到毕诺业家里,很快就带回来这样的消息:"他根本不在家,所以没有来。"

"可是为什么前两天他也没有来?"罗丽姐接着问道。

"因为他离开那儿有不少日子了。"萨迪什说。

罗丽姐这才去找苏查丽姐说:"亲爱的姐姐,你想我们不该去看看戈尔先生的母亲吗?"

"可是我们不认识她呀。"苏查丽姐不同意地说。

"呸!"罗丽姐大声说,"戈尔先生的父亲不是爹的老朋友吗?"

苏查丽姐记得果真是这样。"对了,这是真的。"她表示同意,而且甚至变得热心起来了。她加上一句:"亲爱的,你去问问爹吧。"

不过罗丽姐不肯去,苏查丽姐只好自己去问。"当然!"帕瑞什先生立刻说,"我们早就该想到去看她了。"

他们商量好吃过早饭就动身,可是刚做出决定,罗丽姐就改变了主意。她觉得有点儿犹豫,又觉得有点伤她的自尊心,因而不想去了。"你陪爹去吧,"她对苏查丽姐说,"我不去了。"

"这可不行!"苏查丽姐喊道,"我怎么能一个人跟爹去呢?去吧,好妹妹,亲爱的,走吧!不要固执,把事情弄糟了。"

罗丽姐终于被说服了。不过这样做,岂不是向毕诺业屈服吗?他这样容易就躲在一边,而她倒要这样费力去追他吗?投降的耻辱使她对毕诺业十分恼火。她极力向自己否认拜访安楠达摩依是为了有机会看毕诺业一眼;正是为了要保持这种态度,她才没有向毕诺业行礼,甚至没有看他一眼。

毕诺业呢,他认为她之所以这样,是因为她发现了他的秘密,用这种方式表示拒绝。他绝不敢妄想罗丽姐会爱上他。

毕诺业胆怯地来到门口,站在那儿说,帕瑞什先生让他来告诉她们,他要走了。毕诺业藏在门后边,不让罗丽姐看见他。

"什么!"安楠达摩依喊道,"他以为我可以让他们不吃点东西就走吗?我一会儿就来,毕诺业,我去安排一下,你先进来坐坐。你站在门背后干什么呀?"

毕诺业走进来在离开罗丽姐最远的地方坐下来。可是罗丽姐已经恢复镇定,完全摆脱了以前的窘态,很自然地说:"你知道吗,毕诺业先生,你的朋友萨迪什今天早晨到你的住处去了解你是不是完全不理他了?"

毕诺业像听到了仙乐那样万分惊讶;接着脸涨得通红,因为他没有能掩饰吃惊的神态。他能说善辩的本领不知到哪儿去了。"萨迪什到我家去了,是吗?"他重复说,连耳根都红了,"这些日子我一直不在家。"

不过罗丽妲这几句话给了毕诺业极大的快乐。把他整个淹没了的、令人窒息的噩梦般的疑虑一下子全都消失了。他觉得在这个世界上他再也没有别的要求了。"我得救了,得救了!"他的心这样呼喊,"罗丽妲并没有怀疑我。罗丽妲没有生我的气!"

两个人之间一切隔阂很快就消除了。苏查丽妲笑着说:"毕诺业先生起先好像以为我们是什么尖爪獠牙、头上长角的怪物,要么就是以为我们是带着武器来袭击他的。"

"沉默的人总是有罪的,"毕诺业说,"这个世界,谁先告状,谁就打赢官司。不过我没有料到你会这样来责备我,姐姐!你自己离开别人,反倒怪别人疏远你。"

这是毕诺业第一次管苏查丽妲叫"姐姐",确立了姐弟的关系。这两个字苏查丽妲听起来很亲切,因为她觉得他们刚认识就建立起来的亲密关系,现在有了具体和美好的形式了。

正在这个时候,安楠达摩依回来了。她让毕诺业下楼去侍候帕瑞什先生吃点心,她自己照顾这两个姑娘。

天快黑的时候,帕瑞什先生才带着女儿回家。毕诺业对安楠达摩依说:"妈妈,今天我不让您再干什么活了。来,咱们到楼上去。"

毕诺业简直控制不住自己的感情了。他把安楠达摩依拉到屋顶平台,亲手把席子铺开,请她坐下。

"好啦,毕努,你有什么事儿?"安楠达摩依问道,"你要跟我说什么?"

"没有什么,"毕诺业回答,"我想请您谈谈。"事实是:毕诺业非常想听听安楠达摩依对帕瑞什先生两个女儿的看法。

"嘿,怪极了,"安楠达摩依喊道,"你把我拉走,不让我干活,就为了这个吗?我还以为你有什么重要的事情要告诉我呢。"

"要是我不把您带到这儿,您就看不到这样美丽的夕阳了。"毕诺业说。

不错,十一月的太阳正在加尔各答的屋顶后面落下来,不过多少带点凄凉的气氛。景色并不特别美,因为金光灿烂的余晖全被横在地平线上的烟雾吸收了。不过今天傍晚,即使朦胧的落日景色这样阴沉,在毕诺业看来,也十分光彩夺目。他觉得整个世界都围绕着他,拥抱他,天空也靠拢来,轻轻地抚摸他。

"这两个姑娘非常迷人。"安楠达摩依评论说。

但这样一句话,毕诺业是不会满足的。他不时提个话头,提到不少他和帕瑞什先生一家交往的情形,设法让谈话继续下去。这一切本来都没有什么,但毕诺业极大的兴趣,安楠达摩依真挚的同情,屋顶平台与世隔绝,再加上十一月黄昏渐渐加浓的阴影,就使得这一家的历史,每一个细节都带上了丰富的含意。

安楠达摩依突然叹了一口气说:"我多么希望能看见戈拉和苏查丽妲成亲呀!"

毕诺业坐直了身子说:"妈妈,这正是我经常想的。苏查丽妲和戈拉正好是一对。"

"不过,这可能吗?"安楠达摩依沉思地说。

"为什么不可能?"毕诺业大声说,"我就不信戈拉不喜欢苏查丽妲。"

安楠达摩依并不是没有发觉戈拉被什么迷人的力量所吸

引,并且从毕诺业偶尔说出来的几句话里猜出这迷人的力量是从苏查丽妲那里来的。她沉默了一会儿,然后说:"我拿不准的是:苏查丽妲肯不肯嫁到一个正统印度教的人家里来。"

"倒不如说,"毕诺业说,"戈拉能不能和一个梵教人家的女儿结婚。您不反对吗?"

"我向你保证,我一点也不反对。"安楠达摩依说。

"真的吗?"毕诺业大声说。

"真的,毕努,"安楠达摩依说,"我为什么要反对呢?结婚就是两颗心结合在一起——要是结合了,念什么经又有什么关系呢?只要用神的名义举行婚礼,这就够了。"

毕诺业感到心上去掉一块大石头,他热情地说:"妈妈,听见您这样说话,真叫我惊叹不已。您怎么会有这样开明的思想呢?"

"怎么,当然是从戈拉那儿来的啦。"安楠达摩依笑着说。

"可是戈拉说的正好相反。"毕诺业不同意地说。

"他嘴里说些什么,那有什么关系?"安楠达摩依说,"反正我学到的东西,全都是从他那儿来的!——人本身是多么真诚,而那些使人们不和的争论又是多么虚假呀。我的孩子,梵社和正统印度教究竟有什么不同呢?人的心里并不存在种姓——神通过人心促使人们团结,神通过人心接近人。难道我们可以疏远神,把团结人的责任交给教义和仪式吗?"

第三十八章

苏查丽妲的姨妈哈里摩希妮来了之后,帕瑞什先生家里的气氛受到相当大的干扰。在描述怎样会发生这事之前,最好还是先借用哈里摩希妮给苏查丽妲叙说身世的那一番话来给她做一个简单的介绍:

"我比你妈大两岁,我们在父亲家里受到的疼爱是无法形容的。因为家里只有我们两个小姑娘,叔叔伯伯十分喜欢我们,几乎一天到晚把我们抱在怀里。

"我在八岁的那一年,嫁到帕夏的罗依·曹修里斯家。这是一个很有名望的人家,既是巨富,又是名门。可是我天生命苦,我爹和我公公为了我的嫁妆发生了一些误会,婆家的人认为我爹小气,很久都不肯谅解。他们经常威胁我说:'要是咱们的孩子再娶一个呢?我们倒想看看他们家的丫头到那时候处境会变得怎么样。'

"我爹看见我悲惨的境况,发誓再不把另一个姑娘嫁给有钱的人家。所以你妈没有嫁给一个有钱的人。

"我的婆家是一个大家庭,我只有九岁,就得帮着给六七十口人做饭。在所有的人都吃完之前,我得饿着肚子侍候他们。大家都吃完之后,我也只能吃些残羹剩饭,有时只有一些白饭,有时有白饭和豆子。我经常在下午两点才吃上第一顿饭,有些时候几乎要等到傍晚。我一吃过早饭就又要开始烧晚饭了,直到晚上十一二点我才有机会吃晚餐。我没有固定的睡觉地方,谁能给我找个地方,我就跟谁睡在一起,有时连张垫子都没有。

"他们故意这样怠慢我,对我丈夫也起了些影响,他有很长的一段时间,一直不理我。

"在我满十七岁的那年,我的女儿摩诺拉玛诞生了。因为只生了一个女儿,我的处境就更糟了。不过,生活在这样羞辱的环境里,我的小女孩倒成了我极大的快乐与安慰。摩诺拉玛既然从她父亲和别的人那里得不到一点疼爱,就变成我关怀爱护的对象,成为我的命根子。

"过了三年,我生了一个男孩,处境好了一些,终于得到了我应得的主妇地位。我从来没有见过婆婆,在摩诺拉玛诞生两年以后,我公公也死了。他死后,我丈夫和他的几个弟弟为了争夺家产打起了官司,最后,大部分财产都打光了,兄弟们也分了家。

"摩诺拉玛到了结婚的年龄,我怕见不到她,就把她嫁到离这儿大约只有十英里的一个名叫西木拉的村子,新郎是一个非常漂亮的年轻人,一个真正的美男子。他五官端正,皮肤白净,家里也相当富裕。

"在厄运终于来临之前,老天爷让我尝到了短暂的幸福滋味。在那些日子里,我多年来受过的怠慢和痛苦,似乎都得到了补偿。我终于赢得了丈夫的疼爱和尊敬,遇到重大的事,他总是找我商量。但好事多磨,我们附近一带突然发生了霍乱。四天之内我丈夫和儿子都死了。神让我活着,一定是为了让我懂得,连想一想都受不了的苦难,世人都能忍受。

"我逐渐看透了我的女婿。谁能设想在那么一个美男子的心里隐藏着一条毒蛇呢?我女儿从来没有告诉过我,她丈夫由于受到朋友的影响,染上了酗酒的恶习;他常常到我这里,用种种借口骗钱,这时候,我反而感到高兴,因为在这个世界上,再没有别人需要我给他攒钱了。

"不过,我的女儿很快就禁止我这样做了,她警告我说:'您那样给他钱,只能把他宠坏。谁都不知道他一拿到钱就把它花在什么地方。'我以为摩诺拉玛只是害怕她丈夫向妻子的亲属要钱,会在她的亲戚面前丢脸。我真是蠢到极点,竟悄悄地把钱给他,把他送上毁灭的道路。我女儿知道这事,便哭着前来找我,把事情经过全部揭穿。你可以想象得到,那时我是怎样绝望地捶我自己的胸膛呀。而且请你想想,我女婿之所以堕落,原来是学我一个小叔子的样,受了他的怂恿。

"我不再给他钱了。他开始怀疑是我女儿捣的鬼,于是撕破了假面具,残酷地虐待摩诺拉玛,甚至在外人面前也毫无顾忌地侮辱她。我只好背着女儿,继续偷偷地给他钱,心里明白这是帮助他毁灭他自己。不过我有什么办法呢?我不能眼睁睁地看着摩诺拉玛受罪呀!

"后来,有一天——这一天我到现在仍然记得十分清楚!那时已经快到二月底了。那年天气比往年热得早。我们大家还说,后花园的芒果树都已经开满了花了呢。在中午的时候,我们家门前停了一顶轿子,只见摩诺拉玛从里面走出来,满脸含笑地走到我跟前向我行触脚礼。

"'摩努①,'我说,'有什么事吗?'

---

① 摩努,摩诺拉玛的简称。

"她仍然笑着回答说:'没有什么事就不能来看我母亲了吗?'

"我女儿的婆婆不是坏人,她叫人送信来说:'摩诺拉玛有喜了,我想在生孩子之前,最好和她妈妈住在一起。'我自然信以为真——怎么会知道虽然她怀了孕,她丈夫又打起她来了,她婆婆完全是因为怕出事,才把她送回娘家来的呢?

"摩诺拉玛这样和她婆婆一起把我蒙在鼓里。她洗澡的时候,我想替她抹油,或者帮她洗,她总是找些借口推辞——她不愿意让我看见她丈夫毒打她的伤痕。

"我的女婿跑来闹了几次,想把他老婆接回家,因为他知道,她要和我住在一起,他想敲诈就不那么便当了。不过,过了些时候,连这点顾虑也没有了,他毫不知耻地公开缠着我要钱,当着摩诺拉玛的面也毫不在乎。摩诺拉玛本人是很坚决的,她不让我听他的鬼话,但我怕他越发恨我女儿,不知会闹出什么事,所以狠不起来。

"最后,摩诺拉玛说:'妈妈,让我来管钱吧。'说完就拿走了我的钱箱和钥匙。当我的女婿知道不可能再从我这儿拿到钱,摩诺拉玛的决心也不会动摇时,他又开始逼她回家。我想说服摩诺拉玛:'亲爱的,为了能够摆脱他,就让他得到满足吧。要不然,谁知道他会闹出什么事呢?'

"可是我的摩诺拉玛虽然对一些事情很随和,但对另一些却十分坚定。她说:'不行,妈妈,绝对不行。'

"有一天她丈夫两眼血红地跑来说:'明天下午,我要派一顶轿子来接我老婆,如果你不让她回家,我就要让你更不好受,我说得到,做得到。'

"第二天,太阳快下山的时候,轿子果然来了。我对摩诺拉玛说：'亲爱的，现在不去，恐怕要出事，不过下一个星期，我一定派人去接你回来的。'可是摩诺拉玛说：'妈妈，让我再住几天吧，今天晚上我实在不能去。叫他们过几天再来。'我说：'好孩子，如果我把轿子打发回去，我们对付得了你那个狂暴的丈夫吗？不，摩努，你最好还是现在就走吧。'她央求说：'不，妈妈，今天不要打发我走。我公公在帕尔衮月中旬就回来，到那个时候我一定回去。'

"可是我仍然坚持说那样不妥当。摩诺拉玛终于去收拾行装了。我忙着给轿夫和跟着轿子来的仆人准备晚饭——没有顾得上给摩诺拉玛最后打扮一下，也没有给她弄点她爱吃的点心，甚至没有来得及在她走前和她说几句话。在她上轿之前，摩诺拉玛弯下身子给我行触脚礼说：'再见了，妈妈！'

"那时，我不知道这是最后的一次见面。她不想走，是我逼着她走的。直到今天，每逢我想起这事，我的心都难过得要撕裂。今生今世这个创伤再也不会愈合了。

"当天晚上，摩诺拉玛就小产死了。在通知我之前，他们已经把她的尸体悄悄地急急忙忙火化掉。

"亲爱的，一件无论说什么、做什么都无法挽回的伤心事，一件即使用一生的泪水也洗不净的伤心事，它给一个人带来的痛苦你能够理解吗？而且，在我失掉了一切之后，我的灾难仍然没有结束。

"我丈夫和儿子一死，几个小叔子便用贪婪的眼睛盯住我的财产。他们明明知道，在我死后，这些财产都会落在他们手里，但他们没有这份耐心。我也很难怪他们，因为一个像我这样不幸的女人竟然活下去，不是和犯罪差不多吗？你怎能希望那些贪得无厌的人对一个自己虽然没有需求但却妨碍他们享受的人采取宽容的态度呢?

"只要摩诺拉玛还活着,随便别人说得天花乱坠,我也无动于衷。对我应有的权利寸步不让,因为我要把钱留给她。不过我的小叔子却看不惯我这样做,因为在他们看来,这无异于从他们口袋里偷钱。我丈夫有一个可靠的老仆,他名叫尼尔堪塔,是我的一个好帮手。有时,为了图个太平,我想向他们提出一个妥协的办法,尼尔堪塔却连听都不要听。他会说:'我们倒要看看谁能剥夺我们正当的权利。'

"我们正在为我们的权利进行着斗争,摩诺拉玛死了。她去世的当天,有一个小叔子来找我,劝我放弃一切财产,去过苦行者的生活。'大嫂,'他说,'老天爷显然不想让你过尘世的生活。你为什么不在有生之年到一个圣地去潜心修道呢?我们会照顾你的生活的。'

"我把师父请来,向他问道:'师父,请您告诉我,怎么样才能摆脱我身上无法忍受的痛苦呢?我被烈火四面包围,不论走到哪儿,都逃脱不掉这种痛苦。'

"我的师父把我带到我们家的神庙那里,指着克里希纳的神像说:'你的丈夫、儿子、女儿,你的一切全都在这儿。侍奉他,礼拜他,你的渴望就会得到满足,你那空虚的心也会全部填满。'

"于是我整天整夜地待在庙里,努力把全部身心献给天神。不过除非他接纳我,我又怎能献出自己呢?咳,直到现在,他还没有接纳我呢。

"我把尼尔堪塔叫来,跟他说:'尼尔大哥,我决定把我的财产权让给我的几个小叔子,只要求每个月给我很少的一点生活费。'但尼尔堪塔说:'不行,这绝不行。你是一个妇道人

家,不要操心这些外面的事。'

"'可是财产对我还有什么用呢?'我问道。'一个多么古怪的念头呀。'尼尔堪塔大声说,'放弃我们的合法权利,这种疯狂的想法,你连想都不要想。'在尼尔堪塔看来,世界上再没有比一个人的合法权利更重要的了。不过我拿不定主意。我对尘世间的事情已经像毒药一样厌恶,可是我怎能让老尼尔堪塔苦恼呢?他是我世界上唯一可以信赖的朋友了。

"最后,有一天,我没有让尼尔堪塔知道,在一张文件上签了字。文件的内容我不完全明白,可是既然我不想保留什么东西,我就不怕受骗。我觉得原来属于我公公的东西,就让他的儿子拿走吧。

"文件正式登记之后,我把尼尔堪塔找来说:'尼尔大哥,请你不要生我的气,我放弃了财产,已经签了字。我再也用不着它了。'尼尔堪塔惊呆了,他大叫了一声:'什么!你干了一件什么样的蠢事呀!'

"他看了文件的草稿,看见我真的放弃了一切权利,简直气疯了,因为自从他的主人死了之后,他终身的目标,就是替我保住我的财产。他把全部心思和努力都一直放在这件事情上。到律师事务所去奉承律师、找法律根据、搜罗证据,这些已经成为他的一种消遣。真的,他忙得简直没有工夫去办自己的事了。现在他看到由于一个愚蠢的妇人大笔一挥,就把他为之艰苦斗争的权利全部挥掉,这让他实在难以容忍。'好啦,好啦,'他说,'我再也不过问财产的事了。我走了。'

"尼尔大哥竟会这样走掉,并且生着气跟我分手,再没有比这个更不幸的了。我把他叫回来,求他不要走,我说:'大哥,别跟我生气。我还攒下点钱。把这五百卢比拿走,等你儿子结婚的时候,送给他替新娘买点首饰,并且替我向他祝福吧。'尼尔堪塔喊道:'我还要钱干什么?我的主人全部财产都光了,五百卢比能给我什么安慰?我不要这钱。'说完这话,我丈夫最后一个真正的朋友离开了我。

"我隐居在我们家的神庙里。我的几个小叔子经常跑来纠缠说:'走吧,找一个什么圣地去住吧。'可是我回答说:'我丈夫祖先的家就是我唯一的圣地。我们家神的殿堂就是我的隐庐。'不过在他们看来,我还要在家里占个地方,成为他们的累赘,这简直不能容忍。他们已经把自己的家具搬进来,把房间按比例私分了。最后,他们说:'要是你愿意,你可以把家神带走,我们没有意见。'看见我还在犹豫,他们便问道:'你以后打算怎么过活呢?'

"对这个问题,我回答:'你们准备给我维持生活的津贴足够我过活的了。'可是他们假装听不懂。'你这话是什么意思?'他们说,'我们从来没有提起过什么津贴呀。'

"最后,情况竟变成这样:在我出嫁了三十四年之后,有一天,我却要带着家神离开婆家。我去找尼尔大哥,发现他已经回布林达班去了。

"我跟着一群香客从我们村子出发到贝拿勒斯去朝圣,但由于我罪孽深重,就是在那儿,我也得不到安宁。每天我都向我的家神祈祷:'神啊,请你让我感觉到您像我的丈夫和孩子一样真实吧。'可是他不肯听我的祷告。我的心仍然没有得到安慰,我从头到脚都浸透了泪水。噢,神啊,人生够多么残酷呀!

"自从八岁那年到了婆家之后,我一天都没有回过娘家。我曾极力争取去参加你妈的婚礼,但没有成功。后来,我听到你出世的消息,后来又听到我妹妹故去的消息,可是直到现在神还没有给我机会把你们——失去母亲的孩子,抱在怀里。

"我发现在许多地方朝过圣之后,我的心仍然对尘世充满了依恋,渴望找到一些疼爱的对象,于是开始打听起你们的下落。我听说你们的父亲已经放弃了正统印度教,不和正统印度教徒来往了,不过这有什么关系呢?你们的母亲不是我的亲妹妹吗?

"我终于打听到你们的住处,就和一个朋友从贝拿勒斯动身到这儿来。我听说帕瑞什先生不敬我们的神,可是你只要看一看他的脸,就会知道神是尊敬他的。要想得到神的欢心,仅仅靠祭品是不够的——这一点我很清楚——我一定要弄清楚帕瑞什先生是怎样彻底赢得了神的欢心的。

"不管怎么说,孩子,我还没有到脱离尘世的时候。我还没有准备好自己一个人生活。等到神大发慈悲让我这样的时候,我才能做到,可是在目前,我舍不得离开你们,离开我新找到的孩子。"

第三十九章

芭萝达太太不在家的时候,帕瑞什先生让哈里摩希妮住进他家,并且做好各种安排,让她在楼顶那间孤零零的屋子里居住。在那儿,她可以照自己的方式生活,比较容易地遵守种姓戒律。

芭萝达回家之后,发现来了一个不速之客,影响到她家务事的安排。她气得要命,用相当坦率的语言让帕瑞什先生明白,这件事他做得太过分了,她实在很难接受。

"我们全家的担子你都能担负起来,"帕瑞什先生说,"自然也能照顾一下这位不幸的寡妇吧?"

芭萝达太太认为帕瑞什先生缺乏常识,也不懂人情世故。她认为帕瑞什先生对家务事一窍不通,他做出的决定,肯定都是错的。不过她也知道,在他决定要做什么事情之后,你可以跟他吵架,生他的气,甚至哭哭啼啼,他也会像一尊石像那样不为所动。对这样的人你有什么办法呢?想吵架的时候,连架都吵不起来,这样的男人,谁能跟他过呢?她觉得她只好认输了。

苏查丽姐和摩诺拉玛年龄差不多,在哈里摩希妮的眼里,两个人长得也很相像,甚至脾气都差不多——安静而又坚定。有时她无意中看见苏查丽姐的背影,哈里摩希妮的心几乎都要跳出来了。

有一天晚上,哈里摩希妮一个人在黑夜中默默地坐着哭泣,苏查丽姐走到她跟前,哈里摩希妮紧紧地搂住她的外甥女,闭上眼睛喃喃地说:"她回来了,回到我心上来了。她不肯走,可是我把她赶走了。我应该受到报应,我受的这个罪今生今世能有个完吗?不过,也许我已经受够了,所以她又回来了。她就在这儿,脸上带着同样的笑容。噢,我的小母亲,我的宝贝,我的珍珠!"接着,她抚摸苏查丽姐的脸,吻她,弄得她满脸泪水。

苏查丽姐也哭了。她哽咽地说:"姨妈,我也没有享受过多久的母爱,可是现在我失去的母亲又回来了。有很多次,我的心充满了悲伤,但没有勇气祈求天神赐恩,我整个灵魂好像都枯萎了。这时我就呼唤我的妈妈。今天,妈妈听到了我的呼声,到我这儿来了。"

可是哈里摩希妮说:"不要这样说,我的孩子,不要这样说。我听见你这样说的时候,我太喜欢了,甚至有点儿害怕!噢,老天爷,请你不要连这个也给我夺去。我想尽力摆脱一切尘世的依恋——把心变得像石头一样,但我办不到——我是这样软弱。神呀!可怜可怜我,别再打击我了!噢,拉姐腊妮,我的宝贝,走吧,离开我吧!别这样依恋我。噢,我的生命之神,我的克里希纳,我的戈巴尔①,您又给我准备好什么灾难了?!"

"姨妈,"苏查丽姐说,"随您怎么说,您永远都没有办法把我赶走。我不离开您——永远不——我要永远在您身

---

① 戈巴尔,克里希纳的另一称号。

边。"她偎依在她姨妈的怀里,就像一个小孩子。

就在这么几天之内,苏查丽妲和她姨妈之间就产生了非常深厚的骨肉之情,感情之深,不是时间所能衡量的。这事好像也引起了芭萝达的不满。"你瞧瞧这个丫头!"她大声嚷道,"就像她从我们这儿从来没有受过照顾或爱护似的。这许多年,她的姨妈上哪儿去了,我倒想知道。我们费尽心力把她养大,现在她除了一天到晚喊姨妈,就谁也不认了。我不是常常跟我的老伴儿说吗,这个大家无时无刻不把她捧得天一样高的苏查丽妲,看起来老老实实,实际上却是一个铁石心肠的人。我们对她花费的一番心血,算是白费了。"

芭萝达知道她的愤懑不平是得不到帕瑞什先生同情的,不仅如此,如果她对哈里摩希妮表示出厌恶,她就会失掉他的尊敬。这使她更加恼火,并且更加下定决心,不管她丈夫怎么想,她也要证明一切通情达理的人都站在她一边。因此,她开始和梵社从上到下的每一个会员讨论哈里摩希妮的事,努力把他们争取到她这一边来。她无休无止地抱怨说,家里住了这么一个拜偶像的、迷信、倒霉的女人,对孩子们有多么不利。

芭萝达太太不但在外边用行动表现出来,而且在家里也弄得哈里摩希妮不得安生。那个高种姓的仆人,本来指定给哈里摩希妮挑水的,可是到了该挑水的时候,他就被派去干别的活儿。如果有人提出这个问题,芭萝达就会说:"怎么,怎么回事儿?拉姆丁不是在那儿吗?"心里明明知道哈里摩希妮是不能用低种姓的拉姆丁挑来的水的。要是有人指出这一点,她就会说:"如果她认为自己种姓高到那个程度,那么,她到我们这个梵教家庭来干什么?在这儿,我们不能有这些愚蠢的差别,我自己就绝不允许。"

在这种时候,她的责任感就会变得强烈起来。她会说:"梵社对社会问题越来越不关心——所以它对提高社会所做的贡献比以前少得多了。"至于她自己,她接着说,她绝不赞成这样松松垮垮——不,只要她还有一口气,她就绝不答应。要是引起误解,那也没有办法;要是遭到她的亲人反对,她也只好忍受。最后,她没有忘记提醒她的听众,世上所有做出伟大成绩的圣人都得忍受别人的反对和侮辱。

人们从哈里摩希妮的脸上可看不出她生活上有什么不方便——恰恰相反,能够以这种形式达到苦行的最高峰,她好像倒觉得光荣。她自愿刻苦修行所遇到的困难和在她心中汹涌澎湃的永恒痛苦反而显得更协调似的。她好像有一种狂热的心理:喜欢受苦,并且愿意一个人承担,以便更好地战胜它。

哈里摩希妮发觉她烧饭用的水在家里引起了纠纷之后,便不再烧饭,只吃点供过神的水果和牛奶。苏查丽妲对这件事十分难过和担忧。她姨妈为了安慰她,便说:"这对我大有好处,亲爱的。这是一种必不可少的锻炼,它给我带来快乐,而不是痛苦。"

"姨妈,"苏查丽妲回答,"要是我不从低种姓的人手里取水或食物,您能让我侍候您吗?"

"我的宝贝,"哈里摩希妮说,"在信仰方面,你应该按照你受到的教导去做——绝不要为了我走一条不同的道路。我有你在我身旁,在我怀里,我就够幸福的了。帕瑞什先生对你一直像一个父亲,一个师傅。你应该尊重他的教导,神会保佑你的。"

哈里摩希妮对芭萝达太太加在她身上的各种刁难,全都宽宏大量地忍受下来,好像根本就没有感觉到。每天早晨帕瑞什先生来看她时,总是问她:"嗯,您今天觉得怎么样?我希望您没有感到什么不方便吧?"她总是回答:"没有,谢谢您,我过得很快活。"

但这些刁难却一刻不停地折磨着苏查丽妲。她不是那种口出怨言的姑娘。她特别小心,不让自己在帕瑞什先生面前说一句反对芭萝达的话。不过,虽然她默默地忍受一切,一点儿也没有露出不满的样子,可是心里却愈来愈接近她的姨妈,虽然哈里摩希妮表示反对,她终于还是逐渐地把照顾她姨妈的责任担负起来了。

最后,哈里摩希妮看见她给苏查丽妲带来了许多麻烦,便决定重新自己烧饭。因此,苏查丽妲说:"姨妈,我要照您的吩咐办事,不过您一定得让我替您打水。您可不能拒绝我的要求。"

"亲爱的,"哈里摩希妮说,"你可千万别生气,不过水是要用来供神的。"

"姨妈,"苏查丽妲抗议说,"难道因为您的神是正统印度教的神,就也得遵守种姓制度吗?难道他也会被玷污吗?"

最后,哈里摩希妮不得不承认自己被苏查丽妲一颗真挚的心所征服,毫无保留地接受她外甥女的侍候。萨迪什也学他姐姐的样儿,要和他姨妈一道吃饭,结果就出现了一个这样的局面:这三个人在帕瑞什先生家的一个角落里组成一个独立的小家庭。罗丽妲是这两家之间唯一的桥梁,因为芭萝达太太很注意,不让她别的女儿到哈里摩希妮的小角落去——要是她有这个胆量,她也会不准罗丽妲去的。

第四十章

芭萝达太太常常请梵社的女朋友到她家做客,有时她们在屋顶平台哈里摩希妮的小屋前面聚会。在这种时候,纯朴的哈里摩希妮往往也想出把力帮助招待客人。但是她们却很少掩饰对她的轻视,甚至会一边斜着眼看她,一边听芭萝达对正统印度教的风俗习惯做种种尖酸刻薄的评论,有些人还会随声附和。

苏查丽妲平时跟她姨妈总在一起,因此也不得不默默地忍受这些攻击。她所能做的,只有用行动来表示:她们对姨妈的攻击也就是对她的攻击,因为她也在遵行姨妈的生活习惯。吃茶点时,苏查丽妲什么都不肯吃,她说:"谢谢,我不吃这些东西。"

听到她这样说,芭萝达大声嚷了起来:"什么!你是说你不能和我们一起吃东西吗?"

苏查丽妲说她不想吃东西,芭萝达便用讽刺的口吻对她的朋友说:"知道吗,我们这位年轻小姐已经逐渐变成一个高种姓的人,我们碰过的东西她都觉得不干净了!"

"什么?苏查丽妲改信正统印度教啦!真是怪事年年有!"客人就会这样说。

哈里摩希妮心里着实发愁,她说:"不,拉妲腊妮,好孩子,这可不行;去和她们一块儿吃点东西吧!"她外甥女不得不为她忍受这些嘲讽,这让她实在受不了,可是苏查丽妲却毫不动摇。

有一天,一个梵社的客人,出于好奇,穿着鞋子就想走进哈里摩希妮的屋里去看看,苏查丽妲拦住她说:"请您不要走进这个房间!"

"怎么啦,你这是怎么回事?"

"我姨妈在里边供奉家神。"

"啊,偶像!那么她崇拜偶像啰?"

"是的,母亲,我当然崇拜。"哈里摩希妮回答。

"你怎么能信仰偶像呢?"

"信仰!一个像我这样的可怜虫哪儿来的信仰?要是有信仰,我就会得救了。"

罗丽妲这时正好在那儿,她满脸气得通红,转过身对那位客人说:"那么你信仰你崇拜的神吗?"

"这是什么话!我怎么能不信呢?"客人回答。

罗丽妲轻蔑地摇了摇头说:"你不但没有信仰,甚至不知道你没有。"

这样,苏查丽妲就完全和她原来的朋友疏远了。尽管哈里摩希妮想尽办法不让她做芭萝达最不喜欢的事。

芭萝达和哈兰过去从来没有好好相处过,可是现在他们为了和别人作对,倒互相取得了谅解。芭萝达太太很愿意指出:不管别人怎么说,如果现在还有人想保持梵社的纯洁性,那个人就是帕努先生。同时,哈兰也在众人面前把芭萝达太太说成是梵社家庭主妇的光辉榜样,她忠心耿耿地从各方面维护梵社的名誉,使它不受玷污。当然,在他的赞词里,含沙射影地攻击了帕瑞什先生。

有一天,哈兰当着帕瑞什先生的面,对苏查丽姐说:"我听说近来你只吃供过偶像的食物,这是真的吗?"

苏查丽姐涨红了脸,但装出没有听见的样子,把桌子上的钢笔和墨水瓶挪来挪去。帕瑞什先生同情地看了她一眼说:"帕努先生,无论我们吃什么,那些东西都是神的天恩圣化过的。"

"不过,看起来,苏查丽姐好像已经准备舍弃我们的神了。"哈兰说。

"即使有这种可能,现在拿这件事去麻烦她有什么用呢?"帕瑞什先生问道。

"我们看见一个人被大水冲走,能不想办法把他拉上岸吗?"哈兰回答。

"朝他身上扔石头并不等于把他拉上岸。"帕瑞什先生说,"可是,帕努先生,你不用着急。苏查丽姐还是一个小不点儿的时候,我就认识她了,她要是掉进水里,我会比你们任何人都先知道,而且绝不会袖手旁观。"

"苏查丽姐在这儿,她可以替自己回答,"哈兰说,"我听说她不肯再和大家一起吃饭了。你问她是不是真的。"

苏查丽姐一直不必要地仔细端详着墨水瓶,现在才丢开它说:"爹知道我不再吃各式各样的人碰过的食物,如果他能容忍,对我来说,这就够了。要是你们哪一位不喜欢,你们尽可以骂我,何必麻烦我爹呢?你不知道他对我们每一个人都是十分宽容的吗?难道你就这样报答他吗?"

哈兰听了这番如此坦率的话,不禁吓了一跳。他诧异地想:"就连苏查丽姐也学会替自己辩护了。"

帕瑞什先生是一个爱清静的人。他不喜欢过多地谈论自己或别人。他安安静静地过着自己的生活，不想在梵社占据高位。哈兰认为这是由于帕瑞什先生对梵社事业不够热心，甚至指责过他。帕瑞什先生只是解释说："神创造了两类不同的人：动的和静的。我属于后者。神要利用我这样的人去做我们能够做的事。一个人想要做不能胜任的工作，弄得烦躁不安，那是没有什么好处的。我年纪越来越大，能做什么，不能做什么，早就定了。你硬逼着我往前走，是没有用的。"

哈兰自夸能给人灌输热情，哪怕是铁石心肠的人也能让他动心。他相信自己有一种不可抗拒的力量，能让消极的人积极起来，使堕落的人痛改前非——他相信没有人能长久抗拒他那毫不动摇的决心。他得到这样一个结论：梵社成员之所以有些进步，主要得归功于他。

他丝毫也不怀疑，他的影响一直在幕后起着作用。每逢有人在他面前特别赞美苏查丽妲，他就流露出一副得意扬扬的样子。他觉得他在用自己的劝告、榜样和友谊塑造着苏查丽妲的性格，并且希望这会成为他光辉的成就之一。即使现在苏查丽妲堕落到可悲的地步，他那颗傲慢自大的心也没有受到挫折，因为他把一切罪过全都推到帕瑞什先生身上。

哈兰从来没有真心诚意地跟大伙儿一起赞美过帕瑞什先生，现在他觉得有理由表示庆幸了，因为他们很快就会发现，他过去保持沉默，是多么聪明，多么正确。

哈兰几乎什么都可以原谅，就是不能原谅那些他想引上正道的人自己去独立思考，各行其是。要他不做一番斗争便让他的牺牲品跑掉，那几乎是不可能的。他的劝告越不见效，他就越加固执。他就像一架上满弦而又没有放完的留声机那样控制不住自己,把一件事翻来覆去、喋喋不休地灌到那些不爱听的耳朵里去,自己已经失败了,还一点不知道。

他的这种怪脾气常常弄得苏查丽妲很苦恼。这倒不是为她自己,而是为帕瑞什先生担忧。帕瑞什先生已经成为整个梵社议论的对象了——用什么办法来对付这种情况呢?其次,还有哈里摩希妮。随着日子一天天过去,她逐渐发现,她越想躲在后边,就越会挑起家里的矛盾,而她受到的侮辱,也使苏查丽妲一天比一天痛苦。她找不出解决这些困难的办法。除此之外,就是芭萝达太太了。她已经开始逼帕瑞什先生催苏查丽妲赶快办喜事。"我们不能再替苏查丽妲负责了,"她坚决地说,"因为她已经按照自己的意志办事。如果她的婚事再延期,我只好把其余的姑娘带到别的地方去,因为苏查丽妲荒唐的榜样对她们产生极其有害的影响。我警告你,现在你这样纵容她,将来一定要后悔的。你看看罗丽妲,她从前不是这样的。现在她谁的话也不听,讨厌到极点。那天发生的事,几乎要把我羞死。她这样任性,根子在哪儿?你以为它和苏查丽妲没有关系吗?我以前从来没有抱怨过,因为你爱苏查丽妲超过自己的女儿,不过现在让我坦率地告诉你,以后不能再这样下去了。"

帕瑞什先生心里十分不安,倒不是由于苏查丽妲的所作所为,而是由于家里发生了这样的纠纷。他丝毫不怀疑,芭萝达太太一旦下了决心,就会坚持到底,不达到目的,绝不罢休。要是她看见她的努力没有见效,就只会加倍努力地干下去。他觉得如果苏查丽妲的喜事可以快一些办,在目前的情况下,倒可以让她的心得到安宁,因此,他对芭萝达说:"要是帕努先生可以让苏查丽妲把日子定下来,我这边也没有意见。"

"我倒愿意知道,征求同意还得再征求几次?"芭萝达太太喊道,"你真让我奇怪,为什么老要这样讨好她?你告诉我,她在哪儿可以找到这样一个丈夫?你生不生气,这我不管,不过要是让我说句真话,我就要说,苏查丽姐配不上帕努先生。"

"我一直不大了解,"帕瑞什先生说,"苏查丽姐对帕努先生的感情到底怎么样。因此,在他们自己谈妥之前,我最好不要插手。"

"啊,那么你也不大了解。"芭萝达大声说,"这一点你终于承认了?我告诉你,这个姑娘不是那么容易了解的。你可以相信我的话,她的内心和装出来的外表很不一样!"

第四十一章

报上登了一篇文章,评论梵社成员热情不断低落。文章里清楚地涉及帕瑞什先生一家,虽然没有提名道姓,但谁都可以看出指的是谁;从作品的风格来看,也不难猜出谁是作者。不过苏查丽姐还是硬着头皮把文章读完,现在正在那儿撕报纸——她撕报纸的那副神情,仿佛不把它撕个粉碎,心中的怒火就难以平息!

正在这个时候,哈兰走进了屋子,拉了一把椅子,在她旁边坐下来。可是苏查丽姐撕得这样专心,连看都没有看他一眼。

"苏查丽姐,"哈兰说,"今天我有一件非常重要的事要和你商量,你一定要好好地听我说。"

苏查丽姐继续撕她的报纸,用手撕不动,就拿出剪子,把它剪得粉碎。在她剪完之前,罗丽姐走了进来。

"罗丽姐,"哈兰说,"我有点事要和苏查丽姐谈谈。"

罗丽姐转身要走,苏查丽姐拉住她的衣服,不让她走,罗丽姐抗议说:"可是帕努先生有些特别的话要跟你说呀!"然而苏查丽姐不理会她的话,把罗丽姐拉过来坐在她身边。

哈兰天生不能领会别人的暗示。他立刻开门见山地把问题提了出来。他说:"我认为我们的婚礼不应该再拖延了。

我已经和帕瑞什先生谈过了,他说,只要你同意,就可以把日子定下来。因此,我已经决定在下一个星期……"可是苏查丽妲不给他时间把话说完,只简单地说了一声:"不!"

哈兰被这个非常简短和决断的"不"字吓了一跳。他一向以为苏查丽妲是一个驯服的典型,怎么也想不到他的建议还没有说一半,她就用这样一个字来打断他的话。

"不!"他愤怒地重复,"你说'不'是什么意思?——你想把日子往后挪吗?"

"不。"苏查丽妲只是重复了一声"不"。

"那么,你到底是什么意思呀?"哈兰喘着粗气,惊慌失措地问道。

"我不同意结婚。"苏查丽妲低下头说。

"你不同意,你究竟是什么意思?"哈兰重复她的话,活像一个惊得发呆的人。

"帕努先生,"罗丽妲插进来讽刺地说,"你好像把祖国的语言都忘记了!"

哈兰狠狠地瞪了罗丽妲一眼说:"承认忘记了祖国的语言倒比较容易,承认我一直在误解我一向尊敬的人经常说的话可要难多了。"

"了解人需要时间,"罗丽妲说,"这话对你同样适用。"

"从头到尾,"哈兰说,"我的言行始终是一致的。我可以有把握地说,我从来没有做过可以引起任何人对我产生误解的事。让苏查丽妲说,我这话对不对?"

罗丽妲正要回答,苏查丽妲止住她说:"你说得很对,我一点儿也不想责怪你。"

"要是你不责怪我,"哈兰大声说,"那么,为什么要这样羞辱我呢？"

"你可以把它叫作羞辱，"苏查丽姐坚定地说，"不过我只能这样做，因为我不能……"

外面传来一个人的声音："姐姐，我可以进来吗？"

苏查丽姐脸上露出极其宽慰的表情，立刻招呼说："啊，是你，毕诺业先生，是吗？快请进来。"

"你弄错了，姐姐，不是毕诺业先生，只是毕诺业。你千万不要用这种客套来弄得我不知所措。"毕诺业一边走进屋子，一边说。他看见哈兰，注意到他的表情，便开玩笑地加上一句："啊，我看得出来，因为我有很多天没有来，你生我的气了！"

哈兰想跟着他开开玩笑。"理由倒是很充分，"他开始这样讲，但结尾却说，"不过恐怕你来得不是时候。我正在和苏查丽姐谈一件非常重要的事情。"

"我够倒霉的，"毕诺业连忙站起来说，"一个人永远不知道什么时候该来，什么时候不该，所以我几乎不敢来。"

他正要离开屋子，苏查丽姐拦住他说："毕诺业先生，你不要走，我们已经谈完了。请坐。"

毕诺业看得出，他的来访可以把苏查丽姐从尴尬的局面里解救出来，于是便高兴地坐下来说："我从不拒绝一个善意的邀请。别人请我坐下，我立刻就坐下。这就是我的天性。因此，姐姐，你可要当心，千万不要说言不由衷的话，否则你会后悔的！"

哈兰闷声不响。不过他的态度显得越来越坚决，像是在警告周围的人，在他没有把所有的话说完之前，他绝不会离开屋子。

罗丽姐一听见毕诺业在门外说话的声音,全身的血液就沸腾起来了。她尽了一切努力,想表现得自然一些,但没有成功。毕诺业走进屋子之后,她没有办法像普通朋友那样招呼他。她全部注意力都集中在眼睛该朝哪一边看、双手该怎么摆的问题上了。要不是苏查丽姐拉着她的衣裳,她早就溜了。

毕诺业显然也只是和苏查丽姐一个人讲话。尽管他很善于辞令,但也不敢直接和罗丽姐攀谈。他滔滔不绝地讲下去,想借此掩饰自己的窘态。

不过,结果还是一样,罗丽姐和毕诺业之间新产生的这种羞怯的心情并没有逃过哈兰的眼睛。他看见罗丽姐最近对他这般无礼,对毕诺业却如此柔顺,心里恨得要死。他对帕瑞什先生更加不满了,因为这件事足以证明帕瑞什先生让女儿和梵社以外的人接触,给家里带来了多大的灾难。他诅咒帕瑞什先生,希望他有一天会为他干下的蠢事后悔不已。

苏查丽姐看见哈兰根本就不想走,便对毕诺业说:"你有不少时候没有去看姨妈了。她常常问起你,你不想上楼去看看她吗?"

"你不要以为,"毕诺业一边抗议,一边站起来跟在她后面,"你不提醒,我就想不起姨妈,我早就想到她了。"

苏查丽姐和毕诺业走了之后,罗丽姐也站起身说:"帕努先生,我想你没有什么特别重要的话,要跟我说吧?"

"没有,"哈兰回答,"我相信别处有人在等你,所以你还是请便吧。"

罗丽姐明白这是对她的讽刺,她挺直身子,表示他的话吓不倒她。她说:"毕诺业先生长久没有来了,我真的应该去找他聊聊。要是你想欣赏你的大作——啊,我忘记我姐姐刚才已经把你的报纸撕得粉碎了。不过,如果你有耐心读读别人的文章,你可以看看这个。"说完,她在屋角的一张桌子上拿出小心收藏在那儿的几篇戈拉的文章,把它们摆在哈兰的面前,便上楼去了。

哈里摩希妮看见毕诺业高兴极了。不仅是因为她对这个年轻人有了感情,而是因为他和别的客人大不相同。别人公开地把她看成另一种人。他们全是加尔各答人,孟加拉文化和英国文化的水平都比她高,他们对她的冷淡态度,使她渐渐地缩在一边。

哈里摩希妮感到从毕诺业身上可以得到支持。他也是一个加尔各答人,而且听说他的学问不同寻常,可是从来没有流露过一点点不尊敬她的意思,相反地,对她倒是十分爱护和关切。正是因为这个原因,在短短的时间里,毕诺业就像一个近亲似的在她心中赢得了一个位置。

要不是哈兰的讥笑打击了她的自尊心,罗丽妲是很不容易这样紧跟在毕诺业后边走进哈里摩希妮的屋子里去的。它不但逼她去,而且促使她在到达之后,能够立刻和毕诺业毫无顾忌地谈话。事实上,他们的笑声还不时飘下楼去,传到哈兰的耳朵里,使这个被人遗弃孤零零地坐在那儿的哈兰心烦意乱。

哈兰一个人坐在那里,很快就厌倦了。他想,可以去找芭萝达太太谈谈,来减轻他的痛苦。他找到了她,并且告诉她苏查丽妲不肯和他结婚,芭萝达一听,简直气炸了肺。

"帕努先生,"她劝告他说,"对这件事你可不能这样好说话,她已经答应过好几次了,事实上整个梵社都认为这事早就决定了。你不能只是因为她今天摇了摇头,便让她把什么事

267

情都弄得乌七八糟。不能这样容易地放弃你的权利。坚决起来,让我们看看她能怎么样!"

要煽动哈兰坚定不移,实在是多余的。他一直坚决地对自己说:"为了坚持原则,我一定要干到底。对我来说,失掉苏查丽妲倒没有什么,可是这件事要影响到梵社的威信。"

毕诺业为了让哈里摩希妮不这样客气,便问她要点东西吃。哈里摩希妮听到这个要求,心里有些不安,她忙乱了一阵,用一个黄铜托盘装了些水果、甜食和炒米,另外还拿了一杯牛奶,把它们统统放在毕诺业面前。

毕诺业笑着说:"我以为在这个不早不晚的时候喊肚子饿,准会让姨妈为难,可是现在,我看我得承认失败了!"

说完,他准备装出一副饿极的样子大餐一顿。可是突然之间,芭萝达太太出现了。

毕诺业看见她进来,把身子尽量朝盘子弯下去,向她施礼说:"我在楼下怎么没有看见您呢?我在那儿待了好半天的呀。"

可是芭萝达对他的话和敬礼一概置之不理。她看着苏查丽妲大声说:"啊,咱们的小姐原来在这儿哪?我猜就是这样!她在这儿说说笑笑,却让可怜的帕努先生等了她整整一个早晨,好像他是来求她施恩的。我从小把这几个女孩子带大,这种事以前从来没有见过。不知道是谁唆使她这样做的?想想看,这些事情居然会发生在我们家里,我们怎么还有脸皮再到梵社去呢?"

哈里摩希妮感到非常不安,便对苏查丽妲说:"我不知道楼下有人等着你。我真不该把你留在这儿。去吧,亲爱的,立刻走吧。我真不懂事。"

罗丽姐正要提出抗议,说明这事根本和哈里摩希妮毫不相干,但苏查丽姐用力按了她的手一下,示意叫她不要作声,然后什么也没有回答,便下楼去了。

前面我们已经说过起先毕诺业是怎样赢得了芭萝达的欢心的。她觉得很有把握,通过她家庭的影响,不久他就会变成梵社的一员。一想到她能这样改造这个年轻人,便感到特别得意。事实上,她已经把自己的成就,向几个梵社的朋友夸耀了好几次了。现在发现同一个毕诺业竟加入了敌人的阵营,和自己的亲生女儿罗丽姐一起造反,这使她感到更加痛苦。

"罗丽姐,你在这儿有什么要紧的事吗?"她讥讽地问道。

"是的,毕诺业先生上来了,所以我……"

"毕诺业先生来拜望谁,就让谁来招待他吧。你到楼下去,那儿有事等你去做。"

罗丽姐立刻知道,哈兰准是越俎代庖,干预起她和毕诺业的事来了。这使她坚决起来。她本来讲得吞吞吐吐的,现在却变得十分流畅:"毕诺业先生长久没有来了。我要先和他好好谈谈,然后再下去。"

芭萝达太太从她谈话的口气里听得出罗丽姐是不怕威胁的。她担心不得不在哈里摩希妮面前向女儿认输,因此不再说什么便离开了屋子,根本就没有理睬毕诺业。

罗丽姐刚才对她母亲说要和毕诺业谈谈,但在芭萝达走了之后,却一点也看不出她有谈话的意思。有一小会儿,三个人默默地、尴尬地坐在那里,后来罗丽姐站起身,回到她自己的屋子,把自己关在屋里。

毕诺业清楚地看出哈里摩希妮在那个人家所处的地位。他把谈话朝着那个方向引去,逐渐把她全部的历史都弄清楚了。

哈里摩希妮把自己的身世全都告诉了他之后,说:"我的孩子,这个世界容不得像我这样薄命的女人。当初要是我能到一个圣地去侍奉神灵,情况可能会好一些。我还剩下一小笔钱,可以靠它过一阵子,即使寿命再长一些,也可以给人家烧饭,想法活下去。在贝拿勒斯,不少人就是这样生活的。

"不过我的罪孽太重,鼓不起勇气这样做。当我只有一个人的时候,所有的伤心事好像都涌上心头,甚至连敬神都想不起来了。有时我觉得我就要发疯了。拉妲腊妮和萨迪什对我来说,就像是木筏对快要淹死的人一样——一想到有一天要离开他们,我就连气都喘不出来了。因此,日日夜夜,我总是被恐惧所包围,生怕再失掉他们——否则,在我丧失了一切之后,为什么会在这样短的时间里,就这样爱他们呢?

"我不怕把心里话全都告诉你,我的孩子,所以我现在跟你说:自从我得到了这两个人,我好像可以全心全意地去敬神了——要是我失掉他们,我的神就变得什么也不是,只是一块硬石头。"

她一边说,一边擦眼泪。

第四十二章

苏查丽妲走下楼站在哈兰面前说:"你等着我有什么话要说吗?"

"坐下。"哈兰说。

但苏查丽妲仍旧站在那里。

"苏查丽妲,你对不起我。"哈兰接着说。

"你也对不起我。"苏查丽妲说。

"我过去说过的话仍然算数……"哈兰正要说下去,苏查丽妲打断了他的话:

"难道只有失信才算对不起别人吗?难道你要逼我为了一句话去做违反我心愿的事吗?真情难道不比一大堆假话重要吗?因为我一错再错,就得永远错下去吗?现在,由于我已经发现错在哪里,我就不能再遵守以前的诺言了——那样做,才是真正错了呢。"

哈兰实在弄不明白为什么苏查丽妲会变得这样。他既没有洞察力,也没有谦虚精神,不可能理解正是由于他不肯替别人着想,又十分顽固,这才逼得她改变了原先含蓄安静的作风。他把一切过错都推在她那些新朋友身上,于是便接着问道:"你刚才说一错再错,究竟错在哪里?"

"你问我这个干什么?"苏查丽妲说,"难道我告诉你我不同意还不够吗?"

"可是梵社一定会要我们做出一些解释的,"哈兰紧逼说,"你和我怎样向梵社的人解释呢?"

"我自己什么也不说,"苏查丽姐说,"要是你一定要解释,你可以跟他们说苏查丽姐年幼无知、三心二意,你爱说什么就说什么吧,至于你我之间,就再也没有什么可说的了。"

"不能就这样结束,"哈兰喊道,"如果帕瑞什先生……"

正在这个时候,帕瑞什先生自己进来了。"帕努先生,"他问道,"你有话要跟我说吗?"

苏查丽姐正要走出屋子,但哈兰把她叫回来说:"苏查丽姐,你现在不能走。让我们当着帕瑞什先生的面谈谈这件事。"

苏查丽姐转过身,站在原处。哈兰说:"帕瑞什先生,经过这么长的时间,现在苏查丽姐说她不同意结婚了。拿这样一件重大的事当作儿戏,这样做对吗?对这件丑事,你不也应该负点责任吗?"

帕瑞什先生轻轻地摸了一下苏查丽姐的头发,温和地说:"亲爱的,你用不着待在这儿,你可以走了。"

苏查丽姐听了这两句简单明了、同情体谅的话,眼睛充满了泪水,连忙转身走了出去。

帕瑞什先生接着说:"我怕苏查丽姐在没有充分了解她自己的心意之前贸贸然答应婚事,这才一再犹豫,没有同意正式举行订婚仪式。"

"你有没有想过,"哈兰回答,"也许在她同意结婚的时候,倒是充分了解自己的心意,她之所以拒绝,正是因为她不了解呢?"

"两种假设都有可能，"帕瑞什先生承认，"不过在事情没有弄清楚之前，当然不可能举行婚礼。"

"你不愿意为了苏查丽妲本身的利益劝劝她吗？"

"你应该知道，不符合她利益的事，我是不会劝她去做的。"

"如果情况果真是这样，"哈兰脱口而出，"苏查丽妲就不会变成今天这个样子了。最近府上发生的这些事，恕我直言，都是由于你拿错了主意。"

帕瑞什先生微微一笑回答说："这一点你说对了——我家里的事，要是我不承担责任，那要谁来承担呢？"

"我可以担保，有一天你会后悔的。"哈兰总结说。

"后悔是神的一种恩赐。我只怕把事情做错，帕努先生，但从不后悔。"帕瑞什先生回答。

这时，苏查丽妲回来了，她拉着帕瑞什先生的手说："爹，您敬神的时间到了。"

"帕努先生，请你稍等一等好吗？"帕瑞什先生问道。

哈兰粗鲁地说一声"不"，终于悻悻地走了。

第四十三章

苏查丽姐感到十分沮丧,因为现在她好像既要对环境又要对自己进行斗争。连她自己都不知道,她对戈拉的感情一直在加深。戈拉被捕之后,这种感情已经变得非常明显——几乎压不下去了——将来真不知道会发展到什么地步。她觉得这件事对谁都不好讲,甚至连自己都不敢正视它。

如果能过安静的生活,她也许可以用什么妥协的办法来解决内心的矛盾,可是她安静不下来,因为哈兰鼓动了一帮梵社愤怒的社员叽叽喳喳地跑来围住她嚷嚷,甚至还有这样的迹象:哈兰准备在报上向他们提出警告。

此外,还有她姨妈的问题,它已经严重到如此地步:如果不快一点解决,就肯定会出乱子。苏查丽姐知道她正面临着危机。沿着熟悉的道路走下去,用老一套方式思考,这种日子已经一去不复返了。

在这个困难的关头,只有帕瑞什先生一个人支持她。这并不是说,她向帕瑞什先生请教或商量过什么事情,因为她脑子里有许多问题连自己也弄不清楚,有些事又羞羞答答的不便开口。这只是说,他的言行和友谊,似乎默默地给了她父亲的关怀和母亲的慈爱,使她得到安慰罢了。

秋天的傍晚,帕瑞什先生不到花园去祈祷,而是经常在房子西侧的一间小屋子里做礼拜。夕阳的余晖从敞开的大门射进屋来,落在他那满头银发、和平宁静的脸上。这时苏查丽姐就轻轻地走进来,悄悄地坐在他身旁。她觉得她那颗烦躁不安的心可以在帕瑞什先生深远宁静的沉思的气氛中安静下来。因此,在帕瑞什先生睁开眼睛的时候,经常可以看见他这个女儿——一个安静沉默的信徒——坐在他身旁,仿佛沉浸在无法形容的幸福之中,这样,很自然地,他也从心的深处默默地为她祝福。

帕瑞什先生一贯追求与至上的天神结合,他的心总是向往最美好、最真诚的境界,从来就不大关心尘世间的事物。他由此得到了解脱和自由。这种性格使得他不可能去干涉别人的信仰或行动。他相信人是善良的。他对各种各样的风俗习惯都能迁就,因此就常常遭到教派观念很深的人的指责。不过尽管这种指责可能会伤害他,却永远不会扰乱他的平静。他经常在心里反复地这样想:"我不想从旁人手里得到什么,我只接受神的恩赐。"

苏查丽姐为了能够受到帕瑞什先生这种深沉宁静的性格的熏陶,近来常常找各种借口到他那边去。每逢内心和外界的矛盾把这个缺乏经验的姑娘弄得不知所措的时候,只要她把头在父亲的脚上靠一会儿,她的心就会感到安静了。

过去她曾希望,只要她有力量坚持下去,耐心等待时机,她的对手就会筋疲力尽,承认失败了。但事实并非如此,她只好试探着走一条陌生的道路。

芭萝达太太发觉用斥责的方法不能使苏查丽姐改变态度,也不可能把帕瑞什先生争取到她这边来,于是把所有的怒气都加倍地集中在哈里摩希妮身上。一想到她家里住了这么一个女人,她简直就要气得发疯。

在她先父忌辰的那一天,芭萝达也邀请了毕诺业。全家和朋友们要在傍晚举行祭礼。她的几个女儿和苏查丽妲忙着帮助她布置房间。

芭萝达正在忙着,忽然看见毕诺业上楼找哈里摩希妮去了。一个人在烦恼的时候,最小的小事也会显得很严重,霎时间,她气得无法继续布置,非要跟着毕诺业到哈里摩希妮的房间去不可。到了那儿,她看见毕诺业已经坐到席子上,正在亲热地和哈里摩希妮谈天。

"你听着,"芭萝达突然发作说,"你可以住在我们家,要住多久就住多久,我们也愿意照顾你。不过我要告诉你,爽爽快快地告诉你,我们不能让你在这儿供偶像。"

哈里摩希妮一生全都是在乡下度过的,她以为梵社只不过是基督教的一个教派。原先她心里只考虑在和他们打交道时要保持多大的距离才不至于出问题,现在她才逐渐意识到他们也会不愿意和她交往,所以最近她常常考虑,在这种情况下她该怎么办。

芭萝达太太这一番坦率的话,清楚地说明不能再迟疑了,必须立刻做出决定。起先她想搬到加尔各答别的地方去住,这样还可以有时看见她的苏查丽妲和萨迪什;可是后来她想,她那微薄的积蓄能够应付得了加尔各答的生活费用吗?

芭萝达暴风雨式地来了又走了。有好一会儿,毕诺业垂下头一动不动地坐在那里。

后来哈里摩希妮打破了沉默说:"我的孩子,我想去朝拜圣地,你们有人可以陪我去吗?"

"我非常愿意陪您去,"毕诺业回答,"不过做好动身的准备,还得要好几天。这几天您愿意到我妈妈家里去住吗?"

"孩子,你不知道,"哈里摩希妮说,"我是多大的一个包袱。天神把这样的一个重担压在我肩上,没有人可以背得动我。在我发现这个包袱连婆家都背不起的时候,本来就该明白,可是要弄清楚这一点并不容易。这几年,我到处流浪,想填补心灵上的空虚,可是无论到哪儿,灾难总是伴随着我。够了,孩子,别管我了。何必再去打扰另一个人家呢?最后还是让我到那位挑起世间全部重担的天神脚下去寻求庇护吧。我再也挣扎不动了。"哈里摩希妮一面说,一面不停地擦眼泪。

"不,不,姨妈,"毕诺业说,"您不能这样说。您绝不能拿别人和我的母亲相比。一个能够把全部生活的担子交托给神的人是不会分担不起别人的痛苦的。我母亲和这里的帕瑞什先生就是这样的人。不,我不同意您的说法。让我把您先带到我的圣地,然后再送您到您的圣地去吧。"

"可是,"哈里摩希妮说,"我们当然得先去通知他们一声……"

"我们到那边就是很好的通知了,"毕诺业打断她的话说,"事实上,这是最好的通知。"

"那么,明天早晨……"哈里摩希妮说。可是毕诺业又打断她的话:"何必要等明天呢——今天晚上不是更好吗!"

这时,苏查丽姐进来对毕诺业说:"妈妈让我来告诉你现在要举行祭礼了。"

"现在恐怕我不能去了,我有些事要和姨妈商量。"毕诺业说。事实是:在发生了这样的事情之后,毕诺业不愿意再接受芭萝达的邀请了。他觉得这一切对他简直是一种嘲笑。

可是哈里摩希妮感到很不安,紧催着他去,说:"你可以

277

事后再和我谈呀,你先去参加祭礼,然后再回来。"

"我想,你还是去的好。"苏查丽姐加上一句。

毕诺业知道如果他不参加祭礼,只会把事情闹大,因为他们家已经有人造反了。所以他还是去到那间准备举行祭礼的屋子。但他并没有完全达到讨好芭萝达的目的。

行过祭礼之后,主人请大家用点心,但毕诺业推辞说:"我胃口不大好。"

"不要怪你的胃口吧,你刚才在楼上已经吃过许多好东西了。"芭萝达冷笑说。

毕诺业笑着承认了这个指责。"贪嘴的人真是命该如此!"他说,"他们顶不住眼前的诱惑,便失掉了未来的幸福。"

他说完便准备离开了。芭萝达问他:"我想你大概又是上楼去吧?"

毕诺业简单地说了声"是的",便走出屋子,在经过门口的时候,轻轻地和苏查丽姐说:"姐姐,请你上来一会儿,姨妈有事找你。"

罗丽姐正忙着招待客人。当她走近哈兰时,他出其不意地说:"毕诺业先生不在这儿,他上楼去了。"

罗丽姐走到他跟前站定,犀利地直盯着他的脸说:"我知道。不过他不跟我告辞是不会走的。此外,在这儿的事一完,我就到楼上去。"

毕诺业给苏查丽姐说了几句话,她几乎立刻就跟着他走出房门,这并没有逃过哈兰的眼睛。他刚才不止一次地想和她谈谈,但都遭到拒绝。她当着许多梵社社员的面,拒绝和他谈话,这使他感到十分屈辱。后来他想挖苦罗丽姐几句又没有成功,于是他就更加恨得咬牙切齿了。

苏查丽姐来到楼上,发现哈里摩希妮坐在那儿,行李已经全都捆好了,仿佛她马上就要离开的样子。她问姨妈这是怎么回事。

哈里摩希妮说不出话,抽抽噎噎地哭了起来。"萨迪什在哪儿?"她终于说,"小母亲,你让他来看一看我好吗?"

苏查丽姐迷惑地望着毕诺业。他说:"要是姨妈住在这儿,只能让大家为难,因此我想把她带到我母亲那边去住。"

"我想从那儿再到什么圣地去。"哈里摩希妮回答,"像我这样的人,无论住在谁家,都是不合适的。别人凭什么老要背着我这个包袱呢?"

近来苏查丽姐也正在考虑这件事,她也得到同样的结论:要是姨妈再住下去,那没有别的,只能是受辱。所以她没法回答,只能默默地走过去,坐在哈里摩希妮身边。天已经黑了,但没有点灯。薄雾笼罩着秋夜的天空,群星朦胧地闪烁着,黑暗中看不清是谁在哭泣。

突然之间,楼梯那边传来了萨迪什尖脆的声音:"姨妈!姨妈!"哈里摩希妮连忙站了起来。

"姨妈,"苏查丽姐说,"今天晚上您哪儿也不能去。明天早晨我们再商量吧。您没有向爹好好告辞,怎么能这样就走了呢?这样他该多伤心啊!"

毕诺业看见哈里摩希妮受到芭萝达侮辱,一时气愤,没有想到这一点。他觉得甚至让她在这儿再待一晚都不行。他想让芭萝达明白哈里摩希妮并不是没有地方可去,非得在这儿受她侮辱不可。因此他只想尽快地把她带走。

苏查丽姐的话使他猛然想起,在这个家庭里,哈里摩希妮和女主人的关系,不是唯一的关系——把她受辱看得比男主人慷慨热情的招待还重要是不对的,于是他说:"一点儿也不错,您不能不跟帕瑞什先生告辞就走。"

说到这儿,萨迪什喊着进来了:"姨妈,您知道俄国人就要进攻印度了吗?您说好玩不?"

"你帮哪一边?"毕诺业问道。

"我帮俄国人!"萨迪什说。

"啊,那样,他们就不用发愁了。"毕诺业笑着说。

苏查丽姐看见危机已经过去,毕诺业也冷静下来,便离开他们,悄悄地回到楼下去了。

第四十四章

在睡觉之前,帕瑞什先生一个人坐在他的小屋里,在灯下读爱默生①的一部作品。这时苏查丽妲走进来轻轻地拉了一把椅子坐在他身边。他放下书,看着她的脸。

苏查丽妲没有办法说出来意。她觉得很难提出任何尘世间的事,于是只好说:"爹,给我念点儿书吧。"

帕瑞什先生继续读下去,并且给她讲解,一直读到十点钟。读完之后,苏查丽妲还是不愿意谈什么不愉快的事,免得影响她爹休息。她正要回自己的屋子,帕瑞什先生把她叫回来说:"你是来和我谈你姨妈的问题的,不是吗?"

苏查丽妲吃了一惊,想不到他竟能猜到她的心事。她说:"不错,爹,不过今天晚上不要为这事操心了。我们可以明天再谈。"

可是帕瑞什先生叫她坐下说:"你的姨妈在这儿感到不方便,我并非不知道。以前我没有想到她的宗教信仰和生活习惯会和你母亲的习惯和看法有这样大的矛盾。现在我看得出你母亲很苦恼,因此我知道你的姨妈也一定会感到不

---

① 爱默生(1303—1882),美国诗人、散文家。作品有《诗集》《典型人物》等。

舒服。"

"姨妈已经准备好要走了。"苏查丽妲说。

"我知道她会这样的。"帕瑞什先生说,"可是我也知道,你是她唯一的亲戚,绝不会让她无家可归的。所以我对这个问题已经想过些时候了。"

苏查丽妲没有想到帕瑞什先生已经发现她姨妈的处境,并且实际上已经在想法解决这个问题。她一直非常小心,生怕他知道了会难过,现在她听到他这样讲,她的眼睛充满了感激的泪水。

"我刚想到一幢对她很合适的房子。"帕瑞什先生接着说。

"不过,我怕她……她……"苏查丽妲结结巴巴地说。

"你是说,她付不起房租吗?不过她为什么要付房租呢?你不会要她房租吧,会吗?"

苏查丽妲看着他,惊讶得说不出话。他笑着继续说:"让她住在你自己的房子里,那样她就不用付房租了。"

这话让苏查丽妲更加糊涂了。帕瑞什先生解释说:"你不知道在加尔各答你们有两所房子吧?一所是你的,另一所是萨迪什的。你父亲去世的时候留下一些钱,由我代管。我放出去收利息,攒够了钱,便用它在城里买了两所房子。多少年来,我一直把它们租出去,把租金积蓄起来。你那所房子的房客不久前搬走了,现在正空着,因此,对你姨妈也就不会有什么不方便了。"

"不过,她能一个人住在那儿吗?"苏查丽妲问道。

"既然她有你,有她自己的亲戚,为什么要一个人住呢?"帕瑞什先生说。

"这正是我今天晚上要找您谈的问题。"苏查丽妲激动地说,"姨妈已经决定离开这儿,我想,怎么能让她一个人走呢?我来,就是想问您这事的。您说怎么办,我就怎么办。"

"你知道我们家旁边的那条胡同吧?"帕瑞什先生说,"胡同里第三家就是你那所房子。从我们的阳台都可以望得见。如果你住在那儿,你不会觉得寂寞的,因为我们可以经常见到你,就像住在一所房子里一样。"

苏查丽妲觉得去掉了心上一块大石头,因为一想到要离开帕瑞什先生,她就受不了,虽然她已经开始感到她承担的责任不久就要逼着她离开他了。

苏查丽妲心里充满了激情,一时说不出话,只是静静地坐在帕瑞什先生身旁。帕瑞什先生也坐在那儿默默沉思。苏查丽妲是他的学生、他的女儿和他的朋友。她已经变成他生活的一部分。没有她在身边,甚至连敬神都好像有点欠缺。苏查丽妲和他一起默祷的那些日子,他觉得他的祈祷收获更大,而且在他满腔热情地想办法帮助她向上的时候,他自己的生活也得到提高。

没有一个人像苏查丽妲那样单纯、虔诚、谦恭地接近他。就像一朵花向着天空开放那样,她整个天性也向着他开放,开出美丽的花朵。这种虔诚的要求,不能不引起相当的反应,使得他整颗心像雨云洒雨那样毫无保留地洒下它的礼物。

能够有机会这样每天把他最美好、最纯真的东西送给一个敞开心灵乐于接受的人,还有比这个更美妙的吗?苏查丽妲就给了帕瑞什先生这个机会,所以他们的关系才这样密切。

现在他们之间的外在联系已经到了中断的时候了。母树用自己生命的汁液使果子成熟,现在必须让它落地了。帕瑞什先生把他心中的痛苦献给他内心的主宰。

最近,他发现苏查丽妲已经有了独立生活的要求。他深信她对人生的旅程已经有了充分的准备,现在该走上征途,从它的欢乐与悲伤中、从她经受的考验和所做的努力中去取得新的经验了。

去吧,我的孩子,他在心里说。你不能永远依靠我的指引或关怀。神将要让你从我这儿飞出去,让你经受各式各样的经历,走向命运的终点——愿你的生命在他手里得到完成。他就这样把他用全部心血从小抚养大的苏查丽妲作为一个神圣的礼物,献给了神。

帕瑞什先生从来不允许自己和芭萝达怄气,也不允许自己对家里的纠纷发火。他知道得很清楚,洪水突然沿着原来的狭窄的河床冲下来的时候,它就会汹涌澎湃,这时只有听任它在广阔的原野自由奔流,别无他法。他看得出来,他的家庭生活的传统和习惯已经被那些围绕着苏查丽妲的意想不到的事打乱了,只有把她从一切束缚中解放出来,允许她去寻找她和外界的真正关系,才能获得和平。因此,他一直静静地做好准备,给她这种自由,让她和谐地过她自己的生活。

他们一直默默地坐在那里。钟敲十一点的时候,帕瑞什先生站了起来,拉着苏查丽妲的手,把她带到阳台上。这时,群星已经摆脱了云彩的纠缠,在空中闪烁着。帕瑞什先生让苏查丽妲站在身旁,在寂静的黑夜里祈祷:把我们从一切虚伪中拯救出来,让真理用它纯洁的光辉把我们的生活道路照亮吧。

第四十五章

第二天早晨,哈里摩希妮向帕瑞什先生告辞的时候,像对一位长者那样向他行触脚礼。他急忙把脚收回来。"请不要这样!"他很难为情地说。

哈里摩希妮眼睛里含着泪水说:"今生来世,我永远都还不清您的债。就连我这样一个不幸的人,您都可以让她活下去——别人即使想这样做,也做不到——可是神对您施恩,所以您连我都能丞救。"

帕瑞什先生感到很不安。"我没有做什么事,"他喃喃地说,"这一切都是苏查丽姐……"

可是哈里摩希妮不让他说完。"我知道,我知道,"她说,"不过拉姐腊妮本人就是您的——她做的就是您做的事。她妈死了不久,她爹也死了。我以为她注定要受苦了——我怎么能知道神会在她不幸中赐福给她呢?我到处流浪,终于来到这儿,认识了您,这才明白即使像我这样的人,神也能怜悯。"

说到这里,毕诺业走进来说:"姨妈,我妈接您来了。"

"她在哪儿?"苏查丽姐连忙站起来大声问道。

"在楼下和你母亲在一起。"毕诺业回答。苏查丽姐听了,立刻跑下楼去。

帕瑞什先生向哈里摩希妮说:"我先走一步,替您收拾收拾新家。"

他走了之后,毕诺业惊讶地说:"姨妈,我从来没有听说过您自己有房子呀!"

"我也不知道,我的孩子。今天才听说的。"哈里摩希妮说,"只有帕瑞什先生一个人知道。房子好像是拉妲腊妮的。"

毕诺业听了之后说:"我以为毕诺业在世上至少可以为别人做一点事,可是现在我明白,我是得不到这种乐趣的了。到现在为止,即使对母亲,我也从来没有替她做过什么——倒是她经常在照顾我。看来,对姨妈我也帮不上忙,只能心甘情愿地接受她的关照了。我看,我生来注定要接受而不是给予!"

过了一会儿,罗丽妲和苏查丽妲陪伴着安楠达摩依来了。哈里摩希妮走上前去迎接她:"天神赐恩的时候,总是很慷慨的。姐姐,今天你也成为我的亲人了。"她一边说,一边拉住安楠达摩依的手,请她坐在身旁。

"姐姐,"哈里摩希妮接着说,"毕诺业除了你,再也不谈别的!"

"他从小就是这样的脾气,"安楠达摩依笑着说,"他一旦对什么发生了兴趣,就绝不松手。我可以保证,很快就要轮到他的姨妈了。"

"一点儿不错,"毕诺业大声说,"所以您心里得先有个准备。我很晚才找到我的姨妈,而且是自己找到的。既然这许多年我都没能见到她,现在可要非常珍惜这个机会。"

安楠达摩依看着罗丽妲,意味深长地笑着说:"我们的毕诺业不但知道怎样把他想要的东西弄到手,而且有本事把弄到手的东西照管好。他把你们像梦想不到的财宝一样珍惜,难道我不知道吗?他认识了你们,我真是说不出的高兴——这简直让他变了一个人,他自己也知道。"

罗丽妲想回答几句话,但她是这样心慌意乱,连一句话也说不出来,苏查丽妲只好出来解围说:"毕诺业可以看到每个人的长处,因此有权得到朋友们最真挚的友谊,这主要还得归功于他自己。"

"妈妈,"毕诺业插进来说,"别人未必觉得您的毕诺业那样有趣,值得您反复地讲。我常常想把这一点跟您说清楚,可是我的虚荣心不让我这样做。现在我觉得再也不能不说这种不好听的话了。妈妈,咱们谈谈别的吧。"

这时,萨进什抱着最近弄到的那条小狗来了。哈里摩希妮看见他带来的东西,就吓得一边往后缩,一边恳求他:"萨迪什,好孩子,把狗带走。听话,好宝贝。"

"它不会咬您的,姨妈。"萨迪什劝她说,"它甚至不会到您房间去,您只要轻轻拍拍它,它就会很老实了。"

哈里摩希妮一边往后缩,躲开这只不可接触的畜生,一边不停地央求他:"不,亲爱的,看在老天爷的分上,把它带走吧!"

安楠达摩依把萨迪什连人带狗一起拉到她身边,把狗放在膝上,说:"那么,你就是萨迪什,我们毕诺业的朋友,是吗?"

萨迪什觉得被称为毕诺业的朋友并不过分,便毫不犹豫地说"是的",然后站在那儿瞪大眼睛看着安楠达摩依。她给他解释说,她是毕诺业的母亲。

苏查丽姐教她弟弟说:"话匣子先生,给母亲行礼。"萨迪什红着脸,忸忸怩怩地行了一个礼。

这时候芭萝达太太来了。她一点也没有理睬哈里摩希妮,便径直问安楠达摩依肯不肯赏光去吃一些点心。

"我对饮食没有忌讳,"安楠达摩依回答,"不过现在我不想吃什么,谢谢你。等戈拉回来,要是你不嫌弃,我们一定来做客。"因为她不愿意在戈拉不在家的时候,做任何可能使他不高兴的事。

芭萝达转过脸向毕诺业说:"噢,毕诺业先生,你也在这儿。我不知道你也来了。"

"我正想去告诉您我来了呢。"毕诺业回答。

"嗯,我们昨天虽然请了你,可是你溜走了。今天没有请你,能不能来跟我们一起吃点早餐呢?"

"这样就更妙了,"毕诺业说,"小费总比工资受欢迎。"

哈里摩希妮听到他们的谈话,不由得大吃一惊。毕诺业显然经常在这家人家吃饭。除此之外,安楠达摩依好像对自己的种姓也毫无顾虑。看到这些,她心里很不高兴。

芭萝达走了之后,她壮起胆问道:"姐姐,你的男人不是……"

"我的丈夫是一个严格的印度教徒。"安楠达摩依回答。

哈里摩希妮更加糊涂了。她脸上流露出来的表情是这样迷惑不解,安楠达摩依不得不跟她解释:"当我认为世界上最重要的是社会时,我一直尊重它的规矩。可是有一天,神用这样的一种方式向我启示,不允许我再顾虑社会的看法。既然他自己取消了我的种姓,别人怎么想,我也就不在乎了。"

"那么,你男人呢?"哈里摩希妮问,她听了这话还是弄不明白。

"我丈夫很不高兴。"安楠达摩依说。

"你的孩子呢?"

"他们也不高兴。不过难道我活着只是为了讨好丈夫和孩子吗?姐姐,这件事和别人不容易说清楚。只有无所不知的神才能明白!"安楠达摩依说完这话,便双手合十,默默地向神敬礼。

哈里摩希妮心想,也许有一个传教士把她引诱到基督教那边去了。因此心里很怕她,不愿意再和她接近。

第四十六章

拉布雅、罗丽妲和丽拉一刻也不愿意离开苏查丽妲。虽然她们表面上非常热心地帮助她布置新居,但也只是为了掩盖她们的眼泪。

这些年来,苏查丽妲在各种借口之下,每天都替帕瑞什先生做一些这样或那样的小事情:给他插插花瓶,晾晾衣服,把书报弄整齐;烧好洗澡水,就跑来提醒他。两个人都觉得做这些小事是很自然的,没有什么特别的地方。

可是现在这一切都快要中断了,虽然这些小事别人也能做,甚至根本用不着做,但情况毕竟会有所不同,这使两个人心里都很难受。

最近,每逢苏查丽妲来到帕瑞什先生屋里,她做的每一件小事,对两个人来说,都显得特别重要了。他感到有什么苦恼的时候,往往会发出一声叹息;她心里感到难过,眼睛里也会充满了泪水。

苏查丽妲吃过中饭就要迁往新居的那一天,帕瑞什先生回屋去做早祷,发现在他的座位前边已经摆上鲜花,苏查丽妲也已经在那里等他了。拉布雅和丽拉原来希望那天早晨大家在一起祈祷,但罗丽妲劝她们不要这样,因为她知道今天苏查丽妲一定非常希望能够单独和父亲在一起祈祷,而且特别需要他的祝福。罗丽妲不愿意别人打扰他们思想感情的亲切交流。

他们祈祷之后,苏查丽妲忍不住哭了。帕瑞什先生说:"我的孩子,不要朝后看。不要犹豫,不管等待着你的是什么样的命运,都要勇敢地去迎接它。欢欣鼓舞地朝前迈进,不管你遇到什么,都要竭尽全力地从中选择它好的一面。把自己整个儿交托给神,只从他那里接受帮助。这样,即使你犯了错误,迷了路,你也能沿着至善的道路前进。如果你三心二意,把自己的心一部分献给神,一部分放在别的什么地方,那样,一切就都会发生困难了。愿神照顾你,让你不再需要我们微薄的帮助。"

他们走出祈祷室,发现哈兰正在外边等他们。苏查丽妲今天不愿意和任何人生气,便温柔热诚地和他打了个招呼。

哈兰立刻在椅子上挺直身子,用庄严的声音说:"苏查丽妲,你退步了,今天,你从信奉了那么久的真理面前后退,对我们来说,真是一个可悲的日子。"

苏查丽妲没有回答,但心中和谐的音乐被这不协调的调子扰乱了。

"只有自己的心知道谁在前进,谁在后退,"帕瑞什先生说,"我们常常瞎担心,从外面来观察事物,把事情看错了。"

"你是说你从不为将来担心,为过去悔恨吗?"哈兰问道。

"帕努先生,"帕瑞什先生回答,"我从不为什么想象的事瞎担心,至于是不是发生了令人后悔的事,到该后悔的时候,自然就会知道了。"

"难道你的女儿罗丽妲单独和毕诺业先生乘船出走,也会是想象的吗?"哈兰追问道。

苏查丽姐脸都气红了。帕瑞什先生回答说："你好像心情很激动，帕努先生，要你在这种心情下讨论这些事，似乎不太公平。"

哈兰把头往后一仰。"我讨论问题时从不激动，"他说，"我说话从来算数；因此，你用不着为此担心。我不是代表个人说话。我代表梵社说话，因为要是我保持沉默，我就错了。除非你瞎了，否则你就会看见，自从发生了罗丽姐单独和毕诺业先生出走的事之后，你一家就开始从原来安全停泊的地方漂走了。这件事不但要叫你后悔，更重要的是，它有损于梵社的声誉。"

"要是你只想指责一番，这种表面的看法倒也够了。不过要是你想判断是非，就一定要更加深入地去了解一下。发生了一件事，并不能证明某人一定有罪。"

"可是事情是不会无缘无故发生的，"哈兰回答说，"你们家里出了毛病，才有可能发生这些事。你把外边的人带到家里，他们想让你们家离开传统习惯。难道你看不出来他们实际上已经把你拉得离开正道有多远了吗？"

"帕努先生，恐怕我们对这些事不会有一致的看法。"帕瑞什先生的声音里带有一丝烦恼。

"也许你不愿意知道事实真相，不过我要请苏查丽姐出来做证。请她告诉我们毕诺业和罗丽姐是否只是泛泛之交。他们的关系难道不是已经深深地影响到他们的生活了吗？——不，苏查丽姐，你不能走，你一定得先回答我。这是一个很严重的问题。"

"不管它有多严重，这不关你的事！"苏查丽姐厉声回答。

"如果是这样，"哈兰说，"我就不会费脑筋去想它，更不会去谈它了。你们也许不关心梵社,不过只要你们还是社员,梵社就不能不对你们做出判决。"

罗丽姐突然像一阵旋风似的不知从哪儿冲了进来说:"梵社要是任命你当法官,我们就不如退出去!"

"罗丽姐,你来了我很高兴,"哈兰站起来说,"对你的指责本该当着你的面才对。"

苏查丽姐这一次真的生气了,她两眼冒火地嚷道:"要是你高兴,哈兰先生,请你在自己的家里开庭审判吧。我们绝不答应你擅自在别人家里侮辱人——来,罗丽姐,咱们走。"

但罗丽姐一动不动。"不,姐姐,"她说,"我才不逃走呢。我准备从头到尾听完帕努先生要说的每一句话。说吧,先生,你刚才说什么来着?"

哈兰正在感到不知所措的时候,帕瑞什先生插进来说:"罗丽姐,亲爱的,今天苏查丽姐要离开我们了。今天早晨我们一定不要吵架——帕努先生,不管我们犯了什么错误,在今天这种日子,务必请你原谅。"

哈兰摆出一副庄严的面孔,不再说话了。但苏查丽姐越是要和他断绝来往,他就越加固执地要把她弄到手。因为他直到现在都没有死心,所以苏查丽姐要跟她那位信奉正统印度教的姨妈搬走,就使他感到有必要孤注一掷地蛮干下去,因为他知道不能追到那儿。

因此,今天他带着所有磨好了的、致命的武器来到这儿,准备在当天早晨逼他们做出一个决定。他深信自己的道德利箭一定会百发百中,再也想不到苏查丽姐和罗丽姐会从她们自己的箭袋里抽出同样锋利的箭来抵抗到底。

不过,即使情况变得令他失望,也没有能使他灰心丧气。

真理——就是说,哈兰——必胜,不是他的格言吗?当然,他得斗争;于是他决定从那天起,他要重整旗鼓,重新战斗。

这时,苏查丽妲已经到她姨妈那边去了,她对她说:"姨妈,今天我要和他们一起吃饭,请您不要在意。"

哈里摩希妮没有说什么。她原以为苏查丽妲已经完全改信正统印度教了,而且现在她有了自己的产业,已经完全独立,很快就要住到外边。哈里摩希妮希望她们终于能够按照自己的心意安排生活了。苏查丽妲突然要犯这样的错误,这使她很不高兴,所以她一声不响。

苏查丽妲知道她心里在想什么,于是说:"姨妈,我向您保证,您的神会为这件事高兴的。我心中的主宰告诉我今天要和大家一起吃饭。要是我不服从他的命令,他会生气的,在您俩之间,我更怕他生气。"

哈里摩希妮对这些话一点儿也不理解,从前,必须忍受芭萝达侮辱的时候,苏查丽妲和她一起信奉正统印度教,分担她受到的侮辱;现在她们得救了,为什么苏查丽妲不抓住这个机会呢?

显然,哈里摩希妮没有理解她外甥女的心情——也许她根本不能理解。

虽然她没有禁止苏查丽妲这样做,但她心里很生她的气。"对不洁净的食物,这孩子打哪儿来的这副吓人的胃口呢?"她嘟嘟囔囔地抱怨说,"而且她还是出生在一个婆罗门家庭的呢!"

她沉默一会儿,大声说道:"不过,亲爱的,听我一句话,你可以和他们一起吃饭,不过,至少不要喝那个挑夫挑来的水。"

"为什么,姨妈?"苏查丽妲大声说,"他不就是那个每天给您挤牛奶和送牛奶的拉姆丁吗?"

哈里摩希妮惊奇地睁大了眼睛说:

"你把我吓坏了,亲爱的!竟拿水和牛奶相比——好像这种东西可以同等对待似的。"

"好吧,姨妈,"苏查丽妲笑着说,"今天我不从拉姆丁手里接水。不过,让我警告您,您最好不要禁止萨迪什,因为您一禁止他,他就偏要那样做。"

"噢,萨迪什又另当别论了,"哈里摩希妮说,"男人不是有权破坏一切清规,逃避一切戒律吗?——哪怕是正统印度教的清规戒律。"

第四十七章

哈兰已经披挂上阵了。

罗丽姐和毕诺业两人从乘船到加尔各答那天到现在,大约已经有两个星期了。有几个人已经知道这件事,更多的人通过正常的途径也逐渐听说了。可是这两天,这个消息就像火烧干草那样飞快地到处传播。

哈兰跟许多人说,为了维护梵教家庭生活的准则,制止这类不正当的个人行为有多么多么重要。这事办起来并不困难,因为当真理和责任号召我们去谴责和惩罚别人的罪过时,我们总是乐于从命的。而梵社大部分重要成员也怀着应有的热情,义不容辞地和哈兰一起执行这个痛苦的任务。梵社的台柱们甚至不惜自己花钱雇车,挨家挨户地去告诫人:如果这类事情不加追究,梵社的处境就会非常危险。

除此之外,到处传播着添枝加叶的消息,说什么苏查丽妲不仅改信了正统印度教,而且还住在一个信奉正统印度教的姨妈家里,整天礼拜偶像,供奉祭品,行各式各样的迷信苦行。

苏查丽妲搬到她的新居之后,罗丽妲心里在进行着一场巨大的斗争。每天晚上,在她上床的时候,她都发誓绝不屈服,早晨起床的时候,也总要重申这个决心。因为事情已经到了这个地步:她整颗心都被毕诺业所占据了。如果她听见他在楼下说话,她的心就要狂跳起来。如果他有两三天不来,她就会因为自尊心受到伤害而感到痛苦,就会用种种借口,设法让萨迪什到他朋友家去看看。他回来之后,她就千方百计地慢慢探听出当他在那边时,毕诺业说了些和做了些什么。

罗丽姐越是控制不住这种迷恋的心情,就越担心她很快会失败。后来,有时她甚至会生她父亲的气,因为他没有阻止她们跟毕诺业和戈拉接近。

不管怎么样,现在她已经下定决心斗争到底,宁可牺牲也决不投降。她开始想象各种各样消磨时间的方法,甚至想如果模仿某些从书本上读到的欧洲女人的光辉榜样,毕生从事慈善事业也未始不可。

有一天,她去见帕瑞什先生,向他说:"爹,我不能到一所女子学校去教书吗?"

帕瑞什先生看着女儿的脸,从她的眼睛,可以看出她在恳求他帮助她解除心中的饥渴。于是便安慰她说:"为什么不能,亲爱的? 不过有合适的女子学校吗?"

那个时候,的确没有多少合适的学校。虽然有一两所女子小学,但上层社会的妇女还没有人担任过教师。"那么,连一所合适的学校都没有吗?"罗丽姐失望地问。

"我没有听说过。"帕瑞什先生不得不承认。

"那么,爹,我们不能创办一所吗?"罗丽姐紧接着说。

"那恐怕要花很多钱。"帕瑞什先生说,"还要许多人帮忙。"

罗丽姐一向认为困难的只是怎样鼓舞起人们做好事的热情——她以前从来不知道要实现这样一个愿望会遇到多少困难。她沉默了一会儿,便站起身离开了,剩下帕瑞什先生一个人探索他亲爱的女儿心中的痛苦。

他突然想起那天哈兰谈到毕诺业时,所说的那些含沙射影的话。他深深地叹了一口气,在心里问自己:"难道我真的判断错了吗?"如果事情发生在任何一个别的女儿身上,问题就不会这么严重,可是罗丽妲对待生活非常认真。她做事绝不会半途而废,她的欢乐与忧伤也绝不会半真半假。

那天中午,罗丽妲到苏查丽妲家去了。房子布置得十分简单。正房的地上铺了一条土地毯,屋子一边是她的床铺,另一边是哈里摩希妮的。她姨妈不用床架,因此她也学她的样儿,在屋子里搭个地铺。墙上挂着帕瑞什先生的相片。旁边那间屋子比较小一点,里边放着萨迪什的床,靠墙的桌子上乱七八糟地堆满了书、练习本、墨水瓶和钢笔。萨迪什上学去了。整所房子都很安静。

哈里摩希妮吃过午饭,正在准备午睡,苏查丽妲披散着头发,坐在自己的铺上,膝上放了一个枕头,上面放着一本书,正在全神贯注地阅读。在她面前放了几本书。当她突然看见罗丽妲走进屋来,慌里慌张地合上了书,但立刻意识到这样做很难为情,便又打开了,把它翻到刚才读的那一页。这几本书都是戈拉的作品。

哈里摩希妮坐起来大声说道:"请进,请进,小母亲。我知道苏查丽妲一定非常希望见到你。她心里难过的时候,总是读这些书。我刚才躺在这里正在想,要是你们有一个人来玩玩,该有多好呀,这时,你就来了。亲爱的,你一定会长命百岁。"

罗丽妲立刻就把心里迫切要解决的问题提了出来。她一坐下来就说:"苏绨姐姐,我们给附近一带的女孩子办一个学校,你看怎么样?"

"听她说的,"哈里摩希妮吓了一跳,不由得大声说,"你们办学校干什么?"

"我们怎么能开办一个学校呢,亲爱的?"苏查丽姐问道,"谁来帮忙?你和爹谈过这事吗?"

"我们俩都能教课,这是毫无疑问的,"罗丽姐解释说,"拉布雅说不定也会参加。"

"不仅是教课的问题,"苏查丽姐说,"还有制定管理学校的规章制度;我们得有一间合适的房子,要招收学生,收集资金。这些事情,我们姑娘家怎么能做呢?"

"姐姐,你不要这样说!"罗丽姐大声说,"只因为我们生来是女孩子,就得围着四壁转吗?我们这一辈子就不能对社会做出点贡献吗?"

这些话里隐含的痛苦在苏查丽姐的心里引起了共鸣。她开始反复地认真考虑这件事。

"附近一带有许多女孩子,"罗丽姐接着说,"如果我们不收学费,她们的父母一定会非常高兴的。至于房子,开始的时候,可能只有不多几个学生,我们很容易就在你这幢房子里做好安排。因此,经费不会是什么大问题。"

哈里摩希妮一想到附近一带陌生的女孩子都拥到这幢房子来读书,就愁得不得了。她一心要按照古圣梵典的戒律来修身养性,礼拜天神,小心不和别人接触,以免被人玷污。她对这种破坏她隐居的危险十分愤怒,于是明确地提出了抗议。

苏查丽姐说:"姨妈,您不用怕。如果能够找到学生,我们可以安排她们在楼下上课。不会让她们上楼打扰您的。因此,罗丽姐,要是能找到学生,我很愿意和你一起教她们。"

"我们好好地试一试,反正没有什么害处。"罗丽姐说。

哈里摩希妮继续温和地抱怨说:"小母亲,你们为什么总是要和基督徒一个样呢?我从来没有听说过印度教有教养的女人愿意在学校里教书的——我一辈子都没有听说过。"

帕瑞什先生的姑娘经常和附近一带姑娘们在屋顶聊天。不过,有一个妨碍她们变得更亲密的因素,那就是,别人看见帕瑞什先生家的姑娘,年龄已经不小,但都还没有结婚,便忍不住表示惊讶,也禁不住要问一些好奇的问题。事实上,罗丽姐为了这个缘故,总是不愿意参加这些屋顶交谈。

相反,拉布雅却是这种屋顶聚会最热心的成员,因为她对邻居的家务事非常感兴趣。到了下午,她便在屋顶平台上一面梳头,一面参加这种露天的聚会,而各式各样的新闻也就在邻居之间凭借空气,传来传去了。

因此,罗丽姐就把筹办学校的招生工作交托给拉布雅。这个建议在屋顶上宣布之后,很多姑娘都表示出很大的热情。同时,罗丽姐也开始积极地打扫、擦洗和装饰苏查丽姐楼下的房间,把它收拾好。

不过教室一直是空的。邻居的家长们认为,这是以教书为借口,想把他们的女儿诱骗到一个梵教人家去的阴谋,所以十分生气。他们甚至认为有责任禁止女儿和帕瑞什先生的姑娘来往。他们的女儿不但被剥夺了在屋顶平台上交谈的机会,还得听许多对她们的梵教的朋友不大好听的话。现在,可怜的拉布雅,当她傍晚拿着梳子走到平台上的时候,看到的只有老一辈的邻居,没有一个年轻人,也没有她经常听到的真诚的问候。

可是罗丽姐并没有因此罢手。她说:"有不少贫穷的梵教姑娘上不起比顿学校。要是我们负责教育她们,那就是对她们帮了点忙、出了点力了。"她不但自己去寻找这样的姑娘,还让苏梯尔帮忙。

帕瑞什先生的姑娘博学多才原是远近闻名的,事实上传闻远远超过实际。所以,不少家长听到这几位姑娘准备免费教课,都高兴得不得了。

不多几天,罗丽妲的学校就招收到五六个学生,顺利地开学了。她忙着和帕瑞什先生讨论学校的校规和各种安排,忙得没有一点时间想自己的事。她甚至和拉布雅争论年终应该由谁来主持考试,应该发什么奖品。

虽然拉布雅和哈兰之间毫无感情,但拉布雅却很迷信哈兰博学的名气,她深信要是哈兰能够替学校做点事,不管是教书还是考试,都会给学校增添光彩。可是罗丽妲拒绝考虑,她决不能容许哈兰插手她们这件工作。

但是开学不久,学生就开始减少了。有一天,班上竟然空无一人。罗丽妲坐在静悄悄的教室里,一听到脚步声,就站起来,希望有个把学生终于会出现。可是一个人也没有。这样等到下午两点钟,她断定一定是出了什么问题了,因此,便去到一个距离她们学校很近的学生家里。在那儿,她看见她的学生几乎要哭出来。"妈不让我去上学。"她嚷道。"她弄得举宅不安。"她母亲自己解释说,但没有说明什么事弄得举宅不安。罗丽妲是一个敏感的姑娘,看出别人不情愿说,是不会强人所难的,甚至也不会去追究原因,只是说:"如果不方便,又何必为难呢?"

在第二个人家,她听到另外一个原因。"苏查丽妲已经成为正统印度教徒了,"他们脱口说道,"她奉行种姓制度,在家里供奉偶像。"

"如果他们反对的是这些,我们可以在自己的家里上课。"罗丽妲建议道。

可是这样也没有能改变他们的态度,罗丽妲心里明白这里边一定有什么别的原因。她没有再到别的地方,回家把苏梯尔找来问道:"苏梯尔,请你告诉我,这到底是怎么回事?"

"帕努先生极力反对你们这所学校。"苏梯尔回答。

"为什么?"罗丽妲问道,"是因为姐姐家里拜偶像,还是什么别的缘故?"

"不仅是这个原因……"苏梯尔说,但立刻刹住了。

"那么,另外还有什么别的原因呢?"罗丽妲不耐烦地问道,"你不愿意告诉我吗?"

"噢,说来话长。"苏梯尔支吾地说。

"和我的缺点有关系吗?"

看见苏梯尔一声不响,罗丽妲脸都气红了。她大声嚷道:"我知道了,是轮船事件给我的惩罚!这样说,在我们的梵社里,无心做错了事是无法补救的了——是这样吧?那么,在我们自己的教社里,任何有益的工作我都不能做了。你们就是用这种方法来提高我和梵社的道德水平的,是吗?"

苏梯尔想缓和一下气氛,便说:"并不完全是这样。他们真正担心的是怕毕诺业先生和他的朋友慢慢就会参加办学校的工作。"

这话让罗丽妲更生气了。"怕吗?"她反驳说,"要能这样,我们就非常走运了!他们以为能够给我们提供毕诺业和他的朋友一半才学的帮手吗?"

"是的,你说得不错,"苏梯尔看见她这样激动,心慌意乱、结结巴巴地说,"不过,毕诺业先生不是……"

"不是一个梵社社员,这我知道,"罗丽妲打断他的话说,"所以梵社就不准我们接近他。这样的梵社,我看没有什么值得骄傲的!"

苏查丽妲立刻就明白学生们不来上课的真正原因。她一声不响地离开了教室,到楼上去帮萨迪什准备功课,因为他快要考试了。

罗丽妲从苏梯尔那边回来,就到楼上去找她说:"你听说最近发生的事了吗?"

"我什么也没有听说,不过反正我心里全明白。"苏查丽妲回答。

"难道我们就得一声不响忍受这一切吗?"罗丽妲问道。

苏查丽妲拉着罗丽妲的手说:"不管发生了什么事,让我们默默地忍受吧,因为忍受并没有什么丢脸。你没有看见爹多么平静地忍受着一切吗?"

"可是,苏绨姐姐,"罗丽妲反驳说,"我常常觉得,一个人要是容忍别人作恶,不加反对,就等于奖励作恶。医治罪恶的正确方法是和它进行斗争。"

"好吧,亲爱的,你准备进行什么样的斗争呢?"

"这我还没有想过,"罗丽妲回答,"我甚至连自己能做些什么都不知道——不过,毫无疑问,总得采取什么行动才行。那些只会偷偷摸摸地攻击我们姑娘家的人,不管他们自以为多么了不起,也不过是些胆小鬼罢了。我告诉你,我绝不会在他们手下认输——绝不!为了进行斗争,不管我们会遇到什么麻烦,我都不在乎!"她一面说话,一面跺脚。

苏查丽妲没有作声,只是轻轻地拍了拍罗丽妲的手。过

303

了一会儿,她才说道:"亲爱的罗丽妲,我们先看看爹对这事有什么看法吧。"

"我正要去找他。"罗丽妲站起来说。

罗丽妲在离家不远的地方看见毕诺业垂头丧气地从家里出来。看见她走过来,他站在那里犹豫了一下,似乎在盘算要不要和她说话。接着,他克制住自己,向她微微一鞠躬,垂下眼睛走了。

罗丽妲觉得她的心仿佛被烧红的利箭射穿了似的。她快步走进家门,径直走到她母亲的房间,看见芭萝达太太坐在桌子前面,桌子上摆着一个打开的账簿,显然正在一心一意地算账。

芭萝达看见罗丽妲的脸色,立刻警惕起来,马上低下头看她的账目,那副专心致志的样子,仿佛算不清账目,全家就要闹亏空似的。

罗丽妲把一张椅子拉到桌子旁边坐了下来,可是她母亲还是没有抬起头来。罗丽妲终于喊了一声:"妈妈!"

"等一等,孩子,"芭萝达抱怨说,"你看不见我正在……"说完又弯下身子,算她的账去了。

"我不会打扰您很久的,"罗丽妲说,"我只想知道一件事。毕诺业先生到这儿来过吗?"

芭萝达太太的眼睛没有离开账簿,说:"来过。"

"您跟他说了些什么?"

"噢,说来可话长了。"

"我只要知道你们谈到我没有。"罗丽妲坚持说。

芭萝达看到无法逃避,便扔下笔,抬起头说:"是的,孩子,我们谈了!难道我没有看见事情闹得太过分了吗——梵社里面每一个人都在谈论这件事,所以我不得不给他一个警告。"

罗丽姐羞愧得满脸通红,血都涌上头来了。"爹不准毕诺业先生再到这儿来了吗?"她问道。

"你以为他会为这些事操心吗?"芭萝达回答,"要是他肯操心,就根本不会发生这些事了。"

"而帕努先生照旧可以来吗?"罗丽姐追问。

"听她说的,帕努先生为什么不能来?"芭萝达大声说道。

"那么,为什么毕诺业先生不能来呢?"

芭萝达太太把账簿又拿了过来说:"罗丽姐,我没法儿跟你吵!现在别来麻烦我,我有许多事要做。"

芭萝达利用罗丽姐中午在学校的机会,把毕诺业叫来直言不讳地训了他一通。她以为罗丽姐永远不会知道,如今她发现这个小计谋被人发现了,心里着实恼火。她原希望能够悄悄地解决这个问题,现在知道没有可能了——相反,前面酝酿着更大的麻烦。不过她把怒火全部集中在她那个不负责任的丈夫身上了。一个女人不得不和这样一个傻瓜生活在一起,这有多痛苦呀!

罗丽姐满腔怒火地离开了那儿。她来到楼下,看见帕瑞什先生在屋里写信,她开门见山地问道:"爹,毕诺业先生不配跟我们来往吗?"

帕瑞什先生心里马上就明白了。梵社对他家议论纷纷,他并不是不知道,而且也认真地考虑过这个问题。如果他觉得罗丽姐并不爱毕诺业,外边人说什么他都不会在意。不过要是罗丽姐已经爱上了毕诺业,那么,他反复地问自己,他对他们该怎么办呢?

自从他公开离开正统印度教,改信梵教以来,这是他家第一次发生危机。因此,一方面,忧虑和不安从四面八方向他袭击,另一方面,他的心也警惕起来告诫他:在这样的艰难时刻,他应该像以前离开原有的宗教时只依靠天神那样,再度把真理摆在社会舆论和个人得失之上,从而渡过难关。

因此,在回答罗丽妲的问题时,帕瑞什先生说:"我认为毕诺业的确是一个非常好的人。他品德高尚,人既聪明,又有教养。"

"戈拉的母亲最近几天来看过我们两次,"沉默了一会儿,罗丽妲说,"所以我想和苏绨姐姐一起去回拜她。"

帕瑞什先生没能立刻回答,因为他知道,在这种时刻,她们的一举一动都会引起议论。这样的拜访,只能增加流言蜚语。可是,他看不出这里面有什么不对,他不能禁止她们这样做,所以他说:"好吧,你俩就去吧。要是我不是这样忙,我也会跟你们一道去的。"

第四十八章

毕诺业做梦也没有想到,他像一个客人和朋友那样在帕瑞什先生家随意走动,竟会在他们的教社里引起这样一场风波。他刚去的时候,感到有些害羞。由于不清楚自己可以在什么范围之内活动,所以总很小心谨慎。但慢慢地,他不那么害羞了,也就不去想会发生什么危险了。现在他第一次听到他的行为在梵社竟给罗丽妲带来流言蜚语,这使他大吃一惊。最让他苦恼的是他知道自己对罗丽妲的感情已经远远超出一般的友谊。双方教社的风俗习惯如此不同,他认为在目前的社会情况下,产生这种感情是有罪的。过去他常常想,他很难说自己是帕瑞什先生一家的一个可靠的朋友。在某一方面,他甚至觉得自己是一个骗子,如果他把真实的感情向他们表白出来,那一定是见不得人的。

就是在这种心境之下,有一天,他收到波达姗达里①的一张便条,请他在中午的时候专门去见她一次。到了那儿,她问他:"毕诺业先生,你是一个印度教徒,是不是?"他承认之后,她又问:"你不打算退出印度教,是吧?"他回答不打算退出,于是波达姗达里说:"那么,你为什么……"对这个没有问完

---

① 波达姗达里,芭萝达的全称。

的问题,毕诺业无法做出确切的答复,只好扭转头坐在那里,觉得他的心事终于被别人识破了。他一直想隐瞒的事,甚至连太阳、月亮和大气都不愿意让它们知道的事,现在这里每一个人都知道了。他心里不由得想:"帕瑞什先生对这事会怎么想呢?罗丽妲又会怎么想呢?苏查丽妲会认为我是一个什么样的人呢?"当初由于某一个天使的疏忽大意,他得以在这个天堂待上一阵——如今,没过多久,他就得羞愧地低着头,永远被赶出来了。后来,在他离开帕瑞什先生家的时候,遇到了罗丽妲。他想,这一次是永别了,他要向她供认自己严重的过失,从此一刀两断——但他又想不出适当的措辞——只好向她微微鞠了一个躬,没有看她一眼便走掉了。

不久之前,毕诺业还不认识帕瑞什先生一家,现在他站在那里——又成为一个局外人了。可是这里面有多大的差别呀!为什么今天他感到如此空虚?以前在他的生活里,好像并不缺少什么——他有戈拉和安楠达摩依。而现在,他就像鱼儿离开了水,不论从哪一方面都得不到一点支持。他在这个繁忙的城市拥挤的大街上看到的,到处都是一片暗淡、朦胧、毁灭的阴影,它威胁着他的生命。他看到这片广阔荒芜的空虚,觉得十分诧异。他一再问那冷酷无情、一声不响的苍天,为什么会发生这样的事,是什么时候开始的,怎么发生的。

突然间他听到有人喊:"毕诺业先生!毕诺业先生!"他回过头,看见萨迪什在后边追来。毕诺业把他抱在怀里激动地说:"啊,我的小弟弟,我的朋友,有什么事吗?"他的声音里带着哽咽,因为他从来没有像今天这样意识到他和帕瑞什先生家的这个小男孩的关系有多亲密。

"你为什么不来我们家?"萨迪什问道,"明天,拉布雅和罗丽姐姐姐要到我们家吃晚饭,姨妈让我来请你也参加。"

听了他这样说,毕诺业知道姨妈还没有听到消息,因此他说:"萨迪什先生,请替我问候姨妈,不过请告诉她我不能去。"

萨迪什拉住毕诺业的手,恳求他说:"你为什么不能来呢?你一定得来,因为不管怎么样,我们绝不放过你。"

萨迪什这样希望他来是有特殊原因的。在学校里,老师叫他写一篇作文,题目是"爱护动物"。满分是五十分,他得了四十二分,所以他非常希望让毕诺业看看。他知道他的朋友是一个很聪明、很有学问的人,他认定像毕诺业这样有欣赏能力的人一定会赏识他这篇文章的真正价值。一旦毕诺业承认他的文章十分精彩,那么,要是那个没有欣赏能力的丽拉对他的天才胆敢表示不敬,他就可以嗤之以鼻了。事实上,是他劝姨妈邀请毕诺业的,因为他希望毕诺业对这篇文章发表评论时,他的姐姐们也在场。

听到毕诺业不能来,萨迪什变得垂头丧气的,于是毕诺业用胳膊搂着他的脖子说:"来,萨迪什,到我家去。"

萨迪什的文章就在口袋里,所以他无法拒绝这个邀请。于是这位希望成名的男孩儿就到毕诺业家里去了,虽然学校不久就要举行考试,到那儿去要浪费不少宝贵的时间。

毕诺业好像不能让这个孩子离开他似的。他不但仔细倾听,还违反正确的批评原则,一味对它大肆赞扬。另外,他还派人到市场去买了些糖果、点心,不停地请萨迪什吃茶点。

然后他陪伴着这个孩子一直走到帕瑞什先生家门口,告辞的时候,不必要地慌慌张张地说:"好了,萨迪什,现在我得走了。"

可是萨迪什拉住他的手,想把他拉进屋里,说:"不,不,你一定得进去。"

不过今天他缠了半天也没有成功。

毕诺业做梦似的来到安楠达摩依家。因为找不到她,便走进了戈拉经常在里面睡觉的屋顶单间。在他们的童年时代,他们在那间屋子里一起度过多少幸福的日日夜夜啊!多么愉快的谈话,多么奇怪的决定,多么严肃的讨论啊!在那里,他们友爱地争吵,吵完了反而更加亲热。毕诺业希望回到童年的境界,忘掉现在——但这些新交的朋友挡着去路——不知怎么的,他们不让他进去。以前,毕诺业一直没有弄清楚他生活的中心什么时候已经转移,生活的方向什么时候已经改变——现在他一切都清楚了,没有什么可怀疑的了,他感到很害怕。

安楠达摩依早晨把衣服晾在屋顶上,中午上去收取时,发现毕诺业在戈拉屋里,不由得吃了一惊。她快步走到他身边,把手放在他肩上说:"怎么啦,毕诺业?你脸色苍白,出了什么事了?"

毕诺业坐起来说:"妈妈,起先我常到帕瑞什先生家的时候,戈拉常常生我的气。那时我总觉得他不对——不过倒不是他不该生气,而是我太愚蠢了。"

安楠达摩依微微地笑着说:"我不说你绝顶聪明,不过我倒想知道,关于这件事,你蠢在哪里?"

"妈妈,"毕诺业回答,"我从来没有考虑过我们之间的教社风俗完全不同。我想的只是从他们的榜样和友谊里,我可以得到多少快乐和教益。因为这个缘故,我很想和他们接近。我从来也没有想过我有什么可担心的!"

"听到你刚才说的话,"安楠达摩依插进来说,"我也觉得没有什么可担心的。"

"妈妈,您不知道,"毕诺业说,"我已经在他们的教社里给他们捅了一个大娄子——人们已经议论纷纷,我永远不能再到他们……"

"戈拉常常反复地讲一句话,"安楠达摩依打断他说,"我觉得很有道理。他说,最坏莫过于表面上平安无事,骨子里存在问题。我认为,如果梵社出了乱子,我们不必为它惋惜。这对它会有好处。只要你问心无愧就可以了。"

毕诺业觉得问题就出在这里,他不知道自己的行为究竟是不是完全无可非议。罗丽妲和他不在一个教社。和她结婚是不可能的,因此,毕诺业觉得爱她似乎就是在暗中犯下了罪。一想到现在已经到了不能不用苦行来赎罪的时候,他就感到十分痛苦。

"妈妈,"他感情冲动地大声说,"要是当初和萨茜穆克希①的亲事谈成就好了。我应该被一条结实的锁链绑在我该在的地方——我应该被它绑得紧紧的,永远不能挣脱。"

"那就是说,"安楠达摩依笑着说,"你不是要萨茜穆克希做你的新娘,而是要她做你的锁链,萨茜的命有多苦啊!"

正在这个时候,仆人来通报帕瑞什先生的两个姑娘来了。一听到这个通报,毕诺业的心就飞快地跳动起来。他相信她们是来向安楠达摩依控告他,请她警告他以后小心点的。他慌忙站起来说:"妈妈,我得走了。"

不过安楠达摩依拉着他的手说:"毕诺业,不要离开家,

---

① 萨茜穆克希,萨茜的全称。

在楼下等一会儿。"

毕诺业下楼的时候,不断地对自己说:"她们这样做实在是多余的。过去的事无法挽回了,不过我宁可死,也不会再到她们家去了。对罪恶的惩罚,一旦像火一样燃烧起来,即使把罪犯烧死,也是不肯熄灭的。"

他刚要走进楼下戈拉常坐的那间屋子,便碰到下班回家的摩希姆,他已经解开裤扣,好让越来越大的肚子得到更多的自由。"好,好极了,毕诺业,你来了。"摩希姆一边和毕诺业握手一边大声说道,"呃,我正想找你呢。"他把毕诺业让进屋里,从随身带的蒟酱叶盒子里拿出蒟酱叶请他吃。

"拿烟来,"他大声喊道,接着就开门见山谈到心里的事情。他问道:"那件事实际上已经决定了,不是吗?所以现在……"

他马上看出毕诺业的态度不像以前那样别扭了。这并不是说他表示出很大的热情,但也并没有想把问题推开的意思。摩希姆提出要把日子定下来时,毕诺业说:"等戈拉回来,我们就可以把日子定下来了。"

"那只不过还有几天。"摩希姆满意地说道。接着,他又说:"吃点儿茶点怎么样,毕诺业?"

在毕诺业摆脱了吃茶点的危险,摩希姆到内宅去满足肚子的要求之后,毕诺业从戈拉的书桌上拿起一本书翻阅起来。接着他放下书,在屋子里走来走去,最后,一个仆人走进来说,她们请他上楼。

"请谁?"毕诺业问。

"请您。"仆人回答。

"她们全都在楼上吗?"毕诺业问。

"是的。"仆人回答。

毕诺业跟着他到楼上去,脸上的表情,就像一个被叫进考场的小学生。他在门口犹豫了一下,但苏查丽妲用往常那种坦率、友好的声音向他招呼:"请进,毕诺业先生。"听到她用这种声调说话,毕诺业就像突然得到了一份意想不到的财富似的。

他走进屋子,苏查丽妲和罗丽妲看见他的模样,都大吃一惊,因为这个残酷的、意料不到的打击已经在他身上留下痕迹,他那一向开朗快乐的面孔已经遭到相当大的伤害了。罗丽妲看见他这副模样,虽然又感动,又心痛,不过也不免露出一点点欣慰的心情。

在别的日子,罗丽妲会觉得不大好开口——但今天,他一进来,她就兴奋地说:"噢,毕诺业先生,我们有点事要和你商量。"

这几句话就像一阵春雨,使毕诺业又惊又喜。顷刻之间,他那苍白忧郁的脸就变得容光焕发了。

"我们三姐妹,"罗丽妲继续说,"想创办一所很小的女子学校。"

"噢,"毕诺业热情地大声说,"长期以来,我一直梦想要办一所女子学校。"

"这件事你得帮我们忙。"罗丽妲说。

"只要我能做的,我一定尽力去做。"毕诺业回答,"不过你得告诉我,你们要我做些什么。"

"印度教徒的家长们,"罗丽妲解释说,"不相信我们,因为我们是梵教徒。所以,这方面,你得帮帮我们忙。"

"噢,这方面你不必担心,"毕诺业兴奋地大声说,"我可以做好安排。"

"这事我知道他准能胜任，"安楠达摩依加上一句，"用语言的魔力把人争取过来，这本领谁也比不上毕诺业。"

罗丽姐接着说："你得告诉我们怎样定校规，怎样划分时间，教些什么，分成几班，以及诸如此类的事。"

虽然这些事毕诺业做起来并不费力，可是他却感到很为难。波达姗达里已经不准他再和她们来往，梵社的人对她们议论纷纷，这些，难道罗丽姐一点也不知道吗？如果答应了她的要求，对他来说，这样做对不对，对罗丽姐有没有害处，这些问题他都拿不准。不过他有力量拒绝罗丽姐请他出来帮忙做一件慈善工作吗？

另一方面，苏查丽姐也觉得十分诧异。她连做梦也没有想到罗丽姐会突然向毕诺业提出这样的要求。她和毕诺业的关系已经是够复杂的了，如今又要加上这件意料不到的事。罗丽姐什么都知道，竟主动提出这样一个建议，真把苏查丽姐吓坏了。她知道罗丽姐的心一直在反抗，可是把不幸的毕诺业进一步卷进去，这样做对吗？因此她有些着急地说："这件事我们必须先和爹商量商量，所以，毕诺业先生，你被任命为女子学校的督学，先别那么高兴。"

毕诺业从这句话里听得出苏查丽姐想用巧妙的方式来取消这个建议，于是心里更加不安了。很明显，家里出现的困难，苏查丽姐是一清二楚的，要说罗丽姐不知道，那简直不可想象。那么，为什么罗丽姐……不过这件事从头到尾都是一个谜。

"我们当然要和爹商量，"罗丽姐表示同意说，"现在既然毕诺业先生已经表示愿意帮忙，我们可以告诉爹了。我相信他不会反对。我们也要请他帮忙,还有您,"她望着安楠达摩依说,"我们是不会放过您的。"

"当然,我可以给你们打扫教室,"安楠达摩依笑着说,"除此以外,我想不出我还能干些什么了。"

"妈妈,这就足够了。"毕诺业说,"这样,我们的学校至少可以纤尘不染了。"

苏查丽妲和罗丽妲走了之后,毕诺业就到伊顿公园去了。他走了之后,廖希姆去找安楠达摩依说:"我看毕诺业已经懂事多了,所以最好快一点把事情定下来。谁知道他什么时候又会改变主意呢。"

"你说什么?"安楠达摩依惊奇地大声说,"毕诺业什么时候开始又愿意了?他没有跟我谈起过这事呀。"

"怎么,他今天就跟我谈起过这事,"摩希姆回答说,"他说等到戈拉回家,就可以把日子定下来。"

安楠达摩依摇摇头说:"不,摩希姆,我相信你一定是误会了。"

"不管我有多蠢,"摩希姆说,"我已经年纪不小,可以听得懂简单的话了。这一点我还有把握。"

"我的孩子,"安楠达摩依说,"我知道你会生我的气,不过你这样只能是自找麻烦。"

"如果你要找麻烦,"摩希姆板起面孔说,"那么,麻烦自然就会找上门来了。"

"摩希姆,不管你说什么,我都能忍受,"安楠达摩依说,"不过对只能引起麻烦的事,我不能同意——我这样说是为了你们大家好。"

"什么对我们好,什么不好,"摩希姆粗暴地说,"只要你让我们自己来决定,你就不会听到任何怨言了。从长远来看,这样做也许对大家都最有利。什么对我们最好,这个问题,在萨茜穆克希平平安安地结婚之前,你先不要过问,好不好?"

安楠达摩依没有回答,只叹了一口气。摩希姆从口袋里拿出蒟酱叶盒子,一面嚼着那必不可少的蒟酱叶,一面走出了屋子。

第四十九章

罗丽姐去见帕瑞什先生,说:"因为我们是梵教徒,信奉印度教的姑娘们不肯来跟我们学习,所以最近我一直在想,如果我们能够找到几个印度教徒来帮忙,对工作一定会大有好处。爹,您觉得怎么样?"

"你从哪儿去找这样的印度教徒呢?"帕瑞什先生问道。

罗丽姐是带着一个艰难的任务——指名请毕诺业出来帮忙——来找她父亲的,但事到临头,她突然又感到害羞了。不过,她还是鼓足勇气说:"这有什么难呢?合适的人有的是。比如说,毕诺业先生……或者……"

"或者"这两个字简直是多余的——事实上完全是一种浪费,而且这句话始终也没有说完。

"毕诺业!"帕瑞什先生吃惊地说,"毕诺业怎么会愿意呢?"

这句话伤了罗丽姐的自尊心。毕诺业先生会不愿意!难道爹不知道至少她有力量使他愿意吗?但她只是说:"他没有理由不愿意呀。"

沉默了一会儿,帕瑞什先生说:"他从各个方面考虑过这个问题之后,就不会同意出来帮忙了。"

罗丽姐羞得满脸通红,把绑在纱丽上的钥匙弄得叮当响。

帕瑞什先生注视着女儿苦恼的脸,心里十分痛苦,但又想不出什么安慰她的话。过了一会儿,罗丽姐才慢慢地抬起头来说:"那么,爹,我们的学校到底还是办不成了,是吗?"

"目前,我看存在着不少困难,"帕瑞什先生说,"如果你一定要试一试,那只会引起各种各样的非难。"

到头来还得默默地忍受这种不公平的待遇,让哈兰先生胜利,再没有比这个更使罗丽姐痛苦的了。如果不是由她爹而是由别人来下这道退却的命令,她是绝对不会服从的。不愉快的事她并不怕,但不公平的事她怎么受得了?她默默地站起身走了。

回到自己屋子里,她发现来了一封信。从字迹看来,她知道这是一个名叫赛腊芭拉的老同学写的。她已经结婚了,现在住在班吉浦。

她在信中写道:"我听到许多关于你们家的传闻,心里非常不安。很早以前,我就想写信问问你,但没有时间。不过前天我接到某某人的一封信(我不想提他的名字),里边有些关于你的消息真把我吓呆了。真的,要不是写信的人品德可靠,我都几乎不敢相信。你不久就要和一个年轻的印度教徒结婚了,这可能吗?如果这是真的……"

罗丽姐气得要死,她立刻坐下来写了一封回信,大意是:

"你竟写信来问我这消息是真是假,这真让我感到惊讶。难道你对我这样没有信心,连一个梵教徒说了些话,都得写信来核实一下吗?此外,你还告诉我,你听到我可能跟一个年轻的印度教徒结婚的消息竟然吓呆了!不过我可以告诉你,有几个道貌岸然的、著名的梵社青年,只要一想到要和他们结婚,我就会不寒而栗;同时,我认识一两个年轻的印度教徒,无论哪一个梵社姑娘要和他们结婚,都会感到光荣的。现在我没有什么话要和你谈了。"

帕瑞什先生呢,那天,他整天都没有工作,长时间地坐在那里沉思。最后他到苏查丽姐那儿去了。她看见他满面愁容,觉得非常不安。她知道他为什么焦急,因为这几天,她自己也在想这件事。

帕瑞什先生和苏查丽姐一起走进她那幽静的小屋,坐下来说:"小母亲,现在我们该认真地想一想罗丽姐的事了。"

"爹,我明白。"苏查丽姐回答,温柔地看着他。

"我们教社散布的流言蜚语我并没有往心里去,"帕瑞什先生说,"我拿不准的是……嗯,罗丽姐是不是……"

看见帕瑞什先生在犹豫,苏查丽姐就把自己的想法明白地说了出来:"罗丽姐过去总是把心里想的毫无保留地告诉我,可是最近,我发现她不像过去那样坦率了。我很清楚……"

"罗丽姐背上了一个包袱,"帕瑞什先生打断她说,"这个包袱的性质连她自己都不愿意承认。我不知道该怎么办才好——你认为我让毕诺业在我们家自由出入,这样做,把她给害了吗?"

"爹,您知道毕诺业先生并没有过错,"苏查丽姐说,"他品德高尚——实际上,在我们认识的、有教养的人当中,像他这样性格的人还不多见呢!"

"你说得对,拉姐,对极了!"帕瑞什先生热情地大声说,好像刚刚发现一条新的真理,"我们应该注意考虑的是他高尚的品德——神也是这样做的。毕诺业是一个好人,我们没有看错,这是要感谢神的。"

帕瑞什先生感到自己仿佛从罗网里被救了出来,呼吸又重新舒畅了。他从来没有对神做过不正当的事。他把神用来衡量人的天平作为永恒真理的天平。因为他没有把自己教社制造的假砝码掺杂进去,所以问心无愧。他觉得奇怪的只是,这么多天他都没有弄明白一件这样显而易见的事,让自己这么苦恼。他摸着苏查丽姐的头说:"小母亲,今天你给我上了一课!"

苏查丽姐立刻弯下身向他行触脚礼,说:"不!不!爹,你说些什么呀?"

"宗派主义,"帕瑞什先生说,"使人完全忘记了人就是人这个简单明白的真理——它造成混乱,使人觉得印度教和梵教之间由社会造成的差别比普通真理还重要——这些日子我一直在这个骗人的旋涡里徒劳地转来转去。"

"罗丽姐,不肯放弃创办女子学校的决心,"帕瑞什先生停了一会儿,又接着说,"她要我同意请毕诺业出来帮忙。"

"不,不,爹,"苏查丽姐大声说,"先等一等再说吧!"

罗丽姐在他不同意去找毕诺业帮忙离开他时那副苦恼的面孔又浮现在帕瑞什先生面前,使他感到十分痛苦。他很清楚这个倔强的女儿受到教社的迫害,倒不会怎么样难过,但不许她向这种迫害宣战却会使她十分痛苦,尤其是阻拦她的竟是她的父亲。因此,他很想快些改变态度,他说:"拉姐,我们为什么要等一等呢?"

"要不然妈妈会生气的。"苏查丽姐回答。

帕瑞什先生觉得她是对的,不过他还没有来得及回答,萨迪什就走进来了。他在苏查丽姐耳边悄悄地说了几句话,她回答说:"不,话匣子先生,现在不行!明天再说吧!"

"可是明天我得去上学呀。"萨迪什不高兴地噘着嘴说。

"萨迪什,什么事呀,你想要做什么?"帕瑞什先生慈爱地笑着问。

"噢,萨迪什写了一篇……"苏查丽姐正要说下去,萨迪什连忙用手捂着她的嘴,抗议说:"不,不,别告诉他!别告诉他!"

"如果这是一个秘密,你又何必担心苏查丽姐会泄露呢?"帕瑞什先生问道。

"不,爹,"苏查丽姐说,"事实上他非常希望让您听听这个秘密呢。"

"才不呢,才不呢!"萨迪什一边嚷一边跑掉了。

事实是:他的文章受到毕诺业高度赞扬,他已经答应苏查丽姐让她看看,如今,他在帕瑞什先生在场的时候提出这事,不用说,他的用心苏查丽姐是很清楚的。可怜的萨迪什没有想到在这个世界上他心里最秘密的想法竟会这么容易被人识破。

第五十章

四天之后,哈兰先生手里拿着一封信来找波达姗达里。现在他对感化帕瑞什先生已经完全不抱什么希望了。

他把信交给波达姗达里的时候说:"我一开头就警告过你们要当心!我这样做,你们还挺不高兴。现在,看了这封信,你们就可以知道事情已经悄悄地发展到什么地步了。"他把罗丽妲回她朋友赛腊芭拉的信交给了她。

波达姗达里读完之后,愤怒地喊道:"你说,这种事我怎么能预料得到!我连做梦也想不到会发生这样的事。不过,我告诉你,这事你可不能怪我。你们串通起来,向苏查丽妲大唱赞歌——说什么整个梵社没有一个人比得上她——把她吹捧得晕头转向。现在要由你们来管管你们这位理想的梵社姑娘了。把毕诺业和戈尔先生带到家里来的是我丈夫。虽然我尽力引导毕诺业遵从我们的教规,可是后来又出'姨妈'这档子事,不知从哪儿钻出来一个姨妈,于是就拜起偶像来了,毕诺业也给宠坏了,看见我就跑。这一切灾难,根子全在苏查丽妲身上。我早就知道她是一个什么样的姑娘,不过不说罢了。实际上我是把她当作亲生女儿养大的,谁也看不出我不是她的亲娘。现在呢,却落得这样的结果!你给我看这封信有屁用,现在你认为怎么办最好,你就怎么办好了!"

哈兰先生宽宏大量地表示他很遗憾,并且坦率地承认有一个时期,他完全误解了波达姗达里。最后,他们把帕瑞什先生请来。

"你看看这个。"波达姗达里一边喊,一边把信扔在他面前的桌子上。

帕瑞什先生仔细地把信看了两遍,然后抬起头说:"嗯,那又怎么样?"

"那又怎么样,听他说的!"波达姗达里愤怒地重复这句话,"你还要怎么样?还要什么证据吗?过去,你允许她们拜偶像,遵守种姓制度,事实上允许她们胡作非为。现在只欠把你的一个女儿嫁到印度教人家去了!在那之后,我想你该修苦行,自己加入印度教了……不过让我告诉你……"

"你什么都不用告诉我,"帕瑞什先生微微一笑说,"那个时间还没有到!真正的问题是:为什么你们全都认为罗丽妲打算嫁到一个印度教人家去。这封信里没有任何材料可以让你们得出这个结论呀,至少我看不出来。"

"直到现在,我都不知道怎样才能使你睁开眼睛。"波达姗达里不耐烦地嚷道,"要是开头你不这样麻木不仁,这些问题都是不会发生的。请告诉我,要想写出比这封更明白的信,该怎么个写法?"

"我想也许,"哈兰先生插进来说,"我们应该请罗丽妲自己出来解释解释这封信是什么意思。要是你们允许,我可以问问她。"

可是还来不及说什么,罗丽妲已经像一阵风暴似的冲了进来说:"爹,您看看这个!这样的匿名信是从我们的梵社寄来的!"

帕瑞什先生看了交给他的信,写信的人想当然地认为罗丽妲和毕诺业的婚事已经私下决定,信上写满了他认为应该给予罗丽妲的各种各样的辱骂和教训。除此以外,他还认为毕诺业存心不良,说他很快就会厌倦他那个信奉梵教的妻子,将她遗弃,再娶一个印度教的老婆。

哈兰先生从帕瑞什先生手里把信拿过来,他看完之后,转过脸对罗丽妲说:"罗丽妲,这封信让你生气了。不过要是你自己没有错,别人会写出这样的信吗?这一封是你亲笔写的信,请你告诉我们,你自己怎么能写出这样的信呢!"

"啊,赛腊原来是跟你通信议论我,是不是?"罗丽妲起先很惊讶,但很快就明白过来,这样问道。

哈兰先生不做正面回答,只是说:"她没有忘记对梵社的责任,不能不把你的信寄给我。"

"你把梵社要说的话全都倒出来吧。"罗丽妲坚定地站在他面前说。

"最近,梵社流传着关系到你和毕诺业先生的谣言,"哈兰先生解释说,"这,本人并不相信,不过我愿意听到你亲口加以否认。"

罗丽妲回答他的时候,把一双颤抖的手扶着椅背,两眼冒火。她说:"请你说说,为什么你不能相信?"

"罗丽妲,"帕瑞什先生用一只手按着她肩膀说,"你现在太激动了,不适于讨论这个问题,你可以过些时候再和我谈。现在我们先不谈它吧。"

"帕瑞什先生,既然我们已经开了头,就请你不要想法把事情掩盖过去吧。"哈兰插进来说。

罗丽妲一听这话,心里更加冒火,她大声嚷道:"爹想把事情掩盖过去,哼!爹不像你们这些人,你们害怕真理——让我告诉你,爹知道真理比你们的梵社伟大!我可以明确地告诉你们,我看不出和毕诺业结婚有什么不对,也看不出有什么不可能!"

"可是他决定正式加入梵社了吗?"哈兰先生问。

"什么都没有决定。"罗丽妲说,"至于加入梵社,这有什么必要呢?"

波达姗达旦直到现在都没有说话——她希望今天哈兰先生能够大获全胜。这样,帕瑞什先生就得承认错误,表示悔改。可是听了这话,她实在控制不住了,她说:"罗丽妲,你疯了吗?你在说些什么呀?"

"不,妈妈,我没有发疯——我说的话是经过考虑的!我不能容忍别人从四面八方把我包围起来——我已经下定决心,争取自由,从哈兰先生和他那一伙的这个教社冲出去!"

"我想,你是把放纵叫作自由吧!"哈兰先生讽刺地说。

"不,"罗丽妲回答,"我认为自由就是不受谎言的奴役,不受恶意的攻訐。我既然没有做错什么事,又没有违反教规,梵社凭什么要来干涉我、妨碍我?"

哈兰先生摆出一副傲慢的神态转过身对帕瑞什先生说:"你看,帕瑞什先生!我早就知道到头来会出现这种局面!我曾尽力警告过你,不过没有起什么作用!"

"你听着,帕努先生,"罗丽妲说,"我也要给你一个警告——不要狂妄到去教训那些在各方面都比你伟大得多的人。"说完这句嘲讽的话,她便走出去了。

"瞧这一团糟!"波达姗达里生气地嚷道,"现在,咱们看看该怎么办吧!"

325

"我们一定要尽自己的责任,"帕瑞什先生说,"可是在这样乱糟糟的气氛下,我们弄不清楚究竟什么是我们的责任。务必请你们原谅我,现在我不能讨论这个问题。我想一个人待一会儿。"

第五十一章

听完这些情况,苏查丽姐觉得罗丽姐已经把什么事都弄糟了。她沉默了一会儿,用胳膊搂着罗丽姐的脖子说:"亲爱的妹妹,我听了真害怕!"

"你怕什么?"罗丽姐问道。

"这件事已经传遍了梵社,"苏查丽姐说,"万一最后毕诺业先生不愿意呢?"

"他会愿意的。"罗丽姐虽然低下头,但很有把握地说。

"你知道,"苏查丽姐接着说,"帕努先生已经怂恿妈妈,让她相信毕诺业要是知道结婚就得离开他的教社,他就绝不会答应这门亲事。罗丽姐,在你用那种方式和帕努先生说话之前,为什么不好好想一想这些问题呢?"

"你不要以为我说了那些话会感到后悔!"罗丽姐嚷道,"要是帕努先生和他那一伙以为像赶一头野兽那样把我赶到海边,就可以在那儿把我抓住,他们很快就会发现自己想错了。他不知道我不怕跳海,我宁可跳海也不愿落在他那群狂吠的猎犬嘴里。"

"咱们去跟爹商量商量好吗?"苏查丽姐建议道。

"我可以向你保证,"罗丽姐回答,"爹是永远不会和猎人站在一边的。他从来没有想给我们戴上脚镣。当我们和他意见不一致的时候,他跟我们发过脾气,或者用梵社的名义限制过我们的自由吗?妈妈常常为此生他的气。爹唯一担心的只是怕我们丧失了思考能力。他是这样把我们教养大的,你想他会把我们交给像帕努先生那样的梵社监狱长吗?"

"好吧,"苏查丽姐说,"就算爹不反对,下一步你打算怎么办呢?"

"如果你们都不肯动,那么我就自己……"罗丽姐说。但苏查丽姐着急地打断她说:"不,不,亲爱的,你先不要采取任何行动,我已经想好一个主意了。"

当天晚上,苏查丽姐正要去看帕瑞什先生,他自己却来了。他本来这个时候总是在花园里走来走去,低着头沉思默想——仿佛是在黄昏纯净的幽暗中把工作了一天脑子里留下的皱纹抹平,并且为晚上安眠做好准备,培养宁静的心情。可是今天晚上,他放弃单独做晚祷的悠闲宁静,满面愁容地走进苏查丽姐的房间。苏查丽姐那颗慈爱的心感到隐隐作痛,就像母亲看见自己本该快快乐乐地在那儿玩耍的孩子痛苦地病倒了,一声不响、一动不动地躺在床上似的。

"我想你已经什么都听到了,拉姐?"帕瑞什先生问道。

"是的,爹,"苏查丽姐回答,"我听到了。不过您为什么这样发愁呢?"

"我只担心一件事,"帕瑞什先生回答,"罗丽姐能不能经受得起她自己掀起的这场风暴的冲击。在激动的时候,一种盲目的自尊心蒙蔽了我们的头脑,可是当行动的果实一个一个成熟的时候,我们忍受这些行动后果的力量却消失了。罗丽姐既然已经仔细考虑过她的行动可能产生的后果,她是不是已经决定最好走哪条路了呢?"

"有一点我可以明确地告诉您,"苏查丽姐回答,"无论教社要给罗丽姐什么惩罚,都不可能让她屈服。"

"我只想知道,"帕瑞什先生解释说,"罗丽姐不是由于一时气愤才表现出这种反抗精神的。"

"不是,爹,"苏查丽姐垂下眼睛说,"如果是那样,我一句话也不会听她。她严肃认真地想了很久的问题,在她突然受到打击的时候,完全想通了。对一个像罗丽姐那样的姑娘,现在想拦阻她是没有用的。除此之外,爹,毕诺业先生是多好的一个人呀。"

"可是毕诺业准备加入梵社吗?"帕瑞什先生问道。

"这个我没有把握。"苏查丽姐回答,"我们去拜望一下戈尔先生的母亲,您说好吗?"

"我自己也一直在想,如果你们能去一次,那就太好了。"帕瑞什先生表示同意。

第五十二章

毕诺业每天早晨都要从安楠达摩依那儿回家一趟。有一天,他一走进屋子,就看见一封信。写信的人没有署名。他给了毕诺业不少的劝告,说他和罗丽妲结婚很不合适。他指出这个婚姻不但毕诺业自己得不到幸福,它对罗丽妲也是一个灾难。如果毕诺业不顾这些警告,还坚持要和她结婚,那么他就应该好好想一想,罗丽妲肺部很弱,大夫甚至怀疑她有肺结核。

接到这样一封信,毕诺业简直惊呆了,因为他不能想象竟然有人能够编出这样明显的谎言。当然,每一个人都很清楚,他们两个人因为社会习惯不同,根本就不可能结婚。正是由于这个原因,他一直认为他爱罗丽妲是应该受到谴责的。不过既然有人给他写这样的信,说明在梵社的圈子里,大家都认为这事已经成为定局。毕诺业心想,梵社的人一定会为这事对罗丽妲大肆辱骂,想到这一点,他就十分难受。罗丽妲的名字这样露骨地和他的名字连在一起,成为大家议论的话题,他觉得不但很难为情,甚至很可耻。他只能猜测,罗丽妲现在一定责备自己不该和他来往,诅咒他们见面的那个日子,而且再也不要见他了。

唉,人心有多矛盾啊!即使他这样严厉地谴责自己,但在悔恨之中也会参杂着如此深沉强烈的欢乐,使他的心放射出光芒。他的心不肯接受别人的侮辱,自己又不感到惭愧。为了不让自己怀着这种感情,毕诺业便在阳台上快步地走来走去。但在早晨的阳光下,一切似乎都带着点儿疯狂,连过路小贩的叫卖声都在他心里唤起深深的不安。难道不是这股辱骂的怒潮把罗丽妲淹没,又把她冲到他心里的避难所来了吗?他无法消除罗丽妲被这股洪水冲出自己的教社向他漂来的景象,他的心只能喊出这两句话:"罗丽妲是我的!我一个人的!"过去,他从来没有勇气这样充满信心地说这两句话,可是今天,听到内心的愿望在外边传来这么清楚的回声,他再也控制不住自己了。

他正在阳台上激动地走来走去,突然看见哈兰先生朝他家走来。他立刻就明白这封匿名信的内幕了。

毕诺业请哈兰先生坐下之后,一声不响地坐在旁边,不像往常那么自信了。后来哈兰先生终于说:

"毕诺业先生,你是一个印度教徒,不是吗?"

"我当然是!"毕诺业回答。

"我想问你一个问题,你可千万别生气,"哈兰先生请求说,"当我们的行为可能在任何一个教社引起麻烦的时候,如果我们不从各个方面去考虑问题,我们往往会陷于盲目性。在这种关头,要是有人问我们的行为会产生什么后果,能走多远而不致出错,我们应该欢迎他,把他当作朋友。"

"这样长的一个开场白完全是不必要的,"毕诺业勉强笑了笑说,"别人提出不愉快的问题,我既不会生气,也不会动武,不管你想问什么,你就放心大胆地问吧。"

"我不想说你存心不良,"哈兰先生道歉地说,"也没有必要告诉你,生活不检点往往会产生有毒的果子。"

"没有必要说的话,"毕诺业有些生气地大声说,"你可以不说。只说你心里想说的话就是了。"

"你是一个印度教徒,又不能脱离印度教社会,"哈兰先生问道,"却这样在帕瑞什先生家出出入入,让别人说他女儿们的闲话,你这样做对吗?"

"你听着,帕努先生,"毕诺业抱怨说,"任何教社的人都可以利用任何特殊事件来捏造谣言,我可不能为这些谣言负责——这在很大的程度上要看这些人本身的品德。要是梵社人员用这种方式来议论帕瑞什先生的女儿,弄得流言四起,这与其说是她们的耻辱不如说是你们梵社的耻辱。"

"要是一个姑娘,"哈兰先生大声说,"可以离开母亲的保护,独自和一个外人乘船漫游,难道她的梵社无权过问吗?回答我这个问题!"

"如果你把一件纯粹外在的事和内在的过失等同起来,那么你自己又有什么必要离开印度教,加入梵社呢?"毕诺业问道,"不管发生了什么事,帕努先生,我看不出有什么必要对它们进行争论。我自己知道得很清楚什么是我的责任,这个问题你一点也帮不上忙。"

"我不想和你多说,"帕努先生回答,"我只有最后一句话:从现在起,你不能再到那儿去,否则你就太不对了。你常到帕瑞什先生家去,只能惹起麻烦,你们谁都不知道你已经给他们带来多大的伤害了。"

哈兰先生走了之后,毕诺业感到心里充满了疑虑。高尚而又单纯的帕瑞什先生极其热情地欢迎他和戈拉到他家做客,他也许有几次越过了礼教的界限,但一天也没有失去过帕瑞什先生的关怀和爱护——在这个梵教家庭里,毕诺业得到了任何地方都得不到的庇护;这家人和他志趣如此相投,认识他们之后,他全身都似乎充满了特殊的力量。这个人家给了他这样多的庇护、热情接待和幸福,难道他要给人家留下一个痛苦的回忆吗?他使帕瑞什先生的女儿们名誉受到玷污,他给罗丽妲整个未来的生活带来耻辱!这样的罪孽还能补救吗?唉,唉,教社这种东西给通往真理的路上设置了多大的障碍呀!罗丽妲和毕诺业之间的结合本来没有真正的障碍。神,他们两个人内心的主宰,知道毕诺业心甘情愿为罗丽妲的安宁和幸福献出自己的一生——一开头就让毕诺业这样接近她的难道不是他吗?——他那永恒的旨意并不反对他们结合。难道像帕努先生那样的人在梵社里礼拜的神是另外一种神吗?他不是人类心灵的主宰吗?世上有这么一条可怕的禁令,它露出锋利的牙齿,尽力想阻止他们结合。可是如果他只重视教社的命令而不听从人类心灵的主宰的教训,他遵守的这种禁令会不会是错误的呢?不过,咳,也许罗丽妲最重视的正是这种禁令。除此以外,也许罗丽妲对他的感情……使他这般烦恼的重重疑虑真是说也说不完呀。

第五十三章

哈兰先生去找毕诺业的时候,阿比纳什也带着毕诺业已经决定要娶罗丽姐的消息去找安楠达摩依。

"这是绝不可能的。"安楠达摩依不同意地说。

"为什么不可能?"阿比纳什问道,"难道毕诺业不肯娶她吗?"

"这我不知道,不过我相信这样重要的事,他绝不会瞒着我,绝不会的!"

可是阿比纳什坚持说,这消息是从梵社可靠方面得来的,绝对错不了。他还说,他早就预料到毕诺业会有这样可悲的结果,甚至和戈拉争论过这事。他把消息告诉了安楠达摩依之后,又跑到楼下兴致勃勃地告诉了摩希姆。

那天早晨,毕诺业回来时,安楠达摩依看见他满面愁容。让他吃过早餐之后,她把他叫到自己的屋子里问道:"怎么啦,毕诺业,出了什么事啦?"

"妈妈,您看看这封信好吗?"毕诺业说。

她看完信之后,毕诺业接着说:"今天早晨,帕努先生到家找我,给了我一顿臭骂。"

"他骂你什么?"安楠达摩依问道。

"他说我的行为已经引起梵社对帕瑞什先生的女儿们的

流言蜚语。"毕诺业解释说。

"人们都说你已经决定要娶罗丽姐,"安楠达摩依说,"我看不出这里面有什么可议论的。"

"如果婚事能够成功,倒是没有什么可议论的,"毕诺业说,"可是明知不可能,却去散布这种谣言,这多不道德呀。特别是这事牵扯到罗丽姐,这样做就更卑鄙了。"

"如果你是男子汉大丈夫,"安楠达摩依说,"你就很容易可以把她从这种谣言的魔爪里救出来。"

"请您告诉我该怎么办吧。"毕诺业惊奇地大声说。

"怎么办,哼!"安楠达摩依生气地说,"这还用问吗,娶她就是了。"

"妈妈,您说什么?"毕诺业大吃一惊地说,"我不知道您把您的毕诺业当作什么人了。您以为只要毕诺业说一句'我愿意娶她',世界上就会风平浪静了吗?——您以为只要我点一点头,一切就都可以迎刃而解了吗?"

"我看不出这件事有什么理由要讨论来讨论去的,"安楠达摩依说,"你只要做你力所能及的事就行了。你总能说你愿意娶她吧。"

"这样荒唐的求婚不会侮辱罗丽姐吗?"毕诺业问道。

"你为什么说它是荒唐的呢?"安楠达摩依反对说,"既然外边盛传你就要娶她,那么大家就认为这门亲事不是荒唐的。我跟你说,你一刻也用不着犹豫。"

"妈妈,可是我们得替戈拉想想,不是吗?"毕诺业争论说。

"不,孩子,"安楠达摩依果断地说,"这件事不该和戈拉商量。我知道他会生气的,我不愿他生你的气。可是我们有什么办法呢?如果你对罗丽妲有点儿关心,你就绝不能让她一辈子成为梵社诽谤的对象。"

不过这话可是说起来容易,做起来难呀!自从戈拉被捕入狱之后,毕诺业对他的爱更加热烈了,他怎么能给他这样沉重的打击呢?此外,还有社会习惯。在心里反抗社会是很容易的——可是见诸行动就会到处碰壁了。对未知的事感到恐怖,不肯面对生疏的事物,这些都会使一个人无缘无故地停滞不前。

"妈妈,我越熟悉您,"毕诺业感叹地说,"就对您越感到吃惊!您怎么会有这么一副清醒的头脑呢?您好像用不着走路。神赐给您翅膀了吗?好像什么都挡不住您。"

"神没有给我设下什么障碍,"安楠达摩依笑着说,"无论什么事他都让我看得清清楚楚。"

"可是,妈妈,"毕诺业说,"不管我嘴里说什么,我的心却总是跟不上。尽管我受过教育,人也不笨,又能言善辩,可是我突然发现我是一个地地道道的大傻瓜。"

说到这里,摩希姆走了进来,极其粗暴地质问毕诺业和罗丽妲的关系,把毕诺业侮辱得几乎无法忍受。但他还是极力忍住,低下头一声不响地坐在那里。摩希姆用最下流的方式把有关的人痛骂了一顿之后离开了屋子。他让他们明白帕瑞什一家策划了无耻的阴谋,设下圈套,让毕诺业走上毁灭的道路,而毕诺业居然也蠢得愿意上钩。"咱们来看看他们能不能这样容易地骗戈拉!"他愤怒地喊道,"他们会知道戈拉可不那么好对付的!"

毕诺业看到自己到处受责难,垂头丧气地默然坐在那儿。

后来,安楠达摩依和他说话,把他吓了一跳。她说:"毕诺业,你知道你该怎么办吗？你应该去拜访帕瑞什先生。只要你和他谈谈,一切都会弄清楚的。"

第五十四章

苏查丽姐突然看到安楠达摩依,不禁惊讶地大声说:"怎么,我正要去拜望您呢。"

"我不知道你正要去,"安楠达摩依笑着说,"可是我知道你为什么要去。我是为了同样的目的来的。一听到那个消息,我就沉不住气,觉得非要来看你不可了。"

苏查丽姐听见消息已经传到安楠达摩依那边,感到相当诧异,于是很仔细地听安楠达摩依给她讲的话:"小母亲,我一直把毕诺业当作自己的孩子。我听见他受到你们全家接待,你们真不知道我是怎么样从心里祝福你们的。因此,当我听到你们遇到麻烦,我怎能袖手旁观呢?我不知道我能不能为你们做点事,不过,不知怎么的,我是这样心烦意乱,不得不跑来看你。亲爱的,这些麻烦都是毕诺业惹出来的吧?"

"一点儿也不是,"苏查丽姐大声说,"一切麻烦都是罗丽姐惹出来的。毕诺业做梦也没有想到罗丽姐会没有跟任何人说一声就跑去乘船,可是别人竟把这事说成是他们俩事先早已商量好的,而罗丽姐又是一个那么倔强的姑娘,她绝不会出来辟谣,也不会向人说明事实真相的。"

"不过我们总得采取点什么措施才行呀!"安楠达摩依说,"毕诺业听到这些谣言之后,心里再也得不到安宁了——

他甚至把一切过错都揽在自己身上。"

苏查丽妲脸上微微一红,低下头问道:"嗯,您想毕诺业先生会……"

"孩子,你听我说,"安楠达摩依看见苏查丽妲犹豫和为难的样子,便打断她说,"我可以向你保证,毕诺业情愿为罗丽妲粉身碎骨。我是看着他长大的,知道他一旦献出自己,就什么也不会保留的。为了这个缘故,我经常担心他的心会把他带到一个无法挽回的境地。"

"您用不着担心罗丽妲会不答应,"苏查丽妲感到心上的一块石头落了地,"我很了解她。不过毕诺业先生准备脱离他自己的教社吗?"

"如果有必要,毫无疑问,他是会这样做的,"安楠达摩依说,"不过你为什么现在要提出他脱离教社的问题呢?有这种需要吗?"

"怎么,您这是什么意思呀,妈妈?"苏查丽妲喊道,"您是说毕诺业可以娶一个梵教姑娘而自己仍然信奉印度教吗?"

"要是他愿意这样,"安楠达摩依回答,"那么,你反对吗?"

"我个人看不出这怎么能行得通!"苏查丽妲狠狠地说。

"我觉得这最好办不过了,小母亲,"安楠达摩依解释说,"你听我说,在我自己的家里,我就不能遵守别人遵守的习惯——所以不少人管我叫基督徒。在举行什么特别宗教仪式的时候,我就主动躲在一边。亲爱的,你可以笑我,不过你知道吗,就连戈拉也不肯在我屋里喝水。可是为了这些事,我有什么必要说,这不是我的家,他们的印度教社不是我的教社呢?我自己绝不能说这种话。我继续留在那个教社、那个家

339

里,他们爱怎么骂我就怎么骂好了——我并没有觉得这样会有多大不方便。如果障碍大到不能克服,我就走神指给我的道路,不过我永远是有什么就说什么,至于他们是否理解我,那就是他们的事了。"

"不过,"苏查丽姐有点茫然地说,"请您听我说……您知道梵社的见解……要是毕诺业……"

"他的见解和梵社的也没有多大区别,"安楠达摩依打断她的话说,"梵社的见解也不是和别人截然不同的。他常常把你们杂志上的那些文章念给我听——我看不出你们的见解有什么太离奇的地方。"

这时,罗丽姐走进屋子来找苏查丽姐,把她的话打断了。罗丽姐看见安楠达摩依,羞得脸上通红。因为她从苏查丽姐的脸上看出她们正在谈她。她觉得最好是能够跑掉,但找不到这样快就离开的借口。

"来,罗丽姐;来,小母亲!"安楠达摩依高兴地喊道。她拉着她的手,让她坐在自己身边,好像罗丽姐是她的宝贝。

安楠达摩依接着刚才的话头跟苏查丽姐说:"听我说,小母亲,把好和坏协调起来是一件最难办的事——可是在这个世界上,它们却常常结合在一起——那里面有忧伤也有快乐——在看见恶的地方,我们也看到善。既然这是可能的,那么我就不明白,为什么两个见解不同的人不能快乐地结合在一起。难道两个人能否真正结合,只是一个见解的问题吗?"

苏查丽姐仍然低着头。安楠达摩依接着说:"如果两个人希望结合在一起,你们的这个梵社竟会不准他们结合吗?神已经把两颗心合在一起,你们的教社会用外界的法令把他们强行分开吗?小母亲,难道世界上没有一个教社能够忽略人们见解上细小的不同、允许他们根据那些真正重要的东西来结合吗？难道人就是要这样和他们的神闹别扭吗？难道只是为了这个目的，人们才去创办名为教社的这种东西的吗？"

安楠达摩依在她发表议论时表现出这样真挚热烈的感情是否仅仅因为想排除毕诺业和罗丽妲结婚的阻力呢？她会不会也有点儿这样的想法：希望这些议论可以消除苏查丽妲心中对这个问题残留下来的那一点点顾虑呢？因为苏查丽妲不改变看法，事情就不好办。如果她认为毕诺业不加入梵社就不能娶罗丽妲，那么，在这些焦心的日子里一直支持着安楠达摩依的那个希望就会粉碎了。就在那天，毕诺业问过她："妈妈，我非得加入梵社不可吗？我还得信奉梵教吗？"而她却回答说："不，不！我看没有必要！"

毕诺业又问："如果他们向我施加压力呢？"

"不，"安楠达摩依沉默了一会儿说，"这个问题不是施加压力可以解决的。"

可是苏查丽妲没有同意安楠达摩依的看法。因为她没有回答，安楠达摩依知道她心里还没有同意。

安楠达摩依心想："我因为爱戈拉，才能冲破我们教社的风俗习惯。可是苏查丽妲的心不是已经被戈拉吸引了吗？如果是这样，她就不会把这样一件小事看得这样严重才是呀。"

安楠达摩依感到有点儿沮丧。还有两三天，戈拉就可以出狱了。近来她一直在想，戈拉出狱之后，等待着他的无疑是一个幸福的天地。她觉得如果能够约束他，现在就是最合适的时候了。否则谁也不知道他会闯出什么祸。但能够赢得戈拉的心，把他管好，这可不是一个普普通通的姑娘所能做到的。另一方面，让他和一个印度教人家的姑娘结婚也是不对的——所以她拒绝了那么多适龄少女的父亲来给戈拉提亲。戈拉常说,他根本就不要结婚,而她,作为他的母亲,从来都没有反对过他这个决定,这使大家感到十分诧异。后来,她发觉他有些松动了,心中不禁大喜,所以苏查丽妲的无声的反对,对她是一个很大的打击。不过她不是一个轻易就放弃自己的主张的人,她心里说:"好吧,我们等着瞧吧。"

第五十五章

帕瑞什先生说:"毕诺业,我不希望你为了急于把罗丽姐从困境中救出来,做下什么蠢事。我们教社的这场风波是不值得重视的——今天让他们这样激动的事,不到几天,他们就会忘得干干净净了。"

毕诺业原是下了决心来尽他对罗丽姐的责任的。他知道,从教社的观点来看,这样的婚姻会产生许多麻烦——除此以外,还要考虑到戈拉一定会生气——但为了尽到责任,他尽力忘掉这些不愉快的想法。现在帕瑞什先生突然叫他完全不要考虑责任问题,毕诺业就更加不愿意改口了。他说:

"我永远也报答不了您对我的慈爱,一想到我曾在您家引起不快,即使是很少的一点点,即使只有一天,我也受不了。"

"毕诺业,你没有十分了解我的意思,"帕瑞什先生劝他说,"你这样尊重我们,我感到很高兴;不过你为了表示尊重我们而提出要向罗丽姐求婚,这对我女儿的感情就不大尊重了。因此,我刚才向你解释,困难并不很严重,你用不着为它做出一点点牺牲。"

现在毕诺业至少不用觉得自己负有责任了,可是他的心并没有像离开了笼子、飞向天空的小鸟那样迫切希望沿着毫无障碍的自由之路飞翔。尽管由于责任感,他很早就建筑了一个克制自己的水坝,这个水坝现在已经用不着了,但他还是一动不动。直到最近,他每走一步都提心吊胆,犹豫退缩,现在他占领了整个战场,反而觉得难以退却了。"责任"过去拉着他的手把他拉到这个地方,如今就在这个地方对他说:"兄弟,你现在不用再往前走了,退却吧。"而他的心却说:"你要走就走吧,我可是要留在这儿。"

因为帕瑞什先生没有再推辞,毕诺业便说:"请您千万不要以为我是为了要尽责任,勉强做一些为难的事。只要您同意,世界上就再没什么能比这个好运给我更大的快乐的了……我只担心……"

"你一点也用不着担心,"帕瑞什先生立刻打断他的话。帕瑞什先生为人非常诚实,他甚至坦率地说:"苏查丽姐告诉我,罗丽妲并不讨厌你。"

听到罗丽妲已经把她内心的秘密告诉了苏查丽姐,毕诺业心里闪过一线欢乐。他不知道罗丽妲是在什么时候和怎么样谈起这事来的。想到自己成为两个朋友密谈的对象,他的心感到一阵强烈而又神秘的喜悦。他马上说:

"如果您认为我配得上她,那么对我来说,世界上没有比这更使我幸福的了。"

"请稍等一等,"帕瑞什先生说,"我到楼上去看看我的妻子。"

在征求波达姗达里的意见时,她坚决主张:"毕诺业一定要加入梵社。"

"这是用不着说的。"帕瑞什先生回答。

"我们首先要把这件事定下来,"波达姗达里说,"把毕诺业叫上来吧。"

"那么,我们现在就得把举行入教仪式的日子定下来。"毕诺业一走进门,波达姗达里就开门见山地说。

"难道入教是绝对必要的吗?"毕诺业犹犹豫豫地问道。

"绝对必要!这还用问吗?"波达姗达里生气地说,"你这是什么意思?不这样,你怎么能和一个梵教的人家结亲呢?"

毕诺业垂下头没有回答。这样看来,帕瑞什先生听见他想娶他的女儿,认为他加入梵社是理所当然的了。

"我对梵社十分尊敬,"他结结巴巴地说,"到现在为止,我的举止行为也没有违反梵社的教导。可是我非加入梵社不可吗?"

"如果你的见解和我们的没有矛盾,那么入社又有什么害处呢?"波达姗达里问道。

"我不能说印度教社跟我毫不相干。"毕诺业解释说。

"那么你就不该来求婚,"波达姗达里抱怨说,"你表示要娶我们的女儿,难道只为了怜悯我们或者想对我们做一件好事吗?"

这对毕诺业真是一个很大的打击,因为他看出来,他的求婚对他们来说,真像是一个侮辱。

大约只在一年前,通过了新的市民婚姻法。那时,他和戈拉都在报上发表文章表示强烈反对。因此毕诺业现在很难宣布自己不是印度教徒,按照市民婚姻法的规定去结婚。

他现在明白只要他不脱离印度教,帕瑞什先生就不可能答应他和罗丽妲结婚。因此,他叹了一口气,站起身,向他们俩深深鞠躬,道歉地说:"请原谅我,我不再说什么来加重我的过错了。"说完,他就离开了屋子。他下楼的时候,看见罗丽妲一个人坐在阳台角上一张小书桌子旁边写信。听见他的脚步声,她抬起头来,不安地看了他一会儿。罗丽妲不是最近才和毕诺业熟悉的——她过去也经常看他,但今天她的眼神里好像含有一些不可思议的秘密。罗丽妲内心的秘密原来只有苏查丽妲一个人知道,可是今天,却从她黑眼睫毛的阴影里悄悄地透露给毕诺业了。她那温柔的眼光就像一朵载满清凉雨水的乌云。毕诺业回报她的眼光在她心里突然引起一阵悲痛。他没有说一句话,向罗丽妲鞠了一躬,就继续下楼去了。

第五十六章

戈拉出狱的时候,发现帕瑞什先生和毕诺业在监狱的大门口等他。

一个月决不能说很长。戈拉出去徒步旅行时,离开朋友和亲属的时间比这还要长些。可是在监牢里关了一个多月,出来看见毕诺业和帕瑞什先生,他觉得又在老朋友熟悉的圈子里再生了。他在朝阳下看见帕瑞什先生宁静的脸上流露出慈爱的光辉,不由得怀着一种从未有过的虔诚欢乐的感觉,弯下腰向他行觝脚礼。帕瑞什先生拥抱了这两个朋友,接着,戈拉握着毕诺业的手笑着大声说:"毕诺业,从我们俩上学的时候起,我们就在一起受教育,可是现在我比你先走了一步,在这所学校里受教育了。"

毕诺业无心和他开玩笑,所以没有作声。他觉得他的朋友经过神秘艰苦的监狱生活之后,变得和他更加亲密了。他一直保持着一种近乎尊敬和庄严的沉默,直到戈拉问他:"妈妈好吗?"

"妈妈很好。"毕诺业回答。

"朋友,走吧,"帕瑞什先生说道,"马车在等着呢。"

他们快要上车的时候,阿比纳什气喘吁吁地跑来了,后面跟着一群学生。

戈拉一看见他，就连忙上车，但阿比纳什比他更快，站在他前面挡着去路，请他站住稍等一会儿。

他在那儿请他稍等的时候，学生们就开始高声唱了起来：

  过去了，悲伤的黑夜，
    黎明已经降临。
  奴役的镣铐被粉碎了，
    黎明已经降临。

"别唱了！"戈拉大喝一声，脸气得通红。学生们立刻停止了歌唱，惊奇地望着他。戈拉接着说："阿比纳什，你在搞什么把戏？"

阿比纳什没有回答，却从他的披巾下面拿出一个用大蕉叶仔细包起来的粗花环，同时，一个男孩子尖着嗓子像上足了弦的留声机那样诵读一篇文章。文章是用金字印的，题目是戈拉出狱。

戈拉拒绝了阿比纳什献上的花环，非常生气地大声嚷道："这出哑剧是怎么回事？难道你们花了整整一个月，把我打扮成你们剧团的一个角色，要我在这个路边演出吗？"

说实在的，阿比纳什已经为这事筹划了很久，他想这事准会引起轰动。他没有和毕诺业商量，因为想借此大出风头，他认为这一次不寻常的表演准会给他带来很大的荣誉。因为在我们谈到的这个时代，这种讨厌的把戏还不多见。阿比纳什甚至还替报纸写好了一篇描述这个场面的报道，只空下一两处，准备回到加尔各答之后再填上细节，给报馆送去。

"你这样说可不对头，"阿比纳什抗议说，"事实上，你关在监狱里的时候，我们一直在分担你的痛苦。过去的这一个月,我们的肋骨时时刻刻都受着炙心的烈火熬煎。"

"你错了,阿比纳什,"戈拉说,"只要你仔细观察,你就可以看见那把火根本没有点燃,你的肋骨也没有什么治不好的烧伤。"

阿比纳什可不是那种可以被别人说服的人,他坚持说:"政府想让你丢脸,可是今天,作为祖国印度的代表,我们把这个光荣的花环……"

"这个玩笑开得太过分了!"戈拉说,一面把阿比纳什和他的追随者推到一边,转过身请帕瑞什先生上车。

帕瑞什先生坐下的时候宽慰地舒了一口气,戈拉和毕诺业也立刻跟着他上了车。

戈拉乘轮船到加尔各答,第二天回到家的时候,发现家门口聚集了一大群人等着向他致敬。他设法摆脱了他们,进去见安楠达摩依。她那天一清早就洗过澡,做好准备,在家里等他。戈拉进来向她行触脚礼时,她这些日子一直强忍着的眼泪再也忍不住了。

克里什纳达雅尔从恒河洗澡回来,戈拉过去见他,但只是从远处向他敬礼,没有触摸他的脚。克里什纳达雅尔保持着一段距离,在安全的地方坐下。戈拉说:"爹,我要去涤罪。"

"我看没有必要。"克里什纳达雅尔说。

"我在监狱里并不觉得受苦,"戈拉解释说,"只是没有办法不受到玷污。即使到现在,我还在责备自己,所以我必须行涤罪礼。"

"不,不!"克里什纳达雅尔惊慌地喊道,"你没有必要把这事这样夸大。我不能答应你这样做。"

"那么,好吧,"戈拉说,"让我去问问梵学家吧。"

"你用不着去问什么梵学家,"克里什纳达雅尔反对说,"我可以向你保证,就你来说,根本就用不着去涤罪。"

戈拉始终不明白,为什么一个像克里什纳达雅尔这样严格遵守宗教仪式的人,会不喜欢他去遵守教规或受教规的限制——克里什纳达雅尔不但不同意而且明确地反对戈拉遵守正统印度教规的任何打算。

安楠达摩依今天把毕诺业进餐的座位摆在戈拉旁边,可是戈拉劝她说:"妈妈,请您把毕诺业的座位摆得离我远一些吧!"

"怎么,毕诺业怎么啦?"安楠达摩依奇怪地说。

"毕诺业倒没有什么,"戈拉回答,"问题出在我这边。我受了玷污。"

"不过,"安楠达摩依回答,"毕诺业并不在乎这类事情。"

"毕诺业也许不在乎,可是我在乎。"戈拉说。

饭后两个朋友走到顶楼那间无人居住的屋子里去,大家都不知道说什么好。毕诺业不知道怎么能把这一个月他最关心的事提出来和戈拉讨论。戈拉心里也在想帕瑞什先生一家的事,但他没有谈,等着毕诺业提出这个问题。不错,他向帕瑞什先生问起过他的几个女儿,但只是出于礼貌。他心里很想听到有关她们的详细得多的消息,不仅仅是"她们都很好"。

这时,摩希姆走进屋子,气喘吁吁地坐了下来,因为他刚刚费力地爬过楼梯。他一缓过气便说:"毕诺业,这一阵,我们一直在等戈拉回来。现在他已经回来了,就不要再拖了,马上把日子定下来吧。戈拉,你觉得怎么样?当然,你知道我说的是什么。"

戈拉只是笑了笑。摩希姆接着说:"你笑了,是不是? 你在想你哥哥还没有忘记这件事吧。不过让我告诉你,女儿可不是梦——我看得出她是一件非常真实的东西——一件你不能轻易忘掉的东西! 戈拉,不要轻视这件事,这次我们一定要把它定下来。"

"一切都要靠他来决定的人就在你眼前!"戈拉大声说。

"噢,见鬼去吧!"摩希姆抗议说,"一个连自己都这样犹豫不决的人,你能指望他决定什么事情吗? 现在你来了,你就得背起这副担子。"

今天,毕诺业一直保持着庄严沉默的态度,甚至连说句笑话,开开自己玩笑都不愿意。戈拉觉得一定在什么地方出了什么问题,便说:"我可以负责发请帖,订购点心糖果,甚至在举行宴会的时候出把力,不过我可负不起叫毕诺业娶你的女儿的责任。我自己和负责爱情的那一位并不熟悉——我站在一个安全的地方,远远地向他致敬。"

"千万不要以为你保持一段距离,他就可以放过你,"摩希姆说,"你不知道他会在什么时候突然前来拜访。我不清楚他给你安排得怎么样,可是我知道他给毕诺业安排得着实一团糟。让我告诉你,如果你自己不积极一些,把这事完全交给爱神,你将来可有得后悔。"

"我宁愿为没有承担一个不是自己的责任而后悔,"戈拉笑着说,"因为如果我承担责任,我就会更加后悔。我可不愿意遭这份罪。我要逃避这种命运。"

"你要站在一边,看着一个婆罗门子弟断送他的荣誉、种姓和社会地位而无动于衷吗?"摩希姆问道,"你废寝忘食地努力让人们做一个好印度教徒,现在你最好的朋友就要丢掉种姓去和一个梵教人家结亲,往后你再也没脸见人了。毕诺业,也许你会生我的气,不过反正会有许多人在你背后给戈拉讲这些话的,事实上他们已经迫不及待地准备这样做了。我至少是当着你的面这样做的,这对有关的各个方面都有好处。如果传言是假的,那么就说它是假的,事情到这儿就算结束了。不过,如果它是真的,那么今天就把事情彻底解决。"

摩希姆走了之后,毕诺业还是一声不响。戈拉转过身问他:"喂,毕诺业,这是怎么回事?"

"只谈这几条新闻,"毕诺业说,"很难把事情讲清楚,因此我决定逐渐把整个故事告诉你。不过,在这个世界上,没有一件事是按照我们的希望发生的——事情起先似乎都在暗中悄悄进行,就像老虎觅食那样伏地潜行。然后,事先得不到一点警告,它就突然扑到你的脖子上来了。新闻起先也像一团闷住的火,后来突然燃烧起来,成为熊熊烈火,无法把它扑灭。因此,有时我想,人要想获得自由,唯一的办法就是绝对地静止不动。"

"要是只有你一个人保持不动,那么,哪儿来的自由呢?"戈拉笑着问道,"如果世上其余的人都认为应该活动,他们怎么会容许你不动呢?你静止不动,实际上只会产生相反的结果,因为世上的人都在工作,只有你一个人游手好闲,将来你只会发现自己错了。所以你必须留神,不要让注意力分散,以免别的一切都在前进的时候,你自己却没有做好准备。"

"这话很对,"毕诺业同意地说,"我总是没有做好准备,这一次也是这样。我从来都无法预料哪一方面会出问题,可是事情一旦发生,当然就得对它负责。不能因为这件事令人很不愉快,最好根本不曾发生,便说它不曾发生。"

"我不知道发生了什么事,所以很难和你讨论这个问题。"戈拉说。

毕诺业鼓起勇气说:"由于各种不可避免的原因,我和罗丽姐的关系使我处于这样一种地位:除非我和她结婚,不然她这一生都得受她教社无理的谴责。"

"你究竟处于什么地位,请你说得更确切一些。"戈拉打断他的话说。

"说来话长,"毕诺业回答,"我将来一定会逐步把一切都告诉你的;目前,你只能满足于现在听到的这些了。"

"好吧,"戈拉说,"我满足了。我只说一点:如果情况是不可避免的,那么因而产生的一切悔恨也是不可避免的。假如罗丽姐不得不忍受来自她教社的侮辱,那也是没有办法的事。"

"可是,"毕诺业不同意地说,"防止这事发生的办法却操在我的手里!"

"要是这样,那么,这倒是一件好事,"戈拉说,"不过你大声嚷嚷并不能把事情变得这样简单。人们在挨饿的时候,可以去盗窃,去谋杀;不过,你能说因为挨饿,这些做法就变成正确的了吗?你说你要娶罗丽姐,对她尽到责任,可是你确信这是你最高的责任吗?你对社会就没有责任吗?"

毕诺业没有告诉戈拉,正因为他没有忘记对教社应负的责任,他已经决定不和信奉梵教的人家攀亲;相反地,他热烈地争论说:"对这个问题,我不相信你我会取得一致的意见。我并非因为被某一个人所诱惑,才反对教社。我的论点是:我们应该看到,世界上有一种超越教社和个人的东西,那就是宗教。正因为我的主要责任不是拯救个人,也不是拯救教社,我最高的责任是维护那唯一的宗教。"

"我可不能尊重,"戈拉反对说,"一种否认个人和教社的权利、认为一切都属于它的宗教。"

"可是我能!"毕诺业热烈地说,他的勇气鼓起来了,"宗教不是建筑在教社和个人的基础上的;倒是教社和个人要依赖宗教。你一旦把教社一时需要的东西称为宗教,教社本身就会毁灭;要是教社妨碍了正当的宗教自由,那么,克服这种不合理的障碍,我们就是对教社尽了责任了。如果我娶罗丽妲是对的,如果我真的应当这样做,只是因为它碰巧对教社不利,就不敢这样做了,那么,我实际上是违反了宗教。"

"你是判断是与非唯一的法官吗?"戈拉问道,"你这样做,难道不考虑你的孩子们将来的处境吗?"

"一旦你开始这样考虑问题,"毕诺业激动地说,"你就会听任社会上一切不公平的事存在下去。那么,你为什么要去责备那个不断忍受欧洲主子侮辱和打骂的可怜的小职员呢?他也在考虑他子女的处境呀,不是吗?"

毕诺业的思想在和戈拉的争论中达到了一个前所未有的境界。即使在几个星期之前,只要有退出印度教社的可能,他整个人都会畏缩不前的。这个问题,过去他就是和自己也不敢争论,如果戈拉没有这样提出来讨论,事情就会按照毕诺业思想上长期以来养成的习惯,朝着相反的方向发展。可是争论越深入,受到责任感的支持,他的倾向性就越明显。

他和戈拉的辩论进行得十分激烈。在这种辩论的过程中,戈拉往往是不讲道理的——他只是用一种别人难以想象的狂热的语言来阐明他的观点。今天他也竭尽全力,想把毕诺业提出的每一个论点彻底粉碎,可是这一次他却发现遇到了障碍。以前,只要两个人意见不同,戈拉总是会胜利的——可是今天,两个真正的人在互相较量,戈拉再也不能用他的唇枪抵住别人的舌剑了,因为不管刺到他身上什么地方,都会触及一颗敏感而又充满了痛苦的心。

最后,戈拉大声说:"我不想再和你争论了,因为这个问题没有多少值得争论的地方,更多的是需要用心灵去了解。不过为了要娶一个梵教姑娘,你竟要和自己的人分开,对于我个人来说,却是一件极其痛苦的事。你也许可以做这种事,我可不能,你我的区别就在这里,并非在聪明才智方面有所不同。你的爱情使得你和我走不同的道路。我们很难期望你去同情教社,因为在我觉得是它心脏所在之处,你却要在那儿给它一刀。我要的是印度,不管你对她怎样挑剔,怎样辱骂。我不希望任何人比她伟大,不管是我还是别人!我不愿意做一点点可以使我离开她的事,即使是离开一根头发的间隙!"

在毕诺业能够回答之前,戈拉喊道:"不,毕诺业,这个问题你和我争论是没有用的!全世界都在舍弃印度,对她百般辱骂,我个人却希望能够和她——我的这个盛行种姓制度、这个极端迷信、崇拜偶像的印度——一起受辱!要是你想和她分手,那你就得和我分手。"

戈拉站起身,走到外面的阳台上,在那儿走来走去。这时,毕诺业仍然默默地坐在那里,直到仆人进来通报有一群人在外边等着见戈拉。戈拉很高兴利用这个机会走开,于是转身下楼去了。

走出大门的时候,他看见阿比纳什站在一群人当中。戈拉以为阿比纳什一定已经生了他的气了,可是现在他却没有一点儿生气的样子。事实上,他已经开始用夸张的语言发表演说,赞颂起昨天戈拉拒绝接受花环的那件事来了。他当众宣告:"我对戈尔默罕先生的敬意大大地增加了。我早就知道他不是一个普通人,可是昨天我发现他是一个伟大的人物。昨天我们去向他致敬,可是他以目前很少人采取的态度,拒绝接受!这是一件可以小看的事吗?"

戈拉被这一番话弄得狼狈不堪,他很生阿比纳什的气,于是不耐烦地说:"听着,阿比纳什,你是在用你的那种荣誉侮辱人!你以为我连拒绝参加你路边舞蹈的邀请的谦虚精神都没有了吗?你还把它叫作伟人的标志!你是不是想开办一个巡回演出戏班,到处去讨饭呢?难道没有一个人愿意做一点点有用的工作吗?你们要是想和我一道工作,那很好;要是想和我作战,那也好;不过我恳求你们不要这样跑来跑去,嘴里喊着'万岁!万岁!'了。"

可是这一番话使阿比纳什对戈拉更加崇拜了。他眉飞色舞地转过身对着那些观众,好像要把大家的注意力全部吸引到戈拉的谈话里,让大家体会其中了不起的精神似的。他激动地大声说:"托你的福,在涉及祖国不朽的荣誉时,我们能够看到你身上这种真正毫无私心的精神。对这样的一个人,我们可以把生命献给他。"说完这些话,他弯下腰去摸戈拉的脚,但戈拉不耐烦地把脚挪开了。

"戈尔默罕先生,"阿比纳什说,"你拒绝接受我们的任何敬意,可是你绝不能不给我们这个脸子:过几天我们打算举行一个宴会,这件事大家已经讨论过了,务必请你参加。"

"在我涤罪之前,"戈拉回答,"我不能坐下来和你们任何人一起吃饭。"

涤罪！阿比纳什眼睛放光地大声喊道："这个主意我们谁都没有想到,可是戈尔默罕先生从来都不会忽略印度教定下的戒律的。"

所有的人都认为在行涤罪礼的时候,大家聚在一起欢宴一场是一个极好的主意。国内几位梵学大师当然是要邀请的,让他们亲眼看看戈尔默罕先生坚持要涤罪,以此证明即使在今天,印度教还是十分活跃。

仪式应该在什么时候、什么地方举行,大家也讨论了。戈拉提出在他家举行有些不便,他的一个忠实信徒便建议在他家恒河岸边的花园别墅举行。大家还决定举办这件事的经费由教社全体人员分摊。

在分手之前,阿比纳什做了一个热情洋溢、十分动人的演说,他向听众挥舞着双手说:"戈尔默罕先生也许会生我的气,不过一个人在心里充满感情的时候,是无法抑制的。以往,天神们下凡到印度神圣的国土来拯救《吠陀经》。今天,我们也有一位下凡来维护印度教的天神。全世界只有我们的国家有六个季节——我们的国家时时都有天神下凡,将来还会有。今天我们很幸运能够证明这事是千真万确的。弟兄们,让我们高呼:'胜利属于戈尔默罕!'"

群众在能言善辩的阿比纳什的鼓动下,一齐大声欢呼,不过戈拉却狼狈地逃走了。

今天是戈拉被捕以后第一个恢复自由的日子,他感到十分疲倦。在坐牢期间,有许多天,他一直梦想将来怎样怀着新的热情为祖国工作,可是今天,他只是不断地问自己一个问题:"天呀,我的祖国在哪里？难道它只有对我才是真实的吗？就说我那最老的老朋友,我和他讨论过我一生的计划和希望,经过了这许多年,为了要娶一个心爱的姑娘,他竟能无情无义地随时和他的过去、他的未来割断一切关系。再说那些大家都认为是属于我的教派的人们,我已经对他们多次阐明我的观点,可是他们还是认为我是一个下凡来维护印度教的天神。只是古圣梵典的一个化身,难道他们心里就没有印度吗?哼!六个季节,印度是有六个季节,可是如果六个季节只产生像阿比纳什那样的果实,少两三个季节又有什么关系呢?"

这时,仆人进来说他妈妈叫他,戈拉听了,突然吃了一惊,心里重复了一遍"妈妈叫我了!",仿佛这句话具有新的含意。他对自己说:"不管发生了什么事,我有我的妈妈。她正在叫我。她会让我和每一个人团结起来,不许我跟任何人疏远。在她的房间里,我将看到亲人们和她坐在一起。在监牢里,妈妈也呼唤我,在那儿我能看见她;如今,出了监狱,她呼唤我,我要去见她了。"他喃喃地说着这些话,一面朝冬日中午寒冷的天空看,突然之间,他觉得毕诺业、阿比纳什和他的分歧都变得微不足道了。在这中午的阳光里,印度好像向他伸出双臂,在他面前展现出河流、山脉、城市和海洋;从无限的空间射出一片清澈洁白的光辉,在它的照耀下,整个印度都显得光辉灿烂了。戈拉激动得热泪盈眶,沮丧的心情完全消失了。他高高兴兴地准备好为印度工作,这工作无穷无尽,这成果遥遥无期,虽然他不能亲眼看见在冥想中见到的伟大的印度,但丝毫没有感到懊悔。他一再对自己说:"妈妈在呼唤我。让我到一切食物的赐予者、维护宇宙的天神那儿去吧。他虽然在时间上和我们相隔无限遥远,但时时刻刻又都在身旁;他超越死亡,但又存在于生命之中;他放射出未来灿烂的光芒,照亮这残缺、悲惨的现在；让我到那儿去吧。妈妈呼唤我到那无比遥远但又无比接近的天神那儿去。"戈拉沉浸在这一片欢乐之中，感到毕诺业和阿比纳什也在身边——仿佛他们也没有和他分离——那一天的细小分歧全都烟消云散，一切都变得和谐一致了。

戈拉走进安楠达摩依的屋里时，幸福的光辉使他几乎变了模样。他觉得眼前的一切，背后都存在着某种奇妙的东西。他匆匆地走进来，起先竟没有认出坐在他母亲旁边的是谁。

站起来向他鞠躬的原来是苏查丽妲。

"啊，你来了！"戈拉对她说，"请坐。"

当他说"啊，你来了！"，他的口气仿佛说这不是一次普通的拜访，而是一件了不起的事。

有一阵子，戈拉躲避苏查丽妲。在他做长途旅行的时候，因为忙于工作和历尽艰辛，多多少少还能把她忘怀。但坐监牢的那些日子，心里总是萦绕着苏查丽妲的身影。从前有一个时期戈拉很少想到印度也有女人这个事实，可是现在，由于苏查丽妲的缘故，他已经发现了这个真理。这样的一个伟大而古老的事实突然全部显示在他面前，使得他整个强劲的心灵都颤抖起来，就像突然受到巨大的打击似的。当外面世界的阳光与新鲜空气进入他的牢房，使他的心充满了痛苦时，他看见世界原来不仅是他那只由男人组成的工作场所——还有在他冥想中出现的、监狱外面美丽世界的那两个主要天神的面庞，日月星辰用一种特殊的光辉照亮它们，蔚蓝的天空作为柔和的背景围绕着它们——一个是被母爱之光照亮了的、他生下来就熟悉的面庞，一个是他新近认识的那位姑娘美丽柔和的面庞。

在他那狭隘忧郁的监狱生活中,当这张脸的记忆浮上心头时,戈拉不可能对它产生敌意。这种冥想的无比快乐给监狱带来了一种强烈的自由感,使他觉得监狱的苦难变成了虚假的幻梦。他那颗跳动的心发出的电波越过监狱的围墙,和蓝天融成一片,在闪亮的树叶和花朵上嬉戏,冲破忙忙碌碌的尘世堤岸。

戈拉心想,没有理由去害怕自己幻想出来的一个影像,所以整整一个月,他听任自己的思想沿着这条航道自由奔驰,同时还争辩说,我们只需要害怕真实的东西。

出狱的时候,看见了帕瑞什先生,戈拉高兴极了。他高兴,并非仅仅因为看见了帕瑞什先生,而是由于联想到这么多天一直在他心上出现的那个影像——这些,戈拉起先是不知道的。但在开往加尔各答的船上,他逐渐明白,单凭帕瑞什先生的美德,是不会对他产生这样大的吸引力的。

现在戈拉又做好战斗准备了,他对自己说,他绝不能失败。他在船上就已经决定他要到远方去,即使是最美的镣铐,他也决不允许他的心受到它束缚。

他和毕诺业的争论就是在这种心境下发生的。他和他的朋友久别重逢,第一次见面就发生了这样激烈的争论,那是因为实际上戈拉是在和自己争论。他越来越清楚,争论涉及的问题影响到他的荣誉,所以他才这样激烈——对他来说,这样做是必要的。今天,他粗暴的语言激起毕诺业粗暴的对抗。毕诺业在心里只想粉碎戈拉所有的论点,说它们是愚蠢的、偏执的。他整个心灵都起来反对戈拉,但他万万没有想到:戈拉如果没有给他自己这些打击,是不会给毕诺业这样沉重的打击的。

戈拉和毕诺业争论过后,决定不能离开战场。他想:"如果我为了担心自己的生活,不管毕诺业,那么他就不会得救了。"

第五十七章

　　刚才戈拉陷入了沉思——与其说他把苏查丽妲看成一个特殊的个人,不如说把她看成一个概念。印度妇女以苏查丽妲的形象出现在他面前,他把她看成祖国千千万万个家庭一切美丽、纯洁、可爱、善良的象征。他看见在他母亲身旁坐着的那个爱护儿童、服侍病人、安慰受难者,即使是最卑贱的人也会受到她照顾的仁慈的化身,心里充满了幸福的感觉。他在她身上看出这么一股力量,在我们最卑贱的人感到忧伤或不幸的时候,她从来不抛弃我们,也从来不鄙视我们。虽然她有资格受到人们崇拜,可是她却把自己献给我们当中即使是最低下的人。在他眼里,她是用一双灵巧而又美丽的手在我们所有的工作上盖上祭品印章的人,又是神亲手赐给我们具有无限耐心和无穷威力的爱的不朽礼物。他对自己说:"我们忽略了这种美妙的礼物——我们把它摆在幕后,被一切别的东西遮蔽——还能有比这个更明显的灾难吗!"他心想,只有女人才配称为祖国——她坐在百瓣莲花上面,坐在印度心灵的深处——我们是她的男仆。祖国的种种灾难都是对她的侮辱。因为我们对那些侮辱无动于衷,现在我们不得不为我们男子汉感到羞耻了。

　　戈拉对自己的想法感到非常吃惊。以前,他从来没有认识到,只要他不承认印度的妇女,他对印度的看法就多么不全面。只要他把妇女看得那么朦胧虚幻,他对祖国尽忠的看法就有多大缺陷。他对尽忠的看法仿佛只有力量而没有生命,只有肌肉而没有神经。霎时间,戈拉恍然大悟:我们越排除妇女,在生活中越不重视她们,我们男人就变得越虚弱。

因此,戈拉对苏查丽姐说"啊,你来了!"的时候,他的话不仅仅是出于一般的礼貌,它还含有更多的意思;它表达了他新近美妙的发现和欢乐。

监狱生活给他留下一些痕迹。他看起来没有以前健康,因为牢里的伙食这样难吃,那一个月他实际上等于绝食。他的皮肤失掉了以前的光泽,他脸色苍白。因为剪短了头发,脸也显得更瘦了。

看见戈拉这样消瘦,苏查丽姐不由得对他产生了一种特殊的敬意,当然其中也掺杂着很深的痛苦。她想弯下身向他行触脚礼,在她看来,戈拉就像纯洁的火焰,它闪烁着耀眼的光芒,不见烟,也看不见燃料。一股掺杂着怜悯和虔敬的柔情在她胸中激荡,使她一句话也说不出来。

第一个开口的是安楠达摩依。她说:"现在我才明白,你不在我身边的这些日子,苏查丽姐给了我多少安慰,在我认识她之前,我体会不到悲伤里也有值得赞美的东西,其中之一就是:这个时候我们可以了解很多伟大的、美好的事物。我们悲观失望,因为我们往往不明白,在忧伤时,神采取了多少种不同的办法来安慰我们。你也许会有点儿害羞,小母亲,不过我不得不当着你的面说一说在那些忧伤的日子里,你给了我多大的安慰。"

戈拉带着一副庄严、感激的表情看着羞答答的苏查丽姐;接着他对安楠达摩依说:"妈妈,在您忧伤的时候,她来分担您的悲哀;现在,在这个快活的日子里,她又来增加您的欢乐——无私的朋友才有这样开阔的胸怀。"

"姐姐,"毕诺业看见她十分害羞,便大声说,"小偷给人捉住的时候,要受到多方面的惩罚,现在你被他们捉住,只好自食其果了。你能飞到哪儿去呢?我认识你很久了,但是我从来没有泄露过你的机密,虽然我知道得很清楚,事情瞒不了多久,可是我没有说过一句话。"

"你没有说过一句话,是吧?"安楠达摩依笑着说,"你天生就是一个不爱说话的孩子,是吧?嗨,他从认识你的第一天起,就对你不停地唱赞歌,想让他停下来都办不到。"

"姐姐,你仔细听听,"毕诺业嚷道,"我又能欣赏别人的美德,又不会忘恩负义,人证物证,一应俱全!"

"你现在可是在赞美你自己!"苏查丽姐大声说。

"可是你要我自卖自夸可不容易,"毕诺业不同意地说,"要是你想听,你得来找我妈妈——你会吓坏的——就连我自己听了也会大吃一惊,如果妈妈肯替我写传记,我情愿年纪轻轻就离开人世。"

"听这孩子说的!"安楠达摩依喊道。

最初的尴尬局面就这样被打破了。

临走的时候,苏查丽姐对毕诺业说:"你什么时候来看看我们好吗?"

苏查丽姐请毕诺业到她家做客,却没有勇气邀请戈拉。戈拉不明白其中奥妙,心里有点难过。毕诺业这样容易和人相处,无论在什么场合都能适应,而戈拉却不能这样。从前,他并不在意,可是今天,他承认,他的性格里缺乏这种东西,的确是一个缺点。

第五十八章

　　毕诺业知道苏查丽姐是请他去讨论他和罗丽姐的婚事的。虽然他已经做出最后决定，看来事情并没有完，只要他活着，哪一边都不会放过他的。

　　到现在为止，他最担心的是怎样把这个消息告诉戈拉。想起戈拉，他不仅想起他个人，因为他代表着某种思想，某种信仰，而且是他生活上的一个支柱。毕诺业和戈拉经常见面已经养成习惯，同时也给他很大的快乐。和戈拉发生任何争吵，就像是和自己争吵一样。

　　不过打击已经落在头上，最初的那种畏缩的感觉已经消失了。由于告诉了戈拉他和罗丽姐的关系，毕诺业已经获得一些力量。在动手术之前，病人往往吓得要死，但刀子一旦下去，病人就会感到虽然疼痛，但也比较轻松了，想象中十分严重的事，事实上并非如此。

　　在这之前，毕诺业即使在自己心里也不敢接触这个问题。可是现在讨论的大门已经敞开，于是他经常在心里盘算怎样回答戈拉提出的论点。凡是他认为戈拉可能提出的反面意见，他都要从各个角度来把它们彻底粉碎。只要他能把这件事和戈拉争个明白，虽然可能会很激动，但总会得到一个最后的结论，可是毕诺业看出戈拉不愿意把问题讨论到底，这使毕诺业很生气;他想:"戈拉不想了解,也不想解释,他只想使用暴力。暴力!我怎能向暴力低头呢?该怎么样就怎么样吧,反正我站在真理的一边!"他说到"真理"时,这两个字就像是活的东西,紧紧地抓住了他的心。要和戈拉辩论,就得站在最强者的一边,因此毕诺业拿真理作为主要的支柱,一再重复这两个字。事实上,既然他已经觉得自己托庇在真理之下,便开始对自己怀着很大的敬意。当他到苏查丽姐家去的时候,他也就昂首阔步地走路了。他感到这样自信,是因为他接近真理还是接近别的什么,他自己也弄不清楚。

他到达的时候,哈里摩希妮正在忙着烧饭,毕诺业站在厨房门口,请她给准备一顿适合婆罗门子弟的午餐,便上楼去了。

苏查丽姐正在做针线活,她连眼睛都没有抬,便立刻提出心里面想着的问题,她说:"你听我说,毕诺业先生,如果内部没有障碍,我们要考虑那些完全来自外面的障碍吗?"

毕诺业和戈拉争论的时候,采取的是一种观点;现在他和苏查丽姐争论,却采取恰恰相反的观点。现在谁还能猜得出他和戈拉的观点有什么不同呢?

"不过你是不是把外部的障碍看得太轻了?"毕诺业问道。

"毕诺业先生,我这样说是有道理的。"苏查丽姐解释说,"我们的障碍不完全来自外部,因为我们的教社建立在宗教的教义上,而你们的教社却被社会层层束缚,因此,如果罗丽姐必须离开她的教社,对她可是一件严重的事,要是你离开你们的教社,对你却不是很大的损失。"

接着他们就讨论起他们个人的信仰应不应该和任何教社

有所牵连。

讨论正在进行的时候,萨迪什手里拿着一封信和一份报纸走了进来。他看见毕诺业,心里高兴极了,恨不得用什么办法把星期五变成星期天。不一会儿,萨迪什和他的朋友毕诺业就快乐地谈开了。苏查丽妲开始读报纸和罗丽妲附来的便条。

这张梵社的报纸登载了一条新闻:有一个著名的梵教家庭,本来要和一个印度教家庭结亲,只是因为这位年轻的印度教徒不愿意,危机才算过去。接着便以这条新闻为主题,大做其文章,把梵教家庭可叹的弱点和年轻的印度教徒坚定的信念做了一番比较,结论当然是对梵教家庭不利的。

苏查丽妲心想,不管别人怎么说,总要想法促成毕诺业和罗丽妲的婚事。但她心里明白和这个年轻人争论是没有用的,于是她派人送了一张便条给罗丽妲,要求她马上过来,但没有说毕诺业在那里。

因为没有一个日历可以这样通融——把星期五变成星期天,萨迪什只好被迫和毕诺业分手,做好上学的准备。苏查丽妲也站起身来,请毕诺业稍坐一会儿,自己洗澡去了。

争论的狂热劲儿冷了下来、屋子里只剩下毕诺业一个人的时候,他那颗年轻男人的心也觉醒了。这时大约是上午九点钟,胡同里只有寥寥几个行人。打破宁静的唯有苏查丽妲写字台上的小钟发出的嘀嗒声。屋子里的情趣开始对毕诺业的心灵产生影响了。屋里每一件小家具仿佛突然间都变得很亲切了。整洁的桌子、绣花的椅套、铺在椅子底下的鹿皮、挂在墙上的两三张照片、摆在小书架上的红布书皮的一排书籍,全都对他的心施展了巨大的魅力。在这间屋子里,似乎积聚了一种美丽神秘的东西。那天中午,两个女伴在这孤寂宁静的屋子里密谈的情景,像一个美丽害羞的精灵到现在还藏在屋里。毕诺业竭力想象她们谈话时两个人所坐的位置和神态,并且因为帕瑞什先生曾经说过:"苏查丽姐告诉我,罗丽姐并不讨厌你。"于是两个人说知心话的种种情景都涌上了他的心头。一股难以描述的电流,像游方僧的柔和歌声流过了毕诺业的心房,在他心的深处,产生了一种无法形容的感情。毕诺业既不是诗人,也不是艺术家,然而他的心也无法平静。他觉得只要能做点什么,他就会好起来,但他好像一动也不能动。就像一幅帷幕把他和很近的东西隔开了,看上去就像是远隔重山,但他却无力把帷幕拉开。

哈里摩希妮过来问毕诺业可要吃点点心,毕诺业说不想吃,她便走进屋子,坐了下来。

哈里摩希妮住在帕瑞什先生家的时候,很喜欢毕诺业。但她和苏查丽姐来到一个可以称为自己家的地方之后,所有来访的客人都变得很不合她的胃口了。她得出这样一个结论:苏查丽姐近来在社交上有失检点,完全是她的朋友的错。尽管她知道毕诺业不是一个梵教徒,但非常清楚他对遵守印度教的习惯并不很严格,因此最近她也不那么热心请这位婆罗门子弟来分享她敬神的圣餐了。

今天,她在谈话中问毕诺业:"嗯,我的孩子,你是婆罗门的儿子,可是你做晚祷吗?"

"姨妈,"毕诺业抱歉地说,"我白天黑夜要学那么多东西,我已经把晚祷的经文全部忘光了。"

"帕瑞什先生也很有学问,"哈里摩希妮回答,"可是他遵照他所信奉的那个宗教的规定,早晚两次总是要用某种仪式来做礼拜的呀。"

"可是姨妈,"毕诺业不同意地说,"只学会几句祷文,是不能做他那种祷告的。有一天我要能像他那样,我就照他那样做。"

"在你还不能像他之前,"哈里摩希妮相当严厉地说,"你为什么不能跟你的祖先学学?把自己弄得不伦不类,这样好吗?不管怎么说,人总是要信教的。可是信奉的不是罗摩,又不是恒河,这能行吗?"

说到这儿,罗丽妲走进来把她的话打断了。罗丽妲看见毕诺业,不由得大吃一惊,连忙转过身问哈里摩希妮苏查丽妲在什么地方。

"拉妲腊妮洗澡去了。"哈里摩希妮说。罗丽妲好像认为有必要解释一下为什么要来,于是她说:"苏查丽妲叫我来的。"

"那么坐下来等她吧,"哈里摩希妮说,"她马上就来。"

哈里摩希妮对罗丽妲也没有多少好感,因为现在她想让苏查丽妲脱离旧环境,完全受她一个人的控制。帕瑞什先生的其他女儿和苏查丽妲不那么亲密,可是罗丽妲却常来和她聊天,这让哈里摩希妮很不高兴。她常常设法打断她们的谈话,或者假装要苏查丽妲做点家务事,或者对她表示遗憾,说她学习得不像往常那样快了。可是事实上,如果苏查丽妲用功读书,她就一定会说:姑娘们不但不需要受教育,而且教育对女孩子肯定是有害的。其实真正的原因是:她不能随心所欲地管住苏查丽妲,于是她就养成这样的习惯:要么责怪她的朋友,要么责怪她学习。

她并不愿意陪伴毕诺业和罗丽妲,可是由于生他们的气,便一动不动地坐在那儿。她觉得这两个人关系有点暧昧,心想:"不管你们的教规是怎么样的,反正在我家里,绝不允许这种不要脸的亲密劲、这种基督徒的行为继续下去。"

在罗丽妲的心里,也有一股很不舒服的对立情绪。前天,她本来决定要陪苏查丽妲到安楠达摩依家去,可是到了动身的时候,她又不想去了。她很尊敬戈拉,但同时又对他怀着强烈的敌意,因为她不能去掉心里这个想法:不论哪一方面,戈拉对她态度都是很不友好的。她对这一点敏感到如此地步,甚至从戈拉出狱的那一天起,她对毕诺业的感情也起了变化。在这以前,她实际上已经相信,自己可以左右毕诺业了,可是一想到他不能摆脱他朋友的控制,她就觉得他太软弱,对他起了反感。

另一方面,毕诺业看见罗丽妲一走进屋子,便感到坐立不安。他对罗丽妲始终捉摸不透,自从社会上的流言蜚语把他们两个人的名字连在一起之后,他一看见她,心里就会像磁针遇到雷雨那样动荡起来。

罗丽妲呢,她看见毕诺业坐在那里,立刻对苏查丽妲十分恼火。她明白苏查丽妲是把她找来打开紊乱的局面,希望能使不情愿的毕诺业回心转意的。因此她转过身子对哈里摩希妮说:"请转告姐姐,这会儿我不能等她,以后我再来。"她连看都没有看毕诺业一眼,就快步离开了屋子。

哈里摩希妮现在既然没有必要再留下来,她也站起身去干家务事了。

罗丽妲脸上愠怒的表情毕诺业并不陌生,不过那是很久以前的事了。罗丽妲动不动就用利箭伤他的那些倒霉的日子显然已经永远过去了,他已经不再担心了,可是今天他看见她又从她的武器库里拿出这些武器,而且上面没有半点锈渍。忍气吞声本来就不容易,可是像毕诺业这样的人,受人轻视就更加让他受不了啦。他记得当她认为他只不过是戈拉行星的卫星时,她多么讨厌他;现在他犹豫不决,在她看来一定又是怯懦的表示了,想起这个,他就觉得很不舒服。她竟把因责任感而产生的犹豫当作胆小怕事,又不给他解释的机会,这简直令人难以忍受。剥夺了他分辩的机会,对他来说,无异于最大的惩罚,因为他知道自己擅长辞令,能够把话说得娓娓动听,具有把任何问题都说得头头是道、言之成理的天才。可是罗丽妲每次和他冲突都不给他分辩的机会,今天也是这样。

他心里感到很急躁,桌子上有一张报纸,便拿起来看。他突然看见报纸上有一个地方用铅笔画了道儿。他读了这一段之后,立刻明白他和罗丽妲是这条消息的主人公,是这一段后面的文章评论的对象,而且知道她要永远受到她教社的人这一类侮辱。因此,他觉得一个像她这样倔强的姑娘,看见他把时间浪费在争论有关教会原则的一些琐碎论点上而不去设法把她从这样的羞辱中救出来,因而看不起他,这样做是完全正当的。他把自己和这个勇敢的姑娘相比,想起她那勇敢的精神和不把教社放在眼里的态度,自己觉得惭愧极了。

苏查丽妲洗完澡,并且在萨迪什上学之前安排他吃过早饭之后,回到毕诺业那边,看见他闷闷不乐地坐在那儿,于是也就没有再提起原先他们讨论的那个问题。

在他坐下来吃饭之前,毕诺业没有遵守印度教的净化规矩,哈里摩希妮劝他说:"既然你不遵守我们印度教的任何规矩,你为什么不改信梵教呢?"

毕诺业感到自尊心有点受到损伤,便回答说:"如果有一

371

天我认为印度教只不过是些不能接触什么、不能吃什么以及许多其他毫无意义的清规戒律的时候,我就是不变成梵教徒,也会变成基督教徒、穆斯林或诸如此类的教徒。不过到现在为止,我对印度教还没有那么缺乏信心。"

毕诺业离开苏查丽姐家的时候,心里乱糟糟的,因为好像到处都给他打击,他已经到了走投无路的地步了。

他满腔心事地低着头慢慢地朝前走,不明白自己为什么会陷入这样为难的境界。他来到一个广场,在一棵树下坐了下来。到目前为止,每逢生活中遇到什么为难的事,不论大小,他都可以承担下来,和他的朋友商量,找出解决的办法,可是今天,这条路断了,他必须自己一个人面对困难。

太阳渐渐照射到他所坐的地方,他站起身来,重新上路。但没走多远,便听到萨迪什的声音:"毕诺业先生,毕诺业先生!"过了不一会儿,他的小朋友已经拉住他的手了。今天是星期五,学校已经放学,萨迪什正在回家过他的周末。

"来,毕诺业先生,"萨迪什请求说,"跟我回家去!"

"这怎么能行呢?"毕诺业问道。

"怎么不行?"萨迪什坚持说。

"如果我去得这样勤,你家里的人怎么受得了呢?"毕诺业解释说。

萨迪什觉得这个理由简直不值一驳,所以只是说:"不会的,跟我走吧!"

萨迪什不知道毕诺业和他家的关系已经搞得这样糟。毕诺业想到这个孩子对他的爱是如此纯洁,心里十分感动。他在帕瑞什先生天堂般的家找到的完美无瑕的快乐,现在只有在这个孩子的身上还能找到。在这不幸的日子,只有他的心里没有升起疑团,他们之间的友谊,社会上也没有加以打击,没有不让他们继续来往。毕诺业搂着他的脖子说:"走吧,小弟弟,我把你送到家门口。"在搂抱中,他觉得好像接触到一种甜蜜的东西,这就是在苏查丽姐和罗丽姐的关怀和爱护下,从小就包围着萨迪什的柔情。

萨迪什一边走,一边不停地说一些不相干的话,毕诺业听起来觉得可爱极了。跟孩子的一颗真挚的心接触,使他暂时忘掉了生活中难以摆脱的困境。

要去苏查丽姐的家,先得经过帕瑞什先生的前门,而帕瑞什先生二楼的客厅,从街上就可以看见。他们从前面那间屋子经过的时候,毕诺业忍不住抬起头看了看,他看见帕瑞什先生坐在桌子旁边。看不清帕瑞什先生是不是在说话,不过罗丽姐倒是背对大街、坐在帕瑞什先生椅子旁边的一张凳子上,就像一个听话的小学生。

罗丽姐离开苏查丽姐家时,烦躁得难以忍受。因为没有别的办法来减轻她的痛苦,她只好默默地来到帕瑞什先生屋里。帕瑞什先生深沉宁静,急性子的罗丽姐为了控制自己的烦躁不安,常常去到他屋里,默默地坐在他身边。今天帕瑞什先生问她:"怎么啦,罗丽姐?"她回答说:"没有什么,爹。您这间屋子又好又凉快。"

帕瑞什先生知道得很清楚,今天她是带着一颗受伤的心来找他的,因为他自己的心也在隐隐作痛。因此,他便开始慢慢地提出一些话题,帮助她减轻个人生活中悲欢离合的担子。

看见父女之间谈知心话的这幅情景,毕诺业竟一时呆住了,一点也没有注意萨迪什在说什么。萨迪什正在提出一个极其深奥的战术问题。他问能不能训练一支老虎队伍,把它部署在前线敌我两军之间,用它来保证胜利。到现在为止,问答原来一直是顺利进行的,如今突然听不到回答,便抬起头望着毕诺业,看看这是怎么回事。他顺着毕诺业的视线望过去,看见了罗丽姐,于是马上大声喊:"罗丽姐姐姐,罗丽姐姐姐,你看,我放学回来,在路上抓到了毕诺业先生,把他带回家来了。"

罗丽姐从凳子上一跃而起,帕瑞什先生也转过头朝街上看,毕诺业觉得这些都是自己引起的,臊得满脸通红。不过他终于设法和萨迪什告别,走进了帕瑞什先生的家。

他上了楼,发现罗丽姐已经走了,心想自己肯定像一个强盗,闯进别人家,扰乱了别人的安宁,于是羞羞怯怯、犹犹豫豫地坐了下来。

寒暄过后,毕诺业立刻说:"因为我遵守印度教社的教规和习惯不够虔诚,事实上几乎每天都在违犯教规,近来我一直在想,我应该信奉梵教,希望您正式介绍我入社。"

就是在十五分钟以前,这个愿望和决心还没有清楚地在毕诺业心中形成。帕瑞什先生诧异得一时说不出话,后来他说:"不过你已经从各方面把这个问题仔细考虑过了吗?"

"这个问题没有多少东西需要考虑的,"毕诺业回答,"我觉得这不过是一个是与非的问题,一个非常简单的问题,根据我过去所受的教育,我不能真的相信仅仅不违反某些教规和习惯就是信教。因为这个缘故,我处处都自相矛盾。要是我继续和真心信奉印度教的人保持联系,我就只能使他们感到震惊,我确实相信这是很不应该的。目前我不担心别的事,我必须做好准备,决心改正这个错误,否则我就不能保持我的自尊心。"

这样长的解释,对帕瑞什先生来说本来是完全不必要的,不过毕诺业自己却要用它来加强决心。他想到自己现在是站在是与非的战场上,并且站在是的一边,将来一定会得到胜利,便充满了自豪感。他的男子汉的荣誉正在受到严峻的考验。

　　"在宗教信仰这个问题上,你的看法和梵社一致吗?"帕瑞什先生问道。

　　"说实话,"毕诺业沉默了一会儿说,"过去有一阵子我以为我有宗教信仰,而且经常为了宗教信仰的问题和许多人争论,可是现在才明白,我对这个问题的看法还很不成熟。这一点是在认识您之后才明白的。我长了这么大还没有真正需要过宗教,因为真正的信仰没有在我心里扎根,所以直到现在,我只信仰社会上流行的宗教,用各种各样巧妙而又琐碎的论点来为它辩护。我从来没有感到有必要去思考哪一种宗教正确,我只是忙于想办法证明那个能使我战胜的宗教是正确的。它越难证明,在证明它的时候,我就越感到骄傲。到现在为止,我也不敢说将来我会不会有一个完全正确而又很自然的宗教信仰,不过只要我具备有利的环境,遇到那些可以效法的人,无疑我可以朝着那个方向前进。无论如何,我可以不必到处去炫耀那种不是我真心相信的东西,把它当作一面胜利的旗帜,让自己丢脸了。"

　　在他和帕瑞什先生讨论他的处境时,适合他目前心理状态的种种观点形成了,他热情奔放地谈下去,仿佛这个问题他已经反复考虑过许多天,早已得出这个不可动摇的决定似的。

　　帕瑞什先生仍然尽力劝他过些时候再做决定。毕诺业认为帕瑞什先生对他的决心还有怀疑。这只有使他更加固执,于是他一再地说,他很有把握,他的决心绝对不会动摇。双方都没有提到他和罗丽妲的婚事。

这时,波达姗达里装作要办什么家务事走了进来,办完事,她就转身离开屋子,好像根本没有看见毕诺业在场。毕诺业以为帕瑞什先生一定会把波达姗达里叫回来,告诉她这个最新的消息,可是帕瑞什先生一句话也没有说。事实上,他认为说这话的时机还没有到,想暂时先保密。可是波达姗达里这样无礼地对毕诺业表示了轻蔑和愤怒,使毕诺业实在受不住了。他跟着她走了出去,向她鞠躬说:"我今天是来告诉你们,我想加入梵社。我知道我不配,不过希望你们能使我够格。"

波达姗达里听他这样说,大吃了一惊,她转过身,慢慢地重新走进屋子,用探询的目光朝帕瑞什先生那边望过去。

"毕诺业要求我介绍他加入梵社。"帕瑞什先生解释说。

听到这句话,波达姗达里就像一个征服者那样感到得意。但为什么她的喜悦显得那样不完满呢?原来,她非常希望好好地教训帕瑞什先生一顿。她曾像预言家那样十分自信地再三预言她丈夫有一天一定会为自己的行为后悔莫及,所以当她看见教社的人在他周围制造纠纷而他竟然无动于衷,她心里简直受不了;而现在他们的一切困难好像就要很好地解决了,她也不能完全感到高兴。因此,她庄严地说:"如果早几天提出入社的要求,我们就用不着忍受这么多羞辱,这么伤心了。"

"这和我们遭受麻烦或羞辱毫无关系,"帕瑞什先生说,"毕诺业希望入社,如此而已。"

"仅仅是入社吗?"波达姗达里问道。

"老天爷知道你们的一切悲伤或羞辱都是我造成的!"毕诺业激动地说。

"听我说,毕诺业,"帕瑞什先生说,"在没有充分理解入社的意义之前,先不要这样做。我和你说过,不要因为觉得我们在社会上遇到什么困难,便去采取任何会引起严重后果的行动。"

"这话倒也不错,"波达姗达里表示同意地说,"不过我的意思是说,他把我们全都拖进这样一场纠纷,他就无权坐在那里袖手旁观。"

"如果不是袖手旁观,"帕瑞什先生说,"而是感情用事,那么纠纷只会变得更复杂。说一个人有责任做点什么,这是没有好处的;一个人的主要责任往往是什么都不做。"

"不错,当然啰,我是一个傻瓜,"波达姗达里抱怨说,"什么都不懂。不过我要知道这件事怎么决定——我还有许多事要做呢。"

"我希望在后天——星期天入社。"毕诺业说,"因此,要是帕瑞什先生……"

"不行,"帕瑞什先生打断了他的话说,"我不能介绍任何人入社,如果这事对我家有什么好处。你必须直接向梵社申请。"

毕诺业马上就泄气了,因为他还没有热心到要向梵社当局正式申请入社的程度——特别是因为正是这个教社把他和罗丽妲的名字连在一起的。他怎么有脸写申请书呢?怎么措辞呢?梵社报纸刊登了他的申请书之后,他还怎么见人呢?戈拉会见到这封申请书的,安楠达摩依也会!除此以外,报纸不会刊登全文,印度教的读者只能看见毕诺业迫不及待地想加入梵社,这并非全部真相。除非别的事实也都公布,否则毕诺业是无法遮羞的。

波达姗达里看见毕诺业一声不响,不由得惊慌起来。她说:"哦,我忘记了。毕诺业先生除了我们,梵社的人一个也不认识。不过不要紧,我们可以做好一切必要的安排。我立刻派人去找帕努先生。没有几天好耽搁了,星期天马上就要到了。"

她刚刚说完这话,苏梯尔正好经过门口,到顶楼去。波达姗达里在后面叫他说:"苏梯尔,星期天毕诺业要加入我们的梵社。"

苏梯尔非常高兴,因为他心里一直很佩服毕诺业,想到他要加入梵社,就满心欢喜。他一向认为,像毕诺业这样的人,能写这么好的英文,这样聪明,又这样有学问,居然不是梵教徒,真是最最不通的事。现在这事证明了毕诺业一类的人,如果不加入梵社就得不到幸福,他感到十分骄傲。他说:"星期天怎么能安排妥当呢?你来不及让更多的人知道呀。"因为苏梯尔希望毕诺业入社这件事应该作为例子,当众宣布。

"不,不!"波达姗达里大声说,"星期天可以很容易就安排好的。苏梯尔,你快去把帕努先生请来。"

激动的苏梯尔原以为用他做例子,就可以向所有的人证明梵社具有不可战胜的力量,然而那个可怜的人自己却感到无地自容!在辩论和说理时觉得不很重要的事,在公之于众的时候,却使他觉得十分难堪。

毕诺业听说要去请帕努先生,便站起身要走,但波达姗达里不愿意让他走掉,她极力劝他留下,说帕努先生马上就来,你用不着等很久。

但毕诺业道歉地说:"不,今天务必请您原谅。"

他觉得只要他能够冲出围篱,找一个可以喘口气的地方,有时间把事情想清楚,他就不会那么痛苦了。

他站起来要走时,帕瑞什先生也站起来了。他把一只手放在毕诺业肩上说:"无论办什么事都不要匆匆忙忙。毕诺业,静一静,在做出决定之前,先好好地想一想。没有完全弄清楚自己的心意之前,先不要采取任何可能严重影响你一生的行动。"

波达姗达里心里很生她丈夫的气,她说:"有些人没有仔细考虑就动手办事,结果弄得自己和别人都很为难,可是他们仍然一动也不动地坐在那里,等到实在走投无路的时候,他就说:'坐下来想一想吧!'也许你可以安下心来静静地去想,可是我们的处境却已经很不妙了。"

毕诺业离开帕瑞什先生家的时候,苏梯尔陪他一道走,因为他已经像一个人在盛宴开始之前就想尝尝菜的味道那样急得抓耳挠腮了。他恨不得立刻把毕诺业带到他那些梵社朋友家去宣布这个可喜的消息,并且就在那儿庆祝一番。可是毕诺业看到苏梯尔这样热心,反倒越来越沮丧了。苏梯尔建议两个人应该马上到帕努先生家去一趟,毕诺业没有理睬这个建议,把手从苏梯尔手里抽出来,就逃之夭夭了。

走了一段路,他看见阿比纳什和教社的两三个人朝什么地方飞也似的跑去,但他们看见毕诺业便站住了。阿比纳什激动地说:"好极了,毕诺业先生来了。走吧,毕诺业先生,跟我们走吧!"

"你们上哪儿去?"毕诺业问道。

"怎么,我们是到卡什普尔花园去为戈尔默罕先生行涤罪礼做好准备的呀。"

"不,"毕诺业不同意地说,"现在我没有空。"

"你这话是什么意思?"阿比纳什喊道,"你知道这事有多重要吗?如果这是一件小事,戈尔默罕先生何必要提出这样的建议呢?现在,印度教徒有必要显示自己的力量,戈尔默罕先生这次的涤罪将会在全国引起一个大轰动!我们正在邀请各地著名的梵学家前来参加,好让全印度教社都受到影响。让人们明白我们还活着,明白印度教不是在走向灭亡!"

毕诺业设法逃出了阿比纳什的圈套,继续走他的路。

第五十九章

哈兰先生应波达姗达里的邀请来到她家时,表情十分严肃,过了片刻,他才说:"我们有责任把罗丽妲找来,和她谈谈这件事。"

罗丽妲一到,哈兰先生就用自命不凡、庄严肃穆的声调对她说:"听着,罗丽妲,在你的一生中,一个责任重大的时刻已经来到了。一边是你的宗教,另一边是你的爱好,你得自己选择走哪一条路!"

说到这里,他停下来观察这些话在罗丽妲身上所起的效果,因为他觉得在他这样一个热爱正义的模范面前,所有的懦夫全会发抖,一切虚假的东西全会化为灰烬——他认为他这个崇高热情的光辉榜样实在是梵社的无价之宝。

可是罗丽妲一语不发。因为不说话,哈兰先生便接着说:"当然,你已经听说毕诺业先生考虑到你的处境,或者由于别的什么原因,表示愿意参加梵社了。"

这倒是一件新闻,罗丽妲对此虽然没有表示任何意见,可是眼睛却发亮了。她仍然像一座石像那样坐在那里。

"帕瑞什先生,"哈兰接着说下去,"对毕诺业的这种心甘情愿的态度当然很高兴。可是值不值得高兴,要由你来断定。因此,今天,我用梵社的名义要求你。把疯狂的欲望放在一边,只从宗教的观点来把你的心考察一下,问问自己这个问题:'有没有什么真正的理由,值得为这事高兴?'"

因为罗丽妲仍然一声不响,哈兰先生以为他的话已经产生了巨大的效果,于是他加倍热心地说:"加入教社,举行入教仪式在人的一生中是一个多么神圣的时刻,这还用我说吗?你允许这样一个仪式受到亵渎吗?为了个人的幸福、方便或爱情,我们就可以把我们的梵社引向错误的道路、并且欢迎虚假的东西,仿佛我们尊敬这种东西似的,是吗?告诉我,罗丽妲,你允许自己一辈子和梵社历史上这个可悲的事件联在一起吗?"

即使听到这个问题,罗丽妲也还是一声不响,一动不动,唯一的变化是把椅子抓得更紧了。于是哈兰又接着说:"我常常看到,个人的欲望在腐蚀人的品质上有多么不可抗拒的力量,我也知道必须原谅别人的弱点,可是当这个弱点不但影响到他自己的生活,还影响到成百上千的别人的生活、把他们唯一的庇护所彻底粉碎的时候,告诉我,罗丽妲,你还觉得可以原谅他们吗,即使是一刹那的时间?天神给我们权利原谅这种弱点吗?"

"不,不!帕努先生!"罗丽妲离开她的椅子,站在他面前喊道,"你用不着原谅我们,我们已经受惯了你的攻击,也许你的宽恕倒会让我们谁都受不了!"说完这话,她就离开了屋子。

波达姗达里被哈兰先生的一番话弄得心烦意乱,因为她绝不想失掉毕诺业。但她的一切努力都落空了,哈兰先生丝毫无动于衷,最后她只得满腔怒火地和他分了手。她感到很为难,因为她既得不到帕瑞什先生、也得不到哈兰先生的支持,谁也想不到她会陷入这种难以想象的境地;她对哈兰先生的看法又一次改变了。

毕诺业呢,当他打算参加梵社的想法在自己心里还很模糊的时候,他怀着极大的热情表示决心,但当他看见他必须向梵社提出正式申请,而且还要找哈兰先生商量,他就畏缩了,不愿意这样公开地提出申请。他觉得走投无路,也不知可以和谁商量,就连去看安楠达摩依,跟她谈谈这事都办不到。他也不想去散步。于是回到自己的住处,上楼走进卧室,倒在床上。

天黑了,仆人拿着灯走了进来,他正想让他拿走,却听到萨迪什在楼下喊他"毕诺业先生!毕诺业先生!"听到萨迪什喊他,毕诺业就像在沙漠中喝到一口清泉,立刻又生气勃勃了。此刻,世界上唯一可以安慰他的人只有萨迪什,听到他的声音,毕诺业的倦意全都消失了。他一边喊:"小弟弟,什么事呀?"一边跳下床,连鞋都没有穿,就跑下楼去。可是在通向小院的楼梯脚下等着他的不仅是萨迪什,还有波达姗达里。这样,他又得面对这个难题,重新挣扎一番。

把他们带上楼之后,波达姗达里叫萨迪什出去,坐在外边阳台上。不过他这样无情地被赶出去,毕诺业为了减轻他的痛苦,给了他几本图画书,把他带到点着灯的隔壁房间。

波达姗达里是这样开始进攻的:"毕诺业,因为梵社的人你全都不认识,你只要写一封信,我给你送到教社的教长那边,明天早晨我到处跑跑,为你星期天入社做好一切必要的安排。你自己一点也不用再担心了。"毕诺业听了,吃惊得一句话也答不上来。不过,无论如何,他还是顺从地写了一封信,把它交给波达姗达里。他觉得不管情况如何,他必须找到一条既无法回头,又不容犹豫的出路。

波达姗达里还顺便提了提毕诺业和罗丽妲的婚事。

她一走,毕诺业便开始感到有些厌恶,甚至心里对罗丽妲也起了反感。他觉得波达姗达里之所以表现得这样过分匆忙,一定是受了罗丽妲的怂恿。随着自尊心的衰退,他对别人的尊敬好像也降低了。

另一方面,波达姗达里却在想,回家之后,她可有一件让罗丽妲高兴的消息告诉她了,因为她确实发现她女儿爱上了毕诺业,因为这个缘故,梵社的人才对他们的婚事议论纷纷。这件事,她谁都骂,就是没有骂她自己。她已经有好几天几乎没有和罗丽妲说一句话了,现在有了解决的办法,而且在很大的程度上是靠她自己的努力得来的,所以她急于把这个好消息告诉罗丽妲,好跟她和解。罗丽妲的父亲把什么都弄糟了,罗丽妲本人也没能把毕诺业引上正路。她没有从帕努先生那里得到半点帮助,是靠她波达姗达里一个人解决问题的,真的!真的!六个男人办不到的事,一个女人就可以办成了!

到家之后,波达姗达里听说罗丽妲不大舒服,已经很早就上床睡了。她微笑着说:"我很快就可以让她好起来的。"她手里拿着一盏灯,走进了卧室,看见罗丽妲还没有上床,只是歪在沙发上看书。罗丽妲立刻坐直身子问道:"妈妈,您到哪儿去了?"

这句话问得很尖锐,因为罗丽妲已经听见她母亲和萨迪什到毕诺业的住所去了。

"我看毕诺业去了。"波达姗达里回答。

"去干什么?"罗丽妲问道。

"哼,去干什么!"波达姗达里心里有点生气地想,"罗丽姐只会把我当成敌人,这个忘恩负义的小丫头!"

"干这个!"波达姗达里一边生气地大声说,一边把毕诺业的信拿出来给罗丽姐看。罗丽姐看了信,羞得满脸通红,特别是听到波达姗达里说的下面的一番话,她的脸就更红了。波达姗达里为了夸大她的成绩,竟说不施加点压力,毕诺业是不会写这封信的。她可以自豪地说,除了她,没有人能办成这件事。

罗丽姐双手捂着脸,躺在沙发上,她母亲以为她不好意思流露出激动的心情,便走出了屋子。

第二天早晨,她去拿信,要把信送到梵社去的时候,发现信已经被人撕得粉碎了。

第 六 十 章

第二天傍晚时分,苏查丽姐正准备去看帕瑞什先生,仆人进来通报有位绅士来访。"什么样的绅士?"她问道,"是毕诺业先生吗?"仆人回答说不是毕诺业先生,是一位个子很高、皮肤很白的绅士。苏查丽姐听了这话,吃了一惊,吩咐仆人把他请到楼上来。

那天,苏查丽姐根本没有注意自己穿的是什么衣服,是怎么打扮的,现在照了照镜子,对自己的样子很不满意。可是换衣服已经来不及了,因此,只好拢了拢头发,整了整衣服,就走进了房间。她忘记了桌子上放了几本戈拉的著作,而戈拉就坐在桌子前边!那几本书毫不知羞地躺在他眼前,她既不能把它们拿开,又不能把它们盖上。

"姨妈早就想见你了,"苏查丽姐说,"我去告诉她你来了。"说完,她就离开了屋子,因为她没有勇气单独和戈拉待在一起。

过了几分钟,苏查丽姐和哈里摩希妮一起来了。

不久以前,哈里摩希妮已经从毕诺业那里听到一些戈拉的生活、见解和虔诚的信仰这方面的故事。中午,有的时候,她还要求苏查丽姐给她读戈拉的作品。并不是说她能很清楚地了解书中谈到的一切,但至少她知道戈拉是一个严格遵守古圣梵典的信徒,他的作品对纪律松弛的当代社会提出了严厉的批评。至少,这些书对她提供了很大的方便,在她睡中觉的时候给她催眠。她很佩服戈拉,因为在她看来,一个受过英国教育的当代青年能够这样坚决地遵守正统印度教教规,再没有比这个更惊人、更好的事了。当初她在那个梵教人家遇到毕诺业的时候,她很喜欢他。但后来,她渐渐地对他比较熟悉了,尤其是在她有了自己的家之后,毕诺业行为上的一些缺点,就开始让她不高兴了。因为以前,她对他过于信赖,现在就过分地责备他。因此,她更加希望见到戈拉。

她一看见戈拉,就大吃一惊。这才是一个真正的婆罗门呢!他亮得像祭火!像浑身发光的马哈德①!她对他无比尊敬,当他弯下腰向她行礼的时候,她慌得连连后退。

"你的事我听得太多了!"哈里摩希妮激动地说,"可是现在看见你,我真弄不明白别人怎么会有脸把你关进监牢!"

"如果是您这样的人去当县官,"戈拉笑着说,"那么监狱只能给蝙蝠和老鼠去做窝了!"

"不,我的孩子,"哈里摩希妮回答,"世上并不缺小偷和骗子。难道那位县长眼睛瞎了吗?只要看一看你的脸,就可以看出你不是一个凡人,是和神一样的人。难道把人关进监牢,只是为了要把监牢塞满吗?老天爷!这算是什么世道呀?"

"县官审案的时候两眼只盯着法律条文,"戈拉解释说,"不敢看人的脸,因为他们怕看见神的光辉。要不然,他们判这么多的人监禁、鞭挞、流放甚至绞刑,您想他们能吃得下饭

---

① 马哈德,湿婆的另一称号。

或者睡得着觉吗?"

"我有空的时候,"哈里摩希妮说,"就让拉姐腊妮把你的著作读点儿给我听。我已经盼了很久,希望有幸听到你亲口跟我讲讲。我是一个贫穷愚蠢的女人,而且生来命苦——无论对什么事情,我都弄不明白,也不能一心一意地干下去,不过我坚信可以从你那里得到一点智慧!"

戈拉没有反驳她,只是谦虚地沉默不语。

"你一定得吃点东西再走,"哈里摩希妮接着说,"我已经很久没能招待一个像你这样的婆罗门子弟了。今天你只能吃点甜食,不过改天我要请你吃一顿像样的饭。"

哈里摩希妮出去拿点心的时候,只剩下苏查丽姐一个人,不免心里有点发慌。

"毕诺业今天来看你了吗?"戈拉突然问道。

"是的。"苏查丽姐回答。

"自从那天见过他以后,我再也没有见到他了。"戈拉说,"不过我知道他是为了什么事情来的。"

说到这儿,他停了下来,苏查丽姐也没有说话。

"你们想让毕诺业按照你们梵教的仪式举行婚礼!"戈拉继续说,"你觉得这样做公平吗?"

这句话微微地刺了苏查丽姐一下,她脸上所有羞怯犹豫的神情全都消失了,她注视着戈拉回答说:"你希望我说,照我们梵教的仪式结婚不好,是吗?"

"请你相信,"戈拉回答,"我知道你是不会做一件无聊的事的。我期待于你的远远超过普通的教派信徒。我可以绝对有把握地说,你不属于那个阶层的人,他们为了增加自己教派的信徒,像苦力一样工作。我希望你照自己的意思去理解自己,不要小看自己,被别人的意见引入歧途。你必须自己心里明白,你不仅仅是某一个特殊教派的成员!"

苏查丽妲把全部精力都集中在辩论上,这时问道:"那么,你不属于任何特殊教派吗?"

"不,"戈拉回答,"我是一个印度教徒!印度教徒不属于任何教派。印度教徒是一个民族,而且是这样一个庞大的民族,它们的民族性不能用任何定义来概括。就像海洋和浪花有所不同,印度教徒和教派成员也有所不同。"

"那么,要是你们没有教派,"苏查丽妲问道,"为什么在印度教徒中间,这样充满了教派精神?"

"为什么一个人挨了打要自卫?"戈拉说,"因为他是活的。石头就能默默地忍受各种各样的打击。"

"如果,"苏查丽妲问道,"我认为它是宗教的精华,而印度教徒却把它当作危险的东西,那么,我该怎么办呢?请你告诉我!"

"让我来告诉你,"戈拉说,"如果你认为有责任去给那个被称为印度教徒的庞大民族一个沉重的打击,那么,你就必须严肃认真地想一想你本身有没有错误或盲目的地方,有没有从各种观点考虑过这个问题。凭自己的习惯和惰性,凭一时的冲动,理所当然地认为自己教派的信仰是唯一正确的信仰,那是不对的。老鼠在船底打洞的时候,只想到自己的爱好和方便;它看不到自己在这样大的房子里啃一个小洞得到的好处比起它给大家带来的巨大损失简直是微不足道的。因此,你也该想一想你的所作所为是仅仅为了自己的教派的利益还是为了全人类的利益。你明白全人类是什么意思吗?你知道他们的需要有多复杂,他们的性格多么不同,他们的爱好各式各样吗？在人生的道路上，所有的人并不站在同一个场所——有的在山前，有的在海边，有的在平原边上；但是没有一个人能够站着不动，所有的人都得朝前走。你想把自己教派的权威强加于别人吗？你想闭上眼睛，想象所有的人全都一样，生到世上就为了要加入一个被称为梵社的教派吗？如果这就是你的想法，那么你和那些侵略别人的民族又有什么不同呢？他们仗着自己强大有力，拒不承认民族间的差别对于全人类具有难以估计的价值，他们认为人类最大的幸福是由他们征服一切民族，把这些民族置于他们绝对的统治下，使全世界都受他们的奴役！"

一瞬间，苏查丽妲忘记了戈拉是在和她辩论，她的心被他那洪钟般的声音里面那庄严美妙的声调深深感动了。她不觉得他在辩论，只感到他所阐明的真理在她的头脑里引起强烈的反应。

"你们的教社并没有创造印度千千万万的居民，"戈拉接着说，"你们怎么可以硬说什么道路对他们最合适，什么信仰可以满足他们的饥渴，怎么样做能使他们强盛呢？这样辽阔的印度，你们怎么能希望把它变成同一个水平呢？你们做这种办不到的事，遇到障碍，就对国家发脾气，障碍越多，你们就越憎恨和轻视那些你们本来要为他们效劳的人！可是你们还以为自己在礼拜那位创造了不同的人类并且希望他们继续保持不同的天神呢。如果你们真的尊敬他，那么，为什么你们不去好好理解他的命令，为什么以为自己的才智和自己的教派了不起，不承认他的旨意呢？"

戈拉看见苏查丽妲注意地听他讲话，并不打算和他辩论，心里不由得充满了怜悯。他稍稍停了停，再说话的时候，声调更加温和了:"也许我的话听起来很不入耳,不过请不要以为我是一个敌对教派的人,便对我起反感。要是我认为你只是一个敌对教派的代表,我就一句话也不说了。不过看见你那天生的宽阔胸怀,被一个教派狭小的天地所限制,我感到很痛心。"

"不,不!"苏查丽姐羞红了脸大声说,"你不要管我,只管讲下去,我努力去领会你的话。"

"我没有多少话要说了,"戈拉说,"用清醒的头脑去观察印度,用虔诚的心去爱她吧。不过如果你把印度人民只当作梵教徒以外的芸芸众生,你就会产生偏见,就会轻视他们——你只会对他们产生误解,而不能全面地了解他们。神创造了不同思想、不同行动、不同信仰、不同习惯的人,但他们有一种基本相同的东西,那就是人性。在所有的人身上,都有一种属于我、属于整个印度的东西,只要我们能认识它的本质,它就能透过一切微小和不完整的现象,显示出一种巨大而美妙的本质东西,通过它,世世代代礼拜神灵的奥秘就可以揭穿了。我们将会看到过去多少年代的祭火仍然在灰烬中继续燃烧,而且毫无疑问,总有一天,那股火焰会超越时间与空间的界限,在全世界点起熊熊烈火。如果有人说印度人在过去的年代里,一切伟大的言行都不足信,即使是一时的胡思乱想,也是对真理的大不敬,只不过是一种无神论的说法而已!"

苏查丽姐一直低着头注意地听他讲话,可是现在她抬起眼睛问道:"那么,你说我该怎么办呢?"

"我没有更多的话要说了,"戈拉回答,"我只补充一点。你必须明白印度教像母亲那样把不同思想、不同意见的人抱在怀里;换句话说,印度教只把人看成人,不把他看成哪一个教派的成员。它不但尊重聪明的人,也尊重愚蠢的人,不但尊重某一种学识,也尊重各式各样的学识。基督徒不承认事物的多样性,他们说,一边是基督教,另一边是永久的毁灭,没有中间道路。因为我们在这些基督徒手下受过教育,我们已经对印度教的多样性感到羞耻了。我们不明白印度教正是通过这种多样性去实现全体一致的。在我们能够摆脱这种基督教学说的旋涡之前,我们很难接受自己印度教的光辉真理!"

苏查丽妲不但听到戈拉说的话,仿佛也看见了他的思想。戈拉用他那沉思默想的眼光看到的遥远未来的情景通过他的话语对她显现出来。苏查丽妲忘掉了羞怯,甚至忘掉了自己,坐在那儿仰望着戈拉热情的、容光焕发的脸。她在这张脸上看到一股力量,凭着这股力量,世上一切伟大的意图似乎都神秘地得到了实现。苏查丽妲听过自己教社不少聪明博学的人讨论真理的各种原则,不过戈拉的话不仅仅是议论,它们简直是创造。它们听起来这样清楚,一下子就同时把你的心灵和肉体统统抓住了。今天,苏查丽妲看到了带着雷电霹雳的因陀罗①了。当他说的那些话以深沉有力的语调撞击着她的耳膜时,她的心颤抖了,强烈的闪电仿佛时时刻刻都在血管里跳动。她没有能力去思索,也看不清她和戈拉的见解在哪些地方有所不同,哪些地方协调一致了。

这时,萨迪什走了进来,因为他见了戈拉总很害怕,所以尽可能地躲着他,走到姐姐身旁小声说:"帕努先生来了。"苏查丽妲吓了一跳,就像挨了一拳似的,因为现在她很不愿意接待他,只要能摆脱这个不受欢迎的人,什么代价都愿意出。她

---

① 因陀罗,古代印度雅利安人的最高神灵。

想戈拉一定没有听见萨迪什的话,于是站起身,匆匆地走出屋子。她径直走到楼下,对哈兰先生说:"请原谅,今天我不便和你交谈。"

"有什么不便呢?"哈兰问道。

"如果明天早晨你去找我父亲,"苏查丽姐没有回答他的问题,"你就可以在那儿见到我。"

"今天你有客人吧?"哈兰问。

"现在我没有空,"苏查丽姐同样回避了这个问题,"今天很对不起,请你原谅。"

"不过,"哈兰固执地说,"我从街上就听见戈尔默罕先生的声音了。我想他在这儿吧?"

这样直接的问题再也无法回避了,苏查丽姐红着脸说:"不错,他在这儿。"

"这太好了,"哈兰先生大声说,"我也正要找他说句话。要是你有什么特别的事,你可以请便,让我和戈尔默罕先生稍谈一谈。"没有得到苏查丽姐同意,他就跑上楼去。苏查丽姐随后走进房间,看都没有看哈兰先生一眼便对戈拉说:"我姨妈在给你预备点心,我去看看要不要帮忙。"说完便连忙离开屋子。这时,哈兰先生摆出一副庄严的面孔,在椅子上坐了下来。

"你看起来好像不大舒服似的。"哈兰先生说。

"不错,"戈拉同意地说,"碰巧近来我受到了一些令人不大舒服的待遇。"

"是这样,"哈兰先生回答,声音软了下来,"你一定吃了不少苦头。"

"并不比原来料想的多。"戈拉讽刺地说。

"我有一个和毕诺业先生有关的问题想和你谈谈。"哈兰先生改变话题说,"我想你知道他准备在星期天加入梵社了吧?"

"不,我没有听说。"戈拉回答。

"你赞成他这样做吗?"哈兰先生问。

"毕诺业没有要求我批准。"戈拉回答。

"你认为,"哈兰先生追问道,"毕诺业先生已经有够强的信仰,可以加入梵社了吗?"

"他已经表示愿意参加,"戈拉回答,"那么,这样的问题就完全是多余的了。"

"当我们非常爱某些东西的时候,"哈兰先生说,"我们就没有足够的时间去考虑信什么,不信什么了。你是懂得人性的。"

"我不想和你谈人性问题,那没有什么用。"戈拉回答。

"虽然我的见解、我的教社跟你的不一样,"哈兰先生说,"我对你还是怀着很大的敬意,而且我知道得很清楚,不管你的信仰是否正确,没有一种诱惑可以使你动摇。不过……"

"当然,"戈拉打断他说,"假如毕诺业连你设法给我保留的小小敬意都得不到,这对他当然是一个莫大的损失!在这个世界上,区别是与非是必要的,可是如果你单凭自己对各种事物的爱好与否来决定它们的相对价值,你当然可以这样做,不过千万不要希望别人也接受你的评价。"

"很好,"哈兰先生说,"即使这个问题不能解决,那也不会有多大的害处。不过我想问你一个问题。毕诺业想和帕瑞什先生家的人结亲,你不打算反对吗?"

"哈兰先生!"戈拉气红了脸,大声喊道,"我怎能和你讨论这些和毕诺业有关的事呢？你一直在谈人性，至少该能明白毕诺业是我的朋友，不是你的。"

"我提出这个问题，"哈兰先生说，"是因为它和梵社有关，否则……"

"可是我和梵社却毫不相干，"戈拉不耐烦地大声说，"你操心的这件事和我有什么关系呢？"

谈到这里，苏查丽姐进来了。哈兰先生转过身对她说："苏查丽姐，我有一件非常重要的事要和你谈谈。"

哈兰先生其实没有必要说这句话，他故意这样说，只不过让戈拉看看他和苏查丽姐的关系有多亲密。不过她偏偏没有回答，戈拉也一动不动地坐在椅子上，没有一点点让哈兰先生单独和苏查丽姐谈话的意思。

"苏查丽姐，"哈兰先生重复了一遍，"请你到隔壁房间去，我有话跟你说。"

苏查丽姐理都没有理他，只是看着戈拉说："你母亲好吗？"

"我从来没有听说过我妈妈有不好的时候！"戈拉笑着说。

"不错，"苏查丽姐点头说，"我也亲眼看见，保持健康，在她来说，是一件多么容易的事。"

戈拉立刻想起来，在他坐牢的时候，苏查丽姐经常去探望安楠达摩依。

哈兰先生这时拿起桌子上的一本书，看了看内封上的作者署名，粗粗地看了一两段。

苏查丽姐觉得很难为情，脸都羞红了。戈拉知道这是他写的书，不禁微微一笑。

"戈尔默罕先生,"哈兰先生问道,"我想这是你青年时代的作品吧?"

"我现在还是青年呢!"戈拉笑着说,"有些动物的青年时代很快就过去了,另一些动物却拖得很长。"

苏查丽姐站了起来说:"戈尔默罕先生,你的茶点现在一定准备好了!请你到那个房间去好吗?帕努先生在这儿,姨妈是不会出来的,所以,也许她正在等着你呢。"

最后一句话是苏查丽姐专门说给哈兰先生听的。她那天已经忍耐多时了,现在至少要还击一下。

戈拉站了起来。不肯认输的哈兰先生说:"我在这儿等你。"

"何必在这儿白等呢?"苏查丽姐说,"现在已经不早了。"

可是哈兰先生一动也不动,苏查丽姐和戈拉走出了房间。

在这所房子遇到戈拉,又看到戈拉对苏查丽姐的态度,哈兰先生的斗志又高昂起来了。苏查丽姐能这样容易摆脱梵社的控制吗?难道就没有人能挽救她吗?这事总得想办法制止才好!

哈兰先生拿了一张信纸给苏查丽姐写了一封信。他是一个具有相当坚定信念的人。信念之一就是每逢他用真理的名义去责骂别人,他的激烈的言辞是决不会收不到一点效果的。他从来没有想过语言并非一切,实际上还有一个叫作人心的东西。

戈拉和哈里摩希妮长谈之后走进苏查丽姐的屋里去拿手杖时,天已经黑了。苏查丽姐的书桌上点了一盏灯。哈兰先生已经走了,但桌子上摆了一封写给苏查丽姐的信,随便什么人走进屋子都不会看不见的。

一看见那封信,戈拉的心就难过极了,因为他很清楚那封信是谁写的。他早就知道哈兰先生对苏查丽姐提出过一个特殊的要求,但他没有听到他的要求遭过任何反对。今天下午萨迪什进来告诉苏查丽姐哈兰先生来了时,她显得很吃惊,匆匆走下楼去,过了一会儿,哈兰先生陪伴着她上来了,戈拉见了觉得很不是滋味。后来,苏查丽姐把他带出去吃点心,把哈兰先生一个人扔在那里,虽然在他看来,这好像有点失礼,但他认为这种不礼貌乃是两个人关系密切的一种表现。现在看到桌子上的信,使他受到了很大的打击。书信真是一种神秘的东西,因为外边只写了名字,一切重要的内容都在里边,所以它具有一种特殊的折磨人的力量。

"我明天再来看你。"戈拉看着苏查丽姐说。

"很好。"她垂下眼睛说。

戈拉正要动身,忽然又停下来大声说:"你的位置是在印度的太阳系里——你是属于我的祖国的——你不能听信某一颗游荡的彗星的谎话卷进真空里去!在你坚定地站在正确的位置之后,我才能放开你!有人曾使你相信,你站在那个位置,你的宗教就会抛弃你——不过我必须清楚地告诉你,仅仅少数几个人的见解和言论绝不是你的宗教和真理;你的宗教和真理和你周围的人千丝万缕地联结在一起——如果你想使它保持光辉灿烂、朝气蓬勃,就不能任意把它连根拔起,种在盆里;如果你想使它充分发挥作用,你就得坐在祖国人民远在你出生之前就给你安排好的座位上。你绝不能说:'我和他们毫不相干,他们和我也毫无关系。'要是你这样说了,你的宗教教义和你的全部力量就会像幻影一样消失。我可以这样说,假如你让自己的见解使你离开神原先送你去的地方,不管你在哪儿,你的见解都决不会得到胜利。我明天再来。"

说完了这一番话,他就离开了屋子。他走了好久,屋子里的空气好像还在震颤,苏查丽妲始终像一座雕像,一动不动地坐在那里。

第六十一章

"妈妈,老实跟您说,"毕诺业对安楠达摩依说,"每次我对偶像顶礼膜拜的时候,不知为什么,都感到有点难为情。到现在为止,我一直设法隐瞒这种感情。事实上还写了几篇替偶像崇拜辩护的精彩文章。不过我得对您说实话,我承认当我礼拜偶像的时候,我的心并不赞成。"

"你的头脑竟这样简单,"安楠达摩依激动地说,"不论看什么,只能永远看见细节,看不见整体吗?怪不得你这样爱挑剔。"

"这话真不错,"毕诺业同意地说,"因为我有这样强的分析能力,就连自己不相信的东西,也能用琐碎的分析去证明它可信。这些日子我这样替它们出力辩护的这些宗教教义,都不是从宗教的观点而是从教派的观点来替它们辩护的。"

"一个人对宗教缺乏真正的兴趣时,就会这样,"安楠达摩依说,"因为在这种时候,宗教就会像财富、荣誉或家族那样,仅仅成为一种人们引以为自豪的东西。"

"是的,"毕诺业表示同意,"我们并没有把它当作宗教,只是因为它是我们的宗教,我们这才到处奔波为它斗争。虽然我没有能完全欺骗自己,可这正是我过去一直在干的事。因为我只是假装相信,实际上并没有真信,所以始终感到很惭愧。"

"这些事你以为以前我不知道吗?"安楠达摩依感叹地说,"你总是比一般人喜欢夸大,从这一点来看,就可以很容易看出你心里有一个空隙,必须用许多胶泥去把它填满。你的信仰如果是很单纯的,就用不着这样了。"

"所以我要来请教您,"毕诺业说,"假装相信自己不信的东西,对我有好处吗?"

"听他说的!"安楠达摩依大声说,"这样的问题还用问吗?"

"妈妈,"毕诺业突然说,"明天我就要加入梵社了!"

"你说什么,毕诺业?"安楠达摩依吃惊地大声说,"这当然是不必要的!"

"妈妈,我刚才一直在跟您解释它的必要性!"毕诺业不同意地说。

"你现在的信仰使你在我们的教社里待不下去了吗?"安楠达摩依问道。

"我要是待下去,"毕诺业回答,"我就要犯欺骗罪了。"

"你没有勇气诚实地待在你现在的教社里吗?"安楠达摩依问道,"无疑,你教社的人会迫害你,不过你忍受不了吗?"

"妈妈,"毕诺业说,"要是我不能按照印度教社会的习惯生活,那么……"

"要是三亿人,"安楠达摩依打断他的话,"都能在印度教社会里生活,为什么你就不能?"

"可是,妈妈,"毕诺业不同意地说,"如果印度教社会的人说我不是一个印度教徒,我硬说自己是,那我就能成为一个印度教徒了吗?"

"我们教社的人都管我叫基督徒，"安楠达摩依说，"我从来不参加他们的宴会，不过我看不出为什么我一定要接受他们对我的看法。我认为设法逃避自己觉得应处的地位是不对的。"

毕诺业正要回答，安楠达摩依拦住他，接着说："毕诺业，不许你为这事再争辩了，这不是一件可以争辩的事！无论什么事，你以为你可以瞒得过我吗？我看得出，你是借口和我争论，拼命想办法欺骗自己，不过千万不要在这样一个严重的问题上蒙蔽自己！"

"妈妈，可是我已经送去一封信，"毕诺业掉开脸说，"说好星期天入社了。"

"这绝对不行，"安楠达摩依皱起眉头说，"如果你跟帕瑞什先生说清情况，他绝不会过于勉强你的。"

"帕瑞什先生对我这次入社并不热心，"毕诺业解释说，"他不参加入社仪式。"

"这样你就不用再担心了。"安楠达摩依提高声音说，心里感到十分宽慰。

"这可不行，妈妈，"毕诺业高声喊道，"我已经把话说出去，就不能反悔了。这绝对不行。"

"你告诉戈拉了吗？"安楠达摩依问道。

"我决定加入梵社之后还没有见过戈拉呢。"毕诺业回答。

"怎么，戈拉现在没在家吗？"安楠达摩依问。

"没有，"毕诺业回答，"听说他到苏查丽姐家去了。"

"昨天他才去过那儿的呀！"安楠达摩依吃惊地说。

"他今天也到那儿去了。"毕诺业说。

他正说着话,下面院子传来了轿夫的声音,毕诺业心想这一定是安楠达摩依哪一位女亲戚来了,便走出了房间。

不过来的却是罗丽姐,她现在正在向安楠达摩依行礼呢。罗丽姐这次来访完全出乎大家的意料。安楠达摩依惊讶地望着她的脸,看出她来这儿是因为毕诺业入社以及和入社有关的事使她的处境十分困难。

为了巧妙地引出这个话题,安楠达摩依说:"小母亲,你来了我真高兴。毕诺业刚才还在这儿,他说明天就要加入你们的教社了。"

"他为什么要加入呢?"罗丽姐焦急地说,"他这样做有什么特殊原因吗?"

"那么,没有必要加入吗?"安楠达摩依惊愕地问。

"我看不出有什么必要!"罗丽姐回答。

安楠达摩依搞不清罗丽姐是什么意思,只好沉默不语,用一副探询的目光看着她。

"这样突然申请入社,会让他丢脸的,"罗丽姐眼睛望着别处说下去,"他为什么要忍受这种耻辱呢?"

"为什么?难道罗丽姐不知道这件事吗?难道这个建议没有给她一点点快乐吗?"安楠达摩依吃惊地暗自思忖,然后她提高声音说:"日子定在明天,他已经说出口,不可能收回了,毕诺业就是这样说的。"

罗丽姐闪着发光的眼睛看着安楠达摩依说:"对这种事遵守诺言是毫无意义的——要是有必要改变主意,那就得改变。"

"亲爱的,"安楠达摩依说,"在我面前,你用不着害羞,我要很坦率地和你谈谈。就我对毕诺业的了解来说,不管他信什么宗教,我看都没有必要离开他的教社,事实上他也不该这样做。他爱怎么说就怎么说吧,可是我不相信他不明白这个道理。不过,亲爱的,他的想法你也不是不知道。他以为不脱离他的教社,就不能和你结合。不要害羞,小母亲,坦率地告诉我,这话对不对?"

"妈妈,"罗丽姐回答,抬起眼睛望着安楠达摩依,"在您面前,我什么都不隐瞒。我向您保证,我自己是不同意这种想法的。我经过反复思考,得出了一个结论:一个人为了和别人结合,绝没有必要和自己的宗教、信仰或社会割断一切联系,不管它们的性质是怎么样的。如果有这种必要,那么印度教徒和基督徒之间就不可能存在友谊,而且我们应该在每一个教派周围筑起高墙,把教徒圈在围墙里。"

"啊!"安楠达摩依喜欢得容光焕发,感叹地说,"听你这样说,我高兴极了。你说的和我想的完全一样。人们在品德、天性或长相方面有所不同并不妨碍他们结合,那么为什么见解或信仰不同就要妨碍他们结合呢?小母亲,你给了我新生命!我本来很为毕诺业担心。我知道他已经把整颗心都献给了你们,要是你们有人受到伤害,他一定受不了。可是他有多幸运呀!他这样容易就摆脱了困境,难道这是一件小事吗?让我问你一个问题,这件事和帕瑞什先生商量过没有?"

"还没有,"罗丽姐难为情地回答,"不过我相信他对一切都会理解的。"

"如果他不理解,"安楠达摩依说,"你的毅力和聪明又是从哪儿来的呢?让我把毕诺业叫来,因为你们应该当面谈谈,得到一个结论。而且,趁这个机会,让我告诉你:我从毕诺业小的时候起就认识他,我可以有把握地说,他是一个值得你为他赴汤蹈火的人。我常常想,能够嫁给毕诺业的姑娘是有福的。也曾有人提过一两次亲,可是我都不满意。今天我看他的福分也不小。"说完了这些话,安楠达摩依在罗丽姐脸上吻了一下,便走出房间去叫毕诺业。接着她借口去给罗丽姐准备茶点,巧妙地留下一个女仆陪伴他们,自己到别的屋子去了。

今天,不论是罗丽姐或者毕诺业,都没有时间害羞了。由于出现了这个难题,突然要求解决两个人的婚事。他们能够看清彼此之间的关系,而且看出这种关系不容忽视。他们之间没有被感情迷雾造成的有色幕布隔开。他们没有经过任何讨论,没有丝毫犹豫。两个人就默默地、谦虚地承认了一个庄严的事实:他们的两颗心是非常和谐的,两个人的生命的河流像恒河和朱木那河要在某个神圣庄严的地点汇合那样,正在彼此接近。社会并没有呼唤他们,也没有哪一种见解把他们结合在一起,把他们结合起来的并不是人为的力量。想到这一点,他们便觉得彼此之间的和谐关系是有宗教作为基础的,这宗教如此深刻,如此纯净,没有一件世俗琐事能够难倒它,没有一个乡议会的头头能反对它。罗丽姐的脸和眼睛都闪着光辉,她说:"如果你为了娶我而屈身去做一件会让你看不起自己的事,这样的耻辱我是受不了的。我要你毫不动摇地坚守岗位。"

"你也不必改变现在的地位,"毕诺业表示同意地说,"要是爱情不允许彼此之间有所差别,那么为什么世界上到处都有差别呢?"

他们继续谈了大约二十分钟,主要决定了大家都忘记自己是印度教徒或梵教徒,只记住自己是两个人。这个想法,像一股坚定的、不摇曳的火焰,在他们心中熊熊燃烧。

第六十二章

帕瑞什先生做完了晚祷,坐在屋前的阳台上。他心里很平静。太阳快要西下了,这时,毕诺业和罗丽姐来到他面前,弯下身向他行触脚礼。

帕瑞什先生看见两个人这样双双来看他,感到有点意外,因为附近没有椅子,便说:"来,咱们到屋里坐。"

"不,"毕诺业回答,"请您别起来。"说完便在原地坐下了。罗丽姐也在帕瑞什先生脚边不远的地方坐了下来。

"我们是来请您为我们祝福的。"毕诺业解释说,"您的祝福才是我们真正的入社仪式。"

帕瑞什先生用惊奇、询问的眼光看着他。毕诺业继续说:"我不愿意向那个用命令或教规来约束我的教社起誓。您的祝福才是唯一的入社仪式,它能把我们两个人真正虚心地结合在一起。我们虔诚地把两颗心奉献在您的脚前,神将借您的手把对我们最有益的东西赐给我们。"

"那么,毕诺业,你不准备加入梵社了吗?"帕瑞什先生沉默了片刻问道。

"不!"毕诺业回答。

"你要留在印度教社里吗?"帕瑞什先生问。

"是的!"毕诺业回答。

帕瑞什先生朝罗丽妲转过脸去。她猜出他的心思,便说:"爹,我还是信我的宗教,并且永远如此。这也许会引起不便,甚至会带来麻烦,可是我不相信,必须和不同信仰、不同习惯的人分手,才能符合我们宗教的精神。"

看见她父亲仍旧不响,她便继续说:"过去我常常以为世界上只有梵社——梵社以外的一切只不过是幻影,离开梵社就是离开一切。不过最近这个想法完全消失了。"

帕瑞什先生有点忧郁地笑了笑。罗丽妲接着说:"我没有办法让您明白我发生了多大变化。我见过许多梵社的人,我和他们一点儿也合不来,可是我和他们的宗教见解却是一致的。因此,那些和我同在一个被称为梵社的教社里的人,从一个特殊的角度来看,全都是自己人,而世界上其他的人,就必须疏远,我看不出这里边有什么道理!"

帕瑞什先生在倔强的女儿背上轻轻地拍了一下说:"一个人的心为某些私事激动起来的时候,他能正确地判断事情吗?人类是世代相传的,为了维护这种连续性,就必须有社会,这是很自然的。你考虑过吗,对你子孙遥远的前途负责的是你的社会?"

"我们有印度教社会。"毕诺业插进来说。

"要是印度教社会不肯对你们负责,拒绝对你们负责呢?"帕瑞什先生问道。

"那我们就要想办法强迫它负起责任,"毕诺业想起安楠达摩依的话回答说,"印度教社会是永远能够容纳新教派的,它可以成为一切教派的社会。"

"一件事往往说起来是一回事,"帕瑞什先生不同意地说,"做起来却完全是另一回事。要不然怎么会有人自动脱离他原来的教社呢?如果一个教社想利用外在的风俗习惯作为镣铐,把人的宗教意识绑死在一个地方,这个宗教,一旦开始尊敬它,你就得终生成为纯粹的木偶。"

"要是印度教社继续处于这样狭隘的状态,"毕诺业回答,"我们就必须负起责任把它从这种状态营救出来。如果只要扩大门窗,就可以扩大空气和阳光,就不会有人愿意拆掉一座漂亮的房子了!"

"爹!"罗丽妲表示同意地插进来说,"这些议论我不大懂。我自己从来没有想过要负起提高任何教社的责任。可是我从四面八方受到的不公平的待遇,压得我简直喘不出气,我看不出有什么理由,我要乖乖地忍受。我不太清楚我该做什么,不该做什么,不过,爹,我实在受不了啦。"

"稍微再等等不好吗?"帕瑞什先生用慈祥的声音问道,"现在你的心很不平静。"

"我不反对再等一等,"罗丽妲回答,"不过有一点我是清楚的:谎言和不公平的事只会越来越多,因此,我非常担心,在感到绝望的时候,会突然做出什么事,让您跟着我痛苦。爹,不要以为这事我一点没有考虑过。经过反复思考,我明白我从小受到的教导和影响可能会在梵社以外的地方给我带来很多的痛苦和侮辱,可是我心里毫不动摇,反而感到愉快和从中得到力量。我唯一担心的,爹,只是怕我会做出使您痛苦的事。"罗丽妲一边说,一边把双手轻轻地放在帕瑞什先生的脚上。

"小母亲,"帕瑞什先生微微地笑了一笑说,"过去,要是我只依靠自己的才智办事,那么,每逢不得意或者结果和我的见解正好相反的时候,我就一定会很不舒服。这次突然落到

407

你头上的打击，不能说对你一点好处都没有。我也曾为了反抗社会，离开了家庭，丝毫也没有考虑这样会不会造成困难。近来社会不断地受到打击和反击，从这里我们不难看出神的大业正在完成。我怎能知道他从这一切涤罪的工作中会得出什么总的结果呢？对他来说，梵社算得了什么？印度教社又算得了什么？——他看重的只有人。"说到这儿，他陷入了沉思冥想，在默祷中闭上了眼睛。

"你听我说，毕诺业，"沉默了一会儿之后帕瑞什先生说，"我们国家的社会制度和宗教见解有着密切的联系——因此，我们的一切社会风俗习惯都和宗教习俗有些牵连。你当然明白，要想把和你们宗教见解不同的人带进你们的社会是根本办不到的。"

罗丽妲不大明白这个道理，因为她从来没有意识到自己的社会和别人的社会有什么区别。她的想法是，总的说来，教社之间的风俗习惯并没有多大区别。正像她和毕诺业之间实际上没有什么分歧一样，教社之间也没有多大差异。事实上，她还不知道，要是照印度教的仪式举行婚礼，会碰到什么特殊的障碍。

"您是指在举行婚礼的时候，我们一定得拜偶像吗？"毕诺业问。

"不错，"帕瑞什先生回答，同时看了罗丽妲一眼，"罗丽妲肯那样做吗？"

毕诺业也转过脸看着她，从她的脸上可以看出这件事使她整个心灵都畏缩了。

罗丽妲被自己的感情带到一个到处都是陷阱的、完全陌生的地方去了。看见她这样，毕诺业的心对她充满了同情。

他觉得一定要把一切打击揽到自己身上,把她拯救出来。看着这样迫切希望胜利的人被致命的毒箭射中,和看着这样一个高尚的人失败归来,是同样难以忍受的。他不仅要使她战胜困难,还要把她拯救出来。

罗丽妲低下头坐了一会儿,然后抬起温柔的眼睛望着毕诺业问道:"你真的会全心全意地相信偶像吗?"

"不,我不相信!"毕诺业毫不犹豫地回答说,"对我来说,偶像并不是神,它只不过是一种社会象征罢了。"

"你心里只认为是象征的东西,表面上却必须承认它是神吗?"罗丽妲问道。

"举行结婚典礼的时候,我不会答应供偶像的。"毕诺业看着帕瑞什先生说。

"毕诺业,"帕瑞什先生一边从椅子里站起来,一边大声说,"你还没有把什么都想清楚。这件事不仅仅取决于你个人或某一个人的意见。婚姻不仅仅是个人的私事,也是社会的事情。你为什么把这个事实忘记了呢?你把这件事静静地想它几天,不要这样匆匆忙忙地做出决定。"

说完这话,帕瑞什先生走出屋子,在花园里走来走去。

罗丽妲正要离开屋子,可是她又转过身对毕诺业说:"如果我们的愿望有什么不对,我不明白为什么我们要羞愧地低下头折回去,只是因为它不完全符合这个或那个教社的禁令。你能说社会对不端的行为可以容忍,对正确的行为反倒不能容忍吗?"

毕诺业慢慢地朝着罗丽妲走过去,站在她跟前对她说:"什么教社我都不怕,要是我们两个人团结起来,托庇在真理下面,你从哪儿能够找到一个比这更强大的教社呢?"

这时,波达姗达里一阵风暴似的冲了进来,站在他俩面前,激动地嚷道:"毕诺业,我听说到头来你还是决定不入社了,是真的吗?"

"我要请一位合适的师傅指引我,"毕诺业回答说,"不要教社。"

"那么你为什么要搞这一套阴谋诡计呢?"波达姗达里气冲冲地喊道,"你假装要入社,欺骗了我,也欺骗了我们梵社的社员,闹得满城风雨,你说说,你这是什么意思?你想过吗,这给罗丽姐带来多大的灾难?"

"我们梵社也不是每一个人都同意毕诺业先生入社的,"罗丽姐插进来说,"您没有看报吗?有什么必要举行入社仪式呢?"

"要是他不入社,怎么能举行婚礼呢?"波达姗达里问道。

"怎么不能?"罗丽姐反问。

"你们要按照印度教仪式举行婚礼吗?"波达姗达里问道。

"这是可以办到的,"毕诺业回答,"不管发生什么困难,我一定都能克服。"

波达姗达里气得一时说不出话,后来她粗野地吼道:"毕诺业,你给我滚!从这个家滚出去,再也不要来了!"

第六十三章

苏查丽姐知道戈拉那天一定会来,从清早起,她心里就觉得很不安。想到他就要来,她既感到快乐,又感到有点害怕,因为从小就在她心里扎了根的风俗习惯和戈拉正在引导她朝那边走的新生活处处都发生矛盾,这些矛盾使她坐立不安。

比方说,前天戈拉在她姨妈的屋子里拜偶像,她觉得仿佛自己挨了一刀似的。她不能用下面这些话来安慰自己:"戈拉拜偶像有什么关系呢?如果这是他的信仰,那又有什么要紧?"

每一次看到戈拉的所作所为有什么地方和自己根深蒂固的宗教信仰发生冲突时,她都害怕得发抖。难道从此神就不再赐给她安宁了吗?

为了给那个以新思想自豪的苏查丽姐做个好榜样,哈里摩希妮今天又把戈拉带到她供奉偶像的屋子里去了。戈拉今天又向偶像行了礼。

苏查丽姐刚把戈拉带回楼下客厅,便立刻问他:"你相信那个偶像吗?"

"我当然相信!"戈拉用一种不太自然的激昂声音回答。苏查丽姐听了,低下头一声不响。

戈拉看见她那谦虚的、默默不语的痛苦样子,不禁吃了一惊。他连忙说:"哦,我跟你说实话吧。我很难说清楚到底信不信偶像,不过我尊重祖国的信仰。全国人民经过多少世纪逐渐形成的拜神仪式,我觉得是一种值得尊重的东西。我绝不能像基督教传教士那样蔑视它。"

苏查丽姐若有所思地注视着戈拉的面孔。他接着说:"我知道要你完全理解我的意思是很不容易的,因为你在一个教派里待了这么多年,你已经很难看清楚这些事情了。你看你姨妈屋里的那尊神像的时候,只看见一块石头,可是我却看见你姨妈那颗敏感、虔诚的心。这样,我又怎能跟她生气或者轻视她呢?你以为人们心里的神只是一块石头吗?"

"只要虔诚就够了吗?"苏查丽姐问道,"你不需要考虑应该对什么表示虔诚吗?"

"换句话说,"戈拉感到相当激动,提高了声音说,"你认为把有限的物体当作神来礼拜是不对的。不过,是不是有限,难道只能从时间和空间的角度来确定吗?请你记住,当你想起古圣梵典某些经文的时候,你心里充满了伟大虔诚的感觉,不过那段经文是写在纸上的,难道你要用纸的宽窄、字数的多少来决定它是否伟大吗?思想的无限性要比它在空间所占的体积重要得多!在你姨妈看来,那个小偶像确实要比点缀着日月星辰的无边无际的天空大得多。你把体积无限大的东西称为无限,所以只能闭上眼睛去想象。我不知道这样说对你有没有帮助,不过心灵的无限伟大,即使在偶像这样小的东西身上,睁着眼也能看得出来。否则你姨妈在一生的幸福已经全部破灭之后,怎么还会这样紧紧抓住它不放呢?如果这只不过是骗人的把戏,她心里那么大的空隙怎能被这样一块小石头填满呢?人们心灵上的空虚是不能填满的,除非是用无限的感情去填补。"

要驳倒这许多微妙的论点是不可能的,不过苏查丽姐觉得又很难承认它们是对的。她只能默默不言,忍受着痛苦,想不出什么反驳他的话。

在和别人辩论的时候,戈拉对待他的对手从来不知道怜悯,他倒像一头猛兽,对他们采取恶意的、残酷的态度。但今天看见苏查丽姐一声不响就承认失败,他觉得不忍心,于是更温和地对她说:"我不想说什么来反对你的信仰。我只想说,被你骂为偶像的神灵,只凭眼睛是不能理解的,只有那些用冷静的头脑去观察他、心灵从他那里得到满足、感情从他那里得到安慰的人才能知道这个偶像是一时的还是永生的,是有限的还是无限的。我敢说,在我们的国家里,从来没有一个敬神的人把他那颗虔诚的心奉献给有限之物——他们敬神的乐趣在于在有限之中超越有限。"

"不过,并不是每一个人都真心诚意地敬神啊。"苏查丽姐说。

"那些假信徒敬些什么对别人有什么关系呢?"戈拉激动地说,"梵社的那些假教徒干了些什么?他们的一切信仰都消失在无底的空虚之中。不,比这更糟糕,比空虚更可怕——教派精神就是他们的神,教士是他们的骄傲!难道你从来没有看见你们的梵社里有人供奉这种嗜血的神吗?"

"你关于宗教的说法,"苏查丽姐没有回答戈拉的问题,反而问道,"是自己的经验谈吗?"

"换句话说,"戈拉笑了,"你想知道我对神究竟有过需要没有,是吧?没有,我的爱好恐怕不在这方面。"

戈拉说这话并不是为了让苏查丽姐高兴,然而她却禁不住宽慰地舒了一口气。知道戈拉在这个问题上没有资格做权威发言,多少给了她一点安慰。

"关于宗教,我没有资格去教导任何人,"戈拉接着说,"不过看见你嘲笑祖国人民的信仰,我却受不了。你认为祖国人民都是些傻瓜和偶像崇拜者,可是我却想把他们全都叫来,对他们说:'不,你们不是傻瓜,不是崇拜偶像的人,你们是聪明人,是真正的信徒。'我要对祖国人民表示敬意,借以唤醒他们,让他们明白我们的教义有它伟大之处。我们的信仰有它深奥之处。我要他们对自己拥有的财富感到骄傲。我不允许他们低声下气,不允许他们对自己拥有的真理一无所知,更不允许他们看不起自己。这就是我的决心。今天我就是为了这事到你这儿来的。自从我第一次遇到你,一个新的思想就不断地在我心中激荡。这些日子我简直不能把它丢开。我一直在想,在男人面前,印度是不会露出她的全貌的,只有在女人面前,她的形象才会完整。我有一个非常强烈的欲望,希望能够看见我的祖国,能够站在你身边,用和你一致的眼光去看她。我,作为一个男人,只能为印度工作,必要时为她牺牲,可是除了你,谁能为她点上欢迎之灯呢?要是你远远地站在一旁,印度对人类的贡献就永远不会是完美无缺的了。"

唉!印度在哪儿?苏查丽妲离她有多远呀?这个印度的忠实教徒、这个忘我的苦行者是从哪儿来的呢?他为什么要把所有的人都推开,跑来站在她身旁呢?他为什么要舍弃所有的人,单单召唤她呢?他不怕艰难、毫不犹豫地说:"没有你,一切都是空的——我就是为了接你才来的,如果你依然被排除在外,那么对神的献祭就不能完美无缺。"苏查丽妲的眼睛充满了莫名其妙的眼泪,戈拉看着她的脸,觉得它很像偶然沾上几滴露珠的一朵鲜花。

虽然她眼睛里含着泪水,她还是坚定地回看他,完全沉醉在忘我的境界之中。戈拉在她那大无畏的凝视面前,整个人都颤抖了,就像大理石宫殿在地震中颤动一样。他努力控制住自己,凝视着窗外,使自己镇定下来。现在天色已经黑下来了。在连接大街的那条小巷的上空,嵌在墨玉般狭长天空上的几颗星星,显得格外明亮了。这一条狭长的天空,这几颗星星,今天,把戈拉从他习以为常的日常生活中、从他十分熟悉的每日工作中带到多么遥远的地方去了啊!多少世纪以来,它们已经见过数不清的王朝的兴衰、千百万年的祈祷和努力——可是现在听到一颗心从生活的无底深渊呼唤另一颗,这些星星和那一片天空就怀着无言的渴望在天边颤抖!这时,在戈拉看来,繁忙的加尔各答街上的来往行人和嘈杂的车流,都像影子般虚幻——他一点也没有听见城市的喧嚣——他在观察自己的内心,那里面的一切也是静止、黑暗和寂然无声的,就像天空一样;在那里,有一双含着眼泪、脉脉含情的眼睛坚定无畏地从无穷的过去凝视着无尽的将来。

戈拉突然听到哈里摩希妮请他去吃茶点的声音,不由得吓了一跳,回过头来。

"不,今天不了,"他连忙说,"今天务必请您原谅,我马上就要走了。"没有等她说话,他就迈开大步匆匆地走了。哈里摩希妮惊讶地望着苏查丽妲,可是她也走了,丢下她一个人在那里摇着头感叹地大声说:"这是怎么一回事呀?"

过了不久,帕瑞什先生来了,看见苏查丽妲不在屋,便到哈里摩希妮那边去打听她在哪儿。

"我怎么知道?"哈里摩希妮恼火地说,"她在客厅和戈尔默罕先生谈了很久,我想这会儿是在屋顶平台上走来走去吧。"

"这么冷的晚上待在平台上!"帕瑞什先生惊讶地说。

"让她去乘乘凉吧!"哈里摩希妮不耐烦地说,"现在的姑娘是冻不坏的。"

今天哈里摩希妮心情不好,没有叫苏查丽妲吃饭,而苏查丽妲也没有注意到时光的流逝。

看见帕瑞什先生自己来到屋顶平台,苏查丽妲感到很焦急,便大声说:"进屋去,爹,到楼下去吧,您会着凉的。"

苏查丽妲走进点上灯的屋子,看见帕瑞什先生十分烦恼的样子,不禁吃了一惊。他一直是这个孤儿的父亲和导师,今天她被人拉走了,切断了从小跟他的一切联系,苏查丽妲觉得她永远不能原谅自己。帕瑞什先生疲倦地坐在一张椅子上,苏查丽妲为了不让他看见忍不住的眼泪,站在他后边,用手轻轻地梳他灰白的头发。

"最后,毕诺业还是不愿入社。"帕瑞什先生说。因为苏查丽妲没有回答,他便接着说,"我对毕诺业申请入社的事始终存着怀疑,所以情况有所改变,我倒并不烦恼——不过从罗丽妲的话里,听得出她觉得即使他不入社,嫁给他也不会有什么障碍。"

"不,"苏查丽妲几乎是粗暴地大声说,"不,爹,绝不能这样!无论如何,绝不能这样!"

苏查丽妲平日说话的时候,很少这样无端激动,可是今天她的语调却突然显得很急躁,帕瑞什先生觉得相当惊讶,"什么事情绝不能这样呀?"他问道。

"毕诺业如果不加入梵教,婚礼按照什么仪式举行呢?"苏查丽妲问道。

"照印度教仪式。"帕瑞什先生回答。

"不,不,不!"苏查丽妲一边激动地说,一边拼命摇头,"您怎么能提出这样的建议呢!这样的主意,您连想一想都不应该。到头来,在罗丽妲的婚礼上居然要拜偶像!我绝不赞成!"

苏查丽妲今天一听到要照印度教仪式结婚,就表现出这样不合情理的急躁态度,难道是因为被戈拉打动了吗?其实,这次情感爆发,真正的原因是她要和帕瑞什先生保持极为密切的关系,并且要对他说:"我永远不离开您。我仍旧是你们梵社的一个成员,仍旧抱着你们的观点,没有人可以引诱我背离您的教导。"

"毕诺业已经表示愿意在举行婚礼时不拜偶像了。"帕瑞什先生解释说。苏查丽妲从椅子背后出来,坐在他面前,他继续说:"你觉得怎么样?"

"这样,罗丽妲就得退出我们的教社了。"苏查丽妲沉默了一会儿说。

"这个问题我反复地想过了,"帕瑞什先生说,"个人与社会之间发生任何冲突的时候,我们要考虑两件事——第一,哪一边正确,第二,哪一边强。毫无疑问,两者之间社会是强者,因此反对它的人就得受苦。罗丽妲曾经一再告诉我,她不但愿意受苦,而且认为这是一种乐趣。如果这是真的,我看不出她这样做有什么错,那么,我又怎能去阻挠她呢?"

"不过,爹,这个婚礼怎么举行呢?"苏查丽妲问道。

"我知道,"帕瑞什先生说,"这会让我们大家都很为难,不过,罗丽姐嫁给毕诺业并没有错,实际上,她应当这样做,那么我觉得我就没有义务去尊重社会设置的障碍。一个人为了尊重社会,变得心胸狭窄、故步自封,这当然是不对的——相反,社会倒应该为了尊重个人变得更加开明。因此,我绝不能去挑剔那些甘愿为自己的行动吃苦的人。"

"爹,"苏查丽姐感动地说,"这件事将来吃苦最多的还是您啊!"

"这倒用不着担心。"帕瑞什先生说。

"爹,您已经答应了吗?"苏查丽姐问。

"没有,"帕瑞什先生回答说,"还没有。不过我将来总得答应的。罗丽姐要走这条路,除了我,谁还能给她祝福,除了神,谁还能帮助她呢?"

帕瑞什先生走了之后,苏查丽姐一动不动地坐在那里。她知道帕瑞什先生爱罗丽姐爱得有多深,她也不难理解,让他的爱女离开熟悉的道路走进这样一个前途渺茫的地方,他一定很不放心。可是,尽管如此,他这样大年纪,竟毫不畏惧地帮助她造反!他从来一点儿都不炫耀自己的力量,然而在他灵魂的深处却毫不费力地埋藏着多大的力量呀!

如果是在别的时候这样清楚地了解帕瑞什先生的性格,她是不会觉得奇怪的,因为从小她就了解他。可是今天,她心的深处刚刚体验过戈拉的冲击,她不能不感到这两种类型的人是截然不同的。戈拉的意志对他自己是多么不留情呀!但他一旦全力运用那股意志的时候,他会多么无情地把旁人推到一边,压倒在地呀!任何人想在任何问题上和戈拉取得一致的意见,就只能完全服从戈拉的意志。今天苏查丽姐就曾低声下气,甚至以屈从为乐,因为她觉得由于牺牲了自己,取得了很大的收获。然而现在,当她爹心事重重地低着头从点着灯的屋子走到黑暗中去的时候,她禁不住拿他和年轻热情的戈拉比较,她觉得她要像鲜花那样把她的心奉献在帕瑞什先生脚前。她把两只手放在膝盖上,像图画里面的人像,默默地、一动不动地在那儿坐了很久。

第六十四章

从清早起戈拉的房间就成了激烈辩论的场所了。第一个来的是摩希姆,他抽着水烟筒,上来就问戈拉:"折腾了这么多天,毕诺业还是挣断锁链溜走了,是不是?"

戈拉没有听明白他的意思,疑惑不解地看着他,摩希姆解释道:"你说这样隐瞒下去有什么意思呢?你朋友的事已经不再是秘密,它已经到处传开了。你看看这个!"他递给戈拉一张孟加拉文报纸。

报上登载了一篇非常尖刻的文章,评论当天毕诺业准备加入梵社的事。作者说了些十分难听的话,批评某些梵社的知名人士,生怕女儿嫁不出去,趁戈拉坐牢,偷偷地勾引这个意志薄弱的青年,让他脱离自己古老的印度教社,去跟一个信奉梵教的人家结亲。

戈拉说:"我没有听到这个消息。"摩希姆起初不相信,接着便对毕诺业的老奸巨猾表示万分惊讶。他激动地说:"在他明确表示要娶萨茜穆克希之后,他又犹豫起来,这时,我们就该知道他已经开始堕落了。"

第二个来的是阿比纳什,他激动得气喘吁吁地大声嚷道:"毕诺业先生最后竟……"

不过阿比纳什没有能把话说完,因为他在骂毕诺业的时候实在感到太高兴了,连假装替毕诺业担心都办不到了。

不多时,戈拉教派的重要成员一个一个地来了。聚齐之后,立刻就毕诺业的行为展开了一场热烈的讨论。大多数人只有一种看法,那就是,现在发生这件事是没有什么好奇怪的,因为这些人早就三番五次地看到毕诺业性格上软弱和犹豫的特点了。他们说,毕诺业实际上从来就没有把自己全心全意地献给他的教派。许多人还说,毕诺业一开头就千方百计地把自己摆在和戈尔默罕平起平坐的地位,他们对他这种做法一直觉得难以容忍。大家出于对戈拉的尊敬,都和戈拉保持一段距离,而毕诺业却硬要和他靠拢,摆出一副和他关系极其亲密的样子,因而显得与众不同,和戈拉同等重要。因为戈拉喜欢他,大家对他这种骄傲自大的态度尽量忍耐,现在发生这件事正是他对自己的虚荣心不加约束所造成的恶果!

他们说:"我们也许没有受过毕诺业先生那么高深的教育,也没有他聪明,不过至少我们一直遵循一个原则:绝不口是心非,绝不会今天这样,明天那样——你尽可以说我们蠢,说我们笨,随你怎么说都行!"

对他们的议论,戈拉没有做任何回答,也没有参加讨论,只是一声不响地坐在那里。

天色渐渐黑下来了,客人一个个都走了。戈拉突然看见毕诺业朝楼上走去,不肯到他屋里来,便赶快跑出去喊了一声"毕诺业!"毕诺业回转身走进屋子,戈拉说:"毕诺业,我不知道我有没有做过什么对不起你的事,不过你好像要不理我了。"

毕诺业原已料到今天不免要和戈拉大吵一架,预先就下定了决心,可是看到戈拉那么忧郁,声音里带着感伤的调子,原先那股决心,一下子都烟消云散了,他说:"戈拉老兄,请你不要误会,我们的生活发生了许多变化,不得不放弃很多东西,不过有什么理由必须放弃友谊呢?"

"毕诺业,"戈拉沉默了片刻,然后问道,"你已经加入梵社了吗?"

"没有,戈拉,我没有加入,而且也不打算加入,"毕诺业回答,"不过我不愿意过分强调这一点。"

"你这话是什么意思?"戈拉问。

"我的意思是说,"毕诺业回答,"我已经认为加不加入梵社不是件非常重要的事了。"

"我想问问你,"戈拉说,"这件事以前你是怎么想的,现在又是怎么想的?"

毕诺业听到戈拉提出这个问题时说话的语气,就又立刻武装起来,准备应战,他说:"过去,我一听到有人要加入梵社,我就感到很气愤,从心里希望他受到惩罚。可是,现在我不这样想了。我觉得不同的见解、不同的论点可以争论,不过遇到需要谅解的地方,如果用愤怒来惩罚别人,那是很野蛮的。"

"现在你看到一个印度教徒变成梵教徒,你不会感到气愤,"戈拉说,"可是如果你看见一个梵教徒要涤罪,要变成印度教徒,你就会满腔怒火,这就是你过去和现在唯一的区别。"

"你说这话只是出于气愤,没有经过仔细考虑。"毕诺业说。

"我怀着最大的敬意告诉你,"戈拉接着说,"你是应该这样做的——换了我也会这样做的。要是我们皮肤里有一种东西,通过它,我们就能像变色龙那样改变我们的宗教观点,那就是另外一回事了——不过心灵上的问题我可不能掉以轻心。如果不会遭到任何反对,如果不必受到任何惩罚,那么为什么一个人遇到该接受或改变宗教见解这样重大的问题时,要苦思冥想呢?我们必须经受一些考验,看看我们是不是真诚地接受真理。我们还必须承担考验的结果和惩罚。在真理的交易上不出高价就得不到宝石。"

争论现在全速展开了。当语言像箭一样互相碰撞的时候,火花也飞溅了。

辩论进行了很久之后,毕诺业终于站起身来说:"戈拉,我的天性和你的天性之间有一个根本的区别。直到现在,它是被掩盖着的——每逢它要抬头,我都把它压下去,因为我知道,你和别人发生分歧时,从不知道怎样跟人和解,你总是手持利剑去向他进攻。因此,为了保全友谊,我一直在伤害自己的天性。现在,我终于认识到这样做没有半点好处,也不可能有什么好处。"

"那么,现在请你坦率地告诉我,你打算怎么办?"戈拉说。

"今天,我独立自主了!"毕诺业高声说,"我再也不承认社会有权像魔鬼那样每天要用活人当祭品去安抚它了。不管要死要活,我都不会再让社会用它的禁令拴住我的脖子,彷徨终日了。"

"你要像《摩诃婆罗多》里面的那个婆罗门的孩子,跑出来用一根稻草去杀掉魔鬼吗?"戈拉嘲笑他说。

"能不能用我的稻草杀掉魔鬼,这我不知道,"毕诺业回答,"不过至少我不承认他有权捉住我,把我嚼碎——不,哪怕他已经开始嚼我,我也不承认。"

"现在你开始用寓言来打比方,要了解你不那么容易了!"戈拉提高声音说。

"你要了解我的意思并不难,"毕诺业回答,"虽然要你接受我的看法也许不太容易。你我都很清楚,我们的社会在饮食、接触和就座的问题上,想用镣铐来束缚我们,这有多么无聊;而根据宗教,人们对这些问题,天生有权不受约束。可是你却愿意承认这种专横的现象,因为你自己就是专横嘛。不过让我告诉你,在这个问题上,我绝不向任何人的独断专横屈服!只有社会承认我对它的权利,我才承认它对我的权利。如果它不承认我是一个人,要把我塑造成一个机器的傀儡,我也不会用鲜花和檀香膏去向它礼拜——我要把它当作一架铁做的机器!"

"换句话说,干脆,你要加入梵社了?"戈拉问道。

"不!"毕诺业回答。

"你要和罗丽姐结婚吗?"戈拉问。

"不错。"毕诺业答。

"用印度教仪式?"戈拉问。

"对。"毕诺业答。

"帕瑞什先生答应了吗?"戈拉问。

"这是他的信,"毕诺业一边说一边递给戈拉一封信。戈拉仔细地看了两遍。在信的末尾,帕瑞什先生写道:

"我不打算谈这件事对我个人是好是坏,甚至不想谈这件事会不会给你们俩带来麻烦。你们都知道我的信仰和见解,知道我属于什么教社,而且你也不是不知道罗丽姐从小受的什么教育,在什么风俗习惯中长大的。你们把这些问题都适当地考虑过之后才选择了你们的道路,因此我没有什么可说的了。不过不要以为我没有经过任何思考或得不出什么结论这才放弃了舵轮。我已经尽了我最大的力量来研究这个问题,并且得到这样一个结论:毕诺业,因为我对你十分尊重,我觉得从宗教的观点来看,你们的结合不应受到阻挠。在这种情况之下,我觉得你们没有必要遵守教社定下的禁令。关于这件事,我只想说一点:如果你想超越教社的限制,就必须使自己比任何教社都伟大。你们的爱情和共同生活不仅要意味着一股毁灭力量的开始,还要表示出创造性的与坚定的原则。你们只有一时的冲动劲是不行的,以后你们还得天天以英雄气概去对付共同生活中遇到的一切问题——否则你们就会腐化堕落。社会不会再带着你们往前走,让你们过一般人的生活了,如果你们不努力上进,超过一般人,那么你们只有落在别人后边。至于你们将来是祸是福,我是很担心的,不过我没有权利因为自己害怕就来阻挡你们,因为世界上使社会变得伟大的人正是那些有勇气在生活中尝试和解决人生新问题的人!那些循规蹈矩的人不能使社会进步,仅能维持现状。所以我不打算由于自己忧虑和胆小就来挡住你们的去路。在一切障碍面前,照你们认为是对的去做吧,愿上天保佑你们。在任何情况之下,天神都不会用镣铐来束缚他所创造的人的;他使他们的生活经常发生变化,从而得到启发。你们好比他派出的唤醒人类的使者,你们已经点燃了生活的火炬,沿着那条崎岖的小路开始前进了。他是世人的向导,会给你们指引道路的。我决不能劝告你们总是走我的老路!我在你们这个年纪的时候,也曾把船解开,让它从码头漂出去,迎接狂风暴雨,谁的警告都不听。直到现在,我从来也没有后悔过,就算有什么值得后悔的事,那又有什么了不起呢?人总是要犯错误、受挫折、伤脑筋的,不过绝不能停滞不前;应该完成的任务,即使为它牺牲生命,也要完成。社会之河的圣水就是因为被一股永不停滞的激流推动向前才得以保持洁净。这意味着河岸偶尔也会被冲垮,短时间造成损失,可是如果怕河堤溃决,便设法永远堵死这股激流,那只会招致停滞和死亡。这一点我很清楚,所以才能把你们俩交托给天神,他正在用不可抗拒的力量带着你们冲破社会的清规戒律,离开安逸舒适的环境;我万分虔诚地向他顶礼膜拜,祈求他在你们的生活中补偿你们可能受到的一切诽谤和辱骂,补偿你们和亲人分离所引起的悲伤。是他召唤你们选择这条崎岖的道路的,他将把你们带到目的地。"

"帕瑞什先生从他的观点考虑,已经同意了,"戈拉读完信正在默默沉思,毕诺业对他说,"所以,戈拉,你从你的观点考虑也得同意。"

"帕瑞什先生可以同意,"戈拉说,"因为他就在那股冲破堤岸的激流之中。我不能同意,因为我所在的这股激流是用来保护河岸使它免于冲毁的。在我们这个河岸上,你没有办法说清楚过去千百年来留下了多少遗迹,不过现在让我们按照自然法则继续工作吧。我们用石块修河堤,你爱怎么骂就怎么骂,爱做什么就做什么吧。不过在这片逐年堆积新泥的古老的神圣的土地上,我们不打算让许多农学家去犁地。要是因而造成损失,那就让它损失好了!那个地方是给我们居住的,不是用来耕种的。你们农业部因为我们用硬石块筑堤而开始诽谤我们,我们也不会因而真的感到惭愧!"

"换句话说,总而言之,你不同意我的婚事,是吗?"

"我当然不同意!"戈拉回答。

"而且……"毕诺业刚开口,戈拉便打断了他的话说:"而且,从此我就和你们大家一刀两断啦。"

"假如我是你的穆斯林朋友呢?"毕诺业问。

"那么这就是另外一回事了,"戈拉说,"树枝折断落到地上之后,就再也不能重新接上去像以前一样作为树身的一部分了——可是大树却能让外面的爬山虎爬到树上,即使它被暴风雨刮掉,也可以重新爬上去。你滑离了正道,我们除了完全和你断绝之外,没有别的路可走!为了这个缘故,教社才立下这样严格的规则和禁令。"

"正因为这样,断绝关系的理由不应该这么简单,断绝关系的规定也不应该这么随便,"毕诺业回答,"胳膊断了,需要很长的时间才能长好,所以骨头生来就很结实,骨折的事很少发生。难道你不明白,在一个社会里,如果轻微的打击就会造成永远不能愈合的创伤,那么,要想顺利地工作和交往,会有多困难吗?"

"我用不着为这个操心,"戈拉回答,"社会自己这样彻底地负起思考的重担,我甚至意识不到它在思考。我希望几千年来它不但一直在思考这个问题而且它的想法至今保持不变。地球绕着太阳转,走的是直线还是曲线,有没有出过毛病,这些我都从来没有想过,到目前为止,我没有因为不去想这些事而遇到过任何困难,对于社会,我的态度也是这样。"

"戈拉老兄,"毕诺业笑着说,"过去有一段很长的时间,我一直在说这种话——谁能料到今天我又从你的嘴里听到这些话了呢?我捏造了这样的长篇大论,我看我得为它受点惩罚了。不过我们这件事争论下去不会有什么好处,因为今天我已经从近处看过一些过去没有看得那么清楚的东西了。今天我已经明白人生的道路就像一条大河,由于急流本身的冲击力,在从前没有水流的地方,冲刷出崭新的意料不到的河道。这些各式各样的支流和料想不到的变化都是上天对我们生活的部分安排。生活不是一条人造的运河,不能把它禁锢在几条规定好的河道之中。只要我们一旦在自己的生活中看清楚这一点,我们就不会受任何谎言的欺骗了。"

"灯蛾扑火的时候,"戈拉说,"说的就是你刚才说的那一套——不过今天我不想浪费时间来让你明白了。"

"也好,"毕诺业感叹地说,一边站了起来,"那么我走了,我上去看看妈妈。"

毕诺业走了之后,摩希姆像往常一样嚼着蒟酱,慢慢地走进了房间,问道:"看来,事情没有谈妥,是不是呀?不大顺手吧?我早就警告过你,叫你当心——这里边早就可以看出有毛病了,可是你不听。那个时候,只要我们有胆量逼他娶萨茜穆克希,我们就不必为这事担忧了。可是有谁听我的呢?我跟谁去说呢?你自己看不到的事,说什么你也不了解,就是在你头顶钻一个洞也没用。像毕诺业这样一个孩子,竟会这样分裂你的教派,难道这不是一件大大值得惋惜的事吗?"

"这么说,没有希望把毕诺业弄回来了!"看见戈拉不说话,摩希姆接着说下去,"不管怎么样,在萨茜穆克希的婚姻问题上,为了他,我们也操够心了。这件事不能再拖了——我们社会的脾气你是知道的,它一旦抓住什么人,是不会对他怜悯的。因此,一位新郎是……不,你不必担心。我并不打算请你当媒人。我自己已经把一切都安排好了!"

"男方是谁?"戈拉问道。

"你的阿比纳什。"摩希姆回答。

"他同意了吗?"戈拉问。

"哼!阿比纳什会不同意吗?"摩希姆喊道,"他可不像你的毕诺业。不,随你怎么说,在你的教派所有人当中,阿比纳什是真正崇拜你的一个,这是非常明显的!他一听到我的建议,可以成为你家里的人,简直高兴得跳起舞来了。他说:'我运气有多好,我有多光荣呀!'我问他要多少嫁妆,他捂上耳朵大声嚷道:'请你原谅,千万不要和我谈这些事!'我说:'很好,一切都由我去和你父亲商量吧。'我还是真的去了。不过我发现父子之间有很大的区别。提到钱的问题,当父亲的丝毫也没有捂上耳朵的意思,相反,他一开口就用的这种调子,让我的手麻得抬不起来,没法去捂耳朵。我还发现当儿子的在这类问题上对他父亲特别尊敬——好像要得到神的恩典完全要靠他的父亲似的——我看得出请他当中间人是毫无用处的。要想得到圆满的结果,不把一些政府公债券换成现款是不行的。不过,不管怎么样,你得说几句话给阿比纳什打打气。你只要说上几句话……"

"那也不会让嫁妆减少一个卢比。"戈拉打断他说。

"这个我明白,"摩希姆同意地说,"当尊敬父亲会给一个人带来好处的时候,那是很难说服他的!"

"事情完全谈妥了吗?"戈拉问道。

"谈妥了。"摩希姆回答。

"日子定了吗?"

"当然定了,"摩希姆说,"玛可月①月圆的那一天。离开

---

① 玛可月,孟加拉历十月,相当于公历一月、二月之间。

429

现在倒也不远了。那孩子的父亲说,钻石、珠宝没有什么用处,可是他要沉甸甸的首饰,所以我得去找金饰匠商量商量,想个什么办法增加点重量,而又不用提高价钱。"

"不过有什么必要这样匆忙呢?"戈拉问道,"阿比纳什看样子不会很快就变成一个梵教徒,这一点是不用担心的。"

"这话不错,"摩希姆回答,"不过你没有注意到最近爹的身体很不好吗?医生越反对,他把教规守得越严。最近跟他来往密切的那个托钵僧叫他一天洗三次澡——另外,还要他做瑜伽苦行,几乎把他里里外外翻了一个个儿。要是萨茜的婚礼能在爹还活着的时候举行,那就是莫大的福分了——如果我能在爹的养老金全部落到那个奥什卡拉南达·斯瓦米的手里之前办完这件事,我就不用太发愁了。我昨天和爹提起过这件事,不过看来不会很顺手。我想恐怕要好好地灌这个混账的托钵僧几天黄汤,收买他替我说几句好话。你相信这一点好了:我们这种拖儿带女、最需要钱的人,是捞不到父亲半文钱的!我的难处是别人的父亲铁面无情地找我要现款,而自己的父亲,一提到钱,就立刻屏息凝神、沉思默想起来。难道要我把这个十一岁的姑娘拴在脖子上去跳河自尽吗?"

第六十五章

"昨天晚上你为什么没有吃饭,拉妲腊妮?"哈里摩希妮问道。

"什么?您这话是什么意思?我吃了晚饭的呀!"苏查丽妲吃惊地大声说。

"你吃了什么啦!饭还在这儿,一点也没有动!"哈里摩希妮指着昨天晚上仍然盖着盖子的饭菜说。

苏查丽妲这才知道,昨天晚上她根本就忘了吃饭。

"这可不像话!"哈里摩希妮接着厉声说,"就我对帕瑞什先生的了解,我相信他一定不会喜欢你这样走极端的,只要一看到他,人们就会感到心平气和。如果他知道你目前的一切情况,你想他会说些什么呢?"

哈里摩希妮暗示什么,苏查丽妲是不难理解的。她听了这话,起先有点畏缩,她从来也没有想到她和戈拉之间的关系能够遭到别人议论,仿佛他们之间的关系和最普通的男女关系并没有什么两样。因此,哈里摩希妮含沙射影的话使她感到相当可怕。可是紧接着,她便放下工作,坐下来昂起头坚定地看着哈里摩希妮。她当时就下定决心,关于她和戈拉之间的关系,在别人面前,绝不允许自己心里有一丝一毫惭愧的想法。

"姨妈,您知道昨天晚上戈尔默罕先生来了,"她开始说,"我们讨论的问题十分吸引我,害得我把晚饭都忘了。要是昨天您也在场,您就会听到许多有趣的东西了。"

然而戈拉的话未必是哈里摩希妮所要听的。她要听的是十分虔诚的话,可是戈拉谈到信仰问题时,他的话听起来并不那么虔诚,因此也就不那么合她的胃口。戈拉谈话的时候,总像前面有个对手,而他只不过是在和这个对手战斗。对意见不同的人,他只是一味压服,要人家同意他的观点——可是对那些意见相同的人,他能跟他们说些什么呢?戈拉在辩论时总是表现得慷慨激昂,哈里摩希妮对他谈论的事却无动于衷。如果梵社的人愿意照他们自己的见解办事,不和印度教的人混在一起,她心里绝不会有一点不高兴——只要不发生什么事,使她和自己的亲人分开,她就绝不会去干预。所以她和戈拉谈话实在得不到什么乐趣,而后来当她发觉戈拉逐渐对苏查丽妲发生影响的时候,他的话就令她起反感了。苏查丽妲经济上是完全独立的,对待见解、信仰或行为方面的问题,她也不受别人约束,所以无论从哪一点来看,哈里摩希妮都管不了她。可是哈里摩希妮晚年别无依靠,所以除了帕瑞什先生之外,不论什么人只要对苏查丽妲可能有些影响,都会使她非常不安。哈里摩希妮对戈拉的看法是:此人毫无诚意,他的真正意图是随便找一个借口把苏查丽妲勾引过去。她甚至怀疑他主要的目的是想霸占苏查丽妲名下的财产。因此,她把戈拉作为第一号敌人,下定决心竭尽全力去反对他。

戈拉并没有说那天要再来,也没有什么特别的理由非来不可,不过他生性果断,一旦开始做一件事,就从来不考虑后果,只是像箭一样向前飞驰。

戈拉那天早晨来的时候,哈里摩希妮正在拜神,苏查丽妲在整理书报,萨迪什告诉她说戈拉来了,她并不觉得太意外,因为她心里早就料到他会再来的。

"毕诺业最后还是抛弃了我们。"戈拉坐下之后说。

"为什么?"苏查丽妲问,"他怎么会抛弃我们呢?他没有加入梵社呀。"

"他要是加入了梵社,"戈拉回答,"跟我们的关系倒会比现在这样接近多了。最伤脑筋的是他牢牢地抓住印度教社不放。要能完全退出我们的教社那倒要好得多。"

"你为什么要把教社看得这样重要呢?"苏查丽妲问道,心里感到很痛苦,"你这样盲目地相信教社,是自然的呢,还是强迫自己这样做呢?"

"在目前的情况下,我强迫自己这样做是很自然的。"戈拉说,"你脚下的大地在晃动的时候,每走一步都要花很大的气力!现在到处都在反对我们,我们在言论和行动上自然不免有些夸张。这没有什么不自然的地方。"

"来自各个方面的反对意见,你为什么认为从头到尾都是错误和不必要的呢?"苏查丽妲问道,"如果教社妨碍进步,那么它就应该受些打击。"

"进步力量好比河里的波浪,"戈拉说,"它们把河岸冲垮——不过我不认为河岸的主要责任是听任波浪把自己冲垮。不要以为我从来没有替教社考虑过什么对它有利,什么对它不利。今天,一个十六岁的孩子也能办到这一点,这很容易。难的是从信仰的角度全面地去观察事物。"

"我们靠信仰得到的全是真理吗?"苏查丽妲问,"单靠信仰,我们有时候也会把问题看错,只抓住了虚假的东西的。让

433

我问你一个问题,我们能崇拜偶像吗?你相信它是真神吗?"

"我一定尽力把我的看法如实地告诉你,"戈拉沉默了片刻,回答说,"最初我认为这些东西全是真的。我并没有因为它们和欧洲人的习惯正好相反,也没有因为有几条很容易就可以用来反对它们的理由,就轻易地反对它们。我对宗教问题没有自己特殊的见解,可是我也不打算闭上眼睛像背书似的重复别人的话,说崇拜有形的东西就是崇拜偶像,或者说,宗教信仰最重要的是拜神。文学、艺术,甚至科学、历史,都允许人发挥他的想象力,只有宗教不允许,这我绝不同意。人力的完美在宗教里也表现出来了。我们国家想把智慧和信仰在偶像崇拜中跟想象调和起来,你能说这种想法没有对全人类显示出一种比任何国家所能显示的更伟大的真理吗?"

"希腊和罗马也曾有过偶像崇拜。"苏查丽妲争辩说。

"那些国家的偶像,"戈拉回答,"给人类美的感觉超过宗教意义。相反,在我们国家里,想象力跟我们的哲学和信仰紧密地交织在一起。我们的克里希纳和罗陀,我们的湿婆和杜尔伽①不仅仅是祖先崇拜的对象,也是我们民族古代哲学的形象。因此,就出现了支持这些偶像的罗姆普拉沙德和柴檀雅②的信仰。你在希腊或罗马的历史里,什么地方见过这样狂热的信仰?"

"你不愿意承认,随着时代的变迁,宗教和社会也有一些改变吗?"苏查丽妲问道。

"我为什么不愿意呢?"戈拉激动地说,"不过那些改变可

---

① 罗陀和克里希纳是一对情侣。杜尔伽是湿婆的妻子。
② 罗姆普拉沙德(约1718—1775)和柴檀雅(1486—1534)都是印度宗教诗人。前者是沙克帝派,信奉杜尔伽女神;后者是毗湿奴派,信奉毗湿奴。

不能是荒唐可笑的——孩子逐渐长大成人,可是大人不会突然变成猫、狗。我希望印度沿着自己发展的道路逐渐改变,因为如果你突然走英国的历史的道路,那么从头到尾一切都会彻底失败的。我竭尽全力想使你们都看见祖国的伟大和力量原来就储存在祖国自己身上。你难道不能理解吗?"

"这一点我是能理解的,"苏查丽妲回答,"可是这些想法对我都十分新鲜,在你提出之前,我从来没有想过。好像一个人来到一个新的地方,需要过些时候才能熟悉新环境一样,我现在也是这样。我想,因为我是一个女人,所以没有理解能力。"

"绝不是这样!"戈拉大声说道,"我认识许多男人,我和他们讨论这些问题,讨论过不少时候,他们深信自己已经完全明白这些道理,不过我可以当着你的面向你担保,他们当中没有一个人能够看见你看到的东西!我第一次见到你,就觉得你有一种特别敏锐的洞察力,所以我这才常常来看你,毫无保留地和你谈心。在向你倾吐我一生的希望时,我从来没有感到一点犹豫。"

"你这样说,我感到很不安,"苏查丽妲不同意地说,"因为我不知道你希望于我的是什么,我能奉献什么,我要做些什么,我也不知道怎样才能把这样迅速涌上心头的感情表达出来。我怕有一天,你会发现这样相信我,是你看错人了。"

"我不会看错,"戈拉用雷鸣般的声音喊道,"我会让你看到你身上有多么巨大的力量。你一点也不用担心——证明你值得受人尊重的责任由我来负——你只要相信我就行了!"

苏查丽妲没有回答,不过即使沉默不语,也可以看出她是完全信赖他的。戈拉也不再说话了,有很长一段时间,房间里没有一点声音。外边小巷传来了小贩的叫卖声,他走过大门口之后,铜器发出的叮当声也就逐渐消失了。

哈里摩希妮做完了早祷,正在走向厨房,她再也想不到苏查丽姐的静悄悄的房间里会有人在里面,但在她路过那儿的时候,朝里面看了一眼,却看见苏查丽姐和戈拉坐在一起,一句话也不说,她突然感到像是遭到雷击一样。她气极了,不过极力控制住自己,站在门口喊了一声:"拉姐腊妮!"

苏查丽姐站起来走到她身边,她用甜甜的声音说:"今天是我斋戒的日子,另外,我也感到不大舒服,请你到厨房去生好炉子,让我陪戈尔默罕先生坐一会儿。"

苏查丽姐看出她姨妈的用心,到厨房去的时候心里感到很不自在。戈拉向哈里摩希妮行礼,她却一声不响地坐了下来,噘着嘴坐了几分钟,才打破沉默说:"你不是一个梵教徒,对吧?"

"不是。"戈拉回答。

"你尊重我们印度教社吗?"她问。

"我当然尊重。"戈拉回答。

"那么,你这样做是什么意思?"哈里摩希妮突然厉声说。

戈拉不知道她在抱怨什么,只好沉默不语,用询问的眼光望着她。

"拉姐腊妮已经是个大姑娘了,"哈里摩希妮接着说,"你和她非亲非故,有那么多的话要和她谈吗?她是一个女人,要做家务事,有什么必要花那么多时间闲扯?这样只会分散她的心思。你是一个聪明人——谁都在赞美你——可是在我们的国家里,什么时候容许过这一类事情,哪一本古圣梵典允许过这种行为?"

这对戈拉是一个极大的打击,因为他从来没想到会有人对他和苏查丽妲的交往提出这种批评。他沉默了片刻,然后解释道:"她是一个梵教徒,因为我看见她和每一个人都这样自由来往,所以我没有考虑这个问题。"

"好吧,即使她是一个梵教徒,你也绝不能说这类事情是对的。"哈里摩希妮生气地大声说,"近来许多人听了你的话都觉悟过来了,要是他们看见你做出这样的事,怎么能再尊敬你呢?昨天晚上你和她谈到深夜还没有谈完,今天一早还非得再来不可!今天从清早起,她就没有去过贮藏室,也没有到过厨房——往常每逢斋期她总要帮我点小忙,今天她连斋期都忘了——你这是什么教导呀?你们家也有姑娘,难道你也给她们这种教导,让她们把一切家务都撂下吗?不,你当然不会这样,要是别人这样做,你会认为这是对的吗?"

戈拉无法替自己辩护,他只能说:"因为她从小就是在那种教养下长大的,我从来没有从你的观点考虑她的问题。"

"不要再提那些教养啦,"哈里摩希妮嚷道,"只要她和我住在一起,只要我还有一口气,就不能容许发生这样的事。我已经想法把她拉回一段路了。她住在帕瑞什先生家的时候,甚至有人说由于和我接近,她已经变成印度教徒了。后来我们搬到这儿,她和你们的毕诺业有过几次长谈,又把事情弄得乱七八糟。现在毕诺业显然要和梵教人家结亲了!好吧!由他去吧!我费了好大劲儿,才把毕诺业赶跑。接着又来了一个名叫哈兰先生的家伙;他一来我就把苏查丽妲带上楼,坐在我身边,让他得不到影响她的机会。这样,费尽了心力,近来我又好像逐渐使她懂点道理了。刚搬到这儿来的时候,她竟和家里所有的人坐在一起吃饭,现在我看她已经不那么胡闹了,因为昨天她自己跑到厨房去端饭,还不让仆人给她打水。现在我双手合十地恳求你,请你不要再把她教坏了。我所有的亲人全都死光,只剩下她一个啦——除了她,我再也没有真正可以称为自己人的啦。请你离开她吧!他们家有的是待字的姑娘——你看那儿有拉布雅和丽拉,她们全都又聪明又有学问。如果你有什么可说的,去跟她们说好了,没有人会阻拦你的。"

戈拉目瞪口呆地坐在那儿,完全愣住了。哈里摩希妮停了一下又接着说:"你听我说,她年纪已经不小,得找个婆家了。你以为她能永远像现在这样不嫁吗?女人是一定要做家务事的。"

一般说来,戈拉对这个问题从来不曾发生过任何怀疑——他的见解和哈里摩希妮的完全一样,只不过他从未把这种看法用在苏查丽妲身上罢了。他在想象中从来没有把她描绘成一个妻子,在丈夫的家里忙着做家务事。他以为她永远会保持现在这个样子。

"您想过您外甥女的婚事吗?"戈拉问道。

"当然是要想的,"哈里摩希妮回答,"要是我不想,有谁去想呢?"

"她能嫁到印度教人家去吗?"戈拉问。

"这个我们得试试看,"哈里摩希妮说,"只要不再出事,一切都顺手,我就能把事情办成。其实我心里已经有了主意,不过只要她心境不变,像现在这个样子,我就不敢采取行动。这两天我看见她不那么固执,我又有了希望了。"

戈拉觉得这件事不应该再多问了,可是他约束不了自己,因而问道:"你已经想到合适的新郎了吗?"

"不错,想到了,"哈里摩希妮回答,"他是一个顶呱呱的人,名叫凯拉什,是我最小的小叔子。他的老婆不久前死了,他一直在等着找一个合适的大姑娘;要不然这样的人还能没娶老婆吗?他配拉姐腊妮最合适不过了。"

刺儿刺得越痛,戈拉对这个凯拉什的问题就问得越多。

看来,在哈里摩希妮的大伯子、小叔子中间,凯拉什是最有学问的,这是他自己努力学习的结果。但他的学问究竟有多大,哈里摩希妮可也说不清楚。不管怎么样,他的博学多才在家里是出了名的。凯拉什曾经给邮政总局写过信,控告村里的邮政局长,他的英文写得那样漂亮,连邮政部的一个头头都亲自下来调查这件事。村里所有的人对凯拉什的才学都感到十分惊奇。不过,尽管他有这么大的学问,他对宗教和社会风俗却始终保持着虔诚的态度。

戈拉听完了凯拉什的全部经历之后,站起身,向哈里摩希妮行过礼,一语不发地离开了屋子。他走到楼下,看见苏查丽姐正在院子的另一头烧饭。她听见戈拉的脚步声,走过来站在门口,但戈拉走出去的时候,两眼只看着正前方,苏查丽姐深深地叹了一口气,又回到厨房烧饭去了。

戈拉正要离开小巷转入大街,迎面碰见了哈兰先生,他微微地一笑说:"这么早呀!"

戈拉没有理他,但哈兰先生又问:"我想你刚刚到那儿去了吧?苏查丽姐在家吗?"

"在。"戈拉说完便迈开大步走掉了。

哈兰先生一走进家,就看见苏查丽姐在厨房里烧饭。她已经无法躲开,她的姨妈又不在附近。

"我刚刚碰到戈尔默罕先生,"哈兰先生说,"我想他是一

439

直在这儿的吧?"

苏查丽姐一句话都没有回答,却忽然端菜锅、拿水罐地忙个不停——看样子忙得就像连喘口气的时间都没有了。不过要把哈兰先生打发走,可也办不到。尽管哈里摩希妮在楼梯上咳了一两声,给他提出警告,但他还是站在院子里,在厨房门外和苏查丽姐讲话。哈里摩希妮本想出来见见哈兰先生,不过她很清楚,一旦让他见到自己,这个蛮干到底的年轻人牛性一发作,不论是她还是苏查丽姐休想再有时间歇一歇。所以每逢她看见哈兰先生,哪怕是他的影子,也会拉下面纱,比新娘子还要谨慎。

"苏查丽姐,"哈兰先生说,"你明白你在干些什么吗?你知道你会落个什么下场吗?我想你已经听到罗丽姐就要照印度教仪式和毕诺业结婚了吧,你知道这事应该由谁负责吗?"

因为得不到回答,哈兰先生压低声音庄严地说:"要由你负责!"

哈兰先生以为苏查丽姐听到这样可怕的控诉,会从心里受不了,可是看见她继续做她的事,连头都不抬一抬,他就对她摇晃着手指头,把声音装得更加庄严说:"苏查丽姐,我再说一遍:要由你负责!你能用右手捂着胸口说这件事你对梵社没有罪吗?"

苏查丽姐把菜锅放在火上作为回答,锅里的油发出很响的噼噼啪啪的声音。

哈兰先生接着说:"是你把毕诺业先生和戈尔默罕先生带到你家去的,是你把他们抬得这么高,使得他们在你们的心目中,现在比梵社最值得尊敬的朋友都更重要。结果怎么样,现在你看到了吧?一开头我不就警告过你,让你当心吗?

结果你看,今天怎么样?现在谁管得了罗丽妲?你以为苦难到她那儿就算结束了吗?不会的!今天我特意来警告你!现在轮到你了!无疑,你现在一定要为罗丽妲的不幸感到后悔,可是你自己倒霉的日子也不远了,到时候,后悔可就来不及了。不过苏查丽姐,现在回头还不晚!请你回想一下,从前有过一个时期,我们俩被多么伟大的希望联系在一起呀——在我们的面前,应尽的责任显得多么鲜明,梵社的整个前途显得多么远大——我们一起下过多少决心,每天多么小心地为人生的旅途做好准备!你以为这一切都完了吗?绝不会的!就是到了今天,我们还是有希望的。只要回过头来再看看过去!回来吧!"

这时,滚油里的各种蔬菜惊人地噼噼啪啪地响了起来,苏查丽姐熟练地用铲子炒着菜;哈兰先生不再说话了,等着看他那劝善的说教产生什么效果。苏查丽姐把菜锅拿下来放在地上,转过脸对着哈兰先生坚决地说:"我是一个印度教徒!"

"你是一个印度教徒!"哈兰先生大声地说,完全惊呆了。

"是的,我是一个印度教徒!"苏查丽姐重复了一遍,她又把菜锅放在火上,精神抖擞地炒起菜来。

"我看戈尔默罕先生每天早晚都在指引你,是不是?"哈兰先生从震惊里恢复过来,用刺耳的声音嚷道。

"不错,"苏查丽姐回答,连头都没回,"我一直在受他指引,他是我的师傅!"

哈兰先生到现在为止,原来一直自命为苏查丽姐的师傅的,如果那天她说她爱戈拉,这话也不会这样刺伤他——可是从苏查丽姐自己的嘴里听到戈拉已经夺走了做她师傅的权利,这真像挨了一鞭子。

"不管你的师傅有多伟大,你以为印度教社会会接纳你吗?"哈兰先生冷笑地说。

"这我不知道,"苏查丽姐回答,"我不了解你们的'社会',可是我知道我是一个印度教徒!"

"单凭你这么大还没有出嫁,就可以把你赶出印度教,这你明白吗?"哈兰问道。

"不要为这事白操心了,"苏查丽姐回答,"不过我可以告诉你,我是一个印度教徒!"

"我想你已经拜倒在你这位新师傅的脚前,把你从帕瑞什先生那里受到的一切宗教教导全都扔掉了吧?"哈兰先生大声嚷道。

"我心中的主宰明白我信的教,我不打算和任何人讨论这个问题,"苏查丽姐说,"不过你可以相信这一点:我是一个印度教徒!"

"好,让我告诉你,"哈兰先生不耐烦地大声说,"不管你自以为是一个多么伟大的印度教徒,你绝对得不到什么好处。你的戈尔默罕先生可不是另一个毕诺业,所以即使你再三宣布你是一个印度教徒,喊哑了嗓子,你也休想得到他。叫他扮演师傅的角色收你当徒弟,这倒不难,不过你做梦也休想他会把你接到他家去,拿你当老婆,和你建立家庭。"

苏查丽姐暂时忘记了炒菜,闪电般转过身子高声嚷道:"你说什么来着?"

"我说,"哈兰先生回答,"戈尔默罕先生绝不会想到要娶你!"

"娶我?"苏查丽姐喊道,眼睛亮得吓人,"我没有告诉你他是我的师傅吗?"

"你当然告诉过我,"哈兰先生回答,"不过你没有告诉我们的,我们心里也能明白!"

"你给我出去!"苏查丽妲大声喊道,"不准你侮辱我。让我爽爽快快地告诉你,从今天起,我再也不出来见你了。"

"哼!出来见我!"哈兰先生嘲笑地说,"现在你是一个大家闺秀了。一个高尚的印度教主妇了。'不见阳光'了。现在是帕瑞什先生遭到报应的时候啦。让他在他的晚年欣赏自己播种的苦果吧。我跟你们大家再见啦!"

苏查丽妲砰的一声关上了厨房门,蹲在地上,尽力压低哭声。哈兰先生怒气冲冲、脸色铁青地走了出去。

哈里摩希妮把这两个人的每一句话都注意地听在心里,今天她从苏查丽妲嘴上听到的话是她想都不敢想的。她的心充满了欢乐,感慨万分地说:"为什么不可能呢?我这样虔诚地祈求上天,怎么能一点用处都没有呢?"她立刻走进她的祈祷室,跪倒在神像面前,许下愿说,从那天起她要增加她的供奉。许多天以来,在她忧郁的心情影响下,她的礼拜是很平静的,而今天,因为一个自私的愿望实现了,她的礼拜做得又迫切,又热烈,真是如饥似渴。

第六十六章

　　戈拉从来没有像跟苏查丽妲谈话那样跟别人谈过。直到现在,他对别人只是发表意见、指示和演说——今天,在苏查丽妲面前,他把自己整个内心向她表露了。他沉醉在这种自我揭露的欢乐之中,不仅感到自己的力量,而且所有的见解和决心都充满了感情。他的生活是这样美满,仿佛众神对他的宗教热诚突然洒下了甘露。

　　正是在这种欢乐心情的推动下,戈拉才接连好几天去看苏查丽妲,丝毫没有考虑到后果。可是今天,他忽然听到了哈里摩希妮的话,想起了他曾经无情地嘲笑过毕诺业,并且因为他犯了和自己类似的迷恋女人的过错而责备他。戈拉看见自己由于愚昧无知竟然落到了同样的境地,不由得大吃一惊。他像一个熟睡的人在梦中来到了一个从未到过的地方,突然遭到意料不到的打击,吓得浑身发抖,拼命挣扎,希望能醒过来。戈拉曾多次讲过,世上有许多强大的国家现在已经完全消失了,只有印度,由于克制自己,坚守旧规,才能战胜多少世纪的敌对势力,生存下来。他绝不允许有人对这些旧规略为松懈,他说,虽然印度别的一切全都被人掠夺干净,她的灵魂却依然在这些一成不变的旧规约束中隐藏了下来,没有一个残暴的统治者能够触犯她的身体。只要我们一天受着某一个外国的统治,我们就一定要严守自己的法规,至于它是好是坏,问题可以留待将来再讨论。一个快要淹死的人,抓到一根稻草或者别的可以救命的东西,是不会仔细考虑它是美是丑的,戈拉曾经一再向大家陈述自己的这个想法。今天,他也是这样想的。当哈里摩希妮因为他最近的行为责骂他的时候,他的心情就像一头高贵的大象挨了象奴的刺棒。

戈拉到家的时候,看见摩希姆光着膀子坐在门外一条板凳上抽烟,因为今天是假日,他不上班。他跟着戈拉走进屋子,大声喊道:"戈拉,我要和你谈一谈。"

"兄弟,别生气,"他们在戈拉的屋子坐下之后,摩希姆接着说,"让我先问你一个问题:你是不是也得了毕诺业那种病了?近来你好像到那边去得很勤,和她们打得火热!"

"你不用担心。"戈拉羞红着脸说。

"照事态的发展看,这可很难说,"摩希姆说道,"你好像以为这是一件能够吃的东西,可以毫不费力地吞下去,再平安地回来!不过从你朋友的狼狈相,你可以看得很清楚,香饵里面有一个钩子!不,别走!我还没有谈到正题呢。我已经听说毕诺业决定和梵教人家结亲了,我想事先告诉你,从现在起,我们不能再跟他来往了!"

"这是用不着说的。"戈拉表示同意。

"不过,"摩希姆接着说,"要是妈妈不同意,那就麻烦了。我是有家室的人,因为有家室,就得为儿女的婚事累断脊梁。除此以外,如果再在我们家里建立一个梵社的分社,我就只好搬到别处去住了。"

"不,不,用不着搬!"戈拉向他保证说。

"萨茜的婚事总算是定了,"摩希姆说,"不过那位未来的

445

岳父不仅要娶到媳妇,还要拿到比媳妇还重的金子,否则他是不会满意的——因为他看得很清楚,人类属于'易腐商品',黄金却要耐久得多。他只想舔糖衣,不想吃里面的药!他要起东西来脸皮那么厚,称他为岳父简直是贬低了他!我得花上一大笔钱,这是毫无疑问的了,不过他给我上了很好的一课,将来等我儿子娶媳妇就用得上了。现在但愿我能够再生一次,由我父亲做中间人,重新安排自己的婚事——你可以相信,我一定会充分享受生为男人的好处。这才叫大丈夫呢!把女方的父亲弄得倾家荡产,难道这是一件小事吗?不管你说什么,兄弟,我可不能跟着你白天黑夜地去为印度教社唱赞歌,一提到这事,我的嗓子马上就哑了。我的霆考励只有十四个月——我的老婆费了好长的时间才纠正了先养女儿的错误——不过,不管怎么样,戈拉,你一定要和所有的朋友联合起来,尽你们最大的努力,让印度教社兴旺下去,一直到我的儿子长大成亲。在那之后,咱们的国家尽可以变成信奉伊斯兰教、基督教或随便什么教的国家,我才不在乎呢!"

"因此我说,"摩希姆看见戈拉站起来要走,忙接着说,"我们绝不能邀请你的毕诺业来参加萨茜的婚礼,因为如果再惹起更多的麻烦,那就太蠢了。所以从现在起,你就得警告妈妈当心点才好。"

戈拉走进安楠达摩依的房间,发现她戴着眼镜,坐在桌子旁边记账。她看见戈拉便合上账本,摘下眼镜说:"你坐下吧。"

"我想跟您商量一件事,"他一坐下,安楠达摩依便说,"你当然听到毕诺业就要结婚了。"

"他的伯父为这事很不高兴,"安楠达摩依看见戈拉不响,便接着说,"他们家没有一个人来参加婚礼。婚礼能不能在帕瑞什先生家举行也没有把握,所以毕诺业只好自己张罗。我在想,如果能利用我们北边的那所房子的二楼,那就方便不过了。我们家那所房子,一楼租出去了,可是二楼目前正好空着。"

"那有什么方便呢?"戈拉问。

"毕诺业结婚,要是我不给他安排,谁来给他安排呢?"安楠达摩依解释说,"他会遇到很多困难的。可是如果婚礼在那儿举行,我就可以在这儿料理一切,不会有什么困难了。"

"妈妈,这可不行。"戈拉果断地说。

"为什么不行呢?"安楠达摩依问道,"我已经得到房主的同意了。"

"不,妈妈,婚礼绝不能在那儿举行,"戈拉不同意地说,"我向您保证。听我的话吧!"

"为什么不能?"安楠达摩依问,"毕诺业又不是照梵社的仪式结婚。"

"这些争论都是没有意义的,"戈拉反对说,"这样跟社会争论毫无用处。毕诺业爱怎么做,就让他怎么做好了,我们不能赞成这种婚姻。加尔各答不缺房子。他自己也有地方住呀。"

安楠达摩依也很清楚加尔各答有的是房子,不过想到所有的亲戚朋友都抛弃了毕诺业,他只能像一个不幸的、孤独的人那样设法租所房子来成亲,这让她实在不忍心。所以她才决定利用他们家那几间空房来给毕诺业办喜事。只要能够用她自己的房子举行婚礼,而不遭到社会反对,她就十分满意了。

447

"如果你这样反对,"安楠达摩依叹了一口气说,"那么我想,我们只好从别的地方租一所房子了。可是这对我就会成为一个很大的负担了。不过,算了,要是我的想法不切实际,再去想它又有什么用呢?"

"妈妈,您去参加这个婚礼,可不大好。"戈拉不高兴地说。

"你在说些什么呀,戈拉?"安楠达摩依惊讶地说,"要是我不参加我们毕诺业的婚礼,那么谁去参加呢?我倒想知道。"

"不,绝对不行,妈妈。"戈拉坚持说。

"戈拉,"安楠达摩依说,"你也许不同意毕诺业的见解,不过,那能成为你跟他作对的理由吗?"

"妈妈,"戈拉有点激动地大声说,"您这样说可不对。毕诺业结婚我不能去祝贺,这对我并不是一件愉快的事。别人也许不知道,可是您知道我多么爱他,不过,妈妈,这不是爱不爱的问题——友谊或仇恨跟它毫无关系。毕诺业做这件事的时候,是知道它会带来什么后果的。不是我们离开他,而是他舍弃了我们,所以这个打击也是他意料之中的。"

"戈拉,"安楠达摩依说,"毕诺业知道你不会参与他的婚事,这是真的。不过他也知道,在他一生中的这个吉祥的日子,我绝不会丢弃他。我可以肯定地告诉你,毕诺业要是知道我不会给他的新娘子祝福,他是绝不会结婚的。你以为我不了解他吗?"她一边说,一边抹去了一滴眼泪。

戈拉心里为毕诺业痛苦,不过他还是说:"妈妈,您不能忘记您是社会的一分子,而且受过这个社会的恩惠。"

"戈拉,"安楠达摩依激动地说,"我不是三番五次地告诉过你,我早就和我的社会割断联系了吗?因为这个缘故,社会才这样恨我,我才对它敬而远之。"

"妈妈,"戈拉不以为然地说,"您的话比什么都让我伤心。"

"我的孩子,"安楠达摩依说,她的泪汪汪的眼睛仿佛把戈拉全身都收了进去,"上天知道我实在没法不让你受那种痛苦!"

"那好,"戈拉站起来说,"我告诉您我该怎么办。我去找毕诺业,对他说他得想办法安排自己的婚事,免得您进一步脱离您的社会,要不然他就太不对、太自私了。"

"好吧,"安楠达摩依笑了,"你能做什么就做什么吧。你去跟他说,然后我再来看看有什么结果。"

戈拉走了之后,安楠达摩依出神地坐了很久,然后才慢慢地站了起来,到她丈夫那边去。

今天是斋戒日,克里什纳达雅尔没有烧饭。他弄到一本印度教宗教著作孟加拉文的新译本,正坐在鹿皮上专心阅读。一看见安楠达摩依,他就感到十分不安。不过她客客气气地和他保持着一段距离,坐在门口说:"你听我说,我们的做法很不对头。"

克里什纳达雅尔认为自己已经完全超脱尘世是非,因此用一种漠不关心的态度问道:"什么不对头?"

"我们一天也不能再瞒戈拉了,"安楠达摩依解释说,"情况越来越复杂了。"

戈拉提出要行涤罪礼的时候,克里什纳达雅尔就想到这个问题,不过后来他一心一意地去修各种各样的苦行,没有时间再去想它了。

449

"萨茜穆克希的婚事已经提出来了,大概在帕尔衮月①就要举行婚礼,"安楠达摩依接着说下去,"到现在为止,每逢咱们家举行什么仪式,我总是找个借口把戈拉带到什么地方,不过,直到现在,还没有遇到很重要的仪式。可是萨茜结婚的时候,我们拿他怎么办呢,你倒说说看。罪孽一天比一天重了。我一天两次地向神请求宽恕,请求他让我承担一切惩罚。不过我还是一天到晚担心这事再也瞒不下去了,一旦瞒不下去,就会给戈拉带来灾难。现在我请求你允许我毫无保留地把真相告诉他,让我承担命中注定的一切吧。"

因陀罗要他修苦行。这样来打搅他是什么意思呀?最近克里什纳达雅尔的苦行做得十分严格——他一直在练一种几乎没有人能练的气功,并且把食量减得那么小,不久肚子就要紧贴脊梁骨了。在这种时刻,竟碰到这样的灾难!

"你疯了吗?"克里什纳达雅尔生气地嚷起来,"要是你现在说出去,我就得做一些十分难做的解释——我的养老金毫无疑问就会停发,而且说不定警察还会找上门来。过去的事情已经过去了。尽你的力量控制局面吧——就是失败了,那也不是什么大不了的罪过。"

克里什纳达雅尔已经决定,在他死后,他们爱怎么办就怎么办,可是在死以前,他只希望他们不要来打搅他。再说,只要对别人的事不闻不问,事情总会过去的。

安楠达摩依不知道怎么办才好。她站起身,在那儿站了一会儿,神情忧郁地说:"你看不见自己的气色有多不好吗?你的身体……"

---

① 帕尔衮月,孟加拉历十一月,相当于公历二月、三月之间。

"身体!"克里什纳达雅尔打断她的话微微一笑地说,因为老婆表现得这样愚蠢,所以他不耐烦地提高了声音。他们对这个问题没有谈出一个满意的结论,克里什纳达雅尔又坐在鹿皮上埋头读他的书去了。

同时,摩希姆和他的托钵僧坐在外边的那间屋子里热心地讨论人类最崇高的目的以及宗教生活方面其他一些深奥的原则。他提出一个问题:有家室的人的灵魂能不能得救。他的态度如此谦虚,如此迫切,仿佛他的一生都要依靠它的答案来决定似的。托钵僧尽力安慰他说,虽然有家室的人灵魂不能得救,可是天堂还是可以进去的。不过这种保证安慰不了摩希姆。他渴望的是灵魂得救。单单上天堂对他有什么用呢!要是他能满意地把女儿嫁出去,他就可以专心做托钵僧传授的功夫,做到灵魂得救了。没有人可以让他放弃这个目标!可是嫁女儿谈何容易。但愿他的师傅能够可怜可怜他!

第六十七章

戈拉想起他和苏查丽姐的关系里面有一些自欺的成分,所以决定要小心一些。他认为自己越出常规是因为有一股强大的魅力,使他忘掉了对社会的责任。

戈拉做完早祷,走进自己的屋子,发现帕瑞什先生在屋子里等他。看见帕瑞什先生,他心里一阵激动,因为他不能不感到他和帕瑞什先生之间有着一种特别亲密的关系。

戈拉行过礼之后,帕瑞什先生说:"你一定已经听到毕诺业就要结婚的消息了吧。"

"是的。"戈拉回答。

"他不准备照梵教的仪式举行婚礼。"帕瑞什先生又说。

"要是这样,就不该举行婚礼。"戈拉说。

"我们不必为这事争论,"帕瑞什先生笑着说,"我们的教社没有一个人出席婚礼。我听说毕诺业的亲戚也都不会来。女方只有我一个人;男方,我想除了你也不会再有别人了,所以我来找你商量商量。"

"这件事和我商量有什么用呢?"戈拉摇着头大声说,"我绝不管这事。"

"你不管?"帕瑞什先生惊愕地看着他说。

戈拉看见帕瑞什先生惊奇的样子一时觉得很惭愧,但正因为觉得惭愧,他就更加坚定地大声说:"这件事我怎么能管呢?"

"我知道你是他的朋友,"帕瑞什先生说,"在这种时刻,一个人最需要朋友,不是吗?"

"我是他的朋友,这是真的,"戈拉回答,"不过朋友的关系并非我在世上唯一的关系,也不是最重要的关系!"

"戈拉,"帕瑞什先生问道,"你认为毕诺业有什么不好的或违反宗教的行为吗?"

"宗教有两个方面,"戈拉回答,"一是永恒的,一是世俗的。宗教通过社会法则给人们以启示,如果你无视这些法则,就会给社会带来灾难。"

"法则多得数不清,"帕瑞什先生说,"难道你认为每一条法则都体现着宗教精神吗?"

帕瑞什先生的话打动了戈拉,使他心情非常激动,并且得出了一个明确的结论。他不再犹豫了,决心要把心里话全说出来。他的意思主要是:如果我们不通过这些法则的约束和影响,使自己完全服从社会,我们就会妨碍一个最深奥的秘密意图的实现,社会是为了这个意图而存在的。由于它是隐蔽的,所以不是每一个人都能看清楚。要看清这个意图,我们除了自己的判断力以外,还需要一点别的能力,有了这点能力,我们才能对社会表示敬意。

帕瑞什先生注意地听完戈拉要说的话。后来,戈拉对自己的鲁莽感到有点难为情,忙住了口。帕瑞什先生说:"你刚才说的我基本上都同意。不错,上天在每一个教社都要达到某些特殊的目的,这些目的不是每一个人都可以看清楚的。不过人们有责任尽力想办法看清楚它们,而不是把服从法则当作人生主要目的,仿佛自己无知无识,像一块木头。"

"我的论点是,"戈拉解释说,"如果我们首先在各个方面完全服从社会,那么我们对它的真正目的也就可以认识清楚!要是只跟它争吵,我们就不但会妨碍它,还会误解它。"

"真理只有用它受到的阻力和反对来检验它是真是假,"帕瑞什先生争辩说,"检验真理的工作也没有被过去某一个时代的一批学者一劳永逸地完成;真理必须通过它在各个时代受到的反对和打击被人重新发现。不管怎样,我对这些问题,不想引起一场争论。我尊重个人自由,因为通过个人自由给予社会的打击,我们才能确凿无疑地知道什么是永恒的真理,什么是一时的幻想。社会的幸福全靠我们对这一点有所认识或者至少是努力去认识。"

帕瑞什先生说到这里,两个人都站了起来。帕瑞什先生接着说:"出于对梵社的尊重,我原想对这次婚礼保持一定的距离,你是毕诺业的朋友,会把一切事情都办好的。在这种场合,朋友比亲属方便得多,因为他不致遭到社会的反对。不过既然你也认为你有责任抛弃毕诺业,那我就只好负起全部责任,只好单独料理这件事了。"

戈拉听到"单独"两个字时并没有体会到帕瑞什先生真有多么孤独。波达姗达里反对他,女儿们生他的气,他怕哈里摩希妮不赞成,甚至没有去找苏查丽妲商量。再就是,梵社全体社员也和他作对。毕诺业的伯父给帕瑞什先生寄来两封信,用最难听的话来骂他,说他是一个拐骗青年的拐子,一个虚伪、邪恶的顾问。

帕瑞什先生回家的时候,在大门口遇到阿比纳什和戈拉教派的两三个成员。这些年轻人看到帕瑞什先生便戏弄和嘲笑他。戈拉生气地转过脸对他们大声喝道:"要是你们不懂得向值得尊敬的人表示敬意,至少也不应该卑鄙到去嘲笑他。"

戈拉又一次按照习惯做法全心全意地去干他的教派工作了。不过现在它们显得多么乏味呀!一切都好像那么无聊,那么没有意义,死气沉沉的,简直不能称之为"工作"。仅仅是像现在这样演说、写文章、组织教派,这不是真正的工作,相反,倒可能限制了工作的开展。戈拉以前从来没有这样敏锐地感到过这一点。他对这一切不再感兴趣了;他需要一条完全正确的渠道,让他那新近获得力量的、振奋的生命能够在里面畅流无阻。

这个时候,涤罪礼的筹备工作正在大力进行,戈拉对这件事至少还感到一点兴趣。这个仪式不但要把他在监牢里受到的玷污洗涤干净,还要从各个方面使他再纯洁起来,好让他再生之后,有一个可以说是新的身体来从事他要做的工作。举行仪式已经得到批准,具体日子也定下来了——正在准备发请帖给全国各地著名的梵学家,戈拉教派里比较有钱的人已经筹好款,教派里所有的人都认为一件伟大的工作终于要在他们的国家里完成了。阿比纳什秘密地和他圈子里的人商量,能不能在梵学家按例分发鲜花、檀香膏、稻谷和圣草时,请他们授予戈拉"印度教之光"的称号。同时还要送给戈拉几首梵文诗,用金字印在一张羊皮纸上,由所有的婆罗门梵学家签名,装在一个檀香盒子里送给他。在这以后,还要由一位年纪最大、最受尊敬的学者献给他一本用最贵重的摩洛哥鞣皮作封面的马克斯·穆勒[1]的《梨俱吠陀》

---

[1] 马克斯·穆勒(1823—1900),德国语言学家,受东印度公司委托,于一八四九年至一八七三年编辑出版了《梨俱吠陀》。他的著作有《语言科学》《宗教科学》等。

精装本,作为印度向他祝福的象征。戈拉在目前印度教的衰退状态中,做了大量工作,维护吠陀宗教的古老仪式,他们打算用这种方式雅致地表达他们对他的感激之情。

这样,戈拉教派的成员每天瞒着他讨论怎样才能把那天的仪式搞得最好,使有关的人都感到它丰富多彩和十分有趣。

第六十八章

哈里摩希妮收到她小叔子凯拉什一封信。信上说:"托你的福,这里的人都很平安,希望接到你的好消息,免得我们挂念。"写是这样写,但事实上从哈里摩希妮离开他们家的那一天起,他们就从来没有费过一点心思打听她的下落。信中写了一些库狄、波托尔、波哟哈里的消息之后,在末尾写道:"希望你再提供一些上次信中提到的那位姑娘的详细情况。你上次说她十二三岁,不过发育得很早,看上去就像个大人。这没什么可抱怨的,不过我要请你仔细打听清楚上次信上提到的那笔财产是无条件地属于她的,还是只能生前使用,然后我才好去和我的几个哥哥商量,我想他们是不会反对这门亲事的。听到她对印度教十分虔诚,我很高兴。不过我们必须尽力防止别人知道她曾在一个梵教人家住过那么长的时间,因此,绝不能和任何人提起这事。下个月月食的时候,沐浴节要在恒河举行,假如能够安排,我就到加尔各答走一趟,那时就能见到这位姑娘了。"

这一阵子,哈里摩希妮总算在加尔各答安定下来了,不过一旦有了一线回婆家的希望,她就很难耐心地待在加尔各答。被迫离开婆家这件事使她一天比一天难以忍受。依着她的性子,她恨不得马上就去向苏查丽姐提出婚事,立刻把日子定下来! 可是她不敢太性急,因为她和苏查丽姐接触得越多就越清楚地感到苏查丽姐难以理解。

哈里摩希妮开始等待时机。她对苏查丽姐的监视比以前更加严密了。为了监视她的伙伴,她甚至减少了原来拜神的时间。

另一方面,苏查丽姐也注意到戈拉突然不来了。虽然她知道哈里摩希妮一定给他说了些什么,不过她还是安慰自己说:"好吧,即使他不来——他还是我的师傅——我的师傅。"

不在面前的师傅往往要比经常见面的师傅产生的影响大得多,因为心里感觉师傅不在,这颗心自己就会填满师傅的影子。要是戈拉和她在一起,苏查丽姐很可能和他争论,如今她读他的文章,全盘接受他的观点。如果有不明白的地方,她相信只要他在场给她解释,她就会明白的!

于是,她越来越盼望能够见到他容光焕发的脸,听到他雷鸣般的声音,她盼呀盼的,身体好像都盼瘦了。她常常怀着极其痛苦的心情想:多少人白天黑夜随时都可以轻而易举地见到戈拉,可是一点也不珍惜他们的这种特权!

一天下午,罗丽姐来了。她用手搂着苏查丽姐的脖子说:"喂,苏绨姐姐!"

"什么事,罗丽姐妹妹?"苏查丽姐问道。

"一切都安排好了。"

"定在哪一天?"

"星期一。"

"什么地方?"

"这些我都不清楚,只有爹知道。"罗丽姐摇了摇头回答。

"妹妹,你快乐吗?"苏查丽姐问道,用胳膊搂着罗丽姐的腰。

"我为什么不快乐?"罗丽妲大声说。

"现在,你要的一切都得到了,"苏查丽妲回答,"没有吵架的对象了,恐怕你不会那样锋芒毕露了吧!"

"怎么会没有吵架的对象呢?"罗丽妲笑着说,"现在反而不用到外边去找了!"

"原来是这样,是吧?"苏查丽妲提高声音说,一边顽皮地轻轻拍了拍她的脸颊,"你已经开始做好这种打算了,是吧?我要去告诉毕诺业,现在还来得及!应该警告那个可怜的家伙!"

"现在要去警告你那个可怜的家伙已经太晚啦!"罗丽妲嚷道,"他跑不了啦!命中注定的灾星已经落在他头上——现在他只有痛哭流涕,捶自己的额头了。"

"不过,说实在的,罗丽妲,我没法告诉你,我对这事有多高兴,"苏查丽妲说,突然变得严肃起来,"我只希望你能够配得上一个像毕诺业这样的丈夫。"

"哼!你这是什么话!难道一个像我这样的人配不上做别人的妻子吗?"罗丽妲大声说,"你去找他谈谈这个问题,看看他怎么说!听了他的意见,你马上就会后悔自己这么久都没能欣赏一个这样出类拔萃的人物的感情——后悔你过去这样有眼不识泰山了!"

"那么好啦,这方面的行家终于在舞台上出现了,"苏查丽妲说,"你就再也不用难过了,因为他已经出了他愿意出的代价,得到他希望得到的东西。所以,你也用不着再来考验我们这种外行人的感情了!"

"用不着?"罗丽妲激动地高声说,"太用得着了!"她在苏查丽姐的脸蛋上拧了一下,淘气地说,"我永远需要你的感情,要是你骗了我,把感情给了别人,我可不答应!"

"我不会把它给别人的,绝不会。"苏查丽姐保证说,把脸贴着罗丽姐的脸。

"不会给别人吗?"罗丽姐问道,"你有把握……不给别人?"

苏查丽姐只摇了摇头。罗丽姐在离她不远的地方坐了下来说:"你听我说,苏绨姐姐,你心里明白,亲爱的,过去你如果爱上别人,我是受不了的。以前我一直没有作声,可是今天我要全说出来了。戈尔默罕先生从前常到咱们家来——不,姐姐,你不要害羞——今天我要把心里的话全说出来。虽然我从来什么都不瞒你,但不知为什么,一直到现在,我都没法儿公开谈这件事。为了这个缘故,我常常感到很苦恼。可是现在我要离开你了,我再也不能不说了。戈尔默罕先生开始到咱们家来的时候,我总是非常恼火,为什么呢?你以前一直认为我什么都不懂,对吧?我注意到你从来不在我面前提到他的名字,这就让我更加生气了!一想到有一天你会爱他超过爱我,就简直受不了——不,姐姐,你得让我把话说完——我没法表达出我为这事受了多少痛苦。我知道现在你也不会和我谈到他,不过我不再生气了。好姐姐,我没法告诉你,我会有多么快乐,如果你和……"

苏查丽姐突然用手捂着她的嘴,打断了她的话,说:"罗丽姐,我求求你不要谈这些事吧!听你这样讲话,我恨不得钻进地里去!"

"为什么不能讲这些呢,姐姐,他已经……"罗丽姐说,但苏查丽姐十分苦恼地再一次打断了她的话。"不!不!不!

你这样说话,真像发疯了!你不该说那些一个人连想都不敢想的事!"

"可是,姐姐,你这简直是矫揉造作,"罗丽姐抱怨说,对她的吞吞吐吐感到很恼火,"我一直在仔细地观察,我可以向你保证……"

苏查丽姐不让她把话说完。她把双手从罗丽姐的手里抽出来,走出了屋子。罗丽姐在后面追着她说:"好了,好了,好了,我不再说了。"

"永远不再说了!"苏查丽姐央求她说。

"我不能许这样的愿,"罗丽姐回答,"到我该说的那一天我就说,否则就不说。这我可以答应你。"

近几天以来,哈里摩希妮总是盯着苏查丽姐,跟在她后边,弄得太明显了,不可能不让她察觉。这种疑心和警戒已经逐渐成为她的负担,使她感到不耐烦,但又不好说什么。今天,罗丽姐走了之后,她疲倦地坐在桌子旁边,头枕在手上,开始小声哭泣。仆人送来了灯,她又让他拿走了。哈里摩希妮这时正在做晚祷,看见罗丽姐走了,便突然走下楼,进了屋子,叫了一声:"拉姐腊妮!"

苏查丽姐赶快擦干眼泪站了起来。哈里摩希妮用责备的口吻问她:"你怎么啦?"

她得不到回答,便厉声问道:"我不明白这些蠢事到底是什么意思!"

"姨妈,"苏查丽姐抽抽搭搭地说,"您为什么白天黑夜地盯着我不放?"

"你不明白为什么我这样做吗?"哈里摩希妮问,"你忘记吃饭啦,哭哭啼啼啦,这些是什么兆头?我不是一个小孩子,

461

你想我连这点都不懂吗?"

"姨妈,"苏查丽姐说,"我敢说您一点儿也不明白。您大错特错了,我每时每刻都感到越来越受不了啦。"

"那好,"哈里摩希妮回答,"如果我搞错了,那么就请你发发善心,把事情一件件给我讲清楚吧。"

"好吧,我讲。"苏查丽姐尽力控制住自己羞怯的心情说,"我的师傅传授了我一些对我来说是很新的知识,要正确地理解它,需要很大的智慧——我感到我正缺少这个——我觉得很难不停地跟自己辩论。不过,姨妈,您一直歪曲了我们的关系,您侮辱了他,又把他赶走了。您和他讲的话没有一句是对的,您对我的想法更是大错特错。这件事您全都做错了!像他这样的人,您是没有办法贬低他的。不过我究竟做了什么事,要您这样折磨我呢?"她一面说,一面泣不成声,只好走出屋子。

哈里摩希妮吓了一大跳,她自言自语地说:"我的老天爷,谁听过这样的话呀?"不过在叫苏查丽姐吃晚饭之前,还是先给了她一点时间,让她冷静下来。

"你听我说,拉姐腊妮,我不是一个小孩子,"哈里摩希妮在苏查丽姐坐下后马上说,"从小我就信奉你所说的印度教,听过不少印度教的教义。你可是一窍不通。戈尔默罕自称为你的师傅,只不过是骗你罢了。我有时也听听他讲话,他的话和传统的观点没有一点共同的地方——他自己杜撰了一些经文,这我很容易就发现了,因为我自己不也有个师傅吗?听我的话,拉姐腊妮,别听他那一套了。到时候我的师傅就会来指引你,传授你正确的经文,他可不会搞鬼。你不用怕,不管你在梵教人家待过没有,我都能想办法把你弄进印度教社会!

谁会知道这件事呢?不错,你的年纪大了些——不过,不少姑娘是成熟得很早的,谁会去检查你的出生证呢?噢,只要你有钱,就没有办不到的事!不会有任何麻烦的!我亲眼看见一个低种姓的男孩变成高种姓,只要花点钱就行了!我要把你送进一个婆罗门的好人家,谁也不敢放个屁,因为他们是印度教社的头头。所以你用不着浪费那么多的眼泪,也用不着去求你那个师傅。"

哈里摩希妮刚开始发表她那篇精心炮制的开场白,苏查丽姐就倒尽了胃口,觉得一口饭也难以下咽了。可是她还是尽了最大的努力,默默地吃了一点儿东西,因为她知道,要是一点不吃,她就会听到一篇更加令人作呕的教训。

哈里摩希妮看见她的话没有得到什么特别的反应,便自言自语地说:"唉!这些人真叫我摸不透!一方面她尽嚷嚷,说自己是印度教徒,把嗓子都喊哑了,可是遇到了机会,却连听都不要听。既不要她去修苦行,也不用去解释,只要花上几个卢比,教社那边就可以安排好了。可是如果连这个都不感兴趣,她怎么能自称为印度教徒呢?"没有多久,哈里摩希妮就发现戈拉是一个大骗子了。为什么会发生这样的大骗局呢?她的结论是:根子在于苏查丽姐的美貌和钱财。能够早一天把这个姑娘和她的公债券一起救出来,送到自己婆家那个安全堡垒去,对大家就越有好处。不过在她的心境还没有改变之前,这是绝对办不到的。因此,为了改变她的心境,哈里摩希妮就日日夜夜大谈她的婆家。她举出各种各样的例子来说明他们家有多大的势力,在他们的教社里,他们可以做到哪些几乎是不可能做到的事。她告诉苏查丽姐有多少无辜的人因为胆敢反对他们,被他们的教社迫害;又有多少人,甚至吃过伊斯兰教徒烧的鸡,只要对他们赔着笑脸,就照样能够沿着印度教社崎岖的道路前进。为了使她的话更有说服力,她把每一个故事都讲得十分详细,有名有姓,还有地点。

波达姗达里从不隐瞒她不欢迎苏查丽姐常到她们家去,因为她一向都是以坦率自豪的。每逢有机会对别人恣意谩骂,她绝不会不提她的这种美德。因此,她用很容易让人听明白的语言表示苏查丽姐休想在她家受到任何有礼貌的款待。苏查丽姐也很清楚,如果她常到他们家去,帕瑞什先生的宁静生活就一定会受到干扰。所以除非有必要,她是不会去的,而帕瑞什先生却一天到她家来一两次。

由于工作繁忙,以及遇到各种烦恼的事,帕瑞什先生已经有几天没能来了。苏查丽姐尽管也遇到了一些麻烦,心里也有些犹豫,但一直盼着他来。她确信关系到他们两个人幸福的亲密关系,任何时候都不会破裂的,可是有一两种外来的、吸引着她的力量使她相当痛苦,不让她得到休息。另外还有哈里摩希妮,她使她的生活过得一天比一天难以忍受。所以今天她冒着触犯波达姗达里的危险,跑到帕瑞什先生家去了。日落的时候,朝西的那座高高的三层楼房在街上投下了长长的阴影。帕瑞什先生独自一人,低着头,心事重重地在阴影里慢慢地走来走去。

"爹,您好吗?"苏查丽姐问道,一面走上去跟他一起散步。

帕瑞什先生正在沉思默想,突然来了个人,不由得吃了一惊,他静静地站了一会儿,望着苏查丽姐说:"我很好,谢谢你,拉姐!"

两个人一起来回踱步,帕瑞什先生说:"罗丽姐星期一就要结婚了。"

苏查丽姐原来一直想问他这次办喜事为什么没有来找她商量或要求她帮助,但突然间觉得自己这边也存在着某种障碍,所以没敢提出来。换了别的时候,她是不会等着帕瑞什先生来找她的。

不过帕瑞什先生自己把她心里一直在想的这个问题提了出来:"这一次我没有能征求你的意见,拉姐!"

"为什么,爹?"苏查丽姐问道。

帕瑞什先生没有回答她的问题,只是继续用询问的目光望着她。苏查丽姐终于忍不住了,便稍稍偏过脸说:"您认为,近来我思想上有了些变化吧?"

"是的,"帕瑞什先生同意地说,"所以我不想对你提出任何要求,免得你为难。"

"爹,"苏查丽姐说,"我一直想把一切都告诉您,可是最近我没能见到您,所以我今天特地跑来了。我没有能力把一切都非常清楚地告诉您,因此,我有点担心,怕我的话您听不明白。"

"我知道这些事三言两语是不容易说清楚的,"帕瑞什先生表示同意地说,"你有一个属于感情方面的问题,虽然你已经感觉到它的存在,但它却还没有定形。"

"对了,正是这样!"苏查丽姐激动地大声说,心里感到舒服多了,"可是我怎么才能让您明白那种感情有多强烈呢?我真像是再生了,有了一种新的意识。我从来不曾用过目前的观点来看自己,从来没有和祖国的过去或未来发生过任何关系。可是现在我心里对这种关系的伟大性和真实性有了如此美妙的认识,简直令我难以忘怀。您听我说,爹,当我说我确实是一个印度教徒的时候,我说的是真话,虽然在这以前,我决不承认我是,现在我毫不犹豫地,甚至强调地说我是一个印度教徒了!说出了我的心里话,我感到很痛快!"

"你已经从各个方面考虑过这个问题并且也考虑过它全部的含意了吗?"帕瑞什先生问道。

"我自己有这个能力从各个方面全盘考虑这个问题吗?"苏查丽姐回答,"我只能说我读了不少书,也和别人做过多次讨论。以前,我没有学会恰如其分地观察事物,喜欢夸大印度教的细节,于是对印度教的整体就产生了反感。"

听见她这样讲话,帕瑞什先生觉得有些吃惊。他很清楚苏查丽姐的思想正在转变,因为她得到了某些真理,便充满了信心。她并没有卷入某种模模糊糊的感情激流中去,变得昏头昏脑,失掉了理解的能力。

"爹,"苏查丽姐接着说,"我怎么能说自己是一个脱离了种姓、脱离了祖国的无足轻重的人呢?我为什么不能说'我是一个印度教徒'呢?"

"换句话说,"帕瑞什先生说道,"你是想问我,为什么我不自称为印度教徒?细想起来,除了印度教社不肯收留我之外,也没有多少重大的理由。另一个原因是,那些宗教见解和我相同的人也不自称为印度教徒。"

"我已经对你解释过,"看见苏查丽姐不响,帕瑞什先生继续说,"这些理由都不很重要,只不过是外在的。一个人不理会这些障碍也能过得去。可是有一个非常重要的内部原因,那就是印度教社会无门可入。至少没有康庄大道,尽管可能有后门。那个社会不是为全人类的——而只是为那些生来就是印度教徒的人准备的。"

"可是一切教社都是这样的呀。"苏查丽姐插进来说。

"不,没有一个重要的教社是这样的,"帕瑞什先生回答,"伊斯兰教社会的大门是对所有的人开放的,基督教社会也欢迎所有的人。甚至在基督教不同的教会里,也通用同一个教规。如果我想入英国籍,那也不是绝对不可能的,只要我在英国住得相当久,够规定年限,而且遵守他们的风俗习惯,那么我就可以进入英国社会,我甚至不必信奉基督教。知道怎样进入迷宫并不难,要寻找道路出来可就不那么容易了。印度教恰好相反,进入他们社会的路完全封闭了,可是出来的路却有万千条。"

"不过,爹,"苏查丽姐争辩说,"多少个世纪以来,印度教徒并没有受到什么损失,印度教社会也依然存在呀。"

"一个社会受到损害,要经过一段时间才能看得出来,"帕瑞什先生回答,"古时候印度教社会的后门是开着的,大家认为一个非雅利安族的人可以成为印度教徒是国家的光荣。就是在穆罕默德时代,到处都还存在着信奉印度教的王公和大地主的影响。因此,那些想脱离印度教的人受到数不清的阻拦和惩罚。现在英国人用他们的法律来保护每一个人,要想用人为的办法强行封闭社会的出口就没有那样方便了。所以在印度,有相当长的时间,印度教徒不断减少而穆斯林却不断增加。照这样下去,慢慢地穆斯林就会占优势,这个国家就不能称为印度斯坦了。"

"可是,爹,"苏查丽姐苦恼地大声说,"防止这种事情发生不正是我们大伙儿的责任吗?抛弃印度教徒不是会进一步造成损失吗?现在正是我们应该聚集一切力量保卫印度教的时候了。"

"只凭主观愿望,死死地抓住不放,就能把人救活吗?"帕瑞什先生充满深情地轻轻拍着苏查丽妲的背问道,"大自然有一条保护法则,谁要是背离它,就会自然而然地被大家抛弃。印度教社会侮辱人,抛弃人,由于这个缘故,现在我们越来越难以维持我们的自尊心了。现在,我们不可能再躲在幕后了——世界的道路四通八达,人们从四面八方侵入我们的社会——要想用法规和经典来筑墙建坝,使我们和别人隔开,已经办不到了。要是印度教社会不立刻唤醒一切力量,听任这种消耗性的疾病蔓延,那么这种和外面世界自由交往的关系就会给印度教社会一个致命的打击。"

"这些我都不知道,"苏查丽妲用一种痛苦的声音说,"如果情况果真如此,如果今天所有的人都抛弃它,那么在这种时刻,至少我绝不能抛弃它。我们是这个不幸的时代的子女,就更加应该在我们的社会遭到危难的时候和它站在一起。"

"小母亲,"帕瑞什先生说,"我不愿意说些什么来反对你心中的新思想。用做礼拜来使自己平静下来吧。在你判断是非之前,先把每一件事和你心中的真理以及你所感到的善的概念调和起来——这样,一切就会变得渐渐清楚起来了。神比一切都伟大,不要在祖国或任何人面前贬低他,因为这样对你、对祖国都没有好处。我怀着这种想法,把我整个灵魂和整颗心都献给神——这样,我和祖国、和一切人的关系就容易变得真诚了。"

这时,一个仆人送来了一封信,把他的话打断了。

"我没有戴眼镜,"帕瑞什先生说,"天越来越黑了,请你念给我听好吗?"

苏查丽妲接过信念给他听。信是梵社的一个委员会写来的,上面有许多显要的社员署名。大意是:鉴于帕瑞什先生已经同意他的一个女儿按照非梵教的仪式结婚,他本人事实上也准备参加婚礼,梵社认为不能再把他算作管理机构的一个成员了。如果他要为自己辩护,他可以写一封解释的信,在下星期日之前送交委员会,委员会将在星期日根据多数票做出最后决定。

帕瑞什先生接过信,把它放在衣袋里。苏查丽妲轻轻地拉着他的手,继续和他来回地踱步。夜色渐浓,隔壁的小巷点燃了一盏灯。

"爹,"苏查丽妲温柔地说,"您默祷的时间到了。今天我想和您一起做祷告。"说完这些话,她和他一起来到他那间僻静的祈祷室,那儿平时用的地毯已经铺好,蜡烛也已经点上了。今天晚上帕瑞什先生的默祷比平时长一些,默祷以后,念了一段很短的祷告,便站起身走了。他走出房门时,看见罗丽妲和毕诺业默默地坐在外边。他们一看见他,便向他行触脚礼。他把手放在他们头顶上为他们祝福,同时对苏查丽妲说:"小母亲,明天我要到你家去,今天让我把事情办完,好吗?"说完便离开了那儿。

这时苏查丽妲正在悄悄地流泪。她像一座石像那样一动不动地在黑暗的走廊里站了好一会儿。罗丽妲和毕诺业也久久没有说话。

苏查丽妲正要走的时候,毕诺业来到她面前轻轻地说:"姐姐,你不给我们祝福吗?"说完便弯下腰向她敬礼。

苏查丽妲用哽咽的声音回答他,说了些什么,那只有老天爷才能听清楚了。

这时,帕瑞什先生来到自己的屋里给梵社的委员会写回信。他在信中写道:"我不能不主持罗丽妲的婚礼,如果你们为此舍弃我,我不会认为你们不对。关于这件事,我只向神提出一个祈求:在我被一个个教社赶出的时候,愿他允许我托庇在他脚前。"

第六十九章

苏查丽妲非常希望能够把帕瑞什先生的话讲给戈拉听。戈拉曾引导她注意印度，设法使她热爱印度，不过，他不是认为印度已经接近崩溃，受到死亡的威胁了吗？印度一直依靠某些内在的规律生存下来了，所以印度人民没有被迫在这个问题上花费许多心思。不过现在不是到了该操心的时候了吗？我们能像从前那样躲在古代的教规后面无所事事地坐在家里吗？

苏查丽妲心想："这里面也有要我完成的工作。是什么工作呢？"她觉得在这样的时刻，戈拉应该来找她，给她发命令，指出路。她想，只要他能把她从一切障碍和侮辱中拯救出来，把她安置在适当的位置上，那么她的工作的真正价值就可以把一切流言蜚语完全遮盖了。她的心充满了自豪感，她问自己戈拉为什么没有来考验她，让她承担一些极其艰巨的任务？——在他的整个教派里，能有一个人肯像她这样轻易牺牲一切吗？难道他看不出这种自我牺牲的热情和力量正是他所需要的吗？让她这样无所事事，被众人的议论所包围，难道国家就不会受到一点损失吗？她丢开戈拉不关心她的想法，对自己说："他绝不会存心抛弃我的！他一定会回到我身边，他一定会来找我；一定会把犹豫和羞怯统统丢掉。不管他是一个多么伟大和强有力的人,他还是需要我的,有一次他还亲口跟我说过这话呢——他怎能因为一些闲话便把这事忘掉呢?"

这时萨迪什跑了进来,站在她身边说:"姐姐!"

"什么事呀,小话匣子先生?"苏查丽妲用胳臂搂着他的脖子高声问道。

"星期一罗丽姐姐就要结婚了,"萨迪什回答,"这几天我要住在毕诺业先生家。他已经邀请我去了。"

"你跟姨妈说过了吗?"苏查丽妲问道。

"是的,我跟她说过了,"萨迪什回答,"她生气了,说这事她不知道,叫我来问你,看看你认为怎样做最好!姐姐,不要不让我去!我不会耽误读书的。我每天都读书,毕诺业先生会帮助我的。"

"他们正在布置新房,你一定会吵得他们头昏脑涨的。"苏查丽妲反对说。

"不,不,姐姐,"萨迪什嚷道,"我答应你一点都不吵他们。"

"你准备把你的小狗库得也带去吗?"苏查丽妲问。

"对了,"萨迪什回答,"我一定得带它,因为毕诺业先生特别关照我要带它去。他另外还寄了一张写上它名字的红请帖,帖上写着务请阖第光临,参加婚礼早宴。"

"他的家属指的是谁呀?"苏查丽妲问。

"怎么,当然是我啦,毕诺业先生说的就是我!"萨迪什不耐烦地喊道,"还有,姐姐,他要我带着那个八音盒去,所以请你把它交给我!——我答应你,绝不会把它打碎。"

"要是你把它打碎,我就谢天谢地了!"苏查丽妲提高声音说,"现在我终于明白为什么他一直说你是他的朋友了!这是为了可以弄到你的八音盒,免得结婚时要花钱去雇乐队!这就是他的花招,对不对?"

"不,不,绝不是那样!"萨迪什激动地喊道,"毕诺业先生说要请我当他的傧相。姐姐,傧相要做些什么呀?"

"噢,当傧相得整天禁食。"苏查丽姐解释说。

可是萨迪什一点也不相信。苏查丽姐把他拉到身边问道:"嗯,话匣子先生,你长大了准备干什么?"

萨迪什立刻就做出回答,因为他早就注意到他的老师是一个学问渊博、又力极大的模范人物,早就下定决心,长大之后一定要当一个教师。

"那你就要做很多的工作,"苏查丽姐听了他的志愿之后说,"我们俩一起来做好吗?我们必须拼命工作,使我们祖国变得十分伟大!不过我们用得着使它伟大吗?有哪一个国家像我们的祖国那样伟大?需要伟大的是我们自己!你知道吗?你明白吗?"

萨迪什可不是那种肯承认自己有所不懂的人,于是他加强语气说:"我明白!"

"你知道我们的祖国、我们的种族有多伟大吗?"他姐姐继续说道,"我怎样才能给你说清楚呢?这是一个了不起的国家!神要使它超越世界上一切国家已经有多少千年了?多少人从别的地方到这儿来促使这个意旨实现?多少伟大的人物诞生在我们的国土上?多少重大的战争以这个地方作战场?在这里发表了多少伟大的真理?修了多少伟大的苦行?人们从多少不同的观点研究宗教?生命的奥秘又有多少不同的答案呀?这就是我们的印度!弟弟,你必须知道她十分伟大,永远不能忘记她或者轻视她!我今天给你讲的这些,有一天你会明白的——其实,我相信即使在现在,有些话你也已经懂得了。你要牢牢记住一点——你生在一个伟大的国家,必须全心全意地为她工作。"

"姐姐,那你干什么呢?"萨迪什沉默了片刻问道。

"我也要参加这项工作,"苏查丽姐回答,"你愿意帮助我吗?"

"我愿意!"萨迪什骄傲地挺起了胸脯。

家里没有一个人苏查丽姐可以把心里话向他倾诉,所以就把全部的热情倾泻在她小弟弟身上。她使用的语言对一个年龄像他那样大的小男孩是不太合适的——但苏查丽姐没有考虑这些。她对自己新近获得的知识十分热爱,认为只要把自己学到的东西充分说明,那么不论老少都能根据自己的能力去理解它——要是为了让别人好理解而略去某一部分就反而会歪曲真理。

苏查丽姐的一番话激起萨迪什的想象力,他说:"我长大之后,赚好多钱……"

"不!不!不!"苏查丽姐提高了声音说,"不要提到钱。话匣子先生,钱对你我都没有用处。我们要做的那种工作需要的是我们虔诚的心、我们的生命。"

谈到这儿安楠达摩依走进了屋子,苏查丽姐一看见她,周身的血都奔腾起来了。她向她施礼,萨迪什也想跟着做,但显得笨手笨脚,因为他还不大习惯给人行礼。

安楠达摩依把萨迪什拉到身边,吻了吻他的头,转过脸对苏查丽姐说:"我来找你商量件事,小母亲,因为我没有别的地方可去了。毕诺业说他的婚礼一定要在我家里举行,不过我没有同意,我问他是不是已经变成这样一个大老爷,必须在自己家里娶媳妇才能称心。可是那样是办不到的,所以我选了一所离你这儿不远的房子。我刚刚从那儿来。请你和帕瑞什先生说说,请求他答应。"

"我爹无疑是会答应的。"苏查丽妲保证说。

"到你爹那儿去了之后,"安楠达摩依紧接着说,"你还要到新居去。婚期定在星期一,这几天我们得把新居布置好。时间剩下不多了!本来我一个人也可以安排妥当的,不过我知道如果你不去帮忙,毕诺业一定会十分难过。他没有勇气自己直接来找你——事实上,他在我面前连你的名字都没提过——从这里我也可以看见,在这一点上,他是很伤心的。你绝不能袖手旁观——因为那样也会伤害罗丽妲。"

"妈妈,您能参加这个婚礼吗?"苏查丽妲惊愕地大声问道。

"你这是什么意思呀?"安楠达摩依问道,"你怎么跟我用'参加'这种字眼呢?难道我仅仅是一个外人,所以你可以用这样两个字吗?怎么,这是毕诺业的婚礼呀!在这种时候,我必须替他把一切都安排好!不过我跟毕诺业说过,在这个婚礼上,我不是他这边的人,而是新娘那边的人——他到我家里来和罗丽妲结婚!"

安楠达摩依对罗丽妲充满了怜悯之情,因为她虽然有母亲,可是在她一生的这个吉祥的日子被她母亲赶出家门了。因为这个缘故,她才这样竭尽全力地去防止在婚礼上可能出现一点点罗丽妲没有人关怀或爱护的迹象。安楠达摩依要代替她的母亲,亲手给罗丽妲打扮,要做好欢迎新郎的一切准备,让两三个请来的客人受到热烈的款待。而且要把房子收拾得这样整洁,好让罗丽妲一搬进来就感到十分舒适。

"要是您这样做,您不会受到责难吗?"苏查丽妲问道。

"也许会,不过那又有什么关系呢?"安楠达摩依感叹地说,想起了摩希姆大吵大闹的样子,"即使有一点唠叨,只要不声不响,过一阵子人们就会完全忘记的。"

苏查丽妲知道戈拉不会参加婚礼,她很想知道他有没有设法阻拦安楠达摩依。但她没法提出这个问题,而安楠达摩依却连戈拉的名字都没有提到。

哈里摩希妮早已听见安楠达摩依来了,不过她慢悠悠地干完她的活才来见她。

"啊,姐姐,你好?"她问道,"我很久没有看到你,也没有听到你的消息了!"

"我是来接你的外甥女的。"安楠达摩依说,根本就没有注意到她的抱怨,而且把他们的打算也都告诉了她。

哈里摩希妮板着个脸,一声不响地坐了一会儿然后才说:"我不能参与这件事。"

"不,姐姐,我并不想麻烦你,"安楠达摩依说,"你用不着担心苏查丽妲,我随时都和她在一起。"

"那么,我还是把话讲清楚了吧,"哈里摩希妮恼火地大声说,"拉姐腊妮总是说她是一个印度教徒。事实上,她也是朝着那个方向走的。不过如果她想进入印度教社会,她就得走得稳一点。就是照现在这样,将来闲话也少不了,虽然我可以想点办法——不过从今天起,她非得特别小心不可了。人们首先要问,她这么大了,为什么还不结婚——这个问题,我们可以想法回避,不做明确的答复——要是我们想想办法,并不是不能给她找一个好丈夫,可是你说说看,一旦她又恢复过去的老样子,我们还能管得了她吗?你们家也是印度教家庭,这些你都知道,你怎么有脸说出这种话呢?要是你自己有个女儿,你能让她去参加这样的婚礼吗?你不也得想想她自己的婚礼吗?"

安楠达摩依吃惊得这样厉害,只能惊奇地看着苏查丽妲,她羞得满脸通红。

"我并不想勉强她去参加,"安楠达摩依说,"要是她不愿意,那么我……"

"那么我就弄不明白你究竟是什么意思了,"哈里摩希妮提高了声音说,"你自己的儿子一直给她灌输他那一套印度教的见解,现在你又带来了你这些看法!你是突然从天上掉下来的吗?"

从前的那个哈里摩希妮哪里去了?住在帕瑞什先生家的时候,她总是胆小得像一个罪犯,只要有人对她稍稍表示赞许,她就死死抓住不放。今天她像一只母老虎那样保卫自己的权利。她一天到晚都感到坐立不安,怀疑她周围的人都和她作对,想办法把苏查丽妲抢走。她弄不清楚谁是敌人、谁是朋友——今天她心里感到不安,就是因为这个缘故。以前,当她看见自己整个世界全是一片空虚的时候,她曾从她所托庇的神那里寻求安慰,可是现在她的心再也不能从他那里得到安慰了。以前她曾经十分迷恋尘世生活,后来无情的灾难使她弃绝尘世,心里完全摈弃了金钱、房产或亲戚,甚至想都不愿想一想。如今,创伤稍稍平复,尘世便又开始对她施展致命的魅力,一切希望和欲望,连同积累了多少天的饥渴,又在她的心里苏醒过来了。她回到她以前摈弃的尘世,速度如此之快,使她变得比原先在尘世的时候还要坐立不安!安楠达摩依看见哈里摩希妮在寥寥几天之内,无论是面容眼神、举止行动、言谈态度都发生了这样的变化,不禁大吃一惊;她那颗温柔慈爱的心为苏查丽妲充满了痛苦与忧虑。如果她事先对这种潜伏的危险稍有觉察,就决不会来请苏查丽妲参加婚礼了。可是现在她的问题却变成怎样才能使苏查丽妲不受打击了。

哈里摩希妮指桑骂槐地攻击戈拉的时候,苏查丽妲一语不发地站了起来,低着头走出了屋子。

"姐姐,你不用担心,"安楠达摩依说,"这些事以前我都不了解,不过我不再要求她去了。你也不要再说她。她从小受的是另一种教育,要是你一下子管得太严,恐怕她会受不了的。"

"我活了这么大的年纪,你以为我连这个都不懂吗?"哈里摩希妮叫屈地说,"让她当面告诉你,我有没有使她为难过!她愿意干什么就干什么,我从来都没有说过一句话。我总是说,只要老天爷让她活下去,我就心满意足了。噢!我多么不幸呀!想到有一天不知道会出什么事,我就简直睡不着!"

安楠达摩依离开的时候,苏查丽妲从房间出来向她行礼。安楠达摩依慈祥地把手放在她的头上说:"亲爱的,我要来把一切都讲给你听的,所以你不必难过。靠神的恩典,这件好事会圆满结束的。"

苏查丽妲没有回答。

第二天一清早,安楠达摩依就带着她的女仆拉契米去打扫新居的堆积了很多天的尘土,她刚用水把地板完全冲洗干净,苏查丽妲就来了。安楠达摩依一看见她,便扔下扫帚,把她紧紧地抱在怀里,然后又开始热心地擦刷、打扫和冲洗房子里的一切东西。

帕瑞什先生给了苏查丽妲一笔足够置办一切的钱,她们拿它作为基金,开了一个单子,一项项地核算着。

过了一会儿,帕瑞什先生和罗丽妲来了。罗丽妲已经在家里待不下去了,因为没有人有勇气跟她说话,他们的沉默处处都像是故意给她打击。更糟糕的是,波达姗达里的朋友一群群地来看波达姗达里,向她表示同情。帕瑞什先生觉得罗丽妲最好还是干脆从家里搬出去。临别的时候,罗丽妲去给她母亲行触脚礼,在她走了之后,波达姗达里仍然侧着脸坐在那儿,眼睛里含着泪花。

拉布雅和丽拉在心的深处对罗丽妲的婚事都很兴奋,如果能够在什么事情上找到一个借口,她们都会立刻跑去参加婚礼的。可是在罗丽妲和她们告别的时候,她们想起了对梵社的不可动摇的责任,便摆出一副非常庄严的面孔。罗丽妲在大门口看见了苏梯尔,可是他后边站了一群年纪比较大的人,没法跟他说话。上了马车之后,她看见座位角上有一个纸包,打开一看,原来是一只德国银瓶,上面刻着:"愿神赐福给美满的一对。"瓶子上拴着一张卡片,上面写着苏梯尔的名字的头一个字母。罗丽妲原来下定决心,今天不让自己流一滴眼泪,但在离开娘家的时刻,收到了童年时代一个朋友象征友情的唯一纪念品,她无法控制自己,泪水哗哗地流了下来。帕瑞什先生静静地坐在角上,也擦了擦他的眼睛。

"进来,亲爱的,进来!"安楠达摩依喊道。她拉住罗丽妲的双手,把她领进屋子,好像她一直在盼着她似的。

"罗丽妲从此离开我们家了。"帕瑞什先生派人把苏查丽妲找来之后解释说。他说话的时候声音在颤抖。

"爹,她在这儿不会缺人疼爱的。"苏查丽妲拉着他的手说。

帕瑞什先生正要离开,安楠达摩依把纱丽提起来盖住头走到他跟前向他鞠了个躬,帕瑞什先生好像有点儿慌乱地连忙还礼。

"请一点都不要为罗丽妲担心,"安楠达摩依安慰他说,"她在您交托的那个人手里是永远不会受苦的。神终于满足我最迫切的愿望。我本来没有女儿,现在有一个了。长期以来,我就一直希望从毕诺业的新娘身上补足我没有女儿的缺陷——经过好长的一段时间,神终于用一个如此巧妙的办法,用这样一个好姑娘来满足我的愿望,我做梦都没有想到有这样的好运气。"

从罗丽妲提亲的那一天起,帕瑞什先生的心情一直十分忧虑,今天是他第一次得到一些安慰,找到一个避难所。世界上只有这个地方才能使他的心得到安宁。

第七十章

戈拉出狱之后,家里每天都来很多客人。他们大发议论,大事奉承,弄得他应接不暇,简直透不过气来。渐渐地他在家里待不下去了,于是像从前那样在各个村子里漫游。

他经常稍微吃点东西,一清早就离开家,直到深夜才回来。他乘上火车,在离加尔各答不远的车站下来,在各个村子里漫游。在那儿,他成了陶工、卖油郎和别的低种姓人家的客人。这些人不明白这个身材高大、皮肤白皙的婆罗门青年为什么要来访问他们,关心他们的欢乐与忧愁。事实上,他们对他的动机还常常感到怀疑呢。可是戈拉不管他们是否怀疑和踌躇,在他们当中随意地来来去去,即使有时他们说了些不中听的话,他也毫不在意。

他越观察他们的生活,心里就越是经常出现这样一个想法:社会的束缚在这些村民当中要比在受过教育的人当中大得多。

在每一个人的家里,不论白天还是黑夜,不论是吃、喝、接触或礼节,全都在社会的监视之下。每一个人对社会的风俗习惯都抱有一种纯朴的信仰——从来对它们没有发生过任何怀疑。不过对风俗习惯和社会束缚的这种盲信,并没有使他们产生一点点应付日常生活的能力。全世界能否找出一种像人类这样软弱、这样胆小、无能到分辨不出什么对自己有益的动物,实在是值得怀疑的。除了遵从传统的习惯,他们的头脑完全不知道什么对他们有益,即使给他们解释,他们也还是不能理解。由于受到被人惩罚的威胁以及宗派主义精神,他们认为禁令比世界上任何东西都伟大——他们的整个躯体好像从头到脚都被罩在一种惩罚的大网里,只要违反禁止他们做这做那的规章制度,就要受到各式各样的惩罚。但这是一张用债务织成的网,这束缚是债权人和放债人的束缚而不是国王的束缚。不管是在幸运或不幸的时候,他们都不能团结起来,肩并肩地坚决站在一起。戈拉不能不看到,人正在利用传统和习惯作为武器,吸别人的血,用一种冷酷无情的方式使别人沦为赤贫。他经常看到,当一件事与社会有联系,就没有一个人对别人稍稍存着怜悯之心。一个穷人为了给久病的父亲买药、治疗和买特种饮食,把钱几乎全部花光,可是没有一个人给他一点儿帮助——相反,村子里的人反而说他父亲患慢性病一定是由于他背地里干了坏事,因而受到惩罚,因此他必须花更多的钱去行涤罪礼。谁都知道这个不幸的人贫穷无依,但没有人可怜他。各种和社会有联系的事都会发生类似的情况。例如警察前来调查一桩抢劫案会给村子带来比抢劫更大的灾难;父亲或母亲的葬礼比父亲或母亲的死亡造成更大的不幸。没有人会因为别人贫穷或无能为力而去原谅他——不管用什么方式,社会残酷无情的要求非得满足不可,哪怕倾家荡产也得这样。提亲的时候,男方采取一切策略,加重姑娘的父亲的负担,使他无法忍受,对这个可怜的人毫无恻隐之心。戈拉看见社会在人需要的时候,不给他帮助;在他不幸的时候,不给他鼓励;它只是用惩罚去折磨他,使他蒙受屈辱。

戈拉生活在知识分子的圈子里,忘记了上述事实,因为在知识分子的社会里,为了共同的利益,一种外在的力量,促使大家团结一致。在那个社会,可以看到许多促进团结的努力,唯一令人担心的是,由于互相模仿,他们追求团结的努力不会产生什么效果。

不过在死气沉沉的乡村生活中,戈拉却看到了祖国赤裸裸的、恬不知耻的软弱形象。在这里,外来的打击不能立时发生影响。通过服务、爱情、同情、自尊和对全人类的尊重,给予所有人以力量、生命和幸福的宗教,连影子也看不到。传统只是把人分为各种等级,又把不同的等级互相隔离,甚至把爱情也赶得老远;它不愿人类探索的结果得以实现,只是在人类来往的路上到处设下障碍。在这些村子里,这种盲目的束缚造成的残酷、罪恶的后果已经被戈拉从各个方面看得很清楚(因为他可以看见它是怎样从各个方面攻击人类的工作、智慧、健康和宗教原则的),他再也不能用自己织成的幻想来欺骗自己了。

首先,戈拉注意到村子里低种姓的人中间,由于缺少女人或者什么别的原因,花上一大笔聘礼才能娶到一个媳妇。许多人终生都只好打光棍,许多人很晚才能成亲。另一方面,却严厉禁止寡妇再嫁。由于这个原因,许多人的健康毁了,大家都同样感到它不好和不方便。每一个人都被迫背上这种不幸的负担,然而无论在什么地方,都没有人能想出补救的办法。戈拉在知识分子当中是主张在任何方面都要严格遵守传统习惯的,可是同一个戈拉,在这些村子里却无情地攻击传统习惯。他设法说服了那些祭司,不过他没能使村民赞成他的观点。他们对他发了火,大声嚷道:"这一切都很好,不过你们婆罗门先娶寡妇,然后我们再跟着你们做。"

他们发火的主要原因是以为戈拉看不起他们,因为他们是低种姓。以为戈拉是来传道,让他们相信,像他们这样的人,行动上最好采取低标准。

戈拉在各个村子里漫游的时候,还注意到一件事,那就是在穆斯林当中有一些东西能够使他们团结起来。他看到村子里发生不幸或灾难的时候,穆斯林肩并肩地站在一起,这种情况印度教徒是从来没有的。他常常问自己,他们住得这么近,为什么会有这样大的差别?他心里有一个答案,但他不愿意承认它是正确的,因为要他承认穆斯林靠宗教来维护团结而不单靠习惯和传统,是会使他极其痛心的。一方面,习惯的束缚没有完全失掉作用,另一方面,宗教的束缚又使他们彼此很亲密。他们团结起来,抓住一种不是消极而是积极的东西。通过它,他们成为财富的所有者而不是负债人——受到它的号召,一个人可以马上站在他的教友旁边,从容就义。

戈拉过去在知识分子圈子里写文章、争论和发表演说,都是为了影响别人。为了引导别人走他的路,他凭借想象力,把自己的话涂上玫瑰色,那是很自然的。他把简单的道理用巧妙的解释包裹起来,把一片实际上是无用的废墟,在自己的感情的月光下,变成一幅迷人的图画。因为有一批人跟他的国家作对,认为这个国家一无是处,戈拉出于对祖国无比的热爱,为了使祖国不受这种人侮辱,便不分昼夜地尽力用他自己美好的情感屏幕来掩盖一切。戈拉已经把他的教训牢牢记在心头:祖国的一切都是美好的;一件事从一种观点来看,可能是过失,但从另一种观点来看,却可能是美德,这些他都不打算像辩护士那样去证明——他只是盲目地信仰这一切。即使处于最不利的地位,也要巍然屹立,紧紧地握住这面信仰的大旗,在敌对的教派面前,像挥动一面胜利的旗帜那样,骄傲地挥舞着它。他的座右铭是:先恢复人们对祖国坚定的信仰,然后才谈得到别的工作。

可是,当他走出城市,到那些村子里,他就没有听众,也没有什么需要证明的东西,也不需要鼓起一切力量去和别人做斗争,把那些对祖国表示轻蔑和不敬的人打倒在地;他觉得再也不能隔着任何一种屏幕去看真理了。他对祖国无比的热爱使他对真理的认识更加敏锐了。

第七十一章

　　凯拉什身上穿了一件柞蚕丝的上衣,腰上围了一条披巾,手里提着一个帆布袋来到哈里摩希妮面前向她行礼。他大约有三十五岁,身材很矮小,脸盘宽大,皮肤绷紧,下巴的胡须已经有几天没有刮,活像收割后的庄稼。

　　哈里摩希妮隔了这么久才看到婆家的亲人,简直快乐极了,她高兴地大声说:"唷,唷,我的萨库波来了!请坐,请坐!"她在地上铺了一张席子请他坐下,问他要不要喝点水。

　　"不用了,谢谢您。"他回答说,"您的气色不错。"

　　"唉!"哈里摩希妮恼火地大声说,仿佛别人说她气色好对她是一种侮辱似的,"你怎么能这么说呢?"她于是把她各种各样的病痛数了一遍,并且说,"我只有死掉,才能摆脱这个讨厌的臭皮囊!"

　　凯拉什反对这种悲观的说法。虽然他的哥哥已经去世,但为了证明他们全都真心真意地希望哈里摩希妮长命百岁,他说:"您可不能那样说话。您想,要是您已经去世,今天我就不会在加尔各答了。在您的这个家里,我头顶上至少还有点什么挡挡风雨。"

　　凯拉什把村子里亲友、邻居的消息从头到尾报道完之后,突然朝四面看了看问道："我想,这就是那所房子了,是吧?"

"不错。"哈里摩希妮回答。

"我看这所房子倒挺结实的。"凯拉什说。

"当然结实!我看它没有一处不结实!"哈里摩希妮大声说,设法引起他的热情。

他仔细地观察,注意到横梁是用坚固的榆木制造的,门窗用的木料也不仅仅是芒果木。墙壁有两块砖还是只有一块半砖厚也没有逃过他的眼睛。他还问楼上楼下统共有多少房间。总的来说,他对观察的结果还是相当满意的。盖这样一所房子要花多少钱,他很难估计,因为他对砖瓦灰浆的好坏和价格不大在行。不过他坐在那儿,一边摇动着脚指头,一边心里暗自盘算,盖这所房子大概得花上一万五到两万卢比。可是他没有这样明说,只是讲:"您觉得怎么样,嫂子,这所房子至少总得值个七八千吧,您不这样想吗?"

"你说什么?"哈里摩希妮大声嚷道,对他这种乡巴佬似的无知表示诧异,"七八千卢比,亏你说得出口!哼,绝不会少于两万卢比!"

凯拉什非常注意地仔细察看能够见到的一切。他一想到只要他点点头,就可以成为这座榆木横梁、柚木门窗、修建得很好的大房子唯一的主人,就感到美滋滋的。他说:"房子还不错,可是姑娘呢?"

"她突然被请到她姑母家去做客,已经在那里住了三四天了。"哈里摩希妮连忙回答。

"那么,我怎么能看见她呢?"凯拉什抱怨道,"一两天之内我要出庭打官司,明天就得走。"

"现在先别管你的官司了,"哈里摩希妮说,"在这件事办妥之前,你不能离开这儿。"

凯拉什盘算了一会儿,心想:"嗯,就算我不出庭,他们最多也只能给我一个不利的判决。那有什么?让我先仔细看一看这儿,看看他们准备拿什么作为补偿吧。"突然,他看见哈里摩希妮那间拜神的屋子,屋角上有一摊积水。那间屋子既没有下水道,也没有水沟,可是哈里摩希妮每天还是要洗地板,所以屋角上总有一点积水。凯拉什看见这种情况心里很不舒服,他生气地嚷道:"嫂子,您这可不对!"

"怎么啦,什么事呀?"哈里摩希妮问道。

"那边有一摊水!让地板这样积水可不行!"凯拉什解释说。

"可是我有什么办法呢?"哈里摩希妮不同意地说。

"不,不,那绝对不行!"凯拉什抗议说,"那样地板就会沤烂的!不行,嫂子,我告诉您,那间屋子决不能洒一点儿水。"

哈里摩希妮没有作声,直到凯拉什问她苏查丽妲长得怎么样,她才说话。

"你一见到她,马上就会明白了,"哈里摩希妮说道,"我可以这样说,你们家到现在为止,还没有娶过这样的媳妇呢。"

"您说什么?"凯拉什喊道,"我们家的二嫂……?"

"呸!"哈里摩希妮打断他的话说,"她可没法跟我们的苏查丽妲比!不管你怎么说,你最小的那个兄弟的媳妇倒比你二嫂好看得多。"

应当解释一句:哈里摩希妮是不大喜欢那位二嫂的。

他二嫂美,还是弟妹美,凯拉什并不感兴趣,可是他渐渐地想出了神,在心里创造了一个杏仁眼、直鼻梁、弯眉毛、长发垂腰的美女形象。

  从她这边来看,哈里摩希妮看出事情很有希望。真的,就连姑娘在社会关系上的一切缺点似乎都不那么重要了。

第七十二章

毕诺业知道近来戈拉每天都出去得很早,所以星期一那天黎明之前,便动身到他家去,径直走到顶楼他的寝室。在那儿没有找到他,毕诺业便向一个仆人打听,仆人告诉他戈拉在他的祈祷室拜神。毕诺业听到这个消息,心里有点诧异,到那儿一看,看见戈拉正在那儿顶礼膜拜。他身上围了一块绸腰布,披了一件绸晨衣,但他那魁梧的身体大部分是裸露的,露出雪白的皮肤。更让毕诺业吃惊的是,看见他竟然按照印度教的仪式拜神。

戈拉听到脚步声,回过头来,看到毕诺业,惊愕地高声喊道:"不要走进这间屋子!"

"你不用害怕,"毕诺业保证说,"我不进去,不过我是专程来拜访你的。"

戈拉走了出来,换了衣服,把毕诺业带到楼上坐下。毕诺业说:"戈拉老兄,你知道今天是星期一吗?"

"当然是星期一,"戈拉笑着说,"日历不可能不准,至于你,你也不会弄错日子。不管怎么说,今天不是星期二,这是毫无疑问的。"

"我知道你大概不会来,"毕诺业声音颤抖地说,"不过今天不和你谈一谈,我没法走那一步。所以,我今天这样早就来找你。"

戈拉一动不动地坐在那里,什么也没有回答。毕诺业接着说:"那么,你已经决定不来参加我的婚礼了?"

"不,毕诺业,我不能去。"戈拉回答。

毕诺业不再说话了。戈拉把痛苦藏在心里,笑了一下说:"我不去有什么关系呢?反正你胜利了,因为你已经把妈妈拉过去了。我尽了全力不让她去,可是我拦不住她。所以,甚至关系到我妈的事,最后我还是不得不输在你手里!毕诺业,地图上一个个国家都涂上了红色。我这幅地图不久就只剩下我一个人了!"

"不,老兄,请你不要怪我!"毕诺业恳求说,"我一再跟妈妈讲,她用不着参加我的婚礼,可是她说:'毕诺业,你听我说,不愿参加你婚礼的人,即使受到你的邀请,他们也不会去。要去的人,即使你不许他们去,他们也还是要去的。所以,你还是不响的好。'戈拉,你说你不得不输在我的手里,不过实际上你是不得不输在你妈的手里,而且不止一次,而是千百次!你在什么地方能找到一个像她这样的母亲呢?"

虽然戈拉曾经竭尽全力劝安楠达摩依不要去参加毕诺业的婚礼,但不管他生气还是苦恼她还是不同意时,戈拉在心的深处倒并不很痛苦,实际上,反而挺高兴。他觉得不管毕诺业和他之间的鸿沟有多深,他母亲无限的慈爱总会像甘露一样洒在毕诺业身上,那是肯定无疑的,因此,他心里感到又满意又安宁。从别的角度来看,他可能和毕诺业十分疏远,但由于母亲不朽的爱,把他们联系起来;这两个生死之交一生都会被最深切、最亲密的关系联结在一起的。

"那么,老兄,我走了,"毕诺业说,"如果你实在不能来,

491

那我就不恭候了。不过,请不要对我怀恨在心。你只要明白,通过这个结合,我完成了一生中一个多么伟大的意愿,你就决不会让这件婚事破坏我们的友谊了。真的,我告诉你的都是实话。"他一边说,一边站起来准备动身。

"坐下,毕诺业,坐下来!"戈拉极力劝他说,"今天晚上才是吉日良辰——现在何必这样着急呢?"

毕诺业立刻坐了下来,他的心被这个意外的热情要求深深感动了。

于是,这两个朋友,经过了这么长的时间,又像以前那样亲密地交谈起来了。戈拉说话时又用了那种亲切的调子,今天他的话在毕诺业的心弦上引起了共鸣。于是,毕诺业也滔滔不绝地谈了起来。多少无关重要的琐碎小事,要是用白纸黑字写出来,一定会显得毫无意义,甚至是荒谬可笑的,他谈起来却带有谱成曲子的史诗那种不断出现的悦耳音调。在他心里演出的那幕美妙的戏剧,被他用如此巧妙的语言描绘出来,听上去非常动人,而且无比美妙。他生活中这种从未有过的经验究竟是什么?充满他心灵的这种无法形容的感情——每一个人都体验过吗?每一个人都有能力抓住这种感情吗?毕诺业确实相信在世俗社会的一般男女关系中,这种极其崇高的音调是听不到的。他一再地告诉戈拉决不要拿这种关系和别的关系相比,他的这种经验,别人以前是否也有过,是值得怀疑的!如果大家都有过这种经验,那么,整个人类社会就到处都会随着新生活的巨浪而激荡起来,就像一切森林闻到春天的气息,都会披上鲜花绿叶而欢欣鼓舞一样。这时,人们就不会像现在这样,只是吃饭睡觉,过着枯燥的生活。而生活中,不管有多少美好的事物,或多大的力量,也都会自然而然地以各种各样的形式和色彩呈现出来。这就是那根魔杖,谁碰到它,都不会忽视它或对它无动于衷。通过它,即使是最平凡的人也会变得十分杰出。一个人一旦尝到了这种少有的经验的力量,他对生活的真谛,就会多少懂得一点了。

"戈拉,"毕诺业心醉神迷地说,"我敢肯定地说,可以使人整个天性在刹那间觉醒过来的唯一的媒介就是这种爱情——不管出于什么原因,在我们这些人当中,这种爱情是微弱的,因此,我们对自己都没有全面的认识——我们不知道心里有些什么,不能把隐藏在内心的东西显露出来,不能使用积蓄在内心的情感——所以,我们在各个方面才这样闷闷不乐,振奋不起来!所以,除了一两个像你这样的人以外,没有人知道我们每一个人都有一颗这样伟大的心——一般人对这一点都是意识不到的。"

毕诺业的热情被摩希姆很响的呵欠声打断了。摩希姆刚从床上爬起来去洗脸洗手,于是毕诺业站起身向戈拉告辞了。

戈拉站在屋顶平台上,望着行将破晓的玫瑰红的天空,深深地叹了一口气。他在平台上来回踱步,待了很久。今天他没有出去,没有像往常那样到村子里去访问。

那天早晨,戈拉心里感到空虚,也感到渴望着什么,那不是任何工作所能满足的。不但他自己,就连他一生的全部工作,都似乎高高地伸着手说——我要光,一种明亮、美丽的光。世上一切好像都是现成的,钻石和珠宝并不昂贵,刀枪铠甲并不难得——只有使柔和美丽的曙光更加光辉灿烂的希望与慰藉偏偏找不到,它在哪儿呢?增加一些已经有的东西并不费什么力,可是我们期待的却是能使事物显得更加绚丽可爱的东西。

493

毕诺业曾说过,在某些幸运的时刻,我们躲藏在男女的爱情之中,一种说不出的少有的感受使我们的生活光辉灿烂。现在戈拉对这些话不能像以前那样一笑置之了。他心里承认这不是一般的灵魂的结合,它使生活臻于美满,它使人与人之间产生一种新的关系,在这种关系中,一切都会取得更大的成就,并且使人的幻想具有形体,使这个形体充满了新的生命。这种结合不但加强身心的力量,它还给生活带来了一种新的乐趣。

今天,在毕诺业和社会决裂的时候,他的心却在戈拉的心里激起了一片完美和谐的音乐。毕诺业已经离开他了,可是白天慢慢地消逝,音乐却没有消失。就像两条奔向大海的河流汇合在一起那样,毕诺业的爱情之河和戈拉的爱情之河也汇合在一起了,它们激起澎湃波涛,发出巨大的声响。戈拉原先一直千方百计地加以削弱、加以阻挠、掩盖起来的那些他不愿意看见的东西,现在已经冲破堤岸,非常清楚地显现出来了。戈拉再也没有力量说它不合礼仪,或者说它卑鄙无耻了。

整整一天,戈拉都在想这些事,最后,在苍茫的暮色中,戈拉取下一条披巾把它披在肩上,走出大门,一面还对自己说:"我一定要要求应得的权利,否则我就要虚度此生了。"

在这个世界上,苏查丽妲一直在等待着他的召唤,这一点戈拉是毫不怀疑的,而且他决定当天晚上就要彻底完成这个任务。

戈拉穿过拥挤的加尔各答街道时,似乎对任何人和事都无动于衷,因为他的心是这样地集中在一个目标上,它早已超脱他的肉体,飞到远方去了。

来到苏查丽妲家门口,戈拉突然清醒过来了。从前,他从来没有看见苏查丽姐家的大门关闭过,可是今天,它不但关闭,而且他推了推,发现它还是上了锁的。他犹豫了一下,然后重重地敲了两三下门。最后一个仆人出来了,他在朦胧的暮色中看见戈拉,没等他问,就说:"小姐不在家。"

"她在哪儿?"戈拉问。

仆人告诉戈拉小姐两三天以前就到什么地方帮助罗丽姐筹备婚礼去了。

刹那间,戈拉几乎决定要去参加婚礼了。"什么事,先生?你有什么事吗?"他正在犹豫的时候一位不认识的先生从屋内走出来问他。

"没有,谢谢。"戈拉从头到脚打量了他一番之后回答说。

"进来坐坐,抽袋烟好吗?"凯拉什恳恳他说。

凯拉什因为没有人和他做伴,觉得生活十分沉闷,要能找到一个人进来聊聊天,他就觉得舒坦多了。白天,他可以拿着水烟筒,走到巷口,看大街上的来往行人,总还能把时间打发过去,可是到了傍晚,他就不得不回家,简直要把他闷死。可以和哈里摩希妮谈的问题全都谈过了,因为她谈话的范围非常狭窄。因此,凯拉什在大门旁边的小屋子里放了一张床,他时不时带着水烟筒坐在那儿和仆人聊天,以此消磨时间。

"不,谢谢你,现在我得走了。"戈拉回答。凯拉什还没有来得及再提出邀请,他已经走到小巷另一头了。

戈拉心里有一个坚定的信念:他一生遇到的事情大部分都不是偶然的,他个人的愿望也未必能够完全实现。他相信他生来就是为了完成祖国命运的主宰赋予他的某一特殊使命的。

因此,虽然是他生活中最小的事情,对他来说都具有特殊的意义。而今天尽管他这方面有着如此强烈的愿望,苏查丽妲的大门对他却是关上的,听到苏查丽妲不在家的消息,他就深深相信他的希望受到阻碍,其中一定有它特殊的含义。指引戈拉前进的神已经以这种方式让戈拉知道他不赞成这种做法。很清楚,今生今世这扇门对他永远是关闭的,苏查丽妲并不属于他。像戈拉这样的人,被自己的情欲欺骗是不行的——他必须对欢乐与悲伤都无动于衷。他是印度的婆罗门,他得代表印度去礼拜天神,他的工作就是修苦行。他不应该有情欲和依恋,戈拉对自己说:"神已经清清楚楚地向我显示了依恋是什么样子,并且已经指出它是不洁净的,其中没有安宁。和酒一样,它色红而味辣——它不允许你心中得到安宁,它把事情弄得混淆不清——我是一个托钵僧,在我的敬神和修行中,是不允许它存在的。"

第七十三章

　　苏查丽妲受了哈里摩希妮这样长久的压制之后,这几天和安楠达摩依在一起,感到一种从未有过的宽慰的感觉。安楠达摩依使她自然地就和自己亲近了,所以她很难相信从前并不认识安楠达摩依或者和她很疏远。不知怎么的,苏查丽妲心里的一切,她好像全都知道,而且不用讲话,就可以使苏查丽妲心里得到安宁。苏查丽妲从来没有这样真挚地喊过"妈妈"。即使没有什么事,她也常常找各种借口喊"妈妈"。罗丽妲的婚礼都已经准备好了之后,她疲倦地躺在床上,心里只想着一件事,那就是她怎么能离开安楠达摩依呢?她不断地低声重复:"妈妈!妈妈!妈妈!"她喊妈妈的时候,心里充满了感情,眼泪簌簌地流了下来,立刻,她看见安楠达摩依已经站在床边。

　　"你叫我了吗?"安楠达摩依抚摸着她的头问道。

　　苏查丽妲这才知道刚才她竟大声地喊了"妈妈!妈妈!",她没有回答这个问题,只把脸埋在安楠达摩依的怀里,抽抽噎噎地哭了起来。安楠达摩依没有说话,只是尽力地抚慰她。当天晚上,安楠达摩依就和她睡在一起。

　　安楠达摩依不想在毕诺业刚行过婚礼便离开他们,她说:"这两个人都没有管过家——我不把他们的家务安排好,怎么能走呢?"

"那么妈妈,这几天让我陪着您吧。"苏查丽妲说。

"好极了,妈妈,让苏绨姐姐跟我们多住几天吧。"罗丽妲热情地接着说。

萨迪什听到这个建议,高兴地跳着跑进来搂着苏查丽妲的脖子大声说:"姐姐,我也要留下来。"

"不过你有你的功课啊,话匣子先生。"苏查丽妲反对说。

"可是毕诺业先生可以教我呀!"萨迪什抗议说。

"毕诺业现在不能教你啦。"苏查丽妲说。

"我当然能!"毕诺业从隔壁房间大声喊道,"我一夜夜地不睡觉,用功学来的东西,怎么能迷糊到一天就忘光了呢?"

"你的姨妈能答应吗?"安楠达摩依问道。

"我让人给她送封信吧。"苏查丽妲回答。

"不,你别写,让我来写。"安楠达摩依建议说。

安楠达摩依知道,要是苏查丽妲表示想住下去,哈里摩希妮一定会感到不高兴,要是自己出面,那么她的气就会出在自己身上,不会影响苏查丽妲了。

安楠达摩依在信里告诉哈里摩希妮,为了把新家安排好,她得在这儿多住几天,要是哈里摩希妮能让苏查丽妲跟她一起留下,那就帮了她大忙了。

哈里摩希妮接到信,不但生气,而且怀疑起来。心想,现在她不准戈拉到她家,当母亲的就设下一个巧妙的圈套来套住苏查丽妲。她看得很清楚,这是他们母子的一个阴谋。现在她想起来了,当初她一了解安楠达摩依的性格,就很不喜欢她。

只要能把苏查丽妲平平安安地嫁到著名的罗易家去,她心上的一块大石头就可以落地了。一个像凯拉什那样的人,或者随便什么人,能够为这样的事再等多久呢?那个可怜的家伙日夜不停地抽烟,把家里的墙全都熏黑了。

接到信的第二天早晨,哈里摩希妮就坐了一顶轿子、带了一个仆人到毕诺业家去了。到那儿的时候,正好看见苏查丽妲、罗丽妲和安楠达摩依在楼下一间屋子里准备烧饭。楼上传来萨迪什尖着嗓子背诵英文单词的声音,他一面拼字母,一面背孟加拉文的同义词,把四邻都惊动了。在家的时候,他的声音没有这么大,但在这儿,为了清楚地证明他没有忽略他的功课,便故意把声音提到不必要的高度。

安楠达摩依非常热情地欢迎哈里摩希妮,但她一点儿也不理会她受到的殷勤接待,开门见山地说:"我是来接拉妲腊妮的。"

"很好,不过请稍坐一坐,好吗?"安楠达摩依邀请她说。

"不,谢谢啦,"哈里摩希妮回答,"我早祷都还没有做完,还要拜神——我得立刻回家去了。"

苏查丽妲一声不响地埋头切她的南瓜,直到哈里摩希妮直接跟她说:"你没有听见我的话吗?天不早啦。"

罗丽妲和安楠达摩依都没有说话,苏查丽妲放下手边的工作站起来说"走吧,姨妈",便朝着轿子走去。半路上她拉着她姨妈的手,把她带到另一个房间,用坚定的语气说:"您既然来接我,我不能当着大家的面把您打发走——我跟您回家,不过我中午就回来。"

"听她说的!"哈里摩希妮生气地大声嚷道,"你为什么不说要在这儿待一辈子呢?"

"我不能在这儿待一辈子!"苏查丽妲回答,"所以只要有

499

机会,我就要和她在一起。"

这句话让哈里摩希妮非常生气,不过她觉得现在不是发脾气的时候,便没有再说什么。

"妈妈,我只回去一两个钟点,很快就回来。"苏查丽姐微笑着对安楠达摩依说。

"你去好了,亲爱的。"安楠达摩依回答,没有问她任何问题。

"我中午就回来。"苏查丽姐在罗丽姐耳边小声说。

"萨迪什呢?"苏查丽姐站在轿子前面用探询的眼光问道。

"让他待下去吧。"哈里摩希妮说。她觉得萨迪什在家碍手碍脚,不如离开远一点。

她们在轿子里坐好之后,哈里摩希妮便设法把话引上正题。她说:"嗯,罗丽姐嫁出去了!这是一件好事。帕瑞什先生不用再为他们的一个女儿操心了。"拿这句话做引子,接着她便详细地叙说一个没有出嫁的女儿在家里是一个多重的负担,给她的监护人带来多难忍受的忧虑。

"我能跟你说什么呢?即使是在念颂天神名号的时候,我也一直在想这件事。真的,我不骗你,现在我再也不能像从前那样一心一意地拜神了。我说:神啊,您把一切都从我这里拿走了,现在为什么又用这个新的套索套住我呢?"

对哈里摩希妮来说,这件事好像不仅是她在尘世间的一件心事,而且还是她灵魂得救的一个障碍。可是听到一件这样使她姨妈为难的事,苏查丽姐依然一声不响!哈里摩希妮摸不准苏查丽姐到底在打什么主意,不过俗话说得好,"不响就是默认",于是她把苏查丽姐的态度解释为同意她的看法,认为她那个祭坛上的祭品心里已经有些活动了。

接着,哈里摩希妮又暗示说,她多么容易就完成了一件非常艰巨的工作,为苏查丽姐这样的姑娘打开了印度教社会的大门,还说她已经把事情办得多么妥帖,苏查丽姐就是被请到像库林的婆罗门那样的大人物家里去做客,也可以在他们家的宴会席上和别的客人分庭抗礼,谁也不敢小声说个不字。

谈到这儿,轿子已经到家了。她们正要上楼,苏查丽姐注意到大门旁边的小屋里,仆人正在给一位不认识的绅士身上抹油,准备洗澡。这位客人看见苏查丽姐一点儿也没有感到难为情——事实上,他还带着强烈的好奇心瞪大眼睛看她呢。

在上楼的时候,哈里摩希妮给苏查丽姐解释,她的小叔子来这儿探望她。苏查丽姐从以前发生的事来看,立刻就明白其中奥妙了。哈里摩希妮极力劝她说,家里有客,如果中午她就离开,那是很不礼貌的,可是苏查丽姐用力摇着头大声说:"不,姨妈,我一定得走。"

"那好吧,"哈里摩希妮说,"今天你待在家里,明天再走吧。"

"我洗完澡就到我爹家里和他一起吃中饭,然后从那儿到罗丽姐家去。"苏查丽姐坚持说。

"可他是来看你的呀。"她终于漏出了真话。

"他来看我有什么用?"苏查丽姐涨红了脸问道。

"听她说的!"哈里摩希妮生气地嚷道,"现在这种事,不见面是不行的!我年轻的时候倒不是这样。你姨父在举行结婚仪式之前,从来没有见过我。"说了这么一个明显的暗示之后,她紧接着便详细地描述了自己婚前发生的一些琐事。她讲到最初提亲的时候,著名的罗易家怎样派了两个忠实的老家人,带着两个缠着大头巾、持着拐杖的仆人到她娘家来相亲。她描述了她的双亲是多么兴奋,家里做了一些什么准备来接待和宴请这些从罗易家来的使者。她长长地叹了一声,结束说:"这些日子什么都两样啦。"

"你用不着多操心,"哈里摩希妮竭力劝她说,"只要见五分钟就可以了。"

"不!"苏查丽妲斩钉截铁地说。

哈里摩希妮被这个"不!"字表达出来的断然的口气和决心吓了一跳,于是她说:"好吧,就算你不肯露面,这也没关系。你们没有必要见面——反正凯拉什是一个新派的青年,受过很好的教育——他和你一样,什么都无所谓,他原先说想亲眼看看新娘子。因为你本来就在大庭广众之间出出入入,所以我就说不会有什么困难,我会给你们安排时间,见见面的。不过要是你怕难为情,那么,他不见你又有什么关系呢?"

接着,她讲到他受到的高深的教育,他如何大笔一挥,就让村子里的邮政局长狼狈不堪。附近一带的村子,如果有人要打官司,或者要写状子,不先和凯拉什商量,是一步也不敢动的。至于他的品德和性格,那就更不必说了。他的第一个妻子去世之后,他不想再结婚了。尽管他的亲戚朋友一再提出要求,他宁可听他师傅的话。哈里摩希妮为了提亲,不知费了多大的劲。你以为他愿意听吗?那么高的门第!而且那样受社会尊敬!

不过苏查丽妲一点也不想降低社会对他的尊敬,也不想给自己脸上增光。事实上,她已经明白表示,如果她为印度教社会所不容,她也毫不在乎。这个蠢丫头不明白,经过这么大的努力才使凯拉什同意的这门亲事,对她来说可是一个莫大的光荣——相反,她倒仿佛认为这是一个侮辱。哈里摩希妮对现代的这一切反常现象真是厌恶透了。

接着,她怀着满肚子的怨气对戈拉进行各式各样的冷嘲热讽。她说尽管他自吹自擂,说自己是一个如何如何好的印度教徒,他在社会上究竟有什么地位呢?她倒想知道有谁尊敬他。如果出于贪婪,他娶了一个梵社的有钱小姐,他的教社要惩罚他,请问有哪一个有势力的人出来保护他呢?到那时候,他的每一文钱都得拿出来贿赂他的朋友,好让他们闭上嘴!

"姨妈,您为什么要这样讲呢?"苏查丽妲劝她说,"您明明知道您的话是没有根据的!"

"一个人到了我这把年纪,"哈里摩希妮冷笑着说,"谁也别打算蒙骗我。我一直睁着眼睛,竖起耳朵。无论什么事,我都看在眼里,听在耳里,心中雪亮,只是诧异得说不出话罢了。"

接着,她就表示她确信戈拉和他母亲密谋策划要娶苏查丽妲,而缔结这门亲事的主要目的并不是高尚的。她还补充说,要是她不能用罗易家的亲事来拯救苏查丽妲,那么,到时候戈拉的阴谋就准会得逞。

这未免太过分了,甚至连极有耐心的苏查丽妲都无法忍耐,她大声喊道:"您提到的都是我尊敬的人,因为您一点也不明白我和他们之间的关系。我只有一条路可走——我只有离开这儿——等到您恢复了理性,我能和您单独住在一起的时候,我再回来。"

"要是你不喜欢戈尔默罕,"哈里摩希妮极力劝她说,"要是你不准备嫁给他,那么你对这个丈夫挑什么毛病呢?你不打算永远不嫁人吧?"

"为什么不?"苏查丽姐嚷道,"我就是永远不嫁人。"

哈里摩希妮吃惊得睁大了眼睛,激动地大声说:"你,一直到老,不嫁……?"

"不错,到死也不嫁!"苏查丽姐说。

第七十四章

戈拉这样迫切地想见苏查丽妲,她偏偏不在家,这使他的思想起了变化。苏查丽妲之所以会对他产生这么大的影响,他觉得这是因为他和他们来往得过于亲密,不知不觉间陷了进去。他在得意之中越出了常规;因为忽略了禁令,因而违反了祖国的习惯。每个人如果都越出常规,不但会有意无意地伤害自己,而且会丧失自己对别人行善的力量。由于和别人交往,我们有许多情感变得这样强烈,把我们的信仰和智慧都掩盖了。

戈拉不仅在和一个梵教家庭的姑娘们亲密来往之后,发现了这个真理,就是和一般人来往,他也感到陷进了旋涡,迷失了方向。因为他总是产生一种怜悯之心,使他经常认为某一件事不好,某一件事不对,应该改变。不过这种怜悯之情只能使他判断善恶的能力受到歪曲,难道不是这样吗?我们越是用怜悯之心去看待事物,就越会完全丧失自己把真理作为一个整体与永恒的东西来观察的能力——我们用怜悯之情掩盖了本来应该是清楚的事实,就像烟掩盖了火一样。

"因此,"戈拉对自己说,"在我们的国家里,那些需要为大众谋福利的人,总是孤独地站在一边的,这已经成为规律。和人民亲密来往的国王能够保护他的老百姓,这种想法真是一种无稽之谈。国王统治臣民所需要的那种智慧会因为和他们来往而受到损伤。因为这个缘故,臣民才自动在国王的周围加上一个光环,使他和大家保持一段距离。他们知道,要是国王变成他们的伙伴,那么他成为国王的条件也就不复存在了。"

婆罗门也应该保持这种高高在上、超然独立的态度。有的婆罗门甘心和普通人缠在一起,在生意的泥坑里爬来爬去,由于贪财,把头伸进首陀罗①的绞索,死在绞刑架上。戈拉对这样的婆罗门十分鄙视,把他看成行尸走肉——认为他还不如首陀罗,因为首陀罗至少忠于他们自己的种姓,而这种婆罗门并不珍惜婆罗门的地位,所以是有罪的。因为有这样的婆罗门,印度现在才处于这样一个屈辱的时期。

今天,戈拉已经准备好虔诚地皈依使人得到新生的婆罗门的教义了。他对自己说,他绝不能受到玷污。"我和别人地位不同,"他说,"对我来说,友谊并不是必不可少的。一般人觉得和女人来往是一件甜蜜有趣的事,我可不属于那一伙。对我来说,应该完全避免和庸俗的群众过于亲密。正如大地仰望天空、祈求甘露一样,他们也在仰望着婆罗门——要是我和他们过于接近,那么谁能赐给他们新生呢?"

在这以前,戈拉从来没有十分虔诚地拜过神,可是现在他苦恼到很难控制自己的地步,他的工作显得很空虚,他的生活一半浸透了泪水,因此,他便开始试试拜神会有什么结果。他纹丝不动地坐在偶像的前面,努力把全部心思集中在它身上,但总不能产生一点点真正的信仰。他可以用道理来解释神,

---

① 首陀罗,印度四大种姓中最低的种姓。

但因为没有华丽的修辞来做比喻,他又抓不住整个概念。然而华丽的修辞并不能使心灵充满信仰,礼拜也不能靠奥妙的解释去完成。真的,戈拉发现他的心充满了喜悦而且被虔诚的精神所感动的时候,是在他和别人争论而不是在庙里用心拜神的时候。可是,戈拉仍然没有放手——每天他都要去拜神,按照古圣梵典规定的仪式去做。他向自己解释说:一个人虽然没有力量用情感去团结芸芸众生,他至少可以通过习惯和教规跟大家团结在一起。他走进无论哪一个村子,都要到村庙去默祷。他对自己说,这是他应该到的地方——一边是神,一边是拜神的人,在他们当中,婆罗门作为桥梁,把他们联结在一起。逐渐地,他又明白了虔诚的感情并不是婆罗门必不可少的。虔诚是普通人所具备的一种特殊的品质。把信仰者和他的信仰连接起来的是知识的桥梁。桥梁一方面把两者连接起来,一方面在两者之间画下一条界线。如果信仰者和他的神之间没有隔着一道真正的智慧的鸿沟,那么,一切都会被歪曲了。因此,婆罗门不应该赞赏因虔诚而引起的混乱——他们应该离开众人,坐在智慧的顶峰上,用苦行来使信仰的玄义保持纯洁和不被玷污,以供芸芸众生欣赏。正如婆罗门在尘世得不到休息一样,在拜神的时候,他们也得不到虔诚的乐趣。这是婆罗门的光荣。在尘世间,婆罗门要克制自己,服从教规。在宗教实践上,要靠知识。因为戈拉一度被感情征服,于是他对他那颗叛逆的心判了流放罪。可是谁把犯人押去流放呢?执行任务的士兵到哪儿去找呢?

第七十五章

戈拉的涤罪礼的筹备工作正在恒河边的那座花园里加快进行。阿比纳什对选定这个地点感到相当遗憾,因为它离加尔各答市中心太远,不能引起人们太多的注意。他知道戈拉本身并不需要涤罪——需要的是他的祖国,是祖国的人民,他们需要用它来改变风气。所以他认为有必要在人民当中举行这个仪式。

可是戈拉不同意,因为他要点起一大堆祭火和吟诵《吠陀经》,在加尔各答这样一个热闹城市的中心区这样做是不妥当的,不如在静修林里合适。在幽静的恒河岸边,在祭火的光辉照耀下,伴着《吠陀经》的吟诵声,经过沐浴净化,戈拉将向古代的印度、全世界的导师祈求,由她指引进入新生活。戈拉并没有考虑要利用它来"改变社会风气"。

阿比纳什没有别的办法满足他那大肆宣传的欲望,只好求助于报纸。他没有告诉戈拉,便对所有报纸发布了即将举行涤罪礼的消息。不仅如此,他还写了几篇很长的评论,让大家知道像戈拉这样生气勃勃、纯洁无瑕的婆罗门,是不可能被任何罪孽玷污的,可是他把今天堕落了的印度一切过失都担在自己肩上,代表整个国家修苦行。他写道:"我们的祖国因本身的罪过受到外族的奴役,戈尔默罕先生在他的生活里也尝到了牢狱之灾。因此,孟加拉的弟兄们,千千万万不幸的印度儿女们,你们也应该像他那样,承担祖国的忧伤,准备好为祖国的罪孽去赎罪。"

戈拉读到这些妙论的时候,简直气得要死。不过你拿阿比纳什有什么办法呢!即使挨了戈拉的骂,他也无动于衷——事实上,他还挺得意呢。他认为他的师傅漫步在一片超然物外的思想境界中,对尘世的俗事一窍不通。用七弦琴的仙乐迷住毗湿奴,使他创造了神圣的恒河的是天上的那罗陀,可是让恒河流过人间的却是尘世的跋吉罗陀王①。这种事天上的神仙是办不了的。这两种工作很不一样。所以当戈拉因为阿比纳什胡闹而发火的时候,阿比纳什只是一笑置之,他对戈拉的敬意反而更增加了。他对自己说:"我们的师傅长得像湿婆,因此他的思想也和波罗那特②一样。他什么都不懂,没有常识,遇到芝麻绿豆大的事也要发脾气,不过片刻之间就能平静下来。"

由于阿比纳什努力的结果,戈拉要举行苦行仪式这件事到处都轰动了。到戈拉家去拜望他或被介绍给他的人简直数不胜数。每天从全国各地寄来的信件多得看不完,最后只好不看了。照戈拉看来,大家对他举行涤罪礼的种种议论,破坏了仪式的庄严——使它仅仅成为一个盛大的宗教仪式。这正是那个时代的一个通病。

---

① 据印度神话,恒河原是天上的一条河流。萨竭罗的六万个儿子因为得罪了大神伽毗罗,被烧成灰,只有在恒河洗涤他们的罪孽之后,他们才能升天。萨竭罗的玄孙跋吉罗陀长时间修苦行,终于使恒河从天上流到地上。

② 波罗那特,湿婆的另一称号。

克里什纳达雅尔近来根本就不看报纸,但有关这一切活动的消息甚至传到了他隐居的地方。他身边的那帮人都非常得意地吹捧说,希望他们尊敬的朋友这位杰出的儿子有一天会取得和他圣洁的父亲同样的成就。他已经在步父亲的后尘了,他们兴致勃勃地报道有关即将举行仪式的消息,告诉克里什纳达雅尔这个仪式将会多么盛大隆重。

克里什纳达雅尔究竟有多久没有到戈拉的屋子去,这就很难说清楚了。可是今天,他脱下绸袍,穿上平常的衣服竟然走了进去。不过戈拉没有在里边,仆人告诉他戈拉在家庙里。

"老天爷!他到家庙去干什么?"克里什纳达雅尔大声说。

仆人告诉他,戈拉在拜神,他听了更加紧张了,于是径直走到家庙门前。他看见戈拉真的在拜神,便在外边喊了一声:"戈拉!"

戈拉看见父亲,吃惊地站了起来。

克里什纳达雅尔一直是在他自己的屋里礼拜自己的守护神的。他的家人是毗湿奴派,但他已经变成沙克帝派,早就不和家里人一起拜神了。现在他对戈拉喊道:"出来,戈拉,从庙里出来!"

"这一切究竟是什么意思?"戈拉出来之后,克里什纳达雅尔生气地问道,"你在这儿干什么?"

"拜神的事自有婆罗门去做,"克里什纳达雅尔看见戈拉不响,便抱怨说,"他们每天都在做所有要做的仪式——他们替全家拜神,你有什么必要做这事呢?"

"这没有什么不对吧?"戈拉问道。

"不对?哼!"克里什纳达雅尔大声嚷道,"你这话什么意思?当然不对!没有权利做这些事情的人在里边捣什么乱?这是罪过,我告诉你!不只是你一个人的罪过,而且是全家的罪过!"

"要是您从一个人的内心是否虔诚的角度来看,那么就很少人有这个权利了。"戈拉回答,"不过您的意思是说我们的祭司罗姆哈里有权去做,而我反倒没有吗?"

克里什纳达雅尔突然发觉很难回答这个问题,他沉默了一会儿才说:"你听我说,拜神是罗姆哈里这个种姓的人的职业。神并不认为他以拜神为职业是有罪的。如果你一旦在这方面开始挑剔,他们就会失业,社会的工作就不能继续下去了。可是你做这种事却没有什么道理,你有什么必要走进这间屋子呢?"

像克里什纳达雅尔这样的人说一个像戈拉这么严谨的婆罗门不该走进祈祷室,这话听来也没有过分不合道理的地方,所以戈拉没有说什么就接受了。克里什纳达雅尔接着说:"戈拉,我还听到另一件事:你们已经把所有的梵学家都请来参加你的涤罪礼了,这是真的吗?"

"真的。"戈拉承认说。

"只要我活着,我绝不答应!"克里什纳达雅尔激动地嚷道。

"为什么?"戈拉问道,整个人都警惕起来了。

"为什么?亏你问得出口!"克里什纳达雅尔喊道,"前些日子我不是跟你说过,你不能行涤罪礼吗?"

"不错,您说过这话,"戈拉同意地说,"不过您并没有告诉我为什么。"

"我不明白为什么要告诉你,"克里什纳达雅尔回答,"我们是你的长辈和老师,必须受到尊敬,有一条不成文的法律,那就是,得不到我们的同意,你不能参加任何宗教仪式。我想你知道,你不能不先拜祖先吧?"

"嗯,我为什么不能拜祖先呢?"戈拉惊愕地问。

"绝对不能!"克里什纳达雅尔生气地喊道,"我不允许你做这些事。"

"请您听我说,"戈拉感到很不痛快,抗议说,"这是我自己的事,我涤罪是为了洁身。您何必和我做无益的争论,显得那么焦急呢?"

"你听着,戈拉,"克里什纳达雅尔说,"不要到处和人争论。这不是一件可以争论的事。有许多事你还不能理解。我再和你说一遍——你以为已经进入印度教的大门,那你就大错特错了。这不是你力所能及的,因为你血管里每一滴血,你从头到脚的整个身体,都和印度教不相容。你不能突然变成一个印度教徒;不管你多么希望,你都无能为力。要当印度教徒得从一个人的出身开始。"

"我不懂什么是一个人的出身,"戈拉红着脸说,"不过,连您的血统赋予我的权利,我都不能要求吗?"

"又来争论啦!"克里什纳达雅尔喊道,"你当面跟我顶嘴,难道不害臊吗?你自称为印度教徒,可是什么时候才能改掉你那外国脾气?你得听我的话,立刻停止这一切。"

"要是我不涤罪,"戈拉低下头沉默了一会儿之后说,"那么在萨茜穆克希的婚礼上,我就不能和别的客人坐在一起了。"

"那没什么!"克里什纳达雅尔热切地大声说,"那有什么害处呢?我们可以单独为你安排一个座位。"

"而且在教社里,我也得和别人分开。"戈拉又说。

"那才好呢,"克里什纳达雅尔赞成地说,可是看到戈拉对他那样热烈赞成的态度很是吃惊,便又接着说,"你看看我好了,即使受到邀请,我也从来不和别人一起吃饭。我和我的教社有什么关系呢?你既然渴望你的生活尽可能不受玷污,最好还是走这条路。照我看来,这会对你大有好处。"

当天中午,克里什纳达雅尔派人把阿比纳什找来,对他说:"你们为什么要串通起来,领着戈拉乱蹦乱跳呢?"

"您这是什么意思呀?"阿比纳什问道,"是您的戈拉在领导我们!最乱蹦乱跳的是他!"

"可是,"克里什纳达雅尔劝告说,"我告诉你,大吵大闹地举行涤罪礼可不行,我决不允许。你们必须立刻停止。"

阿比纳什心想这个老头儿有多顽固呀。他知道历史上有不少伟大人物的父亲对儿子完全不了解,他认为克里什纳达雅尔就属于那一种父亲。要是他不那样白天黑夜地和一群招摇撞骗的托钵僧混在一起,而是向自己的儿子学点什么,他一定会得到更多的好处!

不过阿比纳什是一个老练的人。他一看出争论不会有什么好结果,不大可能产生什么"道德的效果"时,便不去浪费时间做无益的争论。他表示同意地说:"好吧,先生,要是您不同意,那么仪式就不能举行。不过筹备工作已经全都做好,连请帖都发了出去,现在取消已经来不及了——所以我们这么办吧,让戈拉躲开,由我们来举行涤罪礼,因为在我们的国家里,并不缺少罪孽。"他用这个诺言让克里什纳达雅尔平静下来。

戈拉从来就没有十分尊重过克里什纳达雅尔的话。今天他的心也拒绝服从。生活的这部分领域要比社会生活伟大,他认为在这部分生活领域里,不一定要遵从父母的禁令。然而,这一次还是有点什么事,使他整天都不安。他心里产生了一个模糊的想法:克里什纳达雅尔的话里也隐藏着一些真理。他觉得仿佛有一种无形的梦魇牢牢地压在他的胸口上,又像同时有人从各个方面把他推开。今天,他觉得异常孤独。在他面前是那么一片广阔的耕地,工作是这样繁重,可是他身旁却一个人都没有。

第七十六章

根据事先的规定,因为仪式要在第二天举行,戈拉应该在当天晚上到那所花园住宅去。可是在他刚要动身的时候,哈里摩希妮突然来了。戈拉看见她,很不高兴地说:"噢,您来啦——我得马上出去。这几天我妈也不在家——如果你要见她,那……"

"不,谢谢你,"哈里摩希妮回答,"我是来看你的。请你务必坐一会儿——我不会耽搁你很久的。"

戈拉坐了下来,哈里摩希妮立刻就提出了苏查丽妲的问题。她说苏查丽妲从戈拉给她的卓越的教导里得到很多教益。事实上近来她已经不喝别人碰过的水,并且对谁都很和气。"老天爷,"她提高声音说,"你不知道,过去她让我多么担心。只要你能把她引上正路,我一辈子都对你感恩不尽。愿神使你成为国王。愿你娶到一个配得上你的高贵门第的姑娘。愿你家繁荣昌盛。愿你大交好运,财源茂盛,多子多孙!"

接着,她又谈到苏查丽妲已经长大了,只要有可能,就应该尽早让她结婚,多耽搁一天都不行。要是她是在印度教人家长大的,到了这会儿,早就是一群孩子的母亲了。她相信,戈拉一定和她一样,认为苏查丽妲再不结婚是很不合适的。

她为了解决苏查丽妲的婚姻问题,长期以来一直忍受着难以忍受的烦恼。最后,经过巨大的努力和多次低声下气的请求,总算把她的小叔子凯拉什请到加尔各答来了。天神保佑,使她这样惶惶不安和提心吊胆的一切严重障碍全都消除了。一切全都安排妥当了。既不要嫁妆,对她过去的历史也不挑剔——这一切都是哈里摩希妮运用巧妙的手段取得的成果——正在这个时候,奇怪的是,苏查丽妲竟然反对这个婚姻,而且到了顽固不化的地步。她到底有什么打算,哈里摩希妮实在莫测高深——只有老天爷知道是不是有人影响了她,或者她爱上了别人。

"不过,"她接着说,"我坦率地告诉你,这姑娘配不上你!如果她结了婚,在乡下住下来,谁也摸不清她的底细,倒不会出什么事儿。可是你住在城里,要是你娶了她,你就再也见不得人了!"

"你在说些什么?"戈拉生气地大声喊道,"谁告诉你我要娶她?"

"我怎么说呢?"哈里摩希妮抱歉地说,"我听说报纸提到这事的时候,几乎都要羞死了!"

听了她的话,戈拉心里明白,不是哈兰先生就是他教派的某一个人在报纸上发表文章谈论这事。他捏紧拳头大声吼道:"这是谣言!"

"这个我明白。"哈里摩希妮被戈拉雷鸣般的吼声吓了一跳,提高了声音说,"现在我有一个请求,请你一定答应。你得立刻去看苏查丽妲。"

"为什么?"戈拉问道。

"你得把事情给她讲清楚。"哈里摩希妮回答。

戈拉心里对这个建议十分欢迎。他准备立刻就去看苏查丽妲。他暗暗地说:"今天去见她最后一面吧!明天就是你涤罪的日子了——在那之后,你就成为一个苦行僧了。今天只剩下晚上这一点点时间——你只能见她一会儿!不用说,这里面是不会有罪的,即使有,明天也都会化为灰烬的。"

"告诉我,需要给她讲些什么?"戈拉沉默了一会儿问道。

"只给她讲讲,"哈里摩希妮回答,"按照印度教的看法,像苏查丽妲这样一个成年的姑娘应该赶快出嫁,不要再拖延了。还有,像她这种处境,能够得到一个像凯拉什这样好的信奉印度教的丈夫那真可以说是意想不到的好福气。"

戈拉听了,真是万箭穿心。他想起在苏查丽妲家门口遇到的那个男人,就像被蝎子咬了一口似的。苏查丽妲竟然要嫁给这样一个人,他简直一刻也难以忍受。他心里极其反感,沉痛地暗自喊道:"不,这绝对不行!"

苏查丽妲决不能嫁给别人。她那颗充满了深奥的思想感情的、深沉宁静的心不可能在别的男人面前显露得那么完美,而且将来无论在什么时候也不可能再次显露。那颗心是多么美妙呀!多么不可思议呀!一个多么妙不可言的人儿在那神秘之宫的最深处,显露出她的真容呀!这样的经历,一个人能遇上几回?有多少人看过这样的奇迹?命中注定要对苏查丽妲的性格做了极其深刻和正确的观察的那个人——用全部身心来欣赏她的那个人——已经早就占有了她!那么别人又怎么能再占有她呢。

"难道拉妲腊妮一辈子都像现在这样不嫁人吗?她的命运能是这样的吗?"哈里摩希妮大声说道。

这话倒也不错!明天戈拉就要去涤罪了!在那之后,他就要成为一个纯洁的婆罗门了！难道苏查丽妲一辈子都不嫁吗？再说,谁有权利硬叫她当一辈子的老处女？一个女人背得起这样重的担子吗？

哈里摩希妮喋喋不休地说下去,不过戈拉没有在听她说话。他暗自思忖:"我爹三番五次地不准我行这个涤罪礼——他的禁令难道就没有一点意义吗？我认为我这一生应该做的事也许只是我的幻想,和我的天性格格不入。要是我尽力去挑一副人为的担子,我将会终生残废,而且会由于终生背着这样的重担,什么事也做不成。我开始看出来我的心已经被欲望缠住了！怎样才能搬掉这块压在我身上的石头呢？不知怎么的,我爹倒发现我在心的深处并不是一个婆罗门,不是一个苦行僧,因此,他才一直这样坚决地阻止我。"

戈拉决定当天晚上去找克里什纳达雅尔,明确地问他,究竟他在自己身上看到了什么,才说涤罪的路对自己是行不通的。只要能让他说清楚,就可以在那方面找到一条逃避的道路。逃避！

"请稍等一等,我很快就回来。"戈拉对哈里摩希妮说。他匆匆忙忙地跑到他父亲的住处。他觉得克里什纳达雅尔一定知道一个什么秘密,如果他掌握了这个秘密,就立刻可以得到解放。

可是他父亲隐居的地方,大门是紧闭的。尽管他敲了两三下,它还是紧紧地关闭着——没有人理睬他。屋里飘出供香和檀香的气味,因为今天克里什纳达雅尔正在和一个托钵僧一起专心致志地做一种十分艰难的瑜伽苦行。在这种时候,他总是把所有的门全都关上,免得有人闯进来。整个晚上,不论什么人,用什么借口,都休想进去。

第七十七章

"不!"戈拉大声对自己说,"我不是在明天才开始涤罪,今天就已经开始了! 今天,火已经燃烧起来了,而且比明天的还要猛烈。在我开始新生活的时候,我必须献出巨大的牺牲,所以神才在我心中唤醒了那样强烈的欲望。否则怎么会发生这样奇怪的事呢? 要我和他们变得十分亲密,在尘世间是不可能的。这么相反的性格结合在一起,按照常情,在这个世界上也是不可能的。除此以外,谁也不会想到这样一种无法抑制的欲望会在一个像我这样冷漠的人心里产生。到现在为止,我献给国家的东西都献得太容易了。祖国从来没有要求我献出一件对我来说真正是牺牲很大的东西,所以从前,我总不明白为什么有人为祖国放弃某些东西的时候会感到依依不舍。可是要获得这样伟大的解脱,普通的牺牲是不行的。它必须十分痛苦,只有在心如刀割的时候,我才能得到新生! 明天早晨我就要在我的教友面前行涤罪礼了。现在,在举行仪式的前夕,我生命的主宰降临了,并且敲了我心灵的大门。要不在我的灵魂深处先涤罪,明天我怎么能接受洁身的仪式呢? 一旦我把最难献出的牺牲毫无保留地献出去,我就会变成真正地一无所有和十分神圣了——就会成为一个婆罗门了。"

戈拉回到哈里摩希妮身边时,她对他说:"请你跟我走一趟吧,就去这一次! 只要你和她说一句话,一切就都会好起来的。"

"我为什么要去呢?"戈拉拒绝她说,"我和她有什么关系呢? 没有,什么关系都没有!"

"啊,她像崇拜天神一样崇拜你,并且把你当作她的师傅。"哈里摩希妮回答。

戈拉听到这些话,不由得心中一动,但他还是不同意地说:"我看不出我有什么必要要去。以后我不大可能再见到她了。"

"这话不假,"哈里摩希妮开心地笑了,"和一个成年的姑娘过多见面是不对的。不过今天不达到目的,我不能放你走。要是以后我再让你去,你尽可以拒绝我。"

不过戈拉一再地摇头。不,绝不再去了! 现在一切都已经过去。献给神的祭品已经献出去,他不能再让一个哪怕是最小的污点来玷污它。他决不能去看她。

哈里摩希妮看出,要说动戈拉已经不可能,便要求他说:"好啦,如果你绝对不能去,那么,只求你做一件事:给她写一封信吧。"

戈拉摇摇头。这是不可能的。他不能给她写信。

"好吧,"哈里摩希妮说,"你只要给我写两行就行了! 你精通古圣梵典,我是来向你求训谕的。"

"什么样的训谕?"戈拉问道。

"在一个印度教的家庭里,姑娘到了适当的年龄,她的主要责任难道不是嫁人和把家务事接过来吗?"哈里摩希妮解释说。

"你听我说,"戈拉沉默了片刻之后说,"不要把我缠在这些事里边。我不是一个梵学家,不能给人训谕。"

"你为什么不坦白地告诉我,你心底里到底想些什么呢?"哈里摩希妮尖酸刻薄地说,"当初,你给她套上套索——现在到了应该觪开的时候,你却说'不要缠我',这是什么意思? 事实是,你不希望她明白道理。"

在任何别的时候,戈拉听了这话,一定会大发雷霆。即使它是真的,也绝不能容忍。不过今天,他已经开始涤罪,不能再发火了。而且,他心里也明白哈里摩希妮说的是真话。他把联系他和苏查丽姐的那些牢固的绳索一起切断,这是够狠心的。不过同时他也想找这样或那样的借口,保留一根很细的线,一根肉眼看不见的线。他还没有打算把他和苏查丽姐之间的联系彻底切断。

可是一切吝啬的痕迹都应该消灭干净。他绝不能用一只手献出一些东西,用另一只手藏起一些。

因此,他拿出一张纸,用坚决豪放的字体写道:

"就女人来说,人生真正的成就在于为大众谋福利。世上也许充满了欢乐,也许充满了悲伤——善良贞洁的女人都会一律接受,并且在家里虔诚礼拜,作为她对宗教的主要义务。"

"要是你能加上一两句对我们的凯拉什有利的话,那就太好了。"哈里摩希妮看完了后建议说。

"不,我不认识他,"戈拉不同意地说,"我不能写任何和他有关的话。"

哈里摩希妮小心翼翼地把这张纸叠起来,把它绑在纱丽的角上,就动身回家了。这时,苏查丽姐还是跟安楠达摩依一起住在罗丽姐家里。哈里摩希妮觉得在那儿讨论这件事不大方便,怕罗丽姐和安楠达摩依会说出一些反对这件婚事的话,弄得苏查丽姐犹豫不决。因为她有这种顾虑,所以就给苏查丽姐写了一张便条,叫她第二天回家吃中饭,说有一件非常重要的事要和她商量。并且答应当天下午就让她回罗丽姐家。

第二天早晨,苏查丽姐来了。她下定决心要坚决反抗,因为她知道她姨妈一定又会提出她的婚姻问题。她决定给这个建议一个非常坚决的最后答复,结束整个事情。

她吃完饭之后,哈里摩希妮说:"昨天傍晚,我去找了你的师傅。"

苏查丽姐担心起来了。她姨妈叫她回来,难道只是把戈拉再骂一顿吗?

"你不用担心,"哈里摩希妮向她保证说,"我没有到那儿去找他吵架。家里只有我一个人,我想,为什么不到那儿,听听他的高见呢?在谈话当中,我们提到了你,我一听就知道他的看法和我的完全一致。他认为姑娘久不出嫁不是一件好事。事实上,他说根据古圣梵典的说法,这是有罪的。在欧洲人的家里,这也许没什么,可是在印度教家庭,这样做可不行。我坦率地谈到我们的凯拉什,发现他对这事倒是非常通情达理的。"

苏查丽姐羞得要死,但哈里摩希妮依然接着说下去:"你尊他为师傅!所以你就一定得听他的劝告!"

苏查丽姐默默不语,哈里摩希妮接着说:"我跟他说:'请到我们家来亲自跟她谈谈,因为她不听我的话。'可是他回答:'不,我不能再和她见面了——我们的印度教社会禁止这样做。'我说:'那怎么办呢?'最后他亲笔给你写了点什么。你看,就在这儿!"她慢慢地从纱丽角上拿出那张纸,打开它,摆在苏查丽姐面前。

苏查丽姐读了纸条,觉得气都喘不出来了。她像一个木偶那样一动不动地僵坐在那里。

纸上写的并没有新奇或不合情理的话。苏查丽姐也并非不同意这些见解。不过要通过哈里摩希妮的手特意把它送来给她,这里边好像暗示着什么,不管从哪一个角度来看,都使她很痛苦。为什么今天戈拉特意下达这道命令呢?当然,苏查丽姐总有一天也要出嫁的——但戈拉为什么要为她这样着急呢?难道戈拉对她的工作确实已经完成了吗?难道她是妨碍戈拉执行任务的一个因素,或者是他终生事业上的一个障碍吗?他没有可以再给她的东西、对她也再没有什么期望了吗?无论如何,她不能这样想——至少,她还是沿着原来的方向朝前看的。她尽力和心里难以忍受的痛苦做斗争,可是她得不到半点安慰。

哈里摩希妮给苏查丽姐充分的时间考虑这个问题。她像每天一样美美地睡了一个午觉。睡醒回来,她发现苏查丽姐仍然一动不动地坐在那儿,和她离开的时候一模一样。

"拉姐,"她说,"亲爱的,你为什么这样忧心忡忡呢?这件事有什么值得你这样深思的呢?戈尔默罕先生写了什么不对的话了吗?"

"没有,"苏查丽姐温和地回答,"他写得全都很对。"

"那么,孩子,拖下去有什么好处呢?"哈里摩希妮受到很大的鼓舞,激动地大声说。

"不,我并不想拖延,"苏查丽姐回答,"我要去看看我爹。"

"拉姐,你听我说,"哈里摩希妮反对说,"你爹绝不希望你嫁到信奉印度教的家庭里去——可是你的师傅,他……"

"姨妈,"苏查丽妲不耐烦地高声说,"您为什么要一再这样讲话呢?我并不打算和我爹谈我的婚姻问题。我只是想见见他,再没有别的了。"

现在苏查丽妲只能从帕瑞什先生亲密的友谊里得到安慰了。

来到他家,她看见他正在往箱子里装衣服。

"您这是干什么呀?"苏查丽妲问道。

"小母亲,我要到西姆拉去换换环境。"帕瑞什先生笑着说,"我乘明天早晨的邮车走。"

帕瑞什先生这微微的一笑隐藏着一段非常痛苦的经历,这瞒不过苏查丽妲的眼睛。在家里,有他的妻子;在外面,他所有的朋友,都不容他有片刻的安宁。如果他不能到远处一个什么地方住上一阵子,他只会成为一个旋涡的中心。苏查丽妲看见他第二天就要出门,今天自己在那儿收拾行李,心里非常难过。她再也想不到他家里没有一个人在这儿帮他收拾。因此她让帕瑞什先生停下来,自己先把所有的东西从箱子里倒出来,然后再仔细地把每一件衣裳叠好,重新放进箱子。他喜爱的书籍,她都小心地放好,免得晃动时碰坏。她一面收拾,一面温柔地问帕瑞什先生:"爹,您一个人去吗?"

"我不会有什么困难的,拉妲!"帕瑞什先生察觉她这句问话里隐藏的痛苦,安慰她说。

"不,爹,我陪您去,"苏查丽妲说。

帕瑞什先生仔细看苏查丽妲的脸,这时她又加上一句:"爹,我不会成为您的累赘的,我向您保证。"

"你为什么这样说呢?"帕瑞什先生问道,"小母亲,你什么时候成过我的累赘了？"

"爹，要是我不在您的身边，我就活不下去了。"苏查丽妲恳切地要求说，"有许多事我还不了解，除非您给我解释，我永远也到不了彼岸。您叫我依靠自己的智慧——可是我没有那种智慧——我的脑子软弱无力。爹，您一定得带我走。"

说完这些话，她转过身子，趴在箱子上，泪水一滴滴地落了下来。

第七十八章

戈拉把那张纸交到哈里摩希妮的手里之后,心里觉得就像是给苏查丽妲写了一封绝交信。但是单单写一张契约或文件,事情并不能就此结束。他的心并没有同意。虽然戈拉用意志的力量强迫自己在纸上签了字,他的心却拒绝签字做证——它始终不肯服从指挥。真的,它叛逆到如此地步,当天晚上戈拉差一点就决定跑去见苏查丽妲了!不过他刚要动身,便听见附近教堂的钟敲响了十点。他猛然醒悟,现在去拜访人实在是太晚了。在这之后,他睁大眼睛躺在床上听着每一点钟的报时钟声,因为他那天晚上始终没去那所花园住宅。他派人送去一封信说他早晨再去。

第二天早晨,他到河边花园那边去了,可是促使他决心要行涤罪礼的那股子劲儿和纯洁的心境都到哪儿去了呢?

许多梵学家都已经来了,还有一些预计也要来。戈拉热烈地欢迎他们,他们一个个也用最夸张的言辞再三赞美戈拉对这不朽的宗教的坚定信心。

花园里边逐渐忙乱起来了。戈拉东奔西走,指挥一切。可是在这一切忙忙乱乱、吵吵闹闹的工作当中,只有一个念头从他心的深处涌现出来,在他的脑海里不断地出现。仿佛有人不停地跟他说:"你错了!你错了!"这时他没有时间去仔细思索,找出错在哪里——但又无法压下心中这种强烈的感情。

在举行涤罪礼的这一切规模宏大的安排中,好像有一个敌人,藏在他的心田里,反对他说:"你错了!"这错误不是触犯了教规和法律,不是违反了圣书,也不是不合宗教惯例——这是在他自己身上犯下的一个错误。因此戈拉以整个心灵反对这一切举行仪式的准备工作。

开始的时间快到了。举行仪式的地方已经搭好天篷,围上竹栏杆。戈拉在恒河洗完澡,正在换衣服的时候,观众中显然发生了一阵骚动。一种不安的情绪仿佛正在向四面传播。最后,阿比纳什惊慌失措地来到戈拉面前说:"你家里刚刚送信来说克里什纳达雅尔先生病得很重。他派了车子来,叫你马上回家。"

戈拉立刻就动身了。阿比纳什要陪他去,他说:"不,你要留下来招待客人,你也离开是不行的。"

他走进克里什纳达雅尔的屋子时,看见他躺在床上,安楠达摩依在轻轻替他按摩脚。戈拉着急地看着他们两个人,直到克里什纳达雅尔示意叫他坐在一张为他摆好了的椅子上。

"爹的情况怎么样?"戈拉坐下之后问他母亲说。

"他稍微好了一些,"安楠达摩依回答,"已经派人去请外国大夫了。"

屋子里还有萨茜穆克希和一个仆人。克里什纳达雅尔做了一个手势叫他们出去。他看见屋子里没有别人了,便默默地看着安楠达摩依的脸,然后转过头,用微弱的声音对戈拉说:"我的日子到了,有一件我瞒了你这样久的事,在我死之前,一定要告诉你,否则我心里得不到安宁。"

戈拉脸色变得十分苍白,他默默地一动不动地坐在那里。好长时间谁都没有说话。后来克里什纳达雅尔接着说下去:"那时,我不尊重自己的社会——这是我铸成大错的原因。错误一旦犯下,就只好错下去了。"说到这儿,他又停下了。戈拉也一声不响地坐着,没有提出什么问题。

"我原以为永远没有必要让你知道,"克里什纳达雅尔接着说,"以为事情可以永远这样下去。可是现在我看出这是不可能的,因为我死之后,你怎么能参加我的丧礼呢?"

显然,克里什纳达雅尔是因为想到这种情况才担心起来的。

戈拉急于要知道真相,使用询问的眼光转向安楠达摩依问道:"妈妈,请您告诉我,这话是什么意思?我没有权利参加爹的丧礼吗?"

安楠达摩依一直低着头,一动不动地坐在那里,可是听到戈拉的问题,她抬起头,坚定地凝视着戈拉的眼睛说:"没有,我的孩子,你没有这个权利。"

"那么,我不是他的儿子吗?"戈拉吃了一惊,问道。

"不是。"安楠达摩依回答。

戈拉用火山爆发般的爆炸力提出第二个问题:"妈妈,难道您也不是我的亲妈?"

安楠达摩依的心几乎都要碎了,她用欲哭无泪的干巴巴的声音说:"戈拉,我的孩子,你是我唯一的儿子。我不能生育,不过你是我的儿子,比我亲生的还要亲。"

"那么,您是从哪儿把我抱来的呢?"戈拉又转过头去问克里什纳达雅尔。

"事情发生在印度民族大起义的时候,"克里什纳达雅尔说,"那时,我们住在埃达瓦。你的母亲因为害怕英印军里边的印度兵,在一天晚上,躲到我们家避难。你的父亲前一天就战死了,他的名字……"

"没有必要提他的名字!"戈拉吼道,"我不想知道。"

克里什纳达雅尔看见戈拉这样激动,不由得吃了一惊。他把话刹住了,只是补充说:"他是一个爱尔兰人。当天晚上你母亲生下你之后也去世了。从那天起,你就一直住在我们家里。"

霎时间,戈拉觉得他的一生就像是一个离奇的梦。从童年起,他就赖以建立生活的那个基础,现在碎成粉末了。现在他简直搞不清他是谁,也搞不清他在哪儿。他所谓的过去好像全是空的,他迫切期待了那么久的、光明的未来也消失得无踪无影了。他觉得自己像是荷叶上的一滴露水,只存在了一会儿。他没有母亲,没有父亲,没有家乡,没有国籍,没有门第,甚至连神都没有。给他留下来的只有一样东西,那就是一片无边的空虚。他能抓住什么呢?他能做什么?能从什么地方重新开始生活?能朝哪一个方向看?又能从哪儿每天收集他的新工作所需要的材料呢?戈拉置身在这一片虚无缥缈之中,分不清东南西北,一句话也说不出来。别人见了他脸上的这副表情,也不忍心再说什么了。

这时,一位孟加拉医生陪同那位英国大夫来了。大夫对戈拉和病人发生同样的兴趣,他看着戈拉,心里感到很纳闷,不知道这个古怪的年轻人到底是谁。因为戈拉的额头上还有那颗用恒河泥土点的圣痣,身上还穿着在恒河沐浴之后换上的绸衣。他没有穿衬衫,魁梧的身体从披在肩上的短小的晨衣里露了出来。

在这以前,戈拉无论什么时候看见英国人,都会感到一种出于本能的厌恶。可是今天,大夫在检查病人的时候,戈拉却特别亲切地看着他,并且反复地问自己:"在这里和我关系最密切的难道竟是这个人吗?"

大夫询问并检查过病人之后说:"嗯,我看不出有什么严重的症状。脉搏没有什么可担心的,各个器官也没有什么问题。只需要注意一点,症状就没有理由会重新出现。"

大夫走了之后,戈拉默默地站了起来,准备走出屋子。安楠达摩依在大夫来的时候,原是待在隔壁房间里的,这时跑过来,抓住戈拉的一只手,激动地说:"戈拉,我的好孩子,你千万不要生我的气,因为那样会让我心碎的。"

"你们为什么这么久都不告诉我呢?"戈拉问道,"告诉我也不会有什么害处呀。"

"我的孩子,"安楠达摩依说,把一切责任都担在自己肩上,"因为怕失掉你,我犯了这个罪过。如果最后这事还是要发生,如果今天你离开了我,我谁也不怪,只能怪我自己,戈拉,不过那样,我就活不成了,我的宝贝!"

"妈妈!"戈拉回答的只有这一声妈妈,可是安楠达摩依听到他喊出这两个字,一直强忍住的泪水就一下子涌出来了。

"妈妈,现在我要到帕瑞什先生家去一趟。"戈拉说。

"很好,亲爱的,你去吧!"安楠达摩依觉得心头上的一块石头落了地。

这时,克里什纳达雅尔虽然不必怕他会早死,却因为把秘密告诉了戈拉,觉得十分惊慌。在戈拉走出屋子之前,他说:"听着,戈拉,我看你没有必要把这事告诉任何人。只要行动谨慎一些,大致照过去那样行事,就不会有人知道的。"

戈拉对这个建议没有做任何回答就走出去了。一想起自己跟克里什纳达雅尔没有真正的关系,他就觉得大大地松了一口气。

摩希姆不事先通知机关是不能缺勤的,因此在他替父亲请好医生,做好一切必要的安排之后,就到机关请假去了。他回家的时候,正好遇到了戈拉从家里出来。

"你上哪儿去?"摩希姆问道。

"情况很好,"戈拉说,"大夫已经来过,他说没有危险。"

"多么走运呀!"摩希姆高兴地大声说,心里宽慰多了,"后天就是萨茜穆克希结婚的日子。因此,戈拉,你得多少做点准备!你听我说,你一定要事先提醒毕诺业,免得他那天到这儿来。阿比纳什是一个很严格的印度教徒——他特别关照过,不要请这样的人来参加婚礼。兄弟,我另外还有一点事想跟你说说。我已经请了我的洋上司,你可别把他轰走!你用不着费多少事儿,只要点点头,说声'先生,晚上好'就行了。你的那些古圣梵典并没有说不能这样。要是你高兴,你可以向梵学家求一个特别的训谕,把这事弄弄清楚。你应当明白,我的兄弟,他们是统治阶级,在他们面前,稍微谦恭一些并不会贬低你的身份!"

戈拉对摩希姆的话没有做任何回答便走掉了。

第七十九章

苏查丽妲为了不让别人看见她流泪,正在忙着收拾衣箱。仆人进来通报戈尔默罕先生来了。她连忙擦干眼泪,放下手边工作,这时,戈拉正好走进屋子。

他额头上还点着那颗恒河标志,身上还穿着那件绸衣。他根本没有考虑外貌,所以穿着一件在做客时通常谁都不会穿的衣裳就跑来了。苏查丽妲想起了他第一次到他们家时穿的那身衣服。她知道那天他是顶盔带甲来的,不知道今天这一身是否也是他的战袍!

戈拉进来之后,跪在帕瑞什先生面前,俯伏在地,向他行触脚礼。帕瑞什先生连忙朝旁边闪开,心里感到十分不安。他把戈拉扶起来,大声说:"来,来,我的孩子,到这边坐!"

"帕瑞什先生,现在我再也没有束缚了!"戈拉喊道。

"什么束缚?"帕瑞什先生吃惊地问。

"我不是印度人!"戈拉解释说。

"不是印度人?"帕瑞什先生喊道。

"不,我并不是印度人,"戈拉接着说,"今天我听说我是印度民族大起义时的一个弃儿——我的父亲是一个爱尔兰人!今天,从东到西,从南到北,印度每一座庙宇的大门都对我关上了——今天,全国印度教徒的筵席上都没有我的座位了。"

帕瑞什先生和苏查丽妲听了都惊得发呆,说不出话来。

"帕瑞什先生,今天我自由了!"戈拉激动地高声说,"我用不着害怕被玷污或失掉种姓了——现在我用不着每走一步都盯着地面来保持洁净了。"

苏查丽妲把戈拉那张容光焕发的脸看了很久。戈拉接着说:"帕瑞什先生,我一直用整个生命来了解印度——可是我到处碰壁——我不分昼夜地想把这些障碍变成我的信仰对象。为了使这些信仰有一个牢固的基础,我一直没法做其他的事——它成为我唯一的工作了。因为这个缘故,每一次我和真正的印度正面相对的时候,我总是畏缩地退了回来——我用那一成不变和不加批判的想法塑造了一个印度,为了尽力把我全部信仰完整地保存在那坚不可摧的堡垒里,我一直和周围的一切做斗争!今天,我创造的这座堡垒,刹那间便梦幻般消失了,而我,在获得了完全的自由之后,却突然发现自己站在一片无边的真实之中,印度的一切善与恶,悲与欢,智与愚,全都使我感到十分亲切。现在我真的有权为她服务了,因为真正的劳动场所已经在我面前展开——这不是我自己想象出来的——这是为三亿印度儿女谋福利的真实的场所!"

戈拉这个新获得的体会使他谈起话来这样热情洋溢,帕瑞什先生听了也变得十分激动,他再也坐不住了,站起身来,听戈拉讲下去。

"您能听明白我想说的是什么吗?我日日夜夜深切盼望但没有做到的,今天终于做到了。今天,我真正是一个印度人了!在我身上,不再有印度教徒、穆斯林和基督教徒之间的对立了。今天,印度的每一个种姓都是我的种姓,所有人的食物都是我的食物！您看,我曾经漫游过孟加拉许多地方,受过最低下的乡下人家的接待——不要以为我过去只给城市听众演讲,可是我始终不能和大家平等地坐在一起——这些日子,我和别人之间总隔着一条看不见的鸿沟,我没有办法迈过去！因此,我心里总感到空虚,我用各种办法不去正视它,又用各种艺术品给它加以装饰,使它显得好看一些。因为我爱印度胜过我的生命,所以有人对我所知道的那部分印度稍加批评,我都受不了。如今,我不用再去徒劳无益地创造这种无用的装饰品了,帕瑞什先生,我觉得我又活过来了！"

"我们得到真实的东西的时候,"帕瑞什先生说,"虽然它还不完善,还有缺点,我们的心灵也会得到满足——我们甚至不想用虚假的东西去装饰它。"

"您看,帕瑞什先生,"戈拉说,"昨天晚上我向神祈求,希望今天早晨我能进入一种新的生活！我祈求从童年起就包围着我的任何虚假或不洁的东西全部毁灭,我可以获得新生！神并没有完全照我希望的那样听从我的祷告——他突然把自己的真理交到我手里,使我大吃一惊！我做梦也没有想到,他竟会用这样彻底的方式把我身上一切不洁净的东西扫除干净。今天,我变得这样纯洁,即使在最低种姓的人家做客,也不用担心会被玷污了。帕瑞什先生,今天早晨,我怀着一颗赤诚的心,匍匐在我的印度母亲的怀里——经过这样长的时间,我终于完全体会到母亲的怀抱是什么意思了！"

"戈拉,"帕瑞什先生说,"请你也召唤我们,好让我们分享你生来的权利,在你母亲的怀抱里安息吧！"

"您知道,"戈拉问道,"为什么今天我一获得自由,第一件事就是来找您吗?"

"为什么?"帕瑞什先生问道。

"因为只有您懂得这种自由的教义,"戈拉解释说,"所以今天您在任何教社都没有立足之地。请收我做门徒吧!今天,请您将那位属于一切人——印度教徒、穆斯林、基督徒和梵教徒——的神的教义传授给我吧!他的庙宇的大门是永远不会对任何种姓的任何人关闭的。他不仅是印度教徒的神,也是印度自己的神!"

帕瑞什先生的脸上闪耀着深沉柔和的虔诚光辉,他垂下眼睛,默默地站了很久。

戈拉转过身对着苏查丽妲,她一动不动地坐在椅子上。

"苏查丽妲,"戈拉微笑着说,"我不再是你的师父了。我向你恳切地提出这个要求——请拉着我的手,把我领到你这位师父面前好吗?"说完,他向她伸出了右手。苏查丽妲从椅子上站了起来,把一只手放在他手里。戈拉转过身朝着帕瑞什先生,两个人一起向他行礼。

尾　声

　　那天晚上,戈拉回到家里的时候,看见安楠达摩依静静地坐在他屋子前面的阳台上。

　　他走到她跟前,在她前面坐下,把头匍匐在她脚上。安楠达摩依用手托起他的头,吻了吻他。

　　"妈妈,您是我的妈妈!"戈拉激动地高声说,"我到处寻找的妈妈原来一直坐在我的屋子里。您没有种姓,不分贵贱,没有仇恨——您只是我们幸福的象征！您就是印度！"

　　"妈妈!"戈拉停了一会儿,又接着说,"请您叫拉契米给我倒杯水好吗？"

　　安楠达摩依用温柔的、微微带着哽咽的声音,轻轻地对戈拉说:"戈拉,让我派人去把毕诺业请来吧!"

"外国文学名著丛书"书目

第 一 辑

书　名	作　者	译　者
伊索寓言	〔古希腊〕伊索	周作人
源氏物语	〔日〕紫式部	丰子恺
堂吉诃德	〔西班牙〕塞万提斯	杨　绛
泰戈尔诗选	〔印度〕泰戈尔	冰　心　石　真
坎特伯雷故事	〔英〕杰弗雷·乔叟	方　重
失乐园	〔英〕约翰·弥尔顿	朱维之
格列佛游记	〔英〕斯威夫特	张　健
傲慢与偏见	〔英〕简·奥斯丁	王科一
雪莱抒情诗选	〔英〕雪莱	查良铮
瓦尔登湖	〔美〕亨利·戴维·梭罗	徐　迟
欧·亨利短篇小说选	〔美〕欧·亨利	王永年
特利斯当与伊瑟	〔法〕贝迪耶	罗新璋
巨人传	〔法〕拉伯雷	鲍文蔚
忏悔录	〔法〕卢梭	范希衡 等
欧也妮·葛朗台 高老头	〔法〕巴尔扎克	傅　雷
雨果诗选	〔法〕雨果	程曾厚
巴黎圣母院	〔法〕雨果	陈敬容
包法利夫人	〔法〕福楼拜	李健吾
叶甫盖尼·奥涅金	〔俄〕普希金	智　量
死魂灵	〔俄〕果戈理	满　涛　许庆道

书　名	作　者	译　者
当代英雄	〔俄〕莱蒙托夫	草　婴
猎人笔记	〔俄〕屠格涅夫	丰子恺
白痴	〔俄〕陀思妥耶夫斯基	南　江
列夫·托尔斯泰中短篇小说选	〔俄〕列夫·托尔斯泰	草　婴
怎么办？	〔俄〕车尔尼雪夫斯基	蒋　路
高尔基短篇小说选	〔苏联〕高尔基	巴　金　等
浮士德	〔德〕歌德	绿　原
易卜生戏剧四种	〔挪〕易卜生	潘家洵
鲵鱼之乱	〔捷〕卡·恰佩克	贝　京
金人	〔匈〕约卡伊·莫尔	柯　青

第 二 辑

荷马史诗·伊利亚特	〔古希腊〕荷马	罗念生　王焕生
荷马史诗·奥德赛	〔古希腊〕荷马	王焕生
十日谈	〔意大利〕薄伽丘	王永年
莎士比亚悲剧五种	〔英〕威廉·莎士比亚	朱生豪
多情客游记	〔英〕劳伦斯·斯特恩	石永礼
唐璜	〔英〕拜伦	查良铮
大卫·科波菲尔	〔英〕查尔斯·狄更斯	庄绎传
简·爱	〔英〕夏洛蒂·勃朗特	吴钧燮
呼啸山庄	〔英〕爱米丽·勃朗特	张　玲　张　扬
德伯家的苔丝	〔英〕托马斯·哈代	张谷若
海浪　达洛维太太	〔英〕弗吉尼亚·吴尔夫	吴钧燮　谷启楠
哈克贝利·费恩历险记	〔美〕马克·吐温	张友松
一位女士的画像	〔美〕亨利·詹姆斯	项星耀
喧哗与骚动	〔美〕威廉·福克纳	李文俊
永别了武器	〔美〕欧内斯特·海明威	于晓红

书　名	作　者	译　者
波斯人信札	〔法〕孟德斯鸠	罗大冈
伏尔泰小说选	〔法〕伏尔泰	傅　雷
红与黑	〔法〕司汤达	张冠尧
幻灭	〔法〕巴尔扎克	傅　雷
莫泊桑中短篇小说选	〔法〕莫泊桑	张英伦
文字生涯	〔法〕让-保尔·萨特	沈志明
局外人　鼠疫	〔法〕加缪	徐和瑾
契诃夫小说选	〔俄〕契诃夫	汝　龙
布宁中短篇小说选	〔俄〕布宁	陈　馥
一个人的遭遇	〔苏联〕肖洛霍夫	草　婴
少年维特的烦恼	〔德〕歌德	杨武能
德国，一个冬天的童话	〔德〕海涅	冯　至
绿衣亨利	〔瑞士〕戈特弗里德·凯勒	田德望
斯特林堡小说戏剧选	〔瑞典〕斯特林堡	李之义
城堡	〔奥地利〕卡夫卡	高年生

第　三　辑

埃斯库罗斯悲剧二种	〔古希腊〕埃斯库罗斯	罗念生
索福克勒斯悲剧二种	〔古希腊〕索福克勒斯	罗念生
欧里庇得斯悲剧二种	〔古希腊〕欧里庇得斯	罗念生
神曲	〔意大利〕但丁	田德望
西班牙流浪汉小说选	〔西班牙〕克维多　等	杨　绛　等
阿拉伯古代诗选	〔阿拉伯〕乌姆鲁勒·盖斯　等	仲跻昆
列王纪选	〔波斯〕菲尔多西	张鸿年
蕾莉与马杰农	〔波斯〕内扎米	卢　永
莎士比亚喜剧五种	〔英〕威廉·莎士比亚	方　平
鲁滨孙飘流记	〔英〕笛福	徐霞村

书　名	作　者	译　者
彭斯诗选	〔英〕彭斯	王佐良
艾凡赫	〔英〕沃尔特·司各特	项星耀
名利场	〔英〕萨克雷	杨　必
人性的枷锁	〔英〕威廉·萨默塞特·毛姆	叶　尊
儿子与情人	〔英〕D.H.劳伦斯	陈良廷　刘文澜
杰克·伦敦小说选	〔美〕杰克·伦敦	万　紫　等
了不起的盖茨比	〔美〕菲茨杰拉德	姚乃强
木工小史	〔法〕乔治·桑	齐　香
恶之花　巴黎的忧郁	〔法〕波德莱尔	钱春绮
萌芽	〔法〕左拉	黎　柯
前夜　父与子	〔俄〕屠格涅夫	丽尼　巴金
卡拉马佐夫兄弟	〔俄〕陀思妥耶夫斯基	耿济之
安娜·卡列宁娜	〔俄〕列夫·托尔斯泰	周扬　谢素台
茨维塔耶娃诗选	〔俄〕茨维塔耶娃	刘文飞
德国诗选	〔德〕歌德　等	钱春绮
安徒生童话选	〔丹麦〕安徒生	叶君健
外祖母	〔捷〕鲍·聂姆佐娃	吴　琦
好兵帅克历险记	〔捷〕雅·哈谢克	星　灿
我是猫	〔日〕夏目漱石	阎小妹
罗生门	〔日〕芥川龙之介	文洁若

第 四 辑

一千零一夜		纳　训
培根随笔集	〔英〕培根	曹明伦
拜伦诗选	〔英〕拜伦	查良铮
黑暗的心　吉姆爷	〔英〕约瑟夫·康拉德	黄雨石　熊　蕾
福尔赛世家	〔英〕高尔斯华绥	周煦良

书　名	作　者	译　者
月亮与六便士	〔英〕威廉·萨默塞特·毛姆	谷启楠
萧伯纳戏剧三种	〔爱尔兰〕萧伯纳	潘家洵　等
红字　七个尖角顶的宅第	〔美〕纳撒尼尔·霍桑	胡允桓
汤姆叔叔的小屋	〔美〕斯陀夫人	王家湘
白鲸	〔美〕赫尔曼·梅尔维尔	成　时
马克·吐温中短篇小说选	〔美〕马克·吐温	叶冬心
老人与海	〔美〕欧内斯特·海明威	陈良廷　等
愤怒的葡萄	〔美〕斯坦贝克	胡仲持
蒙田随笔集	〔法〕蒙田	梁宗岱　黄建华
悲惨世界	〔法〕雨果	李　丹　方　于
九三年	〔法〕雨果	郑永慧
梅里美中短篇小说选	〔法〕梅里美	张冠尧
情感教育	〔法〕福楼拜	王文融
茶花女	〔法〕小仲马	王振孙
都德小说选	〔法〕都德	刘　方　陆秉慧
一生	〔法〕莫泊桑	盛澄华
普希金诗选	〔俄〕普希金	高　莽　等
莱蒙托夫诗选	〔俄〕莱蒙托夫	余　振　顾蕴璞
罗亭　贵族之家	〔俄〕屠格涅夫	陆　蠡　丽　尼
日瓦戈医生	〔苏联〕帕斯捷尔纳克	张秉衡
大师和玛格丽特	〔苏联〕布尔加科夫	钱　诚
茨威格中短篇小说选	〔奥地利〕斯·茨威格	张玉书　等
玩偶	〔波兰〕普鲁斯	张振辉
万叶集精选	〔日〕大伴家持	钱稻孙
人间失格	〔日〕太宰治	魏大海

第 五 辑

书 名	作 者	译 者
泪与笑 先知	〔黎巴嫩〕纪伯伦	冰 心 等
华兹华斯 柯尔律治 诗选	〔英〕华兹华斯 柯尔律治	杨德豫
济慈诗选	〔英〕约翰·济慈	屠 岸
汤姆·索亚历险记	〔美〕马克·吐温	张友松
大街	〔美〕辛克莱·路易斯	潘庆舲
田园三部曲	〔法〕乔治·桑	罗 旭 等
金钱	〔法〕左拉	金满成
果戈理小说戏剧选	〔俄〕果戈理	满 涛
奥勃洛莫夫	〔俄〕冈察洛夫	陈 馥
谁在俄罗斯能过好日子	〔俄〕涅克拉索夫	飞 白
亚·奥斯特洛夫斯基戏剧六种	〔俄〕亚·奥斯特洛夫斯基	姜椿芳 等
复活	〔俄〕列夫·托尔斯泰	草 婴
静静的顿河	〔苏联〕肖洛霍夫	金 人
谢甫琴科诗选	〔乌克兰〕谢甫琴科	戈宝权 任溶溶
维廉·麦斯特的学习时代	〔德〕歌德	冯 至 姚可崑
叔本华随笔集	〔德〕叔本华	绿 原
艾菲·布里斯特	〔德〕台奥多尔·冯塔纳	韩世钟
豪普特曼戏剧三种	〔德〕豪普特曼	章鹏高 等
铁皮鼓	〔德〕君特·格拉斯	胡其鼎
加西亚·洛尔卡诗选	〔西班牙〕加西亚·洛尔卡	赵振江
你往何处去	〔波兰〕亨利克·显克维奇	张振辉
显克维奇中短篇小说选	〔波兰〕亨利克·显克维奇	林洪亮
裴多菲诗选	〔匈〕裴多菲	孙 用
轭下	〔保〕伐佐夫	施蛰存

书　名	作　者	译　者
卡勒瓦拉(上下)	〔芬兰〕埃利亚斯·隆洛德	孙　用
破戒	〔日〕岛崎藤村	陈德文
戈拉	〔印度〕泰戈尔	刘寿康